B. J. Hoff

# Und niemand hört mein Lied

*Irland-Saga – Band 1*



francke

**Über die Autorin:**
B. J. Hoff hat irische Vorfahren, die vor dem Unabhängigkeitskrieg nach Amerika kamen. Neben exakter historischer Forschung prägt deshalb persönliches Engagement ihr Werk. Ihre Liebe zum irischen Volk und seinen Kämpfen, seiner Musik und seinem unbeugsamen Willen verleiht ihrem Werk die Leidenschaft ihres gälischen Erbes.

**Bibliografische Information Der Deutschen Bibliothek**
Die Deutsche Bibliothek verzeichnet diese Publikation in der Deutschen Nationalbibliografie; detaillierte bibliografische Daten sind im Internet über http://dnb.ddb.de abrufbar.

2. Auflage 2008
ISBN 978-3-86122-663-5

Originaltitel: Song of the Silent Harp

Deutsch von Thomas Lardon/Annerose Goldhahn
Umschlaggestaltung: Henri Oetjen, Design Studio Lemgo
Satz: Verlag der Francke-Buchhandlung GmbH
Druck: Koninklijke Wöhrmann, Niederlande

www.francke-buch.de

*An den Wassern zu Babel saßen wir und weinten ...*
*Unsere Harfen hängten wir an die Weiden dort im Lande.*
*Denn die uns gefangen hielten, hießen uns dort singen und in*
*unserm Heulen fröhlich sein ...*

Psalm 137,1-3

# Aussprachehilfe für Eigennamen

| | |
|---|---|
| Aidan | Äiden |
| Aine | Än'je (Anne) |
| Caomhanach | Kavanah |
| Conal | Kon'al |
| Connacht | Kon'ot |
| Drogheda | Droohigah |
| Eoin | Ohen (alte Form von John) |
| Killala | Kil lä'lä |
| Padraic | Poh'rig (Patrick) |
| Sean | Schohn (alte Form von John) |
| Tahg | Tiedsch |
| Tierney | Tierni |

Prolog

# Eoin

*Dies sind die Wolken vor der gesunk'nen Sonne,*
*die Majestät, die sein brennend Auge schließt:*
*Die Schwachen legen Hand an was die Starken taten,*
*bis das gestürzt, was hoch erhoben war.*
W. B. Yeats (1865 – 1939)

*Drogheda, Irland*
*1649*

„Eoin Caomhanach, deine Harfe wird nicht mehr singen, bis das Böse des Schwarzen Cromwell im Lande vergessen ist und die Überlebenden dieses Gemetzels aus dem Exil zurückgekehrt sind."

Eoins Harfe lag in schweigendem Gehorsam auf seiner Schulter, während der Befehl seines Großvaters durch das Halbdunkel des Raumes im oberen Stock hallte. Einen Moment lang sah es so aus, als wolle der alte Mann noch mehr sagen. Doch stattdessen wandte er sich um und stellte sich vor das schmale Fenster, wo ein blasser Strahl des späten Abendlichtes darum kämpfte, das Dunkel zu durchdringen. Wie eine Statue im Schatten stand Conal dort und starrte hinunter auf die Ruinen unter sich.

Drogheda war schließlich gefallen. Nach einer scheinbar endlosen Belagerung und einer drei Tage dauernden Orgie der Grausamkeiten und des Gemetzels war die Stadt völlig zerstört. Das Massaker an ihren Verteidigern war schnell und gründlich gewesen, das Blutbad unter ihren unschuldigen Bewohnern brutal und gnadenlos. Die Straßen, die jetzt nahezu verlassen waren, waren von jener gespenstischen Stille erfüllt, die auf eine

Katastrophe folgt. Die einzigen Geräusche, die die Stille durchbrachen, waren die Schreie der Verwundeten, ein gelegentliches ärgerliches Geschrei unter den Soldaten und das Kreischen der Möwen über dem Fluss Boyne.

Gestern hatte Eoin mit seinem Bogen auf einer der Brustwehren gekauert und beobachtet, wie die Horden von Cromwells „New Model Army" die Mauern der Stadt durchbrachen. Er hatte benommen und ungläubig zugesehen, wie die erste Woge von schreienden, blutdürstigen Kavalleristen durch den Durchbruch strömte. Heute raste sein Herz, und das Blut pochte ihm in den Ohren, als er an die anschwellende Woge von runden schwarzen Helmen und rostroten Wämsen dachte, die in wahnsinniger Wut über die Stadt hereinbrachen, im selben Atemzug Psalmen singend und Flüche schreiend. Zu Fuß und auf dem Rücken von Pferden, mit krachenden Musketen und klingenden Schwertern hackten und schossen und stachen sie, bis der Durchbruch mit Blut getränkt und mit gefallenen Soldaten übersät war.

Eoin verlor seinen Bogen, als er schnell von der Woge der zurückweichenden Männer mitgerissen wurde, und blieb dann in dem Chaos und dem Gedränge des Blutbades stecken. Von dort sah er, krank vor Entsetzen, wie Sir Arthur Aston, der Oberbefehlshaber über die Verteidigung der Stadt, von einem Mob höhnender Kavalleristen auf den Kopf gestellt und dann auf der Brücke mit seinem eigenen Holzbein totgeschlagen wurde. Völlig benommen beobachtete der Junge, wie die leuchtende bunte Feder von Astons Hut tapfer in der warmen Herbstbrise wehte, bevor sie in endgültiger Niederlage zu Boden segelte.

Eoin wusste nicht mehr, auf welchem Weg er geflohen war. Er konnte sich vage an die Stimmen der Leute erinnern, die in St. Peter das Gloria sangen, kurz bevor der hölzerne Kirchturm in Flammen aufging. Innerhalb von Sekunden wurde die schützende Kirche zum Scheiterhaufen. Er erinnerte sich schwach daran, wie er versucht hatte, nicht auf die toten Leiber zu treten, als er nach Hause raste. Ihm dröhnte noch immer das Unheil verkündende Geräusch marschierender Stiefel auf Kopfsteinpflaster in den Ohren, und seine Nase brannte noch von dem Gestank von Rauch und Gewehrpulver und Tod.

Irgendwie bahnte er sich einen Weg durch die Gassen und Seitenstraßen zu seinem Heim, nur um dort direkt vor der offenen Tür seinen sanftmütigen Vater ermordet und seine junge Mutter und zwei Schwestern im Inneren zerrissen und verstümmelt aufzufinden.

Blut ... sein Heim war ein einziger Blutstrom gewesen.

Halb verrückt vor Schock und Schmerz war er wie blind die St.-John-Straße hinuntergestolpert, tief ins irische Viertel, zum Haus seines Großvaters. Jetzt warteten die beiden zusammen mit den anderen Überlebenden von Drogheda ab, was weiter mit ihnen geschehen würde. Schon jetzt waren Ländereien beschlagnahmt, die Garnison zerstört, die Geistlichen und Gelehrten gedemütigt und dann neben den Verteidigern der Stadt hingeschlachtet worden.

Sie würden aus ihren Häusern vertrieben werden, sagte sein Großvater, und dann entweder getötet oder gefangen genommen werden. Wilde Gerüchte kursierten, aber die meisten glaubten, dass die Überlebenden als Sklaven nach Barbados geschickt oder in das unfruchtbare Connacht im westlichen Irland umgesiedelt würden. Eoin dachte, dass er lieber tot wäre, als ein Sklave oder Gefangener zu sein – aber diese Entscheidung lag nicht bei ihm.

„Hast du mich verstanden, Junge?“

Eoin blinzelte, durch die Stimme seines Großvaters wieder in die Realität zurückgeholt. Conal hatte das Fenster verlassen und beobachtete ihn.

„Ja, Großvater. Aber ...“

„Ich übergebe die Harfe der Caomhanachs in deine Obhut. Du kennst den Bund.“

„Aye, Sir", sagte Eoin liebevoll. Die Harfe war das Symbol eines Bundes zwischen der Familie Caomhanach und ihrem Gott, der seit mehreren Generationen bestand. Ein Stammesfürst in der Zeit der Könige hatte verfügt, dass die Harfe in Zeiten der Verbannung stumm bleiben solle. Sie solle nur für ein freies Volk singen.

„So haben es unsere Vorfahren seit eh und je gehalten, und so sollst du es halten, Eoin, ältester und einziger überlebender Sohn des Dermot."

Eoin geriet in einen heftigen Widerstreit der Gefühle. Zu frisch war der Schmerz, seine Eltern und Schwestern verloren zu haben, zu verwirrend die Ungeheuerlichkeit dessen, was ihm und seinen Nachbarn geschehen war, und obwohl er Conal innig liebte, ärgerte er sich über die strikte Anweisung des alten Mannes, besonders zu diesem Zeitpunkt.

Als Eoin in das verfallene, rissige Gesicht seines Großvaters aufblickte, wurde ihm zu seiner Bestürzung klar, wie wenig der alte Mann auf die Rebellion seines Enkels vorbereitet war. Er erwartete von ihm nichts Geringeres als höchste Achtung, denn nichts anderes war ihm je erwiesen worden.

In seinen besten Jahren war der alte Krieger, wie schon die vergangenen Generationen der männlichen Caomhanachs, ein Riese von einem Mann gewesen. Aber viele Jahre des Kampfes und Blutvergießens hatten ihn schließlich besiegt und ließen ihn zusammengesunken und verbraucht zurück, eine Vogelscheuche, deren Fleisch wie die nutzlosen Falten eines zerlumpten Mantels seine einst mächtige Gestalt umhüllten. Jetzt waren seine Haare und sein Bart schneeweiß, seine Augen trübe und seine Hände zittrig. Seine Hemdbluse und die Kniehose hingen lose an seinen Knochen.

Eoin wählte seine Worte mit Sorgfalt, als er Conal antwortete, wobei er das Mitleid, das in seinem Inneren emporstieg, unterdrückte. Ein solches Gefühl wäre gegenüber einem Sippenoberhaupt eine unverzeihliche Beleidigung gewesen. „Es tut mir Leid, Großvater, aber ich kann den alten Sitten nicht treu bleiben. Die Harfe der Caomhanachs wird in der Verbannung nicht länger stumm bleiben. Ich will ihr eine Stimme geben."

„Nein!" Conal schlug mit der Faust auf den Holztisch vor sich, so dass Eoin zurücksprang und gegen eine große venezianische Vase stieß. Sie fiel um und zerbrach am Boden. Der alte Mann kümmerte sich nicht um die Vase, sondern brüllte weiter: „Es ist verboten! Die Harfe darf nur in ihrem eigenen Land singen, für ihr eigenes Volk! Du wirst es nicht wagen, den Bund zu brechen."

Obwohl Eoin mit dem Widerstand seines Großvaters gegen seine Worte rechnete, wünschte er sich doch sehnlich, dass der alte Mann ihn verstünde. „Großvater, bitte hör mich an. Ich kann dem alten Befehl nicht länger gehorchen, verstehst du das nicht? Stumm zu bleiben bedeutet, alles, was zuvor geschehen ist, nicht zu beachten. Wenn wir zulassen, dass unsere Vergangenheit vergessen wird, verlieren wir nicht nur unser Land, sondern auch unsere Hoffnung. Sicherlich ist das nicht, was du willst. Gott würde es so nicht wollen."

Es war sehr still. Conal war aschfahl und starrte Eoin an. „Sprichst du jetzt also für Gott, Eoin?", fragte er sanft. „Würdest du wirklich ein Gelübde brechen, das wir unserem Herrn gemacht haben?"

„Aber verstehst du denn nicht, Großvater, ich würde den Bund nicht brechen! Das Gelübde zwischen unserer Familie und Gott war, dass die Harfe so lange für unser Volk singen soll, wie der Herr unter uns ist und wir in Freiheit sind. Wenn ..."

Conal schüttelte seinen Kopf wie ein ärgerlicher Löwe, beugte sich vor und zeigte mit einem dünnen, anklagenden Finger auf Eoin. „Du vergisst den Rest des Gelübdes. Wir werden in Kürze ein Volk im Exil sein – vielleicht sogar ein versklavtes Volk! Ob wir nun nach Westen fliehen oder in Ketten auf die

Inseln gehen – wir werden Sklaven sein. Der Teufel Cromwell und seine Dämonen werden unsere Freiheit und unseren Glauben unter ihren Füßen haben."

„Nein, Großvater, das werden sie nicht", sagte Eoin ruhig. „Wo immer sie uns auch hinschicken – wir werden unsere Erinnerungen mitnehmen. Und unseren Glauben. Und so lange, wie wir unsere Vergangenheit und unseren Glauben haben, besitzen wir da nicht zumindest auch einen Rest von Würde und Freiheit – und eine Zukunft? Der Herr hat uns ‚eine Zukunft und eine Hoffnung' verheißen, oder?"

Conals verächtlicher Blick veranlasste Eoin, seine eigenen Worte sofort zu verteidigen. „Wir werden doch Gott nicht verlassen, oder? Und auch Gott wird uns nicht verlassen. Hat er nicht versprochen, dass er uns nie verlassen würde?" Eoin zwang eine Festigkeit in seine Stimme, die er nicht verspürte, und fuhr fort. „Solange Gott mit uns ist, Großvater, so lange sage ich, dass wir frei sind. Wir sind frei, und wir dürfen mit der Harfe unsere Freiheit verkünden und unser Erbe in Erinnerung rufen und auch unsere Hoffnung auf das, was Gott in seiner Gnade eines neuen Tages für uns tun wird."

„Du phantasierst wie ein fahrender Sänger! Ein unreifes Kind von vierzehn Jahren – und doch wagst du es, ein jahrhundertealtes Gelöbnis zwischen einem Volk und seinem Gott zu brechen?"

Eoin verspürte zunächst Unsicherheit und dann Ärger über die Worte seines Großvaters. Er zögerte und kämpfte darum, seine Gefühle unter Kontrolle zu halten. „Ich bin kein Kind", sagte er rau. „Ich habe meine Familie dahingeschlachtet gesehen. Ich habe gesehen, wie meine Mitbürger massakriert und mein Land gestohlen wurde. Ich habe Böses gesehen, das Männer, die dreimal so alt sind wie ich, nicht gesehen haben."

Er näherte sich Conal einen Schritt mit der Absicht, sich seinem Großvater verständlich zu machen. „Ich habe ihn gesehen.

Cromwell. Ich sah diesen frommen Heuchler auf seinen Knien. Er betete, Großvater. Nur wenige Augenblicke, bevor er selbst in dem blutgetränkten Mauerdurchbruch stand und seine Soldaten antrieb, durchzubrechen und unsere Leute zu töten – er ... betete. Ich sah seine Wut – er raste vor glühendem Verlangen nach unserem Blut! ‚Kein Pardon', sagte er. ‚Tötet sie alle!' Unsere Soldaten haben gesagt, dass er ganz Irland in die Knie zwingen will. Sie haben gesagt, er halte sich selbst für das göttliche Instrument für Gottes Gericht über die Iren!"

Selbst jetzt noch ließ die Erinnerung an das hagere, verbitterte Gesicht des puritanischen Generals und der Klang seines abscheulichen Namens Eoins Kopf dröhnen. „Willst du, dass die gräuliche Wahrheit über dieses Monster nicht erzählt wird? Willst du, dass sein Name frei bleibt von der Schuld, die er tragen sollte?"

Schließlich hielt Eoin inne. Sein Puls wurde langsamer, und das Klingeln in seinen Ohren ließ nach. Er war ausgelaugt, seine Wut abgekühlt, seine Leidenschaft ermattet.

Nach einer langen, spannungsgeladenen Stille nickte Conal traurig. „Was du sagst, ist wahr. Der Puritaner und seine Armee geben vor, den Willen unseres barmherzigen Herrn auszuführen, während sie in Wirklichkeit keinerlei Barmherzigkeit besitzen – nicht das kleinste bisschen. Aber Drogheda ist nicht das erste und sehr wahrscheinlich auch nicht das letzte Schlachtfeld, wo dieses Kriegsbeil der Hölle sich selbst das Schwert des Himmels nennt."

Ihre Augen trafen sich und Eoin holte tief Luft. „Großvater, vor zwei Nächten, vor dem Massaker, hatte ich einen Traum. In dem Traum hat Gott" – er zögerte – „hat Gott zu mir gesprochen."

Conal hob das Kinn. Seine Augen blitzten zunächst voll Skepsis. Dann zeigten sie fast so etwas wie Furcht, während er zuhörte.

„Unser Herr hat mir eine klare Vision von – von seinem Willen für mein Leben gegeben." Eoin sprach zögernd, und doch spürte er seine Überzeugung wachsen, während er fortfuhr. „Deshalb weiß ich, dass ich die Harfe mit ins Exil nehmen soll, wo immer wir auch hingehen. Und sie soll keine stumme Harfe sein, sondern eine Stimme. Eine Stimme für unser Volk. Die Harfe der Caomhanachs wird unser Symbol für Freiheit sein, eine stetige Erinnerung an Gottes Gegenwart unter uns und seine Verheißung für uns: die Verheißung, dass wir eines Tages wirklich frei sein werden. Ein freies Irland, Großvater."

Stille senkte sich zwischen die beiden. Als Conal endlich sprach, zitterte seine Stimme genauso heftig wie seine Hände, und es gab Eoin einen Stich ins Herz, denn er wusste, was für einen Schmerz er verursacht hatte. Die Herausforderung war aus den Augen des alten Mannes verschwunden. An ihre Stelle war Trauer getreten.

„So tue denn, was du tun musst, Eoin. Ich werde dich nur noch dieses eine letzte Mal warnen, denn bald werde ich nicht mehr bei dir sein, um deinen feurigen Geist zu dämpfen."

Eoin starrte ihn an. „Was meinst du damit, Großvater? Natürlich wirst du bei mir sein."

Conal schüttelte den Kopf. „Nein, Junge. Ich bin alt, und ich bin krank, und ich werde mein Haupt in meiner eigenen Heimat zur letzten Ruhe betten. So wie Drogheda meine Heimat gewesen ist, so wird es auch mein Grab sein."

Fassungslos ging Eoin auf ihn zu, aber Conal hob abwehrend die Hand. „Ich fürchte diese Fanatiker mit ihren versteinerten Mienen nicht, Junge. Womit können sie mir drohen? Mit dem Tod?" Er lachte leise. „Sie können einem kranken alten Mann nicht mit dem Himmel drohen, oder? Nein", sagte er und schüttelte wieder langsam sein Haupt, „ich fürchte den Tod nicht, solange ich in Drogheda sterben kann."

Als Eoin seinen Mund öffnete, um zu protestieren, ignorierte

Conal ihn. „Aber was dich betrifft – wenn Gott tatsächlich zu dir gesprochen hat, dann musst du natürlich gehorchen."

Heiße Tränen quollen aus Eoins Augen, und er senkte schnell den Kopf, um sie zu verbergen.

„Komm her, Junge." Conal winkte ihn sanft zu sich. „Komm jetzt her zu mir."

Eoin ging zu ihm. Als er dort stand, die eine Hand auf dem Rücken, mit der anderen die Harfe auf seiner Schulter haltend, fühlte er sich plötzlich sehr wie das Kind, das zu sein ihn Conal beschuldigt hatte.

„Wenn du denn tatsächlich gehst, Eoin, musst du jetzt gehen. Geh am Fluss entlang. Nimm die Öffnung im Keller hinter dem Stein. Geh flussaufwärts, nicht flussabwärts, wo die Schiffe liegen. Schwimm, bis du ein Boot findest. Geh heute Nacht", sagte er mit dringlicher Stimme, „bevor der Mond aufgeht."

„Aber ich kann nicht ..."

„Du musst!" Der alte Mann packte Eoins Arm. „Unter dem Kellerboden ist ein Sack mit Münzen – nimm sie mit dir. Verstecke sie irgendwo; vielleicht brauchst du das Gold später, um deine Sicherheit zu erkaufen."

Conal machte eine Pause. Dann zupfte er an Eoins Arm, um ihn noch näher zu ziehen. „Wenn du die Worte, die du mir gesagt hast, von ganzem Herzen glaubst, Eoin, dass die Harfe singen darf, dann lass sie ein letztes Mal für mich singen. Sing ein Klagelied für Conal Caomhanach, dessen Geist das Land schon verlassen hat und jetzt darauf wartet, dass das Fleisch ihm folgt."

Eoin starrte seinen Großvater einen Moment lang an. Schließlich entfernte er sich behutsam von Conal und wandte sich ab. Er wusste, dass der alte Mann die Tränen, die jetzt aus seinen Augen schossen, nicht würde sehen wollen. Er brachte die Harfe, die ein längst verstorbener Ahne aus einem einzigen Weidenklotz geschnitzt hatte, in eine stabile Position und begann langsam, die Saiten zu zupfen.

Er sang mit einer noch knabenhaft hohen Stimme. Er sang für seinen Großvater, und er sang für sich selbst.

„Meine Harfe wird singen, quer durch das Land, durch die Vergangenheit und die kommenden Jahre ..."

Eoins Stimme versagte, und er musste innehalten und schwer schlucken, bevor er weitermachen konnte.

„Kein Verlust oder Schmerz, auch nicht der Tod selbst lässt verstummen ihr getreues Lied ... Sie singt von der Gegenwart eines Gottes, der selbst den Schmerz der Verbannung besiegt, der die Wunden des wandernden Pilgers heilt und ihn wieder in Freuden nach Hause führt ..."

Teil eins

# Lied der Trauer

## Der Hunger

*Die vom Schwert Getöteten*
*hatten es besser*
*als die vom Hunger Getöteten ...*

Klagelieder 4,9a

# 1. Daniel

*Seine Vorzüge merke dir:*
*reine Moral und gute Maniern;*
*die Tugend hat in seinem Haupt*
*wie auf dem Hügel ihr Haus gebaut.*
nach William Drennan (1754 – 1820)

*Killala, Grafschaft Mayo (West-Irland)*
*Januar, 1847*

Ellie Kavanagh starb zu einsamer Stunde um zwei Uhr morgens – einer Zeit, zu der, wie die Alten sagen, viele Seelen ihre Körper mit dem Gezeitenwechsel verlassen. Sie war eine kleine hohlwangige Erscheinung mit eingefallenen Augen und einem leeren Blick, und sie starb einen stillen Tod. Der Hunger hatte schließlich auch ihre Stimme zum Schweigen gebracht. Sie war sechs Jahre alt und das dritte Kind, das an jenem Freitag in dem Dorf Killala starb.

Daniel hielt mit seiner Mutter den ganzen Abend lang die Totenwache. Tahg, sein älterer Bruder, war zu krank, um aufrecht zu sitzen, und da ihr Vater gestorben war – er wurde im letzten Oktober bei Unruhen getötet –, war es Daniels Aufgabe, den Leichnam seiner kleinen Schwester zu bewachen und sich um seine Mutter zu kümmern.

Der kleine Körper in der Ecke der kalten, schwach erleuchteten Küche sah für Daniel nicht mehr menschlich aus. Er hatte auf jeden Fall wenig Ähnlichkeit mit der kleinen Ellie. Kerzen, die bei ihrem Haupte flackerten, malten Flecken auf die gespenstische Blässe des schädelähnlichen Gesichts, und die kleinen, pergament-dünnen Hände, die das Testament auf dem weißen Laken umklammerten, erinnerten Daniel unangenehm an Klauen. Selbst die farbigen Bänder, die das Laken schmückten, verspotteten den grauen und leblosen Körper seiner Schwester.

Tiefe Schatten lagen in dem Raum, der voll weinender Frauen war. Normalerweise wäre er auch mit Rauch erfüllt gewesen, aber die Männer im Dorf konnten sich keinen Tabak mehr leisten. Der einzige Geruch von Essen war schwach: ein wenig ranziger Käse, einige Zwiebeln, altbackenes Brot, ein kostbarer kleiner Korb mit Schellfisch. Es gab keinen verbotenen, heimlich gebrannten Whisky – selbst wenn die Kartoffeln, aus denen der Stoff gebrannt wurde, zur Verfügung gestanden hätten, hätte Großvater Dan keinen Alkohol in der Hütte erlaubt; er und Daniels Vater hatten sich beide vor einigen Jahren zur Abstinenz verpflichtet.

All die Dorfbewohner, die kamen und gingen, sagten, dass Ellie hübsch aufgebahrt sei. Daniel wusste, dass ihre Worte als Trost gemeint waren, aber er empfand sie als Kränkung. Catherine Fitzgerald hatte ihr Bestes getan, den Körper gepflegt erscheinen zu lassen – Catherine hatte im Dorf nicht ihresgleichen, wenn es darum ging, sich um Geburten oder Todesfälle zu kümmern –, aber trotzdem konnte Daniel in Ellies Aussehen absolut nichts Hübsches sehen.

Er hasste es, den ganzen Abend dort sitzen und sie anstarren zu müssen, und er kämpfte dagegen an, dass sich der Anblick ihres kleinen ausgezehrten Leichnams fest in sein Gedächtnis eingrub. Er wollte seine kleine schwarzhaarige Schwester so im Gedächtnis behalten, wie sie vor dem Hunger gewesen war, als sie immer hinter ihm hertrabte und ihn mit ihrem ständigen Geplapper hinter seinem Rücken fast zur Verzweiflung trieb.

Die alte Mary Larkin war gekommen, um die Totenklage zu halten, und ihre schrecklich schrille Klage durchdrang nun die Hütte. Mary, die neben dem niedrigen Feuer auf dem Boden saß, war bei weitem die Lauteste unter den Frauen, die sich um sie scharten. Sie hatte ihren zerlumpten Rock beinahe bis über ihren Kopf hochgezogen, und darunter kam ein zerrissener schmutzig roter Unterrock zum Vorschein, der mitschwang, als sie ihren Körper verdrehte und wand in dem uralten Gebärdenspiel für die Toten.

Das Kreischen der Frau ließ Daniels Haut kribbeln. Er verspürte plötzlich das heftige Verlangen, sie zu knebeln und nach Hause zu schicken. Er war nicht der Meinung, dass seine Gefühle respektlos gegenüber seiner Schwester waren. Ellie hatte Hektik und Lärm nie besonders gemocht, und außerdem hatte sie sich immer ein wenig vor dem seltsamen Verhalten der alten Mary gefürchtet.

Wenn Mary Larkin die Totenklage hielt, geriet für gewöhnlich das ganze Haus in Ekstase. Jeder wusste, dass sie das bedeutendste Klageweib von Killala bis Castlebar war. Aber in diesem Augenblick, als er das hysterische alte Weib beobachtete, wie sie das Leinentuch umklammerte und so gewaltig heulte, dass es den Donner abgewandt hätte, erkannte Daniel, wie schwach die vereinten Schreie der Klagenden waren. Die Versammlung war erbärmlich klein für eine Totenwache. Vor sechs Monaten wäre sie doppelt so groß gewesen. Aber der Tod war zu normal geworden, um große Aufmerksamkeit zu erregen. Und an dem ruhigen Verhalten der Anwesenden konnte man deutlich erkennen, dass der Hunger selbst die Stärksten unter ihnen entkräftet hatte.

Daniels Kopf fuhr vor Überraschung hoch, als er sah, wie Großvater Dan sich von dem Hocker hochzog und mühsam zu den heulenden Frauen hinüberschlurfte, die sich um Ellies Körper herum versammelt hatten. Dort stand er eine kurze Zeit, bis Mary Larkin schließlich aufblickte und sah, dass er sie wütend anstarrte. Dünne Strähnen weißen Haares fielen ihr über das Gesicht, und ihre schwarzen Augen forderten ihn wild und grimmig heraus. Als sein Großvater eine Hand auf ihre Schulter legte und begann, auf Irisch mit ihr zu sprechen, hielt Daniel den

Atem an und erwartete schon halb, dass sie auf ihn losgehen würde. Aber nach kurzer Zeit rappelte sie sich mühsam vom Boden hoch, glättete ihre Röcke und gab ihren Nachfolgerinnen ein Zeichen, wobei sie eine Würde an den Tag legte, die Daniel unter anderen Umständen lächerlich gefunden hätte. Die ganze Gruppe stand auf und drängte sich still um das erlöschende Feuer. Die Hütte war jetzt wieder still, abgesehen von dem gedämpften Refrain unterdrückten Weinens.

Daniels Mutter hatte während der ganzen Szene still und unbeweglich dagesessen. Jetzt regte sie sich. „Der alte Dan hätte das nicht tun sollen", sagte Nora leise. „Er hätte sie nicht von der Totenklage abhalten sollen."

Daniel drehte sich zu ihr um und biss sich bei ihrem Anblick auf die Lippen. Seine Mutter wurde wegen ihres guten Aussehens hoch geachtet. „Nora Kavanagh ist eine großartig aussehende Frau", hörte er die Leute im Dorf sagen, und sie war es auch. Daniel meinte sogar, seine zierliche schwarzhaarige Mutter sei tatsächlich die schönste Frau in Killala. Aber in den Tagen, nachdem sein Vater getötet worden war und Ellie das Fieber bekommen hatte, schien seine Mutter dahinzuwelken, nicht nur in ihrem Aussehen, sondern auch in ihrem Geist. Sie schien sich an einen Ort irgendwo tief in ihrem Inneren zurückgezogen zu haben, einen fernen Ort, an den Daniel ihr nicht folgen konnte. Ihr Haar hatte seinen Glanz verloren und ihre großen grauen Augen ihr stilles Lächeln. Sie sprach nur, wenn es nötig war, und dann mit deutlicher Anstrengung. Hohläugig und mit tödlicher Ruhe behielt sie ihre wächserne, leblose Fassung sogar angesichts ihres Kummers. Aber Daniel erhaschte manchmal flüchtig einen Blick von etwas in ihr, das zerbrach.

Manchmal ertappte er sich dabei, wie er beinahe wünschte, seine Mutter würde einem Weinkrampf oder einem Anfall weiblicher Hysterie nachgeben. Dann könnte er wenigstens einen Arm um ihre schmalen Schultern legen und versuchen, sie zu trösten. Diese stille Fremde neben ihm schien sich jenseits allen Trostes zu befinden; ja, er hatte den Verdacht, dass sie seine Gegenwart oft überhaupt nicht bemerkte.

Angesichts der hölzernen Verschlossenheit seiner Mutter hatte auch Daniel sich nach innen gekehrt, zu der beunruhigenden Frage, die ihn in jenen Tagen selten zur Ruhe kommen ließ.

Was würde aus ihnen werden?

Die Kartoffelernte war zwei Jahre hintereinander schlecht ausgefallen, und sie waren inzwischen mehr als ein halbes Jahr mit der Pacht im Rückstand. Großvater konnte allmählich seinen Pflichten nicht mehr nachkommen. Und Tahg – sein Herz zog sich vor Angst zusammen, wenn er an seinen älteren Bruder dachte –, Tahg war nicht mehr in der Lage, sein Bett zu verlassen. Seine Mutter bestand weiterhin darauf, dass Tahg wieder genesen würde, dass das Lungenleiden, das ihn seit seiner Kindheit geplagt hatte, für seine jetzige Schwäche verantwortlich sei. Vielleicht hatte sie Recht, aber Daniel konnte nicht so recht daran glauben. Eine andere Art von Leid lag jetzt auf Tahg – etwas Finsteres und Unheilvolles und Böses.

In seiner Kehle bildete sich ein fester, harter Kloß. Es würde genauso werden wie mit Ellie. Erst war sie vom Hunger schwach geworden; später bekam sie das Fieber, bis sie zunehmend kränker wurde. Und dann war sie gestorben.

Was seine Mutter betraf, so hielt Daniel sie immer noch für einigermaßen gesund. Aber zu viel harte Arbeit und zu wenig Essen erschöpften sie zusehends. Sie war in letzter Zeit ständig müde, müde und abwesend und niedergedrückt. Trotzdem flickte und nähte sie weiterhin für zwei hohe richterliche Beamte des Ortes. Ihre Einkünfte reichten jedoch nicht aus, um sie durchzubringen, jetzt, wo ihnen Vaters Lohn von Reilly, dem Weber, fehlte. Aber ihre Bemühungen, mehr Arbeit zu finden, waren umsonst gewesen.

Das ganze Dorf befand sich in ernster Not. Der Hunger lastete auf ihnen allen. Das Fieber breitete sich gewaltig aus. Beinahe jeder Haushalt war arbeitslos, und der extrem harte Winter schien nicht milder werden zu wollen. Die meisten waren hungrig; viele waren am Verhungern; alle lebten in der Furcht, ihr Land und ihre Hütten räumen zu müssen.

Aber so arm sie als Pächter auch waren, wusste Daniel doch, dass es ihnen besser ging als den meisten ihrer Freunde und Nachbarn. Thomas Fitzgerald, zum Beispiel, hatte vor einigen Jahren sein Pachtverhältnis verloren, als er mit seiner Pacht in Verzug geriet. Weil es ihm danach nicht möglich war, wieder ein Stück Land zu pachten, brachte er seine Familie mühsam durch, indem er „conacre" betrieb, d.h., er mietete ein kleines Stück Land in jeder Jahreszeit erneut an, ohne dabei irgendein gesetzliches Anrecht auf das Land zu haben. Das Stück Land, das sie hatten, war winzig. Das Häuschen, viel zu klein für solch eine große Familie, war nur ein äußerst dürftiger Schutz gegen die Winterstürme, die in diesem Jahr ausgesprochen heftig getobt hatten.

Daniel sorgte sich um die Fitzgeralds genauso sehr wie um seine eigene Familie. Seine beste Freundin, Katie, war mit den anderen zusammen in der rohen, zugigen Hütte zusammengepfercht. Katie war eine ausgesprochen zierliche Person, so schlank und zerbrechlich, dass Daniels Blut stockte, wenn er sich vorstellte, was das Fieber ihr antun könnte. Seine Schwester war viel stabiler als Katie gewesen, und es hatte Ellie in solch kurzer Zeit dahingerafft.

Katie war mehr als seine Freundin – sie war auch seine Liebste. Sie war erst elf und er dreizehn, aber sie würden eines Tages heiraten – dessen war er sich sicher. Sie hatten schon ihre gemeinsame Zukunft geplant. Wenn er alt genug wäre, würde Daniel nach Dublin gehen, um eine Ausbildung zum Arzt zu machen, und dann würde er zurückkommen und in Castlebar seine Praxis eröffnen. Irgendwann würde er dann für sich und

Katie – und seine ganze Familie – ein schönes Haus bauen können.

Natürlich musste ihre unterschiedliche Religionszugehörigkeit bedacht werden. Katie war römisch-katholisch und er ein Protestant. Aber sie würden sich später um dieses Hindernis kümmern, wenn sie älter wären. Doch jetzt war Katie sein Schatz, und damit basta. Manchmal wünschte er sich fast verzweifelt, dass die Jahre endlich vergingen und sie ihre Pläne verwirklichen könnten.

Eine Bewegung im Raum riss Daniel aus seinen Gedanken. Er blickte auf und schnappte nach Luft. Ohne nachzudenken sprang er von seinem Schemel auf und wollte einen Willkommensschrei ausstoßen. Aber er erinnerte sich gerade noch rechtzeitig an seine Umgebung.

Der Mann, der seinen Kopf einzog, um durch die Tür des Häuschens zu treten, war ein Baum von einem Mann. Seine Schultern waren so breit, dass er sich behutsam seitlich durch die Öffnung drehen musste. Und dennoch war er gertenschlank und drahtig. Er hatte eine Mähne von lockigem kupferrotem Haar und einen dichten Bart, der wie ein Fuchspelz glänzte. Er bewegte sich mit der Anmut eines Panthers und schien dennoch den Raum mit der gezügelten Kraft eines Löwen zu erfüllen.

Während Daniel ihn ungeduldig beobachtete, richtete sich der große Mann auf und ließ seine ruhelosen grünen Augen durch den Raum schweifen. Sein Blick wurde für einen Augenblick sanft, als er auf Ellies Leichnam ruhte, und er wurde noch sanfter beim Anblick von Daniels Mutter, die er mit einem kurzen und linkischen Nicken grüßte. Erst als sein Blick Daniels Augen traf, zog ein breites, erfreutes Lächeln über seine wettergegerbten Züge.

Er ging auf sie zu, und obwohl er in dem dunklen Fries und den abgetragenen Stiefeln schlicht gekleidet war, schien es Daniel, dass Morgan Fitzgerald ebenso gut mit dem Stahl und den Farben eines Kriegshauptmannes hätte geschmückt sein können, so eindrucksvoll und Ehrfurcht gebietend war seine Gegenwart. Er blieb direkt vor ihnen stehen, und beide, er und Daniel, standen einen Moment lang unbeweglich und studierten das Gesicht des anderen. Dann legte Morgan seine tellergroßen Hände auf Daniels Schultern und zog ihn in eine harte, männliche Umarmung. Daniel seufzte vor Befriedigung, als er seine Wange in Morgans stahlharter Brust vergrub. Er wusste, dass der Bund zwischen ihm und dem bronzenen Riesen erneuert war.

Nach einer kleinen Weile zauste Morgan liebevoll Daniels Haar, ließ ihn los und wandte sich Nora zu. Die tiefe, polternde Stimme, die die Wände einer Hütte erschüttern konnte, war unendlich sanft, als er sprach. „Ich habe von Owen und dem Mädchen gehört, Nora. Das ist ein schlimmer Verlust."

Daniel beobachtete, wie seine Mutter ihre schwarz umrandeten Augen zu Morgan erhob. Sie schien noch bleicher zu werden, und ihre kleinen Hände begannen, ihr Taschentuch zu einem Strang zu drehen. Als sie seinen Gruß erwiderte, klang ihre Stimme seltsam, als ob sie an ihren Worten ersticken würde. „Es ist gut, dass du gekommen bist, Morgan."

„Nora, wie geht es dir?", fragte er und beugte sich noch weiter vor, während er ihr Gesicht erforschte.

Ihre einzige Antwort war ein leichtes, steifes Nicken, bevor sie wegsah.

Daniel wunderte sich über den verletzten Blick in Morgans Augen, und er wunderte sich noch mehr über den angespannten Ausdruck seiner Mutter. Es war still im Zimmer, und er bemerkte, dass die glatthaarige Judy Hennessey auf ihrem Stuhl nach vorn gerutscht war, so weit sie konnte, und offensichtlich versuchte, ihre Unterhaltung mitzuhören. Er warf einen wütenden Blick in ihre Richtung, aber sie ignorierte ihn und reckte ihren Hals noch weiter.

In diesem Moment verließ Großvater Dan seinen Platz am

Feuer und kam schwerfällig auf sie zu. Sein kantiges Gesicht mit dem grauen Bart hatte einen verdrießlichen und missmutigen Ausdruck. Daniel machte sich auf etwas gefasst. Denn solange er denken konnte, hatte es zwischen seinem Großvater und Morgan Fitzgerald böses Blut gegeben. Großvater hegte seit Jahren irgendeinen Groll gegen Morgan und sprach meistens von ihm als dem „nutzlosen Rebellen-Dichter".

„Und dieser langbeinige Vagabund hält sich wahrscheinlich noch für etwas ganz Besonderes", sagte Großvater dann meistens. „Ah, er ist ein Schurke, das ist er! Ein großmäuliger Schurke mit einer honigsüßen Zunge und einer ganzen Kette von krummen Geschäften, so lang wie die Straße von hier nach Sligo – das ist euer Fitzgerald! Was er aus all seinen Büchern und seinem Herumwandern gelernt hat, ist, dass es viel leichter ist, für sein Abendessen zu singen als dafür zu arbeiten."

Jetzt, als er beobachtete, wie die beiden in Kampfstellung gingen, hielt Daniel in Erwartung eines Streites den Atem an. In Morgans Augen flackerte ein warnendes Funkeln auf, und das Gesicht des alten Mannes war rot. Sie starrten einander für einen spannungsgeladenen Moment an. Dann grüßte Morgan zu Daniels größter Überraschung den Großvater mit einer respektvollen Verneigung und, anstatt ihn zu reizen, wie er es in der Vergangenheit getan hätte, sagte er leise: „Das ist eine bittere Sache, Dan. Es tut mir Leid, was ihr alles durchmachen müsst."

Obwohl er vom Alter und von harter Arbeit geschrumpft war, war Großvater größer als die meisten Männer. Dennoch musste er zu Morgan aufsehen. Sein Mund wurde schmal, als sie einander ansahen, aber die erwartete bissige Antwort blieb aus. Stattdessen neigte der alte Mann sein Haupt in einer knappen Geste des Dankes und ging dann ohne ein Wort weg. Seine Weste schlug lose um seine ausgezehrte Gestalt.

Morgan starrte ihm nach. Seine dichten Brauen waren zu einem Stirnrunzeln zusammengezogen. „Das ist das erste Mal, seit ich Dan Kavanagh kenne, dass man ihm sein Alter ansieht", murmelte er mehr zu sich selbst. „Es sieht fast so aus, als wäre der Hunger nötig gewesen, um ihn altern zu lassen."

Er wandte sich wieder an Daniels Mutter. „Nun, wo ist Tahg? Ich hatte gehofft, ihn zu sehen."

Nora blickte kurz auf die andere Seite der Küche. Tahg lag in seinem Bett in einer kleinen, dunklen Nische im hinteren Teil des Raumes, vor der eine zerrissene Decke hing, um ihn abzuschirmen. „Er schläft. Tahg fühlt sich wieder schlecht."

Morgan blickte von ihr zu Daniel. „Wie schlecht? Doch nicht das Fieber?"

„Nein, es ist nicht das Fieber!", sagte sie heftig, und ihre Augen waren genauso hart wie ihre Stimme. „Es ist seine Lunge."

Daniel starrte auf den Boden. Er konnte Morgan nicht in die Augen sehen aus Furcht, man könne sehen, dass er anderer Meinung war.

„Nora ..."

Daniel hob den Kopf und sah, wie Morgan das Gesicht seiner Mutter erforschte. In seinen Augen lag ein sanfter Ausdruck von Mitleid.

„Nora, kann ich irgendetwas tun?"

Daniel konnte sich nicht erklären, warum seine Mutter plötzlich die Stirn runzelte. Merkte sie nicht, dass Morgan nur helfen wollte?

„Danke, aber wir brauchen keine Hilfe."

Morgan blickte sie zweifelnd an. „Bist du sicher, Nora? Es muss doch etwas geben ..."

Sie unterbrach ihn, und ihr Tonfall machte deutlich, dass er nicht weiter drängen sollte. „Dein Angebot ist sehr freundlich, Morgan. Aber wie ich schon sagte, wir brauchen keine Hilfe."

Morgan sah sie noch einen Moment an. Schließlich nickte er widerstrebend. „Dann sollte ich wieder gehen. Die Beerdigung – wird sie morgen sein?"

Ihre zusammengepressten Lippen lockerten sich. „Die Beerdigung ... aye, die Beerdigung wird morgen sein."

Als Daniel hörte, wie ihre Stimme stockte, wollte er ihre Hand nehmen, ließ es dann aber doch bleiben, als er die Leere in ihren Augen sah. Sie starrte an Morgan vorbei zu Ellies Leichnam. Es sah so aus, als nähme sie niemanden sonst im Raum wahr.

Morgan warf Daniel einen bedeutungsvollen Blick zu. „Ich werde dann wohl gehen. Bringst du mich hinaus, Junge?" Ohne auf Daniels Antwort zu warten, hob er eine Hand, als wolle er sie auf Noras Schulter legen, aber er zog sie weg, bevor er sie berührte. Dann wandte er sich rasch ab und ging zur Tür.

Daniel brannte darauf, die düstere Stimmung der Hütte zu verlassen, und noch mehr brannte er darauf, nach Monaten der Trennung wieder mit Morgan zusammen zu sein. Dennoch wartete er auf die Zustimmung seiner Mutter. Als er erkannte, dass sie nicht einmal Morgans Frage gehört hatte, ging er, um seinen Mantel von dem Wandhaken bei der Tür zu nehmen. Mit einem nagenden Schuldgefühl wegen der Erleichterung, die er verspürte, als er ging, eilte er, um Morgan nach draußen zu folgen.

# 2. Morgan

*Oh, rüg nicht den Barden, der in die Gemächer eilt,*
*den Ruhm verachtet und die Freuden wählt.*
*Geboren war er für so viel mehr, und wer weiß, ob nicht in besserer Stund'*
*seine Seele brannte mit heil'gerer Flamm.*
nach Thomas Moore (1779 – 1852)

Trotz der kalten Abendluft gingen sie den ganzen Weg bis zum Stadtrand. Ihr Ziel war die Landebrücke. Die niedrigen finsteren Häuserreihen von Killala wurden von der hereinbrechenden Dunkelheit verwischt; die Flecken, die die feuchten Atlantikwinde auf ihnen hinterlassen hatten, waren kaum zu sehen. Es war eine schwere, bedrohliche Dämmerung, erfüllt von der ungastlichen Stille eines trauernden Dorfes.

Obwohl er eine fast sentimentale Vorliebe für das Dorf hegte, hatte Morgan schon vor langer Zeit beobachtet, dass Killala typisch für Irland selbst war: Aus der Ferne bot es einen verlockenden Anblick mit seinem sanft ansteigenden Land, seinen fruchtbaren Auen und Wäldchen und seiner malerischen Lage an der Bucht. Aber bei näherem Hinsehen wurde die Schönheit verdorben von Unordnung und Elend, von einer niedergedrückten Ziellosigkeit, die in seinen gewundenen Straßen und unter seinen ärmlichen Bewohnern herrschte.

Obwohl Killala in Mayo, der wildesten und ärmsten Grafschaft von ganz Irland, lag, war es einst eine fröhliche, geschäftige Stadt gewesen, das Zentrum der bischöflichen Autorität. Aber vor einigen Jahren war der größte Teil des Handels nach Süden in die Stadt Ballina gezogen; das hatte Killalas Wirtschaft zerstört. Schließlich verlegte die Kirche ihre Gerichtsbarkeit nach Tuam, was den Wohlstand des Dorfes noch weiter sinken ließ.

Die Kathedrale stand noch immer im Zentrum der Stadt, zusammen mit einem sehr alten Rundturm, von dem die drei Hauptstraßen Killalas ausgingen – eine verlief nach Westen zu dem elenden Weiler Palmerstown, eine ging nach Süden zu einem Gelände, das „das Gut" genannt wurde, und die dritte führte nach Osten. Der Turm war das einzig wirklich interessante Gebäude. Selbst die Kathedrale war einfach und schlicht gebaut. Außerdem rühmte sich Killala, die stattliche Residenz eines protestantischen Geistlichen zu beherbergen, die immer noch „der Palast" genannt wurde, sowie ein kleines wesleyanisches Versammlungsgebäude, eine römisch-katholische Kapelle und ein Schulhaus, das oft ohne Lehrer war.

Während sie durch das Städtchen gingen, wuchs Morgans Sorge über dessen verfallenen Zustand. Aber das hätte ihn nicht erstaunen sollen. Dasselbe erdrückende Sargtuch, das jetzt über Killala hing, hatte auch all die anderen Dörfer eingehüllt, durch die er in den letzten paar Monaten gereist war. So, wie sich die gefürchtete Kartoffel-Braunfäule in den letzten beiden Jahren auf die Felder des Landes gesenkt hatte, so schien eine beklommene Stille ganz Irland zu durchdringen. Morgan wusste: Es war die Stille eines Volkes, dessen Hoffnung starb, ein Volk, das den Blick auf das Morgen verloren hatte. Der Klang der Fidel und der Flöte war von der Totenklage der Trauernden abgelöst worden; der Rhythmus tanzender Füße hatte sich verlangsamt, angepasst an das Klagelied des Leichenwagens, die Melodie des Beerdigungsmarsches und die verzweifelten, schlurfenden Schritte eines heimatlosen Volkes auf der Suche nach einer Zuflucht.

Sie mussten an etwa zwanzig oder mehr entwurzelten armen Schluckern vorbeigegangen sein, bevor sie am Rand des Dorfes angelangt waren. Die meisten von ihnen standen dicht zusammengedrängt und zitternd um ihre eingestürzten Häuschen herum und warteten, dass die Nacht hereinbrach, so dass sie zurück unter die Überreste ihres Daches und der Wände kriechen konnten, um sich bis zum Tagesanbruch dort zu bergen.

Morgan kannte ihre Verhaltensweise, denn er hatte Hunderte gesehen, die wie sie waren. Tagelang würden sie bei den Überresten ihrer Häuser herumlungern – Häuser, die oft von einigen ihrer eigenen Nachbarn gegen Bezahlung zerstört worden waren. Sie waren nicht bereit, das letzte Band zu dem Land zu lösen, auf dem ihre Heime und die ihrer Vorfahren seit vielen Jahren gestanden hatten. Und so verbrachten sie die Nacht in dem eingestürzten Unterschlupf und krochen vor Tagesanbruch wieder heraus, um nicht von einem der Helfershelfer des Verwalters entdeckt zu werden. Dann verschwanden sie bis zum Abend, und das Ritual wiederholte sich. Irgendwann würden sie endgültig weggehen und heimatlos über die Landstraßen irren müssen.

Hausräumungen waren jetzt an der Tagesordnung und das Leid der Obdachlosen eine allgemein verbreitete Tragödie in Irland. Die Nation verwandelte sich innerhalb kurzer Zeit in einen offenen Friedhof. Sie begrub ihre Erinnerungen, ihre Traditionen, ihren Geist – und ihre Menschen.

Die Leute starben zu Tausenden: Sie starben am Hunger, an dem bösartigen Fieber, das mit tödlicher Sicherheit jede Hungersnot begleitete, und an der völligen Verzweiflung und totalen Hoffnungslosigkeit. Von alters her waren die Iren ein tapferes, großzügiges Volk mit offenen Türen und offenen Herzen gewesen, dem es auch in den schlimmsten Zeiten nicht an Gedichten und Liedern fehlte. Sie waren von Natur aus so gesellig, dass sie sogar eine Totenwache in ein Fest verwandelten. Nun führten sie ein verborgenes Dasein hinter verschlossenen Türen und zitterten vor Furcht und Grauen und Enttäuschung.

Und das brachte sie um. Überall, wo er hinkam, hatte Morgan die Sterbenden gesehen – nicht alle von ihnen starben physisch, bei weitem nicht alle. Die Menschen verloren ihr Gespür für sich selbst – ihre Heime, ihre Träume, ihren Stolz, ja, ihre *Identität* – an einen anonymen, scheinbar unbesiegbaren Feind.

Und wer sollte die Schuld an den Veränderungen, die Irland verheerten, auf sich nehmen? Die Leute beschuldigten die Briten, die Irland weiterhin als ihren persönlichen Brotkorb betrachteten und es mit einem unglaublichen Mangel an christlichem Gewissen regierten. Sie beschuldigten die gierigen, häufig außer Landes wohnenden Großgrundbesitzer, die riesige Teile der kleinen Insel besaßen, sich aber überhaupt nicht um ihren Besitz kümmerten – außer dass sie unverschämte Pachten einkassierten. Sie verurteilten die Gutsverwalter, die, oft unter völliger Missachtung des Lebens und der Gesundheit der Pächter, die Ländereien für die abwesenden Großgrundbesitzer verwalteten. Und sie beschuldigten die Krankheit selbst, die in ihrem Wüten die Kinder Irlands zu Tausenden forderte.

Und doch, überlegte Morgan, obwohl es so viele Bereiche gab, auf die man die gemeinsame Schuld verteilen konnte, war Irlands großer Zerstörer der *ukrosh*, der Hunger. Der lebenszerstörende Hunger, der das Herz erstarren ließ und die Seele raubte.

„Morgan? Morgan, *sieh doch!*"

Die Stimme des Jungen an seiner Seite riss ihn aus seinem Grübeln. Er sah Daniel John an und folgte dann dem Blick des Jungen, um zu sehen, was dessen Aufmerksamkeit erregt hatte.

Ihnen gegenüber, in einem Graben neben der rechten Straßenseite, hatten sich eine Frau und zwei kleine Mädchen zusammengedrängt, alle in Lumpen gekleidet. Sowohl die Mutter als auch die Kinder hatten weder Mantel noch Schal, und ihre Kleider waren so zerrissen, dass sie auch Papierfetzen hätten tragen können. Morgan, der selbst in seinem Mantel fror, konnte sich nicht vorstellen, wie diese armen Seelen die Kälte ohne schützende Kleidung aushielten. Sie waren offensichtlich halb erfroren und standen am Rande des Hungertodes. Die Frau schien sie durch glasige, trübe Augen zu beobachten, als sie sich näherten. Aber als sie dichter herankamen, sah Morgan, dass sie den leeren, starren Blick eines Menschen hatte, dessen Kraft so erschöpft war, dass er außer dem Dunst des herannahenden Todes nichts mehr sehen konnte.

Er warf einen raschen Blick die Straße hinunter und sah andere, die das Dorf verließen: einen alten Mann und seine Frau, beide ohne Mantel, sowie eine Anzahl wandelnder Skelette, die nur in Lumpen oder zerrissene Säcke gehüllt waren. Einige hockten leblos in den Gräben an beiden Seiten, während andere mit der hölzernen, todgeweihten Gangart des bevorstehenden Todes marschierten. Einige waren erwachsen, einige waren Kinder; viele trugen Babys.

Wo waren sie alle hergekommen? Nicht aus dem Dorf, vermutete Morgan. Killala war ein kleiner Ort mit vierzehn-, höchstens fünfzehnhundert Einwohnern. Und so, wie diese leidgeprüften Wesen aussahen, waren einige von ihnen seit Tagen unterwegs. Höchstwahrscheinlich waren sie Flüchtlinge aus anderen Städten und auf der Suche nach Arbeit oder Hilfe oder einem Unterschlupf – und wahrscheinlich würden sie nichts dergleichen finden.

Als sie auf gleiche Höhe mit der Frau und ihren kleinen Mädchen kamen, legte Morgan eine Hand auf Daniels Schulter, um anzudeuten, dass der Junge auf ihn warten sollte. Er wandte sich zu dem Graben, in dem die kleine Familie kauerte. Die Frau beobachtete sein Herannahen ohne eine Gefühlsregung oder ein Anzeichen von Interesse. Eines der Mädchen, das kleinere der beiden, heftete benommene, blicklose Augen auf Morgan. Er spürte, dass sie nur noch wenige Stunden vom Tod entfernt war. Das ältere Mädchen schien die Kleinere zu stützen, als ob sie verhindern wollte, dass sie in den Graben fiele. Beide waren so mager wie ihre Mutter, ihre Haut hing in Falten herab und ihre tief liegenden Augen brannten Löcher in Morgans Herz.

„Ihr seid doch wohl nicht unterwegs, du und deine Mädchen?“, bemerkte er als Gruß.

Die Frau starrte ihn an. Als sie ihren Mund öffnete, um zu sprechen, schien es sie große Anstrengung zu kosten. „Doch, wir sind unterwegs.“

„Wo ist denn dein Mann?“

Die Frau sah ihn mit leeren Augen an, als hätte sie nicht verstanden. Sie zitterte so stark und ihre Stimme war so schwach und apathisch, dass Morgan ihre Worte kaum verstehen konnte. „Gestorben, schon vor zwei Wochen, am Fieber.“

„Hier in Killala?“

Sie schüttelte den Kopf. „Wir kommen aus Rathroeen. Der Verwalter hat uns gestern hinausgeworfen.“

Welcher Mensch, fragte sich Morgan, konnte eine verhungernde Frau und ihre zwei kleinen Mädchen in den Schnee hinauswerfen? Aber er kannte die Antwort bereits – ein Mann wie ihr eigener Verwalter in Killala, George Cotter. Mehr Untier als einige und weniger Mensch als andere. Die Insel hatte mehr als genug von ihrer Sorte.

„Hast du jemanden hier im Dorf?“, fragte er. „Vielleicht Verwandte?“

Zitternd zog die Frau ihre Kinder an sich, als wolle sie von ihnen ein wenig Wärme bekommen. Keines von den beiden schien irgendetwas wahrzunehmen. Sie starrten Morgan einfach weiter aus hohlen Augen an. „Nicht hier“, antwortete sie matt, und ihre Stimme zitterte so stark wie ihr Körper. „Wir sind auf dem Weg nach Kilcummin. Die Familie meines Mannes ist dort.“

*„Kilcummin?“* Morgan starrte sie entsetzt an. „Deine kleinen Mädchen sind nicht stark genug für den Weg. Hast du niemanden in der Nähe?“

Die Frau wandte ihren Kopf ab, ohne zu antworten, als habe sie ihn nicht gehört. Morgan sah von ihr auf die winzigen Mädchen, die sich an das zerlumpte Kleid ihrer Mutter klammerten.

Mit einem frustrierten Murren öffnete er den Beutel, der an seiner Hüfte hing. „Hier", sagte er, fischte eine Münze heraus und gab sie ihr. „Da ist eine Frau in der Rathlackan-Straße, die Zimmer vermietet. Es ist keine Schenke, hörst du, sondern ein ordentliches Haus. Gib ihr dies und sage ihr, Morgan Fitzgerald bitte sie, dir ein Zimmer und etwas zu essen zu geben, bis ihr in der Lage seid, nach Kilcummin zu gehen."

Die Frau starrte auf Morgans ausgestreckte Hand, als halte er darin einen Regenbogen. Ihre Augen wanderten von seiner Hand zu seinem Gesicht, dann wieder zurück zu dem Geld, das er ihr entgegenstreckte. Schließlich streckte sie ihre Finger mit einem Ruck nach dem Geld aus. „Gott segne dich, Mann", murmelte sie und stopfte das Geld vorne in ihr Kleid. „Möge Gott in seiner Gnade dich segnen. Du hast uns gerettet."

Morgan wollte wieder zur Straße zurückgehen, aber bevor er Daniel John erreichen konnte, wurde er aufgehalten. Als wäre ein Aufruf an ein Heer von Phantomen ergangen, schossen zerlumpte Wanderer wie ein Schwarm von Habichten auf ihn zu, ihn packend, weinend, wimmernd. Alle streckten sich gleichzeitig nach ihm aus. Sie klammerten sich an seine Kleidung, jammerten und bettelten, er müsse ihnen auch helfen.

„Ich kann nicht – es tut mir Leid, aber ich kann nicht." Vergeblich versuchte er, sich Gehör zu verschaffen. Aber seine Proteste gingen in dem Lärm unter.

Er warf seine Arme als Schild hoch und versuchte, sich zurückzuziehen, ohne zuzuschlagen. Er war mehr als einen Kopf größer als sie alle, doch der Druck ihrer Körper war so verzweifelt und entschlossen, dass er einen Moment lang befürchtete, sie würden ihn umwerfen und tottrampeln.

Er brüllte jetzt, aber es war umsonst. Morgan, der Angst hatte, sie würden sich von ihm abwenden und über die Frau und ihre kleinen Mädchen herfallen, drehte sich um und warf ihr einen warnenden Blick zu, wobei er mit dem Kopf auf die Straße wies. Sie brauchte einen Moment, bevor sie reagierte, aber schließlich bewegte sie sich und zog die Kinder mit sich. Stolpernd und schwankend schafften sie es schließlich, den Graben zu verlassen und auf die Straße zu gehen.

Über die Köpfe der Menge hinweg sah Morgan Daniel John. Der Junge hatte die Straße verlassen und lief auf ihn zu. *„Nein!"* Morgan schrie über den Lärm hinweg. „Bleib da!"

Morgan, der immer noch nicht die Kraft seines großen, gesunden Körpers gegen die verhungernden, Mitleid erregenden Vogelscheuchen um sich herum einsetzen wollte, schleuderte seine Arme hoch und warf sich flink wie ein Wiesel durch die erste Öffnung, die er entdeckte. Die Gewalt seiner Bewegung verursachte einen Durchbruch in der rasenden Menge, und sie begannen, zurückzubleiben.

Als sich Morgan endlich von ihnen befreit hatte, fühlte er sich von ihren anklagenden Augen gebrandmarkt, mit denen sie seinen Rückzug verfolgten. Er verspürte plötzlich ein brennendes, absurdes Schuldgefühl über sein eigenes Wohlergehen.

Daniel John hatte es geschafft, die Menge zu umgehen, und eilte an seine Seite. Sein Gesicht war kreidebleich. „Bist du in Ordnung, Morgan? Haben sie dich verletzt?"

„Nein, nein, Junge, es geht mir gut", beruhigte ihn Morgan und ordnete seine Kleidung. „Wie hätten mich diese armen Geschöpfe verletzen können, wo sie dem Tode doch so nahe sind?"

Morgan wollte nicht, dass der Junge bemerkte, wie sehr ihn der Vorfall erschüttert hatte, und zwang einen barschen Klang in seine Stimme. „Wir müssen zurückgehen. Deine Mutter wird ärgerlich auf uns beide sein – besonders auf mich, weil ich dich so lange in dieser Kälte gelassen habe."

„Lass uns zuerst noch den Rest des Weges bis zum Pier gehen, Morgan. Bitte, ja? So wie wir es immer gemacht haben?"

Morgan zögerte. Dann legte er seinen Arm um die Schultern

des Jungen. Er hielt den Atem an, als er merkte, wie deutlich er die Knochen durch den dünnen Mantel fühlen konnte. „In Ordnung, Junge, aber nur einen Moment, und dann müssen wir zurück."

Sie erreichten den Rand des einfachen Landesteges und starrten schweigend auf das dunkle, finstere Wasser der Bucht hinaus, das jetzt mit dickem Eis bedeckt war. Der Wind, in den sich Nebel mischte, stach ihnen ins Gesicht, und Morgan zog den Schal aus seinem Kragen und schlang ihn dem Jungen um den Hals. „Sag, ist es wahr, was ich gehört habe – dass es einige Todesfälle im Dorf gegeben hat wegen des Hungers?"

Daniel John nickte und berührte mit einem dankbaren Lächeln den Schal. „Aye, vom Hunger oder dem Fieber – oder beidem."

Morgan blieb stehen und fasste den Jungen bei den Schultern. „Sag mir jetzt die Wahrheit, Daniel John. Habt ihr etwas zu essen, du und deine Familie?"

Der Junge zögerte, und Morgan konnte förmlich sehen, wie Noras Stolz in ihrem Jungen arbeitete. Er wurde plötzlich ärgerlich über Nora, weil sie ihre eigene sture Selbstgenügsamkeit auf diese jungen Schultern übertragen hatte, und dennoch konnte er es verstehen. Ihr starkes Bedürfnis, sich selbst zu verbessern, hatte Nora gelehrt, jedes kleinste Zeichen von Schwäche zu unterdrücken. Er hätte eigentlich wissen müssen, dass Daniel aus dem gleichen Holz geschnitzt war.

„Du musst mir die Wahrheit sagen, Junge", beharrte er sanft.

Der Junge sah weg. „Mutter ist stolz, weißt du."

Morgan nickte. *Stolz und stur wie ein Maulesel,* dachte er. „Aye, das ist sie, und Stolz hat seinen Platz. Aber nicht zwischen Freunden, wie wir es sind." Er machte eine kleine Pause, bevor er weiterfragte. „Owen hatte also nichts zurückgelegt?"

Wieder vermied es Daniel, ihm in die Augen zu sehen. „Doch, aber das ist längst verbraucht."

Morgan verstärkte seinen Griff um die Schultern des Jungen. „Gut, hör mir jetzt zu. Du darfst dir keine Sorgen machen. Ich werde eine Lösung für dich und deine Familie finden."

„Aber *wie?*", brach es aus dem Jungen heraus. „Großvater sagt, deine Taschen sind so leer wie deine Versprechen." Zu spät, er fuhr sich mit der Hand über den Mund und seine Augen wurden groß vor Entsetzen über seine Worte.

Morgan lächelte, ließ seine Hände von den Schultern des Jungen fallen und richtete sich auf. „Das ist nur allzu wahr. Aber ich glaube, ich kann immer noch einem Freund helfen, wenn es nötig ist."

Er streckte sich auf seine Zehenspitzen und schaute einen Moment lang in den Nachthimmel hinauf. Die Wolken hingen so tief, dass sie aussahen, als würden sie in die Bucht fallen. „Was ist mit Hausräumungen, Junge? Hat es schon viele gegeben?"

„Aye, und jede Woche werden es mehr. Die Conlons wurden erst letzten Samstag hinausgeworfen, als der Schneesturm am schlimmsten war. Sie leben jetzt in einer der verlassenen Siedlerhütten nahe am Strand."

Morgan sah ihn an. „Du meinst Brian Conlon?"

Daniel John nickte. „Cotter ließ ihr Haus praktisch über ihren Köpfen abreißen."

Morgan runzelte grimmig die Stirn und stieß den Namen des Verwalters wie einen Fluch aus. *„Cotter!"* Er erinnerte sich nur allzu gut an den Verwalter mit dem Schweinsgesicht. Der Kerl war des Teufels eigene Brut.

Eine Frage beunruhigte ihn, aber er war sich nicht sicher, ob er sie stellen sollte. Doch es schien dem Jungen keine Probleme zu bereiten, ihn ins Vertrauen zu ziehen. „Und was ist mit *eurer* Pacht, Daniel John? Weißt du, ob ihr im Rückstand seid?"

„Wir sind ein halbes Jahr im Rückstand", sagte der Junge leise, ohne zu zögern. Er biss sich einen Moment auf die Unterlippe und sagte dann: „Großvater sagt, dass wir noch vor dem Frühjahr hinausgeworfen werden, wenn wir nicht bezahlen können, was wir bisher schulden, und noch das nächste halbe Jahr dazu."

Der alte Ärger und die Bitterkeit schossen in Morgan hoch, als er die sorgenvollen Augen des Jungen studierte. Impulsiv nahm er ihn in seine langen Arme und zog ihn an sich. „Habe ich dir nicht gesagt, dass ich euch helfen werde und dass du dir keine Sorgen machen darfst?"

„Aye, Morgan."

Er hörte die Unsicherheit in der gedämpften Antwort des Jungen. Morgan nahm ihn bei den Schultern und schob ihn gerade so weit von sich weg, dass er sein Gesicht sehen konnte. „Lass uns jetzt lächeln", sagte er und zwang ein Lächeln auf sein eigenes Gesicht. „Du darfst nicht vergessen, dass dein Opa großartig darin ist, aus einer Mücke einen Elefanten zu machen." Er zerzauste Daniel Johns wilde schwarze Locken. „Nun, habe ich Recht?"

Der Junge schüttelte den Kopf und schaffte es, zu lächeln. Morgan öffnete seinen Mantel und zog Daniel John in dessen Schutz, eng an seine Seite. „Komm jetzt mit", befahl er, legte seinen Arm um die Schultern des Jungen und drehte ihn um in Richtung auf die Stadt. „Ich schlage vor, während wir gehen, erzählst du mir von euren Fortschritten auf der Harfe, deinen und Tahgs."

Daniel John lächelte zu ihm auf. „Weißt du, dass du das immer sagst, ganz genauso, jedes Mal, wenn du heimkommst?"

„Und ist das nicht mein gutes Recht, wo ich euch doch all euer musikalisches Können beigebracht habe?"

„Tahg sagt, ich klinge mehr und mehr wie du, jedes Mal, wenn ich spiele."

Morgan lächelte auf ihn hinunter, während sie gingen. „Oh, tut er das, ja? Nun, wir werden uns darum kümmern müssen, denke ich." Er spürte einen Stich in seinem Herzen, als er die

Freude des Jungen sah, und er ertappte sich dabei, wie er sich – nicht zum ersten Mal – wünschte, dass dieses weichherzige Kind mit den weisen blauen Augen sein eigenes wäre.

*Und das hätte er auch sein können, Mann, wenn du nicht so erpicht darauf gewesen wärest, den Narren zu spielen.* Der Gedanke durchfuhr Morgan, bevor er sich innerlich dagegen wappnen konnte. *Aber es ist besser, nicht darüber nachzudenken.* „Und Tahg, wie macht er sich auf der Harfe?"

Die Miene des Jungen verdunkelte sich. „Tahg ist in der letzten Zeit nicht kräftig genug gewesen, um zu spielen. Er kann sich jetzt kaum im Bett aufrichten."

Das Bild von Noras ältestem Sohn setzte sich in Morgans Gedanken fest – bleiche Haut und hervorstehende Knochen; gute Augen ohne Falsch und ein ebenso reines Herz. Tahg war der nüchterne, der realistische, vernünftige Planer und Praktiker. Ein wundervoller Junge, dazu bestimmt, ein guter, starker Mann zu werden. Aber nun?

Sie legten den Rest des Weges schweigend zurück. Beide senkten ihre Köpfe gegen den schneidenden Schnee und den Wind, der ihre Haut peitschte. Keiner von beiden sprach, bis sie den Weg zu Daniel Johns Haus erreicht hatten.

„Ich werde dich hier verlassen", sagte Morgan. „Deine Mutter wird sich sorgen und dich bei sich haben wollen."

Der Junge umklammerte seine Hand, und Morgan konnte sehen, dass Daniel John nur ungern hineingehen wollte. „Morgan ..."

„Aye, Junge?" Die Augen des Jungen waren mit einer Mischung von Vertrauen und Verwirrung auf Morgan gerichtet.

„Glaubst du –" Er hielt inne und fuhr dann fort. „Du weißt doch, dass wir immer sagen, ‚Gott ist gut'?"

Morgan sah stirnrunzelnd auf ihn hinunter und nickte.

Der Junge zögerte. „Nun ... glaubst du das?" Morgan starrte ihn an. „Warum stellst du solch eine Frage, Junge?"

Daniel John antwortete nicht. Er stand einfach da und starrte ihn wartend an.

Morgan atmete tief ein und blickte kurz über seine Schulter auf die Straße, während er versuchte, eine Antwort zu formulieren. Als er sich zurückwandte, beobachtete ihn der Junge immer noch erwartungsvoll. „Aye, Daniel John, natürlich glaube ich, dass Gott gut ist. Aber das bedeutet nicht“, und er fuhr sich mit einer Hand durch seine Haare, während er seine Worte abwog, „dass alle seine *Geschöpfe* gut sind. Er hat uns zwar nach seinem Bilde geschaffen, aber mir scheint, es gibt einige, die seine ursprüngliche Absicht stark verzerrt haben.“

Er machte eine Pause, denn er spürte, dass der Konflikt zwischen Glaube und Zweifel, der in dem Jungen stattfand, nur allzu oft auch in seinem eigenen Geist ablief.

„Weißt du, Junge, was offenbar geschieht, ist, dass Gottes Güte oft von der Gemeinheit seiner Geschöpfe überschattet wird. Verstehst du, was ich sagen will?“

Nach einer Weile nickte der Junge. „Ich glaube, ja. Aber seit Pa getötet wurde und Ellie starb und Tahg so krank wurde ...“ Er hielt inne, als sei er unfähig, die richtigen Worte zu finden, um auszudrücken, was er sagen wollte.

Morgan wartete. Er verstand den Kampf des Jungen nur zu gut. „Es ist eine schwere Sache, ich weiß. Wenn Gott wirklich gut ist, dann fragst du dich, warum er dem Bösen so viel Raum gibt, nicht wahr?“

Daniel John nickte. Sein Blick klärte sich etwas auf. „Einige Leute im Dorf sagen sogar, dass Gott Irland ganz und gar verlassen hat.“

„Nun, Junge, ich muss zugeben, dass mir dieser Gedanke manchmal auch schon gekommen ist“, gestand Morgan. Er sah den erstaunten Gesichtsausdruck des Jungen und versuchte, weiter zu erklären. „Dass man ein Mann ist, bedeutet nicht unbedingt, dass man aufhört zu zweifeln und zu fragen, Daniel

John. Aber ich glaube inzwischen, dass Gott niemals die Absicht hatte, uns seine Wege völlig verstehen zu lassen. Vielleicht hat die Tatsache, dass ich die Gründe für sein Handeln – dafür, warum er etwas tut oder nicht tut – nicht verstehen kann, nur den Zweck, zu zeigen, dass ich menschlich bin und er göttlich."

Der Junge schien einen Moment lang über Morgans Worte nachzudenken, aber seine Augen wirkten immer noch beunruhigt. „Es scheint so ungerecht, die schlimmen Dinge, die geschehen. Wie Ellies Tod. Sie musste so leiden, bevor sie starb. Und Ellie hat nie jemandem Böses zugefügt."

„Oh, Junge, mach nicht den Fehler, zu erwarten, dass das Leben die Qualitäten Gottes hat. Lerne jetzt, wo du noch jung bist, die zwei nicht miteinander zu vergleichen, oder es könnte dich eines Tages in den Wahnsinn treiben. Das Leben ist das Leben, und Gott ist Gott, und es ist pure Dummheit, die zwei miteinander zu verwechseln. Das Leben wird niemals gerecht sein, Daniel John, aber wir müssen *glauben,* dass Gott niemals *weniger* als gerecht ist. Das ist die Wahrheit, auch wenn es oft schwer ist, an ihr festzuhalten, besonders in Zeiten wie diesen."

Morgan war dankbar, zu sehen, dass er einen Schimmer des Verstehens in den Augen des Jungen aufglimmen sah. „Ich werde darüber nachdenken müssen, Morgan."

„Aye, Junge", sagte er und legte eine Hand auf die Schulter des Jungen. „Ich bin sicher, dass du das tun wirst. Aber jetzt rein mit dir."

„Morgan?" Der Junge machte immer noch keine Bewegung auf die Tür zu. „Wirst du diesmal eine Weile hier bleiben?"

Morgan sah Daniels hoffnungsvollen Blick und fühlte plötzlich große Trauer über die Verluste, die das Herz des Jungen hatte erleiden müssen, und die Einsamkeit, die er jetzt wahrscheinlich empfand. Sein Zögern beim Antworten veranlasste den Jungen, ihn zu drängen.

„Bleibst du, Morgan?"

„Es gibt etwas, was ich zuerst erledigen muss“, begann er. Als er sah, wie Daniel Johns Augen sich vor Enttäuschung verdunkelten, beeilte sich Morgan, ihm zu versichern: „Es wird sicherlich nur zwei oder drei Tage dauern. Dann werde ich zurückkommen. Und wenn ich komme – ja, Junge, ich plane, eine Weile zu bleiben. Diese langen Beine hier werden steif und schmerzen vom Herumtreiben in der Kälte. Vielleicht wäre eine schöne, lange Ruhepause genau das Richtige für mich.“

Der Junge strahlte. „Das meine ich auch, Morgan. Eine *sehr* lange Ruhepause zu Hause, das ist es, was du brauchst.“

*Zu Hause.* Die Worte erfüllten Morgan mit Bedauern. Er konnte sich nicht mehr entsinnen, seit wie vielen Jahren die Straße sein Zuhause gewesen war – oder, bestenfalls, ein Bett im Haus eines Freundes oder ein Strohsack in der Scheune eines freundlichen Bauern. Zuhause war nie viel mehr als ein Wort für ihn gewesen. Es war nie mehr als ein Traum oder zwei von dem, was hätte sein können, wenn er ein anderer gewesen wäre, ein Mann, der gut genug für Nora war.

Nun denn, für heute war sein Zuhause eine Ecke in der Küche seines Bruders nahe dem Feuer. Nachdem er den Jungen sicher zur Tür gebracht hatte, wandte sich Morgan um, schob seine Hände in die Taschen, um sie warm zu halten, und ging die Straße hinunter.

# 3. Nora

*Doch ich, der ich arm bin, habe nur meine Träume;*
*meine Träume breitete ich unter deinen Füßen aus.*
*Tritt vorsichtig auf, denn du läufst auf meinen Träumen.*
nach W. B. Yeats (1865 – 1939)

Der Schmerz bohrte in ihren Schläfen, und Nora presste ihre Augen fest zu. Sie hielt ihr Spinnrad an und wartete, bis der Schwindelanfall vorüber war. Es war später Nachmittag und das Licht in der Küche reichte eigentlich noch aus, um zu arbeiten. Aber sie war so erschöpft, dass sie meinte, sie könne unmöglich weiterarbeiten.

Sie war schier am Zusammenbrechen vor Schwäche. Die Tage schienen kein Ende zu haben, und die Nächte zogen sich ewig hin. Die hellen Stunden des Tages bescherten ihr Arbeit genug für zwei Frauen, aber es war die Dunkelheit, die ihr zu schaffen machte. Ganz gleich, wie erschöpft sie auch war, wenn sie sich auf ihr Bett warf – der Schlaf wollte nicht kommen. Nacht für Nacht quälten sie ihre Gedanken. Sie zwangen Nora, erst Owens und dann Ellies Tod noch einmal zu durchleben, bevor sie erneut die Angst um Tahg überfiel und die Bedrohung der unmittelbar bevorstehenden Katastrophe für sie alle.

Seit Ellies Beerdigung war erst eine Woche vergangen, aber im ganzen Dorf hatte sich die Lage, die schon schlimm genug gewesen war, noch mehr verschlechtert. Der Hunger traf sie jetzt mit voller Wucht, und sein Begleiter, die Krankheit, suchte sich immer mehr Opfer. Manchmal waren ganze Familien krank. Mary Conlon war erst letzte Nacht gestorben, und noch vor der Morgendämmerung forderte der Tod ihren jüngsten Sohn. Allein in der vorigen Woche waren ein halbes Dutzend Familien oder mehr aus ihren Häusern vertrieben worden und standen jetzt auf der Straße; und bevor die Woche um war, hatten die bitteren Januarstürme drei ihrer heimatlosen Kinder getötet.

Obwohl es den Kavanaghs besser ging als einigen anderen, verfiel in ihrer Hütte der alte Dan zusehends. Am vorletzten Abend, als er versuchte, ein Loch im Dach der Hütte zu reparieren, hatte er einen Schwächeanfall gehabt und wäre beinahe gestürzt. Er gab seine Schwäche natürlich nicht zu, aber es war schmerzhaft offensichtlich gewesen, dass er verbraucht war. Nora hatte Daniel kurz darauf weinend beim Feuer entdeckt. Er war ein tapferer Junge, der niemals wegen der Schmerzen in seinem eigenen leeren Bauch weinte. Aber seine Sorge um die, die er liebte, konnte er nicht verbergen.

Noras Hoffnung war fadenscheinig geworden. Sie hatte Schwierigkeiten, auch nur einen kleinen Strohhalm zu finden, an den sie sich klammern konnte. Sie hatte einige Leute von Suppenküchen reden hören und von neuen Hilfszentren, die eröffnet werden sollten. Einige sagten, die Hilfe könne jetzt jeden Tag kommen; andere glaubten, es würde noch Frühling werden, bevor Hilfe in diese Gegend, eines der abgelegensten Gebiete von Mayo, käme.

Frühling wäre für sie zu spät. Ihr Schwein war weg und auch die Hühner; nur die Kuh war übrig geblieben, und die war am Verhungern. Nur ihre Milch und ein paar alte Steckrüben standen zwischen der Familie und dem Hungertod. In der Scheune war zwar Getreide, aber es war für die Pacht bestimmt und mit dem Kreuz des Grundbesitzers gezeichnet und durfte nicht angerührt werden. Der alte Dan sagte, sie müssten jetzt heimlich ein wenig davon für das Essen nehmen. Aber falls man sie erwischte, würden sie vielleicht aus ihrer Hütte vertrieben werden.

Nora erschauderte bei dem Gedanken, heimatlos zu sein. Der alte Mann war so schwach, und Tahg ging es jeden Tag schlechter. Im Straßengraben würden sie innerhalb kürzester Zeit sterben.

Tahg. Das Leiden nahm ihm langsam das Leben. Jede Nacht hustete und ächzte er, bis Nora meinte, die Geräusche seines Elends würden sie wahnsinnig machen. Der alte Dan vermutete, dass Tahg das Fieber hatte, aber sie wollte diese Möglichkeit nicht einmal erwägen. Die Lungen des Jungen waren schwach gewesen, seit er als kleines Bürschlein eine Lungenentzündung gehabt hatte. Tahg war schon immer zart gewesen. Dieser strenge Winter hatte ihn einfach noch mehr geschwächt. Aber wenn der Frühling käme, würde er wieder stärker werden. *Bitte, Gott.*

Sie ließ ihre Hände in den Schoß fallen und begann, sie zu reiben. Die Hütte war kalt. Sie hielt das Feuer niedrig, denn der Torf war fast verbraucht. Schon bald würden sie nur noch die paar Möbelstücke zum Heizen haben, die sie noch nicht verkauft hatten – nicht annähernd genug, um sie durch den Rest des Winters zu bringen.

Eine Woge der Verzweiflung überrollte sie. Es war unmöglich, nicht darüber nachzugrübeln, was ihnen bevorstehen könnte. Sie hatte, zumindest bis vor kurzem, versucht, sich auf Gottes Verheißungen zu konzentrieren, dass er für die Zukunft Vorsorge getroffen habe. Aber in der letzten Zeit lebte sie mit solch einer Furcht, solch einem Grauen, dass es beinahe unmöglich wurde, sich nicht völlig der Verzweiflung zu übergeben. Das Leben an sich, *das Überleben*, erforderte solch eine gewaltige Anstrengung, dass wenig Kraft für seine zusätzlichen Lasten übrig blieb.

Wer hätte sich je träumen lassen, dass das Auftauchen von ein paar kleinen braunen Flecken auf den Kartoffelpflanzen vor zwei Sommern die allgemeine Katastrophe ankündigte, der sie jetzt gegenüberstanden? Selbst als die gefürchtete Braunfäule 1846 erneut aufgetreten war und mit einer großen weißen schweigenden Wolke durch das ganze Land kroch, hätten sich auch diejenigen, die die unheimliche, unnatürliche Stille spürten, nicht das Verderben vorstellen können, das auf Irlands Felder fallen sollte. Der ekelhafte Schwefelgestank, den der Wind mit sich führte, hätte ebenso gut direkt aus der Hölle kommen können, so verheerend war sein Angriff.

Einige sagten, die Braunfäule sei Gottes Gericht über das Land. Irlands eigene Sünden hätten es verdammt. Der alte Dan bemerkte unwirsch, nur die Briten würden solchen Unsinn glauben, aber Nora wusste nicht mehr, *was* sie glauben sollte. Es war schwer, sich vorzustellen, wie ein gnädiger Gott zulassen konnte, dass Säuglinge und Kinder verhungerten oder durch die Qualen des Fiebers starben. Und doch schien das Grausen, das jetzt über Irland hinwegfegte, jeder Andeutung von Gnade zu spotten. Der allmächtige Gott, der dem Verderben jederzeit hätte wehren können, hatte nichts dagegen unternommen. Im Gegenteil, der Sturm der Seuche und Verwüstung tobte schlimmer denn je.

Immer öfter kamen Fragen hoch, die in Noras Gewissen bohrten und ihren Glauben wanken ließen. Wenn – wie einige behaupteten – der Hunger *tatsächlich* Gottes Gericht war, wie hoch wäre dann der Preis, den er von ihr – von ihnen allen – fordern würde, bevor seine göttliche Gerechtigkeit befriedigt wäre?

In der Nische hinter ihr, die mit einem Vorhang zugezogen war, hustete und keuchte Tahg, und Nora stand auf, um zu ihm zu gehen. Als sie in den kleinen fensterlosen Raum trat, sah sie, dass er noch schlief. Während sie dort bewegungslos stand und ihn beobachtete, schlich sich ein hässliches Phantom der Angst in ihre Gedanken, um sie zu plagen. *Erst Owen, dann Ellie. Wird Tahg der Nächste sein?*

Owen hatte sie einmal beschuldigt, sie würde ihren Ältesten vorziehen. Sie hatte das natürlich heftigst geleugnet. Aber jetzt schien sie ein schuldbewusstes Raunen in ihren Gedanken zu hören, das die Anklage ihres Mannes wiederholte.

*Es stimmt ... du weißt, dass es wahr ist. Du hast Tahg immer bevorzugt ...*

*Es stimmt nicht,* beharrte sie innerlich – zumindest nicht ganz. Es war eher so, dass sie mit Tahg immer vertraut gewesen war; sie hatte ihn verstehen können. Er war ihr so ähnlich, so nahe im Geist, dass es ihr schien, sie kenne sein Herz genauso gut wie ihr eigenes. Sie und Tahg schienen eine besondere Beziehung zu haben, eine unausgesprochene Gleichheit.

Daniel John dagegen war ihr fast seit seinem ersten Wort ein Rätsel gewesen. Mit dreizehn sah der Junge bereits wie ein langarmiger, langbeiniger Bauernjunge aus, aber in seinem Kopf war der Verstand eines Träumers, eines Gelehrten, eines Dichters. Der Junge sehnte sich nach Büchern und Wissen wie die meisten Jungen seines Alters nach Essen und Vergnügen. Ständig rannte er in das Schulhaus, wenn es einen Lehrer gab, und saugte auf, was er an Geschichte und alter Sprache und Heldenerzählungen bekommen konnte. Dann rannte er nach Hause, um ihnen alles, was er gelernt hatte, mitzuteilen. Sein tiefstes Vergnügen war es, in einem auseinander fallenden Buch Gedichte zu lesen oder auf der uralten Kavanagh-Harfe schmerzvoll-liebliche Melodien zu spielen, Melodien, die in Nora irgendwie das Verlangen weckten, zu weinen.

Schon vor langer Zeit hatte sie sich damit abgefunden, dass ihr jüngster Sohn für ihr eigenes vorsichtiges, praktisches Wesen für immer ein Rätsel, vielleicht sogar ein Ärgernis, bleiben würde. Ganz gleich, wie sehr sie Daniel John liebte – sie wusste, dass sie ihn nie wirklich verstehen würde.

Ja, sie fragte sich, ob *irgendjemand* das könne, außer vielleicht Morgan Fitzgerald, der Daniel einmal „einen kleinen Barden mit einer Seele voll alter Klagen und einem Herzen, das geboren wurde, um zu zerbrechen“ genannt hatte. Aber Morgan Fitzgerald war auch aus demselben Holz geschnitzt, dachte sie mit einer Bitterkeit, die sie lieber nicht zu genau untersuchen wollte. War der Mann nicht sein Leben lang ein Träumer gewesen, mit seinen kostbaren Büchern und seinen Liedern und seinen Gedichten – seinen *Worten?*

Worte. Sie gingen Morgan nie aus. Für ihn waren sie etwas Lebendiges, Reiches, wie es Juwelen für einen König wären. Sie hatten ihm wahrlich viel Gutes getan! Er lebte das Leben eines bettelarmen Vagabunden, streifte durch das Land, unterrichtete in einem Schulhaus nach dem anderen und wanderte dann wieder weiter, um ein gelegentliches Gedicht gegen Essen und Unterkunft einzutauschen. Ihm schien absolut nichts an einem häuslichen Herd und Bequemlichkeit zu liegen. Er fühlte sich mehr zu Hause, wenn er den Wind im Rücken hatte und eine Straße vor sich, die er noch nicht bereist hatte.

*Oh, aber damals, Nora ... damals wärst du für den Kerl gestorben ...*

Nora gab sich einen Ruck, zog heftig an dem Vorhang und kehrte in die Küche zurück, wo der alte Dan, der von draußen wieder hereingekommen war, das Feuer schürte. „Arbeite, als hättest du Feuer unter der Haut", murmelte er vor sich hin und richtete sich auf, „und du wirst immer ein Feuer im Herzen haben. Ha! Da ist aber auch nicht ein Körnchen Wahrheit in dem alten Spruch, nicht in diesen Zeiten."

Nora lächelte ihn an. „Du hast es aber doch recht gut zum Brennen gebracht. Es wird die Kälte zumindest mildern."

Dass der alte Mann sich seit kurzem um das Feuer kümmerte, war ein Entgegenkommen. Er tat es wegen Noras zunehmender Schwäche. Als Hausfrau war es eigentlich allein ihre Verantwortung, das Feuer im Herd zu unterhalten. In den früheren Tagen hätte keine Hausfrau je daran gedacht, das Feuer ausgehen zu lassen, weder am Tag noch in der Nacht. Es war das Herz des Heims, das ständige Symbol der familiären Einheit. Dass sich ein alter Mann wie ihr Schwiegervater herabließ, sich an dieser traditionellen Frauenaufgabe zu beteiligen, war ein ganz besonderer Akt der Liebe, eine Handlung, die ihn ihr umso teurer machte.

„Wo ist der Junge?", fragte er jetzt und drückte seine Hände hinter seinem Rücken, um sie zu wärmen.

Nora seufzte. Sie wusste, dass ihr die Wahrheit eine verdrießliche Antwort einbringen würde. „Ich glaube, er ist zu den Fitzgeralds gegangen."

Wie sie erwartet hatte, stieß der alte Mann ein unwilliges Grunzen aus. „Mit seiner Harfe, nehme ich an."

Nora verspürte eine heftige Regung, ihren Sohn zu verteidigen, und ein noch heftigeres Aufwallen von Ärger über Morgan Fitzgerald. Kaum hatte er Ellies Beerdigungsstätte verlassen, war er wieder auf Wanderschaft gegangen. Zurückgeblieben war ein enttäuschter, aber immer noch loyaler Daniel John. Seitdem hatte der Junge jeden Tag die Straße beobachtet oder war zur Hütte der Fitzgeralds gegangen, um sich zu erkundigen. Er verlor nie ein Wort über Morgans Treulosigkeit.

„Nun?", drängte der alte Mann.

„Seine Harfe? Nein, heute hat er seine Harfe zu Hause gelassen."

„Aha, hat er also die Hoffnung aufgegeben, dass der Schurke demnächst kommt, eh?"

Nora antwortete nicht. Sie ging zurück an ihr Spinnrad, und nachdem sie die Knoten auf einer Rolle dünner Wolle geglättet hatte, setzte sie das Rad mit einer heftigen Drehung in Gang. Der alte Dan ging hinüber zu dem kleinen, schmalen Fenster an der Vorderseite der Küche und spähte hinaus.

„Es wird wieder schneien", sagte er mit einem tiefen Seufzer. „Was für ein Winter das bisher gewesen ist! Es ist der schlimmste, an den ich mich erinnern kann, seit Peg gestorben ist."

Nora beobachtete ihn, während sie arbeitete. Sie runzelte besorgt die Stirn wegen seines verbrauchten Aussehens. Der alte Dan war dreiundsiebzig, aber er hatte immer noch den Kopf voll lockiger grauer Haare, und sein Bart war so dicht wie Baumwollgaze. Er hatte keine Zähne mehr, aber das fiel selten auf, da er ein schweigsamer Mann war, der nicht zu häufig lächelte. Bis vor ein paar Monaten war er ein starker Mann gewesen, gesund und kräftig für sein Alter. Nun schien er mit seiner hohen, gebeugten Gestalt und seinen langen, spindeldürren Armen fast nur noch aus Knochen zu bestehen. *In der letzten Zeit ist seine Haut so grau wie sein Bart geworden,* dachte Nora.

„Ich überlege, ob ich Daniel John morgen nach dem Arzt schicken sollte", sagte sie. „Tahg bekommt nachts keine Ruhe."

Der alte Mann wandte sich von Fenster weg. Sein Gesicht war finster. „Und wie sollen wir ihn bezahlen?"

„Er ist das letzte Mal so freundlich gewesen, frische Milch anzunehmen. Ich bin sicher, er wird es wieder tun." Nora hielt inne und äußerte ihre nächsten Worte mit Vorsicht. „Ich dachte, wir könnten ihn bitten, auch gleich nach dir zu sehen."

„Behalte deine Gedanken für dich, Frau. Mir fehlt nichts, was man nicht mit einem guten Essen kurieren könnte! Und was die frische Milch angeht – die Kuh wird bald keine Milch mehr geben, und du weißt das sehr gut! Sie kann genauso wenig von Wurzeln und Steinen leben wie wir."

Nora zwang sich zur Geduld mit dem reizbaren alten Mann, hielt das Spinnrad an und blickte ruhig zu ihm hinüber. „Sicher, aber hast du mich nicht erst kürzlich daran erinnert, dass dieser Winter nicht ewig dauern wird? ‚Der Frühling wird kommen', habe ich dich vor einigen Tagen sagen hören."

Er murmelte etwas Unverständliches und durchquerte den Raum mit einem steifen, unsicheren Gang. „Ich werde mich ein bisschen zu unserem Jungen setzen", sagte er und verschwand hinter dem Vorhang.

Sobald er außer Sicht war, wischte sich Nora mit einer Hand über ihre Augen, um die Tränen der Schwäche und Enttäuschung, gegen die sie ankämpfte, zu verbergen. Die raue, trockene Haut ihrer Handfläche ließ sie vor Widerwillen die Stirn runzeln. Sie hatte sich immer etwas auf ihre Hände eingebildet und ihr Bestes getan, um sie glatt und weich zu halten, während Owen lebte, denn er hatte sie gerne zwischen seinen Händen gehalten, wenn sie am Abend am Feuer gesessen hatten. Nun war ihre Haut so rau wie die Borke eines Baumes und ihre Nägel brachen und schälten sich.

Wieder hob sie eine Hand, diesmal zu ihrem Haar. Eine andere Eitelkeit. Gott möge ihr vergeben. Es war lang und dick, aber es war stumpf geworden und fühlte sich beinahe so trocken an wie ihre Haut. *Was noch?*, fragte sie sich müde. *Was noch?*

*Gnädiger Gott, lass mich nicht auch noch meine Zähne verlieren!*

Sie erschauderte bei dem plötzlichen Gedanken. Dann hauchte sie rasch ein Gebet um Vergebung wegen ihrer bösen Eitelkeit. Natürlich würde sie irgendwann ihre Zähne verlieren. Heutzutage gab es mehr zahnlose Frauen als solche, die ihre Zähne noch hatten, zumindest unter den Frauen des Dorfes, die sie gesehen hatte. Der Hunger verschonte keinen mit seinen Verwüstungen, noch nicht einmal dumme Frauen mit ihrem verbotenen Stolz.

„*Nora!* Du solltest besser kommen!"

Der Ruf ihres Schwiegervaters aus Tahgs Zimmer riss sie aus ihren Gedanken, und sie warf in ihrer Eile, aufzustehen, den Schemel um. Der alte Dan hielt den Jungen unbeholfen bei den Schultern, während Tahg sich vor Schmerzen wand und im Todeskampf eines Hustenanfalls zu ersticken drohte.

Nora ging zu ihm und zwang sich zu einem ruhigen Ton, als sie den Platz des alten Dan am Bett einnahm. „Ganz ruhig jetzt, *asthore*", sang sie leise und beugte sich vor, um ihn in ihre Arme zu nehmen. Während sie ihn sanft stützte, grämte sie sich wegen seines Aussehens. Mit seinen fünfzehn Jahren sah Tahg eher wie ein Mann in seinen mittleren Jahren aus, so hoch war der Tribut, den die Krankheit von ihm gefordert hatte. Die entzündete Röte auf seinen hohlen Wangen, der wilde Blick seiner fiebernden blauen Augen, die weichen Strähnen dunklen Haars, die struppig in seine Stirn fielen, gaben ihm ein seltsames, verwirrtes Aussehen. Jetzt, wo er von einem heftigen Hustenanfall ergriffen war, schien er noch schwächer zu sein als sonst. Sein Anblick zerriss Noras Herz und durchbohrte sie mit Angst, aber sie zwang sich zu einem Lächeln und fuhr fort, leise, tröstende Töne von sich zu geben, bis der Anfall vorüber war.

Schließlich kam ein leichterer Atemzug, und dann noch einer. Ein kleines Rinnsal von Blut tropfte ihm seitlich aus dem Mund, und er hob eine schmale Hand, um es wegzuwischen. Als er schließlich zu ihr aufsah, waren seine Augen immer noch glasig vor Schmerz, und einen Augenblick lang dachte Nora, dass er sie nicht erkannte. Aber einen Moment später bewegten sich seine Lippen, als er versuchte zu lächeln, und er flüsterte: „Es geht mir wieder gut, Mama."

Sie bemerkte, wie der alte Mann neben ihr seinen Kopf schüttelte und ein Gebet murmelte.

„Gott, hab Erbarmen mit ihm", murmelte der alte Dan. „Oh, lieber Gott, hab Erbarmen mit ihm ..."

*Und mit uns allen,* fügte Nora im Stillen hinzu. *Und mit uns allen.*

# 4. Michael

*Ich bin vom Geschlecht jenes Volkes,*
*des Volkes, das trauert,*
*das keinen Schatz hat als die Hoffnung,*
*das keine Reichtümer gesammelt hat*
*als die Erinnerung an eine vergangene Herrlichkeit.*
P. H. Phearse (1879 – 1916)

*New York City*

Michael Burke liebte New York – außer im Winter. Im Frühjahr war die Stadt ein kapriziöses, aufregendes, kokettes Mädchen. Aber im Winter verwandelte sie sich in eine übellaunige Frau, die ihre Bosheit heraussprudelte und ihre Unhöflichkeit zur Schau stellte, als wolle sie einen Mann abwimmeln. Ihr Himmel wurde ein schmutziger Schild aus Zinn, ihre Hauptstraßen waren voll dreckigen Schnees und gefrorenen Abfalls, und ihr trübes Hafenwasser schäumte vor Eis und schwimmenden Trümmern.

Januar in New York – das bedeutete Schneetreiben und scharfen Wind, und der heutige Tag hatte eine unerbittliche Attacke von beidem gebracht. Es schneite immer noch sehr stark, als Michael in die Pearl Street einbog und sich auf den Heimweg machte. Er zog den Kragen seines Wintermantels höher und verspürte eine ungewöhnliche Erleichterung darüber, dass seine Wache zu Ende war.

Er war müde, hundemüde. Der Freitag war für ihn immer der schlimmste Tag der Woche, aber dieser war mit zwei Morden, einer Serie von Messerstechereien und einem bösartigen Angriff auf Sal Folio, den Kaufmann, sogar noch anstrengender gewesen als die meisten anderen – und all das in den letzten drei Stunden. Eines der Mordopfer war ein Zeitungsjunge, ein kleiner magerer Junge, der gewöhnlich seinen Lohn einer der zahllosen Banden übergab, die die Straßen Tag und Nacht kontrollierten. Es war mehr als wahrscheinlich, dass ein Mitglied eben dieser Bande den Mord begangen hatte. Aber da der Vorfall unbeobachtet geschehen war, standen die Chancen, den Mörder zu stellen, in der Tat sehr schlecht.

Es wurde in der heutigen Zeit immer schwerer für die Polizei, sich wirkungsvoll gegen die Welle der Gewaltverbrechen durchzusetzen, die die Stadt überrollte. Die Polizeitruppen waren merklich größer geworden, aber immer noch viel zu klein für eine Stadt von der Größe New Yorks. Bis zum Jahre 1844 hatte es nicht einmal eine Berufspolizeitruppe gegeben – nur zwei Polizisten, eine kleine Gruppe ernannter Vollzugsbeamter und eine Wachmannschaft, deren Männer nachts in den Straßen patrouillierten. Doch trotz der bedeutend größeren neuen Polizeitruppe, die sowohl tags als auch nachts im Einsatz war, blieb die Gesetzlosigkeit dieser Stadt außer Kontrolle. Die Gefängnisse waren stark überfüllt, die Gesetze blieben unzureichend und Korruption war weit verbreitet und durchzog das gesamte juristische System.

Michael bemerkte, dass er in letzter Zeit immer ärgerlicher und unzufriedener mit seiner Arbeit wurde. Seine Gefühle schwankten zwischen Enttäuschung und Wut darüber, wie die gesamte Polizeitruppe gegenüber den Kriminellen an Boden zu verlieren schien. Und was noch schlimmer war: Unter den Schlägern, die durch die Straßen streiften, befanden sich immer mehr irische Einwanderer. Hunderte von ihnen wurden sehr bald genau solche räuberischen Plünderer wie die, denen sie zu entkommen glaubten, als sie aus dem Land ihrer Vorfahren flohen. Wenn sie merkten, dass die goldenen Straßen ihrer Träume mit Abfall gepflastert waren statt mit Gold, und sobald sie entdeckten, dass die guten Arbeitsstellen nur selten – wenn überhaupt – für solche erhältlich waren, deren Name mit *Mac* oder *O* begann, wandten sie sich in voller Wut gegen die Stadt und nahmen sich, was immer sie von ihr bekommen konnten.

Eine bittere Wurzel wuchs in diesen Tagen in den heruntergekommenen Mietskasernen auf, eine Wurzel, von der Michael wusste, dass sie sogar noch mehr Hass und eine ungeheuere neue Ernte an Kriminalität und Korruption hervorbringen würde. Es war auch vorher schon schlimm gewesen, aber noch nie so sehr wie in den Monaten, seit Irland und andere Teile Europas durch die Hungersnot verwüstet wurden. Sie kamen jetzt zu Tausenden, hungrig und krank und verzweifelt, und weder New York noch irgendeine andere Stadt in Amerika war auf die Probleme vorbereitet, die die Menschen mitbrachten. Die Straßen waren von einer Vielfalt von Rassen und Nationalitäten erfüllt, und die ständige Flut der Einwanderer, die die Ostküste überschwemmte, schien kein Ende zu nehmen.

Michaels Augen erfassten seine Umgebung. Eine Menschenmenge drängte sich durch die von Gaslaternen gesäumten Straßen. Niemand schien wahrzunehmen, wie spät am Abend es schon war, oder den heftigen Wind und den Schnee zu spüren, der wie Nadeln ins Gesicht stach. Es war solch ein geschäftiger, lärmender Strom von Leibern, dass er sicher war, dass jede Nation Europas irgendwo in der Menge vertreten sein müsse. Dort drüben war der Fez eines Mohammedaners; direkt gegenüber der randlose Hut eines Persers; weiter oben eine Gruppe italienischer Frauen mit leuchtend bunten Tüchern und schweren Röcken. Mitten unter ihnen waren irische Zeitungsjungen, schwarze Arbeiter, Deutsche und Spanier und Orientale – sie alle waren hier auf den Straßen, machten ihr Glück, jagten ihren Träumen nach, liebten und heirateten, beraubten ihre Landsleute, töteten sogar ihre Nachbarn. Was aus ihnen allen werden sollte – er konnte es sich nicht vorstellen.

Er näherte sich jetzt Kruegers Bäckerei und brachte ein blasses Lächeln für Margaret O'Handley zuwege, die für den Deutschen arbeitete. Wie schon öfter in der letzten Zeit schien die Frau auf ihn gewartet zu haben. Sie grinste ihn mit ihren langen Zähnen an und schenkte ihm ein kokettes Winken, während sie beobachtete, wie er sich näherte. Michael beschleunigte instinktiv seine Schritte, als er an dem Laden vorüberging. Er wollte unbedingt eine Begegnung vermeiden.

Obwohl er hungrig war und die Herrlichkeiten der Bäckerei riechen konnte, verlangsamte er seinen Schritt nicht, sondern eilte weiter. Die Witwe O'Handley hatte sich darauf verlegt, ihm einmal pro Woche – oder öfter – kleine Päckchen aufzudrängen. Sie bestand darauf, dass es die Reste vom Tage seien und dass er sie „ebenso gut für den guten Jungen mit nach Hause nehmen könne". Die übrig gebliebenen feinen Backwaren waren jedes Mal großartig, aber Michael war fest entschlossen, sich jedem weiteren Entgegenkommen der Frau zu entziehen.

Einige hatten angedeutet, er könne Schlimmeres tun als Margaret O'Handley als Ehefrau in Betracht zu ziehen. Aber es war ihm unmöglich, sich die stämmige Frau mit dem eifrigen Blick als Ersatz für seine Eileen vorzustellen. Nicht nur, dass die Witwe O'Handley sehr wahrscheinlich um einiges älter war als er selbst, nein, er sah auch eine gewisse Bösartigkeit in ihrem Charakter, die ihn vorsichtig gegenüber ihrer äußerlichen Liebenswürdigkeit sein ließ. Kurz, er traute dieser Frau einfach nicht.

Abgesehen von seiner Mutter hatte Michael in seinen sechsunddreißig Lebensjahren nur zwei Frauen geliebt, und er war nicht im Geringsten davon überzeugt, dass er dazu fähig wäre, eine Beziehung mit einer weiteren Frau zu wagen. Seine Eileen war vielleicht keine Schönheit gewesen, doch auf ihre Weise war sie sehr anmutig, klein und sanft, mit einer ruhigen Stimme, die seine Welt freundlicher machte, und mit einem bewundernden Lächeln für ihn, das jedes Mal sein Herz höher schlagen ließ. Er hatte seine Frau geliebt, wirklich geliebt. Als sie bei der Totgeburt ihres zweiten Kindes starb, hätte ihn das völlig zerstört, wäre es nicht notwendig gewesen, weiterzuleben und sich um ihren Sohn Tierney zu kümmern. Obwohl sie in diesem Winter schon seit zehn Jahren tot war, erwärmte Eileen immer noch seine Erinnerung, als würde er an einem kalten Tag sanft von einem Sonnenstrahl gestreift.

Vor ihr hatte es nur Nora Doyle – Nora *Kavanagh* – gegeben, doch sie waren fast noch Kinder, als er in sie verliebt war. Zudem hätte sie ihn sowieso nie bemerken können, weil Morgan Fitzgerald immer im Weg gestanden hatte. Abgesehen von jenen Zeiten, wenn ein kurzer Brief von Morgan seine Gedanken zurück nach Killala wandern ließ, hatte er in den letzten Jahren selten an Nora gedacht.

Ab und an überlegte er, ob er heiraten solle, aber meistens aus Sorge um Tierney. Sein Sohn war kein schlechter Junge, nur seit seinem vierten Lebensjahr mutterlos. So, wie er aufgewachsen war, in einer Stadt, die alles Irische mit Verachtung betrachtete, und in einer Nachbarschaft, die die endlosen Leiden ihrer Bewohner beweinte, war es kein Wunder, dass der Junge zur Rebellion neigte. Die Hand einer Frau wäre vielleicht genau das Richtige, um Tierneys wilde Seele und sein lebhaftes Temperament zu besänftigen, aber nur die *richtige* Frau konnte jemals hoffen ...

Ein Schrei mitten aus der dichten Menge direkt vor ihm brachte Michael plötzlich zum Stehen. Er brauchte nur einen Moment, um das Problem zu entdecken und hinzurennen, wobei er laut schrie.

Ein Plakatträger – einer der vielen Burschen, die mit zwei Reklametafeln über die Schulter gehängt herumwanderten – lag auf der Straße und schrie aus voller Kehle. Eine Ansammlung von jungen Schlägern hatte einen bedrohlichen Kreis um den armen Mann gebildet, der auf dem Rücken lag, buchstäblich ein Gefangener seiner Werbetafeln. Die Schläger – vier von ihnen, wie Michael beim Laufen bemerkte – traten den Mann und schwangen ihre Messer, während sie sich über ihn lustig machten und über seine panische Angst spotteten.

„He, ihr da!", schrie Michael, wirbelte seinen Stock unter seinem Arm hervor, blies in seine Pfeife und begann zu rennen, wobei er Fußgänger, die ihm im Wege standen, wegstieß. Einige starrten ihn finster an oder fluchten über ihn, und ein dunkelhäutiger Araber spuckte in seine Richtung.

Eine Menschenmenge hatte sich angesammelt, um den Angriff auf den Plakatträger zu beobachten, und durch das Gedränge ihrer Leiber konnten die Schläger Michael erst sehen, als er schon fast über ihnen war.

„Schluss damit, du Dreckskerl!", schrie er den Größten der vier an. Der war dabei, ein Messer gefährlich nahe vor dem angstverzerrten Gesicht des Plakatträgers zu schwingen.

*„Polizei!"* Der Warnruf kam von einem der Ganoven, einem kleinen Jungen mit einem Frettchengesicht und Sommersprossen.

Michael stürzte sich zuerst auf den großen Kerl. Er prügelte mit der Faust auf ihn ein und hielt sich die anderen Schläger mit seinem Stock vom Leibe. Aus dem Augenwinkel sah er, wie die anderen drei sich aus dem Staube machten und die Straße hinunterrannten. Er konnte nichts anderes tun, als sie laufen zu lassen und sich auf den einen zu konzentrieren.

Die Menschenmenge jubelte lautstark, und Michael war nicht überrascht, als er merkte, dass der Jubel nicht ihm galt: Sie feuerten den Schlägertypen mit dem Messer an. Eine Woge kochender Wut stieg in ihm auf, als er sich auf den wild blickenden Schläger warf und ihm das Messer aus der Hand stieß.

Während er seinen Stock gegen die Kehle des pickeligen Jünglings presste und in seine trotzigen Augen starrte, war Michael versucht, ihm einen wohlverdienten Hieb zu versetzen. Aber stattdessen rang er um Selbstbeherrschung. „Es wird mich keinerlei Anstrengung kosten, dir dein dürres Genick zu brechen, falls du dich deiner Festnahme widersetzen möchtest", schnarrte er mit mühsam beherrschter Stimme. „Es ist ganz allein deine Entscheidung, Ganove."

In dem Moment teilte Denny Price, ein anderer Polizist, die Menge und näherte sich Michael und seinem Gefangenen. „Ich dachte, Sie könnten ein wenig Hilfe gebrauchen, Sergeant, aber wie ich sehe, brauchen Sie sie gar nicht. Ich werde mich um den Plakatträger kümmern."

Der Plakatträger schien ziemlich mitgenommen, aber ansonsten unverletzt zu sein. Price half ihm auf die Füße, brachte seine Plakattafeln in Ordnung und wandte sich wieder an Michael.

„Ihre Wache ist sicher schon vorüber, Sergeant. Warum gehen Sie nicht nach Hause und lassen mich diesen nichtsnutzigen Jungen für Sie einsperren? Ich werde durchaus allein klarkommen."

Zu müde, um zu diskutieren, nahm Michael Prices Vorschlag dankbar an. Als er seinen Heimweg fortsetzte, fragte er sich – nicht zum ersten Mal –, was in aller Welt in ihn gefahren war, diesen undankbaren Posten anzunehmen.

Die Antwort war natürlich dieselbe wie immer: Es war eine der wenigen anständigen Stellungen, die ein Ire in New York City bekommen konnte.

# 5. Siehst du, wie deine Kinder weinen, Herr?

*Ihr bleichen Mütter, es ist zwecklos, zu weinen.*
*Wollte Gott, wir wären tot.*
*Wir seh'n, wie uns're Kinder ohnmächtig werden,*
*und doch haben wir kein Brot!*
nach Lady Wilde [Speranza] (1820 – 1896)

*Killala*

Der Weg zur Hütte der Fitzgeralds war gepflastert mit Toten und Sterbenden. Gefrorene Leichname lagen aufgehäuft in den Gräben auf beiden Seiten der Straße. Daniel wusste, dass einige durch den Hunger und die Kälte gestorben waren, andere am Fieber. Währenddessen setzten die Lebenden ihren Todesmarsch fort und humpelten schweigend auf der löcherigen Schneedecke die Straße hinunter. Wenige erwarteten, ihrem unausweichlichen Schicksal zu entkommen. Die meisten von ihnen wanderten verwirrt und in einem ziellosen, deprimierten Tran umher.

Sie fielen, wenn man es am wenigsten erwartete, einer nach dem anderen oder manchmal als gesamte Familie. Viele starben auf ihrem Weg in das Dorf, wo sie Essen und eine Bleibe suchten, andere starben, als sie Killala verließen, um anderswo eine Überlebensmöglichkeit zu suchen.

Es war beinahe unerträglich, frühere Freunde und Nachbarn tot am Wegesrand anzutreffen, doch konnte man den Zeugen für die unerbittliche Hand des Hungers nicht entgehen. Daniels Herz war niedergedrückt von Gefühlen, die so schwer auf ihm lasteten, dass er meinte, er könne nicht mehr weitergehen. Er schien ständig eine bittere Mischung von Angst, Verwirrung und Ärger mit sich herumzutragen.

Jetzt blieb er *wirklich* stehen. Er stand am Straßenrand und sein Blick fiel einen Augenblick lang auf den Rundturm auf Steeple Hill. Seine dunkle Silhouette, die in den späten Nachmittagshimmel ragte, erfüllte ihn, wie jedes Mal, mit einer Mischung aus Verwunderung und Verlangen. Wieder einmal ertappte er sich bei der Frage, wie lange er hier schon stünde, dieses Zeugnis aus einer Zeit, die niemand genau bestimmen konnte. Welche Schlachten hatte er in all den Jahrhunderten gesehen? Wie viele Generationen hatte er von der Geburt bis zum Grabe miterlebt?

Die Vergangenheit winkte ihm zu und zupfte an Daniels Phantasie. Er sehnte sich danach, quer durch die Jahre blicken zu können, um zu sehen, was früher geschehen war, es zu studieren und vielleicht die Erinnerung daran als Teil seiner Selbst zu bewahren.

Er glaubte in Wirklichkeit nicht, dass es eine echte Trennung zwischen der Vergangenheit, der Gegenwart und der Zukunft gäbe. Er glaubte, dass irgendwie, auf eine Weise, die nur Gott kannte, die drei ein und dasselbe wären. Einfache Menschen waren nicht fähig, die Dinge vom Anfang bis zum Ende zu sehen, und so mussten sie die Zeiten trennen, eine von der anderen. Aber Gott, da war er sicher, brauchte solch eine Unterscheidung nicht. Er konnte zweifellos gleichzeitig alles sehen, was je gewesen war, und alles, was je sein würde.

Er hatte einmal versucht, Morgan seine Gedanken zu erklären, und der hatte ein Wort für seine Theorie. Morgan hatte natürlich ein Wort für alles, aber dies war ein besonders Erhabenes, das Daniel nie vergessen hatte: *Perspektive*. „Gottes Perspektive“ nannte es Morgan, als er sagte: „Ich glaube, du hast dir da eine große Wahrheit ausgegraben, Junge, eine, die einer sorgfältigen Betrachtung wert ist.“

Jetzt, während Daniel auf den Turm starrte, war er überzeugt, dass, wenn Gott diesen Moment mit ihm teilte, er sicherlich mehr sehen würde als nur einen schwarzhaarigen Jungen, der einen runden Turm anstarrte. Er würde auch die geheimnisvollen Erbauer dieser seltsamen Konstruktion sehen. Morgan sagte, die Türme, die über ganz Irland verstreut stünden, seien schon lange Zeit ein Streitpunkt zwischen den Gelehrten und den Dichtern gewesen. Morgan für seinen Teil war der Meinung, dass die alten Gebäude Wachttürme gewesen seien, von denen man die Annäherung der Feinde rechtzeitig habe sehen können. Wahrscheinlich, so sagte er, hätten sie einmal als Zufluchtsort gedient, in den sich die Mönche zurückziehen konnten, als die grausamen Wikinger die Insel einnahmen.

Aber selbst Morgan, so weise er auch in den meisten Dingen war, war sich nicht sicher über den Ursprung der Türme. *Gott* dagegen kannte ihn, und Daniel meinte, das sei etwas wirklich Wunderbares. Gott konnte die Riesen und die Helden sehen, die vor der Ankunft von St. Patrick durch das Land gewandert waren, die alten Krieger und die mythischen Kreaturen, von denen die großen Legenden und die Heldengedichte handelten. Gott konnte die Einwohner der *raths* sehen – jener steinernen Rundburgen, deren Hunderte von zackigen Steinpfählen die Wohnungen der vorchristlichen Bewohner einschlossen. Gott wusste alles über die Clanführer und die Druiden, die Hochkönige und die Barden, und er konnte sehen, wie die französische Flotte bei dem unglückseligen Aufstand von 1798 in der Bucht landete.

Daniel, der das wusste und glaubte, musste auch annehmen, dass Gott die Leichname der Kinder und der alten Leute sah, die am Straßenrand lagen, die hungernden Säuglinge in den düsteren, ungeheizten Hütten und all die schrecklichen Grausamkeiten, die unter dem wachsamen Auge des alten Rundturms stattfanden. Worüber er sich den Kopf zerbrach, war, wie Gott all das sehen konnte, ohne etwas dagegen zu tun. War er doch der Einzige, der das Leiden und das Sterben in einem Augenblick beenden konnte – und doch blieb er untätig.

Daniel ballte seine Hände zu festen Fäusten und schob sie tief in seine Taschen. *Das Leben ist das Leben, und Gott ist Gott, und es ist pure Dummheit, die zwei miteinander zu verwechseln.*

Die Worte, die Morgan in der Nacht von Ellies Totenwache gesagt hatte, kamen ihm wieder in den Sinn – wie schon so oft seit jenem Tag. Sie halfen nicht wirklich, die Sorgen zu lindern, und sie beantworteten keine seiner Fragen. Und doch empfand Daniel einen unaussprechlichen Trost, wenn er über sie nachdachte. Irgendwie befreiten sie ihn von der Notwendigkeit, Gott *die Schuld zu geben,* was es ihm ermöglichte, seinen Glauben an Gottes Mitleid zu behalten. Er spürte, dass Morgans Worte eine viel, viel größere Bedeutung hatten, als er ihnen bisher entnehmen konnte, irgendeine wichtige Wahrheit, die sich ihm immer noch entzog.

Vielleicht, dachte er mit einem Seufzer, musste er einfach stärker dafür beten. Großvater sagte, dass zu viel Nachdenken eine Verschwendung sei und dass Zeit und Mühe viel besser genutzt würden, wenn man auf seine Knie ginge. Aber für Daniel war es im Grunde genommen unmöglich, diese beiden Dinge voneinander zu trennen. Es schien, dass sich seine Gedanken ständig in seine Gebete einmischten.

Ein kalter Windstoß, der den Schnee vor sich hertrieb, riss ihn für dieses Mal aus seinen Träumereien, und er eilte weiter. Auf dem Weg zu Thomas Fitzgeralds Hütte kam er an einem halben Dutzend *Scalpeens* vorbei. Ihre Zahl nahm täglich zu. Die hastig errichteten Anbauten waren aus allem, was auch immer man an Stroh und Balken und Dachsparren retten konnte, zusammengeworfen worden. Dann wurden sie an einer Straßenböschung oder einem Felssims, an den sie sich anlehnten, verankert, um ihnen Halt zu geben. Sie waren schon für einen Einzelnen unzureichend, doch in den meisten waren ganze Familien und häufig auch noch ein oder zwei „Untermieter" zusammengepfercht. In dieser harten Zeit priesen sich die Menschen in den primitiven Schutzhütten glücklich, dass sie wenigstens so viel Schutz vor dem Wetter hatten.

Steif vornübergebeugt gegen den pfeifenden Wind und den Schnee, wünschte sich Daniel sehnlichst selber eine Schutzhütte. Seine Stiefel, die viel zu klein für seine Füße und vom vielen Tragen dünn geworden waren, boten wenig Schutz. Seine eingeklemmten Zehen fühlten sich wie Eisstücke an und sein Magen war leer, wodurch er sich schwindlig und ein wenig unwohl fühlte. Er verspürte ein zunehmendes Verlangen, Morgan zu sehen, und betete, dass sein Freund inzwischen zurückgekehrt sein möge.

Er wandte sich um, überquerte die Straße und begann, über das Feld zu gehen, das zu dem Häuschen der Fitzgeralds führte. In Wirklichkeit war das Häuschen nicht viel mehr als eine Hütte, die in eine Vertiefung im Hügel gebaut war. Ihre Wände wurden von dem Hügel gebildet, die Vorderseite bestand aus Lehm, ihr Dach war spärlich mit Farnkraut und Stroh gedeckt.

Tiefe vereiste Furchen im Feld zogen an Daniels Füßen, verlangsamten seinen Gang und machten seine Zehen eiskalt. Er hob das Gesicht, um mit seinem Mund etwas Schnee aufzufangen, in der Hoffnung, seinen knurrenden Magen damit zu beruhigen. Aber stattdessen holte er tief Luft, weil er den Einspänner des Arztes vor dem Haus der Fitzgeralds sah.

Mit wild klopfendem Herzen begann er zu laufen. Catherine Fitzgerald hatte sich fast den ganzen Winter lang elend gefühlt. Daniel hatte mehr als einmal gehört, wie seine Mutter sich besorgt über den sich verschlechternden Gesundheitszustand ihrer Freundin äußerte. Wenn der Arzt da war, konnte das nur bedeuten, dass es Catherine schlechter ging.

Er klopfte flüchtig, öffnete dann die Tür und trat hinein. Die

Kavanaghs und die Fitzgeralds besuchten einander zwanglos, als gehörten sie zu einer Familie. Sein automatischer Gruß „Gott segne euch alle hier“ erhielt keine Antwort, denn die einzige Fitzgerald, die er sah, war die zehnjährige Johanna, die sowohl taub als auch stumm war. Sie stand und starrte Daniel an, eine Faust gegen ihren Mund gepresst. Das Mädchen, das noch dünner war als seine ältere Schwester Katie, sah blass aus, als sei sie nicht ganz gesund. Ihr zerrissenes Kleid aus Fries war öfter geflickt worden, als der Stoff vertrug, und hing wie ein Sack an ihr. Ihr dunkles Haar war verheddert und wild. Ihr Gesicht war so bedrückt und blass, dass die Sommersprossen, die sich wie ein Streifen über ihren Nasenrücken zogen, fast schwarz zu sein schienen.

Daniel lächelte sie an, aber sie reagierte nicht. Er merkte plötzlich sehr deutlich, dass irgendetwas nicht stimmte. Es war still in der Hütte. Still und kalt. Keine Familie war um den Tisch versammelt, und das Torffeuer war ausgegangen. Es gab kein Zeichen von Leben, abgesehen von Johanna, die starr wie ein Stein dastand und Daniel mit ängstlichen Augen beobachtete.

Die Fitzgeralds waren eine Familie, in der alle lautes Lachen und Scherze liebten – alle außer Thomas, der dazu neigte, ernst zu sein. Normalerweise war ihre Hütte ein lauter und lebhafter Ort, selbst in diesen schlimmen Zeiten. Die Stille, die jetzt herrschte, war völlig unnormal, und Daniels bange Vorahnung verstärkte sich.

In dem Moment teilte sich der Vorhang auf der Rückseite des Raumes und Katie Fitzgerald erschien. Sobald Daniel ihre rot umränderten Augen sah, wusste er, dass sie geweint hatte.

Als ob sie den Grund für Daniels Besuch ahnte, schüttelte sie ihren Kopf. „Morgan ist noch nicht zurück, Daniel John.“

„Aber der Arzt ist hier, wie ich sehe.“

Katie nickte. „Mama ist wieder sehr schwer krank.“

Sie trat jetzt ganz in den Raum, und Daniel runzelte die Stirn über ihr Äußeres. Eine schreckliche Blässe hatte sich auf ihre Haut gelegt und verlieh ihr ein beinahe ungesundes Grau. Ihr Gesicht und ihr Hals waren dünn, fast transparent. Sie wirkte traurig und besorgt und ein wenig krank.

„Wo ist dein Pa?", fragte Daniel und sah sich im Zimmer um.

Johanna stellte sich neben ihre ältere Schwester, und Katie umklammerte ihre Hand. „Er hat den kleinen Tom zur Großmutter gebracht, damit er Mama nicht plagt." Sie hielt inne, und ihre Stimme schwankte. „Und ... danach wollte er zu Pater Joseph gehen."

Daniel sah sie entsetzt an.

„Dr. Browne sagte, er solle ihn holen." Katies Stimme war jetzt fast nur noch ein Flüstern.

Daniel stand und sah die beiden Geschwister mit weit aufgerissenen Augen an. Er wusste nicht, was er sagen sollte. Katies rötlich-blondes Haar hing feucht um ihr dünnes Gesicht, ihre Augen blickten verzweifelt. Johanna, die an ihrer Seite stand, starrte weiter auf den Boden hinunter und klammerte sich an Katies Hand.

*Wenn der Hunger die einst starke und unerschütterliche Catherine Fitzgerald zu Boden werfen kann, wie viel mehr und wie viel leichter würde er seine kleine zerbrechliche Mutter vernichten?*

Die unerwartete Frage traf Daniel mit einer Wucht, die ihn schwanken ließ. Einen furchtbaren Moment lang wollte er laufen, vor den Fitzgeralds und ihrer Tragödie fliehen. Aber der Blick völliger Hilflosigkeit und die Bitte in Katies Gesicht hielten ihn gefangen.

Johanna zupfte fordernd an ihrer Schwester und wimmerte auf eine sonderbare, stumme Weise, aber Katie schien ihre Gegenwart kaum zu bemerken. „Daniel John ... glaubst du, du könntest deine Mutter holen? Es würde Mama vielleicht helfen, wenn Tante Nora hier wäre ... Sie sind so gute Freundinnen ..."

„In Ordnung, ich gehe sofort los, Katie, ich ..." Daniel suchte hilflos nach ein paar Worten des Trostes. Als er keine fand, wiederholte er einfach: „Ich werde jetzt gehen."

Er drehte sich um, beschämt darüber, wie sehr er den Ort verlassen wollte, und ging zur Tür. Er zwang sich, nicht zu laufen.

Doch sobald er die Tür hinter sich geschlossen hatte, *rannte* er. Ohne seine halb erfrorenen Füße oder den scharfen Wind, der ihm ins Gesicht schnitt, zu beachten, rannte er, so schnell er konnte, über das Feld zur Straße. Er rannte, bis er meinte, seine Brust würde zerspringen, wütend über sich selbst wegen seines Mangels an Mut.

*Ich verstehe dich nicht, Gott. Warum lässt du zu, dass Catherine das passiert und Katie und – und uns allen? Du lässt zu, dass die Guten zusammen mit den Bösen sterben, und selbst wenn du es nicht bist, der sie tötet, lässt du es doch geschehen. Und das ist doch dasselbe, oder? Es ist nicht gerecht! Du weißt, dass es nicht im Geringsten gerecht ist, Mütter von ihren Kindern wegzunehmen und kleine Babys sterben zu lassen. Was haben wir getan, dass du dich so gegen uns wendest, was macht dich so zornig über ganz Irland? Siehst du nicht, was mit uns geschieht? Interessiert es dich nicht?*

* * *

Die Dämmerung brach schon fast herein, als Morgan die letzte halbe Meile zur Hütte seines Bruders wanderte. Obwohl er mürrisch war, weil seine Reise nicht so erfolgreich gewesen war, wie er gehofft hatte, war er doch erleichtert, wieder im Dorf zurück zu sein. Seine Männer hatten großzügig von ihren mageren Vorräten gegeben, aber sie hatten auch Familien zu ernähren – einige sogar ganze Dörfer.

Es gab wenige Schiffe, die man auf diesen stürmischen Wintergewässern plündern konnte, und diejenigen, die sich auf die See wagten, hatten meistens eine Marine-Eskorte. Seit der Plünderung in der Blacksod Bay vor ein paar Monaten war die Regierung vorsichtiger mit ihrem Seehandel. Die Jungs hatten ihn trotzdem mit einem Maß Gerste, Mehl und getrocknetem Fleisch versorgt. Morgan hatte seine Portion sorgfältig eingeschränkt und nahm nur mit, was er auf seinem Rücken tragen konnte. Er wagte es nicht, die Entdeckung seines Reittieres zu riskieren, und ließ es wie immer bei seinen Männern in den Hügeln zurück.

Weder wusste er, welchem Verwalter ein paar Rinder oder ein Fass Mehl fehlten, noch interessierte es ihn. Er hatte die Tür für jegliche persönliche Schuld verschlossen, als er sich mit der Wahrheit darüber auseinander gesetzt hatte, wie England die Hungersnot handhabte: Während Irland verhungerte, segelten innerhalb eines Jahres britische Schiffe mit irischem Hafer und Weizen und Vieh aus seinen Häfen, genug, um doppelt so viele Menschen wie die gesamte Bevölkerung der Insel zu ernähren.

Andere Länder – Frankreich, Deutschland, Holland – hatten im letzten Jahr auch unter der Kartoffelfäule gelitten. Aber sie wurden nicht von den Briten regiert. Sie stoppten sofort die Ausfuhr aller anderen Lebensmittel, damit ihre eigene Bevölkerung nicht hungern musste. Nicht so in Irland. Unter der erbarmungslosen Regierung der Briten verließen täglich Tonnen einheimischer Nahrungsmittel die Häfen auf britischen Schiffen und ließen für die bereits verhungernden Iren nichts zum Überleben zurück als ihre schlecht ausgefallene Kartoffelernte. Selbst das Getreide, das in den Scheunen der Bauern gelagert war, stand den Leuten nicht zur Verfügung. Es war für die Pacht gekennzeichnet, um von den Verwaltern eingesammelt zu werden, während die, die es angebaut hatten, einen schleichenden Hungertod starben.

Nein, Morgan erlaubte seinem Gewissen nicht mehr, ihn in den Nächten mit Gegenanklagen wachzuhalten. Er machte sich keine Illusionen darüber, welche Richtung er eingeschlagen hatte:

Er war ein Dichter, der zum Räuber geworden war, ein Patriot, der zum Rebellen geworden war, und falls er erwischt werden sollte, würde er am Ende eines Stricks sterben.

*Falls er erwischt werden würde ...*

Sollte das geschehen, so vermutete er, dass sogar die Young-Ireland-Bewegung – die ihn zurzeit als ein einflussreiches, wenn nicht gar völlig untadeliges Mitglied betrachtete – nicht gerade darauf erpicht sein würde, ihn zurückzufordern. All die Aufsätze und Verse, die er für ihre Zeitschrift *The Nation* geschrieben hatte – ganz zu schweigen von den Geldern, die er und seine Männer in ihre Kassen geschüttet hatten –, würden sie nicht dazu inspirieren, einem gewöhnlichen Räuber zu Hilfe zu kommen. Er hatte zwar seinen Teil dazu beigetragen, Irlands Massen davon zu überzeugen, dass „friedliche Verhandlungen" mit Großbritannien niemals zu einem freien Irland führen würden, aber seine Schriften waren nicht ganz die militanten, aufrührerischen Tiraden, die einige Mitglieder der Bewegung vorgezogen hätten. Er war kein Favorit von Mitchel oder Thomas Meagher, und der fanatische Lalor verachtete ihn.

In Wahrheit hatte sich die ganze Bewegung zu einem Extremismus hin entwickelt, den Morgan sowohl für ineffektiv als auch für tollkühn hielt, und *The Nation* goss Öl in dieses Feuer. Er hatte sowohl dessen leitenden Mitarbeiter, den jetzt verstorbenen Thomas Davis, als auch seinen Gründer, Charles Gavan Duffy, hoch geschätzt. Aber außer ihm selbst teilten nur noch wenige von den Anhängern des Blattes, wie zum Beispiel Smith O'Brien, die ursprünglichen Vorstellungen, mit denen die Young-Ireland-Bewegung gegründet worden war – die Idee von einem Irland mit seiner eigenen Identität, einem Recht auf seine Unabhängigkeit und einem Nationalgefühl, das sowohl Protestanten als auch Katholiken, sowohl die Bauern als auch den niedrigen Adel einschloss.

Nein, von der Bewegung würde er wenig Hilfe bekommen.

Egal; er schrieb, was er schrieb, nicht für die Bewegung, sondern für sich selbst und die wenigen im Lande, die immer noch die Wahrheit hören wollten. Was seine übrigen „Arbeiten“ anging, so glaubte er gerne, dass sie für die wären, die zu schwach oder unterdrückt waren, um sich selbst zu retten. Und natürlich für die wenigen, die er liebte: Thomas und Catherine, ihre Kinder ... und Nora und ihre Jungen.

Er war jetzt auf der Spitze des Hügels angekommen, hinter dem sich die Hütte seines Bruders befand, hielt an und verlagerte den Sack mit Vorräten von einer Schulter auf die andere. Sein Gesichtsausdruck wurde besorgt, als er kein Lebenszeichen unter sich sah – keinen Rauch vom Feuer, niemanden, der herumlief. Aber im noch verbleibenden Licht der Abenddämmerung konnte er gerade noch verschwommene Hufabdrücke und Wagenspuren erkennen.

Seine Besorgnis wuchs, während er auf die verlassen wirkende Hütte herabstarrte. Schließlich setzte er sich in Bewegung, nahm den Hügel in einem Satz und rutschte das meiste des Weges hinab in seiner Eile, unten anzukommen.

Er wusste, dass es schlecht stand, sobald er durch die Tür getreten war. Thomas saß am Tisch. Er hielt Johanna im Arm, und beide weinten. Das Gesicht seines Bruders war bedrückt, seine Augen benommen und leer.

Dann sah er Nora Kavanagh und wusste, was geschehen war. Joseph Mahon führte sie und Katie aus dem zugezogenen hinteren Zimmer. Noras schmale Schultern waren gebeugt unter dem stützenden Arm des Priesters, und sie weinte leise. Der silberhaarige Mahon beantwortete Morgans Blick mit einem sorgenvollen Kopfschütteln.

Morgan schluckte sein eigenes Verlustgefühl hinunter – er hatte Catherine sehr geschätzt, denn sie war eine feine Christin gewesen –, ließ seinen Sack auf einen Stuhl in der Nähe der Tür fallen und ging dann quer durch den Raum zu Thomas. Sein

Bruder rieb sich die Augen und griff nach Morgans Hand. Morgan konnte die Nässe von Thomas' Tränen auf seiner eigenen Haut fühlen. „Sie glitt ... einfach weg, Morgan. So still ... so schnell ..."

Katie stellte sich jetzt neben Johanna, und Morgan ließ seinen Bruder los, um die beiden kleinen Mädchen in seine Arme zu nehmen. Er umarmte sie und sagte einige schwache Worte des Trostes, bevor er sie ihrem Vater zurückgab. Dann wandte er sich um und ging unsicher auf Nora zu. Als sie ihr Gesicht hob, um ihn anzusehen, konnte er deutlich erkennen, dass ihr Schmerz wie eine frische, offene Wunde war.

Er zog sie sanft von dem Priester weg, und sie kam mit einem erstickten Laut der Verzweiflung zu ihm. Als er sie hielt, fühlte Morgan ihr Zittern und spürte ihre Zerbrechlichkeit. Das Messer der Trauer grub sich noch tiefer in sein Herz, geschärft durch eine plötzlich aufwallende Angst um die kleine Frau in seinen Armen. Instinktiv verstärkte er seine Umarmung.

„Sie ist von uns gegangen, Morgan. Catherine ist von uns gegangen." Gedämpft durch seinen Brustkorb war ihre Stimme kaum lauter als ein Flüstern.

„Schsch, *allanah*." Er legte sein Kinn sanft auf ihren Kopf. „Catherine ruht jetzt. Ihr Kampf ist vorüber."

Während der Priester bei Thomas und den Mädchen blieb, weinte Nora leise in Morgans Armen weiter. Er wünschte sich, sie trösten zu können, aber in diesem Moment konnte er, der die meiste Zeit seines Lebens damit zugebracht hatte, die richtigen Worte für seine Gefühle zu formulieren, keine Worte finden, um ihren Schmerz zu lindern. Er konnte sie nur festhalten und sie weinen lassen.

Nach einer Weile ließ ihr Zittern nach, und sie trat von ihm zurück, wobei sie seinen Blick vermied. „Der alte Mann ist jetzt krank", sagte sie abrupt. „Er hat sich heute am späten Nachmittag in sein Bett gelegt und ist seitdem nicht mehr aufgestanden."

„Der alte Dan?“ Morgan runzelte die Stirn. Es hätte ihn nicht überraschen sollen. Die Alten und die kleinen Kinder waren unter denen, die am härtesten vom Hunger und seinem Begleiter, der Krankheit, getroffen wurden. Aber der große Dan Kavanagh war immer so unbezwingbar wie die Berge von Mayo selbst erschienen, so ausdauernd wie der Rundturm auf dem Kirchturmhügel.

„Ich muss nach Hause“, sagte Nora und trat einen weiteren Schritt zurück, um sich aus seinen Armen zu befreien. „Ich kann hier jetzt nichts mehr tun, und ich habe Daniel John zurückgelassen, um nach Tahg und dem Großvater zu sehen.“

Morgan nickte. Er bemerkte die dunklen Ringe der Erschöpfung unter ihren Augen und die aschfahle Blässe in ihrem schmalen, gezeichneten Gesicht. „Dann werde ich dich nach Hause bringen.“

„Das ist nicht nötig“, sagte sie steif.

„Es wird bald dunkel sein. Außerdem wirst du vielleicht jemanden brauchen, der den Arzt für den alten Dan holt.“

Sie schüttelte ihren Kopf. „Ich wollte ihn heute Nachmittag selbst schon holen, aber er wollte nichts davon hören.“

„Dennoch, ich werde dich nach Hause bringen.“

Sie sah ihn an, sagte nichts und wandte sich dann ab, um ein paar Worte mit Thomas zu wechseln.

Draußen war das letzte Tageslicht beinahe verblasst. Die Dämmerung, die in eine düstere Stimmung gehüllt war, war mit Schnee geschwängert, und die Trauer der Hütte schien vom Wind weitergetragen zu werden.

Sie gingen schweigend nebeneinander, bis Morgan die Stille zwischen ihnen brach. „Sag, wie geht es Tahg? Hat er noch irgendeine Chance?“

Nora stolperte über eine vorstehende Eisfurche. Er nahm ihren Arm, um sie zu stützen, und steckte ihn sicher in seine Armbeuge. „Er ist so schrecklich schwach“, antwortete sie besorgt.

„Es scheint, als habe er all seine Kraft weggehustet und habe jetzt keine Energie mehr. Er hustet jetzt ständig, Tag und Nacht. Die Medizin, die uns Dr. Browne dagelassen hat, scheint überhaupt nicht zu helfen."

Morgan drückte ihre Hand. „Dieses kalte Wetter ist schlimm für einen Husten. Aber es wird ihm sicher besser gehen, wenn der Frühling kommt."

Als sie nichts sagte, fügte er hinzu: „Du musst dich ein wenig ausruhen, Nora. Du wirst keine Hilfe für deine Familie sein, wenn du selbst krank bist."

Sie zuckte leicht und apathisch mit den Schultern, aber sie sagte nichts. Morgan fühlte, dass sie zitterte, und versuchte, sie näher an seine Seite zu ziehen, aber sie widerstand ihm entschieden.

„Es war alles so viel einfacher, als wir jung waren", sagte er mit einem Seufzen, hauptsächlich zu sich selbst. Er erinnerte sich an andere Spaziergänge, die sie durch den Schnee gemacht hatten, in glücklicheren Tagen. „Das Leben war damals freundlicher."

„Vielleicht für dich", sagte sie knapp. „Ich habe es gehasst, Kind zu sein."

Er sah sie an. „Wegen deiner Mutter." Es war keine Frage, sondern nur eine Feststellung von etwas, was sie beide wussten.

„Richtig", sagte sie leise. Er zuckte zusammen, als er den Schmerz in ihrer Stimme hörte, und erinnerte sich nur allzu gut an Noras Scham.

„Niemand hat dich ihretwegen geringer geachtet, Nora", sagte er linkisch, und er meinte, was er sagte.

„Aber gewiss auch nicht höher." Ein harter, erstickter Klang von Spott entfuhr ihr.

„Viele haben dich für ein großartiges Mädchen gehalten", sagte Morgan nach einer Weile gelassen. „Ich, zum Beispiel. Und Michael, um noch jemanden zu nennen."

Er konnte ihre Antwort kaum hören, so leise waren ihre Worte. „Ja, ich erinnere mich."

Er sah auf sie herunter, aber ihre Augen waren starr geradeaus gerichtet.

„Hast du in letzter Zeit etwas von ihm gehört?", fragte sie.

„Michael? Nicht seit letztem Herbst."

Die Andeutung eines Lächelns umspielte ihren Mund, als ob auch sie sich erinnerte. „Ihr wart schon zwei Kerle, ihr beiden. Du warst immer in Schwierigkeiten, und Michael hat dir den Rücken freigehalten."

„Und alle beide machten wir uns deinetwegen lächerlich." Er sagte es leise, ohne nachzudenken. Sie schien es nicht zu hören. Falls Nora sich erinnerte, behielt sie ihre Gedanken für sich.

Wo war sie geblieben, die sonnige Zeit? Die Jahre der Jugend, die vor Leben strotzten, wo jeder Wunsch eine Verheißung war und jeder Traum noch erreichbar ... als Nora noch ein zierliches Persönchen war und er und Michael in ihren Augen so groß wie Helden?

*Ach, wo waren sie hingegangen ... und so schnell?*

* * *

*Wo waren die Jahre geblieben?* Ein schreckliches Verlustgefühl breitete sich bei dieser Frage in Noras Geist aus. War es wirklich schon so lange her, dass sie zu dritt als Freunde und Abenteurer durch das Dorf streunten?

Sie waren großartige Kameraden gewesen, die drei, jung und manchmal mehr als nur ein wenig töricht. Aber trotz ihrer jugendlichen Dummheiten waren sie einander treu ... sie unterschieden sich in so vielem voneinander und waren sich doch im Geist so nah, dass einer die Gedanken des anderen beenden konnte.

Nora war zuerst in Killala gewesen, bevor Michael oder Morgan kamen. Sie war in Killala geboren worden, und die einzige andere Stadt, die sie je betreten hatte, war Ballina. Sie war ein Kind der Schande, das Älteste von vier Kindern, alle unehelich geboren von einer Frau, die das Ärgernis des Dorfes war. Ihr Vater war ein britischer Matrose, ein Weiberheld, der Noras Mutter den Himmel auf Erden versprach, aber nur Probleme verursachte. Man war der Meinung, dass er in England eine Frau zurückgelassen hatte, denn als Nora acht Jahre alt war, ging er wieder auf See und kam niemals zurück.

Danach hatte ihre Mutter einen Mann nach dem anderen ins Haus genommen, bis sie schließlich solch eine Schlampe wurde, dass sie außer der Flasche keinen Gefährten mehr finden konnte. Nora und die jüngeren Kinder blieben sich selbst überlassen und mussten für sich selbst sorgen, so gut es ging, und im Laufe der Jahre gab Nora den kleineren Geschwistern, so gut sie konnte, mütterliche Fürsorge.

Sie wuchs in tiefster Schande auf: der Schande ihrer Mutter, ihrer schäbigen, heruntergekommenen Hütte, ihrer eigenen zerlumpten Kleider und der abgelegten Kleidung, die sie und ihre Geschwister tragen mussten – und, was am schlimmsten war, der Schande der Ablehnung: der Ablehnung ihrer Mutter ihren eigenen Kindern gegenüber und der Ablehnung des Dorfes gegen sie alle. So schwer war die Last der Schande in all den Jahren gewesen, dass Noras erster Gedanke, als ihre Mutter nur wenige Wochen vor Tahgs Geburt starb, Erleichterung war – Gott möge ihr vergeben – : Erleichterung, dass ihre eigenen Kinder niemals ihre Großmutter mütterlicherseits kennen lernen würden.

Michael kam in dem Jahr in das Dorf, in dem Nora neun Jahre alt wurde, demselben Jahr, in dem zwei ihrer jüngeren Geschwister durch eine Diphtherie-Epidemie ihr Leben verloren und sie und ihr kleiner Bruder, Rory, allein zurückblieben, um sich gegen ihre gewalttätige Mutter zu verteidigen. Michael

Burke, der drei Jahre älter war als Nora und bereits den Instinkt eines geborenen Leiters besaß, hatte Nora sofort unter seinen Schutz gestellt. Er nahm sein selbst erwähltes Wächteramt ernst. Die Kinder des Dorfes wagten es nicht mehr, über Nora und ihren Bruder zu spotten, und erst recht nicht mehr, sie offen ins Gesicht zu verhöhnen. Michael war kräftig und schon damals unerschütterlich, und man sah ihm deutlich an, dass mit ihm nicht zu spaßen war.

Für die einsame, schüchterne Nora waren die Burkes eine erstaunliche Familie, und sie tat oft so, als wären sie ihre eigene Familie. Michaels römisch-katholische Mutter war in Dublin Schauspielerin gewesen; sein protestantischer Vater war der Sohn eines Geistlichen. Beide hatten sich ihren Familien und ihren Kirchen widersetzt, um zu heiraten, und hatten sich schließlich mit ihren zwei Söhnen in Killala auf einem kleinen Stück Land niedergelassen, das einst Michaels Großeltern gehört hatte.

Ungeliebt und vernachlässigt, wie sie war, war Nora von den geselligen, unkonventionellen Burkes bezaubert und mit ehrfurchtsvoller Scheu erfüllt. Ihre großmütige Zuneigung, ihre Intelligenz und ihr Witz, ihr Spürsinn für das Dramatische und, mehr noch als alles andere, ihre begeisterte Liebe zueinander zogen Nora an wie die warmen Strahlen der Sonne eine sterbende Blüte im Schnee. Die stattliche, lebhafte Madeline Burke erschien Nora so erhaben wie die legendäre Krieger-Königin Maeve von Connacht. Sie war schön, schlau und mit einem Herz ausgestattet, so groß wie die Irische See. Die Männer in Madelines Familie beteten sie an, und das taten auch die verwahrlosten Doyle-Kinder, die im Laufe der Jahre ihre Füße viel häufiger unter den Küchentisch der Burkes streckten als unter ihren eigenen.

Dann kam Morgan. In Noras zwölftem Lebensjahr erschien an einem Herbsttag ein großer, schlanker Mann namens Aidan Fitzgerald aus dem Nichts mit seinen beiden Söhnen im Schlepptau und einem Beutel auf dem Rücken, der all ihre irdischen Besitztümer zu enthalten schien.

Aidan Fitzgerald behauptete, aus der südlichen Grafschaft Kerry zu kommen, was in der Tat recht weit von Killala entfernt war. Er sagte, er sei unterwegs auf der Suche nach einer Anstellung als Lehrer, und als er erfuhr, dass es im Dorf eine leer stehende Schule gab, bezog er mit seinen Jungen einfach eine verlassene Hütte am Hang und blieb. Während der kommenden Jahre führte er eine Schule von erstaunlicher, hervorragender Qualität und schaffte es gleichzeitig, die umliegenden Tavernen mit seinem Durst, der beträchtlich war, beschäftigt zu halten.

Der neue Lehrer und seine Söhne waren von ziemlich vielen Rätseln umgeben. Aidan war trotz der Tatsache, dass er sich gewohnheitsmäßig bis zur Besinnungslosigkeit betrank, offensichtlich ein hochgelehrter, ja ein gebildeter Mann. Es schien ihm nie an Geld zu mangeln, und doch lebten sie ein einfaches, spartanisches Leben in ihrer frauenlosen Hütte. Er war zwar kein Mann von niedriger Gesinnung, aber dennoch schienen ihm seine Söhne gleichgültig zu sein. Ja, die einzige Gelegenheit, bei der er ihnen überhaupt irgendwelche Aufmerksamkeit zu schenken schien, waren die Zeiten, wenn er sie über irgendeinen längst verstorbenen Dichter wie Virgil unterrichtete oder – und das erschien Nora angebrachter – über die Legenden und die Geschichte des alten Irland. Natürlich, was den armen Thomas betraf, so hätte Aidan genauso gut einem Meilenstein eine Gigue vorpfeifen können. Er interessierte sich für nichts anderes als das Land. Aber Morgan saugte es auf wie das Moor den Regen und wollte immer noch mehr hören.

Über Morgans Mutter wurde nie gesprochen, und aus einem Grund, den Nora nicht ganz verstand, wusste sie, dass sie nicht danach fragen durfte. Einmal, als sie älter waren, unternahm Michael einen vorsichtigen Versuch, zu fragen, aber Morgans kurzes „Ich habe sie nie gekannt“ war die einzige Antwort.

Im Dorf gingen Gerüchte um, wie immer, wenn es ein Geheimnis gab. Eine besonders beliebte Geschichte besagte, dass Aidan vor dem Gesetz flüchtete und vor einer schrecklichen Tat in seiner Vergangenheit davonlief. Nora fiel es schwer, sich vorzustellen, dass Morgans kühler hohläugiger Vater die Leidenschaft oder die Energie besaß, ein gemeines Verbrechen zu begehen. Andere Erzählungen deuteten auf einen Skandal oder eine Tragödie irgendwo in der Vergangenheit der Fitzgeralds hin, und Nora hielt dies für sehr viel wahrscheinlicher. Ein anderes Gerücht, eines, das immer wieder auftauchte, hatte damit zu tun, dass Aidans Familie vermögende, feine Leute seien. Sie hätten ihn aus Gründen, die nie genau genannt wurden, verstoßen und ihn und seine Jungen auf die Straße gesetzt.

Wie auch immer seine Vergangenheit war, Morgan war beinahe genauso auf sich selbst gestellt wie Nora. Sie waren gleichaltrig, obwohl es Nora so schien, als sei Morgan Jahre älter als sie – ja, als sei er sogar älter als Michael. Wenn man die Freundschaft bedachte, die sich schnell zwischen den dreien entwickelte, schien es absolut normal, dass Morgan und sein Bruder Thomas schon bald ihre Stühle am Abendbrottisch der Burkes einnahmen und in die Familie aufgenommen wurden. So hatte Nora also *zwei* Beschützer statt einen.

Sie erkannte jedoch bald, dass Morgan zwar die Gesellschaft Michaels und seiner Familie genoss, aber dennoch ein ruheloser Einzelgänger war, der eigentlich keine dauerhafte Familie brauchte. Im Gegensatz zu seinem ernsthaften, das Land liebenden Bruder Thomas zog es Morgan auf die Straße, und man konnte ihn oft mit seiner Harfe auf der Schulter und seinem Beutel über den Rücken gehängt die Stadt betreten oder verlassen sehen.

Man hätte Auseinandersetzungen zwischen den dreien erwarten können. In Glaubensangelegenheiten waren zum Beispiel Nora und Michael einander am nächsten, da sie beide Teil des kleinen Überrestes von Protestanten im Dorf waren. Nora hatte das kleine wesleyanische Versammlungshaus von selbst aufgesucht, als sie noch ein kleines Mädchen war. Ihre Mutter wurde von den meisten Katholiken in Killala so sehr verachtet, dass Nora es nicht ertragen konnte, die römische Kapelle zu besuchen. Was Michael betraf, so hatte er, obwohl sein jüngerer Bruder Tim den katholischen Glauben gewählt hatte, keine Geduld mit dem, was er den „ganzen Wirbel und Mist" drum herum nannte – er mochte den geordneten, aber schlichten Stil der Anbetung, den er im Versammlungshaus vorfand.

Morgan war von einer völlig anderen Art. Sein Vater ging niemals zur Kirche, obwohl Aidan allgemein als „gescheiterter Katholik" bekannt war. Aber während Thomas treu zur Messe ging, wann immer sie angeboten wurde, ging Morgan nur gelegentlich. Nora wusste, dass Morgan ein gläubiger Mensch war, aber er bekannte sich zu keiner besonderen Denomination oder Lehrmeinung. Manchmal erschien er im Versammlungshaus, manchmal nahm er mit seinem Bruder an der Messe teil. Natürlich machten ihn seine seltsamen Gewohnheiten beim Kirchgang im Dorf verdächtig. Selbst Nora machte sein mangelndes Interesse für irgendeine formelle Art, den Glauben zu praktizieren, zu schaffen. Dennoch musste sie zugeben, dass die Freiheit von Morgans Glauben irgendwie zu ihm zu passen schien.

Sie liebte ihre beiden Beschützer glühend – allerdings jeden auf eine andere Weise. Sie verehrte Michael Burke als einen großartigen älteren Bruder, aber Morgan liebte sie von ganzem Herzen. Morgan liebte sie auch – zumindest behauptete er das, als sie älter wurden –, und eine Zeit lang hielt Nora an ihren Hoffnungen fest, dass sie und Morgan eines Tages heiraten würden. Aber als sie alt genug wurde, um zu heiraten, verließ Morgan Killala. Offensichtlich waren in Aidans geheimnisvollem Goldtopf noch genügend Goldklumpen übrig geblieben, um die Ausbildung seines Sohnes zu fördern, und so brach Morgan nach Frankreich auf.

Zu Noras Bestürzung meinten die Burkes kurz danach ihre Absicht ankündigen zu müssen, ebenfalls Irland zu verlassen. Sie planten, nach Van-Diemens-Land – Australien – zu reisen. Aber Michael, der kein Interesse an den Plänen seiner Eltern hatte, erklärte, er werde nach Amerika segeln, und verblüffte Nora mit der Frage, ob sie ihn als seine Frau begleiten wolle.

Als sie sich von ihrem Schock erholt hatte, war Nora stark versucht, Michaels Antrag anzunehmen. Die Aussicht, sowohl Morgan als auch die gesamte Familie Burke zu verlieren, erschreckte sie sehr. Sie konnte es kaum ertragen, einem Leben im Dorf ohne die beiden entgegenzusehen.

Aber trotz ihrer Verzweiflung wusste sie, dass sie Michael Burke nicht heiraten konnte. Sie liebte ihn einfach nicht so, wie eine Frau den Mann, den sie heiratet, lieben *sollte.* Und sie konnte es auch nicht übers Herz bringen, Irland zu verlassen und ihr Leben in einem fremden Land unter Fremden neu zu beginnen.

So ließ sie, wenn auch zögernd, Michael gehen, und als Owen Kavanagh begann, ihr im Versammlungshaus große Aufmerksamkeit zu schenken und schließlich zu Besuchen kam, legte sie ihre Erinnerungen an beide, Michael Burke und Morgan Fitzgerald, beiseite. Owen war zwar einige Jahre älter als Nora, aber immer noch ein gut aussehender Mann. Und, was Nora noch wichtiger war, er war ein guter Mann: solide, fleißig und vernünftig, mit Zielen, die sie teilen konnte, und mit dem Respekt des gesamten Dorfes. Owens Träume waren schlicht, aber ehrbar und Noras eigenen Träumen sehr ähnlich. Er wollte eine Frau heiraten, die zu ihm passte, ein Stück Land bearbeiten, sein Einkommen verbessern, indem er für Reilly, den Weber, arbeitete, und eine Familie großziehen.

Nora war glücklich, Owens Frau zu sein. Wenn sie es manchmal zuließ, dass ihr ein sehnsüchtiger Gedanke an Morgan Fitzgerald in den Sinn kam, tat sie ihn sofort ab und bat um Vergebung. Obwohl er ab und zu wieder in ihr Leben trat, indem er im Dorf erschien, wann immer er wollte, kreuzten sich ihre Pfade nur selten. Sie konnte nichts an der Art ändern, wie er sie ansah mit seinen suchenden, traurigen Augen. Aber sie war eine erwachsene Frau, eine Ehefrau und Mutter, und so wandte sie sich schnell ab und tat so, als ob sie nichts sähe.

Siebzehn Jahre waren vergangen, seit Nora Michael Burke einen Abschiedskuss gegeben und ihm Gottes Segen gewünscht hatte, als er nach Amerika aufbrach. Jetzt war sie eine Witwe, die sowohl ihr kleines Mädchen als auch ihren Ehemann begraben hatte, die ihre besten Freunde durch den Tod verloren hatte und ihren einzigen Bruder an ein Leben auf See als Matrose hergegeben hatte. Sie hatte vereinzelte graue Haare und den Winter in den Knochen und einen überlaufenden Kelch der Trauer im Herzen. Es war fast unmöglich zu glauben, dass es einmal eine Zeit gegeben hatte, wo sie am Arm eines großen rothaarigen Burschen, der ihr mit seiner Harfe Liebeslieder sang und Verse über ihre rauchgrauen Augen machte, über eine Bergwiese mit wilden Blumen gelaufen war.

Nora Kavanagh sah auf zu dem Mann mit dem roten Bart, der sie über den Schnee führte, und bemerkte mit Unwillen, dass ihr Herz schmerzte, nicht nur wegen Owen und der kleinen Ellie und Catherine, sondern auch wegen der jungen Nora Doyle und Morgan Fitzgerald, wegen ihres jetzt verstummten Lachens und der längst vergessenen Träume.

Die Zeit für Träume, das wusste Nora, war gekommen und auch wieder gegangen.

# 6. Und der Tor hat die Weisen verurteilt

*Von der Boyne bis zur Linn*
*wurd' die Order gegeben,*
*alle Kinder des Fynn*
*aus dem Lande zu jagen.*
Fearflatha O'Gnive (achtzehntes Jahrhundert)

*Killala*
*Anfang Februar*

George Cotter, der Gutsverwalter von Roger Gilpins Besitz in der Grafschaft Mayo, betrachtete sich selbst als Opfer. Er neigte dazu, über die verschiedenen Akte der Ungerechtigkeit nachzugrübeln, die er seit seiner Kindheit hatte erdulden müssen. Die ständige Litanei des Leides war schon seit langem viel mehr geworden als ein Hilfsmittel, um sich mit seinem trostlosen Dasein zu versöhnen: Sie war zum innersten Wesen seines Daseins geworden.

Zu der Liste seiner Leiden zählte er seine schlechte Gesundheit, seine kleine rundliche Gestalt mit einem flachen Gesicht und unglückliche finanzielle Umstände in der Vergangenheit. Aber für das größte Verhängnis seines Lebens hielt er seinen Vater. Soweit George zurückdenken konnte, hatte er seinen Vater immer gehasst, und zwar mit einer beinahe schon lähmenden Leidenschaft.

Richard Cotter war Rechtsanwalt in Dublin gewesen, ein Mann mit einer großen Vorliebe für den Alkohol und einer noch größeren Spielleidenschaft. Er schloss auf alles Wetten ab, ganz gleich, wie töricht das Risiko war, und erwies sich als unglaublich glücklos in all seinen Unternehmungen. Schon als junger

Mann hatte er bereits nicht nur sein eigenes kleines Erbe von seinem Vater, einem Arzt, verspielt, sondern auch den größten Teil der bescheidenen Mitgift seiner Frau, einer gebürtigen Engländerin. Im Dorf und der Umgebung war man allgemein der Meinung, dass Richard Cotter ein schwacher, leichtlebiger, moralisch haltloser Mann sei.

Zum Glück für die Familie besaßen Georges Großeltern mütterlicherseits ein bescheidenes Gut und zwei kleine, aber erfolgreiche Bauernhöfe in Connacht, deren gemeinsamer Ertrag den Cotters ein Heim und einen angemessenen Lebensunterhalt einbrachte. Trotzdem entwickelte sich George zu einem bitteren, rebellischen jungen Mann: bitter wegen des – seiner Meinung nach – bescheidenen gesellschaftlichen Standes, und rebellisch als Reaktion auf die Verachtung seines Vaters, die dieser seinem einzigen Sohn gegenüber häufig zum Ausdruck gebracht hatte.

Georges Mutter starb, bevor er achtzehn Jahre alt wurde, und die Ausschweifungen seines Vaters forderten schließlich einige Monate später ihren Tribut. Richard Cotters einziges Vermächtnis für seinen Sohn war mehr als ein Jahrzehnt der verbalen und manchmal auch physischen Misshandlung, und das Einzige, was George verspürte, als er den Mann beerdigte, war Erleichterung und sogar eine gewisse Befriedigung.

Cotter blieb praktisch mittellos zurück. Die Ländereien seiner Großeltern waren mittlerweile mit so vielen Pfändern belastet, dass sie sofort an Hamilton Gilpin fielen, einen außer Landes wohnenden Großgrundbesitzer, dem in der Grafschaft Mayo riesige Landstriche gehörten – der jedoch noch nie seinen Fuß auf irgendeinen Teil davon gesetzt hatte. Als Gilpins Verwalter, der ein recht freundlicher Mann war, dem mittellosen jungen George Cotter eine Arbeit auf Gilpins Gut anbot, sah er keine andere Möglichkeit, als den Verwalter, wenn auch ungern, beim Wort zu nehmen.

Seitdem hatte Cotter für die Familie Gilpin gearbeitet und war zu seiner jetzigen Position als Gutsverwalter aufgestiegen – nicht durch irgendwelchen echten Ehrgeiz oder auf Grund besonderer Fähigkeiten, sondern weil er einer der wenigen Männer in der Gegend war, die lesen, schreiben und rechnen konnten. Der „große Herr" war jetzt Sir Roger Gilpin, der es, wie schon sein Vater vor ihm, vermied, irgendwelchen Kontakt mit seinem irischen Besitz zu haben, abgesehen von dem, was notwendig war, um die Pacht einzusammeln.

Es war Freitagabend, und Cotter saß missmutig in seinem schäbigen Lehnsessel, sein gichtkrankes Bein auf einen Schemel gelegt. Er hatte den Gürtel geöffnet, um seinen vorquellenden Magen zu befreien. Wütend sah er auf den Brief in seiner Hand. Seine Laune war so hässlich wie der wilde, heulende Schneesturm, dem er erst vor kurzem entkommen war. Ihm war kalt und die Gicht, die ihn in diesen Tagen immer schlimmer quälte, bereitete ihm Schmerzen. Er hob sein Whiskyglas und leerte es.

*Die abwesenden Landlords wie Gilpin machen es sich leicht,* dachte er. *Sie gleiten mit ihren Federn über ihr kunstvolles Briefpapier und unterzeichnen Räumungsanweisungen. Es geht ja nicht um* ihre *Haut, wenn ein Mob vom Dorfgesindel meinte, er müsse Rache nehmen an denen, die für ihre Vertreibung verantwortlich sind.* Verwalter, wie er einer war, mussten unter den Folgen der Gier dieser Landlords leiden. Und alles nur, weil sie keine andere Wahl hatten, als zu tun, was man ihnen sagte.

Rache von Seiten einiger Einheimischer war eine sehr reale Gefahr. Cotter hatte schon genug gehört. Es passierte in ganz Irland, selbst hier im abgelegenen Mayo. Hinausgeworfene Pächter schlugen zurück und ließen ihre Wut wie ein Haufen hirnloser Wilder an den Gutsverwaltern aus. Erst letzten Monat war ein Verwalter in der Nähe von Ballina von einer Gruppe Bauern, deren Häuser er geräumt hatte, erstochen und erschlagen worden.

*Massenräumung.* Das war der Grund dafür. Nicht, weil die

Häuschen einiger illegaler Siedler abgerissen wurden oder wegen dieser nutzlosen Jammerer, die ständig im Rückstand waren. Nein, so etwas geschah wegen der groß angelegten Vertreibung von Dutzenden von Familien, die ihr Leben lang in Killala oder ähnlichen Orten gelebt hatten.

Es schnürte ihm die Kehle zu. Er konnte sich leicht vorstellen, wie Männer wie O'Malley, ein wohlbekannter Schläger, und Rafferty, ein Trunkenbold und Schläger der übelsten Sorte, zu den Waffen greifen und sich gegen die, die über ihnen standen, erheben würden.

Cotters Kopf schmerzte. Er setzte das Glas an seine Lippen. Als er merkte, dass es leer war, hievte er, stöhnend vor Anstrengung, seinen schwerfälligen, schmerzenden Körper aus dem Stuhl hoch. Er ging zum Fenster und sah hinaus auf die Straße, die zum Dorf hinunterführte. Aber außer den vom Wind aufgeworfenen Schneewehen, die in der Nacht leuchteten, war dort nichts zu sehen. Seine Kopfschmerzen verstärkten sich, und mit ihnen wuchs sein Ärger. Er humpelte durch das Zimmer, um sich noch einen Whisky einzuschenken.

*Es wäre am besten,* dachte er, während er seinen Whisky hinunterspülte, *und am ratsamsten, das ganze klägliche Dorf niederzubrennen. Damit würde man nicht nur einen unansehnlichen Flecken aus der Landschaft entfernen, sondern auch diesen kläglichen Wichten in ihren Löchern ein für alle Mal zeigen, wo es langgeht, bevor sie meinen, sie müssten hier auf den Hügel kommen und mich in Schwierigkeiten bringen.*

Cotter durchfuhr eine ungute Vorahnung, als er an die Gerüchte dachte, die im Lande umgingen: Geschichten über eine Bande von Rebellen und Unzufriedenen, die gerade lange genug von den Bergen herabkamen, um die Häuser und Scheunen der Verwalter im ganzen Land anzuzünden, ihr Vieh und den Inhalt ihrer Speisekammern zu stehlen und dann ihre Beute in den Höfen der verhungernden Bauern abzuladen.

Eine bestimmte Bande ließ ihm die Haare zu Berge stehen – der Pöbel, der dem so genannten *Roten Wolf*, einem Räuber, folgte. Jeder Einzelne von ihnen war ein Bandit, und es war ihnen zuzutrauen, dass sie die wütenden Bauern zur Rebellion aufstachelten. Diebe waren sie, ungebildete, grobschlächtige Primitive, mit Sicherheit, und ihr Anführer – der, den sie so einfallsreich den *Roten Wolf* nannten – war zweifellos der Schlimmste von allen. Von Woche zu Woche hörte man mehr Geschichten über *ihn*. Die meisten davon waren ohne Zweifel fürchterlich übertrieben. Sie machten ihn gerne zu einer überlebensgroßen Kreatur, die eine noch größere Bedrohung darstellte als das Raubtier, nach dem er benannt wurde. George hatte einen Verdacht, wer ihr *Roter Wolf* sein könnte, und wenn der Kerl auch durch und durch Mensch war, so war er immer noch ein äußerst gefährlicher Feind.

Ein scharfer Schmerz durchzuckte ihn von seinen Füßen bis hoch zu den Knien, und Cotter schrie auf und tastete nach dem Tisch, um festen Halt zu finden. Schließlich wankte er durch den Raum, sank schwach in seinen Stuhl und lehnte sich stöhnend zurück. Während der Schmerz nachließ, versuchte er zu überlegen, was er tun solle. Eines war sicher: Er würde jeden Mann von der Polizei brauchen, den er bekommen konnte. Morgen würde er als Erstes den Gerichtsvollzieher zu sich bitten und ihn die Polizei alarmieren lassen. Es war besser, sofort zu beginnen, bevor einige von dem Gesindel im Dorf Wind von der Sache bekamen – was sie irgendwie immer zu schaffen schienen.

Cotter begann, den Brief seines Arbeitgebers zu zerknüllen, hielt dann aber inne, weil er erkannte, dass es wahrscheinlich nicht besonders klug sei, Gilpins schriftliche Anweisungen zu vernichten. Auch kam ihm der Gedanke, es könne weise sein, bei dem Gespräch mit dem Gerichtsvollzieher gleich dafür zu sorgen, dass er eine Leibwache bekäme. Es hatte keinen Sinn, ein Risiko einzugehen. Wenn man das Schicksal bedachte, dem er diese armen Teufel auslieferte, war es nicht ratsam, unvorsichtig zu sein.

Es roch eindeutig nach Schwierigkeiten, und er wollte nicht unvorbereitet davon überrannt werden. Die verhungernden Barbaren im Dorf waren zu allem imstande, dessen war er sich sicher. Und wer konnte schon sagen, was für Unheil sie anrichten würden, wenn die Räumungen erst einmal begännen?

* * *

Zwei Wochen nach Catherines Beerdigung versuchte Morgan immer noch, Noras Zurückhaltung ihm gegenüber zu durchbrechen, allerdings ohne Erfolg. Er meinte, dass er verstehen könne, warum sie sich nach Catherines Tod in sich selbst zurückgezogen hatte. Es musste körperlich und psychisch verheerend für Nora gewesen sein, kurz nach dem Tod ihres kleinen Mädchens und ihres Mannes auch noch ihre beste Freundin zu verlieren.

Aber er wollte sie sehen, ihr, wenn möglich, helfen, sie trösten, falls sie es zuließe. Er war nicht so dumm zu versuchen, wieder eine Liebesbeziehung mit ihr zu beginnen. Nicht nur, weil sie trauerte, sondern auch, weil sie beide vor langer Zeit erkannt hatten, dass sie einfach keine gemeinsame Zukunft hatten, ganz gleich, wie tief ihre Gefühle füreinander auch sein mochten. Sie waren völlig verschieden, und sich in irgendeiner Weise in ihr Leben einzumischen, außer als Freund, musste zu Schwierigkeiten, ja zu Verletzungen für sie beide führen.

Aber wenn das geklärt war, warum flackerte sie dann immer noch wie eine Flamme in den Schatten seiner Gedanken auf? Warum schmerzte sein Herz so sehr, wenn sie seine Annäherungsversuche absichtlich übersah? Wenn er die Hütte besuchte, wechselte sie bloß ein paar Worte an der Tür mit ihm. Nicht ein einziges Mal hatte sie ihn hineingebeten. Wenn er an ihrem Häuschen vorbeiging – und er machte es zur Regel, wenigstens einmal pro Tag vorbeizugehen – und sie zufällig im Hof entdeckte, wenn sie sich um die Kuh kümmerte, grüßte sie ihn kühl und eilte dann, bevor er sie halten konnte, ins Haus. Sie mied ihn absichtlich, daran hatte er keinen Zweifel. Warum sie das tat, darüber war er sich nicht ganz im Klaren.

Seine Versuche, ihre eiserne Sturheit zu überwinden, waren so mühsam gewesen, als ob er ein Loch durch einen Berg hätte bohren wollen. Aber er hatte sie doch dazu bewegen können, die Lebensmittel anzunehmen, die er von den Hügeln mitgebracht hatte. Zunächst hatte sie widersprochen. Ihr störrischer Stolz widersetzte sich jeder Andeutung, sie könne eventuell Hilfe benötigen. Gott helfe ihr, sollte sie je Almosen von jemandem wie Morgan Fitzgerald annehmen! Schließlich hatte sie jedoch nachgegeben und sein Angebot angenommen. Das war die letzte wirkliche Unterhaltung gewesen, die sie miteinander geführt hatten.

Deshalb entschloss er sich jetzt zögernd, am Abend an dem Abschiedsfest für Tim O'Malley teilzunehmen. Normalerweise hätte er das Ereignis gemieden. Er war noch nie der richtige Mann für diese provinziellen Traditionen gewesen, und es machte ihm auch keinen besonderen Spaß, in einer Gruppe zu sein. Und abgesehen davon, dass er lieber allein war, ging es ihm heute nicht sehr gut. Er hatte schon den ganzen Tag fürchterliche Zahnschmerzen gehabt, und die Hütte der O'Malleys war kalt wie ein Grab, was seine Schmerzen nur noch verstärkte.

Er war nur aus einem einzigen Grund hier – um Nora zu sehen, die ihn bisher ärgerlicherweise sehr erfolgreich übersehen hatte. Er hatte das natürlich erwartet, aber es schmerzte ihn trotzdem, wie sie jedes Mal in eine andere Richtung sah, wenn er es geschafft hatte, ihren Blick zu treffen.

Die „Amerika-Totenwache", wie sie es in den meisten Grafschaften nannten – oder, wie es hier in Mayo üblicher war, das „Abschiedsfest" – war vor der Hungersnot selten gehalten worden. Aber in der letzten Zeit war es etwas Normales geworden, wenn sich auch die Art, wie man es feierte, wegen der trostlosen Bedingungen im ganzen Land drastisch verändert hatte. Für viele kam das Verlassen Irlands dem Tod gleich. Das Sterben wurde vom Verlassen der Heimat verkörpert, das Schiff symbolisierte einen Sarg, der einen von den Lieben trennte und auf den Weg ins „Paradies" – Amerika – schickte.

In den besten Zeiten hatte diese Sitte für ein bittersüßes Ereignis gesorgt. Der Abend begann normalerweise mit Tanzen und Singen, Trinken und Essen, und verfiel dann zu einem rührseligen Gesuhle in Nostalgie und schmerzlichem Abschiednehmen. Bis vor kurzem war es nicht unüblich gewesen, dass eine Familie die ganze Angelegenheit auf Pump – auf Kredit – durchführte und davon abhängig war, dass derjenige, der nach Amerika ging, die Schuld zurückzahlen würde, wenn er erst einmal sein Glück gemacht hätte. Aber bei der extremen Armut, die jetzt im Dorfe herrschte, hatte die heutige abendliche Versammlung für Scan O'Malley wenig Vergnügliches und noch weniger Festliches an sich. Ohne den Luxus des Tabaks oder des illegal gebrannten Kartoffelschnapses war der Anlass eine ernste, beinahe trübselige Angelegenheit.

Später am Abend hatten sich die Gespräche dem Zentrum der Wache zugewandt: Amerika und seinen grenzenlosen Möglichkeiten für Erfolg, Reichtum und Glück. Die Männer, von denen die meisten abgezehrt und irgendwie verzweifelt aussahen, standen, die Arme vor ihrer eingesunkenen Brust gekreuzt, und lauschten mit sehnsüchtigen Gesichtern dem jungen Tim und anderen hoffnungsvollen Auswanderern, die all ihre gesammelten Geschichten über das gelobte Land wiederholten. Die meisten der Geschichten gründeten sich auf Briefe, die andere Dorfbewohner erhalten hatten, deren Familien sich schon in

Amerika niedergelassen hatten, Familien, die „jeden Tag reicher wurden".

Die Frauen, von denen die meisten zusammengekauert in einer schwach erleuchteten Ecke auf der anderen Seite des Raumes saßen, besprachen noch einmal kritisch den Inhalt jener Briefe, in die sie eingeweiht worden waren. Obwohl sie auch sehr laut war, war diese Gruppe doch weitaus niedergedrückter und neigte dazu, in allen Einzelheiten die Schrecken zu erläutern, die einem ahnungslosen Reisenden widerfuhren, der leider nicht lange genug lebte, um die süßen Ufer Amerikas zu sehen.

Morgan bemerkte, dass Nora weder zu einer dieser beiden Gruppen noch zu dem kleinen Grüppchen der jungen Mädchen zu gehören schien, die für sich saßen, kicherten und gelegentlich den jungen Männern auf der anderen Seite des Zimmers flirtende Blicke zuwarfen. Sie stand vielmehr mit leeren, starren Augen etwas abseits allein.

Unerwartet erfasste Morgan ein heftiges Verlangen, sie zu trösten, aber es verging wieder, als er sich klar machte, dass er nichts tun konnte. Solche Verluste, wie Nora sie in den letzten Monaten erlitten hatte, waren ein Leid, das nur Gott selbst lindern konnte. Dennoch konnte er das frustrierende Verlangen, sie zu ermutigen, nicht ganz abschütteln, obgleich er wusste, dass Nora sich ebenso wenig von ihm trösten lassen würde, wie sie einen Engländer um Gnade bitten würde.

Als in dem Moment Daniel John auf ihn zukam, sprach Morgan, bevor er seinen Ärger über die Situation verbergen konnte.

„Oh, ich dachte schon, ich sei heute Abend Luft für die Kavanaghs."

Der Junge sah ihn verständnislos an.

„Deine Mutter war bisher nicht in der Lage, mich zu sehen."

Daniel John beruhigte ihn sofort, aber Morgan entging nicht der verwirrte Ausdruck im Gesicht des Jungen. „Mutter ist traurig. Das ist alles, Morgan. Sie ... sie spricht in der letzten Zeit wenig, sogar zu Hause."

Morgan, der über sein eigenes ungehobeltes Benehmen verärgert war, zwang sich zu einem Lächeln. „Ich weiß, Junge. Ich glaube, ich bin schon immer ein wenig empfindlich gewesen, wenn es um deine Mutter ging."

„Aber warum, Morgan?"

Die Frage im Gesicht des Jungen war völlig unschuldig, und Morgan zögerte. Er war sich nicht sicher, wie er antworten sollte. „Nun ja, ich vermute, es ist so, weil ich immer viel Wert darauf gelegt habe, dass sie eine gute Meinung von mir hat, verstehst du. Deine Mutter ist eine großartige Frau, und warum sollte ich nicht wollen, dass sie gut über mich denkt?"

„Oh, aber das *tut* sie doch, Morgan! Ich weiß, dass sie es tut! Schließlich wart ihr doch einmal gute Freunde. Es ist nur, dass ..."

Der Junge zögerte, und Morgan wechselte eilig das Thema. „Lass dich nicht von mir irritieren, Daniel John. Ich habe Zahnschmerzen, die mich schon den ganzen Tag fast wahnsinnig gemacht haben. Deswegen bin ich so unleidlich wie ein Stachelschwein. Komm jetzt", sagte er fröhlich und legte einen Arm um die dünnen Schultern des Jungen, „lass uns gehen und deiner Mutter ‚Guten Abend' sagen."

Als sie näher kamen, nahmen Noras Augen den erschreckten Ausdruck eines unruhigen Fohlens an. Morgan spürte mit Unwillen, dass sie sich in seiner Gegenwart äußerst unwohl fühlte. Er verdiente das wahrscheinlich von ihr, aber es betrübte ihn, dass sie ihn so ansah.

Aber noch mehr als ihre Verlegenheit in seiner Nähe sorgte ihn ihr Aussehen. Ihre schon immer gertenschlanke Gestalt war jetzt beinahe mager. Sie sah matt und zerbrechlich und nicht ganz gesund aus. Er fragte sich, ob sie aß, und dann sofort, ob noch etwas von den Lebensmitteln für sie und ihre Familie übrig war, die er ihr gegeben hatte. Er würde dafür sorgen, dass er allein mit Daniel John sprechen konnte, bevor der Abend vorüber war, und versuchen, etwas über ihre Situation zu erfahren.

Sie schaffte es schließlich, zu lächeln – Morgan vermutete, wegen ihres Sohnes – und murmelte ein „Hallo". Sie unterhielten sich eine Weile – es war eine steife, angespannte Unterhaltung – und der Junge tat sein Bestes, um die Spannung zu mildern. Morgan brachte in Erfahrung, dass es Tahg nicht besser ging, ja, dass es sogar schlimmer geworden war, und dass sich auch der Zustand des alten Dan verschlechtert hatte.

Als Daniel John sich schließlich entfernte, um mit einem anderen Jungen aus dem Dorf zu sprechen, trat Morgan dichter an Nora heran, um zu verhindern, dass sie ihm entkam. „Und du, Nora, wie geht es dir?"

Sie wurde steif und vermied seinen Blick, als er auf sie heruntersah. „Wir kommen zurecht. So gut wie die anderen auch, meine ich."

„Das ist nicht unbedingt beruhigend, wenn man die Lage im Dorf bedenkt."

Sie schüttelte die Schultern und sah ihm immer noch nicht in die Augen. „Es wird gesagt, dass es bald mehr Hilfe geben wird. Neue Suppenküchen und Bezirkszentren." Sie war offensichtlich nicht davon überzeugt. „Hast du das auch gehört?"

Sie sah ihn an, ihre Augen waren so groß und besorgt, dass er nicht den Mut hatte, ihr zu sagen, was er wusste. Selbst *wenn* mehr Hilfe in ihr nahezu vergessenes Dorf kommen sollte, wäre es wahrscheinlich für die meisten Menschen von Killala zu spät – so, wie es für so viele andere Orte im Lande zu spät gewesen war. Es stimmte, zahlreiche Zentren waren überall in Irland eingerichtet worden. Aber es waren viel zu wenige, und die Suppe, die die meisten von ihnen austeilten, war kaum mehr als wertloses fettiges Wasser, eine jämmerliche, äußerst dürftige Nahrung.

„Ja, ich habe davon gehört“, murmelte er. Diesmal sah er zur Seite.

„Was werden die Bedingungen sein? Weißt du das?“

Er sah sie wieder an. „Bedingungen?“

Sie nickte. „Scan O'Malley sagt, man muss bestimmte Bedingungen erfüllen, um die Hilfe beanspruchen zu können. Er sagt, die Regeln seien streng.“

„Das würde ich auch erwarten.“ *Streng und unrealistisch*, dachte er bitter.

Als er nichts mehr sagte, fuhr Nora fort. „Ich muss sicher sein, dass wir einen Anspruch haben. Besonders wegen Tahg und dem alten Dan.“

Einen Moment lang wallten Groll und heißer Ärger in Morgan auf über die hilflose Angst in ihren Augen: Groll darüber, dass jemand, der so unschuldig und gut war, zu solch einer Abhängigkeit erniedrigt werden sollte, und Ärger über sich selbst, weil er keine Möglichkeit hatte, ihr zu helfen.

„Wenn ich es richtig verstehe“, sagte er und schluckte den Groll, den er verspürte, sorgfältig hinunter, „müssen Empfänger von Hilfe nachweislich keine andere Hilfsmöglichkeit haben. Sie dürfen keine Tiere besitzen, und ihr Kartoffelfeld muss eine völlige Einöde sein.“ Er machte eine Pause und fuhr dann fort: „Und sie müssen alles Land bis auf einen Viertel Morgen abgeben.“

Ihre Augen weiteten sich vor Schreck. „Aber das Land ist alles, was wir besitzen!“

Er nickte kurz und wünschte sich immer mehr, diese Unterhaltung beenden zu können. „Das wissen sie, glaube ich, nur allzu gut.“

An ihren Augen sah er, dass sie zu verstehen begann. „Willst du damit sagen, sie wollen nicht, dass wir überleben? Sie wollen, dass wir sterben, selbst wenn die Hungersnot vorüber ist?“

„Einige haben an diese Möglichkeit gedacht“, antwortete er

bissig. „Das Land wird für die Grundbesitzer als Weideland viel einträglicher sein als jetzt, wo es in Pächterhöfe aufgeteilt ist, verstehst du. Einige glauben, dass England das Land von Menschen frei machen will, um es mit Vieh bevölkern zu können. Vielleicht tun Burschen wie der junge Tim der Königin einen großen Gefallen damit, dass sie nach Amerika segeln."

Nora prüfte einen Moment lang seine Augen. „Und glaubst du das auch?"

Er beantwortete ihre Frage mit einem Achselzucken und war ein wenig erleichtert, als Scan O'Malley zu ihnen trat. Es befreite ihn von der Notwendigkeit, noch mehr zu sagen.

„Habe ich richtig gesehen, dass du heute Abend deine Harfe mitgebracht hast, Morgan?"

„Ja, das hast du, Scan."

Das Gesicht des älteren Mannes wirkte ernst und ein wenig angespannt. „Würdest du uns dann etwas singen? Vielleicht ein Lied für Tim und seine Mutter?"

Morgan legte eine Hand auf O'Malleys einst kräftige Schulter, wobei er deutlich die scharf vorstehenden Knochen unter seinen Fingern bemerkte. „Das will ich gerne tun, Scan. Hast du ein Lieblingslied, das du hören möchtest?"

„Ich denke, eines von deinen eigenen Liedern, Morgan, wenn es dir nichts ausmacht. Etwas speziell für den Jungen, wenn das möglich wäre."

Beschämt über sein Verlangen, dem Schmerz in den Augen des trauernden Vaters zu entkommen, nickte Morgan kurz und ging zu der Ecke beim Kamin, um seine Harfe hervorzuholen. Als er noch den Raum durchquerte, lag ihm bereits ein Lied auf den Lippen. Es war schon immer leicht für ihn gewesen, Worte und Melodien zu finden. Seit seiner Kindheit schien der Herr eine Vorratskiste voller Lieder in sein Herz gelegt zu haben, und er hatte nie mehr tun müssen, als einfach den Deckel zu heben und hineinzugreifen, um das Lied auszusuchen, das er haben wollte. Er wusste, dass er mehr wegen seiner Worte bekannt war – wegen seiner Verse und in letzter Zeit auch wegen der Aufsätze in *The Nation* –, aber in Wirklichkeit war sein größtes Vergnügen, Worte auszuwählen, die zu seinen eigenen Melodien passten.

Und so sang er ein Lied für Tim O'Malley, und obwohl es ein trauriges Lied war, das aus ihm heraussprudelte, konnte er auch ein wenig Hoffnung hineinlegen. Denn wenn der Junge auch eine furchtbare, schlimme Zeit vor sich hatte, so tat er doch zumindest etwas, um sich und später vielleicht auch einige seiner Familienangehörigen zu retten.

Morgan drückte die Harfe zärtlich gegen seine Schulter und zupfte die Metallsaiten mit seinen Fingern. Der Klang vibrierte in seinem Brustkorb, während er das uralte Instrument mit der vertrauten Berührung eines Liebhabers streichelte, der zu seiner Geliebten zurückkehrt. Einen Moment lang – nur einen Moment lang – vibrierte auch sein Herz mit der Hoffnung auf eine bessere Zukunft. Aber das flüchtige Echo erstarb so schnell, wie es begonnen hatte, und als die letzten Klänge von Morgan Fitzgeralds Lied für Tim O'Malley verklungen waren, zog sich die Dunkelheit wieder um die Seele des Dichters zusammen.

Als er sein Lied beendet hatte, hatte die „Totenwache" ihren schwersten Moment erreicht, die Zeit des endgültigen Abschieds. Die Gäste würden jetzt der Familie ihr Mitgefühl ausdrücken und sich dann tränenreich verabschieden, bevor sie gingen, um den O'Malleys Zeit für einen privaten Abschied zu lassen. Danach würde der junge Timothy seine Familie umarmen, sich umdrehen und ein letztes Mal die Hütte, in der er zum Mann herangewachsen war, verlassen. Er würde mit seinem armseligen irdischen Besitz und einem tapferen Winken davongehen und seine Lieben, seine Vergangenheit und sein Erbe für immer zurücklassen.

Das war gleichsam das Schließen des Sarges. *Wie viele aus dem*

*Dorf,* fragte sich Morgan, *werden in den kommenden Wochen und Monaten diese selbe Szene wiederholen? Ja, wie viele werden lange genug überleben, um sie zu wiederholen?*

Seine Augen wanderten zu Nora. Ihr Gesicht war schmerzerfüllt, verzerrt vor Leid um ihre Freunde und, wie er spürte, Angst um ihre eigene Familie. Daniel John war an ihrer Seite. Sein Gesicht war aschfahl, starr vor Verblüffung und unbeantworteten Fragen.

In dem Moment spürte Morgan, wie bange Vorahnungen seine Kehle zuschnürten, so dass er Mühe hatte zu atmen. Es traf ihn so stark, dass die Wucht seiner unausgesprochenen, aber allgegenwärtigen Liebe für diese zwei ihn fast taumeln machte. Die kleine Frau in dem groben schwarzen Kleid war in seinen Augen so lieblich und edel, als wäre sie eine Prinzessin in Satin, und der langbeinige Junge an ihrer Seite hätte sein eigener Sohn sein können, so nahe war er seit langem seinem Herzen gewesen.

Plötzliche Angst um sie beide türmte sich auf, so stark, als sei sie greifbar vor ihm, und er wusste endlich, warum er nach Killala zurückgekehrt war, lange bevor er es eigentlich geplant hatte. Er hatte bei den Männern in den Hügeln bleiben und nur, wenn es nötig war, nachts kurz herunterkommen wollen. Dort konnte er denken und schreiben und sogar für eine Weile Frieden finden. Aber irgendetwas hatte ihn zurückgerufen, ein Drängen, das er weder benennen noch ihm widerstehen konnte.

Jetzt erkannte er, was es gewesen war, und war unendlich dankbar, dass er dem Ruf gefolgt war. Ohne zu wissen, wie er es anstellen sollte, wusste er, dass er hier war, um Nora und ihre Söhne vor der Dunkelheit zu retten, die sich an Killalas Horizont zusammenzog. Wie viel er tun konnte und wie bald er handeln würde, hing teilweise von Michaels Reaktion auf den Brief ab, den er ihm geschrieben hatte – ein Brief, den er inzwischen erhalten haben musste.

Wenn Michael bereit war, zu helfen, und wenn Nora bereit wäre, zu gehen, gab es noch Hoffnung für sie und die Jungen. Aber eines war sicher: Jeder weitere Tag untergrub ihre Hoffnung und verstärkte die Gefahr. Es konnte sehr wohl tödlich sein, zu lange zu warten.

Und doch musste er warten. In der Zwischenzeit würde er tun, was er konnte, um ihnen beim Überleben zu helfen.

Das hieß, wenn Nora es zuließ.

* * *

Nora hatte die junge Moira Sullivan, die weiter oben an der Straße wohnte, gebeten, in der Hütte nach dem Rechten zu sehen, während sie und Daniel John zu dem Abschiedsessen bei den O'Malleys gingen. Der alte Dan war viel zu schwach geworden, um eine wirkliche Hilfe für Tahg zu sein. Nora befürchtete zunehmend, dass er fallen könnte, ohne dass jemand in der Nähe sei, um *ihm* zu helfen.

Moira war schon gegangen, als sie wieder nach Hause kamen, und deshalb ging Nora sofort hinein, um nach dem alten Mann und dann nach Tahg zu sehen. Beide schliefen, aber Tahg warf sich hin und her und stöhnte. Beschämt darüber, dass sie ihn so lange allein gelassen hatte, eilte Nora aus dem Zimmer, um ein Tuch und etwas kaltes Wasser zu holen.

Sie blieb in der Küche stehen, als sie Daniel John erblickte. Er stand in der offenen Haustür, still wie eine Statue.

„Ach, Daniel John, schließ die Tür! Es ist so schon kalt genug, ohne ..." Sein weißes panikerfülltes Gesicht ließ sie mitten im Satz innehalten. „Was ist los? Was ist passiert?"

*„Die Kuh ist weg!"*, platzte er mit großen, angsterfüllten Augen heraus. „Irgendjemand hat Sadie gestohlen!"

Furcht erfasste Noras Herz, als sie dastand und ihn anstarrte. Dann stürzte sie durch die Küche und aus der Tür. Sie hatte keinen Mantel an, aber dennoch spürte sie die klamme, beißende Kälte der Nacht kaum, als sie, mit Daniel John dicht auf ihren Fersen, um die Hütte herumlief.

Es war, wie er gesagt hatte. Die Kuh war weg, samt Strick und allem. Panik überflutete sie, als sie die furchtbare Realität der Situation erkannte. Ihre einzige noch verbliebene Nahrungsquelle war weg.

„Vielleicht ist sie doch nicht gestohlen worden ... vielleicht hat sie einfach ihr Seil zerrissen und streunt herum ... irgendwo." Sie hört das Zittern in ihrer Stimme und spürte, wie die Knie drohten, unter ihr nachzugeben.

„Ja, das könnte sein", stimmte Daniel John schnell zu. Zu schnell. „Ich werde nachsehen. Sie ist sicherlich in der Nähe."

„Aber du kannst nicht mitten in der Nacht herumwandern, nicht in dieser Kälte."

Er sah sie an. „Und wir können es uns nicht leisten, Sadie zu verlieren, Mutter. Ich glaube nicht, dass ich warten sollte."

Wenn die Kuh gestohlen worden war, würden ein paar Stunden auch nichts ausmachen, erkannte Nora bestürzt. Aber dennoch wusste sie, dass er Recht hatte. Sie mussten es versuchen.

„Wenn sie nur weggelaufen ist, wird es nicht lange dauern. Sadie wird kommen, wenn sie meine Stimme hört", sagte er zögernd.

Ein nagendes Flüstern irgendwo tief in ihrem Inneren sagte Nora, dass die Kuh nicht weggelaufen war. Der Diebstahl von Vieh, sogar am hellen Tage, hatte seit Wochen zugenommen, nicht nur in Killala, sondern in ganz Irland. Die Leute taten, was sie tun mussten, um zu überleben. Sie waren dazu übergegangen, Pferde zu essen, ja sogar Hunde. Eine Kuh wäre wie ein Schatz.

Sie konnte in Daniel Johns Augen sehen, dass auch er wenig Hoffnung hatte, Sadie zu finden. Aber keiner von ihnen wagte es, seine Gedanken auszusprechen.

„Dann geh“, sagte sie und wandte ihre Augen ab. „Aber nicht zu weit. Es wird uns wenig helfen, dass du die Kuh findest, wenn du dir dabei den Tod holst.“

Er legte eine Hand auf ihren Arm. „Ich werde sie finden, Mutter. Geh du nur wieder ins Haus.“

Sie nickte, immer noch unfähig, ihm in die Augen zu sehen.

Nora schlang ihre Arme gegen die Kälte um ihren Leib, während sie beobachtete, wie er zur Straße ging. Sie wandte sich noch einmal zur leeren Scheune und sah sich dann im Hof um.

Plötzlich erinnerte sie sich an Morgans Worte, als er ihr die Bedingungen für die Austeilung von Hilfe genannt hatte. *Keine Tiere,* hatte er gesagt. *Keine Tiere, keine Kartoffeln und weniger als ein Viertel Morgen Land.*

*Nun denn, es sieht so aus, als kämen wir jetzt für die Hilfe in Frage,* dachte sie und erstickte fast an ihrer Bitterkeit.

Die Frage war: Würden sie lange genug leben, um sie zu beantragen?

# 7. Eine finstere Menge auf der Hauptstraße

*Wenn die verhätschelten, purpur gekleideten*
*Günstlinge der Tyrannei*
*die einsame Witwe und die Waise in den Tod hinaustreiben,*
*sollte da wirklich kein Racheengel*
*seine roten Schwingen entfalten,*
*Blitz und Donner ergreifen und aus der Höhe herbeieilen?*
Richard Dalton Williams (1822 – 1862)

Morgan verbrachte das Wochenende bei Frank Grehan nahe Ballina. Er arbeitete an einem Aufsatz, den sie für *The Nation,* das Journal der Young-Ireland-Bewegung, schrieben. Er hatte gehofft, ein oder zwei Tage vom Dorf weg zu sein wäre genau das richtige Heilmittel, um seine sorgenvollen Gedanken wegen Nora und seiner eigenen Familie zu vertreiben. Doch stattdessen verbrachte er dort zwei äußerst trübselige Tage und wünschte, er wäre nie gekommen.

Warum hatte er sich überhaupt jemals einverstanden erklärt, mit dem stürmischen, jähzornigen Grehan zusammenzuarbeiten? Der Mann war anstrengender denn je. Es war so schlimm, dass Morgan es kaum erwarten konnte, ihn wieder zu verlassen.

Grehan war ein verbitterter Mann in seinen Vierzigern, der allein in einem düsteren, zugigen alten Bauernhaus wohnte. Er war loyales Mitglied der Young-Ireland-Bewegung, hielt sich für radikal und revolutionär und verwandelte unweigerlich jeden Besuch von Bekannten in ein politisches Forum. Aber unglücklicherweise war seine Bekanntschaft mit der Flasche weitaus tiefgehender als seine politischen Kenntnisse.

Den größten Teil des Wochenendes hatte er Morgan bearbeitet und gedrängt, er solle eine aktivere Leiterschaftsrolle in der

Bewegung einnehmen. Und jedes seiner Argumente wurde von der Bemerkung flankiert, Morgan könne „die Dinge wirklich verändern".

Selbst als er Morgan durch die schwere Eingangstür hinausbegleitete, schickte er ihn nicht etwa mit einem freundlichen Abschied auf den Weg, sondern machte ihn mit noch mehr Rhetorik fertig. „Denk darüber nach, Fitzgerald. Du bist reif für die Führung. Die Bewegung besteht bisher zum größten Teil aus Protestanten, aber deine goldene Zunge und dein begnadeter Verstand können der katholischen Stimme in unseren Reihen endlich Gehör verschaffen."

Morgan knirschte mit den Zähnen und erinnerte Frank daran, dass er kein Politiker, sondern lediglich ein arbeitsloser Lehrer und stümperhafter Schriftsteller sei. „Und wie ich dir bereits gesagt habe, habe ich keine ‚katholische Stimme'. Ich bin mir sicher, weder die Katholiken noch die Protestanten würden jemanden wie mich für sich beanspruchen, Mann. Sie halten mich beide für einen Heiden."

Sein Versuch, das Ganze auf die leichte Schulter zu nehmen, verhallte unbemerkt. Grehan begleitete ihn vor die Tür in den Hof, der voll hüfthohen Unkrauts stand. „Die Menschen werden sich erheben, Fitzgerald. Es liegt in der Luft, sogar jetzt. Ja, es wird einen Aufstand geben, das steht fest, und du solltest einer seiner Leiter sein."

Morgan schaffte es schließlich, sich mit einem großem Maß an Bestimmtheit, verbunden mit einem Lachen, aus der übermäßig süßen Umklammerung seines Gastgebers zu befreien und sich zu verabschieden. Er zog seine Harfe ein wenig höher, schlug seinen Mantel um die Schultern und brach auf, die Straße hinunter.

Das erbarmungslose Wetter schien zu seiner Stimmung zu passen. Innerhalb weniger Momente befand er sich mitten in einem furchtbaren Sturm, der gefrorenen Regen und Schnee vor sich her peitschte. Er stopfte seinen Mantel noch ein wenig fester um seinen Hals, zog den Kopf ein und nahm den Weg nach Killala.

Trotz des Wetters war er froh, jetzt entkommen zu sein. Wenn Grehan ihn weiter bedrängt hätte, hätte er vielleicht die Beherrschung verloren und mehr von seinem persönlichen Missfallen an der „Bewegung" offenbart, als der Aufwiegler Frank hätte hören wollen.

Eine ganze Fülle von Einwänden gegen die Eskapaden von Grehan und seinem Haufen schwirrte ihm wie wütende Bienen durch den Kopf. Ganz besonders verstimmt war er wegen der neuen militärischen Organisation, die sich aus der Young-Ireland-Bewegung herausbildete – die „Irish Confederation", wie sie sich nannten. Er kannte ihren Plan. Sie wollten ihren Einfluss ausweiten, indem sie in jeder Stadt und jedem Ort Clubs bildeten. Dadurch wollten sie mehr Druck auf die britische Regierung ausüben. Eines ihrer Hauptziele war die Aufhebung der Vereinigung von England und Irland, wobei sie, wie immer, argumentierten, dass nur völlige Freiheit ihr Land vor der totalen Zerstörung bewahren könne.

Das klang theoretisch sehr gut, aber in Wirklichkeit war es so löcherig wie ein Sieb. Oh, er wusste nur zu gut, wem Frank und seine wild dreinblickenden Rebellen Gehör geschenkt hatten: Es war Fintan Lalor, ein finsterer, grüblerischer Einsiedler, der sich auf eine Farm in der Grafschaft Queens zurückgezogen hatte, um über Irlands Tragödie Leid zu tragen.

Lalor vertrat den Standpunkt, ein „moralischer Aufstand" sei nötig. Er ging dabei von der Voraussetzung aus, dass nur ein Aufstand der Pächter gegen ihre Gutsherren die Iren schließlich von den englischen Fesseln befreien würden. Er nutzte seine beachtliche Wortgewandtheit, um die Bauern dazu aufzustacheln. Sie sollten ihre Pachtzahlungen zurückhalten, bis ihnen gleichberechtigter Besitz des Landes gewährt würde.

Aber Lalors Ideale würden sich nur durch eine Revolution verwirklichen lassen: einen bewaffneten Aufstand, nicht einen moralischen. Und obwohl er – mit Einschränkungen – Lalors Meinung teilte (nämlich, dass Irland nur dann eine Zukunft hätte, wenn es sein eigenes Land von den Briten zurückforderte), so wusste Morgan doch ohne jeden Zweifel, dass jene wütenden „tapferen" Bauern eher eine Ausgeburt von Lalors Phantasie denn Realität waren. In Wirklichkeit starben Irlands Bauern in den Gräben – erfroren, verhungert und durch Krankheit dezimiert. Er fand es völlig unverständlich, wie diese wahnsinnigen Visionäre die Vorstellung eines bewaffneten Aufstandes durch ein verhungerndes besiegtes Volk beibehalten konnten. Selbst ein Narr konnte sehen, dass die irische Bauernschaft zu geschwächt, zu demoralisiert und zu gebrochen war, um an irgendetwas anderes als das Überleben zu denken. Überdies war man allgemein der Ansicht, dass die Hungersnot noch nicht ihren Höhepunkt erreicht hatte. In seinem Herzen wusste Morgan, dass eine Verheerung von unvorstellbarem Ausmaß noch bevorstand.

Nachdem die Kartoffelernte zwei Jahre hintereinander fehlgeschlagen war, hatten die halb nackten verarmten Männer und Frauen, die es geschafft hatten, mit Hilfe der staatlichen Bauvorhaben zu überleben, jetzt gar keine Arbeit mehr. Die Bauvorhaben waren beendet, die Armenhäuser waren überfüllt, Tausende und Abertausende von Bauern waren ernsthaft im Rückstand mit ihrer Pacht. Aber Rückstand bedeutete die sichere Räumung, und in diesem, dem strengsten Winter, so weit man sich in Irland erinnern konnte, bedeutete eine Räumung den sicheren Tod.

Eine Revolution – es war einfach lächerlich! Ein Mann, der kein Essen und keine Arbeit hatte, keine Gesundheit und keine Energie, kein Heim und keine Hoffnung – war solch ein Mann noch fähig zu rebellieren?

Morgan war davon überzeugt, dass die Leute ernährt werden müssten, bevor man auch nur an einen Aufstand denken konnte – ernährt und geheilt. Und auch Ausbildung war unbedingt notwendig. Die Iren liebten, weiß Gott, alle Arten der Gelehrsamkeit. Aber jetzt, wo ihnen ihre eigene gälische Sprache seit Jahren verboten war und ihre Lehrer und Geistlichen untergetaucht waren, war jede traditionelle Form wirklicher Ausbildung verloren gegangen. Überdies war es dringend notwendig, den Hass zwischen Protestanten und Katholiken zu beenden, der bei der Teilung des Landes eine sehr große Rolle spielte.

*Wir sind ständig dabei, uns gegenseitig zu bekämpfen,* dachte Morgan bitter, *die Iren gegen die Iren.* Er musste sich fragen, wer der Insel eigentlich mehr geschadet hatte, die Briten oder die Iren selbst.

* * *

Es war schon Nachmittag, als Morgan den Rand von Killala erreichte. Trotz seines schweren Mantels war er völlig durchnässt und die Kälte ging ihm bis auf die Knochen. Er war so sehr in einige neue Zeilen für ein Gedicht vertieft gewesen, dass ihn ein Geräusch wie herannahender Donner unsanft in die Realität zurückholte.

Er wirbelte herum. Cotter, der Gutsverwalter, kam, im Herrensitz auf einem schäumenden, wild blickenden Hengst sitzend, aus der westlichen Gabelung der Straße und hielt auf ihn zu. Der Verwalter schwang die Reitpeitsche wie ein Verrückter und schleuderte einen Schwall von Schlamm und Eis in Morgans Weg. Sein aufgedunsenes Gesicht mit dem großen Unterkiefer war rau und windgegerbt. Unter seinem Hut kamen einige dünne Strähnen roten Haares hervor, die seine Ohren bedeckten.

Die kleinen runden Augen des Verwalters zeigten eine Gemeinheit, einen Ausdruck von brutaler Erregung, der Fitzgeralds

Blut erstarren ließ. Der Mann sah durch und durch wie ein Dämon aus, der direkt aus der Hölle losgelassen worden war. Ihm folgten, ebenfalls zu Pferde, der Gerichtsvollzieher und die beiden Schläger, von denen man wusste, dass sie Cotters persönliche Leibwache waren. Hinter ihnen her rannte ein Haufen zerlumpter Abbrucharbeiter, die darum kämpften, Schritt zu halten, und die alle mit Brecheisen fuchtelten.

Morgan sprang aus dem Weg und vertrat sich den Fuß, als er sich in den mit Matsch gefüllten Graben warf, um nicht umgerannt zu werden. Als er sie vorbeirasen sah, loderte Wut in ihm empor, und er erhob seine Faust gegen ihren Rücken. In diesem Moment wünschte er sich brennend, sie alle in die Bucht werfen zu können. Aber stattdessen stand er bewegungslos in Graben, fassungslos und hilflos in seiner Wut, und beobachtete, wie der Mob vor Aine Quigleys Hütte zum Stehen kam.

Seine Wut wurde zu kaltem Grauen, als Morgan erkannte, was geschah: Massenräumung. Er hatte es zuvor in Galway und Sligo gesehen, und diese alptraumartigen Szenen verfolgten ihn immer noch. Sein Magen verkrampfte sich und sein Atem wurde schwer, als er stand und zusah.

Das Haus der Quigleys, jetzt stark heruntergekommen und vernachlässigt, war nicht immer in solch traurigem Zustand gewesen. Das große zweistöckige Haus mit dem Schieferdach und den hohen, schmalen Fenstern, in dem einst Michael Burkes Familie gewohnt hatte, war früher eines der schönsten Häuser im Dorf gewesen. Aber Aines Mann war an Lungenentzündung gestorben. Und Thomas hatte ihm erzählt, dass die arme Aine nun schon seit Monaten nicht mehr wusste, womit sie ihre drei kleinen Kinder ernähren sollte. Das Haus war allmählich immer mehr heruntergekommen.

In der Wegbiegung standen drei Häuser: Aine Quigleys Haus, Scan O'Malleys Haus und direkt gegenüber das Haus der Gaffneys. Alle drei Häuser hatten in dem eisigen Winterregen, der auf sie einhämmerte, ein trostloses, vernachlässigtes Aussehen. Morgan wusste mit schrecklicher Gewissheit, dass noch innerhalb dieser Stunde drei Familien – zwei von ihnen mit Kindern – dem Tod im Straßengraben ausgesetzt sein würden.

Lange Zeit stand er da und beobachtet die Szene, die sich vor dem Haus der Quigleys abspielte, und Wut und Empörung überfluteten ihn wie Wogen. Schließlich setzte er sich in Bewegung. Seine Füße waren halb erfroren in seinen Stiefeln, seine Hände trotz der wollenen Handschuhe steif vor Kälte. Er taumelte aus dem Graben und bewegte sich auf die Abbruchmannschaft zu.

Mit jedem Schritt wuchs seine Wut. Er stolperte, und der körperliche Schmerz ließ ihn stöhnen. Dann stürzte er vorwärts. Er war inzwischen fast besinnungslos vor Wut und stürmte wie ein wild gewordener Bulle, der seine Beute erreichen will, durch den eisigen Matsch auf der Straße.

* * *

Nora stand mitten auf der Straße vor ihrer Hütte. Sie hatte sich den *Bawneen* des alten Dan wie ein Zelt über den Kopf gehängt und trug seine Stiefel an den Füßen und suchte die Umgebung nach einem Lebenszeichen von Daniel ab. Der Junge hatte jetzt schon den dritten Tag ohne Unterbrechung nach der verschwundenen Sadie gesucht. Obwohl Nora darauf bestand, dass die Kuh sicherlich für immer verloren sei, weigerte er sich einfach, aufzugeben. Er war fast den ganzen Morgen in diesem schrecklichen gefrierenden Regen draußen gewesen.

Ein Geräusch, das sie am anderen Ende der Stadt hörte, veranlasste sie, sich umzudrehen. Das Geräusch rollte die Straße herauf. Es waren ärgerliche Stimmen, die näher kamen.

Es war ein trüber Tag, und es regnete, so dass es schwierig war, irgendetwas klar zu erkennen. Aber sie konnte die Straße hinuntersehen und das Haus der Quigleys auf der einen und das der O'Malleys auf der anderen Seite erkennen. Eine Menschenmenge schien sich vor Aine Quigleys Haus zu versammeln – einige auf Pferden, aber die meisten zu Fuß. Nora sah einen weiteren Moment in die Richtung. Dann ließ sie den Arbeitsmantel des alten Mannes auf ihre Schultern hinuntergleiten, schlüpfte schnell hinein und begann zu gehen.

Sie war schon halb die Straße hinuntergegangen, als sie Cotter, den Gutsverwalter, erblickte. Er saß im Herrensitz auf seinem großen schmutzigen Hengst und brüllte einer Gruppe von Männern in seiner Nähe Anweisungen zu. Eine üble Vorahnung überflutete sie, als ihr eine Unterhaltung wieder einfiel, die sie erst vor wenigen Tagen mit Aine Quigley geführt hatte. Offensichtlich hatte Cotter ihnen seit Wochen mit Räumung gedroht. Sie waren vor einigen Monaten mit der Pacht in Rückstand geraten, und nur die Tatsache, dass der Verwalter ein unheiliges Auge auf Padraics jüngeren Bruder geworfen hatte, hatte ihn, wie Aine sagte, bisher davon abgehalten, sie hinauszuwerfen.

Im Dorf munkelte man seit Jahren, dass der Gutsverwalter eine krankhafte Neigung für junge Burschen habe. Aber aus den Gerüchten war erst letzten Sommer ein Skandal geworden, als Dr. Brownes Sohn im Gespräch mit einigen jungen Burschen fallen ließ, sein Vater habe den jungen Fursey Lynch wegen einiger „Wunden“ behandelt, die Cotter ihm zugefügt habe.

Fursey Lynch, ein Waisenjunge aus Kilcummin, hatte einen Platz in der Scheune des Verwalters bekommen und erhielt dort auch seine Mahlzeiten. Als Gegenleistung verrichtete er kleine Reparaturen auf dem Besitz. Obwohl der Sohn des Arztes nur vage von Furseys „Wunden“ gesprochen hatte, ließ er doch wissen, dass die Verletzungen des Burschen ernst genug waren, um ihn fast eine Woche lang im Hause der Brownes zu behalten, bevor er nach Kilcummin zurückkehrte.

Aine Quigley war davon überzeugt, dass Cotter nur deshalb Nachsicht mit ihren Pachtrückständen hatte, weil er von Padraics

Bruder fasziniert war. Als der Junge das Dorf verlassen hatte, um bei einer Tante in Ballina zu wohnen, hatte sie Nora mit gedämpfter Stimme erzählt, dass „das ihr Ende sei". „Cotter wird uns jetzt ohne Erbarmen hinauswerfen", flüsterte sie Nora mit angstgeweiteten Augen zu. „Und was wird dann aus meinen Kleinen werden? Auf der Straße werden sie nicht einmal einen Tag überleben!" Nora hatte ihr Bestes getan, um die verzweifelte Witwe zu beruhigen, befürchtete aber gleichzeitig, dass Aine Recht hatte, wenn sie das Schlimmste erwartete.

Eine schreckliche Furcht stieg in ihr auf, während sie sich dem Haus der Quigleys näherte. Sie nickte Mary Larkin zum Gruß zu, und deren grimmiges Kopfschütteln zeigte ihr an, dass das Schlimmste geschehen sollte. Eine Stille hatte sich auf die Gruppe gesenkt, während sie näher kam, eine seltsame, bedrückende Stille, als ob die gesamte Versammlung darauf wartete, dass jemand stürbe. Die Gesichter der Leute, sowohl der Männer als auch der Frauen, waren mit einer Mischung von Angst und Mitgefühl, Unglaube und Feindseligkeit gezeichnet.

Ihr Blick wanderte vom Gerichtsvollzieher, der auf einem dürren braunen Pferd saß, zu Cotter, der auf seinem schnaubenden grauen Hengst saß und von oben finster auf die Menge herabsah. Sie brauchte einen Moment, um die Bedeutung von mehreren zerlumpt aussehenden Männern zu erfassen, die dicht bei den Pferden standen, aber als sie begriff, hätte sie beinahe aufgeschrien.

„Zerstörer", murmelte ein Mann in ihrer Nähe, als wolle er ihrer Bestürzung Ausdruck verleihen. Nora schauderte. Das waren also die verachteten Abbrucharbeiter, jene Leute, die, nachdem sie aus ihren eigenen Häusern hinausgeworfen worden waren, überlebten, indem sie die Häuser ihrer Nachbarn gegen Lebensmittel oder Bezahlung niederrissen.

*Gütiger Gott, werden sie Aine nicht nur hinauswerfen, sondern auch noch ihr Haus einreißen?,* fragte sich Nora.

Einer der örtlichen Polizisten verlas mit lauter, herrischer Stimme eine Liste. Nora hörte, wie er die Namen der O'Malleys und der Quigleys aufrief und dann die der Gaffneys. Als niemand aus irgendeinem der drei Häuschen erschien, trieb Cotter sein Pferd vorwärts und versetzte dem Polizisten einen Stoß mit seiner Reitgerte. Erschreckt sprang der kleine, rundliche Mann vorwärts und lief dann zur Vordertür vom Haus der Quigleys, wo er dreimal hart mit seiner Faust anklopfte.

Nora atmete vor Bestürzung schneller, als Aine in der Tür erschien. In ihren Armen hielt sie ihr jüngstes Kindlein, einen dünnen, feingliedrigen Jungen, dessen Haare die Farbe von altem Elfenbein hatten. Zwei kleine Mädchen standen rechts und links neben ihrer Mutter. Jeder von ihnen, außer dem Baby in den Armen der Mutter, war schreckensbleich.

Der Polizist begann zu reden, aber Cotter ritt auf seinem Tier auf den Hof und übertönte ihn mit seiner barschen Stimme. „Wo ist der Hausherr?"

Nora konnte Aines Antwort kaum hören.

„Nun, mein Mann ist tot, Sir. Nun schon seit über vier Monaten." Die Stimme der Frau zitterte fast genauso stark wie ihre dünne Hand, die sich an den Türrahmen klammerte.

Cotter wandte sich an den Gerichtsvollzieher, der gerade vom Pferd stieg. „Was haben sie? Irgendwelche Tiere?"

„Eine Ziege und ein Pferd", erwiderte der andere Mann achtlos und reichte die Zügel seines Pferdes einem der Abbrucharbeiter, der in der Nähe stand. „Sie hatten eine Kuh, aber die ist ihnen anscheinend im Dezember gestorben."

„Das Pferd und die Ziege sind auch tot, Sir", unterbrach Aine schnell. „Wir haben keine Tiere mehr, gar keine."

„Nun, ihr seid mit der Pacht im Rückstand, und da ihr nicht bezahlen könnt, werdet ihr gehen müssen", befahl Cotter. „Holt euch heraus, was ihr wollt, und verlasst das Haus. Sofort!"

Aine zuckte zurück, als ob sie der Verwalter mit seiner Reitgerte ins Gesicht geschlagen hätte. Nora, die vor Mitgefühl mit dem Schmerz ihrer Freundin und wegen der gefährlichen Lage, in der sie sich befand, zusammenzuckte, trat instinktiv einen Schritt vorwärts. Als Cotter herumwirbelte, blieb sie stehen. Er sah die Menschenmenge an, die begonnen hatte, sich langsam um ihn zusammenzuziehen.

„Bleibt, wo ihr seid, ihr alle!“, brüllte er. „Es wäre weise, wenn ihr darauf Acht geben würdet, was hier passiert. Sollte irgendeiner von euch mit der Pacht im Rückstand sein – er wird der Nächste sein, falls er sie nicht voll bezahlen kann, wenn es von ihm verlangt wird!“

Irgendwo in der Menge schrie eine Frau auf, und bald begannen andere, mit ihr zu weinen. Aber Aine Quigley schien zum Kampf entschlossen zu sein. „Sie können das nicht so meinen, wie Sie es gesagt haben, Sir! Ich habe drei kleine Kinder, und keiner von uns hat einen Mantel. Wir haben kein Essen und sind nicht gesund! Sie schicken uns in den Tod, wenn Sie uns hinauswerfen.“

„Dann beantrage die Aufnahme im Armenhaus!“, schnauzte Cotter und drehte sich um, um wütend auf den Gerichtsvollzieher hinunterzustarren. „Lass die Männer sofort anfangen! Und du“ – er drohte dem glatzköpfigen Polizisten, der immer noch im Hof stand, mit seinem Finger – „kümmere dich um die anderen Pächter auf der anderen Straßenseite.“

Scan O'Malley war aus seiner Hütte gekommen und stand nun mit rotem Gesicht auf halbem Wege zwischen seinem Heim und dem von Aine Quigley. Seine Frau stand hinter ihm und presste sich eng an ihn. „Im Armenhaus ist kein Platz, und das wissen Sie sehr wohl!“, schrie O'Malley Cotter an. „Wollen Sie, dass die Frau noch vor Sonnenaufgang mit ihren Kindern im Graben stirbt?“

Inzwischen hatte die Menge wieder begonnen, ihre Reihen zu schließen, und sie sammelten sich um Cotter. Einige der Frauen weinten immer noch, aber die Stimmen der Männer erhoben sich in einem ärgerlichen Gemurmel, das in ein wütendes Gebrüll ausbrach, als die Zerstörer ausschwärmten, sich teilten und begannen, sich auf alle drei Häuser zu verteilen.

„Gott sei uns gnädig!“, jammerte eine grauhaarige Frau links von Nora. „Sie wollen uns alle tot sehen.“

Nora sah mit Grausen, wie einer der Hauszerstörer Aine und die Kinder von der Tür wegzog und sie roh hinaus in den Hof schubste. Aine Quigley stieß den schrillen Schrei einer Trauernden aus, während sie zusah, wie ihre spärlichen Besitztümer aus dem Haus in den Matsch und Schneeregen hinausgeworfen wurden. Sie drückte ihr Baby einer Frau, die dicht bei ihr stand, in die Arme und rannte schreiend zurück ins Haus.

Das erschütterte Gemurmel der Zuschauermenge war zu dem Grollen wachsender Wut angeschwollen, als irgendwo hinter ihnen ein Gebrüll erscholl. Nora wirbelte zusammen mit den anderen bei dem Klang herum. Verblüfft sah sie, wie Morgan Fitzgerald sich einen Weg mitten durch die Gruppe bahnte. Sein Gesicht war aschfahl und seine Augen funkelten.

Zwei der Hauszerstörer waren gerade aus der Eingangstür gekommen. Ihre Arme waren voller Töpfe und Geschirr. Sie erstarrten, als sie den rothaarigen Riesen erblickten, der seinen Weg durch die Menge bahnte, die sich nun teilte, um ihm Platz zu machen.

Einer der Zerstörer warf Cotter einen erschreckten Blick zu und hastete zurück ins Haus. Der andere ließ alles, was er in seinen Armen hielt, fallen und rannte um den Hof herum.

Sie hätten keine Angst zu haben brauchen, denn Morgan hatte es einzig auf Cotter abgesehen. Entsetzt sah Nora, wie er auf den Verwalter losging, der immer noch auf seinem Pferd saß. Sein aufgedunsenes rotes Gesicht war zu einer ungläubigen Maske erstarrt. Der wild blickende Hengst schnaubte. Dann bäumte er sich mit solcher Gewalt auf, dass Cotter aus dem Sattel flog. Seine Reitgerte segelte ihm aus der Hand und landete im Matsch, als er fiel.

Morgan kam auf den Verwalter zu, der nun auf dem Rücken in einer Pfütze voll eisigen Matsches lag, die Füße in die Luft gestreckt. Cotter war dick und unbeholfen und absolut kein Gegner für den rasenden Riesen, der über ihm stand. Morgan ergriff ihn unsanft unter den Armen, riss ihn hoch und schleuderte ihn herum. Der entsetzte Verwalter protestierte und stieß einige Flüche aus. Gänzlich unerschüttert hob Morgan ihn in die Luft, als sei er nicht mehr als ein plumper Kartoffelsack. Dort hielt er ihn fest. Seine Füße baumelten über dem Boden, und er schlug wild mit seinen Armen um sich, während er mit dem Gesicht zur Menge hing.

Die entsetzte Nora konnte Morgans Worte hören, als er von Cotter, dessen Augen hervorquollen, verlangte: „Ruf sie zurück! Hol dein Gesindel aus dem Haus, oder ich breche dir dein feiges Rückgrat, so wahr ich lebe!"

Das rote Gesicht des Verwalters sah aus wie eine Melone kurz vor dem Platzen. Er tobte und kreischte weiter, während Morgan ihn vor den Leuten in der Luft baumeln ließ.

In dem Moment kam der Polizist, der zum Haus von Michael Gaffney gegangen war, mit gezogener Pistole über die Straße gelaufen. Er feuerte einmal in die Luft, dann noch einmal. *„Lass ihn herunter, Fitzgerald!* Lass ihn sofort los, oder du bist ein toter Mann!"

Morgan drehte sich um, um ihn anzusehen, und schleifte Cotter mit sich herum. Während er sich drehte, setzte er den Verwalter unsanft auf seine Füße, hielt ihn aber weiterhin fest unter den Armen. Er schob Cotter vor sich her, während er ging und sich einen Weg zu dem Polizisten bahnte. „Eine großartige Idee, Wachtmeister! Los, schießen Sie! Tun Sie uns allen den Gefallen, und erschießen Sie diesen Teufel!"

Ein Geschrei stieg aus der Menge empor und einige Männer

begannen jetzt, sich dem Polizisten zu nähern. Der Mann stand einen Moment mit offenem Mund da. Dann senkte er seine Pistole und wich zurück.

Nora sah, wie sich die beiden anderen Polizisten und Cotters zwei Leibwachen von hinten an Morgan heranmachten. *„Morgan!* Pass auf – hinter dir!“

Morgan wirbelte herum und zog dabei den Verwalter mit, als habe der überhaupt kein Gewicht. „Zurück mit euch!“, warnte er sie mit hartem, entschlossenem Gesicht, „oder ihr werdet seinen Tod auf dem Gewissen haben, Jungs.“

Sie blieben stehen, zogen sich aber nicht zurück, und Morgan rief noch einmal: „Ich meine, was ich sage! Gebt mir nur eine Ausrede, seid so nett. Wie gerne würde ich ihm sein fettes Genick brechen!“

In der Stille, die sich auf die Menge gesenkt hatte, erschauderte Nora, während Morgan seine Angreifer mit einem grimmigen Lächeln herausforderte. Erkannte dieser Verrückte nicht, dass er nicht nur sich selbst in Gefahr brachte, sondern sie alle? Cotter würde für diese Verrücktheit das ganze Dorf räumen lassen!

„Nun? Entscheidet euch, Jungs – er oder ich?“

Die Polizisten senkten ihre Waffen, und die Leibwachen traten zögernd ein paar Schritte zurück.

„Ich will, dass ihr die Pistolen auf den Boden legt, Jungs“, forderte Morgan.

Die Polizisten tauschten beklommene Blicke aus, ließen aber wie befohlen ihre Waffen fallen.

Cotter stieß ein wütendes Knurren aus. Morgan zog ihn zurück an seinen Brustkorb. Er zog so kräftig, dass Nora die Knochen des Mannes knacken hören konnte, der vor Schmerz aufschrie. Nora schauderte wieder. Ärger über Morgan und seine unbesonnene Wut erfüllte sie. Der Mann, den er bedrohte, hielt das Leben jeder hier anwesenden Person in seinen Händen.

„Nun denn, *Mr Cotter* – Euer Ehren, Sir“, höhnte Morgan –

sein Mund war dicht an der Schläfe des Verwalters, als er seine Worte mit übertriebenem irischen Akzent halb verschluckte – „Sie werden diesen kleinen Vorfall jetzt sofort beenden. Schicken Sie einfach Ihre Jungen fein artig weg, und ich werde Sie wieder loslassen. Mit Ihrer Erlaubnis werden wir heute nichts mehr von diesem Räumungsgewäsch hören." Seine Augen wanderten zu den Zerstörern. „Aber zunächst, ihr Lieben, lasst uns die Möbel der guten Mrs Quigley wieder in ihr Haus bringen, wo sie hingehören."

*„Nein!"* Cotter drehte und wand sich und kämpfte vergeblich, um sich aus Morgans eisernem Griff zu befreien. „Bleibt, wo ihr seid! Hört ihr? *Bleibt, wo ihr seid!"*

Nora legte erschreckt die Hand auf ihren Mund, als Morgan den Mann fester umklammerte. Cotter schrie, aber Morgan presste seinen Mund nur noch dichter an Cotters Ohren und zischte: „Ich glaube, du solltest am besten auf das hören, was ich sage, Mann, und zwar ganz genau. Ich habe auch ein paar Burschen, weißt du, die sehr viel grimmiger sind als deine jämmerlichen *spalpeens."* Sein kräftiger Arm drückte unter Cotters Kinn. „Und ich will dir sagen, was geschehen wird, wenn du nicht tust, was ich dir sage: Eines Nachts, schon sehr bald, werden meine Männer und ich zu Besuch kommen. Wir werden kommen, wenn du schläfst, und du wirst nicht einmal merken, dass wir in der Nähe sind." Seine Stimme wurde härter. „Bis wir dich mit ausgestreckten Armen und Beinen in den Hof gelegt und angezündet haben – dann wirst du es merken."

Der Verwalter hörte auf, sich zu winden – ja, er schien sogar mit Atmen aufgehört zu haben. „Aye", endete Morgan sanft, „du wirst Asche im Kuhdung sein, bevor irgendjemand auch nur ahnt, was passiert ist."

Cotters Augen sahen aus, als würden sie aus ihren Höhlen springen, als Morgan seinen Griff um seine Kehle verstärkte. Der Verwalter begann, heftig seine Zustimmung zu nicken.

„Ah, verstehen wir uns jetzt also doch, Euer Ehren?“

Cotter nickte wieder heftig mit seinem Kopf. Tränen liefen ihm die fetten Wangen hinunter.

„Nun, das ist ja großartig“, sagte Morgan fröhlich und neigte seinen Kopf zu O'Malley hinüber. „Würdest du mir bitte eine von den Pistolen bringen, Scan? Und vielleicht möchtest du die andere selbst nehmen.“

Der gelenkige, breitschultrige O'Malley zögerte nicht. Er reichte Morgan eine Pistole und richtete dann die andere auf den Verwalter.

„Nun denn“, sagte Morgan gelassen und ließ Cotters Kehle los, um die Waffe im Ärmel zu verstecken. „Wir werden nur noch warten, bis deine Jungen das Haus der lieben Mrs Quigley wieder in Ordnung gebracht haben!“

Morgan hielt Cotter weiterhin fest, bis Aines ganzer Besitz wieder in ihr Haus zurückgebracht worden war. Schließlich gab er dem Verwalter einen groben Stoß, schob ihn vorwärts zu seinem Pferd und richtete die Pistole auf ihn.

Aller Augen folgten Cotter und den Beamten, als sie auf ihre Tiere sprangen und wegritten. Ihre Spießgesellen rannten hinter ihnen her. Unerwartet riss Cotter seinen Hengst herum, um Morgan anzusehen.

„Du sollst wissen, Fitzgerald“, zischte er mit vor Hass und Demütigung rotem Gesicht, „heute hast du dein Todesurteil unterschrieben!“

Ein unverschämtes Grinsen breitete sich über Morgans Gesicht aus. Er hob das Kinn und legte den Kopf auf die Seite, aber seine Augen glitzerten kalt wie Eis. „In dem Fall, Euer Ehren, Sir, tätet Ihr gut, daran zu denken, dass *Euer* Urteil mit meinem verbunden ist.“

Der Verwalter fluchte, riss sein Pferd herum und ritt in wildem Galopp davon. Hinter ihm brach die Menge in militanten Jubel aus.

Nora erstarrte und spürte, wie ihr die Hitze ins Gesicht schoss, als Morgan ihr in die Augen sah und auf sie zuging. Sie konnte die interessierten Blicke ihrer Nachbarn fühlen und wäre am liebsten davongelaufen.

„Du hast mir den Rücken freigehalten, Mädchen", sagte er leise auf Irisch. „Ich danke dir für die Warnung."

Nora starrte entschlossen in den gefrorenen Schmutz hinunter und antwortete nicht. Sie war sich deutlich seines Blickes bewusst, der auf ihr ruhte, und als sie schließlich die Augen hob, um ihn anzusehen, sah sie ein leichtes Lächeln in seinem Gesicht, das ihr Blut zum Kochen brachte. Seine Augen gingen an ihr hinunter, wanderten über den abgetragenen, formlosen Mantel des alten Dan zu ihrem durchnässten braunen Rock hinunter zu ihren Füßen, die in den viel zu großen, schweren Stiefeln des alten Mannes steckten.

Ihre Augen trafen sich wieder und sie sahen sich an. Er sprach kein Wort. Sein Lächeln sagte alles. Nora erkannte plötzlich, wie fürchterlich kläglich sie auf ihn wirken musste, wie sie da wie eine ertränkte Vogelscheuche in den Kleidern des alten Mannes stand. Nun, und warum interessierte es sie, wie sie auf Morgan Fitzgerald wirkte?

Verärgert über seine Frechheit schnauzte Nora ihn an. „Du weißt, dass er Recht hat, oder? Deine Verrücktheit hat nicht nur dir eine Fahrkarte zum Galgen eingebracht, sondern du hast sehr wahrscheinlich das Schicksal des gesamten Dorfes besiegelt."

Sein arrogantes Lächeln verschwand, und er studierte ihr Gesicht. Als er schließlich sprach, klang er vorsichtig. „Das Schicksal des Dorfes und das von ganz Irland wurde schon lange vor dem heutigen Tag besiegelt. Wenn du das noch nicht gewusst hast, dann sieh der Wahrheit wenigstens jetzt ins Gesicht."

„Und was ist die Wahrheit?", flüsterte sie gefährlich. „Was hast du gemeint, Morgan Fitzgerald, als du den Verwalter vor ‚deinen Burschen‘ gewarnt hast? Was verbirgst du mit deinem Herumwandern und den Vorräten, die du uns, weiß Gott woher, schenkst, und ...“

Plötzlich hielt Nora inne und schüttelte müde den Kopf. Sie wagte es nicht, die Frage zu beenden oder ihre Anschuldigungen zu Ende zu führen. Ihr wurde klar, dass es einige Dinge gab, die man besser nicht wusste – und sie konnte sich selbst dafür nicht ausstehen.

Als sie wieder zu Morgan aufsah, waren seine Augen hart, und einen Augenblick lang glaubte Nora, er werde sich einfach umdrehen und weggehen. Stattdessen schob er die Pistole in seinen Gürtel, ergriff sie fest beim Arm und begann zu gehen, wobei er sie mit sich zog. „Komm mit, Nora Ellen, ich werde dich nach Hause bringen, bevor du dir den Tod holst.“

Sein unerträgliches Auftreten als Beschützer war ihr äußerst peinlich und Nora versuchte, ihren Arm zu befreien. Er ignorierte es, verstärkte nur seinen Griff und ging schneller.

Nora sprach absichtlich leiser, um keine weitere Aufmerksamkeit auf sich zu lenken. „Du hast dich kein bisschen verändert, Morgan Fitzgerald“, stieß sie bitter hervor und stolperte neben ihm her. „Du hast immer noch mehr Unverschämtheit als Verstand.“

Er sah auf sie herunter und ging kein bisschen langsamer, während er sie prüfend ansah. „Und du, Nora, Kleines, hast dich auch nicht allzu sehr verändert“, gab er mit einem leise angedeuteten Lächeln zurück. „Du bist immer noch schrecklich schön, wenn du wütend auf mich bist. Aber sag mir, was wolltest du eigentlich bei diesem schrecklichen Wetter auf der Straße?“

Nora errötete bei seinen Worten. „Ich habe Daniel John gesucht.“ Sie berichtete ihm von der gestohlenen Kuh, wobei sie sorgfältig darauf bedacht war, ihre Verzweiflung zu verbergen. „Ich habe ihm gesagt, er solle aufhören, aber er bestand darauf, heute Morgen wieder hinauszugehen. Die Kuh taucht mit Sicherheit nicht wieder auf, und ich glaube, er weiß das genauso gut wie ich."

„Er meint, er müsse *irgendetwas* tun", erwiderte Morgan leise. „Jetzt, wo Tahg und sein Großvater beide krank sind, kann ich mir vorstellen, dass der Junge sein Bestes tut, um den Platz des Mannes im Hause einzunehmen."

Erstaunt über seine Einsicht – denn sie hatte die Bemühung ihres Sohnes, genau das zu tun, bereits bemerkt – sah Nora zu ihm auf. „Ja, ich bin sicher, dass er das versucht." Es tat ihr in der Seele weh, zu sehen, wie ihr Jüngster versuchte, über Nacht ein Mann zu werden. Zum Glück für sie alle war der Junge immer weit älter erschienen, als er wirklich war. Es stimmte, er war ein Träumer. Aber trotz seiner einfallsreichen Phantasie war er ein Bursche, auf den man zählen konnte, wenn er gebraucht wurde.

„Wie geht es dem alten Mann?"

„Er wird jeden Tag schwächer. Er war noch im Bett, als ich aus dem Haus ging." Noras Stimme verriet ihre Sorge. „Ich kann mich nicht erinnern, dass er jemals so lange im Bett geblieben ist." Sie schwieg einen Moment, weil ihr ein Gedanke kam, den sie dann, mehr für sich selbst, aussprach. „Es scheint, dass heutzutage nichts mehr so ist, wie es einmal war. Alles verändert sich. Selbst die Menschen."

Morgan sah sie an und nickte langsam. „Es wird sogar noch mehr Veränderungen geben, weißt du. Es wäre gut, wenn du dich auf sie vorbereiten würdest."

Sie waren beim Vorgarten der Hütte angekommen. Morgan blieb stehen und drehte sich um, um sie anzusehen. Er hielt ihre Hand fest. „Nora – ich werde ein paar Tage weg sein, aber bevor ich gehe, möchte ich wissen, dass ihr genug zu essen habt, bis ich wieder zurück bin. Kommt ihr klar, jetzt, wo die Kuh weg ist?"

Als Nora hörte, dass er wieder gehen würde, überfiel sie heftige Enttäuschung. Sie versuchte, das zu ignorieren, und schüttelte den Kopf, vermied es aber, ihm in die Augen zu sehen.

Mit seiner freien Hand griff er nach ihrem Kinn und zog es nach oben, so dass sie gezwungen war, seinem Blick zu begegnen. „Ich muss die Wahrheit wissen, Nora", drängte er. „Ich werde einige weitere Vorräte mitbringen, wenn ich wiederkomme, aber ich muss sicher sein, dass ihr bis dahin klarkommt. Lüg mich nicht an, Mädchen – dein Stolz wird deine Familie nicht am Leben halten."

Seine Worte trafen sie, und Nora wurde steif. Sie würde nicht von ihm abhängig werden. Sie hatte keine Ahnung, was seine plötzliche Sorge um ihr Wohlergehen sollte, aber sie durfte nicht zulassen, dass sie sich wieder an seine Gegenwart in ihrem Leben gewöhnte. Morgan war wie Quecksilber: unbeständig, unzuverlässig und unberechenbar. Und was ihren Stolz anging, war er einfach unfair. Was er für Stolz hielt, war einfach Selbstachtung, und sie meinte, er sollte eigentlich verstehen, dass sie davon so viel wie möglich zurückgewinnen musste.

„Nora?" Seine Augen waren jetzt schmal und forderten sie heraus.

„Ich – ja. Wir werden klarkommen."

Er sah immer noch prüfend in ihre Augen, als ob er in ihrem Herzen lesen wolle.

„Deine Sorge ist unangebracht, Morgan", sagte sie ruhig. „Thomas und seine Kinder sind deine Familie. Wenn du dich unbedingt um jemanden kümmern willst, dann kümmere dich um sie."

Er ließ seine Hand von ihrem Kinn fallen. „Thomas ist ein erwachsener Mann", sagte er und trat ein wenig zurück. „Er hat die Verantwortung für seine Familie."

„Nun, es ist nicht an dir, Verantwortung für *meine* Familie zu übernehmen." Ihre Worte klangen schärfer, als sie beabsichtigt hatte. Aber sie meinte sie. „Wir – werden klarkommen“, sagte sie und legte einen etwas sanfteren Ton in ihre Stimme. „Wirklich, es wird gehen.“

Morgans Augen wurden sanft – ein Blick, an den Nora sich nicht erinnern wollte. „Und das ist alles, was ich will, Nora – dass ihr sicher seid und es euch gut geht, dir und deiner Familie. Kannst du denn nicht wenigstens so viel von mir annehmen – dass ich mich immer noch um dich sorge?“

Sie konnte ihn nicht ansehen. Sie *wollte* nicht. Sie wollte ihn nicht ansehen oder ihm zuhören oder ihm glauben oder irgendetwas für ihn empfinden. Niemals.

Nora versuchte, so unpersönlich wie möglich zu klingen und richtete ihre Augen auf einen Punkt gleich hinter seiner Schulter. „Danke ... für das, was du heute Morgen für Aine getan hast, Morgan. Es war sehr mutig. Ich muss jetzt wirklich hineingehen und nach Tahg und dem alten Mann sehen.“

Sie spürte, dass er noch etwas sagen wollte – etwas Gemeines, so wie er sie ansah –, aber er zügelte seine Zunge. Sein Gesichtsausdruck klärte sich auf, als er kurz nickte und versöhnlich sagte: „Ja, und du musst unbedingt diese nassen Sachen ausziehen.“

Sie wollte sich umdrehen, aber er legte eine Hand auf ihren Arm. „Nora ...“

Sie wandte sich zu ihm um.

„Sag Daniel John, dass ich in ein paar Tagen wieder hier sein werde. Sag ihm, ich hätte mich verabschiedet.“

Sie nickte und ging zur Hütte. Ihr graute schon jetzt vor dem Blick in den Augen ihres Sohnes, wenn er hören würde, dass Morgan wieder gegangen sei. Andererseits könnte er sich endlich daran gewöhnen, ohne den Mann zu leben. Vielleicht meinte es Morgan dieses Mal ernst, als er davon sprach, in ein paar Tagen wieder hier zu sein. Aber das war nur dieses Mal. Der Tag würde kommen – und sehr wahrscheinlich schon bald –, an dem er wieder auf Wanderschaft gehen würde und man ihn Monate oder gar Jahre nicht sehen würde. Morgan würde niemals – konnte niemals – anders sein, als er war. Sie durfte Daniel John keinen Moment lang erlauben, zu glauben, dass Morgan sich jemals ändern würde.

Und sie durfte es sich selbst auch nicht erlauben.

# 8. Wintererinnerungen

*Die ganze Nacht hör' ich Banshee trauern:*
*Irgendwo stirbst du, und nichts kann ich tun.*
*Mein Haar weht im Wind, ich wring' die Hände in Qualen;*
*bitter ist deine Not – und so fern bin ich von dir.*
Dora Sigerson Shorter (1866 – 1917)

*New York City*

Der Schnee, der seit dem frühen Morgen fiel, war im Laufe des Tages sehr viel heftiger geworden. Er bedeckte die Stadt einige Zentimeter hoch, und immer noch fiel er unermüdlich gegen das Küchenfenster, das zur Straße hinausführte.

Michael Burke, der nach seiner Wache wieder zu Hause war und sich bei einem Tee entspannte, stützte seine Ellenbogen auf den Tisch und starrte auf die Straße hinunter. Der Schnee webte in der schnell hereinbrechenden Dämmerung einen wehenden Schleier um die Gaslaternen und ließ die schäbigen, abfallübersäten Straßen wie eine altmodische, ja reizvolle Winterszene erscheinen. Ein Strom von Fußgängern, die von der Arbeit nach Hause eilten, drängte sich vorbei. Sie hielten ihre Mützen fest, und ihre Rockschöße und Schals flatterten heftig im Wind. Viel von dem Müll, der die Straßen auf beiden Seiten säumte, war verborgen, verzerrt von den flackernden Schatten des Schnees im Schein der Laternen.

Michael sah auf seine Taschenuhr. Tierney sollte bald von seiner Arbeit im Hotel, die er nach der Schule tat, zurück sein. Er rieb sich mit einer Hand über den Nacken, gähnte und sah wieder auf die Zeitung, die vor ihm auf dem Tisch lag. Er vermutete, dass seine trübe Stimmung zu einem großen Teil von dem Leitartikel der *Tribune* herrührte, der über die Probleme in Irland berichtete. In diesen Tagen waren die Zeitungen voll von Berichten über den *Großen Hunger,* wie sie es nannten. Ja, es gab kaum eine Ausgabe, die keine Nachrichten über die immer schlimmer werdende Katastrophe in Übersee brachte.

Die ganze Nation schien Mitleid mit Irlands Schicksal zu haben. Amerika war zwar noch jung, aber es war ein Land mit einem sehr weiten, großzügigen Herzen. Oh, es ließ sich nicht bestreiten, dass Tierney häufig über den Widerstand New Yorks gegen die Iren klagte. Die Feindseligkeiten waren sehr real, sogar unter den Iren selbst. Die Protestanten betrachteten ihre katholischen Landsleute nach wie vor mit Verachtung, so, wie sie es schon damals in Irland getan hatten, und hielten sie für dumme, abergläubische Bauern, unfähig, ihr Schicksal zu verbessern, selbst wenn sie das gern täten. Diese Abneigung gegen die „Papisten" hatte vor ein paar Jahren einige evangelische Irisch-Amerikaner dazu gebracht, sich „schottische Iren" zu nennen, um sich von ihren katholischen Landsleuten zu distanzieren.

Andererseits hatten die katholischen Einwanderer ihren angestammten Groll auf die meist wohlhabenderen und besser ausgebildeten Protestanten auf dieselbe Klasse hier in den Staaten übertragen. Misstrauen und Bitterkeit unterhielten die alte Feindseligkeit und erzeugten neue Risse zwischen den beiden Gruppen. Zusätzlich erhoben sich neue Schranken zwischen den Iren und anderen Einwanderern, besonders den Deutschen. Die deutschen Katholiken, zum Beispiel, hielten die Iren, gemessen an ihren eigenen tatkräftigen und praktischen religiösen Überzeugungen, für zu verbissen und pessimistisch, während die Iren die Deutschen für ein wenig naiv und aufgeblasen hielten.

Aber trotz ihrer Unterschiede waren die Amerikaner einfach kein Volk, das das große Leiden eines gesamten Landes ignorieren konnte, und das umso mehr, als dieses Land offensichtlich von seiner eigenen „Mutter England" im Stich gelassen wurde. Es wurden bereits Versammlungen abgehalten – nicht nur hier in New York, sondern im ganzen Land –, um Irlands Nöten zu begegnen.

Die Eisenbahngesellschaften erboten sich, alle Sendungen mit dem Vermerk *„Irland“* kostenlos zu transportieren, und öffentliche Transportunternehmen stellten alle Pakete, die als Hilfsgüter für Irland bestimmt waren, kostenlos zu. Hilfsorganisationen im ganzen Land beeilten sich, der „Society of Friends“ – den Quäkern – Tausende von Dollars und ganze Schiffsladungen von Lebensmitteln zur Verfügung zu stellen, die voller Elan die Hilfe der Vereinigten Staaten für Irland organisierten.

Hier in New York sammelte die Tammany-Hall Tausende von Dollar, und die katholischen und evangelischen Kirchen taten im ganzen Land dasselbe. Von allen Denominationen wurden „Spenden-Partys“, Konzerte und Teegesellschaften veranstaltet. Junge Damen in den Privatschulen boten sich an, nützliche Dinge herzustellen, die man verkaufen und den Erlös für Irland verwenden konnte. Jüdische Synagogen schickten ihr wöchentliches Opfer; eine Gruppe Choctaw-Indianer arbeiteten, um eine Sammlung von 170 Dollar zusammenzubringen; und in Dörfern und Städten in ganz Amerika legten die Frauen und Kinder ihre Pfennige zusammen und schickten sie nach Irland.

Solch eine Woge von Begeisterung ging über das Land, dass man nicht genug Schiffe finden konnte, um die reichen Gaben zu transportieren. Ja, es war großartig, was geschah, aber es wurmte Michael, dass eine Katastrophe solch gewaltigen Ausmaßes nötig war, um seine Landsleute zu vereinen. Besonders die, die sich Christen nannten.

Michael seufzte und klopfte ungeduldig mit den Fingern auf die Zeitung. Dann stand er auf und stellte sich an das Fenster, von wo er die Straße in beide Richtungen nach einem Anzeichen von Tierney absuchte. Er wünschte sich auch, mehr tun zu können, was die Spenden anging, aber er hatte schon tief genug in ihre geringen Ersparnisse hineingelangt. Tierney dagegen hatte wieder einmal sein typisches Geschick und Talent dafür, Geld aufzutreiben, bewiesen. Er hatte eine größere Gruppe Jungen von seiner Schule in Teams eingeteilt, und gemeinsam hatten sie eine Reihe von Ladeninhabern und Handwerkern so lange geplagt, bis diese großzügige Spenden für den „Freunde Irlands"-Fonds der Schule gegeben hatten.

Michael ertappte sich in diesen Tagen immer häufiger dabei, dass er an seine eigenen „Freunde in Irland" dachte. Morgan und Nora kamen ihm oft in den Sinn. Im November, als die ersten Berichte über die Hungersnot in Übersee erschienen, hatte er einen besorgten Brief an Morgan geschickt, den er an seinen Bruder Thomas adressiert hatte. Tag für Tag wartete er mit wachsender Ungeduld auf eine Antwort.

Es war seltsam – nach so vielen Jahren und mit einem Ozean zwischen ihnen konnte er sich die beiden immer noch deutlich vorstellen. Nora war jetzt eine erwachsene Frau, eine Ehefrau und Mutter. Aber es war schwer für ihn, sie sich nicht als zierliches, ernst blickendes Mädchen mit riesigen traurigen Augen und der schmalsten Taille von ganz Killala vorzustellen. Er hoffte, dass sie mit dem Mann, den sie gewählt hatte, glücklich war. Nora verdiente es, glücklich zu sein, denn sie war es als Kind wenig genug gewesen.

Was Morgan Fitzgerald anging, so nahm er an, dass *der* Gauner recht gut für sich selbst sorgen konnte. Michael lächelte bei dem Gedanken an seinen alten Freund mit seiner Harfe und seinen Gedichten und seinem Hang zum Herumwandern und – selbstverständlich – seiner fatalistischen und doch leidenschaftlichen Liebe zu Irland. Morgan war ein echter Vagabund. Er war ein Träumer, den als Jüngling die Wanderlust geschlagen hatte und der sich seitdem nicht wieder davon erholt hatte.

Der Mann war ein Rätsel, ein Puzzle mit vielen Teilen, von denen ein oder zwei Teile vielleicht niemals auftauchen würden. Michael meinte, er liebe seine Heimat genauso sehr wie jeder andere anständige Ire auch, aber bei Morgan war es mehr als Vaterlandsliebe. Es war eine Besessenheit. Er konnte sich jetzt noch an die Worte dieses Lümmels erinnern, als Michael Morgan zum ersten Mal von seinem Traum, Amerika zu sehen, erzählt hatte. Er hatte versucht, ihn davon zu überzeugen, dass sie gemeinsam gehen sollten.

Morgan hatte sich mit dem Rücken an einen knorrigen alten Baum gelehnt, seine langen Armen gestreckt, die Hände hinter dem Kopf gefaltet und sein absolut unverschämtes Grinsen aufgesetzt. „Ach Michael, ich könnte das nie tun, und du weißt das auch. Du willst gehen und niemals zurückkommen. Ich könnte niemals unsere Lady Irland für immer verlassen."

Michael hielt Irland eher für eine gefallene Frau als für eine Lady, und das hatte er auch gesagt.

Morgan hatte daraufhin gelacht und den Kopf geschüttelt. „Aye, sie ist wirklich eine elende Insel, aber sie hat mich ganz für sich beansprucht. Kannst du das nicht verstehen? Es hat noch nie eine Frau gegeben, die so darauf aus war, einen Mann zu besitzen, wie unsere *Eire.* Ich gebe zu, sie ist eine wilde und schreckliche Geliebte, und sehr wahrscheinlich wird sie mein Untergang sein. Aber ich liebe sie so sehr, dass ich sie ebenso wenig aufgeben kann, wie ich mein eigenes Herz ausreißen könnte."

*Hielt Morgan immer noch an seiner Geliebten fest, selbst jetzt noch?* Michael wusste es nicht. Er betete, dass es nicht so sei, denn sie würde ihn sicherlich mit sich zusammen in den Tod ziehen.

„Na, Pa – ich bin da, aber wo bist du?"

Erschreckt sprang Michael auf und wirbelte herum. Er sah Tierney, der in der Tür stand und ihn angrinste.

„Ich muss wohl geträumt haben. Ich habe dich nicht einmal die Treppen hinaufkommen hören."

Tierney warf seine Handschuhe auf den nächsten Stuhl und

hängte dann seinen Mantel und seine Mütze an einen Haken bei der Tür. Sein Schöpf dunklen rotbraunen Haares, nass vom Schnee, hing ihm frech über ein Auge. Das andere Auge des Jungen war immer noch dunkel. Er hatte sich in einer Balgerei mit dem Dolan-Jungen letzte Woche ein blaues Auge geholt.

Der Gedanke an Tierneys häufige Kämpfe ließ Michael die Stirn runzeln. „Dieses Auge ist ein großartiger Anblick."

Der Junge kam an den Tisch, immer noch grinsend. „Nun fall nicht gleich über mich her, Pa. Was gibt es zum Abendessen?"

„Da steht ein Topf braune Bohnen, und Frau Gallagher hat uns eine Pfanne Maisbrot heraufgeschickt. Und ich sage dir noch einmal: Hör auf, mich ‚Pa' zu nennen. Wir leben nicht in Irland. Du bist ein Amerikaner – also sprich auch so."

„Ich bin ein *Irish*-Amerikaner", korrigierte Tierney und ging zum Herd, um sich die Bohnen anzusehen. „Und du sagt immer noch ‚aye', weißt du. Können wir jetzt essen, Pa? Ich bin am Verhungern."

„Wie immer", gab Michael zurück und stand von seinem Stuhl auf. „Deck du den Tisch, und ich tue das Essen auf."

Tierney fegte durch die Küche, holte die Teller heraus und warf sie achtlos auf den Tisch, als wären sie unzerbrechlich – was sie, wie Michael ihn erinnerte, nicht waren.

„Hast du gehört, Pa? Morgen segeln elf Schiffe mit Lebensmitteln von hier nach Irland!" Tierneys Stimme klang vor Aufregung knabenhaft hoch, obwohl sie in der letzten Zeit fast immer versagte, weil Tierney in den Stimmbruch kam.

Michael nickte. Er tischte einen Teller mit Bohnen auf und reichte ihn dem Jungen. „Aye, und vier weitere segeln einen Tag später von Philadelphia aus los. Es steht in der Zeitung."

„Könnten wir nicht zum Hafen gehen und zusehen, wie sie absegeln? Du hast doch morgen frei, oder?"

„Aye, ich habe frei. Aber muss ich dich wirklich daran erinnern, dass du in der Schule sein wirst?" Michael warf ihm einen strengen Blick zu, als er sich ihm gegenüber hinsetzte.

Der Junge zuckte mit den Schultern und langte nach dem Maisbrot. „Ich werde nicht so viel verpassen. Nicht bei nur einem Tag. Komm, Pa – sag, dass wir gehen werden."

„Ich werde jetzt beten, wenn du lange genug ruhig bist, um zuzuhören." Michael blickte den Jungen böse an, aber das schiefe Lächeln des Jungen ließ ihn aufgeben.

„Außerdem hasse ich diese Schule, das weißt du ganz genau", fuhr Tierney fort, nachdem Michael das Dankgebet gesprochen hatte. „Ich wünschte, ich könnte zur katholischen Schule gehen."

„Katholiken gehen zur katholischen Schule."

„Ich weiß, und genau darum geht es mir", murrte Tierney.

Michael legte seine Gabel hin. „Wir werden nicht schon wieder diese Unterhaltung führen, hörst du, Tierney?"

Der Junge zuckte mit den Achseln, eine Geste, die Michael immer weniger mochte. „Ich werde nie verstehen, woher ein Junge, der als Protestant geboren und erzogen wurde, diese übergeschnappte Idee hat, ein Katholik werden zu wollen."

„Es ist die irische Lebensweise", sagte Tierney und griff nach der Butter.

„Ich habe gesagt, dass wir diese Unterhaltung nicht wiederholen werden, und ich habe das auch gemeint, Junge. Aber ich will noch etwas in Erinnerung rufen: Irland hat nicht nur Katholiken, sondern auch ein paar Protestanten hervorgebracht – mich zum Beispiel, und auch deine selige Mutter."

„Das weiß ich. Aber hier in New York ist das anders. Die anderen irischen Jungen sind alle katholisch; sie halten mich für einen ziemlich ausgeflippten Typen. Und ich bin so ziemlich der einzige irische Junge in der ganzen Schule. Alle meine Freunde hier im Viertel gehen zur katholischen Schule."

„Und was macht das schon, Tierney?" Michael war verärgert

über den Jungen und viel zu müde und gereizt, um geduldig zu sein. „Sie werden beide vom selben Christus gerettet, die Protestanten wie die Katholiken – wenn sie ihn als Retter annehmen."

„Sicherlich", murrte Tierney und zog voll Verachtung die Mundwinkel nach unten. „Ist das der Grund, warum die Katholiken sagen, ihre Kirche sei die einzig wahre Kirche? Und warum die Protestanten sagen, eine katholische Kirche sei überhaupt keine Kirche? Und warum jeder, der mit keinem von beiden übereinstimmt, ein Heide ist?"

Michael holte tief Luft und nahm seine Gabel wieder in die Hand. „Nicht alle Katholiken oder Protestanten sind so, Junge", sagte er zwischen zwei Bissen. „Es kommt auf dein Herz an, verstehst du? Ich habe dir doch von meinem Freund in Irland erzählt, Morgan Fitzgerald, oder?"

Tierneys Gesicht hellte sich auf, und er nickte eifrig. Michael seufzte wieder. Morgan war für den Jungen fast so etwas wie ein Held geworden, und er vermutete, dass er selbst schuld sei. Tierney war begeistert von den Erzählungen über Morgans Abenteuer, die er im Laufe der Jahre immer wieder erzählt hatte. Nun, vielleicht würde er eher auf Morgans Worte achten als auf die Worte seines langweiligen alten Vaters.

„Nun, Morgan war nie so richtig davon überzeugt, dass dem Herrn etwas an unseren Kirchengebäuden und Lehrmeinungen und religiösen Symbolen liegt. Er schien zu glauben, dass der Allmächtige mehr an *Beziehungen* interessiert sei: unsere Beziehung zu ihm und auch unsere Beziehungen zueinander. Und weißt du, Tierney, je länger ich lebe, umso mehr Wahrheit entdecke ich in den Worten meines alten Freundes."

Der Junge brummte bloß. Dann schaufelte er einen weiteren gehäuften Löffel Bohnen in seinen Mund. Seine Augen tanzten, während er kaute. „Nun", sagte er und schluckte, „wenn ich erwachsen bin und nach Irland gehe, werde ich mich vielleicht auch zu keiner von beiden Kirchen halten. Vielleicht werde ich den alten Morgan Fitzgerald besuchen und wie er ein Heide werden."

„*Morgan ist kein Heide* – und hör auf mit diesem dummen Gerede, dass du nach Irland gehst!" Michael explodierte und schlug mit der Gabel auf seinen Teller. „Warum solltest du so etwas auch nur denken?"

Er war beunruhigt darüber, mit welcher Sicherheit Tierney seinem Blick begegnete. Die blauen Augen des Jungen, die den Augen seiner Mutter so sehr ähnelten, wurden hart und kalt. „Du hast schon immer gewusst, dass ich das tun will."

„Aye", grollte Michael, „und ich habe noch nie verstanden, warum! Irland ist ein Leichnam. Kannst du das nicht in deinen Schädel hineinkriegen? Sie ist tot und vermodert, ohne beerdigt worden zu sein. Es gibt dort nichts für uns – oder für irgendeinen anderen – , ausgenommen den Tod. Warum, glaubst du wohl, habe ich damals das Land verlassen?"

Wenn er dem Jungen nur helfen könnte, das zu sehen, was er gesehen hatte – die Armut, die Niederlage, den Schmutz ... das *Elend.*

„Morgan ist nicht gegangen", sagte der Junge mit einer Ruhe, die Michaels Ärger noch mehr entzündete. „Er hat sich entschieden, zu bleiben und daran zu arbeiten, dass es besser wird."

„Morgan ist Morgan – und vielleicht ist er zum Teil auch ein Narr! Tausende und Abertausende kämpfen darum, aus Irland heraus und hier nach Amerika kommen zu können! Sie wollen das, was du schon hast – was dir anscheinend so wenig bedeutet. Kommt es dir nicht auch ein bisschen seltsam vor, dass all diese Menschen das, was du scheinbar für so großartig hältst, unbedingt hinter sich lassen wollen?"

„Ich will trotzdem gehen. Ich will gehen, weil ich irisch bin." Die Reife und die Stärke in der Stimme des Jungen ließen Michael frieren.

„Du bist ein *Amerikaner.* Und du solltest Gott jeden Tag dafür danken!“

Tierney starrte ihn an, und nicht zum ersten Mal verspürte Michael, wie sich dunkle Vorahnungen in ihm regten wegen dieses verdeckten, schwer lesbaren Ausdrucks in den Augen seines Sohnes.

Michael war wütend über den Jungen – und noch mehr über sich selbst, weil er wieder einmal die Geduld mit seinem Sohn verloren hatte – und schob seinen Stuhl vom Tisch zurück. „Iss dein Abendessen. Deine Dummheit hat mir den Appetit verdorben. Ich werde etwas lesen.“

Halb erwartete er, dass der Junge ihm trotzen würde; in letzter Zeit tat er das häufig. Aber Tierney senkte nur seine Augen und aß weiter.

Im Schlafzimmer sank Michael auf den Schaukelstuhl, der Eileen gehört hatte. Er saß lange dort, unbeweglich, und starrte auf das Bett, in dem er so viele Jahre allein geschlafen hatte. Eine Sehnsucht nach seiner Frau stieg in ihm auf und brachte ihn den Tränen nahe. So sehr hatte er sie schon lange, lange Zeit nicht mehr vermisst, und plötzlich verspürte er eine schreckliche kalte Einsamkeit. Er hatte seine Frau verloren, und er begann sich zu fragen, ob er nicht auch seinen Sohn eines Tages verlieren würde. Er verstand den Jungen nicht – hatte ihn eigentlich noch nie verstanden –, aber das dämpfte nicht seine Liebe für ihn. Er wollte doch nur ... was? Dass Tierney so wäre wie er?

Ja, das war es, und es war ein Witz. Tierney glich niemandem – weder ihm selbst noch Eileen noch irgendjemandem, an den Michael denken konnte. Tierney war anders. Und es war eine Andersartigkeit, die Michael nicht verstand, eine Andersartigkeit, die ihn manchmal fast erschreckte. Was würde später einmal aus dem Jungen werden?

Er hatte solche Träume für seinen Sohn – für sie beide. Er

würde nicht immer ein Sergeant bleiben. Er hatte seinen Blick nach Tammany-Hall gerichtet und hatte bereits einige Kontakte geknüpft, von denen er glaubte, dass sie ihn dorthin bringen würden. Zu dem Zeitpunkt, wenn Tierney voll erwachsen sein würde, hoffte er, sich in einer Position zu befinden, in der er ihm helfen könnte, zu werden, was auch immer er werden wollte. Aber der Junge schien keine Träume zu haben, überhaupt keine Träume, außer ... so *irisch* wie möglich zu sein. Und was für ein Traum war das?

Michael schloss seine Augen und ließ seinen Kopf gegen das Kissen des Schaukelstuhls zurückfallen. Plötzlich wünschte er, er würde sich nicht so alt fühlen. So alt und so müde und so schrecklich einsam.

* * *

Pa würde das nie verstehen. Er erwartete, dass sein Sohn *seine* Träume teilte. Er wollte nicht, dass er eigene Träume hatte.

Tierney schob seinen Teller beiseite, stützte einen Ellbogen auf den Tisch und legte sein Kinn auf seine Hand. Nun, er hatte seine eigenen Träume, und sie hatten absolut nichts mit denen seines Vaters zu tun.

Es war nicht so, dass er seinen Vater nicht liebte. Natürlich liebte er ihn, und es machte ihm keinen großen Spaß, ihn traurig zu machen. Aber er konnte nichts dafür, dass er so war, und er würde sich auch nicht ändern. Manchmal wünschte er, ein Mann wie Morgan Fitzgerald sei sein Vater gewesen. Er hätte ihn verstanden und hätte seine Liebe zu Irland unterstützt. Pa würde das niemals tun. Er liebte New York und konnte einfach nicht verstehen, wie jemand die Stadt nicht lieben könnte.

Nun, *er* liebte New York nicht – er *hasste* es. Er hasste seinen Dreck und Lärm, seine aufgewühlten Menschenmassen. Und am meisten hasste er es wegen der Art, wie die ganze Stadt die Iren hasste.

Tierney stand auf, ging zum Fenster und sah hinaus auf den Schnee, der in die Nacht der Stadt fiel.

*Sie würden dafür sorgen, dass wir Bettler blieben, wenn sie es könnten. In ihren Augen sind wir nichts als dumme Tiere, die nur dazu taugen, den Mist aus ihren Straßen wegzuschleppen, die Ratten zu töten, ihre Kleider zu bügeln, ihre Feuer zu löschen – oder ihre kostbare Stadt zu bewachen.*

Nun, er wollte keinen Teil dieses hässlichen Ortes für sich haben – er wollte kein Teil davon werden, niemals. Er gehörte nach Irland. Auf eine Weise, die zu verstehen er nicht einmal begonnen hatte, auf eine Weise, die er nie in Worte hätte fassen können, besaß das Land ihn.

Eines Tages würde er gehen. Er würde es kreuz und quer durchreisen, es in sich aufnehmen, mit ihm verschmelzen, eins mit ihm werden. Irland war seine Heimat, auf eine Weise, wie es New York nie würde sein können. Irland war die Mutter, nach der er sich sehnte, der Busenfreund, nach dem er verlangte, der fehlende Teil seines Herzens.

Irgendwo in Irland würde Tierney Burke sein Schicksal finden.

# 9. Evans Abenteuer

*Wehe dem Land, dessen Reichtum sich mehrt,*
*während seine Bewohner verderben.*
*Keiner ist da, der dem Unglück dann wehrt,*
*das herbeieilt auf vielerlei Wegen.*
nach Oliver Goldsmith (1728 – 1774)

*London*

Roger Gilpin war kein Gentleman.

Evan Whittaker hatte sich erst wenige Tage im Dienst des Mannes befunden, als er dieses Urteil fällte, und jetzt, nach elf Jahren täglichen Dienstes, hatte sich seine Meinung nicht einen Deut geändert. Sir Roger konnte in seinem Verhalten und seinen Ansichten unglaublich ungehobelt sein. Er hatte ein Problem mit dem Alkohol, und wenn er getrunken hatte, verhielt er sich unangenehm bis unerträglich. Es schien ihm Spaß zu machen, die Obrigkeit zu ignorieren, seine Zeitgenossen zu beleidigen und seine Feinde – von denen er viele besaß – zu vernichten. Selbst in den Augen seiner wenigen Freunde war er oftmals ein Langweiler. Seinen Dienern gegenüber war er rücksichtslos, herrisch und ausgesprochen einschüchternd. Evan schien der einzige Mensch in seinen Diensten zu sein, dem Sir Roger einen gewissen widerwilligen Respekt zollte. Und, was noch erstaunlicher war, er schien tatsächlich bis zu einem gewissen Grad von seinem bescheidenen, sanftmütigen Sekretär abhängig zu sein.

Evan nahm an, dass er für seinen schwierigen Dienstherren in der Tat fast unentbehrlich war. Er kam nicht zu diesem Schluss, weil er eingebildet war; aus irgendwelchen unerklärlichen Gründen schien es tatsächlich so zu sein. Und es stand fest, dass er nicht im Geringsten von Sir Roger eingeschüchtert war. Gilpins häufige Wutausbrüche ließen ihn völlig ungerührt. Evans Mutter hatte sogar stets gesagt, er sei „nicht aus der Ruhe zu bringen", während sein Vater ihn für stur gehalten hatte. Wie dem auch sei, seine phlegmatische Natur schien immun zu sein gegenüber jedweder Grausamkeit, die Roger Gilpin gerade im Sinn hatte.

Evan Whittaker war tatsächlich der einzige Angestellte, der je länger als ein Jahr in Gilpin Manor geblieben war. Der ordinäre, aufgeblasene Sir Roger war nicht gerade jemand, der diejenigen, die für ihn arbeiteten, zu Loyalität inspirierte. Evan war eine Kuriosität, und das war vielleicht ein Grund für seine Anziehungskraft.

Oft war er von seinesgleichen, und bei Gelegenheit auch von einem oder mehreren von Gilpins Bekannten, gefragt worden, warum er die ganzen Jahre bei dem schwierigen Sir Roger geblieben sei. Im Laufe der Jahre waren ihm eine Reihe anderer Stellungen angeboten worden, und zugegebenermaßen hatte er mehr als einmal überlegt, ob er gehen solle. Aber nach sorgfältigen Überlegungen hatte er es jedes Mal geschafft, sich diesen Gedanken wieder aus dem Kopf zu schlagen. Sein Gehalt war außerordentlich hoch, seine privaten Räume mehr als komfortabel, und er hatte sich an den jähzornigen Witwer gewöhnt.

Eine andere Erklärung tauchte drohend in seinen Gedanken auf, aber er zog es vor, nicht länger darüber nachzudenken – sie ließ ihn so träge erscheinen, selbst in seinen eigenen Augen. War es möglich, dass er so selbstzufrieden mit seinem Leben geworden war und so gleichgültig gegenüber der Routine seines Alltags, dass er nicht bereit war, die Kraft oder den Mut für eine Veränderung aufzubringen?

Natürlich hatte es eine Zeit gegeben, wo er ein Abenteuer begrüßt hätte. Er war ein scheuer, stiller Jugendlicher, der als einziger und obendrein noch etwas zarter Sohn eines alternden

Geistlichen in einem kleinen Not leidenden Dorf nahe Portsmouth aufgewachsen war.

Als Junge wurde Evan von einem schrecklichen Stottern geplagt und war deshalb von seinen Altersgenossen auf dem Schulhof gehänselt und geächtet worden. Sein Vater hatte ihn ermutigt, tapfer zu sein und auf Gott zu vertrauen, und der Junge hatte es geschafft, zumindest die Hälfte der väterlichen Anordnung zu befolgen. Er lernte es, Gott zu vertrauen, aber der Mut schien nie zu folgen.

Und so zog sich Evan in seine Bücher zurück. Nur dort fand der junge Außenseiter, was er suchte: Abenteuer, Romantik, die Möglichkeit, mit Hilfe seiner Phantasie der verwegene Held seiner Träume zu werden. Dort stotterte er nicht; dort wurde er nicht von schweinsgesichtigen Schuljungen verspottet; dort endlich mochte er sich selbst.

Evan Whittaker fand seinen Mut, und er fand seinen Glauben. Aber er schien sie nie beide am selben Ort zu finden.

Selbst jetzt, in seinen Mittdreißigern, war es für Evan schwierig, die beiden in Einklang zu bringen. Er las immer noch leidenschaftlich gern, und sein literarischer Geschmack blieb beinahe unverändert. Er genoss einen guten Abenteuerroman, der von Entdeckern oder Piraten handelte, und es bereitete ihm keine Probleme, sich selbst als den Helden zu sehen, der der Gefahr trotzte. Abgerundet wurde dieses Bild von einem Cape, das lässig um seine Schultern geschlungen war, und dem Schwert an seiner Seite.

Und Evan vertraute immer noch auf Gott. Sein Glaube, der sich durch ein schlichtes Leben der Hingabe auszeichnete, stärkte ihn in den Zusammenstößen mit seinem schlecht gelaunten Arbeitgeber und unterstützte ihn bei der profanen Erfüllung seiner Pflichten.

*Habe Glauben und sei tapfer,* hatte sein Vater gesagt. Nun, Evans Leben verkörperte beides – sein Herz war in der Wirklichkeit Christi gegründet, und seine Vorstellungskraft war emporgehoben in die unermesslichen Möglichkeiten der Phantasie.

Und doch fehlte etwas. Wenn Evan sich den Luxus erlaubte, darüber nachzudenken, erkannte er mit schmerzlichem Bedauern, dass die zwei wichtigsten Bereiche seines Lebens sich nie miteinander verschmolzen hatten. Es gab keinen Mut in seinem Glauben und kein tapferes Ausleben seiner Liebe für Gott. Und es gab keinen Glauben in der Tapferkeit seines eingebildeten Heldentums – kein geistliches Leben, das über die bloße Freude hinausging, mit den ausgedachten Romanfiguren, die die Bücher bevölkerten, Abenteuer zu erleben.

Es fehlte wirklich etwas. Irgendwie, irgendwo hätten die beiden zusammenkommen sollen.

Aber in diesen Tagen hatte er wenig Zeit, über solche philosophischen Unwägbarkeiten nachzudenken. Er hatte alle Hände voll damit zu tun, seinen normalen Pflichten nachzukommen. Diese leidige Angelegenheit in Irland sorgte dafür, dass sich Sir Roger in einem ständigen Wutanfall befand, der wiederum dafür sorgte, dass der Haushalt konstant in einem chaotischen Zustand blieb. Evan stellte dann unweigerlich fest, dass er mehr Briefe schreiben, mehr Abendessen planen und häufiger Wutanfälle und Ausbrüche von Ärger beschwichtigen musste.

Im Moment nutzte Sir Roger Whittaker Evans Anwesenheit in der Bibliothek, um eine Zuhörerschaft für seine Wut zu haben. Und, wie es in letzter Zeit jedes Mal der Fall zu sein schien, war Irland das Objekt seines Zornes.

„Killala!“, spuckte Sir Roger aus, während er in der Bibliothek auf und ab ging. „Meine Augen haben dieses verwahrloste kleine Nest nie erblickt – nur der liebe Gott weiß, wo es ist!“

Die Bemerkung seines Arbeitgebers über Gott ließ Evan blinzeln und müde seufzen, denn der Mann hatte sicherlich keinerlei nähere Bekanntschaft irgendwelcher Art mit dem Schöpfer.

„Ich glaube, es liegt nahe einer Bucht in Westirland, Sir", bemerkte Evan und fuhr fort, den Brief an George Cotter, den Gilpin gerade diktiert hatte, sorgfältig abzuschreiben. „Sehr abgelegen."

*„So viel* weiß ich selber!", knurrte Gilpin. Sir Roger war fast eine Stunde lang im Zimmer auf und ab gegangen, während er den Brief diktierte. Schließlich blieb er stehen und wandte sich an Evan, der von dem Brief aufblickte, den er gerade abschrieb.

Roger Gilpin, ein großer hagerer Mann mit langen Beinen, weißem Haar und großen, leicht vorstehenden Augen, erinnerte Evan jedes Mal an einen alternden, mit Raureif bedeckten Grashüpfer. „Grashüpfer" war sogar Evans geheimer Name für seinen Arbeitgeber.

„Ich habe Sie um Ihre Meinung zu dem Brief dieses Narren Cotter *gebeten!"* Sir Roger kreuzte seine langen dünnen Arme vor der Brust und durchbohrte Evan mit einem finsterem Blick. „Nun?"

Evan räusperte sich und starrte auf die Feder in seiner Hand. „Ahm ... nun, der Verwalter hat n-natürlich kein Recht ... überhaupt k-kein Recht ..., Ihre Anweisungen zu missachten, Sir Roger." Evan, der wusste, wie lästig der Grashüpfer sein notorisches Stottern fand, ließ ihm nun freien Lauf. „Ahm ... obwohl ich s-sagen muss, dass ich mir bewusst bin, dass ein Unterf-f-fangen dieser Art sehr wohl Probleme bergen k-könnte, die wir nicht berücksichtigt haben. Wenn M-M-Massenräumung die einzige realisierbare Lösung ist, s-sollten wir dem Verwalter vielleicht mehr Zeit geben." Evan sandte ein etwas leeres Lächeln von seinem Stuhl am Schreibtisch zu seinem Arbeitgeber empor.

„Oh, um Himmels willen, Mann, können Sie nicht sagen, was auch immer Sie meinen, und mit diesem Herumgedruckse aufhören?" Sir Rogers Mund wurde noch schmaler. „Können Sie das nicht irgendwie abstellen, diesen Tick, den Sie haben?"

Jetzt war es also ein Tick. Erst letzte Woche war es eine Plage gewesen. Im Laufe der Jahre hatte das furchtbare Stottern solch unzutreffende Bezeichnungen wie „Krächzen“, „Zuckung“ und „Prusten“ heraufbeschworen. Vielleicht wurde der Grashüpfer ja umgänglicher.

„Es tut mir Leid, S-Sir, aber ich glaube nicht, dass sich das ... a-a-abstel-len lässt.“ Evan tat sein Bestes, beschämt auszusehen.

Sir Roger grunzte und nahm seine Wanderung durch den Raum wieder auf. „Nun, was Cotter betrifft – er sollte dort draußen die Verantwortung haben! Er ist der Gutsverwalter, und es ist die Aufgabe des Gutsverwalters, sich um die Pacht zu kümmern, oder?“

Er passte seine Worte seinem beschleunigten Schritt an und stieß wütend hervor: „Ich bezahle ihn nicht, damit er zulässt, dass ihn diese trägen Schmarotzer an der Nase herumführen! Nicht, dass das allzu schwierig wäre – der Mann ist ein Narr!“

Nachdem er den Raum ein weiteres Mal durchquert hatte, blieb er vor dem Kamin stehen, wo sich eine dünne, schwache Flamme ausdauernd durch die Holzscheite kämpfte. Sir Roger nahm den Feuerhaken und begann, das Feuer wieder anzuschüren. Als er sich aufrichtete, verlegte er sich auf eine Angewohnheit, die Evan schon immer auf eine merkwürdige Art faszinierend gefunden hatte: Nachdem er seinen Mund zu einer weiten, klaffenden Höhle geöffnet hatte, klappte er sie mit einem klatschenden Geräusch zu. *Der Grashüpfer.*

Jetzt kam er zum Schreibtisch zurück und nahm den Brief von Cotter auf, der dicht bei Evans Hand lag. „Was konnten Sie über diesen – diese Kreatur Fitzgerald herausfinden?“

Evan rutschte leicht auf seinem Stuhl und heftete seine Augen auf die mit Büchern voll gestellte Wand auf der anderen Seite des Raumes. Wenn er sich intensiv auf etwas konzentrierte, schien das das Stottern etwas zu lindern, und im Moment hielt er es für das Beste, präzise zu sein. „Morgan Fitzgerald scheint so etwas wie ... ein Rätsel zu sein. Er ist teils ein D-Dichter, teils ein Vagabund und zum T-Teil ein Volksheld. Die B-Beschreibung klingt Furcht erregend: groß – sehr groß – mit einer wilden M-Mähne kupferroten Haares und, laut Quincy Moore, unserem K-Korrespondenten, mit der ‚Stärke einer Druiden-Eiche'." Evan spürte, wie ein herrlicher Schauder seine Wirbelsäule hinunterlief. Moores Beschreibung hätte direkt aus den Seiten eines seiner liebsten Abenteuerromane stammen können.

Evan bemerkte, wie Gilpin ungeduldig hin- und herrutschte, ließ sich davon jedoch nicht im Geringsten stören. Er glättete das Pergamentblatt, das vor ihm lag, und richtete seine vier Ecken nach denen des Schreibtischs aus, einfach so. Dann heftete er seine Augen wieder auf die Bücherregale – diesmal auf den Messingleuchter – und fuhr fort. „Offenbar ist F-Fitzgerald ein sehr angesehener Schriftsteller – ein ‚patriotischer P-Poet', sagt Moore." Evan blickte von dem Leuchter zu Sir Roger. „Ah ... dann ist da noch seine ... Verbindung zu Y-Young Ireland, wie Sie wissen."

Sir Roger fluchte und wedelte wieder mit dem Brief in seiner Hand. „Der Mann ist ein gewöhnlicher Schläger! Er hat George Cotter beinahe umgebracht!" Er schwieg kurz und fügte dann bissig hinzu: „Es wäre allerdings kein großer Verlust gewesen."

Evan wurde zornig. Man mochte etliches über Fitzgerald sagen können, aber er war mit Sicherheit kein gewöhnlicher Schläger. Nein, wirklich nicht. Der Mann war alles andere als gewöhnlich.

Evan, der die Erregung seines Arbeitgebers genoss, erwärmte sich für sein Thema und umschrieb Teile von Moores Brief, als er fortfuhr. „Fitzgerald sch-scheint recht bekannt zu s-sein wegen seiner Artikel in ... *The Nation.*" Oh weh, jetzt war es passiert. Schon die bloße Erwähnung des Blattes der radikalen Young-Ireland-Bewegung ließ Sir Rogers Zähne klappern.

Schnell, bevor sein Arbeitgeber eine seiner kräftigen Fluten von Lästerungen loslassen konnte, erklärte Evan: „Fitzgerald scheint ein sehr ... gebildeter M-Mann zu sein. Bis vor kurzem war er hauptsächlich für seine G-Gedichte und satirischen Aufsätze bekannt, aber in letzter Zeit scheint er seine Feder mehr und mehr in die Tinte der Rebellion zu tauchen."

Sir Rogers Augen quollen hervor und sein Unterkiefer fiel herunter, wahrscheinlich, um sich für einen Ausdruck seiner Entrüstung vorzubereiten, aber Evan machte weiter. Er hatte sich den saftigsten Bissen für zuletzt aufgehoben und wollte sich seinen Donnerschlag nicht nehmen lassen. „Und noch eine weitere Beobachtung: Moore betont, dass es ein r-reines Gerücht ist, obwohl George Cotter anscheinend davon überzeugt ist, dass es stimmt."

Sir Rogers Hand zerknüllte jetzt den Brief in seiner Hand, als er beide Fäuste ballte und wartete, sein langes, reizloses Gesicht zu einer bitterbösen Grimasse verzogen.

Evan holte tief Luft, um sich zu beruhigen, und heftete seinen Blick auf die Liste von Anweisungen, die er abgeschrieben hatte. „Es scheint, dass seit nunmehr einigen Monaten Geschichten erzählt werden ... v-von einem geheimnisvollen Rebellenführer und seinen Männern, die in C-Connacht und besonders in der Grafschaft Mayo allen möglichen Unfug treiben."

Gilpins Augen wurden schmal; er sah aus, als würde er gleich einen Wutanfall bekommen. „Ein *Rebellenanführer?*"

„Ja. Nun ... Mr. Moore sagt, dass diese p-primitiven Leute im Westen dazu neigen, sowohl ihre Banditen als auch ihre Helden mit ü-überle-bensgroßen Merkmalen und sogar übernatürlichen Eigenschaften zu versehen. Dieser Rebellenführer scheint so ein F-Fall zu sein. Sie nennen ihn den, ahm, den *Roten Wolf.*" Ein Schauder des Entzückens erfasste Evan, als er den Namen aussprach. Was für eine *großartige* Geschichte dies doch war!

„Diejenigen, die behaupten, ihn gesehen zu haben, diesen ... *Roten Wolf* ... sagen, dass er und seine Räuber nur nachts reiten.

Sie sagen, dass er ein Haupt voll lockigen kupferroten Haares hat und einen riesigen, wilden roten Hengst reitet. Angeblich kommen er und seine Männer aus den Hügeln herabgestürmt, wenn man es am wenigsten erwartet, t-tun ihre schmutzige Arbeit und ... v-verschwinden dann einfach zurück in die Berge und den Nebel." *Dies wäre wirklich ein ausgesprochen guter Abenteuerroman ...*

Evan bemerkte, dass Sir Roger ihm eine Frage gestellt hatte. Er blinzelte und sah dann auf. „Was haben S-Sie gesagt, Sir?"

„Ich *sagte, was* für schmutzige Arbeit?"

„Oh – nun, nichts zu Brutales, im Grunde genommen. Sie h-haben ab und zu einige R-Rinder getötet – ein paar davon gehörten, fürchte ich, Ihnen, Sir Roger. Sie stehlen Getreide, treiben Pferde aus ihren K-Kop-peln, gewähren Männern, die auf der Flucht sind, Schutz – solche Sachen eben. Die Bauern verehren sie, scheint es, weil sie ... K-Körbe mit Lebensmitteln an den Hütten in den Dörfern abstellen und verschiedene andere ... gute Taten für die armen Unglücklichen tun." Evan seufzte. *Ein irischer Robin Hood, in der Tat.*

„Ist das alles?"

Evan sah ihn an. „Nun ... ja ... außer dass einige, Cotter eingeschlossen, vermuten, Morgan Fitzgerald sei dieser, ahm, *Rote Wolf.*"

Sir Roger knurrte tatsächlich – es war ein ersticktes, phlegmatisches Grollen. Einen Moment lang fürchtete Evan, es sei der Beginn eines Schlaganfalls. Aber der Grashüpfer knirschte nur vor Wut mit den Zähnen.

Gilpin lehnte sich vor und warf den zerknüllten Brief auf den Schreibtisch. „Ich will, dass Sie sofort in die Grafschaft Mayo aufbrechen! *Sofort,* haben Sie verstanden?" Er machte eine ruckartige Kopfbewegung zu dem Brief vor Evan. „Sie werden Cotter diese Anweisungen persönlich überbringen, als mein Abgesandter!"

Er wedelte mit einem langen Finger, der wie eine Kralle wirkte, vor Evans Gesicht herum und brüllte weiter: „Sie werden in Killala bleiben, bis meine Anweisungen ausgeführt sind. Haben Sie verstanden? Ich will, dass diese ... *Kreaturen* ... von meinem Land verschwinden und diese ... *Banditen* ... gehängt werden!"

Gütiger Himmel, der Mann meinte es *ernst!* Evan schauderte. *Er* – nach Irland gehen? Schlimmer noch, nach Mayo? Wo doch, nach Quincy Moores Beschreibung zu urteilen, der Ort nichts als ein trostloser, verlassener Haufen Steine war und seine Einwohner ungewaschene Wilde und unzivilisierte Menschen, von denen die meisten immer noch eine uralte, unverständliche Sprache sprachen! *Wütende Narren* nannte Tennyson sie. Du meine Güte, nein – das war unmöglich!

„Ich fürchte, das ist ... ziemlich unmöglich, Sir Roger", sagte er, so bestimmt er nur konnte. „Ich habe ein leichtes Lungenleiden, falls Sie sich erinnern" – er räusperte sich – „und soweit ich weiß, ist das K-Klima in Westirland entsetzlich. Außerdem", beeilte er sich sicherheitshalber hinzuzufügen, „wer würde in meiner Abwesenheit meine Pflichten übernehmen? Meine Arbeitslast ist g-größer denn je zuvor." So. Damit sollte *diese Sache* erledigt sein.

„Sie tun, was ich Ihnen sage, oder Ihre Arbeitslast", knurrte Sir Roger, „wird erheblich erleichtert werden. Erheblich."

Evan hob das Kinn als eine, wie er hoffte, Geste des Trotzes. „Sch-schauen Sie, Sir Roger ..."

Der Grashüpfer hüpfte schon zu seinem nächsten Gedanken. „Natürlich", sagte er in einem versöhnlicheren Ton und drehte Evan seinen Rücken zu, „werden Sie großzügig für Ihre Reisekosten und Ihre Unannehmlichkeiten entschädigt werden. Und natürlich werden Sie, wenn Sie zurückkehren, eine beträchtliche Gehaltserhöhung bekommen." Er machte eine Pause, drehte sich dann mit einem irgendwie bösartigen Lächeln wieder um und fügte hinzu: „Und vielleicht hätten Sie auch gerne einen Urlaub, hm?"

Evan schluckte. Er hatte seit Jahren keinen Urlaub mehr gehabt. Vielleicht war das Klima ja doch nicht so furchtbar. „Einen Urlaub, haben Sie gesagt?"

Der Grashüpfer zeigte seine Zähne.

„Sehen Sie es als – ein Abenteuer, Whittaker! Ja, das ist es, ein Abenteuer! Ich sollte meinen, ein junger, gut aussehender Mann wie Sie wäre erpicht auf ein bisschen Reisen und Aufregung."

Gütiger Himmel, der Mann klopfte ihm tatsächlich auf die Schulter! Evan schauderte. Ein Abenteuer mochte schön und gut sein, aber er glaubte kaum, dass ein erzwungener Aufenthalt in Irland als Abenteuer gewertet werden konnte. Dennoch, es *wäre* ein Tapetenwechsel. Und dann war da noch das Versprechen eines Urlaubs ...

„Nun, wenn Sie sicher sind, dass es sich nicht vermeiden lässt ..."

„Absolut sicher!", dröhnte Gilpin und klopfte ihm kräftig auf den Rücken. „Dies ist ausgezeichnet. Sie werden mir auch einen Augenzeugenbericht über die Hungersnot geben können."

Evan erhob sich von seinem Stuhl, um ein weiteres knochenstauchendes Klopfen auf seinen Rücken zu vermeiden. „Ich war der Meinung, Mr C-Cotter und einige Ihrer anderen K-Korrespondenten hätten das schon getan, Sir. Ich bin sicher, dass sie n-nicht übertrieben haben – die Zeitungsberichte b-bestätigen –"

„Ich hoffe sehr, dass sie nicht übertrieben haben!" Gilpin lachte kurz auf und ging quer durch den Raum zu der glänzenden Mahagoni-Anrichte. Er goss sich aus einer Kristallkaraffe Alkohol in ein Glas und kippte ihn mit einem gewaltigen Schluck hinunter. „Was mich betrifft", sagte er und wischte sich die Lippen mit dem Handrücken ab, „ich bin der Meinung, dass uns der Himmel diese Kartoffelbraunfäule geschickt hat. Ja, wirklich", fuhr er fort und goss sich ein weiteres Glas Whisky ein, „ein klarer Akt der Vorsehung, meine ich. Und Elwood und

Combs und einige andere Landlords im Club denken genauso. Wirklich, es ist die Lösung für das irische Problem!“

Er goß seinen Drink hinunter und rollte das Glas in seiner großen Hand herum, während er fortfuhr: „Gott weiß, dass wir das Land von diesen Aasgeiern säubern müssen, und durch diese Hungersnot fallen sie um wie die Fliegen!“

Er setzte sein Glas ab, ging hinüber zum Kamin, stellte sich mit dem Rücken dicht davor und verschränkte die Arme auf dem Rücken. „Vieh und Pferde, damit werden wir sie ersetzen. Es ist göttliche Vorsehung, wirklich, Whittaker“, sagte er und warf Evan ein zufriedenes Lächeln zu. „Die Iren waren sowieso am Verhungern. Sie sind an ihrer eigenen Trägheit gestorben. Wirklich, das Einzige, was diese Wilden je gekannt haben, ist Armut! Sie sind zu faul, allesamt, um ein ehrliches Tagewerk zu schaffen. Wir Landlords müssen uns selbst retten, bevor sie uns total ausnehmen! Wenn wir erst einmal diese *Papisten* vom Land haben, können wir es als Weideland nutzen und unsere Investitionen auf dieser elenden Insel schützen.“

Nach allem, was Evan gelesen hatte, waren nicht alle verhungernden Iren römisch-katholischen Glaubens, aber er glaubte nicht, dass diese Tatsache für seinen Arbeitgeber irgendeine Bedeutung hatte.

„Es ist so, wie Trevelyan sagt“, fuhr Sir Roger mit etwas frömmlerischer Stimme fort. „Es steht absolut nicht in unserer Macht, die irische Übervölkerung und ihren unmoralischen Charakter zu korrigieren. Nur Gott selbst kann mit diesen Götzendienern fertig werden. Und es sieht so aus, als würde er endlich genau das tun.“

Trevelyan, der stellvertretende Schatzkanzler, teilte in der Tat die Meinung des Premierministers, dass die Hungersnot das Werk einer gütigen Vorsehung sei. Und zahlreiche Mitglieder des Parlaments schienen begierig darauf, diese Meinung zu wiederholen.

Evan war sich nicht ganz sicher, was er von den Iren halten

sollte. Aber er war sich ziemlich sicher, dass der Gott, den er kannte, Roger Gilpins Einstellung nicht teilte. Er erinnerte sich an eine Bemerkung, die sein Vater, der inzwischen seit gut vierzig Jahren Geistlicher war, in einem seiner letzten Briefe gemacht hatte. Der „plötzlich so fromme Trevelyan" sei davon überzeugt, dass „Gott sich fröhlich daran macht, Tausende von Säuglingen und Kindern den Hungertod sterben zu lassen, bloß weil ihre Eltern ein paar Statuen in ihre Kirchen gestellt haben".

Da er von der Situation in Irland nicht persönlich betroffen war, hatte er wenig über die Angelegenheit nachgedacht. Nun sah es so aus, als bekäme er die – wenn auch unwillkommene – Chance, selbst zu beurteilen, ob die Verwüstung wirklich Gottes Gericht über ein abgöttisches Volk sei oder nicht. Seine persönliche Theologie gab ihm Grund zu der Annahme, dass es nicht so sei. Er hatte sich eher der Meinung angeschlossen, dass Katholizismus und wahrer Glaube einander ausschlössen. Aber dies war nicht der richtige Zeitpunkt, ein Streitgespräch mit seinem mürrischen Arbeitgeber zu beginnen.

Sir Roger riss Evan aus seinen Gedanken. „Nun denn, es ist entschieden! Sie werden sofort nach Killala aufbrechen. Spätestens bis Ende der Woche."

Evan zwang sich zu einem unglücklichen Lächeln. „Ja, ich nehme an, das werde ich wohl tun."

„Guter Mann." Sir Roger streckte sich, balancierte auf seinen Fußballen und sackte wieder herunter. Der Grashüpfer putzte sich. „Arbeiten Sie alle Papiere aus, die Sie benötigen könnten, und ich werde sie morgen früh unterzeichnen. Achten Sie darauf, dass Cotter auf jeden Fall versteht, dass ich keine weitere Verzögerung wünsche – sie sollen *alle* hinausgeworfen werden, ohne jede Ausnahme! Und wenn er seine Aufgabe diesmal nicht erledigt, werde ich einen Mann anstellen, der es *tun wird!*"

Evan kam ein Gedanke, und er feuchtete seine Lippen an. „Wegen dieses Fitzgerald ..."

*„Fitzgerald soll hängen!* Und ich werde dafür sorgen, dass er hängen wird! Cotter sagt, er habe Familie dort, im Dorf, und sie seien genauso mittellos wie der Rest der Bauern. Vielleicht kann man sie benutzen, um Fitzgerald zurückzupfeifen, hm?"

Evan nickte unbestimmt und gereizt, um seinen Arbeitgeber loszuwerden. Sir Roger war wirklich ein ziemlich ekelhafter Mensch.

„Na, na, Whittaker, Sie müssen nicht so bedrückt aussehen! Vielleicht können Sie sich eins von diesen frechen kleinen irischen Flittchen besorgen, um Ihre Reise aufzuheitern. Das wird einen Mann aus Ihnen machen!" Gilpin ließ sein lautes, raues Lachen ertönen. Er war offensichtlich hocherfreut über sich selbst. „Sie sollten sie nur nicht mit nach Hause bringen. Es gibt auch so schon genug von ihnen in London, die durch die Kloaken trippeln."

Einen Augenblick lang fürchtete Evan, der Mann wolle den Raum durchqueren und ihm wieder kräftig auf den Rücken klopfen. Er bewegte sich vorsichtig auf die Tür zu und schaffte es nur unter Aufbietung seiner ganzen Selbstbeherrschung, nicht auf und davon zu rennen.

Als er schließlich der Bücherei entflohen war, ging er direkt zur Haustür, öffnete sie und trat hinaus. Mit einem langen reinigenden Atemzug sog er die kalte Luft in sich hinein und befahl dem kalten Wind, den Gestank abzuwaschen, der sich auf ihn gelegt zu haben schien.

# 10. Der Brief

*Und mein Herz fliegt zurück zu der Insel Irland,*
*zu dem Mädel, das dort ich ließ.*
Thomas Osborne Davis (1814 – 1845)

*New York City*

Michael Burke wünschte sich nicht zum ersten Mal, dass die Polizei Uniformen hätte. Die Idee einer Uniform war schon viele Male durchgesprochen und jedes Mal wieder verworfen worden, größtenteils wegen der heftigen Beschwerden der Männer. Viele von den irischen Burschen, die den Hauptanteil der Polizeitruppe ausmachten, griffen diesen Gedanken scharf an. Sie setzten Uniformen mit der Livree gleich, die von den englischen Lakaien getragen wurde, und weigerten sich hartnäckig, wie „britische Lakaien" ausstaffiert zu werden.

Michael war von Anfang an anderer Meinung gewesen. Er sah die Uniform als ein Mittel, um auf der Straße etwas mehr Autorität zu bekommen. Er war davon überzeugt, dass das sofortige Erkanntwerden, das durch eine Uniform gegeben wäre, den Männern automatisch größeren Einfluss und damit mehr Kontrolle in der Volksmenge verschaffen würde – zumindest sehr viel mehr, als die Kupferabzeichen, die sie jetzt trugen, ihnen vermitteln konnten. Nach allem, was er in den Straßen von New York gesehen hatte, hätte Michael den Vorteil der Einschüchterung, die ein Meer von blauen Uniformen hervorrufen könnte, begrüßt.

Er seufzte und zog das blaue Wollhemd an, das auf dem Bett lag. Dann rieb er mit seinem schwieligen Daumen über das Kupferabzeichen, das an seiner Brust befestigt war. Vorläufig musste diese improvisierte Uniform genügen.

Michael ging hinüber zur Küche und steckte sich im Gehen das Hemd in die Hose. Tierney, der in der Tür stand, trat gerade zur Seite, um einen Fremden hereinzulassen.

„Hier ist jemand, der dich sprechen will, Pa", sagte Tierney und betrachtete den Fremden mit offener Neugierde.

„Sergeant Burke?"

Michael nickte kurz und registrierte dabei das Aussehen des Fremden. Obwohl er durchaus anständig gekleidet war – er trug die Kleidung eines Arbeiters –, erfüllte ein verstohlener Blick die dunklen Augen mit den schweren Lidern, und ein harter Zug um seinen Mund ließ Michael auf der Hut sein.

„Ich habe einen Brief für Sie", sagte der Mann ohne jede Einleitung.

Irisch. Der Akzent war unverwechselbar.

Michael runzelte die Stirn. „Haben wir uns schon einmal getroffen?"

Der Mann schüttelte den Kopf, zog ohne jede weitere Information einen Umschlag aus seiner Tasche und gab ihn Michael.

„Ich sollte Ihnen das sicher überbringen", sagte der Fremde. Und nach einer kurzen Pause fügte er hinzu: „Und ich sollte mir Ihre Antwort so bald als möglich holen."

Michael erkannte sofort die große, unordentliche Klaue auf der Vorderseite des Umschlags. „Morgan", sagte er überrascht. „Morgan Fitzgerald."

Der Fremde nickte kurz.

„Aber wie – warum die persönliche Beförderung?"

„Mir wurde nur gesagt, dass es dringend sei, Sir, und dass Sie mir bitte so schnell wie möglich eine Antwort mitgeben sollten."

Michael studierte das gelassene Gesicht des Mannes. „Ich hatte Ihren Namen nicht verstanden."

Der Fremde erwiderte seinen Blick. „*Barry* sollte reichen. Meinen Sie, dass ich bis morgen Ihre Antwort bekommen könnte, Sir?"

Michael sah wieder auf den Umschlag in seiner Hand. „Gehen Sie schon so bald nach Irland zurück?“

„Aye. Ich habe einiges in der Stadt zu erledigen; dann werde ich wieder abreisen.“

„Woher kennen Sie Morgan?“, drängte Michael.

„Es tut mir Leid, Sir, wenn ich diesen Eindruck erweckt habe. Eigentlich kenne ich ihn überhaupt nicht. Wir haben einige gemeinsame Freunde, wissen Sie, und als die hörten, dass ich hierher reiste, baten sie mich, dies für Mr Fitzgerald zu befördern.“

Tierney war gekommen und sah ihm über die Schulter. „Willst du ihn nicht öffnen, Pa?“, fragte er eifrig.

Michael hob seine Hand, um den Jungen zum Schweigen zu bringen. „Sie sagten, dass Sie meine Antwort bis morgen brauchten?“

„Wenn es irgend geht, Sir. Ich muss sofort wieder zurück.“

„Nun gut, ich werde die Antwort bis morgen haben.“ Michael, der den Mann jetzt gern loswerden wollte, folgte ihm zur Tür.

Tierney setzte ihm wieder zu, sobald er sich umdrehte. „Ist er wirklich von deinem Freund Morgan, Pa? Was meinst du, warum hat er ihn durch einen Boten überbringen lassen?“

„Er ist von Morgan, das ist sicher“, sagte Michael und riss den Umschlag auf

Tierney guckte ihm über die Schulter. „Was steht drin? Ist etwas nicht in Ordnung?“

„Ruhig jetzt, lass mich lesen, dann werden wir es wissen.“

Sobald er zu lesen begann, erkannte Michael, dass das Schreiben keine Antwort auf seinen eigenen Brief war, den er im vergangenen November abgeschickt hatte. Wenn Morgan ihn überhaupt erhalten hatte, so erwähnte er das nicht. Das Schreiben war auch völlig untypisch für die hastig gekritzelten Mitteilungen, die Morgan normalerweise schrieb. Es war mehrere Seiten lang und mit sorgfältiger Handschrift geschrieben worden.

„Willst du ihn nicht laut lesen, Pa?“

Michael hörte die Ungeduld in Tierneys Stimme, schüttelte jedoch besorgt seinen Kopf. „Er ist zu lang. Du kannst ihn selbst lesen, ein Blatt nach dem anderen, wie ich auch."

Je mehr er las, umso besorgter wurde er. Die Berichte in den Nachrichten, die er seit Wochen verfolgt hatte, wurden durch Morgans lebhafte Beschreibungen und rückhaltlose Berichte über die Tragödie in Irland plötzlich sehr lebendig. Michael hatte das Gefühl, Morgan sei da, mit ihm im Raum, und würde ihm von Angesicht zu Angesicht von den Verwüstungen und den Schrecken, die über sein Land hereingebrochen waren, erzählen. All das Hässliche, was er sich bisher nur vorgestellt hatte, wurde schrecklich real. Und hinter jeder Zeile konnte er Morgans und seine Wut über seine völlige Hilflosigkeit spüren.

Während er Tierney eine Seite nach der anderen reichte, nachdem er sie gelesen hatte, begann Michaels Herz zu klopfen. Je weiter er las, umso schlimmer wurde es. Morgan listete eine Fülle von Nachrichten über seine eigene Familie und über andere auf, die Michael kannte und an die er sich erinnerte. *Nora ...*

Sie hatte ihren Mann verloren – und ihr kleines Mädchen! Gütiger Gott, der Zustand ihres ältesten Sohnes verschlechterte sich auch? Als Tierney seine Hand auf seinen Arm legte, bemerkte Michael, dass er laut über ihren Schmerz gestöhnt hatte.

*Die einzige Chance, die sie noch hat, ist, Killala zu verlassen ... Irland zu verlassen. Ich weiß zwar, dass es sehr schwer werden wird, sie davon zu überzeugen, dass sie gehen muss. Aber irgendwie muss ich es schaffen. Nora hat sich der Tatsache zwar noch nicht gestellt, aber ich bezweifle, dass Tahg, ihr ältester Junge, das Frühjahr noch erleben wird, und ihr Schwiegervater – erinnerst du dich an den alten Dan Kavanagh? – wird sehr wahrscheinlich noch vor ihm sterben. Wenn sie Irland nicht verlässt, und zwar bald, Michael, wird sie zusammen mit all den anderen umkommen.*

*Ich habe ihr noch nichts davon erzählt, aber ich bin sicher, dass ich mit der Hilfe einiger meiner Burschen das Geld für die Überfahrt für sie und die aus ihrer Familie, die überleben, zusammenbekommen kann und auch für Thomas und seine Kinder, damit sie nach Amerika kommen können. Aber ich werde Hilfe brauchen, und hier kommst du ins Spiel, alter Freund. Doch das, worum ich dich bitten möchte, ist keine Kleinigkeit.*

Neugierig runzelte Michael die Stirn und überflog den folgenden Text. Er überlas die entschuldigenden Worte, bis er bei der nächsten Seite ankam.

*Und so habe ich daran gedacht, dass du nun schon einige Jahre ohne deine Eileen lebst, und mich daran erinnert, dass es eine Zeit gab, wo du eine echte Zuneigung zu Nora hattest, und ich frage mich voll Spannung, ob du es übers Herz bringen könntest – du und Tierney – Nora und das, was bis dahin von ihrer Familie übrig bleiben wird, in dein Heim aufzunehmen.*

Michael war sprachlos. Seine Augen ruhten eine Weile auf der letzten Zeile, bevor Tierneys Stimme durch seine Ungläubigkeit brach. Michael sah seinen Sohn an, zögerte und reichte ihm dann die Seite, die er gerade gelesen hatte. Sein Puls setzte aus, beschleunigte sich dann und begann zu rasen, während er Morgans Brief weiterlas.

*Meine einzige Chance, sie dazu zu bringen, dass sie sich etwas sagen lässt, ist, dass ich ihr die Sicherheit der Gewissheit geben kann, dass jemand da sein wird, der auf sie wartet, wenn sie ankommt. Worum ich dich eigentlich bitte, Michael, ist, dass du dir überlegst, ob du Nora heiraten willst …*

Sie heiraten? Nora heiraten?

Michaels Augen flogen noch einmal über die Worte. Das Blut dröhnte in seinem Kopf.

*Ich weiß, dass es einmal eine Zeit gab, wo du eine starke Zuneigung zu ihr hattest, und deshalb hoffe ich, dass ein Arrangement, wie ich es vorschlage, nicht auf deine völlige Abneigung stoßen wird.*

*Ich bin sicher, dass du inzwischen erneut höchst erstaunt sein wirst über meine – wie immer außerordentliche – Frechheit, aber ich muss deine Langmut noch mehr strapazieren. Ich kenne Noras fürchterlichen Stolz und weiß, wie sehr sie darauf besteht, dass alles den Regeln des Anstands entspricht. Und deshalb glaube ich, dass sie nur dann je einen solch extremen Gedanken erwägen würde, wenn du ihr selbst schreiben würdest – als ob all dies dein Werk sei und nicht meines. Vielleicht – und nur vielleicht – wäre sie bereit, ein neues Leben in Amerika zu beginnen, wenn sie glauben würde, dass es mehr um deine Not ginge als um ihre.*

Der Raum schwankte um Michael herum. Sein Mund wurde trocken, und sein Herz raste wie wild. Aber es ging noch weiter.

*Du fragst dich wahrscheinlich, warum ich Nora nicht heirate und sie selbst nach Amerika bringe, und es ist dein gutes Recht, so zu fragen. Ich kann nicht leugnen, dass ich das Mädchen liebe, ja, dass ich sie fast mein ganzes Leben lang geliebt habe. Aber wir beide wissen, dass es für eine Frau wie Nora mehr als nur dumm wäre, einen Mann wie mich zu heiraten – selbst, wenn sie mich haben wollte, was ich bezweifle. Ich kann ihr nichts bieten als ein Herz, das für immer an ein sterbendes Land gekettet ist. Ich kann Irland nicht verlassen. Außerdem verdient Nora etwas viel Besseres als solch einen Narren wie*

*mich. Und so bete ich, dass du es über dich bringen wirst, sie und ihren Jüngsten, Daniel John – und, falls er überleben sollte, auch Tahg – in deiner Wohnung aufzunehmen. Ich bin sicher, dass der alte Mann unter keinen Umständen gehen wird, selbst wenn er sich so weit erholen sollte, dass er reisen könnte.*
*Ich hoffe, dass ich die Überfahrt für beide Familien sicherstellen kann und vielleicht auch ein wenig Geld darüber hinaus auftreiben kann. Ich weiß, dass die zusätzliche finanzielle Belastung, die dir hierdurch entsteht, keine Kleinigkeit ist.*
*Zum Abschluss möchte ich dich bitten, mir durch den Burschen, der dir den Brief überbracht hat, eine vertrauliche Antwort zukommen zu lassen. Und sollte, worum ich Gott bitte, deine Antwort positiv sein, dann schicke auch Nora einen Brief durch ihn. Ich werde dafür sorgen, dass sie niemals etwas anderes erfährt, als dass die ganze Idee von dir selbst kommt.*
*Wenn du mir für irgendetwas vergeben musst, mein Freund, dann vergib mir dafür, dass ich mich an deine völlige Selbstlosigkeit und deine große Bereitschaft, anderen zu helfen, erinnert habe.*
*Ich danke dir und verbleibe, wie immer, als dein treuer Freund,*
*Morgan Fitzgerald*

Michael starrte lange Zeit auf die letzten Zeilen des Briefes. Er fühlte sich seltsam losgelöst von seiner Umgebung – benommen, isoliert, schwach. Die einzige Realität schienen der Brief in seiner Hand und sein Herz zu sein, das wild in seinen Ohren schlug.

Als Tierney nach dem letzten Blatt des Briefes griff und es vorsichtig aus den Fingern seines Vaters zog, bemerkte Michael nur vage, dass er es losließ. Schließlich blinzelte er und wandte sich um, um seinen Sohn anzusehen.

Der Junge starrte ihn mit einem benommenen, ungläubigen Blick an, der, dessen war sich Michael sicher, seinen eigenen verblüfften Gesichtsausdruck widerspiegelte.

„Was in aller Welt wirst du tun, Pa?“

Wie betäubt starrte Michael den Jungen an. Dann kam ihm plötzlich ein Gedanke, der ihn wieder in die Realität zurückriss.

„Die Frage ist, was werden *wir* tun?“

Tierney beobachtete ihn, den Brief fest umklammert in seiner Hand. „Was meinst du damit?“

Michael zwang sich, zu denken. „Diese Sache betrifft dich genauso sehr wie mich, Junge. Es geht schließlich darum, dass wir eine ganze Familie aufnehmen – solch eine Entscheidung kann ich nicht allein treffen.“ Er hielt inne und schluckte die Panik hinunter, die in ihm aufstieg. „Gütiger Gott, wie kann ich *überhaupt* solch eine Entscheidung treffen?“

Schweigen breitete sich zwischen ihnen aus, bis Tierney es schließlich brach. „Ich erinnere mich immer noch an Mutter. Überrascht dich das?“

Die leisen Worte des Jungen trafen Michael völlig unvorbereitet. „Natürlich erinnerst du dich an sie, Junge. Tierney, niemand schlägt vor, dass Nora jemals den Platz deiner Mutter einnehmen soll, und sie würde auch nie ...“

Tierney schüttelte den Kopf. „Das habe ich nicht gemeint, Pa.“

Michael wartete. „Was dann?“

Der Junge schaute verlegen zur Seite. „Es ist nur, manchmal frage ich mich, ob es nicht schön wäre, jemanden zu haben – eine Frau ...“ Er sah auf. Sein Gesicht wirkte streng und wie gefroren. „Es wäre mehr wie ein Zuhause.“ Seine Schultern entspannten sich ein wenig, und er atmete tief aus.

Michaels Gesicht musste das Entsetzen widergespiegelt haben, das er bei den Worten des Jungen empfand, denn Tierney versuchte schnell, einen Rückzieher zu machen. „Ich will damit nicht sagen, dass wir kein Zuhause haben, Pa, nichts dergleichen – ich ...“

Michael winkte ab und nickte. „Ich weiß. Ich weiß genau,

was du meinst, und das ist in Ordnung so. Ich habe diese Gedanken auch schon gehabt, Junge."

„Du auch? Wirklich, Pa?"

Michael nickte noch einmal. Er ging zum Herd und setzte den Kessel mit Teewasser auf. Dann wandte er sich wieder an Tierney, der ihn beobachtete und dabei seine Hände zu Fäusten ballte und sie wieder öffnete.

„Pa? Was hat Morgan gemeint – damit, dass du eine – eine echte Zuneigung für Nora hattest?"

Michael feuchtete seine Lippen an. Er hatte bisher gar nicht bemerkt, wie der Junge in die Länge geschossen war – er war beinahe so groß wie Michael selbst –, und auch die leichte Andeutung von Flaum auf seiner Oberlippe und seinen Wangen und die veränderten Gesichtszüge waren ihm entgangen. Sein Sohn würde bald ein Mann sein.

Und deshalb würde er mit ihm wie mit einem Mann sprechen. „Setz dich, Junge. Wir werden frühstücken, und ich werde dir von Nora erzählen ... und wie sie uns beiden, Morgan und mir, sehr viel bedeutet hat. Und dann – dann müssen wir entscheiden, was wir tun werden."

Erst jetzt konnte Michael vor sich selbst zugeben, dass er Morgans erstaunliche Bitte gar nicht mal für so undenkbar hielt.

* * *

*Dublin*

Die jungen Männer, beide mit Strickmützen und Jacken bekleidet, wie sie Dockarbeiter tragen, warteten in der Dunkelheit zwischen den Mauern eines Lagerhauses und einer Kneipe auf dem Kai. Es war spät, nach Mitternacht, und die einzige Beleuchtung war ein schmaler Streifen Mondlicht, der es gerade so schaffte, sich zwischen die beiden Gebäude zu quetschen.

Der Größere der beiden war ein Jahr älter als sein Gefährte und hatte dunkle Haare und einen harten Mund. Er stand so still, dass er kaum zu atmen schien. Unter der Mütze des kleineren Mannes, der nervös an seinen behandschuhten Händen zupfte, war Haar eingeschnürt, das die Farbe von Maisgrannen hatte.

Keiner von beiden hatte Morgan Fitzgerald vor dem heutigen Abend schon einmal getroffen, aber sie hatten gehört, dass er ein großer Berg von einem Mann sei mit einem Bart und dunkelrotem Haar. Sie hörten den Klang von Stiefeln, die auf dem Pier scharrten, und einen Augenblick später erhob sich vor ihnen in der Öffnung zwischen den Gebäuden ein dunkler großer Schatten.

*„I nanabhruid fen ama ge –"*, intonierte der große Fremde mit dem Umhang, um sich auszuweisen. *„Meine Harfe wird einen fröhlichen Akkord spielen."*

*„Gach saorbhile samh –"* Beide Männer beendeten den Gruß gemeinsam. *„Denn die Gälen werden frei sein!"*

Fitzgerald schlüpfte in den Spalt, in dem sie standen. „Schon irgendeine Nachricht?"

Der blonde Jugendliche starrte ihn offen an und versuchte, ihn in der Dunkelheit besser sehen zu können, während der Ältere den Kopf schüttelte. „Keine. Aber wir haben Ihre Tickets. Und etwas Geld."

Man konnte das kupferrote Haar des Riesen in dem Schatten kaum sehen. Seine Stimme war für einen solch großen Mann merkwürdig sanft. „Das ist großartig, Jungs. Und was ist mit dem Schiff?"

Der dunkelhaarige Mann öffnete seinen Mantel und zog ein kleines Päckchen hervor, das er ihm gab. „Es gehört Ihnen, Sir. Aber wir brauchen einen Termin."

Der große Mann im Umhang nahm das Päckchen, und in seiner Stimme lag die Andeutung eines Lächelns. „Ihr seid sowohl tüchtig als auch großzügig. Ich danke euch wirklich. Aber was einen Termin angeht, so warte ich auf die Antwort auf meinen Brief. Euer Mann sollte doch darauf warten und sie selbst zurückbringen?“

„Aye, Sir. Das waren seine Anweisungen, und er ist zuverlässig.“

Fitzgerald nickte. „Nun denn, dann werden wir einfach nach Plan weitermachen. Ich werde darauf vertrauen müssen, dass mein Freund in New York so reagiert, wie ich es hoffe – und ich glaube, das wird er auch tun.“ Er schwieg kurz und fuhr sich mit der Hand durch den Bart. „Aber selbst wenn nicht, ich *muss* sie auf dieses Schiff bringen. Lasst es uns für die letzte Märzwoche planen.“

„Das ist Zeit genug“, antwortete der dunkelhaarige Mann ohne Zögern. „Das Schiff ist bereit und auch die Crew. Die anderen Passagiere werden an Bord sein, bevor es in die Bucht von Killala segelt. Es ist gut, dass bis dahin das Wetter wohl etwas besser sein wird.“ Er hielt inne und fügte dann hinzu: „Es ist ein kleines Schiff, Sir, aber in Amerika gebaut. Sicherer als irgendeiner von diesen britischen Särgen.“

„Ich weiß das zu schätzen, Jungs. Es ist meine Familie – und einige andere, die mir am Herzen liegen –, die darauf reisen werden.“

Der jüngere Mann sprach zum ersten Mal. „Es ist gefährlich, aus solch einem kleinen Hafen herauszusegeln, Sir.“

Er spürte die Augen des großen Mannes auf sich ruhen und sorgte sich, dass seine Worte unpassend gewesen sein könnten.

Aber die Stimme in der Dunkelheit war freundlich, als sie ertönte. „Ich weiß. Aber es gibt keine andere Möglichkeit, weißt du. Einige von denen, die reisen werden, sind krank – wenn sie überhaupt lange genug leben, um zu reisen. Es wird für sie schon viel sein, die Bucht zu erreichen. Einen anstrengenden Marsch zu einem weiter entfernten Hafen würden sie nicht überleben.“

Der Junge beruhigte ihn schnell. „Sicher, und sie werden gut aus Killala heraussegeln, Sir.“

Fitzgeralds schwerer Seufzer erfüllte die Dunkelheit. „Wenn ich sie überreden kann, überhaupt zu segeln.“ Nach einer kurzen Pause sagte er: „Nun, Jungs, ihr könnt mich noch einen weiteren Tag oder so durch Duffy oder Smith O'Brien erreichen. Dann werde ich nach Killala aufbrechen – ich kann es nicht wagen, länger fortzubleiben. Ihr werdet dafür sorgen, dass mich irgendwelche Nachrichten aus New York sofort dort erreichen?“

„Es wird jemand Kontakt mit Ihnen aufnehmen, sobald unser Mann zurück ist, Sir. Sie können sich darauf verlassen“, versicherte ihm der Dunkelhaarige.

„Sir ...“

Der große Mann hatte sich umgedreht, um zu gehen, aber auf die Stimme des Jüngeren hin blieb er stehen und wartete.

„Haben Sie etwas von O'Connell gehört? Man sagt, er sei ein gebrochener Mann.“

Fitzgerald nickte und seufzte wieder. „Er hat sich selbst völlig verbraucht.“

„Für Irland“, sagte der Junge fest.

„Aye“, kam Fitzgeralds leise Antwort. „Für Irland.“

Die zwei Männer beobachteten, wie er in der nebelverhangenen Nacht verschwand. „Ich habe ihn mir völlig anders vorgestellt“, sagte der Jüngere.

„Wieso das?“

„Ich habe erwartet, dass er irgendwie ein – härterer Mann sei. Ein bisschen laut und feurig, vielleicht sogar barsch.“

Sein dunkelhaariger Gefährte murmelte eine Zustimmung.

„Dennoch, er nennt sich selbst einen einfachen Lehrer und Dichter“, sagte der Junge.

„Ja, das tut er“, erwiderte der ältere Mann. „Aber in der Grafschaft Mayo nennen sie ihn den *Roten Wolf*.“

# 11. Ein Frühling voller Sorgen

*Denn die Vision der Hoffnung ist verrottet,*
*wenn auch die Schatten noch verweilen.*
Thomas Dermody (1775 – 1802)

Der März kam nach Killala – ohne ein Frühlingslied, ohne ein Zeichen von Hoffnung.

Normalerweise wurde dieser Monat mit Erleichterung und fröhlicheren Herzen begrüßt. März bedeutete das baldige Ende des Winters und das Herannahen des Frühlings, Pflanzzeit und die Verheißung warmer Brisen, die willkommene Flucht vor langen Monaten des Eingesperrtseins und der Untätigkeit. Bald würden die Tage freundlicher werden, die Abende milder, erfüllt vom Duft der See und der Heide.

So war der März vor dem Hunger. Nun begann der Monat mit den Schluchzern verhungernder Kinder und dem endlosen Rattern der Leichenwagen in den Straßen. Eingeläutet von der einsamen Totenklage jener, die ihre Toten beklagten, und den schlurfenden Schritten heimatloser Bauern auf der Straße heulten die Märzwinde über das Land, ohne eine Erholung von der Grausamkeit des Winters zu bringen.

In jeder Grafschaft, jeder Provinz waren Räumungen an der Tagesordnung, der Hungertod griff wild um sich und die Krankheit suchte ein Dorf nach dem anderen mit der Wut einer Horde Dämonen heim. Anfang März ließ es sich nicht länger leugnen, dass eine Epidemie ausgebrochen war. Fieber-Krankenhäuser waren über das ganze Land verstreut, aber sie waren so wenige und so schlecht ausgestattet, dass man sie schon beinahe als bedeutungslos ansehen musste. Auch die Armenhäuser waren unglaublich überfüllt und hatten schon seit langem ihre Türen geschlossen. Den Erkrankten blieb nichts anderes übrig, als zu Hause zu leiden – wenn sie überhaupt noch ein Dach über dem Kopf hatten – oder ihr Leben im Straßengraben auszuhauchen.

Der Haushalt der Kavanaghs war keine Ausnahme. Sie hatten ihre armseligen Vorräte an Nahrungsmitteln vor einigen Tagen aufgebraucht, und ohne eine Kuh oder anderes Vieh, das sie hätten schlachten können, standen sie kurz vor dem Hungertod. Nora hatte sich sogar schon dabei ertappt, wie sie um Morgan Fitzgeralds Rückkehr betete. Sie hatte die starke Hoffnung, dass er einen weiteren kostbaren Vorrat an Lebensmitteln mitbringen würde.

Daniel John war kurz vor Mittag hinausgegangen, um nach Lebensmitteln zu suchen – ein sinnloser Versuch. Nora wusste das nur zu gut, und sie hatte versucht, ihm die Sache auszureden. Der arme Junge versuchte in letzter Zeit so sehr, ein Mann zu sein, stark zu sein für sie alle. Aber es gab nichts, was er hätte tun können. *Niemand* hätte irgendetwas tun können.

Sie war schon immer jemand gewesen, der gegen den Strom schwamm, nicht gewillt, angesichts von Not und Verzweiflung aufzugeben. Aber sie stand jetzt kurz vor dem Punkt, wo sie keine Kraft und kein Verlangen mehr hatte, sich durch einen weiteren hoffnungslosen Tag zu schleppen. Hätten ihre Söhne und der alte Mann sie nicht so dringend gebraucht, wäre es ihr ein Leichtes gewesen, sich hinzulegen und den Tod zu begrüßen.

Aber sie *brauchten* sie, und solange sie sie brauchten, konnte Nora nicht aufgeben. Sie saß jetzt und beobachtete ihren kränkelnden Sohn und ihren Schwiegervater. Daniel John hatte ihr geholfen, Großvaters Bett in die Nische neben Tahgs Bett zu bringen, so dass es für sie leichter war, beide gleichzeitig zu pflegen. Sie schliefen gerade. Tahgs Schlaf war unruhig, seine Stirn war vor Schmerz gerunzelt, und er zitterte unter der fadenscheinigen Decke. Der alte Dan lag irgendwo an einem Ort der Schatten, wo er sich schon seit Tagen befand, und wartete darauf, dass die Engel ihn holen kämen. Abgesehen von dem Auf und Ab seines eingefallenen Brustkorbes bewegte er sich überhaupt nicht.

Nora legte ihren Kopf zurück und schloss ihre Augen, um den schmerzlichen Anblick ihres Elends auszusperren. Nicht zum ersten Mal wurde sie bei dem Gedanken an all das, was dem alten Mann und seinen Nachkommen genommen worden war, von Ärger und Bitterkeit aufgewühlt. Dies war schließlich *sein* Land, seines und das seiner Vorfahren vor ihm. Seit jener Zeit, als der junge Eoin Caomhanach – der erste John Kavanagh – nach Cromwells Invasion gen Westen geflohen war, wurde dieses Land von der Familie Kavanagh bearbeitet und bebaut. Über das Land getrieben wie eine Herde Vieh, die vor einem Sturm flieht, hatten jene frühen Flüchtlinge, die vor Cromwells Grausamkeit flohen, gelernt, das Beste aus dem Land zu machen, das sie vorfanden.

Aber im Laufe der Jahre wiederholten sich die Ereignisse der Vergangenheit, und die Leute von Killala, wie alle anderen in Irland auch, mussten erleben, wie sie ausgeplündert wurden und wie man ihnen alles nahm, was ihnen gehörte. Sie wurden gezwungen, auf ihrem eigenen Land mittellose Leibeigene zu werden.

Bei einem Stöhnen von Tahg schlug Nora ihre Augen auf. Sie zog sich mühsam vom Stuhl hoch und blieb einen Moment stehen, bis ihr Kopf wieder klar wurde. Dann ging sie und wischte von Blut gerötete Spucke von Tahgs Kinn. Sein Gesicht war weiß und von dieser schrecklichen Transparenz, die das schwache Licht des Raumes zu reflektieren schien. Trotz der Kälte – denn sie hatten nun schon seit Tagen keinen Torf für das Feuer mehr gehabt – war seine Haut heiß und feucht von ungesundem Schweiß.

Der Schmerz in ihrem Kopf dröhnte wild, als sie sich um Tahg kümmerte. Sie wandte sich zum alten Dan und steckte die Decke enger um seine Schultern. Dann stützte sie ihre Hände zu beiden Seiten seines ausgezehrten Körpers auf, um festen Halt zu finden. Als sie sich aufrichtete, schnappte sie nach Luft, weil eine heiße Woge von Übelkeit sie überflutete. Ihre Ohren klingelten, der Raum drehte sich. Sie griff nach dem Bettgestell, verfehlte es jedoch.

Sie fiel, zunächst langsam, dann schneller und schneller in eine tiefe, dunkle Grube. Wieder streckte sie die Hand aus, umklammerte etwas, irgendetwas, um ihren Fall aufzuhalten. Aber es war zu spät. Die Grube gähnte und weitete sich, zog sie in einen Schwindel erregenden Wirbel von Dunkelheit und schleuderte sie dann in die Bewusstlosigkeit.

* * *

Daniel hatte eigentlich nicht vorgehabt, so weit zu gehen. Und er hatte wirklich nicht geplant, dass seine Suche hier enden würde, auf dem Hügel, wo der Gutsverwalter wohnte.

Aber er hatte sich geschworen, nicht in das Dorf zurückzukehren, bis er nicht irgendetwas zu essen für seine Familie gefunden hätte. Tahg und auch der Großvater waren so schrecklich krank – und in der letzten Zeit sah Mutter beinahe genauso schwach und krank aus wie sie. Er musste Hilfe für sie alle finden – er *musste* es einfach!

Jetzt, nachdem er mehr als zwei Stunden gesucht und nicht einmal eine verrottete alte Rübe gefunden hatte, stand er da, starrte hinauf zu dem unfreundlichen grauen Haus des Verwalters und versuchte, all seinen Mut zusammenzunehmen. Es war ein finsterer, ungepflegter Klotz von einem Haus, der dort fast auf der Spitze des Hügels hockte, quadratisch und hässlich, und die Winde vom Atlantik rüttelten unentwegt daran. Es stand dort in seiner ganzen grauen Kälte und sah finster auf das Dorf hinunter, als ob es die Verachtung seiner Bewohner widerspiegelte.

Trotz seines vorherigen Versprechens, das er sich selbst gegeben hatte, zitterte Daniel und hätte gerne umgedreht. Aber er wusste in seinem Inneren, dass dies genau der Ort sein könnte, wo er Lebensmittel finden würde – Lebensmittel, die sehr wohl das Überleben seiner Familie sichern könnten. Und so begann er zu gehen, zunächst zögernd, dann zielstrebiger.

Als er ungefähr ein Viertel seines Weges nach oben zurückgelegt hatte, blieb er stehen, um eine Ankündigung zu lesen, die an einen Zaunpfahl angenagelt war. Es war dieselbe Warnung, die er an verschiedenen Stellen im Dorf gesehen hatte. Thomas Fitzgerald hatte gesagt, der Fremde im Ort, der von dem großen Herrn aus London geschickt worden war, hätte die Ankündigungen angenagelt. Gilpins Lakai.

*Die Pächter auf Sir Rogers Gut, die im Dorf Killala und dem umliegenden Gutsbezirk wohnen, werden aufgefordert, am 30. März ihre ganze Pacht sowie die gesamte bis zu dem Zeitpunkt ausstehende Pacht in meinem Büro einzuzahlen. Andernfalls werden weitere Schritte unternommen werden, um dieselbe sicherzustellen.*

Es war vom Verwalter unterschrieben, George Cotter.

Daniel wollte die Ankündigung vom Pfosten reißen und verbrennen. Keiner im Dorf – seine eigene Familie eingeschlossen – war in der Lage, die Pacht zu zahlen.

Wut und auch Angst wühlten in seinem Inneren, so dass sich sein leerer, aufgeblasener Magen noch mehr verkrampfte. Er ballte seine Hände zu festen Fäusten zusammen und nahm seinen Weg hügelaufwärts wieder auf, diesmal mit größerer Entschiedenheit. Er kam an einem Steinzaun vorbei, der einem wilden Dickicht hinauf zu den Ställen folgte und weiter oben entlang einer grob behauenen Vorratsscheune verlief. Es war ein trostloser, wild aussehender Besitz, der anscheinend seit Jahren nicht mehr gepflegt worden war. Die Gebäude brauchten einen neuen Anstrich, das Unkraut wuchs wild, und der Hof war übersät mit Papier und anderem Schutt.

Daniel war außer Atem. Er keuchte von dem anstrengenden Klettern und blieb stehen. Ein Durcheinander von überwuchertem Unterholz verdeckte ihn zum Teil, und er stand unbeweglich da und ließ lange Zeit seinen Blick über seine Umgebung schweifen. Befriedigt darüber, dass niemand da war, begann er, auf die Rückseite des Hauses zuzulaufen. Sobald er um die Ecke kam, erblickte er eine große Mülltonne und einige Fässer, aber sie standen gefährlich nahe bei der Tür. Er duckte sich und durchsuchte erneut seine Umgebung.

Der Hinterhof führte direkt an die Wälder, und ein Pfad führte nach rechts auf die Ställe zu. Es war niemand zu sehen, und vom Haus kam kein Geräusch. Der Wind peitschte ihm ins Gesicht, als er auf das Fass nahe der Tür zulief.

Er kam bis zu dem Fass, das ihm am nächsten stand, als er wie versteinert stehen blieb, gelähmt von dem Klang näher kommender Hufschläge.

Ein Pferd schnaubte und jemand schrie: „Halt! Du da – bleib wo du bist!"

Daniel wirbelte herum und sah den Verwalter, der auf seinem riesigen grauen Hengst auf ihn zukam. Hinter ihm, auf einer schwarzen Stute, kam ein kleiner schlanker Mann mit blondem Haar und runden Brillengläsern. Er war wie ein Herr gekleidet, und Daniel wusste sofort, dass dies Lord Gilpins Mann aus London sein musste.

Instinktiv machte er sich steif und bereitete sich auf den Schlag vor, von dem er meinte, dass er mit Sicherheit kommen würde.

Cotter brachte sein Pferd scharf zum Stehen, und der andere Mann hielt neben ihm an. Die Augen des Verwalters blitzten vor Wut, sein Gesicht war rot und schweißüberströmt. In seiner erhobenen Hand hielt er eine Reitgerte.

„Was, zum Teufel, hast du vor, du kleiner Dummkopf?", schrie er und wedelte mit der Gerte in Daniels Richtung. „Du wolltest mich bestehlen, richtig?"

Daniel versuchte, unter dem wütenden Blick des Verwalters nicht zurückzuschrecken. Seine Zunge schien am Gaumen zu kleben und sein Herz drohte zu bersten, aber er stand seinen Mann und wartete ab.

Cotter sah so verlottert aus, wie gemunkelt wurde. Sein Mantel war voller Flecken und in einem Ärmel konnte man einen Riss sehen. Er war unrasiert und sah aus, als müsse er gewaschen werden.

Daniel hatte nur einen Gedanken: wegzulaufen. Und er machte einen Satz nach vorne. Als ob der Verwalter seine Bewegung erwartet hatte, drehte Cotter den verschwitzten Leib seines großen Hengstes zur Seite, um ihm den Weg zu versperren.

„Bleib, wo du bist, du diebischer kleiner Schuft! Ich will wissen, wie du heißt!"

Daniel öffnete seinen Mund, aber es kam nichts heraus. Er schluckte und versuchte es noch einmal. „Daniel ... Daniel Kavanagh."

„Aus dem Dorf?"

„Aye, Sir."

„Wie viele verstecken sich noch in den Büschen?" Cotter sah zum Wald hinüber.

„Niemand ... niemand, Sir. Ich bin allein." Daniels Herz pochte wie wild, und er befürchtete, dass er sich in einem Moment der Angst selbst erniedrigen könnte, indem er in Tränen ausbrach. Aber er rang um einen tiefen Atemzug, denn er sah etwas in den Augen des Verwalters, das ihm sagte, es würde noch schlimmer für ihn werden, falls der Mann seine Furcht spüren sollte.

„Nun denn, was tust du hier? Wolltest du stehlen oder betteln?"

„Ich – weder noch, Sir." Scham überkam Daniel, als er versuchte, zu erklären. „Ich hoffte, es würde Ihnen nichts ausmachen, wenn ich mir ... etwas von Ihren Resten nehmen würde."

Cotter verzog vor Ekel die Lippen. „Du wolltest etwas vom Abfall stehlen? Was bist du – eine Ratte?"

Wütend weigerte sich Daniel, vor diesem triefäugigen Mann zurückzuschrecken. „Nein, Sir“, murrte er rau. „Ich habe einfach nur Hunger. So wie jeder andere im Dorf auch.“

Der Verwalter lehnte sich auf seinem Pferd nach vorne. Seine kleinen glasigen Augen bohrten sich in Daniel. „Nun denn, vielleicht möchtest du lieber betteln“, spottete er. „Ich würde meinen, dass jeder, der hungrig genug ist, um den Abfall eines anderen zu essen, sicherlich demütig genug sein sollte, um zu betteln.“

Daniel wurde starr und blinzelte wild gegen die Tränen an, die drohten, aus seinen Augen zu quellen. Er sah den jüngeren Mann auf dem Pferd neben Cotter an und bemerkte zu seiner Überraschung, dass er den Verwalter mit einem Blick offener Verachtung betrachtete.

„Zu welcher Familie gehörst du, Junge?“

Daniels Blick wanderte zurück zu Cotter. Eine leichte Veränderung im Tonfall des Verwalters machte ihn vorsichtig. Cotters Ärger schien verflogen zu sein. An seine Stelle war ein anderer Ausdruck getreten, der eine Woge des Unbehagens in ihm aufsteigen ließ.

„Meine Familie? Mein Pa war Owen Kavanagh, Sir, aber er ist jetzt tot. Meine Mutter heißt Nora, und ich werde nach meinem Großvater, Dan Kavanagh, genannt.“

„Und wie viele andere Dummköpfe gibt es noch bei euch?“

„Nur meinen Bruder und mich, Sir“, antwortete Daniel widerwillig. „Meine kleine Schwester starb am Fieber.“

Cotter rieb sich mit einer Hand sein stoppeliges Kinn. „Und ihr seid hungrig, stimmt das? Du und deine Familie?“

Daniel nickte kurz. Es erbitterte ihn, dass der Mann so tat, als wisse er nichts von der weit verbreiteten Hungersnot im Dorf.

„Und ich wette, ihr seid auch faul.“ Das war ein Schuss aus dem Hinterhalt. Cotter lehnte sich noch mehr vor.

Daniel wurde von wilder Wut erfüllt und wünschte sich plötzlich verzweifelt, ein erwachsener Mann zu sein. Ein großer Mann, so groß wie Morgan, so dass er nicht hier stehen und sich von dieser widerlichen, abscheulichen Kreatur demütigen lassen müsste. Zum ersten Mal in seinem Leben verspürte er den intensiven, beinahe lähmenden Wunsch, einem anderen menschlichen Wesen Schaden zuzufügen.

„Aber vielleicht seid ihr doch nicht so faul wie einige andere, heh?", sagte der Verwalter. „Zumindest warst du fleißig genug, um auf die Suche nach etwas Essbarem zu gehen."

Daniel runzelte die Stirn. Er fragte sich verwundert, worauf Cotter hinauswollte. „Ich bin nicht faul, Sir. Ich würde arbeiten, wenn es Arbeit gäbe."

Der Verwalter richtete sich ein wenig auf und warf Daniel einen langen abschätzenden Blick zu. „Eine Arbeit käme dir sehr gelegen, nicht war?"

„Aye, Sir", sagte Daniel unsicher. „Es ist nicht so, dass ich nicht versucht hätte, eine Arbeit zu finden."

Cotter lächelte, aber das Lächeln verstärkte Daniels Befürchtungen. Hinter diesem Blick steckte irgendetwas, das Daniel nicht verstand.

„Wie alt bist du, Junge?"

„Ich – ich bin dreizehn, Sir."

„Mmmm." Cotter betrachtete ihn weiter aufmerksam. „Ich nehme an, du bist alt genug. Nicht allzu stramm, obwohl du groß bist für dein Alter. Meinst du, du bist stark genug für harte Arbeit?"

Daniel begann, Hoffnung zu schöpfen. „Oh, ich kann arbeiten, Sir! Ich könnte jede Arbeit tun, an die ich Hand anlege."

Der Verwalter rieb sich erneut das Kinn, und Daniel wand sich innerlich unter seiner genauen Prüfung. Er hatte das Gefühl, jeder Zentimeter seiner Gestalt würde abgeschätzt. Obwohl seine Hoffnung stieg, verkrampfte sich sein Magen. Es gab Erzählungen über den Verwalter, geflüsterte Erzählungen und

Beschuldigungen über eine schreckliche, unaussprechliche Verirrung seiner Natur, über die nur flüsternd gesprochen wurde …

„Ich denke, für einen Jungen, der sich dafür eignet, kann man hier immer eine Arbeit finden", verkündete Cotter laut und riss Daniel aus seinen unangenehmen Gedanken. „Wie bald könntest du anfangen?"

Er bot ihm eine Arbeit an! Der Boden neigte sich unter Daniels Füßen, und seine Knie wurden weich vor Erleichterung.

Daniel vergaß die Gerüchte, tat seine Gefühle der Unsicherheit beiseite und antwortete ihm schnell, bevor der Mann Zeit hatte, seine Meinung zu ändern. „Sobald Sie wollen, Sir! Heute, wenn Sie es wünschen."

Cotter schlug sich mit der Reitgerte in die Handfläche. „Das ist gut. Ich werde dir Kost und Logis und ein faires Gehalt geben."

*Kost und Logis?* „Ich – ich müsste nicht hier wohnen, oder, Sir? Ich kann morgens heraufkommen, so früh Sie wollen, und bis spät am Abend bleiben, aber …"

Die Augen des Verwalters wurden schmal und sein Mund zog sich zu einer dünnen Linie zusammen. „Wenn du hier arbeitest, wohnst du hier. Ich brauche jemanden, auf den ich mich verlassen kann, Tag oder Nacht."

Daniels Gedanken wirbelten durcheinander. Seine Mutter kam ohne ihn nicht klar, sie konnte mit Tahg und dem Großvater nicht allein fertig werden. Aber das Geld – er *musste* die Arbeit annehmen!

Seine Augen wanderten zu dem blonden Mann, der ihn mit einem Gesichtsausdruck betrachtete, der Daniel erstaunte. Mitleid. Der Mann starrte ihn mit offenem *Mitleid* an.

Daniel schaute weg und tat so, als habe er nichts gesehen. Er hob sein Kinn. Er wollte kein Mitleid, am allerwenigsten von einem *Engländer.*

„In Ordnung, Sir. Ich muss nach Hause gehen und es meiner

Mutter sagen, aber ich werde zurückkommen, wann immer Sie sagen."

Cotter verzog seinen Mund zur einen Seite und erforschte dabei Daniels Gesicht mit seinen Augen. „Sieh zu, dass du heute Abend vor Sonnenuntergang zurück bist." Er hob eine Hand und deutete warnend mit einem Finger auf ihn. „Wenn du *nicht* zurück bist, wenn ich es sage, brauchst du gar nicht mehr zu kommen, verstehst du? Ich werde einen Jungen finden, auf den ich mich *verlassen* kann."

Daniel nickte, erpicht darauf, wegzukommen und seiner Mutter die gute Nachricht zu erzählen. Sobald Cotter ihn wegwinkte, schoss er um die Hausecke.

Er rannte den ganzen Weg den Hügel hinunter und ignorierte die Krämpfe in seinem Magen und den brennenden Schmerz in seiner Brust.

*Oh, und ich danke dir wirklich, Herr ... Ich kann dir gar nicht sagen, wie viel es mir bedeutet, zu wissen, dass du dich schließlich doch um uns kümmerst ...*

Er konnte es nicht erwarten, das Gesicht seiner Mutter zu sehen, die Erleichterung in ihren großen traurigen Augen an Stelle der ständig gegenwärtigen Angst, die in der letzten Zeit stärker und stärker geworden zu sein schien. Vielleicht würde sie wieder lächeln können. Es war schon so lange her, dass er etwas anderes als ein erzwungenes dünnes Lächeln um Tahgs willen an ihr gesehen hatte.

Er erreichte jetzt den Fuß des Hügels, wurde langsamer und nahm die Straße, die nach Hause führte. Trotz seiner Erschöpfung und dem Schwindel erlebte er ein Gefühl von Hoffnung und Erwartung, das er seit langer, langer Zeit nicht mehr gekannt hatte.

Plötzlich, mitten in seiner Erleichterung und Aufregung, erinnerte er sich, wie er etwas mitgehört hatte, was Sean O'Malley in der Nacht von Timothys Totenwache zu Morgan gesagt hatte:

„Morgan, ich würde mit Sicherheit sogar für den Teufel selbst arbeiten gehen, wenn das die Mägen meiner Familie wieder mit Essen füllen würde."

Damals hatte Daniel der Atem gestockt wegen der Lästerung des Mannes. Jetzt konnte er nur versuchen, die Tatsache zu ignorieren, dass er möglicherweise dabei war, genau das zu tun, was Scan O'Malley nur angedroht hatte.

* * *

Sie kam wieder zu sich. Morgan erhob sich schnell vom Stuhl und beugte sich über sie, als sie versuchte, in dem trüben Licht der Laterne wieder klar zu sehen.

„Nora?" Er hatte sie mit seinem Mantel zugedeckt und packte ihn jetzt noch etwas molliger unter ihr Kinn.

Direkt unter dem kleinen Schnitt nahe ihrem Auge verfärbte ein großer Bluterguss ihren linken Wangenknochen. Ihr Haar hatte sich gelöst, und er schob es sanft aus ihrem Gesicht. Sie beobachtete ihn mit schweren, matten Augen.

„Wie fühlst du dich?", fragte er und nahm ihre Hand.

Sie blinzelte. Ihre Augen nahmen immer noch nichts wahr.

„Du musst ohnmächtig geworden sein. Ich fand dich auf dem Fußboden liegend."

Sie drückte ihre Augen zu und öffnete sie wieder. „Mein Kopf..."

„Aye, ich nehme an, er tut weh." Wieder strich er ihr Haar aus ihrer Stirn und wandte sich ab, um den Stuhl näher an das Bett zu ziehen.

Plötzlich weiteten sich ihre Augen und sie versuchte, ihren Kopf vom Kissen zu heben. „Tahg ..."

„Es ist alles in Ordnung mit Tahg und dem alten Mann", beruhigte sie Morgan schnell und legte ihr eine Hand auf die Schulter, bis sie ihren Kopf kraftlos auf das Kissen zurückfallen ließ. „Du musst dich ausruhen. Lieg einfach still."

Er setzte sich und nahm ihre Hand zwischen seine beiden Hände. „Ich machte mir Sorgen, als niemand zur Tür kam, und so trat ich ein, um nach euch zu sehen. Du hast mich ganz schön erschreckt, Mädel.“ *In Wirklichkeit hast du mich zu Tode erschreckt.* „Nora ... seit wann hast du nichts mehr gegessen?“

Sie drehte ihren Kopf weg.

„Nora?“

Ihr Gesicht blieb von ihm abgewandt, und sie zuckte unter dem Mantel schwach mit den Schultern.

„Ich habe Lebensmittel mitgebracht, Nora“, sagte er. „Genug zu essen für mehrere Tage.“ Als sie immer noch nichts erwiderte, fuhr er fort. „Hast du mich verstanden, Mädchen? Sobald Daniel John kommt, werden wir etwas essen. Wo ist er eigentlich?“

Jetzt wandte sie sich ihm endlich wieder zu und sprach. „Er ging, um etwas zu essen zu suchen. Ist er noch nicht wieder da?“

Morgan schüttelte seinen Kopf. Auf seinem Herzen lasteten schwere Schuldgefühle. Er hätte niemals so lange wegbleiben sollen. Die kleine verzweifelte Gestalt unter seinem Mantel war kaum mehr als ein Schatten ihrer selbst. Er schauderte unwillkürlich, als ihm eine Erinnerung an die junge Nora in den Sinn kam. Verschwunden waren die lachenden Augen ihrer Jugend, die dynamische Energie ihres Naturells. Die schwarzen Locken, die in der Sommersonne geglänzt hatten, hingen strähnig und schon etwas ergraut um ihr aschfahles Gesicht. Ihre Wangenknochen standen neben den eingesunkenen Wangen heraus, und um ihre tiefgrauen Augen zogen sich dunkle Schatten. Als er sie auf dem Boden neben dem Bett des alten Mannes gefunden hatte, wo sie hingefallen war, war er einen Moment lang in solcher Panik gewesen, dass ihm das Blut gefror. Sah sie doch genauso aus, als habe das Leben ihren Körper verlassen.

Nun, er würde sie nicht wieder verlassen. Von jetzt an würde er, solange sie im Dorf blieb, auch hier sein, um sich um sie zu kümmern.

Ohne nachzudenken hob er ihre Hand und streifte mit seinen Lippen über ihren Handrücken. „Es wird wieder gut werden, *ma girsha*", murmelte er. „Alles wird wieder gut werden, du wirst es sehen. Aber du musst noch eine kleine Weile weiterkämpfen."

Als ob sie ihn nicht gehört hätte, drehte sie ihr Gesicht zur Wand. „Ich möchte, dass es vorüber ist", sagte sie steif.

Er hob seinen Kopf und runzelte die Stirn über die Niederlage, die er in ihrer Stimme gehört hatte. „Nein", sagte er bestimmt. „Du darfst dir nicht erlauben, so zu denken. Du musst kämpfen, Nora."

Langsam richtete sie ihren Blick wieder auf sein Gesicht. „Kämpfen?" Ein leises Seufzen voll Bitterkeit entfuhr ihr. *„Wofür?"*

Er erhob sich vom Stuhl, beugte sich über sie und drückte seine Hände rechts und links von ihren Schultern in die Matratze. „Für deine Söhne. Für dich selbst. Für das *Leben*, Nora. Du musst für dein Leben kämpfen."

Sie schloss ihre Augen, als wolle sie seinen Anblick ausschließen, und plötzlich wurde ihm erneut die Zerbrechlichkeit ihrer schönen, zarten Gesichtszüge bewusst. Gütiger Gott, sie war so klein, so dünn und so schwach!

„Nora – schau mich an."

Ihre Augen öffneten sich, und er sah die ungeweinten Tränen. Getroffen von der Angst und Not in ihren Augen setzte er sich neben sie auf das Bett, nahm sie in seine beiden Arme und zog sie an sich. „Weine, Mädchen ... es ist ganz in Ordnung, zu weinen ... weine dich aus ..."

Sie ließ ein leises, ersticktes Geräusch hören und erlaubte ihm, ihr Gesicht an seine Brust zu drücken. „Ich habe solche Angst, Morgan", flüsterte sie, an ihn gepresst. Er spürte, wie ihre Schultern zurücksanken und sie zu zittern begann. „Ich weiß, dass es falsch ist ... Ich sollte mehr Glauben haben. Aber ich habe die ganze Zeit solche Angst. Ich versuche, es vor den anderen zu verbergen, aber ... Ich habe schreckliche Angst, Morgan ... Ich habe *schreckliche* Angst ..."

Dann brach der Damm ihres Leides und ihrer Angst, und Morgan spürte, wie ein krampfartiger Schauder ihren zerbrechlichen Körper quälte. Während er sie hielt, versuchte er, etwas von seiner eigenen Kraft auf sie zu übertragen.

Nach einer langen Zeit drehte sie sich in seinen Armen. Ihr Gesicht war feucht, ihre Augen gequält und glänzend. Als er sah, wie erst ein Ausdruck der Unsicherheit und dann der Verlegenheit über ihre Züge huschte, lockerte er seine Umarmung, bevor sie sich selbst befreien konnte.

Sie starrte zu ihm auf. „Es tut mir Leid ... Ich weiß gar nicht, was ..."

„Schsch, nichts davon", sagte er bestimmt und widerstand ihrem Versuch, aus seinen Armen zu schlüpfen. „Nora, hör mir jetzt zu. Sobald der Junge heimkehrt, werden wir zu Abend essen, und dann werden wir uns unterhalten. Es gibt etwas, was ich dir sagen muss, und ich möchte, dass Daniel John dabei ist, wenn ich es erzähle."

„Was?"

„Das kann warten", sagte er. Er nahm begierig den Anblick ihres Gesichts und ihrer Haare in sich auf, die frei über seinen Arm fielen, und gab sich diesem seltenen, kostbaren Moment hin, in dem er sie wieder in seinen Armen hielt, wenn es auch nur war, um sie zu trösten. „Du musst zunächst etwas zu essen bekommen, bevor ..."

*„Mutter?"*

Sie trennten sich beim Klang von Daniel Johns Stimme, die aus der Küche erscholl.

Morgan stand auf. „Komm hierher, Junge."

Die Augen des Jungen waren groß vor Erregung, als er in Noras Schlafzimmer gerannt kam. „Mutter, warte, bis du meine Neuigkeiten hörst! Ich ..."

Er hielt inne. Seine Augen gingen von Nora zu Morgan. „Morgan? Was ist los? Ist etwas nicht in Ordnung?"

„Deine Mutter ist gestürzt, Junge."

Nora streckte ihre Hand zu dem Jungen aus, und er eilte an ihre Seite, um sie zu ergreifen.

„Bist du in Ordnung?"

„Es ist nichts Schlimmes", versicherte Nora ihm. „Ich – ich bin gefallen, das ist alles. Und Morgan hat mich gefunden. Ich bin völlig in Ordnung. Sag, was ist das für eine Neuigkeit, die du hast?"

Daniel John richtete sich auf. Er hielt immer noch ihre Hand. Morgan hatte den Eindruck, dass die Begeisterung des Jungen ein wenig künstlich klang. Aber es gab keinen Zweifel an seinem Eifer, Nora davon zu erzählen.

„Ich habe eine Arbeit!", verkündete er. „Eine richtige Stelle."

Noras Hand fuhr an ihren Mund. „Eine Arbeit, Daniel John? Aber wie ..."

Der Junge lächelte über ihre Überraschung und nickte eifrig. „Habe ich dir nicht gesagt, dass sich die Dinge bald zum Guten für uns wenden würden?"

„Das ist wirklich eine großartige Nachricht, Junge", sagte Morgan vorsichtig. Er spürte die erzwungene Fröhlichkeit des Jungen. „Und was ist das für eine *Arbeit*, die du da gefunden hast?"

Daniel John blinzelte. Er zögerte nur einen kleinen Moment lang. „Ich werde für den Gutsverwalter arbeiten", sagte er. Er sah weder Morgan noch seine Mutter an. „Ich werde heute Abend anfangen."

# 12. Stimmen in der Nacht

*Fortgetragen auf dem Rad der Nacht, lag ich da und träumte,*
*während es leise eilte – auf die schattige Stunde zu,*
*die sich über den Weg erstreckt, auf dem, so wird gesagt,*
*die Geister kommen.*
*Und ich hatte drei Träume – der erste und schlimmste*
*war von einem Lande, das lebte,*
*doch war es verflucht, das in Banden brannte,*
*die es nicht brechen konnte – und du warst das Land, Eire!*
Thomas D'Arcy McGee (1825 – 1868)

Träge in einen abgerissenen Lehnstuhl geflegelt, grinste Cotter über sein Glas hinüber zu Evan. „Sie sehen ein wenig grün aus, Whittaker. War der Rundgang durch Sir Rogers Besitz ein bisschen zu viel für Ihr empfindliches Zartgefühl?“

Evan schüttelte nur den Kopf. Er war nicht bereit, jemandem, der so grob und gefühllos war wie Cotter, das zu offenbaren, was er innerlich seine „Sentimentalität“ nannte. Seine übliche Zurückhaltung war so sehr erschüttert, dass er nicht die Kraft hatte, sich zu verstellen, und so konnte er nur schweigen.

Seit Stunden hämmerte der Schmerz derartig wild in seinem Kopf, dass er zusammenzubrechen drohte – ja, eine Zeitlang hatte der Schmerz sogar eine heftige Übelkeit hervorgerufen. Die eine Stunde Ruhe, die er sich am Nachmittag gegönnt hatte, hatte ihm wenig Erleichterung von seiner Qual gebracht. Im Moment nahm er das betrunkene Geschwafel des Verwalters, das er den größten Teil des Abends hatte anhören müssen, nur vage wahr. Seine Gedanken waren immer noch erschüttert von den grässlichen Szenen, deren Zeuge er früher am Tag geworden war, und er verspürte ein verzweifeltes Bedürfnis, aus dem Raum zu fliehen. Er wusste, dass er Zeit brauchte und allein sein musste, um die Ereignisse des Tages zu verarbeiten. Ganz gleich, wie sehr er sich auch wünschte, es zu vermeiden, er musste sich mit seinen wild aufgewühlten Gefühlen auseinander setzen.

Niemals, selbst in seinen wildesten Phantasien, hätte er sich die Serie von Schrecken vorstellen können, denen er in diesem leidenden Dorf begegnet war. Dantes neun Kreise der Hölle schienen wenig mehr als ein flüchtiger Blick auf das Elend Killalas zu sein. Innerhalb von Stunden hatte ihn das grauenhafte Erlebnis verschlungen, reichte tief in seinen Geist, durchbohrte eine dunkle, unentdeckte Tiefe und berührte und veränderte etwas, das lebenswichtig für das Zentrum seines Seins war. Instinktiv wusste er, dass er nie wieder ganz derselbe Mann sein würde, der er vor dem heutigen Tage gewesen war.

Cotter saß ihm gegenüber und kippte einen weiteren langen Schluck Whisky hinunter. Dann nickte er, um seine eigenen Worte zu bestätigen: „Sie sind ein widerlicher Haufen, hm? Sie leben wie die Schweine und sterben wie die Hunde. Der ehrenwerte Sir Roger wird gut daran tun, die ganze Bande loszuwerden, meinen Sie nicht auch?"

Evan entging nicht die Art, wie der Verwalter den Namen seines Arbeitgebers artikulierte, als ob es ein ordinärer Ausdruck sei. Er war entsetzt über diese schwerfällige, schlampige Kreatur und konnte kaum glauben, dass Roger Gilpin ihm weiterhin erlaubte, seinen Besitz zu verwalten. Was ihn betraf, kostete es ihn die größte Überwindung, mit dem Mann im selben Raum zu bleiben.

Evan musste plötzlich an den wohlgestalteten Jungen mit den gefühlvollen blauen Augen denken, und er bemerkte seine Erleichterung darüber, dass der Junge am Abend nicht zum Haus des Verwalters zurückgekehrt war. Als er Cotter während seiner ersten Begegnung mit dem Jungen beobachtet hatte, war Evan etwas in dem habgierigen Blick des Verwalters aufgefallen, was ihn sowohl angewidert als auch gewarnt hatte. Erst jetzt erkannte er den glasigen, seltsam fiebernden Ausdruck des Mannes als einen Ausdruck unbestreitbarer Lust.

Sehr wahrscheinlich rührte die schlechte Stimmung des Verwalters daher, dass der Junge nicht gekommen war. Im Verlauf des Abends war Cotter immer mürrischer geworden, bis er schließlich, betrunken und feindselig, wie er jetzt war, noch nicht einmal mehr den Versuch machte, sich zusammenzunehmen, sondern geradezu unverschämt wurde.

„Meiner Meinung nach können wir sie gar nicht schnell genug rausschmeißen", murmelte der Verwalter, anscheinend mehr an sich selbst als an Evan gerichtet. „Ein nichtsnutziger Haufen Wilder."

Evan war kurz davor, die Geduld zu verlieren und strengte sich an, seine Stimme ausgeglichen zu halten. „I-Ich bin sicher", sagte er, „dass Sir Roger, wenn ich ihm die extreme Situation der Pächter b-berichte, christlich r-reagieren und alle g-geplanten Räumungen hinausschieben wird." Schon als er die Worte sprach, war Evan klar, dass er sich selbst genauso zu überzeugen versuchte wie den Verwalter.

„Auf jeden Fall", fügte er etwas bestimmter hinzu, „werde ich sofort einen Brief nach London schicken, u-um ihn über die Situation hier in Kenntnis zu setzen."

Cotter stieß ein kurzes, hässliches Lachen aus und richtete sich in seinem Stuhl ein wenig auf. „Oh, er kennt die Situation hier gut genug! Warum, glauben Sie, hat er wohl die Entscheidung getroffen, den ganzen Haufen hinauszuwerfen?"

Evan sah ihn an. „W-Was genau meinen Sie?"

Cotter starrte einen Moment in sein beinahe leeres Glas. Dann hob er seinen Blick und sah Evan an. Sein Lächeln sagte deutlich, dass er den jüngeren Mann für einen Dummkopf hielt. „Sie haben es doch selbst gesehen, oder? Diese armen Teufel sind absolut nicht in der Lage, sich zu verteidigen. Sie sind so verhungert, dass sie kurz vorm Tod stehen. Sie werden nicht einmal eine Hand zu ihrer Verteidigung heben. Nun, und wir müssen sie nicht *zwingen*, ihre schmutzigen Hütten zu verlassen – wir lassen sie einfach vom Fahrer des Leichenwagens hinausziehen! Oh ja", sagte er und ließ ein Grunzen hören, dass auch ein Ausdruck von Belustigung hätte sein können, „der alte Gilpin weiß recht genau, was er tut."

Evan spürte den sauren Geschmack des Abscheus in seiner Kehle aufsteigen, und es kostete ihn äußerste Anstrengung, nicht an seinen eigenen Worten zu ersticken. „Dennoch, Sir Roger hat die Verhältnisse, in denen seine Pächter leben, nie selbst gesehen. Ich werde keine Einzelheit ihrer Not auslassen."

Cotter fixierte ihn mit einem verschlafenen, verächtlichen Blick, wobei er sich die ganze Zeit mit dem kleinen Finger im Ohr bohrte. „Wie lange haben Sie für Gilpin gearbeitet, Whittaker? Sollte mich nicht wundern, wenn es inzwischen zehn Jahre oder mehr wären."

„Elf", antwortete Evan kühl.

Der weite Abstand zwischen den oberen Vorderzähnen des Verwalters schien seinen Mund jedes Mal in zwei Hälften zu teilen, wenn er sein unverschämtes Grinsen zeigte.

„Nun, dann können Sie unmöglich auch nur einen Moment lang glauben, dass der alte Bock den geringsten Funken Nächstenliebe in seinem Herzen hat. Mann, Sie müssen ihn vor *mir* doch nicht verteidigen. Ich habe schließlich fast zwanzig Jahre lang für ihn oder seinen bösen Vater gearbeitet. Ich weiß ganz genau, was für ein Teufel er ist."

Evan erhob sich aus seinem Stuhl. Die unbehagliche Erkenntnis, dass Cotters Bemerkungen der Wahrheit entsprachen, beunruhigte ihn genauso sehr wie die grobe Respektlosigkeit des Verwalters. „Mr Cotter", sagte er förmlich und stellte seine leere Teetasse auf den zerkratzten Tisch neben dem Stuhl, „ich glaube kaum, dass es angemessen ist, in dieser Weise über unseren Arbeitgeber zu sprechen. Außerdem fühle ich mich recht erschöpft, und ich muss noch an Sir Roger schreiben. Wenn Sie mich jetzt entschuldigen wollen, werde ich mich auf mein Zimmer zurückziehen."

Die Reaktion des Verwalters war nur ein beunruhigtes Grinsen und ein betrunkenes Winken mit dem leeren Glas in seiner Hand.

Evan nahm allen Mut zusammen, um nicht zu laufen und hielt den Atem an, als er den schwach erleuchteten Raum durchquerte. Er fühlte sich so unsicher auf den Beinen und sein Magen drehte sich so wild, dass er nicht wagte, tief durchzuatmen, aus Angst, er könne sich blamieren und das Abendessen direkt vor den Augen des Verwalters wieder von sich geben.

* * *

Der erste Schock über Daniel Johns Ankündigung von Cotters Stellenangebot hatte schließlich nachgelassen. Aber die Enttäuschung des Jungen war immer noch deutlich zu sehen. Die drei hatten eine Stunde oder länger heftig miteinander diskutiert, verbunden mit vielen Bitten von Noras Seite und schließlich einigen strengen Worten von Morgan, aber zum Schluss hatten sie es geschafft, miteinander zu reden, ohne sich gegenseitig anzuschreien.

Das Schlafzimmer war in tiefe Schatten gehüllt und wurde nur von einer niedrigen Kerze erleuchtet. Nora saß mit aschfahlem Gesicht an dem Rand des durchhängenden Bettes und beobachtete ihren Sohn. Sie rang besorgt ihre Hände. Daniel John stand fest wie ein Fels mitten im Zimmer. Seine Hände waren zu Fäusten geballt und seine Augen blickten missmutig.

Morgans eigene Gefühle waren kaum weniger aufgewühlt. Als er von Cotters Versuch gehört hatte, den Jungen in seine Dienste zu locken, hatte ihn eine neue Woge des Hasses auf diesen entarteten Verwalter durchflutet. Selbst jetzt noch war seine Stimmung so gespannt wie der Bogen eines Bogenschützen.

„Was ist bloß in dich gefahren, dass du überhaupt dort hinaufgegangen bist?“ Er schleuderte dem Jungen die Frage schärfer entgegen, als er beabsichtigt hatte, und erkannte sofort, dass seine Sorge ihn übertrieben reagieren ließ.

Daniel John, der mit unnachgiebiger Haltung mitten im Raum stand, begegnete Morgans Augen, ohne eine Miene zu verziehen. „Hunger“, sagte er gelassen. „Ich ging nur, weil es der letzte Ausweg war. Ich hatte alle anderen erdenklichen Orte nach etwas Essbarem abgesucht und nichts gefunden. Das große Haus schien die einzige Möglichkeit zu sein, die mir noch blieb.“

„Und Cotter hat dich überrascht.“

Der Junge nickte.

„Und dir eine Arbeit angeboten.“

„Ja, das tat er.“

„Die du angenommen hast, ohne zuvor mit deiner Mutter darüber zu sprechen“, sagte Morgan und machte keinen Versuch, den Tadel, der in seiner Stimme lag, abzumildern.

Daniel John hob sein Kinn. „Ich war der Meinung, sie würde sich darüber freuen, dass ich eine Stelle habe.“ Er schwieg kurz und fügte dann verteidigend hinzu: „Zumindest meinte ich, es könne uns vielleicht retten.“

„Oh, Daniel John, ich kann immer noch nicht glauben, dass du so etwas Dummes getan hast!“, rief Nora aus, stieß sich vom Bett hoch und versuchte, zu stehen. „Dich auf *Stehlen* verlegen? Du weißt, dass es falsch ist. Es ist *Sünde!* Und wenn ich daran denke, dass man dich hätte erschießen können!“

„Und ist es weniger Sünde, zuzusehen, wie meine Familie verhungert, während sich dieses Schwein in seinem Geiz suhlt?“

Die ruhige Antwort des Jungen ließ Nora erblassen. Morgan sah, dass sie schwankte, und packte sie. „Nora! Komm, setz dich. Du bist noch viel zu schwach, um auf zu sein.“ Vorsichtig half er ihr auf den Stuhl neben dem Bett, bevor er sich wieder Daniel John zuwandte.

„Deine Mutter hat dir gesagt, dass du Cotters Stelle nicht annehmen sollst, Junge, und sie hat Recht damit. Du hast doch die Geschichten über den Verwalter gehört, nicht wahr?“ Als der Junge nicht antwortete, drängte Morgan. „Nun?“

„Ich – Gerüchte, das ist alles“, murmelte Daniel John und sah zur Seite.

„Nein, es sind keine *Gerüchte!*“ Morgan trat hinüber zu dem Jungen und ergriff ihn grob bei den Schultern. „Die Geschichten sind nur allzu wahr, und du tätest gut daran, die Dinge, die du gehört hast, ernst zu nehmen. Cotter ist ein kranker, lasterhafter Mann – glaub doch nicht, dass du es mit jemandem wie ihm aufnehmen könntest!“

Zu seiner Überraschung entzog sich Daniel John seinem Griff. „Ich kann selbst auf mich aufpassen!“, platzte er heraus. „Und ich bin immer noch der Meinung, dass es dumm ist, eine solche Stelle abzulehnen, wenn wir am Verhungern sind!“

Für eine Sekunde flackerte Morgans eigene Wut auf, aber genauso schnell hatte er sich wieder unter Kontrolle. „Nun hör mir einmal gut zu, Junge. Das Thema steht nicht länger zur Diskussion. Deine Mutter hat gesagt, dass du nicht auf den Hügel zurückgehen wirst, und damit basta. Wenn du noch irgendwelche weiteren Erklärungen dafür brauchst, warum Cotter so erpicht darauf ist, dich unter seinem Dach zu haben, werden wir beide hinausgehen und ich werde es dir genauer erklären. Aber jetzt will ich dein Wort, dass du deiner Mutter gehorchen wirst.“

Er zuckte zusammen, als er die Verzweiflung in den Augen des Jungen sah. Nicht länger Kind, aber noch nicht Mann, wirkte der Knabe wie ein junges Tier, das in einer Falle gefangen war. Morgan konnte den Konflikt, der in Daniel John tobte, beinahe fühlen.

Der Junge starrte ihn noch einen Moment an und wandte

sich dann an Nora. „Und was sollen wir dann tun, Mutter? Was für eine Wahl haben wir?“ Seine Stimme klang dünn und kindlich, und Morgan sehnte sich danach, den Jungen in seine Arme zu nehmen und ihn irgendwie vor all dem Bösen, das gleich draußen vor den Mauern der Hütte lauerte, zu beschützen.

Seine Gedanken wanderten zu dem Brief, den er an Michael geschrieben hatte. Mit jedem weiteren Tag, der verging, wuchs seine Ungeduld. Er war sich so sicher gewesen, dass er dieses Mal mit einem Brief in der Hand nach Killala zurückkehren würde. Das Schiff würde innerhalb weniger Tage in der Bucht ankommen. Er konnte nicht mehr lange damit warten, Nora gegenüber das Thema einer Auswanderung anzuschneiden, sonst würde es absolut zu spät sein.

Er warf einen Blick auf Daniel John. Obwohl er mit seinen langen Armen und Beinen und seinen Schultern, die in sein Hemd gezwängt waren, schlank und jungenhaft wirkte, war es doch nicht zu leugnen, dass er zu einem sympathischen, großartig aussehenden jungen Mann heranwuchs. Nur Gott konnte wissen, was dieses wahnsinnige Tier Cotter vielleicht sonst noch versuchen würde, um den Jungen in seine Gewalt zu bekommen. Ein gescheiterter Versuch würde ihn nicht von seinen Plänen abbringen. Nicht Cotter. Er hatte es einmal versucht, und er würde es wieder versuchen, das nächste Mal vielleicht auf eine hinterhältigere und noch gefährlichere Art.

Seine Augen gingen zu Nora. Gütiger Herr, sie war so schrecklich schwach, so zerbrechlich! Sein Herz schmerzte, wenn er sie nur anblickte und sah, wie sie schwächer wurde. Kein Wunder, dass der Junge aus Verzweiflung gehandelt hatte.

Daniel Johns Frage, die er ein zweites Mal gestellt hatte, weckte Morgan aus seinen düsteren Betrachtungen. „Mutter? Was für eine Wahl haben wir? Was können wir tun?“

Als Nora nicht antwortete, traf Morgan eine Entscheidung. Er ballte seine Fäuste, sah den Jungen an, dann Nora. „Ihr könnt

Irland verlassen", sagte er schließlich und unternahm keinen Versuch, seine Worte abzuschwächen. „Das ist die Wahl, die euch noch bleibt, und es sieht so aus, als sei es an der Zeit, dass ihr beide diese Möglichkeit ernsthaft erwägt."

Daniel Johns Augen wurden groß vor Überraschung, und Nora keuchte laut. Morgan mied im Moment bewusst ihren Blick, wandte sich ab und ging zu der Öffnung des Raumes, die mit einer Decke verhängt war. Er wandte ihnen weiterhin den Rücken zu und blieb kurz vor der Schwelle stehen. „Daniel John, ich möchte, dass du kommst und mir mit dem Essen hilfst, während deine Mutter sich ausruht. Wir werden etwas essen, und dann werden wir reden."

Ohne ein weiteres Wort drehte er sich um und spürte ihre erstaunten Blicke in seinem Rücken.

* * *

Der erholsame Schlaf, nach dem Evan sich so sehnte, weigerte sich zu kommen. Er lag auf dem Rücken, steif wie ein Gelähmter, seine Augen in der Dunkelheit starr auf die Decke gerichtet. Die muffige Feuchtigkeit des Zimmers und das Klingeln der Gläser, das von unten kam, wo, wie er annahm, Cotter immer noch saß und trank, drang nur sehr schwach in sein Bewusstsein.

Nach einer Weile spürte er, wie er in einen grauen, tranceähnlichen Zustand zwischen Wachen und Schlafen fiel. Er schien zu träumen, war sich aber immer noch schwach seiner Umgebung bewusst. Gegen seinen Willen befand er sich wieder in den Straßen von Killala, die er durchschritt, Straßen, die auf beiden Seiten von erfrorenen Toten gesäumt wurden. Wieder sah er sich von einer ganzen Familie von Leichen umgeben. Eltern und Großeltern, kleine Kinder und Säuglinge lagen wie nutzloser Abfall aufgehäuft in den Gräben am Straßenrand –

Skelette, die nur in dünne Lumpen gekleidet waren, viele von ihnen völlig nackt.

Ein stummer Schrei erfror in seiner Kehle, als ihn eine unsichtbare, fest entschlossene Gewalt in dieselbe dunkle, kalte Hütte zurückzwang, die er früher an jenem Tage besucht hatte. Erneut wurde er gezwungen, den übel riechenden Gestank von Fieber und Tod zu riechen. Dort, in derselben Ecke wie heute Morgen, lag der ausgezehrte Leichnam eines kleinen Kindes; daneben kroch die wild blickende, schmutzige Mutter völlig von Sinnen auf dem Boden herum und weinte und kreischte eine unverständliche Bitte. Der ausgemergelte, stumme Mann, dem man nicht hatte ansehen können, ob er jung oder alt war, krümmte sich dicht bei seiner Frau regungslos zusammen und beobachtete sie mit leeren, empfindungslosen Augen.

Draußen vor der Hütte lagen die Überreste eines Hundekadavers auf der Straße. Eine Frau und ihre drei kleinen Kinder waren dabei, die halb gefrorenen Reste aufzuessen. Ein wenig weiter zur Seite schleppte sich mühsam ein stummer Zug halb toter Städter vorbei, blind oder doch zumindest gleichgültig gegenüber der scheinbar schaurigen Szene.

Gegen seinen vom Traum benommenen Willen bewegte sich Evan weiter durch das grauenhafte Labyrinth dieses Tages. Mit einem Blick betäubter Hilflosigkeit beobachtete er eine junge Mutter, die, offensichtlich selbst halb verhungert und krank vom Fieber, den leblosen Körper ihres kleinen Mädchens aus ihrer Hütte zog und ihn, teilweise mit Steinen und Stroh bedeckt, im offenen Hof liegen ließ. Als sie zur Tür zurückgehen wollte, stolperte sie und fiel. Dann blieb sie, nur wenige Schritte von dem improvisierten Grab ihres toten Kindes entfernt, bewegungslos liegen.

Cotter erschien an seiner Seite – aber dieser Cotter schien eher ein Dämon denn ein Mensch zu sein. Mit einem gähnenden schwarzen Loch an der Stelle, wo der Mund hätte sein sollen, und den gelben leblosen Augen eines außerirdischen Teufels lächelte er und bedeutete Evan, dass er mit ihm kommen solle.

Evans Magen drehte sich, und er versuchte, von Cotters umklammernder Hand auf seinem Arm loszukommen, aber die Kreatur drängte ihn über die Straße zu einer armseligen Hütte, deren Elend ihm vertraut vorkam. Es war eine verwahrloste Hütte mit nur einem Zimmer, einem Misthaufen bei der Tür und einem schlampigen Lehmboden im Inneren. Auf den ersten Blick wirkte sie verlassen. Ihre einzigen Möbel waren ein schäbiges Bettgestell mit ein wenig Stroh und einer zerlumpten Decke, die darüber geworfen war, ein leerer eiserner Kochtopf und zwei wacklige Holzkisten. Fünf ausgemergelte Kinder, nur mit Papier bekleidet, kauerten dicht an der zerbröckelnden Feuerstelle, während ihr Vater, zerlumpt und barfuß, teilnahmslos auf dem Bett lag. Die tote Mutter, die auf einer schmutzigen Pritsche nahe der kalten Feuerstelle lag, blieb sich selbst überlassen.

Cotter schob ihn wieder aus der Hütte, wobei er meckernd lachte und sagte: *„Habe ich es Ihnen nicht gesagt, hm? Sie leben wie die Schweine und sterben wie die Hunde!“*

Wieder auf der nassen, eisbedeckten Straße, mussten ihre Pferde stehen bleiben und warten, um einen Leichenwagen vorbeizulassen. Er war mit Leichen gefüllt, die in Säcke eingebunden und wahllos aufeinander gehäuft waren.

*„In letzter Zeit binden sie sie meistens in Säcke oder Laken ein und werfen sie, so wie sie sind, in die Gruben“*, erklärte Cotter mit einer Stimme, die seine Gleichgültigkeit wiedergab. *„Oder sie benutzen einen Sarg mit doppeltem Boden. So können sie eine Leiche rausfallen lassen, bevor sie zur nächsten gehen. Wir haben schon seit langem nicht mehr genug Särge, wissen Sie.“*

Am grauenvollsten für Evan waren die Kinder. Nicht die schwachen, hilflosen Kinder, denen er während des Tages begegnet war. Das hier waren Alptraumkinder, rachsüchtige, bösartige Geister, die sein Gesicht zerkratzten und nach seinen Augen bohrten, bis er meinte, er müsse vor Grauen sterben. Sie wanden sich durch die Kammern seines Verstandes, als ob sie einen dunklen, makaberen Tanz aufführten – Gespenster ohne Fleisch und Blut, nicht ganz lebendig, aber auch nicht ganz tot.

Er erkannte sie als das, was sie waren: obszöne, schrecklich verwandelte Bilder jener Unschuldigen, die er früher am Tage beobachtet hatte. Aber diese Kinder hatten weder geweint noch gesprochen, ja, sie hatten überhaupt kein Geräusch von sich gegeben, sondern einfach in leerer Verzweiflung und völliger Hilflosigkeit vor sich hingestarrt, als ob sie ihre Zeit herbeisehnten, wenn die Leichenwagen für sie halten würden. Mit ihren teilweise kahlen Köpfen, den eingefallenen Augen und den tiefen Furchen im Gesicht hatten sie ausgesehen, als trügen sie Totenmasken. Und noch schrecklicher war der seltsame Wuchs von weichem, flaumigem Haar, das ihnen aus Kinn und Wangen spross und ihnen das beunruhigende Aussehen von uralten kleinen Affen gab.

Evan, der mitten zwischen den Alptraumkindern, die sich überall um ihn herum drehten und wanden, gefangen war, spürte, wie er von einem Kind zum nächsten geschleudert wurde, während er schneller und schneller in die Tiefen ihrer gequälten Raserei gerissen wurde. Er versuchte zu schreien, aber seine Kehle schien vor Angst gelähmt zu sein. In panischer Angst wandte er sich an Cotter, um ihn um Hilfe zu bitten. Aber Cotter war verschwunden, verschluckt von der wirbelnden Dunkelheit gleich hinter dem Kreis der Kinder.

Kleine Hände griffen nach Evan, klebten an seiner Haut, hielten ihm den Mund zu und nahmen ihm den Atem. Mit tonlosem Flüstern sangen sie irgendetwas ... höhnten ihn, bedrohten ihn, warnten ihn ...

*„Gott, hilf mir!“*

Evan schoss kerzengerade in seinem Bett hoch, starr vor

Schreck vom Klang seines eigenen erstickten Schreis. Lange Zeit konnte er sich nicht rühren, konnte kaum atmen. Zusammengekauert unter der Decke, fröstelnd von seiner eigenen klammen Haut, zitterte er so heftig, dass er das ganze Bett erschütterte. Er war hellwach, aber er konnte in der dichten, feuchten Dunkelheit des Schlafzimmers nichts wahrnehmen.

Doch selbst jetzt konnte er den Kindern nicht entkommen. In der schwarzen Stille der Nacht klagten ihn ihre eingesunkenen, schreckerfüllten Augen weiter an, indem sie den Singsang von Cotters Klage aufnahmen:

„*Wir haben schon seit langem nicht mehr genug Särge, wissen Sie ... Wir haben schon seit langem nicht mehr genug Särge.*“

# 13. Eine Nacht ohne Sterne

*Gab es je eine Sorge wie unsere Sorgen?*
*Oh Gott in der Höhe!*
*Wird die Nacht sich nie wandeln in einen Morgen*
*der Freude und Liebe?*
Lady Wilde [Speranza] (1820 – 1896)

Es war ruhig in Noras Hütte, und in der Küche herrschte eine dichte und angespannte Stille.

Es war jetzt mehr als zwei Stunden her, dass sie gemeinsam gegessen hatten. Die Kerze auf dem Tisch war schon fast ganz heruntergebrannt, aber das Feuer, das Morgan aus einem halb verrotteten Holzscheit und einigen Exemplaren von *The Nation* gebaut hatte, verbreitete noch ein schwaches Licht. Das einzige Geräusch, das zu hören war, war ein gelegentliches Lecken der Flammen an dem Holz und das leise, klagende Heulen des Windes von draußen.

Morgan saß am Tisch und beobachtete Nora, die ihm gegenübersaß und in das Feuer starrte. Sie war immer noch in seinen Mantel gehüllt und wirkte unter dessen Gewicht beinahe wie ein Kind. Ihm fiel erneut auf, wie erschreckend blass ihre Haut war, selbst jetzt, wo sie vom sanften Schein des Feuers wie marmoriert schien. Sie hatte ihn schon eine Weile nicht mehr angesehen – eine Zeit, die nicht enden zu wollen schien – und saß einfach nur da, steif und schweigend, fast so, als habe sie seine Gegenwart vergessen.

Vor ein paar Momenten hatte sich Daniel John in sein Zimmer zurückgezogen – höchstwahrscheinlich, so vermutete Morgan, weil er der Möglichkeit einer weiteren Diskussion aus dem Weg gehen wollte. Der hitzige Wortwechsel, der zuvor zwischen Morgan und Nora ausgebrochen war, hatte den Jungen offensichtlich mitgenommen – und er hatte beinahe eine Stunde gedauert, bevor er durch einen erstickten Hustenanfall von Tahg beendet worden war.

*Tahg*. Morgan fragte sich wirklich, was den Jungen noch am Leben hielt. Seine Krankheit hatte ein Stadium erreicht, wo er nach einem Anfall häufig extrem aufgeregt und manchmal sogar wirr wurde. Morgan hatte das schon früher bei Lungenfieber gesehen. Der Kranke geriet dann in Panik und begann, mit einer Art wilder Energie um sich zu schlagen, bevor er wieder in seinen Dämmerzustand zurückfiel. Dieses Mal hatten sie ihn beide unten halten müssen, er und Daniel John, während Nora damit beschäftigt war, seine Haut mit nassen Tüchern zu kühlen.

Glücklicherweise schlief er jetzt. Morgan hoffte, dass auch Daniel John schlafen würde, hielt das jedoch für unwahrscheinlich. Nach den Ereignissen des Tages und der Aufregung des Abends befürchtete er, dass der Junge diese Nacht wenig Frieden finden würde.

So hatte er es nicht haben wollen. Das war ganz und gar nicht so, wie er es geplant hatte. Er hatte gehofft, genügend Zeit zu haben, bevor er das erste Mal eine Auswanderung erwähnte, Zeit, in der er Nora und ihre Familie darauf vorbereiten wollte, der Wahrheit ins Auge zu sehen: dass sie aus Irland fortgehen mussten. Es war ihre einzige Chance, wenn sie am Leben bleiben wollten.

Wenn er nur mehr Zeit gehabt hätte! Er hätte sie vielleicht mit einem gewissen Maß an Ruhe und gesundem Menschenverstand dazu überreden können, seine Idee zu akzeptieren. Aber so, wie die Dinge lagen, war er mehr oder weniger gezwungen gewesen, ihnen seinen Vorschlag ohne jede Vorwarnung entgegenzuschleudern. Wie zu erwarten, waren ihre Reaktionen heftig gewesen.

Zunächst hatte Daniel John fast nur mit verblüfftem Erstaunen reagiert und nichts gesagt. Aber später erkannte Morgan, dass die Unnahbarkeit des Jungen nur der Vorbote einer Art benommener Verwirrung gewesen war. Selbst als der Junge das Zimmer verließ und die Leiter zu seiner Empore hinaufkletterte, entsprachen seine steifen Bewegungen und sein glasiger Blick eindeutig dem Verhalten eines Menschen, der stark schockiert worden war.

Nora dagegen hatte sich viel mehr zu Wort gemeldet und einen fieberhaften Ärger zur Schau gestellt. Sie hatte jedem Argument, das Morgan vorzubringen versuchte, mit einem Eifer widersprochen, den er angesichts ihres geschwächten Zustandes nicht erwartet hätte. Weil er nicht wollte, dass sie wieder zusammenbrach, hatte er die Unterhaltung schließlich bewusst abgebrochen und sie eindringlich gebeten, die Möglichkeit, die er vorgeschlagen hatte, doch wenigstens zu erwägen.

Dann hatte er unter dem Vorwand, er wolle mehr Holz suchen, die Hütte verlassen. Als er zurückkehrte, hatte er sie so vorgefunden, wie sie jetzt war: schweigend und unnachgiebig. Zunächst hatte er angenommen, sie habe sich aus Ärger über ihn und seine „bekloppten Ideen" in sich zurückgezogen. Er hatte sich Zeit gelassen, das Feuer zu schüren, und dann nach Tahg und dem alten Mann gesehen – beide schliefen –, bevor er schließlich an den Tisch kam und sich ihr gegenüber hinsetzte. Erst nachdem einige Momente vergangen waren, Momente, in denen keiner von beiden sprach, sah er, dass sich ihre Lippen leicht bewegten, und erkannte, dass sie betete.

Er hielt das für ein gutes Zeichen. Wenn sie betete, dann musste sie auch denken. Konnte er wagen zu hoffen, dass der Herr in dieser Angelegenheit sein Verbündeter sei? Sicherlich, er hatte daran gedacht, selbst für manche Dinge zu beten. Aber warum sollte er bei dem sündigen Zustand, in dem sich seine Seele befand, glauben, irgendeines seiner Gebete würde im Himmel ankommen?

Nun, wo er beobachtete, wie das Licht der Flammen auf ihrem Gesicht tanzte, wurden seine Gedanken völlig unerwartet von Erinnerungen an das junge Mädchen erfüllt, das sie einst gewesen war. Ohne jede Vorwarnung stieg eine Woge des Verlangens aus seinem Innersten empor, eine Woge der Erinnerung an verloren gegangene Freude, die so stark und schmerzhaft war, dass er beinahe laut gestöhnt hätte. Er musste sein Gesicht abwenden, so dass er nicht mehr die sanften Kurven ihrer Wangen, die anmutigen Linien ihres Halses und die sanft geschwungenen Lippen sehen konnte, die sich kaum merklich im Gebet bewegten.

*Oh Gott, ich darf sie nicht sehen ... nicht einmal ahnen lassen, was für eine Liebe zu ihr ich immer noch in mir trage. Es gibt Zeiten, wo es mich schmerzlich verlangt, ihr die Wahrheit zu sagen, sie in meine Arme zu nehmen und sie anzuflehen, mich wieder zu lieben, mein zu sein für die Zeiten, die wir für uns stehlen können – sei es viel oder wenig. Oh Gott, hilf mir nur dies eine Mal, meinen eigenen egoistischen Wünschen ein taubes Ohr zu zeigen, und lass mich stattdessen an Noras Wohl denken ...*

* * *

Nora, die gewahr wurde, dass sie gebetet hatte – oder zumindest den erstarrten Versuch eines Gebetes unternommen hatte –, fühlte sich plötzlich schuldig, als sie merkte, dass sie sich kaum noch an ihre Worte erinnern konnte. Sie fragte sich, wie lange sie hier schon gesessen hatte und leere Wiederholungen und sinnlose Bitten gesprochen hatte.

*Vergib mir, Herr. Ich kann nicht denken ... Ich kann einfach nicht denken ...*

Sie warf einen flüchtigen Blick auf Morgan. Er saß da und starrte in das ersterbende Feuer, so, als nähme er seine Umgebung nicht wahr. Irgendetwas an seinem Profil veranlasste Nora, ihn genauer zu betrachten. War es die uncharakteristische Senkung seiner starken Schultern, eine Schlaffheit in seinem Gesicht, die sie dort bisher nicht bemerkt hatte? Überrascht stellte sie fest, dass seine Erscheinung etwas Unordentliches hatte, und das allein war Grund genug für sie, ihn sorgfältiger zu betrachten. Es mochte Morgan zwar gleichgültig sein, mit wem er verkehrte oder wie er seine Tage verbrachte, aber er war nie unordentlich oder nachlässig in Bezug auf seine eigene Person gewesen. Aber heute Abend schien ihn eine Atmosphäre der Resignation zu umgeben. Sein stets ungebärdiges lockiges Haar war schmutzig – hatte sie deshalb das dichte Büschel Silber an seinen Schläfen bisher nicht bemerkt? Selbst seine Kleidung wirkte zerknittert und abgetragen – und auch Morgan selbst sah verbraucht aus. Feine Spinnweben zogen sich von seinen Augenwinkeln aus über das Gesicht, tiefe Furchen umgaben seinen Mund, und seine sonst bronzene Haut war grau geworden und zeigte deutliche Schatten der Erschöpfung.

Eine unerwartete, unlogische Traurigkeit stieg in Nora auf, als sie erkannte, dass Morgan – so, wie sie auch – älter wurde. Sofort schalt sie sich wegen ihrer Dummheit. Sie und Morgan waren schließlich gleichaltrig. Nach dreiunddreißig Jahren waren sie beide keine jungen Küken mehr. Und wenn man bedachte, was für ein liederliches Leben er geführt hatte – wenn man den Gerüchten Glauben schenken durfte –, sah der Mann sogar noch recht gut aus.

Als habe er ihren prüfenden Blick bemerkt, wandte sich Morgan um und lächelte sie an. Nora konnte sich nicht erklären, warum die Zärtlichkeit, die dieses Lächeln widerspiegelte, ihr solch einen scharfen Schmerz zufügte.

„Kannst du mir erklären, *ma girsha*", sagte er, „warum ich ein alter Hund geworden bin, während du immer noch wie ein junger Welpe bist?"

Die Genauigkeit, mit der er scheinbar ihre Gedanken erraten

hatte, verschlug Nora den Atem. „Du bist kein Hund geworden, wie ich gehört habe", stammelte sie, „sondern ein Wolf. Ein *roter* Wolf", fügte sie sehr betont hinzu.

Als er nichts erwiderte, fuhr sie fort, ihn herauszufordern. „Hast du geglaubt, es würde nicht herauskommen? Wer sonst sollte es sein? Man sagt, dass der Anführer dieser Räuberbande in den Bergen ein ‚großer Berg von einem Mann' sei, ‚mit wilden roten Haaren und einem noch wilderen roten Hengst'. Sie nennen ihn Connachts *Robin Hood.*"

Morgan hob fragend eine Augenbraue, sagte aber nichts.

„Oh, ich weiß recht gut Bescheid über Englands geächteten Helden!", stieß Nora hervor. Es irritierte sie, dass er offenbar fest entschlossen war, ihre Anschuldigungen zu ignorieren. „War es nicht dein eigener Vater, der mich damals in der Schule unterrichtet hat?" Ihr Mund wurde schmal und anklagend. „Daniel John weiß es auch. Meinst du nicht auch, dass du ein ausgezeichnetes Vorbild für ihn und die anderen Kinder im Dorf bist? Werden sie nicht glauben, es sei gerecht, zu stehlen, solange es für einen guten Zweck ist? Und haben wir heute nicht gesehen, wohin solch ein Denken führt?"

„Wer weiß es sonst noch?"

„Ist das alles, was du zu deiner Verteidigung sagen willst – *Wer weiß es sonst noch?*"

„Im Dorf. Wer sonst im Dorf weiß es?", wiederholte er ungeduldig.

„Es wird geredet. Hast du gemeint, es würde kein Gerede geben?"

Er machte eine verächtliche, abweisende Handbewegung. „Es wird ständig geredet. Ich kann mich nicht erinnern, dass du dich am Dorfklatsch beteiligt hättest, Nora."

„Und ist das alles? Ist es wirklich nicht mehr als Dorfklatsch?"

Als einzige Antwort kam ein Achselzucken.

Nora fröstelte und holte schaudernd Luft. Bisher hatte sie die

Wahrheit nur vermutet. Obwohl sie glaubte, dass Morgan des Aufruhrs und der Diebereien fähig sei, die man dem berüchtigten Geächteten nachsagte, hatte es ein Teil ihrer selbst geschafft, den Gedanken abzuweisen. Vielleicht war es eine törichte, noch nachklingende Treue zu dem, der ihr Kindheitsfreund und ihre Jugendliebe gewesen war, wegen der sie sein Andenken unbeschmutzt halten wollte. Aber der ruhige grüne Blick, mit dem er sie ansah, zwang Nora zu erkennen, was sie so lange hatte leugnen wollen: Morgan Fitzgerald war in der Tat *an mhac tire rua.* Der rote Wolf.

Eine plötzliche Woge des Ärgers überrollte sie, und sie beugte sich zu ihm vor. „*Warum,* Morgan? Wie bist du dazu gekommen, so etwas zu tun? Du mit deiner guten Ausbildung, deinem brillanten Verstand, deinen Gedichten und Liedern – wie konntest du all das wegwerfen, als ob es nichts bedeute, und zu einem – einem gewöhnlichen *Banditen* werden? Ist es etwa wegen der Politik ... wegen dieser Young-Ireland-Bewegung? Ist es deswegen?"

Morgan holte tief Luft und atmete sie langsam wieder aus. Er schüttelte den Kopf, als er antwortete. „Nein. Oh, ich nehme an, die meisten der Burschen gehören zur Bewegung. Aber die Bewegung hat mit dieser Sache nichts zu tun. Das sind zwei verschiedene Dinge. Nein", fuhr er mit müder Stimme fort und rieb sich mit einer Hand den Nacken, „dies hier hat mit dem Hunger zu tun. Und mit dem Überleben. Dem Überleben unserer Familien – unserer Dörfer."

Nora starrte ihn bestürzt an, als sie langsam begriff. „Daher kommen also die Lebensmittel", sagte sie und beobachtete ihn. „Die Vorräte, die du ins Dorf bringst – die du *uns* bringst –, die Medizin für Tahg, das Geld, mit dem du unsere Überfahrt nach Amerika zahlen wolltest ..." Sie hielt entsetzt inne. „Oh, du dummer, törichter Mann!", rief sie aus. „Siehst du nicht, was für eine Vernichtung du über dich bringst? Sie werden dich *hängen!* Ist dir das denn völlig gleichgültig?"

Morgans Blick blieb fest, als er sich nach ihr ausstreckte. Nora spürte die warme, ungebeugte Kraft seiner großen, schwieligen Hände, die ihre eigenen Hände umschlossen. Sie wurde ganz steif und versuchte, ihm ihre Hände zu entziehen. Aber Morgan hielt sie fest, lehnte sich über den Tisch und schob sein Gesicht dicht an das ihre, so dicht, dass sie sich von seinen Augen gefangen fühlte. „Ist es dir gleichgültig, *asthore?*"

*Mein Schatz.* Das alte Kosewort aus ihrer Jugend ließ Nora die Tränen in die Augen schießen.

„Ist es dir gleichgültig, Nora?", wiederholte er sanft, zog ihre Hand an sein Gesicht und legte ihre Handfläche auf seine bärtige Wange.

Seine Berührung, die unerwartete Seidigkeit seines Bartes an ihrer Hand versetzte Nora in Panik.

„Nun, natürlich ist es mir nicht gleichgültig", antwortete sie und wandte ihren Blick von ihm ab. „Ich würde mir wohl kaum wünschen, irgendeinen Mann am Galgen zu sehen."

„Auch nicht einen Narren wie mich?", erinnerte er sie, und ein Hauch von Heiterkeit lag in seiner Stimme.

„Nein, auch dich nicht." Sie konnte ihn nicht ansehen.

„Nora?"

Unwillkürlich sah sie ihm in die Augen, und die Wärme, die sie darin erblickte und die sie umhüllte – eine ganze Woge von Gefühlen – war ihr schmerzlich bekannt. Bekannt und irgendwie erschreckend.

Noras Mund wurde trocken, ihr Herz raste, und einen verrückten Augenblick lang standen all die Jahre voller Schmerzen nicht mehr zwischen ihnen. Sie war wieder ein Mädchen, und Morgan war ihr junger Held. Erschreckt schloss sie fest ihre Augen, um ihn auszusperren. Aber als sie sie wieder öffnete, sah sie, dass er sie mit einem suchenden Blick, in dem unzählige Fragen zu liegen schienen, ansah. Und in diesem kurzen Moment zwischen zwei Atemzügen ging ein Erkennen von einem zum anderen, ein Wissen, dass die alten Hoffnungen zwar verwelkt waren, aber nicht gestorben, dass die junge Liebe zwar verblasst war, aber nicht ganz vergangen.

Und dann war es vorbei.

Er löste seine Hände und erhob sich vom Stuhl. „Ich sollte jetzt gehen", sagte er rau. „Aber kannst du mir versprechen, Nora, dass du über das, was ich dir heute Abend vorgeschlagen habe, nachdenken wirst – wirklich nachdenken? Du bist diejenige, die die Entscheidung treffen muss. Du bist immer noch die Mutter und hast die Verantwortung für die Sicherheit deiner Familie."

Als Nora seine Ermahnung unterbrechen wollte, hob er die Hand, um sie zu zurückzuhalten. „Denke daran, du brauchst dir keine Sorgen wegen des Geldes für eure Überfahrt zu machen. Wie ich bereits gesagt habe, sind einige Plätze schon bezahlt und ein Schiff ist unterwegs." Er zögerte, und nur für einen Moment hatte Nora das Gefühl, er wolle noch mehr sagen – ja, dass er etwas vor ihr verbarg.

Aber sein Blick klärte sich rasch, und er sagte fest: „Ich werde dir helfen, Tahg und den alten Mann ... falls er noch leben sollte ... zur Landebrücke zu bringen. Und ich werde mich auch um eure Lebensmittelvorräte kümmern und dafür sorgen, dass sie verpackt und auf das Schiff geladen werden. Das Einzige, was du selbst tun musst, ist, die paar persönlichen Dinge zu packen, die du vielleicht brauchst."

Er sah weg und ging dann zur Tür. Ohne jede Vorwarnung kam Nora plötzlich der Verdacht, dass Morgan weniger um ihr Wohlergehen besorgt sei, sondern sie vielmehr unbedingt loswerden wollte. Er hatte sich offensichtlich sehr viel Mühe gegeben, dafür zu sorgen, dass sie keine Entschuldigung hätten, um *nicht* zu gehen.

Warum hatte sie nicht schon eher erkannt, dass sie für ihn zur Last geworden waren? Natürlich, ihm musste sehr viel daran liegen, sie aus Killala hinauszubekommen! Aus irgendwelchen unerklärlichen Gründen – sie nahm an, dass ein für ihn sonst untypischer Zug von christlichem Pflichtbewusstsein der Grund war – hatte er eine Art Wächteramt für sie und ihre Familie übernommen. Doch jetzt hatte er eindeutig Hintergedanken und konnte es kaum erwarten, sie allesamt auf den Weg nach Amerika zu schicken.

Die Enttäuschung war wie ein scharfes Messer, das ihr das Herz zerriss. „Wie gut du doch mein Leben für mich geordnet hast, Morgan! Ich nehme nicht an, dass dir auch nur einmal der Gedanke kam, du könntest zu viel Kontrolle übernehmen!"

Ihre Stimme zitterte vor Demütigung und Wut, als sie fortfuhr, ihn anzugreifen. „Ich kann mir nicht vorstellen, was in dich gefahren ist, dass du dich für mich und meine Söhne verantwortlich fühlst, aber ich kann dir versichern, dass es absolut unnötig ist. Ob wir uns nun entscheiden, Irland zu verlassen oder nicht, geht dich überhaupt nichts an, verstehst du. Wir werden allein durchkommen, und du brauchst dir keine weiteren Sorgen um uns zu machen."

Morgan war schon fast an der Tür, aber jetzt fuhr er herum, um sie anzusehen. Seine Augen blitzten warnend auf. Er überquerte die Entfernung zwischen ihnen mit zwei großen Schritten, riss sie aus dem Stuhl hoch, und seine großen Hände umschlossen ihre Schultern. „Du kannst einen wirklich *rasend* machen!"

Als Nora nichts erwiderte, sondern ihn einfach nur ansah, blickte er böse auf sie herunter und stieß ein frustriertes Stöhnen aus. „Kannst du es nicht in deinen Dickkopf hineinbekommen, dass ich nur versuche, dir zu helfen?"

Nora schien tatsächlich unfähig, irgendetwas zu tun, außer ihn mit großen Augen anzustarren. Seine riesige Gestalt füllte den Raum, seine brennenden Augen verbrannten ihre Haut, und einen wilden Moment lang meinte sie, er werde sie heftig schütteln. Aber nach einem weiteren langen Moment wurden seine Hände schlaff und das Feuer in seinen Augen erstarb. Er ließ sie los, wandte sich um und ging ohne ein weiteres Wort aus der Hütte.

Nora starrte ihm nach und holte erschüttert Luft. Sie blickte nach unten und nahm nur undeutlich wahr, dass sie immer noch in seinen Mantel gehüllt war. Sie wollte ihm nachrufen, ließ es dann aber sein, weil sie wusste, dass er sie nicht hören würde. Wie betäubt hob sie einen Zipfel vom groben, schweren Fries seines Mantels an ihr Gesicht. Der Duft von Winter, qualmendem Holz und von Weite überflutete ihre Sinne. Vornübergebeugt vor Schwäche und Bedauern stöhnte sie laut.

„*Mutter?* Mutter, geht es dir gut?" Daniel Johns beunruhigte Stimme erklang hinter ihr, und Nora richtete sich auf und drehte sich um.

Er kam sofort zu ihr. Er hatte sein Nachtzeug an, und Nora konnte an dem gequälten Ausdruck der Sorge und Verzweiflung auf seinem Gesicht erkennen, dass er ihren Streit mit Morgan zumindest teilweise mitgehört hatte.

„Ja, es geht mir gut, Junge", sagte sie mit unsicherer Stimme. „Aber warum schläfst du nicht?"

Er schüttelte den Kopf. „Es gibt so vieles, worüber ich nachdenken muss."

Nora betrachtete sein junges Gesicht, das viel zu früh von den Sorgen und Lasten gezeichnet war, die das Leben auf ihn gelegt hatten. Sie legte eine Hand auf seinen Arm und sagte sanft: „Trotzdem musst du dich ausruhen, Daniel John."

„Mutter ..."

Nora wartete. Sie war, wie so oft in letzter Zeit, erstaunt über die Verwandlung ihres jüngsten Sohnes: seine rasch zunehmende Größe, seine breiter werdenden Schultern, die immer markanter werdenden Züge seines langen, gut aussehenden Gesichts, die denen seines Vaters so ähnelten. Er war erst dreizehn – beinahe vierzehn, erinnerte sie sich selbst –, aber bald würde die letzte Spur seiner Jugendzeit verschwunden sein, ausgetauscht gegen die Gestalt eines Mannes.

Wie schnell sie vergangen war, die wunderbare Zeit der Kindheit, wo die Erwachsenen für die Sorgen zuständig waren und wo Träume wirklicher erschienen als das Leben selbst und beinahe genauso wertvoll. Würde Daniel John jemals Zeit für seine eigenen Träume finden? Oder würde er den Sprung vom Kind zum Mann so machen müssen, ohne irgendetwas, was die Kluft überbrückte? Sie fragte sich sogar manchmal, ob ihr Sohn *jemals* ein Kind gewesen sei. Er hatte schon immer älter gewirkt – stärker, weiser, reifer als viele der anderen Kinder. Hatte sie ihn so werden lassen, mit ihrer stetig zunehmenden Abhängigkeit von ihm?

„Mutter, können wir uns unterhalten?" Sein Ton war von einer Dringlichkeit, die Nora zurück in die Realität zog.

„Ich dachte ... jetzt, wo Morgan gegangen ist ... könnten wir über das sprechen, was er – was er vorgeschlagen hat."

Sie sah ihn an. „Dass wir Irland verlassen sollen?"

Er nickte.

„Es ist spät, Daniel John", erinnerte ihn Nora schwach. Sie wusste, dass sie zu schwach, zu erschöpft und ... verletzt war, um an diesem Abend noch irgendetwas anderes zu verarbeiten.

Er musterte ihr Gesicht. „Ja", sagte er schließlich. „Ist schon gut. Ich möchte dich nicht ermüden. Aber kannst du mir nur eine Frage beantworten, Mutter?"

„Natürlich, Junge. Wenn ich kann."

„Meinst du – glaubst du, dass Morgan vielleicht Recht haben könnte? Er scheint unbedingt zu wollen, dass wir Irland verlassen. Bist du auch der Meinung, dass Auswanderung unsere einzige Hoffnung ist, wenn wir überleben wollen? Ist die Lage wirklich so hoffnungslos, Mutter?"

Nora konnte ihm in dem Moment nicht in die suchenden Augen sehen und blickte zu Boden. Sie war sich nicht im Klaren darüber, *was* sie eigentlich glaubte. Sie schien, zumindest im Moment, nicht in der Lage zu sein, den erniedrigenden Verdacht abzulegen, dass sie für Morgan eine Last seien, die er auf dem schnellsten Weg loswerden wollte. Warum hatte er nicht einfach von Anfang an erkennen können, dass er völlig ungeeignet war für die Rolle eines Wohltäters? Es wäre für sie alle so viel besser gewesen.

Sie konnte ihren Ärger nicht für sich behalten, und es sprudelte aus ihr heraus. „Natürlich nicht!“, schnauzte sie ihn an. „Er macht die Dinge schlimmer, als sie sind, damit wir Angst bekommen und das tun, was *er für uns* beschlossen hat!“

Daniel John stand da und sah sie an. Er sah verwundert und auch verletzt aus. „Ich … ich glaube nicht, dass Morgan so etwas tun würde, Mutter. So ist er nicht, nicht im Geringsten.“

Nora war plötzlich ärgerlich über die Bewunderung des Jungen für diesen Mann – die Morgan eindeutig nicht verdiente – und begann, ihrem Sohn ganz genau zu erzählen, was ihrer Meinung nach der wahre Grund für die angebliche Sorge seines Helden um ihr Wohlergehen war.

# 14. Entscheidungen und Wünsche

*Tag und Nacht sind wir in*
*einen verzweifelten Kampf verwickelt,*
*nicht um die Ehre des Landes, nein, um unser eigenes Leben.*
John de Jean Frazer (1809 – 1852)

Früh am nächsten Morgen kam Morgan mit einer Axt und einem Wagen an Noras Hütte vorbei. Er erklärte, er sei unterwegs, um einen Baum zu fällen, und fragte, ob Daniel John mitkommen wolle.

Die beiden wanderten und kletterten beinahe eine ganze Stunde, ehe sie auf halber Höhe eines steilen, dicht bewachsenen Hanges Halt machten. Sie betrachteten prüfend eine mittelgroße Ulme und eine kleinere Buche und überlegten, welche sich besser als Feuerholz eignen würde.

Obwohl es ein kalter, dunstiger Morgen war und der Nebel den Hügel herunterwallte, war der Himmel klar. Ja, es sah sogar so aus, als ob bald die Sonne zum ersten Mal seit Wochen über Killala scheinen würde. Als Daniel von hier oben auf das Dorf herunterschaute, dessen Straßen von silbrig glänzenden Nebelschleiern verhüllt waren, konnte er kaum glauben, dass es von Tod und Krankheit erfüllt war. Von hier aus konnte man die Leichen, die an den Straßenrändern aufgehäuft lagen, nicht sehen, und auch die wenigen Bettler, die noch stark genug waren, um durch die Stadt zu taumeln, waren von hier oben unsichtbar. Aber hier und da stieg eine zerfetzte Rauchfahne von einer angezündeten Hütte auf, um sich mit dem Nebel zu vereinigen – eine grausame Erinnerung an den Sensenmann, der immer noch Killala durchstreifte.

Und wie immer herrschte Stille – jene schreckliche, unheimliche Stille, die irgendwie noch qualvoller war als die hörbaren

Schreie menschlichen Leidens. Selbst hier, hoch über der Stadt, schien die unnatürliche Stille der Hungersnot zu schweben. Außer dem gelegentlichen Knacken eines kleinen Astes unter ihren Füßen oder dem Rascheln der Zweige im sanften Morgenwind hüllte dieselbe schreckliche Stille, die das gesamte Dorf durchdrang, den Hügel ein.

Schließlich brach Morgan das Schweigen. „Die Buche wird am besten sein", sagte er bestimmt und schlüpfte aus dem Mantel, den er sich erst am Morgen wiedergeholt hatte. „Wir werden schneller fertig sein, und sie wird genauso lange brennen."

Daniel nickte kurz, sah ihn jedoch nicht an. Es war eine völlig neue Erfahrung für ihn, sich in Morgans Gegenwart befangen zu fühlen, und es machte ihn unglücklich. Die barschen, hitzigen Worte des gestrigen Abends schienen eine Mauer zwischen ihnen errichtet zu haben. Er hatte eine lange, schlaflose Nacht verbracht und versucht, eine Fülle von quälenden Gefühlen zu sortieren, wobei ihm das mit der Demütigung am meisten zu schaffen machte.

Ihr Streit wegen Cotters Stellenangebot hatte Morgan gereizt, scharfe Worte zu benutzen, was er ihm gegenüber noch niemals getan hatte, und Daniel fühlte sich nach dieser Szene wie ein Dummkopf. Er ärgerte sich darüber, dass er wie ein kleines Kind gescholten worden war. Selbst wenn es *tatsächlich* ein Fehler gewesen sein sollte, zum Haus des Verwalters hinaufzugehen, hätte er von Morgan erwartet, dass er die Verzweiflung, die ihn dazu getrieben hatte, verstand, anstatt ihn dafür zu tadeln.

Und was Cotter betraf – natürlich hatte Daniel die Gerüchte über den Verwalter gehört. Aber was Morgan – und auch seine Mutter – anscheinend unbedingt außer Acht lassen wollten, war die Tatsache, dass Daniel kein Kind mehr war. Wenn er nicht geglaubt hätte, dass er mit einem schwachen, dummen Mann wie Cotter fertig werden könnte, hätte er die Stelle erst gar nicht angenommen.

Morgans unerwarteter Tadel war schon schlimm genug gewesen, aber noch beunruhigender war die abrupte, kompromisslose Weise, auf die er ihnen das Thema der Auswanderung aufgedrängt hatte. Offensichtlich hatte er Mutter damit sehr erregt. Ihre bitteren, beißenden Worte, nachdem Morgan gegangen war, waren schmerzlich gewesen, schmerzlich und unglaublich.

Ihre Anschuldigung, dass Morgan sie nur loswerden wollte, hatte Daniel wie ein Messer tief ins Herz getroffen und es durchbohrt. Als er versucht hatte, Morgan zu verteidigen, hatte sie ihn nicht beachtet. „Morgan ist ein Mann, der für sich selbst leben will – und zwar nur für sich selbst!“, hatte sie ihn angefahren. „Und natürlich für sein kostbares Irland! Alles andere bedeutet ihm nichts und wird ihm niemals etwas bedeuten. Ha, er hat es sogar geschafft, Thomas und die Kinder dazu zu überreden, dass sie diesen schwachsinnigen Plan mitmachen! Siehst du nicht, dass er frei sein wird wie ein Vogel, wenn er uns alle erst einmal auf ein Schiff gebracht hat?“

Trotz seiner eigenen widersprüchlichen Gefühle glaubte Daniel immer noch, dass die Behauptungen seiner Mutter ungerecht waren. Beide, sie und Großvater, hatten Morgan immer vorgeworfen, er sei selbstsüchtig und verantwortungslos und die Gefühle anderer seien ihm gleichgültig. Aber Daniel hatte ihn nie in diesem Licht gesehen. Zugegeben, Morgan war ein Einzelgänger – vielleicht sogar ein wenig seltsam, wie einige im Dorf andeuteten. Er war einsam, oft melancholisch, manchmal sogar unnahbar. Aber er war niemals lieblos gewesen, erst recht nicht Mutter gegenüber. Er hatte gesehen, wie Morgan sie manchmal anschaute, wenn er meinte, er sei unbeobachtet ... als ob sie ein seltenes und kostbares Juwel sei, ein Schatz, den man in Ehren halten musste. Daniel konnte den Ausdruck, der auf Morgans Gesicht lag, nicht in Worte kleiden, aber die unendlich tiefe Fürsorge, die darin lag, war klar zu erkennen.

Und doch, wenn Morgan *wirklich* etwas an ihnen läge, wäre

er dann so entschlossen, sie wegzuschicken? Eine Auswanderung könnte schließlich bedeuten, dass sie einander niemals wieder sehen würden. Mutter sagte, Morgan hätte keinerlei Absicht, Irland zu verlassen – jetzt nicht und auch nicht in Zukunft. Wenn er irgendeine wirkliche Zuneigung für sie empfände, wäre er dann so eifrig darauf bedacht, sie nach Amerika zu schicken?

*Amerika.* Einst hatte dieses Wort für Daniel einen magischen Klang besessen. Oft hatte er davon geträumt, dieses freiheitsliebende junge Land zu besuchen. Wie Morgan glaubte er, dass kein wahres irisches Herz von den Berichten über Amerikas Kampf um seine Unabhängigkeit von den Briten unberührt bleiben konnte.

Aber wie konnte Morgan glauben, dass Daniel dort *bleiben* wolle? Verstand er nicht, dass er nicht der Einzige war, der Irland liebte? War dies nicht auch *sein* Land – genauso, wie es Morgans Land war? Killala, die Berge – die gesamte Insel – dies war sein *Zuhause.* Alles, was er je gekannt und geliebt hatte, war hier. Meinte Morgan, er könne all dem einfach den Rücken kehren, weggehen und es vergessen?

„Daniel John? Hilfst du mir?“

Morgans Stimme riss ihn aus seinen aufgewühlten Gedanken. Er drehte sich schnell um und platzte, ohne nachzudenken, heraus: „Morgan – ich *will* nicht gehen! Ich will Irland *nicht* verlassen!“

Morgan, der deutlich überrascht war, starrte ihn eine Weile an, bevor er antwortete. „Natürlich willst du nicht weg von hier, Junge“, sagte er schließlich mit ruhiger Stimme. „Meinst du, ich weiß das nicht?“

„Warum hast du es dann überhaupt vorgeschlagen? Du hast doch gesehen, wie schwach Mutter ist! Alles, was du erreicht hast, war, sie aufzuregen!“ Daniels frühere Verletzung und Verwirrung wich einer wachsenden Woge des Zweifels. „Es ist also wahr, was Mutter denkt – dass du uns einfach loswerden willst?“

Morgan lehnte sich auf seine Axt. Sein Blick war unergründlich. „Das hat deine Mutter gesagt, nicht wahr?"

Daniel, der sich elend fühlte und wünschte, dass er geschwiegen hätte, wandte sich ohne eine Antwort ab.

Morgans Stimme hinter ihm war sanft und seltsam unsicher. „Und du, Daniel John? Denkst *du* das auch?"

Daniel John schluckte. Er fühlte sich zerrissen und verwirrt und sogar ein wenig geängstigt. „Ich weiß es nicht", murmelte er und wandte Morgan weiterhin den Rücken zu. „Ich glaube, ich weiß nicht mehr, was ich denke."

* * *

*Und wie sollte er auch?*, dachte Morgan verzweifelt. *Er ist ja erst dreizehn Jahre alt. Ein Junge, kein Mann. Ein Junge, der seinen Vater und seine kleine Schwester verloren hatte – und der nun auch noch seinen Großvater und seinen älteren Bruder verliert. Und als ob das alles noch nicht genug wäre, um seinen Lebensmut zu vernichten, komme auch ich noch und schlage ihm vor, im Tausch dagegen seine Heimat und sein Vaterland zu verlassen. Natürlich weiß er nicht, was er denken soll, außer, dass sein Leben einer verrückten Geschichte gleicht, einem grausamen und herzlosen Witz.*

„Mutter hatte Recht, weißt du." Daniel John drehte ihm endlich das Gesicht zu, während er redete. „Selbst wenn wir weggehen wollten, wäre es unmöglich. Tahg kann nicht gehen – er spricht ja kaum noch. Und Großvater ..."

Morgan nickte. „Ja, Junge, ich weiß", sagte er und versuchte, sanft zu sein. „Dein Großpapa liegt im Sterben. Und es tut mir Leid, Daniel John, sehr Leid." Er machte eine Pause. „Aber kannst du nicht verstehen, Junge, dass ich nicht will, dass du und deine Mutter auch noch sterben? Nur deswegen versuche ich, euch dazu zu bringen, dass ihr den Tatsachen ins Auge seht – und etwas unternehmt."

„Du weißt, Mutter wird sich niemals überwinden können, wegzugehen!", widersprach der Junge. Seine Stimme versagte ihm einen Moment lang vor Enttäuschung den Dienst. „Nicht nur wegen Großvater und Tahg." Er zögerte, als wäre er sich nicht im Klaren, ob er weitersprechen dürfe. „Mutter ... Mutter hätte Angst, Morgan. Wirklich, sie hätte schreckliche Angst, verstehst du das nicht? In ihrem ganzen Leben ist sie nicht weiter gereist als bis nach Ballina! Ihre gesamte Welt ist hier, in Killala."

Wieder nickte Morgan. Er konnte das Verständnis des Jungen für seine Mutter nicht bestreiten. Ja, natürlich wäre Nora entsetzt. Hatte er nicht die ganze Zeit gewusst, dass Angst sich als das einzige unüberwindliche Hindernis erweisen könnte? Alles andere befand sich im Bereich des Möglichen: Geld für die Überfahrt, ein Schiff, sogar die Hoffnung auf einen Lebensunterhalt, nachdem sie angekommen wären. Aber was konnte er gegen Noras Angst tun?

War das nicht der Grund gewesen, warum er auf Michaels Bereitschaft zur Mithilfe gezählt hatte? Wenn Nora nach ihrer Ankunft in den Staaten jemanden hätte, auf den sie sich verlassen und dem sie vertrauen könnte, dann, so hatte er gehofft, würde das für sie die Sache völlig ändern.

*Oh, Michael, Michael, warum hast du mir nicht geantwortet, Mann? Habe ich doch zu viel erhofft?*

„Morgan?"

Der Junge schien alles andere zu sehen, nur ihn nicht. „Wenn ... wenn *du* gehen würdest, hätte Mutter nicht solche Angst. Es würde alles völlig ändern, wenn du mit uns gehen würdest. Ich glaube nicht, dass sie mich in irgendeiner Weise als Schutz sieht – sie hält mich immer noch für ein Kind, weißt du."

Betroffen suchte Morgan nach einer Antwort. Es war eine Frage, die er nicht erwartet hatte. Nicht, dass er nicht auch schon über diese Möglichkeit nachgedacht hätte. Für den Fall, dass

Michael seinen Brief nicht beantworten sollte, oder falls er antworten würde, aber nicht bereit wäre, zu helfen, hatte er erwogen, Nora und die anderen auf der Reise zu begleiten und, sobald sie gut untergebracht und versorgt wären, wieder zurückzukehren.

Aber der Zeitpunkt hätte nicht schlechter gewählt sein können. Die neue Vereinigung plante einen Aufstand – ein Plan, der zum Scheitern verurteilt war, noch bevor er begann. Wie anders sollte es enden als mit einer Niederlage? Ihre Armee würde hauptsächlich aus hungrigen Männern und sterbenden Jungen bestehen, zusammengewürfelt aus einer unbestimmten Anzahl von wild blickenden Fanatikern, die überhaupt kein richtiges Verständnis davon hatten, wofür sie kämpften. Eine Armee von verhungernden Bauern und Träumern war wohl kaum ein ernst zu nehmender Gegner für das mächtige britische Reich.

Trotz seiner Überzeugung, dass eine Niederlage das einzig mögliche Ergebnis eines solchen Unterfangens sei, brachte es Morgan doch nicht fertig, sich von Smith O'Brien abzuwenden. Seine Freundschaft mit dem Führer der Young-Ireland-Bewegung – und also auch mit dem, wenn auch widerwilligen, Anführer des geplanten Aufstandes – machte es Morgan unmöglich, wegzugehen. Außerdem hatte Smith O'Brien jene Mitglieder, die wie Morgan dazu neigten, weniger radikal zu sein, darauf hingewiesen, dass ein paar kühle Köpfe helfen könnten, die Hitze des wahren Feuers der Rebellion, den leidenschaftlichen John Mitchel, zu mäßigen. Man konnte sich keine größeren Gegensätze vorstellen als diesen willensstarken Sohn eines unitarischen Geistlichen und Smith O'Brien, den zurückhaltenden, protestantischen Gentleman vom Lande. Und doch hatten es die beiden irgendwie fertig gebracht, sich selbst und die gesamte Bewegung in ein Unwetter zu stürzen, das sich zusammenbraute und jederzeit in offene Rebellion ausbrechen konnte.

Auf Grund seiner Freundschaft mit O'Brien hatte Morgan versprochen, dass er mit seiner Feder – und seinen Männern – der Young-Ireland-Bewegung und somit auch dem Aufstand helfen würde. Er würde sein Wort nicht brechen. Er war gebunden.

Aber war er nicht auch dem Jungen verpflichtet, der ihm gegenüberstand und ihn mit bittenden Augen anschaute? Und auch der Mutter des Jungen?

Nora. *Lieber Gott, zwinge mich nicht noch einmal, mich zwischen ihr und Irland zu entscheiden. Ich habe einmal meine Wahl getroffen, und ich habe damit gelebt. Aber bitte, Gott, nicht noch einmal ... nicht noch einmal ...*

Er fuhr sich mit der Hand durch seine Haare, sah weg und richtete seinen Blick auf die Berge. „Daniel John, bitte versuche zu verstehen. Ich bin im Moment tief in einige Dinge verwickelt, die ich zu Ende bringen muss. Ich habe mich einem Plan verpflichtet und einigen Leuten, und wenn ich jetzt Irland verließe, käme das einem Verrat gleich."

Zu seiner Überraschung nickte der Junge und sagte: „Du meinst den Aufstand."

Morgan warf ihm einen erstaunten Blick zu. „Was weißt du von dem Aufstand?"

„Ich habe gehört, wie Großvater davon gesprochen hat", sagte Daniel John mit einem Achselzucken, „er und die anderen Männer im Dorf. Und bei einer Versammlung vor einigen Wochen wurden wir vor einer solchen Möglichkeit gewarnt. Der Sprecher sagte, dass wir nicht daran teilnehmen sollten." Er hielt inne und schaffte es, zu lächeln – es war ein schwaches, bitteres Lächeln. „Als ob irgendjemand im Dorf die Kraft hätte, zu den Waffen zu greifen."

Er blickte auf und sah Morgan in die Augen. Sein Blick war traurig, aber wissend. „Es tut mir Leid, Morgan", sagte er leise. „Ich hätte nicht so reden sollen. Ich verstehe, warum du nicht gehen kannst."

Morgan ging einen Schritt auf ihn zu. Er wollte sein Verhalten noch weiter erklären. Aber Daniel John schüttelte seinen Kopf. „Nein, wirklich, es ist schon gut“, sagte er mit erstickter Stimme. „Ich verstehe, warum du so handelst ... warum du immer so handeln wirst – zumindest glaube ich, dass ich es verstehe. Es ist, als ob Irland deinen Geist absorbiert und dich zu einem Teil seiner selbst gemacht hat.“

Morgan hatte den Jungen noch nie so sehr geliebt wie in diesem Augenblick. Er meinte, sein Herz müsse ihm zerspringen, als er seine Hand leicht auf die Schultern des Jungen legte und sagte: „Aye, genauso ist es. Aber verstehst du auch, Junge, dass dies zwar eine andere Art von Liebe ist, dass sie aber dennoch nicht größer ist als meine Gefühle für dich und deine Mutter?“

Daniel John nickte kurz und steif und wandte seine Augen ab. „Aye, ich weiß das, Morgan. Ich habe es immer gewusst.“

Der Schmerz in Morgans Herz nahm zu. „Dann sollst du auch dies wissen, Junge: Ich würde mir niemals, niemals wünschen, von dir oder deiner Mutter getrennt zu sein. Allein der Gedanke daran ist niederschmetternd für mich. Aber *was* ich mir wünsche, ist, dass du lebst, Daniel John – dass du lebst und ein besseres Leben haben kannst, als dir diese leidende Insel jemals bieten könnte.“

Daniel John blickte zu ihm auf, und Morgan sah mit Bestürzung, dass in den Augen des Jungen Tränen standen. Impulsiv zog er ihn in eine kurze Umarmung und schob ihn dann wieder von sich weg. „Du wirst schnell erwachsen, Junge“, sagte er und hielt ihn immer noch lose bei den Schultern. „Und du wirst ein prächtiger junger Mann werden – ich meine sogar, ein *hervorragender* junger Mann.“

Der Junge errötete, aber Morgan fuhr fort: „Du hast ein heldenmütiges, edles Herz, Daniel John. Deine Mutter wird stolz auf dich sein.“ Er hielt inne und suchte nach Worten, um das auszudrücken, was er so dringend sagen wollte. „Da ist etwas,

was ich dir sagen möchte, Junge. Und ich bete, dass du dich immer daran erinnern wirst, ganz gleich, was in den kommenden Tagen und Jahren geschehen mag." Er verstärkte seinen Griff um die Schultern des Jungen und blickte ihn mit Stolz und Zustimmung an. „Wenn ich jemals einen Sohn gehabt hätte, Daniel John, dann hätte ich mir gewünscht, er wäre ein Junge wie du gewesen, genau wie du. Oft habe ich mir gewünscht, du wärest mein."

Sie blieben einen Augenblick so stehen, schweigend, jeder den Blick des anderen suchend. Plötzlich warf Daniel John seine Arme um Morgans Hals und klammerte sich an ihn. „Geh mit uns, Morgan!", sagte er den Tränen nahe, und seine Worte wurden von Morgans Schulter erstickt. *„Bitte! Geh mit uns!"*

Morgan hielt ihn eng an sich gedrückt und presste die Augen zu, um den Schmerz zu unterdrücken. Offensichtlich würde nichts an dieser Sache so einfach werden, wie er gehofft hatte.

# Teil zwei

## Lied des Schweigens

### Das Warten

*Das Angesicht des HERRN hat sie zerstreut,*
*er schaut sie nicht mehr an.*
*Auf die Priester hat man keine Rücksicht genommen,*
*Greisen ist man nicht gnädig gewesen!*
*Noch vergehen unsere Augen (auf der Suche) nach Hilfe für uns –*
*umsonst.*
*Auf unserer Warte warteten wir auf eine Nation,*
*die (doch) nicht retten kann.*

Klagelieder 4,16-17

# 15. Nachtwachen

*Denn wo sind der Glaube oder die Reinheit*
*oder der Himmel jetzt in uns?*
*An Macht allein die Zeiten glauben –*
*dem Gold alleine sie sich beugen.*
Richard D'Alton Williams (1822 – 1862)

Cotter saß allein in dem großen, zugigen Vorderzimmer und pflegte sowohl seinen Whisky als auch seine Wut.

Er hatte den größten Teil des Tages damit verbracht, sich über den Kavanagh-Jungen zu ärgern und sich seine Rache an der diebischen kleinen Ratte auszumalen. Es drang nur undeutlich in sein Bewusstsein, dass es Nacht geworden war. Die Dunkelheit um ihn herum wurde nur durch das niedrige Feuer auf der anderen Seite des Raumes, das schon fast ganz heruntergebrannt war, erhellt. Bis vor kurzem hatte auch noch eine Kerze geflackert. Aber nachdem sie vom Zug von den schlecht angepassten Fenstern ausgelöscht worden war, hatte er sich nicht die Mühe gemacht, sie wieder anzuzünden.

Abgesehen von Whittaker, der sich sofort nach dem Abendessen in sein Zimmer im oberen Stock zurückgezogen hatte, war Cotter völlig allein im Haus. Die Köchin war nach dem Abendessen in ihre Hütte im Dorf zurückgekehrt, und da die letzte von einer ganzen Reihe von Haushälterinnen erst vergangene Woche gekündigt hatte, waren zurzeit keine weiteren Hausangestellten auf dem Grundstück.

Von Zeit zu Zeit blickte Cotter wütend zur Decke empor und wünschte sich, dass der milchbärtige Engländer im Zimmer über ihm die Hitze seines Zornes fühlen könnte. Aber die meiste Zeit lümmelte er sich einfach nur auf seinem Stuhl, trank und fluchte – manchmal laut, meistens aber nur still vor sich hin. Er verfluchte Daniel Kavanagh, seine Familie und die nutzlosen Einwohner des Dorfes.

Was den Jungen betraf, so würde dieser unverschämte *gorsoon* dafür zahlen müssen, jawohl. Er konnte sich nicht vorstellen, was in diesen jungen Burschen gefahren war, dass er erst so tat, als wolle er unbedingt eine Stelle bekommen, um ihn dann vorsätzlich herauszufordern. Nun, er würde seine Unverschämtheit bereuen, und zwar bald. Morgen würde der tollkühne junge Bock auf dem harten Wege lernen, dass er es sich nicht leisten konnte, George Cotters Autorität zu missachten.

Der Verwalter spülte den Rest seines Whiskys hinunter. Aye, morgen würde der junge Kavanagh zu seinem Unglück lernen, welche Konsequenzen es hatte, der Obrigkeit einen Korb zu geben. In der Tat, morgen würden viele der respektlosen Wilden in diesem schmutzigen Dorf selbst eine Kostprobe von der Autorität ihres Verwalters bekommen.

Macht war angesagt, schloss er mit einem selbstzufriedenen, hämischen Lächeln. Macht, nicht Gnade. Der englische Stutzer über ihm mochte es, andauernd von Gnade zu reden. Nun, Whittaker würde auch noch früh genug lernen, dass Gnade in diesem Höllenloch keinen Platz hatte. Es war Macht, die dafür sorgte, dass die Arbeit getan wurde – *britische* Macht. Die Macht des britischen Gutsherrn.

Er lachte laut. Was für eine andere Macht sollten diese unwissenden irischen Bauern schon kennen?

* * *

Über ihm lag Evan Whittaker auf seinen Knien. Sein Kopf ruhte auf seinen gefalteten Händen, die auf dem Bett lagen. Auf seinen Augenbrauen standen Schweißperlen. Er flehte zu seinem Herrn.

Er flehte um Kontrolle über die heiße Wut, die ihn durchströmte, eine Wut, die von Empörung genährt wurde und sich gegen Cotter richtete, die aber gleichzeitig auch irgendwie gegen sein eigenes Heimatland gerichtet war. Es erschien ihm unbegreiflich, dass ein Volk ein anderes auf solch eine Weise verwüsten könnte, mit solch schreiender Unmenschlichkeit und Gleichgültigkeit. Die Frage, die sich ihm stellte und ihm den ganzen Tag keine Ruhe gelassen hatte, war, wie eine Nation wie England, die von den anderen Ländern der Welt für eine große und edle Nation gehalten wurde, sich einfach von einem verhungernden Land abwenden konnte – einem Land, von dem sie jahrelang riesige Mengen Getreide, Produkte, Vieh und Fertigwaren bezogen hatte. Die Anschuldigung, sie würden die Iren verhungern lassen, war schon lange nicht mehr strittig. Eine Reihe von protestantischen Geistlichen in beiden Ländern hatten begonnen, sich dem wütenden Protest der katholischen Geistlichen anzuschließen. Sie bestätigten das, was bis vor wenigen Monaten lediglich Gerüchte und Andeutungen waren. Tatsachen waren Tatsachen, und Evan versuchte nicht länger, die Wahrheit zu leugnen. Aber was ihn am meisten verblüffte, war die arrogante Gleichgültigkeit, die aalglatte Leichtigkeit, mit der sie diese leidende Insel verdammten.

*Warum?*

Er hatte die Frage seit Stunden auf den Lippen, und er hatte immer noch keine Antwort. Aber er hatte den Eindruck, als müsse etwas Größeres als Pflichtvergessenheit, mehr als nur eifernde Borniertheit hinter dem unbarmherzigen Verhalten Englands gegenüber den Iren stehen. Oder klammerte er sich nur deshalb an diese Vermutung, weil er es nicht über sich bringen konnte, die Wahrheit zu akzeptieren – die Tatsache, dass sein eigenes Heimatland ein gesamtes Volk aus Habgier verdammt hatte? Habgier und Teilnahmslosigkeit.

Und so betete er nicht nur, dass seine Wut nachlassen möge, er flehte nicht nur um Gnade und Gottes Eingreifen im Leben der leidenden Iren, sondern er betete auch um Gottes Gnade für sein eigenes Land, für England und sein verhärtetes Herz.

Evan war so sehr mit seinen inständigen Bitten beschäftigt, dass das Geräusch von unten kaum in sein Bewusstsein drang. Als es sich wiederholte, hob er den Kopf, um zu lauschen.

Er hörte den Klang von zerbrechendem Glas, dann ein tiefes, gutturales Brüllen, dem ein Moment der Stille folgte. Evan hielt seinen Atem an und wartete. Nach einem weiteren Moment kam ein hohes Kreischen und dann ein Lachanfall.

Die Geräusche eines Geisteskranken.

Evan erschauderte, schluckte, um seine Angst zu überwinden, und schloss dann seine Augen. Er faltete seine Hände noch fester, beugte sein Haupt und kehrte in die Ruhe zurück, in die sichere Geborgenheit seines Zufluchtsortes.

* * *

Der Brief von Michael kam in dieser Nacht.

Morgan saß am Küchentisch und spielte mit einem literarischen Werk herum, das von einem jungen Medizinstudenten in Dublin, einem Mitglied der Young-Ireland-Bewegung namens Richard D'Alton Williams, verfasst worden war. Williams schrieb für *The Nation* unter dem Pseudonym „Shamrock". Er war ein talentierter Bursche, der Morgan mehr als einmal gebeten hatte, seine Gedichte anzusehen und seine Kritik zu äußern. Aber heute fiel es Morgan schwer, sich auf Williams Werk zu konzentrieren, obwohl es, wie gewöhnlich, ausgezeichnet war.

Es war spät, nach Mitternacht. Die Kinder waren seit Stunden im Bett. Thomas, dessen schütteres Haar über seine Stirn fiel, war vor dem Feuer eingenickt und döste vor sich hin. Er hatte vorher in der Schrift gelesen. Seine großen Hände hielten die Bibel immer noch sicher auf seinem Schoß.

Morgan schob Feder und Papier beiseite, stand auf und ging,

um seinen Bruder zu wecken, damit er nicht noch vom Stuhl fiele. Er war schon halb durch den Raum gegangen, als jemand gegen die Tür trommelte. Morgan sprang vor Schreck ein Stück zur Seite, und Thomas wachte mit einem erschreckten Grunzen auf.

Sobald er die Tür öffnete und den jungen, ernst blickenden Colin Ward sah, wusste er, dass er endlich seine Antwort von Michael bekam.

Ward, ein sehr kleiner drahtiger Bursche, trug eine Augenklappe, um sein fehlendes linkes Auge, das er bei einem Streit in den Docks von Dublin verloren hatte, zu verbergen. Im Moment wirkte er halb erfroren und beinahe völlig ausgepumpt. Morgan drängte ihn, einzutreten, aber der junge Mann weigerte sich, sich hinzusetzen und auszuruhen.

„Nein, danke, Sir. Ich werde mich nur einen kleinen Moment aufwärmen, und dann muss ich weiter nach Castlebar. Ich habe heute Abend noch eine weitere Lieferung."

Er streckte seine Hand in einen Beutel, der an einem Strick um seine Hüfte hing, zog einen großen, dicken Umschlag hervor und reichte ihn Morgan. „Bitte schön, Sir. Direkt aus New York City – und sogar sicher und trocken, obwohl er durch viele Hände gegangen sein muss."

Morgan streckte mit klopfendem Herzen eine Hand nach dem Umschlag aus, während er mit der anderen Wards Schulter drückte. „Ich kann dir gar nicht genug danken, Junge. Ich hatte schon fast nicht mehr geglaubt, dass er kommt."

Morgan warf einen Blick auf den schweren Umschlag. Als er sah, dass die Adresse mit Michaels Handschrift geschrieben war, holte er vor Erwartung tief Luft. Er wartete so ungeduldig darauf, den Brief öffnen zu können, dass er sich bemühen musste, nicht unhöflich Ward gegenüber zu sein. Aber er hätte sich nicht darum sorgen müssen, denn der Junge schien genauso begierig darauf zu sein, wieder wegzukommen, wie Morgan darauf, den

Brief zu lesen. Nachdem er Thomas kurz vorgestellt hatte und ein paar Bemerkungen über die nachlassende Gesundheit von O'Connel und die Schwierigkeiten von Smith O'Brien gemacht hatte, stand Ward auf, um zu gehen.

Morgan brachte ihn hinaus und wandte sich dann an Thomas.

„So ist er also endlich angekommen“, sagte sein Bruder und beobachtete Morgan mit dem ersten Funken von Interesse, den er seit Catherines Tod überhaupt aufgebracht hatte.

Morgan nickte. Er hatte Thomas von dem Brief an Michael berichtet, wobei er allerdings seinen Vorschlag bezüglich Nora ausgelassen hatte. Sein Bruder wusste nur, dass Morgan einfach mit einem alten Freund Kontakt aufgenommen und darum gebeten hatte, seine Familie bei der Suche nach einem Quartier und Arbeit zu unterstützen.

„Dann öffne ihn“, sagte Thomas und ging zurück zu seinem Stuhl. „Ich bin genauso gespannt, seine Antwort zu hören, wie du.“

Morgan, der mitten in der Küche stand, öffnete den äußeren Umschlag. Seine Hände zitterten, als er erkannte, dass er zwei getrennte Briefe enthielt, jeder in einem eigenen versiegelten Umschlag. Einer war an ihn gerichtet und der andere an Nora.

Er schob den Schwall von Gefühlen, der in seiner Brust aufwallte, erst einmal beiseite und riss den an ihn adressierten Brief auf. Er las einen Moment schweigend. Seine Augen flogen schnell, aber gründlich über die Zeilen.

Wie er gehofft hatte – gehofft und, wie er vor sich selbst zugeben musste, auch halb gefürchtet –, erklärte sich Michael bereit, alles zu tun, was in seiner Macht stand, um Nora und ihrer Familie und auch Thomas und seinen Kindern zu helfen. Obwohl es kein übermäßig langes Schreiben war, war es warm und von schlichter Aufrichtigkeit. Michael sagte, dass er die Entscheidung nicht allein getroffen hatte, sondern dass sie erst nach viel

Gebet und langen Unterredungen mit seinem Sohn, Tierney, gefallen war.

*Wir sind der Meinung, dass Nora zu uns kommen sollte, zusammen mit jenen Familienmitgliedern, die es schaffen, die schrecklichen Ereignisse zu überleben, die du beschrieben hast. Und so habe ich Nora einen gesonderten Brief geschrieben, wie du so verständnisvoll vorgeschlagen hast, um ihr einen ehrenvollen Heiratsantrag zu machen, in dem ich ihr erkläre, wie sehr ich die Gesellschaft einer Frau brauche, und dass Tierney sogar noch mehr den mütterlichen Einfluss und die Erziehung braucht, die er von ihr bekommen könnte.*
*Ich habe mein Bestes getan, Morgan, um absolut aufrichtig und überzeugend zu sein. Ja, ich bete sogar inbrünstig, dass Nora kommt. Ich übertreibe nicht, wenn ich sage, dass Tierney und ich sie brauchen. Aber, ehrlich gesagt, ich wäre vielleicht nie zu dieser Erkenntnis gelangt, wenn du nicht zu diesem Zeitpunkt geschrieben hättest. Ich habe zwar versucht, für uns beide ein gutes Leben aufzubauen. Aber ich fürchte, es ist oft ein etwas einsames Leben. Ich weiß, dass der Junge sehr von Noras Anwesenheit profitieren würde – von mir ganz zu schweigen.*

Er stimme nicht nur völlig mit Morgans Vorschlag überein, fuhr Michael fort, sondern er werde dem Brief an Nora noch ein wenig Geld beifügen, „nur für den Fall, dass nach Bezahlung der Überfahrt noch etwas Geld benötigt werden sollte“.

*Gott segne den Mann.* Er war sogar so weit gegangen, sich nach Arbeitsmöglichkeiten für Thomas zu erkundigen, bevor er antwortete, und sagte, er glaube, vielleicht schon etwas vorbereitet zu haben, wenn sie ankämen.

Als Morgan zum Ende des Schreibens kam, machte er sich schon weniger Sorgen wegen der Situation – zumindest bis er bei Michaels Schlussbemerkungen ankam, die von den Seiten zu springen schienen, als wollten sie ihn herausfordern.

> *Es ist natürlich absolut richtig, dass ich heftig in Nora verliebt war, als wir noch jung waren. Aber obwohl ich sie bat, mich als meine Frau nach Amerika zu begleiten, war ich doch nie dumm genug, zu hoffen, sie könne sich irgendetwas aus mir machen, was über Freundschaft hinausginge. Wir wissen beide, dass sie mich nie wahrgenommen hat, außer dass ich dein Schatten war, und ich war auch nie so blind, dass ich deine Liebe zu ihr nicht bemerkt hätte. Angesichts dieser Tatsachen muss ich dich fragen, Mann: Bist du dir absolut sicher, dass diese Sache wirklich deinem Wunsch entspricht?*

*Ah, nein, Michael, das ist nicht, was ich mir wünsche! Wäre ich ein anderer Mann und dies eine andere Zeit, ich würde Nora vom Fleck weg heiraten, falls sie mich nehmen würde.*

Morgan lenkte seine Augen mühsam auf den Brief zurück und las weiter.

> *Bitte sei dir gewiss, Morgan, dass ich mit dieser Frage in keinster Weise versuche, mein Wort irgendwie zurückzunehmen. Ich möchte nur absolut sicher gehen, dass du erkennst, was du tust. Wenn du wirklich davon überzeugt bist, dass dies der richtige Weg ist, solltest du eins wissen: Wenn wir dies tun, wenn Nora einwilligt, zu mir zu kommen und meine Frau zu werden, dann wird das auf Dauer sein.*
> *Was ich sagen will, ist dies: Wenn du ihr jetzt Lebewohl sagst, wirst du ihr für immer Lebewohl sagen. Denn ich werde mein Herz – und das, was von meinem Leben übrig ist – an sie binden und versuchen, ihr so viel Glück zu schenken, wie ich ihr nur geben kann. Glaube nicht, dass ich einfach für dich*

*beiseite treten würde, solltest du irgendwann in der Zukunft deine Meinung ändern; denn das werde ich sicherlich nicht tun.*

Ein leises, hartes Lächeln erschien auf Morgans Gesicht, denn er musste sich daran erinnern, wie beharrlich Michael war, wenn er sich erst einmal entschieden hatte.

*So bedenke also deine Gefühle gut, alter Freund, denn es wird kein Zurück mehr geben. Und danach, wenn deine Entscheidung immer noch gilt, dann tue dein Bestes, um Nora zu überreden, zu mir zu kommen, und zwar schnell. Lass nicht zu, dass sie die Sache hinausschiebt und in Irland stirbt. Überzeuge sie davon, dass sie jetzt kommen muss, bevor es zu spät ist. Und ich danke dir, Morgan, für dein Vertrauen, denn ich weiß in meinem Herzen, dass du damit das Einzige aufgibst, was du außer dieser erbärmlichen, sterbenden Insel jemals wirklich geliebt hast ...*

Eine lange Zeit starrte Morgan weiter auf die Seiten in seiner Hand, obwohl er wusste, dass Thomas ungeduldig wurde. Er spürte, wie ein kaltes, einsames Loch begann, sich irgendwo tief in seinem Inneren zu öffnen, und einen kurzen Augenblick lang erstarrte die Vorstellung von Noras verwundeten, ängstlichen Augen mit einem solchen Schmerz in seinen Gedanken, dass er meinte, es nicht ertragen zu können.

Schließlich hob er seine Augen von dem Brief und begegnete Thomas' fragendem Blick. „Ihr werdet gehen", sagte er ruhig. „Es ist alles vorbereitet. Eure Überfahrt ist mehr als bezahlt, und Michael hat sogar einige Arbeitsmöglichkeiten für dich erkundet. Und es sieht so aus ..." Er stockte und schaffte es dann, mit erzwungener Fröhlichkeit fortzufahren. „Und es sieht so aus, als wolle er Nora um ihre Hand bitten, wenn sie ankommt. Vielleicht ist das genau das Richtige, um sie endlich dazu zu bringen, dass sie geht."

Thomas' Augen ruhten ernst und suchend auf Morgan, als er langsam aufstand. „Ich meine, dass nicht Michael Burke Nora um ihre Hand bitten sollte. Du hast das Mädel geliebt, seit du ein Junge warst."

Morgan schüttelte den Kopf. Er machte keinen Versuch zu antworten. Stattdessen wechselte er absichtlich das Thema. „Du hast gesagt, dass du schon sehr bald bereit sein könntest."

Nach einem weiteren langen Blick nickte Thomas. „Aye, es gibt wenig genug zu packen." Er hielt inne und blickte Morgans Gesicht erneut suchend an. „Ich bin dir dankbar, Bruder, dass du uns dies ermöglichst. Du hast uns nun mehrere Wochen lang am Leben erhalten, und es scheint, dass du mich und meine Kinder ein weiteres Mal rettest. Ich schulde dir viel. Aber möchtest du dir nicht wenigstens überlegen, ob du nicht doch mit uns gehen willst? Ich weiß ..."

Morgan unterbrach ihn, als habe er nichts gehört. „Ich rechne auf dich, Thomas, dass du eine Unterstützung für Nora bist – vorausgesetzt, ich kann sie überreden, zu gehen."

„Sie will also immer noch nicht?"

Morgan ließ ein kurzes, trockenes Lachen hören. „Sie ist unnachgiebig. Ich hoffe, dass Michaels Brief sie umstimmt."

„An jenem Abend, als wir zum ersten Mal über alles sprachen, sagtest du doch, dass bereits alles fest sei – mit dem Schiff."

„Aye. Es sollte irgendwann demnächst in der Bucht sein. Vielleicht sogar schon Ende dieser Woche."

Thomas sagte eine Weile nichts, aber Morgan konnte sehen, dass er beunruhigt war. „Was hast du auf dem Herzen? Hast du deinen Entschluss geändert?"

Thomas schüttelte den Kopf. „Nein, nichts Derartiges. Aber ich muss immer an diesen Sarg von einem Schiff denken, das letztes Jahr aus der Bucht gesegelt ist", sagte er und rieb sich mit einer Hand über die Bartstoppeln auf einer Seite seines Gesichts. „Ich sorge mich nicht meinetwegen, verstehst du. Es ist wegen der Kinder."

Die *Elizabeth and Sarah,* von der Thomas sprach, war vergangenen Sommer aus der Bucht gesegelt und hatte während der Reise zweiundvierzig Passagiere durch Tod verloren. Morgan hatte von einem der jungen Young-Ireland-Männer in Quebec erfahren, dass das Schiff tatsächlich betriebsunfähig geworden war und den Rest des Weges in den St. Lawrence-Strom hatte hineingezogen werden müssen.

„Das Schiff war stark überladen mit Passagieren und hatte zu wenig Proviant an Bord", erinnerte Morgan Thomas. „Ihr werdet auf einem viel besseren Schiff reisen – einem amerikanischen Schiff. Die sind weitaus besser konstruiert und stehen unter einer fähigeren Leitung, und obendrein sind sie auch viel schneller als die britischen Schiffe. Meine Männer haben das extra für meine Familie arrangiert, Thomas. Sie haben versprochen, ihr Bestes zu tun, um ein sicheres, schnelles Schiff zu bekommen. Ich verstehe deine Besorgnis, aber ..."

Thomas hob eine Hand, um ihn zu unterbrechen. „Ich wäre ein schlechter Vater, wenn ich mich nicht um die Sicherheit meiner Kinder sorgen würde. Aber es scheint immer noch ein sichereres Unternehmen zu sein, ihr Leben bei einer Reise über den Atlantik zu riskieren, als sie hier in Killala zu behalten, wo sie sterben würden."

Morgan war über den klaren Verstand seines Bruders erleichtert. Wenn er nur Nora überzeugen könnte, die Dinge genauso zu sehen. „Morgen werde ich als Erstes zu Nora gehen", sagte er, faltete Michaels Brief sorgfältig zusammen und steckte ihn in den Umschlag zurück. „Wirst du dafür sorgen, dass die Kinder so schnell wie möglich fertig sind?"

„Aye, sie werden es sicherlich für ein großartiges Abenteuer halten." Thomas Gesicht verfinsterte sich. „Vielleicht wird es sogar dazu beitragen, ihre Trauer über den Tod ihrer Mutter zu erleichtern.“

Morgan legte den Umschlag mit einem zerstreuten Nicken auf den Tisch. Er war müde und sein Körper schmerzte beinahe vor Erschöpfung und dem niederdrückenden Empfinden eines bevorstehenden Verlustes. Dennoch wusste er, dass er es in dieser Nacht nicht schaffen würde, viel zu schlafen.

„Du solltest dich ein wenig ausruhen, Bruder“, sagte Thomas, dessen eigene Augen rot umrändert und schwer waren. „Es ist spät.“

„Geh du zu Bett. Ich möchte noch eine Weile an Williams Gedicht weiterarbeiten.“

Nachdem Thomas den Raum verlassen hatte, starrte Morgan noch lange Zeit auf den Umschlag auf dem Tisch. Schließlich seufzte er, umschloss die Flamme der Kerze mit seiner Handfläche und löschte sie aus.

Immer noch konnte er sich nicht rühren, sondern stand einfach wie eine kalte Marmorstatue in der Dunkelheit der Hütte seines Bruders.

Jetzt war sein Herz völlig gebrochen.

# 16. Der Tod nimmt so viele

*Hungersnot und Seuche,*
*was für eine Verwüstung habt ihr angerichtet!*
*Und so sollten tapfere Männer sterben?*
Jeremiah O'Ryan (1770 – 1855)

Der alte Dan tat seinen letzten Atemzug früh am nächsten Morgen.

Während der Nacht war ein eisiger Wind wiedergekehrt, und selbst jetzt noch, lange nach der Morgendämmerung, schien seine graue Kälte die ganze Hütte in ein trübes Licht einzuhüllen. Nora, die spürte, dass der Tod des alten Mannes unmittelbar bevorstand, hatte fast die ganze Nacht an seinem Bett gesessen. Als sie schließlich das Röcheln des Todes in seiner Kehle hörte, erhob sie sich und ging, um Daniel John aus der Küche zu holen.

„Du wirst dich jetzt von deinem Großvater verabschieden wollen, Sohn", sagte sie sanft. „Er wird bald von uns gehen."

In den Augen des Jungen stand Schmerz, als er den Vorhang teilte und den Alkoven betrat. Nora folgte ihm. Sie wartete am Fuß des Bettes, während Daniel John zwischen Tahg und den alten Mann schlüpfte. Tahg war wach – einer seiner zunehmend selteneren klaren Momente – und beobachtete, wie sein Bruder ihren Großvater bei der Hand nahm.

„Meinst du, er kann mich verstehen?", fragte Daniel John, ohne den Blick von dem bewusstlosen alten Mann abzuwenden.

„Das weiß nur Gott", antwortete Nora. Der Kummer ihres Sohnes quälte sie, und sie legte eine Hand auf ihre Kehle, die von den ungeweinten Tränen schmerzhaft angeschwollen war.

In dem schweigenden Schatten des Alkovens streckte Tahg

plötzlich eine dünne weiße Hand nach seinem Bruder aus, der sich umwandte, um ihn anzusehen. „Ich bin sicher, er hört dich“, flüsterte Tahg mühsam. „Verabschiede dich für mich mit, Danny. Ich kann nicht ...“ Er brach ab, weil ihm ein Hustenanfall den Atem nahm.

Daniel Johns Augen füllten sich mit Tränen, und er sah seinen älteren Bruder lange an. Schließlich nickte er. Dann wandte er sich zurück zum alten Dan und begann, auf Irisch zu sprechen.

Der Schmerz in Noras Herzen wurde übermächtig groß, während sie zuhörte, wie sich ihr Sohn zum letzten Mal von seinem Großvater verabschiedete. Er dankte ihm für die zahllosen Opfer, die er für die Familie gebracht hatte, und würdigte das vortreffliche Andenken, das Vermächtnis von Liebe und Güte und Integrität, das der alte Dan hinterlassen würde.

„Ich werde mein Bestes tun ... um deinem Namen gerecht zu werden, Großvater ... um dir Ehre zu machen. Ich werde mein ganzes Leben lang nicht vergessen, den Namen Kavanagh mit Stolz zu tragen.“

Nora schluchzte laut, als der Junge sich vorbeugte, um die eingefallenen Wangen des alten Mannes zu küssen. Sie selbst hatte sich schon früher an diesem Morgen verabschiedet, aber Gott helfe ihr, es war immer noch schwer, ihn gehen zu lassen. Dan Kavanagh war der einzige Vater gewesen, den sie je gekannt hatte, und er hatte sie wirklich wie sein eigen Fleisch und Blut behandelt. Sie konnte sich seine Hütte, die er mit seinen eigenen zwei Händen – oder, was das anging, mit seinem Leben – gebaut hatte, nicht ohne ihn vorstellen.

Die nächste Stunde hielten die drei ihre Totenwache, beteten zusammen und trauerten dann gemeinsam, als es schließlich vorüber war. Beide Jungen weinten, und Nora meinte, es sei das Verdienst ihres Vaters, dass sie dazu fähig waren. Owen hatte seine beiden Söhne dazu erzogen, ein starkes Herz und ein sanftes Gemüt zu haben. Er war ein guter Vater gewesen, ihr Owen, ein guter Vater und auch ein guter Ehemann, und sie vermisste ihn schmerzlich, besonders in Zeiten wie diesen.

Bevor sie überhaupt bemerkte, was sie tat, wünschte sie sich, dass Morgan kommen würde. Aber genauso schnell verachtete sie sich selbst wegen ihrer Schwäche. Denn sie wusste, dass sie sich nach seiner Stärke sehnte und nicht nur nach seiner Gegenwart.

Sie war so müde, so völlig erschöpft. Der bloße Gedanke, mit einem weiteren Todesfall fertig werden zu müssen, drückte sie fast bis zur Verzweiflung nieder. Aber sie musste damit fertig werden, und zwar jetzt – umso mehr, als Tahg so krank war. Er sollte dort nicht liegen müssen, in einem Bett neben seinem toten Großvater. Auch nicht für kurze Zeit. Es lag auf der Hand, dass sie nicht nach Morgan schicken konnte. In Anbetracht der Worte, die an jenem Abend vor zwei Tagen gefallen waren, war sie sich sicher, dass auch er sie unbedingt meiden wollte, so wie sie ihn. Er hatte sich vorgestern deutlich unbehaglich gefühlt, als er bei der Hütte vorbeigekommen war, um Daniel John zu sehen. Nein, Morgan würde so bald nicht mehr vorbeikommen – wenn er es überhaupt jemals wieder täte.

Diesem Gedanken folgte ein anderer auf den Fersen: ein heftiges Verlangen nach Catherine Fitzgerald. Nora selbst hatte noch nie einen Leichnam aufgebahrt. Catherine hatte sich um das bedauernswerte winzige Baby gekümmert, das zwischen Tahg und Daniel John als Totgeburt zur Welt gekommen war. Als Owen starb, hatte Catherine ihn aufgebahrt, und sie war wieder da gewesen, als Ellie starb. Aber jetzt war Catherine nicht mehr da, und diesmal war Nora auf sich selbst gestellt. Sie konnte Daniel John nicht bitten, ihr zu helfen. Sie konnte es einfach nicht. Der Junge war nach wie vor erst dreizehn und noch kein erwachsener Mann. Und dies war schließlich sein Großvater – er sollte nicht das tun müssen, was *ihre* Aufgabe war.

Aber was sie tun würde, war, ihn zu Thomas Fitzgerald zu schicken. Thomas hatte versprochen, einen Sarg für den alten Dan zu bauen, wenn seine Zeit gekommen wäre. Natürlich würde es ein einfacher Sarg werden, denn sie hatten nur ein paar Stückchen Holz und Teile eines alten Tisches, den sie für diesen Zweck aufgehoben hatte. Aber zumindest würde der alte Mann nicht aus einem dieser fürchterlichen, mit einem Scharnier versehenen „Fallsärge" in die Erde geworfen werden, die von den Fahrern der Leichenwagen benutzt wurden. Dan Kavanagh war ein Mann von großem Stolz und Würde gewesen, bevor ihm der Hunger das meiste davon geraubt hatte, und Nora war Thomas äußerst dankbar, dass er angeboten hatte, ihrem Schwiegervater die letzte Demütigung durch ein Armengrab zu ersparen.

Es würde natürlich keine Totenwache geben, und das bekümmerte sie. Der liebe Alte hätte eine richtige Trauer erhalten sollen. Jahrelang hatte Dan Kavanagh den Respekt und das Vertrauen des gesamten Dorfes gehabt. Immerhin, er war einer der ältesten Einwohner gewesen. In vergangenen Zeiten wäre er ein Stammesfürst gewesen. Seine Ahnenreihe ging zurück bis in die Zeit von Cromwells Invasion, als der junge Eoin Caomhanach – John Kavanagh – quer über die Insel nach Connacht geflohen war, um einem möglichen Exil auf Barbados zu entgehen.

Aber dennoch würde es keine Totenwache geben. Die wenigen Dorfbewohner, die vielleicht noch genug Kraft hätten, um den Weg zur Hütte zurückzulegen, brauchten all ihre Energie, um sich um ihre eigenen Familien zu kümmern. Außerdem waren in Anbetracht des Fiebers, das jetzt in der Gegend tobte, wenige bereit, das Risiko einer öffentlichen Versammlung einzugehen, selbst dann nicht, wenn es darum ging, einem Toten die letzte Ehre zu erweisen.

Man konnte nicht mehr tun, als den alten Mann im engsten Kreis aufzubahren und dafür zu sorgen, dass er zumindest ein ordentliches Begräbnis hatte. *Gott sei gedankt für Freunde wie Thomas,* dachte sie mit einem tiefen Seufzer. Sie würde Daniel John sofort nach ihm schicken.

* * *

Morgan lud einen Arm voll Holz neben der Feuerstelle ab und ging dann zum Tisch, um den letzten Rest seines Tees zu trinken. Dann stellte er seine leere Tasse wieder zurück, nahm den Umschlag auf, der die Briefe enthielt, warf noch einen langen Blick darauf und steckte sie dann sicher in den Beutel, der um seine Hüften gebunden war.

An diesem Morgen würde er Nora den Brief von Michael bringen. Es musste jetzt erledigt werden, bevor ihm seine närrischen Gefühle noch weitere Verzögerungen erlaubten. Er hatte den größten Teil der Nacht versucht, mit sich selbst ins Reine zu kommen, und hatte kaum geschlafen, weil er immer und immer wieder darüber nachgrübelte, was die Zukunft bringen würde. Als die Dämmerung kam, hatte er sich schon beinahe überzeugt, dass es das Beste sei, nichts von dem Brief zu sagen. Er würde Nora und die anderen nach drüben begleiten, in die Staaten. Und sobald sie ankämen, würde er ...

Ja, *was* würde er dann tun? Die Tatsache, dass er auf diese Frage keine Antwort wusste, zwang ihn schließlich zu der Einsicht, dass sein Plan völliger Unsinn war. Solange er nicht bereit war, in Amerika zu bleiben und zusammen mit Nora ein neues Leben aufzubauen – und aus welchem Grund sollte er annehmen, dass sie ihn überhaupt haben wollte? –, gab es keinen vernünftigen Grund, mit ihr zu gehen.

Er hockte sich hin, um das Feuer zu schüren, und legte seine dummen Gedanken beiseite. Thomas ging mit, und Michael erwartete sie. Nora würde ausgezeichnet versorgt sein. Für sie war es das Beste – ja, sogar das einzig Richtige, wenn sie das

Glück finden sollte, das sie verdiente –, Michael Burke zu heiraten. Er war ein großartiger Bursche, ein wahrer Fels von einem Mann: besonnen, hart arbeitend, ehrgeizig, ein Mann von untadeliger Rechtschaffenheit. Und hatte er sich nicht bereits verpflichtet, Nora glücklich zu machen? Er würde ihr ein neues Leben geben, ein gutes Leben in Amerika. Außerdem würde er Daniel John Möglichkeiten bieten können, wie sie der Junge hier in Irland niemals bekommen würde.

Noch heute Vormittag würde er Nora den Brief bringen. Das Einzige, was dann noch zu tun bliebe, wäre, sie zum Gehen zu überreden.

Er würde sie nie wiedersehen, nie wieder spüren, wie sein Herz von der Wärme in ihren großen grauen Augen schmolz, oder ihr sanftes, unsicheres Lachen hören oder die Seide ihrer rabenschwarzen Haare berühren ... Er würde auch Daniel John verlieren ... Er würde nicht sehen, wie er zum Manne heranwuchs, würde nicht mehr seinen Hunger nach Wissen stillen, seine Träume mit ihm teilen, seine musikalischen Fortschritte unterstützen dürfen. Er würde so viel verlieren, so viel ...

Aber Nora würde so viel *gewinnen,* ermahnte er sich und richtete sich auf. Und das sollte seine eigenen Verluste irgendwie erträglich machen. Außerdem, wer sagte denn, dass er sie nie wiedersehen würde? Er könnte sich jederzeit einen Besuch in den Staaten leisten.

*Aber dann wäre sie inzwischen die Frau eines anderen Mannes.*

Er ließ einen scharfen Laut des Missfallens über sich selbst hören. War sie nicht jahrelang die Frau eines anderen Mannes gewesen? Es wurde Zeit, dass er aufhörte, sich wegen dieser Frau zum Narren zu machen, und sich selbst in den Griff bekam.

Er richtete seine Schultern auf, ging hinüber zum Tisch, schnitt sich eine Brotkruste ab und kaute sie, ohne sie wirklich zu schmecken. In dem Moment kam der kleine Tom aus seinem Bett gekrochen, und wie immer rannte er zu Morgan und kletterte an ihm hoch wie an einem Baum.

Morgan schob den kleinen Kerl das letzte Stück nach oben und zog ihn auf seine Schultern. Der Kleine war gerade erst aus den Windeln, und doch hatte er schon jenes benommene, grämliche Aussehen, das der Hunger mit sich brachte. Seine riesigen grünen Augen – sie waren so grün wie Morgans eigene Augen – zeigten statt eines kindlich vergnügten Schimmers den leicht misstrauischen, wachsamen Blick eines herrenlosen jungen Hundes, der versucht, die Absichten eines unberechenbaren Herrn abzuschätzen.

Und doch war dieses winzige Kerlchen noch weit gesünder als die meisten anderen Kinder im Dorf. *Mir tun die Kleinen Leid, die keinen Räuber als Onkel haben, der ihre Mägen füllt,* dachte Morgan grimmig.

„Schlafen deine Schwestern noch?", fragte Morgan den Lümmel auf Irisch. Wie meistens, wenn er mit seiner eigenen Familie sprach, benutzte er auch jetzt die alte Sprache. Er wollte, dass die Kinder so aufwuchsen, dass sie mit der ursprünglichen Sprache ihres Volkes vollkommen vertraut waren. Morgan liebte die Sprache, und weil er wusste, dass er einer der letzten gälischen Dichter und Schriftsteller war, die es noch gab, hatte er sich entschlossen, seinen Part dazu beizutragen, dass dieser Teil ihres Erbes am Leben blieb. Solange ihre Sprache überlebte, gab es vielleicht Hoffnung, dass auch alles andere Irische unter der britischen Kolonisierung nicht zerstört werden würde.

Der kleine Junge nickte und legte seine Arme in einer engen Umarmung um Morgans Hals.

„Sag die Worte, Tom", verlangte Morgan.

„Sie schlafen, Onkel Morgan", erwiderte der kleine Junge auf Irisch.

„Ah, dann hast du jetzt das Privileg, sie aufzuwecken", sagte Morgan und lächelte seinen kleinen Neffen an, als er sich auf seine Füße hinunterschwang. „Du hast meine Erlaubnis, sie an den Ohren zu ziehen, falls das notwendig sein sollte. Aber nur ein wenig. Du darfst ihnen nicht wehtun. Vergiss nicht, Mädchen sind sehr zart." Er gab dem kleinen Jungen einen leichten Klaps auf den Hosenboden und beobachtete dann, wie er in den hinteren Teil der Hütte trabte, wo seine Schwestern schliefen.

„Was hat er denn so früh am Morgen vor?", fragte Thomas und rieb sich den Schlaf aus den Augen, als er das Zimmer betrat.

„Ich dachte, es wäre vielleicht gut, die Mädchen zu wecken. Es wird die nächsten Tage viel zu tun geben, und sie könnten vielleicht auch Nora zur Hand gehen."

„Johanna vielleicht", stimmte Thomas ernst zu und steckte sein Hemd in die Hose. „Aber Katie ist so schwach. Sie scheint bei der kleinsten Anstrengung zu ermüden."

Angst stand in den Augen seines Bruders, und es überraschte Morgan nicht. Auch er hatte die Schwäche seiner ältesten Nichte bemerkt. Katie hatte ein fleckiges, fiebriges Aussehen. Das Mädchen war nie ein robustes Kind gewesen, und in letzter Zeit wirkte sie noch blasser, beinahe wie ein Geist. Morgan vermutete, dass das Mädchen schon lange an einem Herzleiden litt. Sie schien bei der geringsten Anstrengung nach Luft zu schnappen und fühlte sich anscheinend nie so richtig wohl.

„Der kleine Tom kann helfen", sagte Morgan ermutigend. „Er wird schnell groß, der kleine Kerl."

Thomas Gesichtsausdruck klärte sich etwas auf. „Aye, er wird ein kräftiger Junge sein. Er ist der robusteste von den dreien. Catherine sagte immer, der Junge sei ..."

Er unterbrach sich, weil es an der Tür klopfte und unmittelbar darauf Daniel Johns Stimme zu hören war. „Thomas?" Der Junge schob die Tür einen Spalt weit auf und steckte seinen Kopf hinein.

Thomas winkte ihn herein. „Warum bist du schon so früh am Morgen unterwegs, Junge?“

Daniel trat ein und schaute von Morgan zu Thomas. „Es ist wegen Großvater“, sagte er leise. „Er ... er ist von uns gegangen. Mutter sagte, ich solle fragen, ob du kommst.“

„Natürlich, Junge“, antwortete Thomas, ohne zu zögern. „Natürlich komme ich. Ich werde mich nur noch rasch fertig anziehen und die Mädchen wecken, damit sie auf den kleinen Tom Acht geben können.“

Morgan ging zu dem Jungen und legte seine Hände auf Daniel Johns Schultern. „Wann, Junge?“

„Erst vor einer Stunde.“

„Ich werde mit Thomas mitkommen“, sagte Morgan. „Das heißt, wenn ihr mich haben wollt.“

Daniel John nickte ernst. „Bitte.“

„Weißt du, wann deine Mutter die Beerdigung haben möchte?“

„Heute Nachmittag. Da es keine Totenklage geben kann, meint sie, es sei das Beste für Tahg, wenn die Beerdigung sofort stattfände. Das heißt“, fügte er hinzu, „wenn Thomas den ... den Sarg schnell genug fertig machen kann.“

Morgan nickte und drückte Daniel Johns Schulter. „Wir werden ihm helfen. Deine Mutter hat Recht – es ist am besten so.“ Er schwieg einen Moment, weil er bemerkte, dass die Augen des Jungen mehr als nur Trauer widerspiegelten. „Du bist beunruhigt, weil es keine Totenklage geben wird, stimmt's?“

Der Junge nickte. „Ich weiß, es lässt sich nicht ändern. Aber ich wünschte, wir könnten etwas ... *irgendetwas* für ihn tun. Etwas Besonderes, weißt du.“ Für einen kurzen Moment erhellten sich die Augen des Jungen. „Morgan, meinst du ...“ Er sprach nicht weiter und sah verlegen aus.

„Was denn, Junge?“, spornte Morgan ihn an und drehte den Jungen zu sich herum.

Daniel John sah unentschlossen zu ihm auf. „Ich weiß, ihr wart keine Freunde, du und Großvater", sagte er und seine Stimme versagte kurz. „Aber ... ich habe gedacht, wenn du etwas schreiben könntest ... ein Gedicht, nur für ihn bestimmt ... es würde die Beerdigung irgendwie zu etwas Besonderem machen."

Es schmerzte Morgan, dass der Junge ihn so widerstrebend darum bat. „Ich habe große Hochachtung für deinen Großvater empfunden, Daniel John", sagte er leise. „Ja, ich würde es sogar für eine Ehre halten, ein Klagelied für Dan Kavanagh zu schreiben."

Daniel John lächelte. Seine Dankbarkeit war von knabenhafter Offenheit. „Ich danke dir sehr, Morgan. Ich weiß, dass auch Mutter sich darüber freuen wird."

Der Gedanke an Nora erinnerte Morgan an den Brief, den er ihr noch geben musste. Der Tod des alten Dan hatte eine weitere Verzögerung verursacht. Einen kurzen Moment lang war er erleichtert. Dann schämte er sich wegen seiner Selbstsucht. Im Moment diente jede Verzögerung nur dazu, das Netz der Gefahr enger um Nora und seine eigene Familie zu ziehen.

Dann heute Abend. Heute Abend, nach der Beerdigung, musste er ihr den Brief geben. Er wagte es einfach nicht, noch länger zu warten.

# 17. Ein höchst ungewöhnlicher Held

*Aber der, der als Held und Märtyrer gerungen,*
*wird die Krone, den Thron und den Palmzweig empfangen.*
Lady Wilde (1820 – 1896)

Am selben Nachmittag um halb vier erhob sich Evan Whittaker von den Knien. Er hatte eine weitere intensive Stunde auf den Knien vor dem Herrn verbracht und begann, auf und ab zu gehen. Er knackte mit seinen Fingerknöcheln, biss sich auf die Lippen, durchschritt den Raum von einem Ende zum anderen und versuchte verzweifelt, zu entscheiden, was er tun sollte – was er tun *konnte.*

Evan hatte sich immer für einen toleranten Menschen gehalten. Er hatte die Philosophie seines Vaters übernommen, dass selbst die besten Männer ihre Fehler hatten und man auch von den schlechtesten Männern erwarten konnte, dass sie zumindest einen, wenn nicht gar mehrere Charakterzüge hatten, die das andere wettmachten. Folglich war er der Meinung, er sei ziemlich objektiv und geduldig seinen Mitmenschen gegenüber. Das war die Handlungsweise seines Vaters gewesen, und über die Jahre hinweg hatte er gewissenhaft danach gestrebt, sie zu seiner eigenen zu machen.

Vater hatte natürlich niemals George Cotter getroffen, und inzwischen wünschte sich Evan von Herzen, er könne dasselbe sagen. Nachdem er den größten Teil der Woche in der Gesellschaft des unflätigen Verwalters verbracht hatte, musste Evan zugeben, dass er bisher kein einziges ausgleichendes Element in dem Mann hatte entdecken können. Es stellte sich als ungeheuere Herausforderung heraus, die „Fehler" des Verwalters zu ertragen.

Trotz aller Versuche, die Evan unternahm, um die Angelegenheit zu verzögern, schien Cotter entschlossen, seine Hausräumungen voranzutreiben. Bis vor knapp einer Stunde hatte Evan noch geglaubt, er habe es geschafft, die Massenräumung, die Sir Roger ursprünglich befohlen hatte, aufzuschieben. Evan hatte darauf bestanden, dass sie warteten, bis ihr Arbeitgeber eine Gelegenheit hatte, seine Anweisungen zu überdenken. Und er hatte sich schon beinahe selbst überzeugt, dass Sir Roger zumindest ein gewisses Maß von Gnade walten lassen würde, wenn er erst einmal über die schreckliche Lage seiner Pächter unterrichtet wäre.

Aber an diesem Nachmittag hatte Cotter kriegerisch angekündigt, dass er zum einen seine Anweisungen habe und zum zweiten Evan ja „nur ein Sekretär" sei und nicht jemand, der ihm vorschreiben könne, was er zu tun habe. Folglich würde er noch heute Nachmittag Sir Rogers ursprüngliche Anweisungen durchführen – und er würde mit der Familie dieses „Heiden Fitzgerald" beginnen. Sollte der Räuber, wie man im Dorfe munkelte, bei seinem Bruder wohnen, würde er schon sehr bald kein Versteck mehr haben.

Evan wusste, dass Thomas Fitzgerald erst kürzlich seine Frau beerdigt hatte und dass er und seine drei Kinder in einer gottverlassenen Hütte gerade eben überlebten. Getrieben von Gefühlen des Mitleids, die Evan lieber nicht zu genau analysieren wollte, begegnete er der barschen Ankündigung des Verwalters mit so viel List, wie er nur aufbringen konnte, und versuchte, zumindest eine vorübergehende Gnadenfrist für die unglückliche Familie zu gewinnen. Schließlich konnte er die Vertreibung der Fitzgeralds nur deshalb um einen weiteren Tag hinausschieben, weil er Cotter davon überzeugte, dass Thomas Fitzgerald die beste Gelegenheit bot, seinen geächteten Bruder zu verhaften.

Cotter schien großen Gefallen an Evans Niederlage zu haben. Er durchbohrte ihn mit einem verächtlichen Blick und einer

Drohung: „Da dies ja schließlich Ihre Idee ist, Whittaker, können Sie sich auch selbst um die Fitzgeralds kümmern. Ich muss mich heute und morgen um eine Reihe anderer Leute kümmern. Vielleicht stellt es sich am Ende noch heraus, dass Sie der Mann sind, der unseren unrühmlichen *Roten Wolf* zur Strecke bringt", fügte er mit einem hässlichen Lachen hinzu. „Oh, und wo wir gerade von dem nichtsnutzigen Plünderer reden", fuhr er fort. „Ich habe den Polizeirichter gebeten, so schnell wie möglich einen Haftbefehl für Morgan Fitzgerald auszustellen. Ich habe einige Plakate mit seinem *Steckbrief* vorbereitet. Jeder, der uns Informationen gibt, die zu Fitzgeralds Verhaftung führen, bekommt eine dreimonatige Fristverlängerung für die Pacht."

Evan, der sich über die Unverschämtheit des Mannes ärgerte, hatte versucht, Cotter an die Grenzen seiner Macht zu erinnern. „D-das ist anmaßend und n-nicht im Rahmen Ihrer Befugnisse!"

„Oh, ich befinde mich völlig im Rahmen meiner Befugnisse!", gab Cotter zurück. „Haben Sie mir nicht selbst Gilpins Anweisungen überbracht? ‚Bringen Sie diesen Räuber Fitzgerald hinter Schloss und Riegel'", sagte er und zitierte Sir Rogers Brief, „‚und wenden Sie jedes Mittel an, das dazu notwendig ist.'" Er schwieg kurz und warf Evan einen Blick voll selbstzufriedenen Triumphes zu.

Evan versuchte ein letztes Argument, aber Cotter runzelte nur die Stirn und wackelte mit seinem dicken Finger vor Evans Gesicht herum. „Kümmern Sie sich nur um den Bruder. Dank Ihnen und Ihrem Gesäusele liege ich mit meinen Aufgaben weit hinter meinem Zeitplan zurück, und ich werde die Dinge nicht länger aufschieben!"

Also bereitete sich Evan vor, zu Thomas Fitzgeralds Hütte aufzubrechen, angeblich, um den Mann über seinen Bruder zu befragen, bevor er ihm einen Räumungsbefehl überreichen würde. Was Cotter nicht wusste, war, dass Evan auch vorhatte,

Fitzgerald zu warnen, dass sein berüchtigter Bruder in Kürze ein gejagter Verbrecher sein würde.

Evan, der auf und ab schritt, musste sich eingestehen, dass zwar sein Mitgefühl mit Thomas Fitzgerald verständlich sein mochte – der arme Mann war gerade Witwer geworden und gab sich alle Mühe, seine kleine Familie zu retten –, dass dagegen seine Sorge um den flüchtigen Bruder des Mannes etwas ganz anderes war. Morgan Fitzgerald war, nach allem, was man hörte, ein Bandit. Er widersetzte sich ganz unverhohlen den Behörden und stellte sein gesetzwidriges Verhalten zur Schau, indem er im Dorfe ein und aus ging, wie es ihm passte. Und dennoch verspürte Evan so etwas wie ein unbegreifliches Übereinkommen mit dem Mann, eine Verbundenheit, die so stark war, dass Evan ihn vor Cotters rachsüchtigem Plan, ihn einzusperren, warnen wollte.

Bandit oder nicht, der *Rote Wolf* hatte es zweifellos geschafft, einigen Menschen das Leben zu retten, und nach Evans Informationen hatte er es getan, ohne den Verantwortlichen irgendwelchen physischen Schaden zuzufügen. Etliche diskrete Unterhaltungen mit einigen Dorfbewohnern hatten nicht nur ein überwältigendes Gefühl der Dankbarkeit zu Tage gebracht, sondern auch ein nicht geringes Maß der Bewunderung für den irischen Gangster. Offenbar war er für viele der Einwohner von Mayo zu einer Art Volksheld geworden – verständlicherweise, wie Evan meinte, wenn man bedachte, auf welche Weise der Bandit und seine Männer bei dem Versuch, ihr Volk vor der Ausrottung zu bewahren, weiterhin ihre eigene Haut riskierten.

Evan konnte nicht leugnen, dass er die Erzählungen, die sich um diese einheimische Legende rankten, irgendwie faszinierend fand. Der *Rote Wolf* war kein gewöhnlicher, brutaler Schurke. Die Mischung von Verherrlichung und Einschüchterung, die er zu wecken schien, ließ darauf schließen, dass er alles andere als gewöhnlich und mit Sicherheit nicht im Geringsten brutal war.

Zusätzlich wuchs in Evan zunehmend die Überzeugung, dass es nicht Roger Gilpins Anweisungen waren, die ihn hierher nach Killala gebracht hatten, sondern vielmehr die Führung des Herrn. Er war nicht hier, um die unangenehmen Aufgaben auszuführen, die ihm Sir Roger aufgetragen hatte. Nein, seine Anwesenheit hatte einen völlig anderen Grund. Während er betete, hörte er ein leises Flüstern in seinem Geist: Er sollte auf eine unerklärliche Weise *verantwortlich* sein für Morgan Fitzgerald und vielleicht auch noch für andere im Dorf.

Er blieb stehen, um sein tadelloses Halstuch zu richten und seine Weste glatt zu streichen. Plötzlich kam er sich irgendwie töricht vor und fragte sich, ob er vielleicht zuließ, dass seine Vorliebe für das Melodrama, sein unterdrücktes Verlangen nach Abenteuer, sein normalerweise gesundes Urteilsvermögen trübe. Schließlich war Morgan Fitzgerald ein *Bandit,* ein *irischer* Bandit, sehr wahrscheinlich von der vulgären, großtuerischen Sorte und absolut nicht freundlich gesonnen gegenüber jemandem, der leichtsinnig genug war, ihm eine Warnung wegen seines bevorstehenden Freiheitsverlustes zu präsentieren.

Und erst recht nicht, wenn der Überbringer einer solch schlechten Nachricht zufällig ein Engländer war.

Dennoch, er hatte dieses innere Gefühl einer Verantwortung für den Mann – ja, für das ganze Dorf –, die jedes Mal, wenn er betete, sein ganzes Wesen erfüllte. Das *musste* irgendetwas bedeuten.

Evan hauchte auf seine Brille und säuberte die Gläser mit seinem makellosen Taschentuch. Dann setzte er sie sorgfältig auf seine Nase. Seine Kopfschmerzen kamen mit voller Wucht zurück, und am liebsten wäre er auf seinem Bett zusammengebrochen und hätte alles über den *Roten Wolf,* George Cotter und Killala vergessen. Stattdessen seufzte er, holte seinen Aktenkoffer und seine Handtasche von dem zerschrammten, wackligen Tisch, öffnete dann die Tür des Schlafzimmers und verließ den

Raum. Evan war schon halb den langen, düsteren Korridor hinuntergegangen, als er auf laute Stimmen aufmerksam wurde, die von unten heraufschallten und von der Vorderseite des Hauses kamen. Er erkannte Cotters mürrische Stimme. Aber da waren noch andere – zwei, wie er meinte, beide barsch und grob –, von denen er annahm, dass sie zu den Schlägern des Verwalters gehörten. Evan gehörte nicht zu den Leuten, die lauschen, aber er konnte nicht umhin, Cotters Worte mitzuhören.

Was er hörte, ließ sein Herz zunächst stillstehen und dann rasen. Er trat zurück, blieb dann unbeweglich stehen und horchte.

„Jawohl, das habe ich gesagt!", knurrte Cotter. „*Kavanagh. Daniel Kavanagh.* Schnappt den jungen Schurken und bringt ihn hierher, sobald ihr ihn in die Finger bekommen könnt! Er hat mit mir gehandelt", fuhr der Verwalter empört jammernd fort, „und hat sich schon vor Tagen bereit erklärt, eine Arbeit anzunehmen. Ah, ich habe dem betrügerischen *gorsoon* schon einen Tagelohn gezahlt! Er wird es abarbeiten oder ins Gefängnis gehen! Er wird noch merken, dass er *diesen* Verwalter nicht bestehlen kann, ohne einen hohen Preis dafür zu zahlen!"

Evan erstickte fast bei dieser unverfrorenen Lüge. Er hatte die ganze Begegnung zwischen Cotter und dem jungen Kavanagh miterlebt, und es war kein Geld ausgetauscht worden. Dessen war er sich sicher.

Er hielt den Atem an, trat einen Schritt zurück und verbarg sich im Schatten. Die Antworten der anderen Männer waren gedämpft, aber Cotters laute Stimme dröhnte die Treppen hinauf bis nach oben.

„Sorgt dafür, dass ihr ihn bis heute Abend hier habt! Erzählt der Mutter, dass ihr Sohn ein Dieb ist, und wenn sie nicht wolle, dass er bis zur Dämmerung im Gefängnis säße, solle sie ihn mit euch schicken. Wenn sie sich weigern zu kooperieren, schmeißt sie auf der Stelle hinaus." Er ließ ein hohes Lachen hören. „Sie werden sowieso noch vor Einbruch der Nacht hinausgeworfen werden, aber das ist vorerst nur für eure Ohren bestimmt. Bringt ihr mir nur den Jungen!"

Wut traf Evan wie ein heftiger Schlag. Er musste sich sehr beherrschen, um nicht die Treppen hinunterzurennen und den betrunkenen Verwalter anzugreifen. Aber Cotter gab noch weitere Anweisungen, und Evan riss sich zusammen, blieb stehen und lauschte, fest entschlossen, so viel wie möglich in Erfahrung zu bringen. Er konnte das glatte, fette Gesicht des abscheulichen Mannes und sein selbstzufriedenes Lächeln beinahe vor sich sehen, während Cotter mit seinen Anweisungen fortfuhr.

„Ihr holt als Erstes den Gerichtsvollzieher und die Polizei – kümmert euch zuerst um die Räumungen im ‚Gut', bevor ihr zur Hütte der Kavanaghs geht. Und haltet euch an eure Befehle. Also: keinen Aufschub und keine Ausnahmen!"

Er hörte einige kurze, gedämpfte Worte von den anderen Männern, und dann: „Ich will nichts von Witwen und Waisen hören, du Dummkopf! Ich habe Anweisung, jeden, der mehr als drei Monate im Rückstand ist, hinauszuwerfen, und zwar sofort hinauszuwerfen! *Brennt* sie hinaus, wenn es sein muss. Was kümmert es mich? Auf jeden Fall sollen ihre dreckigen Hütten noch vor heute Abend angezündet werden! Dort draußen wütet das Fieber!"

Evan stand da und atmete kaum. Sein Verstand kämpfte darum, das, was er gerade mitgehört hatte, zu erfassen. Gütiger Himmel, der Mann war ein verlogener Spitzbube! Er wollte den Jungen wie einen gewöhnlichen Verbrecher abholen lassen und dann seine Familie in diesem furchtbaren Wetter hinauswerfen – ganz zu schweigen von all den anderen armen Teufeln, die dasselbe Schicksal erleiden sollten.

Fassungslos und schwach schluckte Evan schwer und begann dann, zurück in das Schlafzimmer zu gehen. Sobald er drinnen war, schloss er leise die Tür, lehnte sich dagegen und versuchte, nachzudenken.

Er musste etwas *tun,* das war klar. Aber *was*? Cotter standen seine Schläger und einige bewaffnete Polizisten zur Verfügung. Und, um das Ganze noch schlimmer zu machen – er hatte für das, was er tun wollte, die rechtmäßige Vollmacht von Sir Roger.

Einen Moment lang richtete Evan seine Wut nach innen. Wie ein Narr hatte er dem Verwalter Sir Rogers unterzeichnete Anweisungen übergeben, als er angekommen war. Cotter musste die Befehle nur noch vor den Nasen des Gerichtsvollziehers und der Polizei herumwedeln, und sie würden alles tun, was der Verwalter verlangte. Was jene Schläger betraf, die den Befehl hatten, den armen, ahnungslosen Jungen hier hoch zu locken, so wurden sie vermutlich so gut bezahlt, dass sie vor nichts zurückschreckten, um nur Cotters Launen zu befriedigen. Das Wort des Kavanagh-Jungen würde gegen das des Verwalters stehen – es stand von vornherein fest, dass der Junge verurteilt werden würde.

Evan warf seine Handschuhe und seinen Aktenkoffer auf den Tisch, durchquerte den Raum und sank auf das Bett. Eine lange Zeit konnte er nichts weiter tun, als frustriert auf den Boden zu starren. Schließlich drehte er sich zum Nachttisch, nahm seine Bibel und schlug sie auf.

*Was kann ich tun, Herr?*

Er war nur ein schwacher, stotternder Engländer, der nichts von Tapferkeit wusste, abgesehen von dem, was er in Abenteuerromanen gelesen hatte. Er verstand diese Leute nicht, keinen von ihnen – Cotter, seine Schläger, die leidenden Dorfbewohner. Und was diese elende Insel anging – weder verstand er sie noch machte er sich irgendetwas aus ihr. Noch nie in seinem ganzen Leben hatte er sich so isoliert, so einsam gefühlt. Was konnte ein Mann gegen eine ganze Armee der Bosheit tun?

Sein Blick fiel auf die aufgeschlagene Seite, und die Worte

sprangen ihm entgegen: *Der König siegt nicht durch die Größe des Heeres; ein Held befreit sich nicht durch die Größe der Kraft ... das Auge des HERRN ruht auf denen, die ihn fürchten, die auf seine Gnade harren, dass er ihre Seele vom Tod errette und sie am Leben erhalte in Hungersnot.*

Evan wand sich und umklammerte die offene Bibel fester. „Ich bin kaum der richtige Mann für so etwas wie eine ... Befreiung, Herr, und selbst wenn ich es wäre, wüsste ich nicht, wo ich anfangen sollte. A-außerdem bin ich ganz und gar nicht kräftig – meine Lungen, wie du weißt –, und ich bin zwar kein totaler Feigling, aber ich nehme an, es ist korrekt, zu sagen, dass ich doch ein *wenig* A-Angst vor gewissen Dingen habe. Oh, und du weißt natürlich, dass ich in höchst b-beunruhigendem Maße stottere, besonders, wenn ich ... angespannt oder nervös bin ..."

Er zappelte unruhig herum und blätterte ziellos durch die Seiten des Buches. Schließlich hielten seine Finger inne, und er sah wieder nach unten.

*Da sprach der HERR zu ihm: Wer hat dem Menschen den Mund gemacht? Oder wer macht stumm oder taub, sehend oder blind? Nicht ich, der HERR? Und nun geh hin! Ich will mit deinem Mund sein und dich unterweisen, was du reden sollst.*

„Herr, v-vielleicht ist das nicht wichtig... aber war es nicht Aaron, der schließlich die meiste Zeit für M-Mose gesprochen hat? Außerdem, ich fürchte, ich verstehe nicht so ganz, was ich eigentlich genau tun soll. Ich w-wüsste nicht einmal, wo ich anfangen sollte."

Evan holte tief Luft und schloss die Bibel. Die Worte klangen in seinen Gedanken – nicht hörbar gesprochen, aber sehr klar: *Und wenn ihr zur Rechten oder wenn ihr zur Linken abbiegt, werden deine Ohren ein Wort hinter dir her hören: Dies ist der Weg, den geht!*

„Herr ... die S-Sache ist doch", widersprach Evan, „ahm, nun ... dies ist Irland, verstehst du, und ich bin ... ein Engländer, und, nun ... du weißt, was sie von uns halten ... Ich bin mir ganz und gar nicht sicher, ob ich in den Augen dieser Leute irgendwelche Glaubwürdigkeit besitze."

*Haben wir nicht alle einen Vater? Hat nicht ein Gott uns geschaffen? Warum handeln wir treulos aneinander ...?*

„Aber Herr, würde ich nicht meinen Arbeitgeber verraten? Ich m-mag den Mann zwar absolut nicht. Aber ich habe jahrelang für Roger Gilpin gearbeitet, und er ... vertraut mir, dass ich seine Anweisungen ausführe."

*Solltest du dem Gottlosen dienen und die lieben, die den Herrn hassen? Erwähle heute, wem du dienen willst, Evan ... wähle jetzt.*

„Herr! Herr, ich ... ich habe mich schon vor vielen Jahren für *dich* entschieden! Nichts wird daran etwas ändern können, niemals." Evan feuchtete seine Lippen an. „Aber ich weiß immer noch nicht *wie,* Herr –"

*Nicht durch Macht und nicht durch Kraft, sondern durch meinen Geist, spricht der HERR der Heerscharen.*

Evan drückte seine Augen zu und wartete in selbst auferlegter Dunkelheit. Er wollte dies nicht tun – er war sich nicht einmal sicher, ob er es tun *konnte,* und doch drängte ihn etwas vorwärts. In seinem Leben hatte immer etwas gefehlt. Er liebte Gott, aber sein Glaube war noch nie im Ernstfall getestet worden. Nun, als er still dasaß, begann eine Ruhe ihn zu überspülen. Er fühlte sich, als sei er mitten in einem dunklen Tunnel: von beiden Seiten drang Licht zu ihm vor, das schließlich da, wo er wartete, zusammentraf.

Das Licht flutete in ihn hinein. Es erhellte nicht seine Umgebung, sondern ein verborgenes, inneres Reservoir seiner eigenen Seele. Aus den Tiefen seines Gedächtnisses erinnerte sich Evan an die Worte:

*Und wer erkennt, ob du nicht gerade für einen Zeitpunkt wie diesen zur Königswürde gelangt bist?*

Er holte tief Luft, und während er seufzte, hörte er die vertraute Stimme seines Vaters: „*Vertraue Gott und sei tapfer.*"

Schließlich öffnete Evan seine Augen. Er stand vom Bett auf und ging zum Tisch. Dort nahm er erneut seinen Aktenkoffer und seine Handschuhe auf. Er war erstaunt über den Frieden, der ihn erfüllte, und erleichtert, weil er zu wissen schien, was er tun sollte. Er wusste nicht, *wie* er es tun sollte, zumindest jetzt noch nicht. Aber im Moment reichte es aus, zu wissen, dass er handeln musste und dass Gott mit ihm sein würde, wenn er es täte.

Die hässliche Angelegenheit mit der Hütte der Fitzgeralds würde warten müssen, entschied er und öffnete die Tür des Schlafzimmers. Zunächst würde er einen Weg finden müssen, um Daniel Kavanaghs Gefangennahme zu verhindern.

# 18. Dan Kavanaghs Totenklage

*Bei all meinen Wanderungen durch diese Welt der Sorgen,*
*bei all meinem Leid – und Gott gab mir mein Teil –*
*blieb mir immer noch Hoffnung,*
*die meine letzten Stunden krönen soll,*
*dass ich mich zwischen diesen schlichten Lauben*
*zur Ruhe legen könnte.*

Oliver Goldsmith (1728 – 1774)

Der Tod war im Dorf Killala etwas so Alltägliches geworden, dass das Hinscheiden einer weiteren Seele mehr oder weniger unbemerkt geschah. Dennoch gab es einige, die behaupteten, eine Reihe dunkler Omen habe vor dem herannahenden Tod Dan Kavanaghs gewarnt.

Die alte Mary Larkin zum Beispiel behauptete, sie habe eine *badhb* – die Krähe, die den Tod verkörpert – gesehen, die am späten Nachmittag nahe der Hütte der Kavanaghs herumgeschwebt sei. Und Judy Hennessey, die täglich verwirrter wurde, bestand darauf, sie habe *banshee* – den weiblichen Engel des Todes – kurz nach Mitternacht ihr gespenstisches Lied heulen hören. Als ihre Schwiegermutter darauf hinwies, dass nur Familienmitglieder oder andere, die in einer engen Beziehung zu dem Sterbenden standen, das weiß gewandete Phantom der Nacht hören könnten, gab Judy ärgerlich zurück, als eine der nächsten Nachbarn der Kavanaghs müsse sie wissen, was sie gehört habe, und zwar recht gut gehört habe.

Aber in Wirklichkeit war das einzige Geschehen, das vielleicht die Aufmerksamkeit der Leute auf einen weiteren Todesfall lenkte, die Tatsache, dass der Verstorbene in einem richtigen Sarg hinter einem traditionellen Trauerzug beerdigt wurde. Irgendjemand hatte sogar daran gedacht, vor der Ankunft der Trauernden die Kirchenglocken zu läuten.

Als es sich schließlich im Dorf herumsprach, dass der alte Dan Kavanagh auf dem Weg zum Friedhof war, nickten einige Häupter weise, als wollten sie andeuten, dass man von den Kavanaghs erwarten könne, dass sie die alten Bräuche einhielten, selbst in einer Zeit, wo großes Unglück weit verbreitet war. Hatten sie sich nicht immer an die alten Sitten gehalten? Einige mochten es für einen Ausdruck großen Stolzes halten, dass die Familie die Tradition beachtete. Aber die meisten Leute am Ort hätten dem widersprochen. Die Kavanaghs waren eine alte, angesehene christliche Familie, die sich schon früh in Connacht niedergelassen hatte, und ihr Name wurde seit Generationen im Dorf geachtet. Wenn es ihre Art war, die Anstandsformen zu beachten, wer sollte sie dafür kritisieren?

Der kalte Regen, der an jenem Morgen eingesetzt hatte und den ganzen Tag lang gleichmäßig fiel, wurde von allen für ein gutes Omen für die Beerdigung gehalten. Einige Dorfbewohner, die noch stark genug waren, um die Strecke zum Friedhof zu gehen, schlossen sich dem Trauerzug an – einige in Erinnerung an Gefälligkeiten, die ihnen Dan Kavanagh getan hatte, andere aus Zuneigung zu Nora und ihrer Familie. Es war ein grausiger, abschreckender Anblick, dieser Marsch der Trauernden. Hager und mit eingefallenen Augen, einige kaum bekleidet oder bestenfalls in dünne Lumpen gehüllt, um sie vor dem Regen und dem stürmischen Wind zu schützen, stapften sie schweigend die traditionelle Strecke zu Killalas Friedhof. Krank, zum Tode verurteilt und besiegt, wie sie waren, sahen sie aus wie eine makabere Parade von marschierenden Toten, die auf dem Weg zu ihrer eigenen Massenbeerdigung waren.

In diesem armen, trauernden Dorf – so wie auch in Hunderten von anderen Dörfern in ganz Irland – war der Friedhof übervoll. Nur jene vorausschauenden Menschen, die sich in besseren Tagen ihr Fleckchen Erde gesichert hatten, wurden noch auf dem herkömmlichen Friedhof zur letzten Ruhe gebettet. Improvisierte Gräber entstellten die ganze Stadt – ja, das ganze Land. Straßengräben, Hinterhöfe, Hänge von Hügeln, sogar der Strand der Bucht beherbergte behelfsmäßige Särge oder Leichen, die in Säcke oder Papier gewickelt waren. Offene Gruben, in die ein Leichnam nach dem anderen geworfen und aufeinander aufgehäuft worden war, wurden einfach mit einer dünnen Schicht Erde bedeckt. Hütten, in denen Fieber und Krankheit gewütet hatten, wurden meistens eingerissen und dann angezündet und so zu Scheiterhaufen gemacht.

Die Priester konnten mit ihren Bemühungen, die Letzte Ölung zu verabreichen, nicht mehr nachkommen; in der Tat, viele von ihnen starben selbst vor Erschöpfung und weil sie ihr eigenes Essen weggegeben hatten, um ihre Gemeindeglieder zu ernähren. Obgleich ihre Herde kleiner war, verspürten auch die protestantischen Geistlichen den Stachel der Enttäuschung bei ihren Versuchen, die Kranken zu trösten und eine scheinbar endlose Zahl von Beerdigungsgottesdiensten abzuhalten. Römisch-katholische und protestantische Geistliche dienten Seite an Seite in den belagerten Fieberkliniken, in denen Leiden und Tod einen natürlichen Brennpunkt für Einheit boten.

Es gab nie genug Totengräber. Dürr und abgemagert hoben die Überlebenden die Gräber für ihre Lieben aus. In ihrer Schwäche gruben sie kaum tiefer, als sie es für Kartoffelpflanzen getan hätten. Keiner dachte mehr an Grabsteine. Ein Steinhaufen oder ein Stück Tuch auf einem Stock waren die einzigen Denkmäler, die errichtet wurden, um die zahllosen unbekannten Gräber zu kennzeichnen.

Irland war einst für seinen wachsamen, gewissenhaften Respekt den Toten gegenüber bekannt gewesen. Seine zunehmende Gleichgültigkeit schien ein schrecklicher und schneidender Kommentar über das gegenwärtige Elend des Landes zu sein.

Aber an diesem Tag, der einen weiteren Verlust brachte, wurde in Killala getrauert. Selbst der nebelverhangene uralte Rundturm schien über das leidende Dorf zu trauern und zu weinen, ähnlich wie Christus über Jerusalem getrauert haben muss.

* * *

Daniel stand am Rande des Grabes im Regen und beobachtete, wie sie seinen Großvater beerdigten. Der grob gezimmerte, einfache Sarg, den Morgan und Thomas eilig gebaut hatten, wurde in das Grab hinabgelassen, das dieselben beiden Männer ausgehoben hatten. Einige Frauen mit Kopftüchern traten näher, um die alte Totenklage anzustimmen.

Der Trauerzug, der dem Sarg nach alter Sitte schweigend zu Killalas Friedhof gefolgt war, bettete Großvater mit schlichten Gebeten zur Ruhe. Einige lasen Schriftstellen, und schließlich kam ein wunderbares irisches Klagelied, das Morgan geschrieben hatte. Aber Daniel zollte dem Andenken seines Großvaters die letzte Anerkennung. Er zupfte die Kavanagh-Harfe, wie es die Spieler in früheren Zeiten getan hatten und wie Morgan es ihn gelehrt hatte, und begann das Klagelied zu singen und zu spielen, das von einer Generation der Kavanagh-Männer zur nächsten weitergereicht worden war. Das Stück war einst von Eoin Caomhanach für *seinen* Großvater geschrieben worden und über die Jahrhunderte hinweg erhalten geblieben. Seit beinahe zweihundert Jahren war es der Abschluss des Beerdigungsgottesdienstes eines jeden männlichen Mitglieds des Kavanagh-Clans gewesen.

Daniel hatte immer ein starkes Gefühl der Verwandtschaft mit jenem Urahnen gehabt, der das Klagelied geschrieben hatte. Nachdem er im Alter von vierzehn Jahren seine gesamte Familie durch Cromwells blutdürstige Soldaten verloren hatte, war Eoin Caomhanach gezwungen gewesen, aus Drogheda, das sein

Leben lang seine Heimat gewesen war, an die unbekannte wilde Westküste Irlands zu fliehen. Heute schien dieses besondere Gefühl der Verwandtschaft noch stärker zu sein als sonst. Beide hatten sie geliebte Familienangehörige verloren. Beide mussten sie einen geliebten Großvater beklagen. Und wie Eoin wusste Daniel, dass auch er bald gezwungen sein könnte, seine Heimat zu verlassen und in die Unsicherheit eines unbekannten Landes zu ziehen.

Schmerz durchfuhr sein Herz, und er brauchte seine ganze Willenskraft, um seine Stimme zu beherrschen, die brechen wollte, als er den Blick auf das Grab seines Großvaters richtete und zu singen begann.

*„Meine Harfe wird singen, quer durch das Land,*
*durch die Vergangenheit und die kommenden Jahre.*
*Kein Verlust oder Schmerz, auch nicht der Tod selbst*
*lässt verstummen ihr getreues Lied.“*

Daniel stockte nur einmal. Aber als Morgans Hand seine Schulter berührte, holte er tief Luft und fuhr fort:

*„Sie singt von der Gegenwart eines Gottes,*
*der selbst den Schmerz der Verbannung besiegt –*
*der die Wunden des wandernden Pilgers heilt*
*und ihn wieder in Freuden nach Hause führt …“*

Am Ende der Zeremonie schaufelte Thomas reichlich dicke, nasse Erde über den Sarg und platzierte den Spaten und die Schaufel in Form eines Kreuzes auf dem Grab. Daniel führte seine Mutter fort, die zwischen ihm und Thomas ging, und Morgan folgte dicht hinter ihnen. Zusammen mit den anderen Trauergästen drehten sie sich um und gingen nach Hause, die Gesichter gegen den kalten, windgepeitschten Regen gewandt.

Daniel fragte sich beim Gehen, ob Großvater sie vom Himmel aus sehen könnte. Merkte er, wie sehr sie ihn schon jetzt vermissten? Irgendwie hoffte er, dass der alte Mann Morgans Klagelied am Grab gehört hatte und dass es ihm gefallen hatte. Im Himmel würden Großvaters unfreundliche Gefühle Morgan gegenüber natürlich inzwischen weggewischt sein. Aber Daniel wollte dennoch, dass er wusste, welche Ehre Morgan ihm erwiesen hatte.

Auf ihrem schweigenden Marsch nach Hause betete Daniel – für den Frieden seines Großvaters, für „die gesegnete Ruhe des Himmels", nach der sich der alte Mann so oft gesehnt hatte.

*Ich bete, dass Großvater schon bei dir ist, Herr ... dass er seinen Kopf auf ein riesiges Wolkenkissen legen kann, wie er immer gesagt hat, und dass er sich an der Schönheit und Pracht des Himmels ergötzt.*

Er konnte die tiefe, raue Stimme seines Großvaters fast hören, wie er von dem Ort gesprochen hatte, der für ihn vorbereitet war: „Oh, und ich hoffe, dass das Haus, das der Herr für mich gebaut hat, ein behaglicher, warmer Ort ist, wo meine alten Knochen endlich auftauen können. Es ist überhaupt nicht wichtig, ob es auf irgendeine Weise prachtvoll ist, solange es nur warm ist. Ich hätte natürlich nichts dagegen, wenn der Tisch auch noch mit etwas Fleisch und Kartoffeln beladen wäre."

Eine frische Woge des Verlangens nach dem alten Mann, der seine ganze Kindheit hindurch nicht nur sein Großvater, sondern auch ein Freund und Gefährte gewesen war, überflutete Daniel. Jetzt, wo Großvater von ihnen gegangen und Tahg nur noch ein Schatten seiner selbst war, lag es offiziell bei ihm, die Rolle des Familienvorstandes zu übernehmen.

In Wirklichkeit fühlte er sich schrecklich jung und furchtsam. Ihm wurde erneut klar, dass ihm alles, worauf er je vertraut oder sich verlassen hatte, Stück für Stück entrissen worden war. Sein Vater, nun sein Großvater – selbst Tahg, krank, wie er war – er hatte sie alle verloren.

Und sein Heim: Würde das sein nächster Verlust werden? Sein Heim, sein Dorf, sein Land?

Die Fragen, die ihn in diesen Tagen häufig plagten, polterten erneut durch seine Gedanken, Fragen, denen er anscheinend nicht ausweichen konnte, ganz gleich, wie sehr sie ihn beunruhigten. Wenn dieser Alptraum des Todes und der Zerstörung schließlich enden würde – falls er *überhaupt* je enden sollte –, würde dann noch irgendjemand ... oder irgendetwas ... übrig sein, das ihm etwas bedeutete? Oder war dies, wie einige im Dorf zu glauben schienen, das Ende all dessen, was sie liebten, vielleicht sogar das Ende der Welt?

Und wieder stieg die schreckliche Möglichkeit in ihm auf, dass Gott die Insel vielleicht ganz und gar verlassen hatte. Sollte das der Fall sein, dann gäbe es in der Tat keine Hoffnung mehr, überhaupt keine Hoffnung mehr für irgendeinen von ihnen.

Und wenn es keine Hoffnung mehr gäbe, dann wären die wenigen, die es schafften, zu überleben, auch nicht besser dran, als wenn sie tot wären. Großvater selbst hatte gesagt, dass das Leben ohne Hoffnung kein Leben sei.

Daniel fing gerade erst an zu verstehen, was sein Großvater damit gemeint hatte.

* * *

Auf seinem Weg ins Dorf war Evan so in seine besorgten Gedanken vertieft, dass er die seltsame, sich lang hinziehende Prozession schon beinahe erreicht hatte, bevor er sie endlich bemerkte.

Er zügelte sein Pferd und beobachtete ihr mutloses Herannahen. Sie gingen dicht zusammengedrängt und zitternd in ihren nassen, zerlumpten Kleidern und schienen vom Friedhof zu kommen, obwohl Cotter ihm den Eindruck vermittelt hatte, dass man aufgehört hätte, formelle Beerdigungsgottesdienste abzuhalten.

Evan lehnte sich auf seinem Reittier nach vorn. Seine Aufmerksamkeit wurde schon bald von einem großen, schlanken Jungen gefesselt, der den Zug anführte. Der Junge trug eine sehr alt aussehende Harfe mit Drahtsaiten an einem Tragriemen über die Schulter gehängt und schien die kleine schwarz gekleidete Frau an seiner Seite zu stützen, als sei sie zu schwach, um allein zu stehen. Beide waren von dem Dauerregen nass bis auf die Haut.

Der Junge schien Evans Blick, der auf ihm ruhte, zu spüren. Er verlangsamte seinen Schritt, blieb dann stehen und hob den Kopf.

*Daniel Kavanagh.*

Evan stockte der Atem. Er hatte nicht erwartet, dem Jungen auf diese Weise zu begegnen, im Freien, umgeben von Menschen. Er warf der Frau, die er für die Mutter des Jungen hielt, einen raschen Blick zu. Aber wer war der hagere, ergraute Mann an ihrer Seite? Hatte der Junge Cotter nicht gesagt, dass sein Vater gestorben sei?

Der junge Kavanagh streckte sein Kinn noch höher. Ein misstrauisches Glitzern, das schon an Trotz grenzte, verhärtete den Gesichtsausdruck des Jungen, und Evan erhaschte einen flüchtigen Blick von jener ruhigen, festen Unerschrockenheit, die er an jenem Tag auf dem Hügel hinter Cotters Haus an dem Jungen wahrgenommen hatte.

Evans Blick verließ den Jungen, und er überflog die Menge, blieb aber fast sofort an einem Mann hängen, der direkt hinter dem jungen Kavanagh und seiner Mutter stand und sie wie ein bedrohlicher Schutzengel überragte. Wieder stockte Evan der Atem und sein ganzer Körper begann, in einer Mischung von Faszination und Grauen zu beben.

Unfähig, seinen Blick von dem rothaarigen Riesen abzuwenden, rang Evan darum, wieder einen klaren Kopf zu erlangen.

Der Mann war ein in Fries gekleideter Berg, ein Koloss in

einem groben Mantel und abgetragenen Lederstiefeln. Evan schluckte schwer und wurde gewahr, dass er in die intensivsten, gefährlichsten grünen Augen sah, denen er je begegnet war, und er wusste sofort, dass der Mann, den er ansah, Morgan Fitzgerald, der berüchtigte geächtete Patriot, war.

*Der Rote Wolf.*

# 19. Eine Begegnung auf der Straße

*Er war ein Kämpfer …*
*rothaarig und sechs Fuß groß,*
*aus dem Felsen gehauen.*
*Wer könnte seinem Hammerschlage widerstehen?*
*Ein gottesfürchtiger Mann, ein Gäle …*
Joseph Campbell (1879 – 1944)

Die einschüchternde Größe des riesigen Mannes, das dicke, wilde, rostfarbene Haar, das ihm nass um den Kopf flatterte, und der volle bronzene Bart spiegelten das, was Quincy Moore über ihn geschrieben hatte, perfekt wider. Wie Evan erwartet hatte, waren Fitzgeralds Gesichtszüge weder grob noch gewöhnlich. Wenn nicht dieser schreckliche finstere Blick auf seinem Gesicht gewesen wäre, hätte man den Mann beinahe für gut aussehend, wenn auch ein wenig bäuerlich halten können.

Evan bemerkte jetzt, dass der ganze Trauerzug am Straßenrand angehalten hatte und dass alle Augen mit geballter Feindseligkeit auf ihn gerichtet waren. Er empfand es immer noch als schwierig, seinen Blick von dem Riesen abzuwenden, der sich anscheinend entschlossen hatte, ihn mit seinem funkelnden Blick zu vernichten. Der Mann trat vor den Jungen und seine Mutter, als wolle er die beiden mit seinem Körper abschirmen, und er war so groß, dass er die beiden fast völlig verdeckte.

Bis zu diesem Augenblick hatte Evan die Berichte über den irischen Räuber mit einer Mischung von Neugier, Skepsis und einer gewissen Erregung betrachtet. Jetzt jedoch, wo er der Legende von Angesicht zu Angesicht gegenüberstand, rief sie eine Reaktion in ihm hervor, die er nicht erwartet hatte. Zu seiner Überraschung registrierte sein Verstand, dass er von panischer Angst gepackt wurde.

Der Kerl war in Wirklichkeit sogar noch größer als in den Erzählungen, und obendrein schien eine sorgfältig kontrollierte Energie von ihm auszugehen, eine Kraft, die zwar vorübergehend zurückgehalten wurde, die jedoch jeden Moment loszubrechen drohte. Die offensichtliche Ruhe und die entspannte Haltung des großen Mannes ließen auf unbedingtes Selbstvertrauen, wenn nicht sogar Überheblichkeit schließen. Und doch nahm Evan ein Feuer wahr, das in dem Mann glühte und nur durch reine Willenskraft zurückgehalten wurde.

Eine Weile starrte der Ire, dessen Gesicht wie aus Granit gehauen war, Evan einfach an, als wäre er nicht mehr als ein Frosch, der ihn irritierte. Als er sich endlich bewegte, machte er nur zwei große Schritte, blieb dann stehen und ließ seinen Blick langsam an dem Pferd nach oben wandern, bis er schließlich auf Evans Gesicht ruhte.

Evan wappnete sich, um der offenen Verachtung in dem Blick des Mannes zu begegnen, und betete, dass er nicht stottern würde. Er räusperte sich und holte tief Luft, bevor er sprach. „Ich wünsche Ihnen einen guten Tag, Sir. Ich heiße ...“ Er hielt kurz inne und stieß dann seine Worte entschlossen hervor. „Whittaker. Evan Whittaker.“

Der weite, ärmellose Mantel des Mannes hatte sich geöffnet, und man konnte eine Harfe sehen, die derjenigen ähnelte, die hoch auf der Schulter des Jungen ruhte. Und man sah etwas, das wie der Griff einer Pistole aussah und in seinem Hosenbund steckte. Der Ire trat noch näher. Diesmal kam er so nahe, dass er mit Leichtigkeit hätte hinauflangen und Evan vom Pferd ziehen können, wenn er es gewollt hätte. Es entging Evan nicht, dass ihm ein harter Griff mit diesem Hammer von einer Hand sehr wahrscheinlich den Arm brechen würde, und einen Moment lang musste er sich sehr zusammenreißen, um nicht sein Pferd anzutreiben und die Straße hinunterzurasen.

Aber trotz seiner Besorgnis musste er zugeben, dass es ein günstiger Zufall war, Fitzgerald und den Kavanagh-Jungen zusammen zu treffen – zu günstig, um es als bloßen Zufall abzutun. Wenn Gott ihm auf diesem Wege eine Gelegenheit verschaffen wollte, seinen Willen auszuführen, dann konnte er es sich kaum leisten, sich aus Feigheit zurückzuziehen.

Der Riese stand in drohendem Schweigen vor ihm. Aus seinen Augen schoss ein Schwall von Ekel auf Evan, der stark genug war, um ihn zurückschrecken zu lassen. Angetrieben von einer zunehmenden Dringlichkeit rief sich Evan in Erinnerung, dass der Kerl ein Dichter war, ein Lehrer vom Lande – und kein gepanzerter Kriegsherr. Es war besser, darüber nachzudenken, dass er sich auch als Aufrührer und Bandit einen Namen gemacht hatte – als *bewaffneter* Bandit.

„G-g-gehe ich richtig in der Annahme, dass Sie M-M-Morgan F-F-Fitzgerald sind?“ Evan spürte, wie die Hitze in ihm aufstieg, als sein demütigendes Stottern nun mit voller Kraft hervorbrach.

Ein Gemurmel hinter Fitzgerald verstummte, als der Riese leicht die Hand hob. Wieder nagelte sein verächtlicher Blick Evan auf der Stelle fest. Die grünen Augen verengten sich, der breite, großzügige Mund zog sich zu einem schmalen Strich zusammen, und schließlich sprach der große Ire.

„Ich bin Fitzgerald. Und was haben Sie mit mir zu schaffen?“, antwortete er mit tödlich ruhiger Stimme.

Evan, der sich zunehmend bedroht fühlte, kämpfte darum, seine Ruhe zu bewahren. „Wie ich schon sagte, ich h-heiße Whittaker.“ Er schwieg und wartete.

„Aye, der *Engländer*.“

In diesen ruhigen Worten lag die Verachtung ganzer Generationen von Iren gegenüber seinem Volk, und Evan glaubte, er würde sich selbst nie mehr so sehen können wie bisher. Seine Hände wurden feucht in seinen Handschuhen und der Knoten in seinem Hals faustgroß. „I-ich muss unbedingt sofort mit Ihnen sprechen, Fitzgerald." Er zögerte und fügte dann hinzu: „Und ... auch mit dem Jungen."

Nun erlosch das Feuer in Fitzgeralds Augen, und an seine Stelle trat ein eisiger, durchdringender Blick. „Und von welchem Jungen reden Sie?"

Evan schaffte es, steif in Daniel Kavanaghs Richtung zu nicken. Das bärtige Kinn des Iren schien vorzugleiten und dort stecken zu bleiben, während seine Stimme sogar noch sanfter und drohender zu werden schien. „Nun, was könnte der Lakai des großen Herren von einem dummen Iren wie mir und einem armen Dorfjungen wollen?"

Evan schluckte mit großer Anstrengung, weigerte sich jedoch, sich von dem Mann aufreizen zu lassen. „Ich versichere Ihnen, dass es w-wichtig ist. Für Sie *und* den Jungen."

„Ah, wirklich."

„Können wir irgendwo unter vier Augen reden?", drängte Evan. „Sie m-müssen mir glauben, dass es zu Ihrem eigenen Besten ist."

„Oh, *natürlich* ist es das", antwortete Fitzgerald. In seiner Stimme lag offener Spott, aber in seinen Augen lauerte immer noch eine Warnung.

Evan verlor die Geduld mit dem Mann und vergaß seine Vorsicht. „J-jetzt hören Sie mal zu, F-Fitzgerald. Sie – und auch der junge Kavanagh – befinden sich in schrecklicher Gefahr! Es w-wäre besser für Sie, wenn Sie mir zuhören würden!"

Fitzgeralds Gesicht verdunkelte sich, und als er sprach, war die Maske des Zynikers verschwunden. „Seien Sie vorsichtig, Mann. Dies ist nicht der richtige Tag, um mit mir zu scherzen."

Evan konnte seinen Ärger nicht länger zurückhalten. „In Gottes Namen, Mann, ich *scherze* nicht mit Ihnen! Ich versuche, Ihren Hals zu retten! Und auch den des Jungen!"

Er schauderte, als Fitzgeralds rötliche Hautfarbe vor Wut bleich wurde, aber er meinte auch, dass er vielleicht endlich die Abwehr des sturen Iren durchbrochen hatte. Der Mann wandte sich einen Moment ab und sagte etwas in der barbarischen Sprache, die Evan als Gälisch erkannte. Sofort begannen die Trauernden, sich zu bewegen, erst ein paar, dann einige andere, und setzten ihren traurigen Marsch die Straße entlang fort. Nur der Junge, seine Mutter und der Mann an ihrer Seite mit dem kantigen Gesicht blieben zurück.

Der junge Kavanagh bewegte sich plötzlich und ging auf Fitzgerald zu, der ihn mit einer erhobenen Hand und einem festen Kopfschütteln wegwinkte. Wieder murmelte er etwas in ihrer unaussprechlichen Sprache, und der Junge blieb stehen und schickte Evan einen finsteren, wütenden Blick.

Fitzgerald wandte sich wieder Evan zu und studierte eine lange Zeit dessen Gesicht mit zusammengekniffenen Augen. „Sie werden verstehen, wenn ich Ihre Absichten in Frage stelle", sagte er mit einer Stimme so tief wie ein Trommelwirbel. „Sie müssen wissen, dass es etwas völlig Neues für mich ist, dass sich ein Engländer um mein Wohlergehen sorgt."

Evan suchte verzweifelt nach den richtigen Worten, um Fitzgeralds Feindschaft zu durchbrechen, und holte tief Luft, um sich zu beruhigen.

*Oh Herr, bitte nimm dieses grässliche Stottern weg, zumindest für diesen Moment, damit ich Fitzgerald nicht so lächerlich erscheine. Ich kann ihm oder dem Jungen unmöglich in irgendeiner Weise helfen, wenn er mich nicht einmal ernst nimmt!*

Er erinnerte sich vage daran, dass die Helden in seinen Lieblingsromanen immer ihr Kinn strafften, wenn sie vor einer Herausforderung standen, und so biss er die Zähne zusammen. Er trat seinem Gegner mit unbeugsamer Entschlossenheit gegenüber und entschied sich, gleich zum Kern der Sache zu kommen. „Ich meinte, Sie sollten wissen, dass Cotters Schlägertypen noch vor Anbruch des Abends bei der Hütte der Kavanaghs sein werden", sagte er. Er versuchte, so leise zu sprechen, dass nur Fitzgerald ihn verstehen konnte. „Sie, nun ... sie haben Anweisung, den Jungen mitzunehmen und ihn zu Cotter zu bringen ... unter dem Vorwand, er habe einen Tagelohn erhalten, den er sich nie verdient hätte."

„Das ist eine *Lüge!*" Mit wutverzerrtem Gesicht streckte Fitzgerald eine Hand aus, um sie auf den Hals der Stute zu legen. „Der Junge schuldet diesem Bösewicht nichts! *Gar nichts!*"

„Das weiß ich", versicherte ihm Evan schnell und zuckte vor Fitzgeralds heftiger Bewegung zurück. „Ich sage Ihnen nur, was ich gehört habe, weiter nichts."

Wider Willen erschauderte Evan vor der Wut, die die mächtige Gestalt des großen Mannes zu erschüttern schien. Die leise Stimme knallte wie eine Peitsche, und Feuer glitzerte in Fitzgeralds Augen. „Und woher wissen Sie, was Cotter und sein Pöbel planen?"

„Ich habe es zufällig mit angehört. Seine zwei Schläger sollen zuerst bei einigen Räumungen in dem – dem *Gut* – helfen und dann zurück in die Stadt gehen und den Jungen abholen. Sie sollen ihn direkt zu Cotter bringen", erklärte Evan. Ihm wurde vage bewusst, dass sein Stottern vergangen war, während seine Worte wie eine Flut aus seinem Munde strömten – vielleicht eine Bestätigung, dass Gott ihn tatsächlich befähigte.

Fitzgerald begann zu reden, aber Evan unterbrach ihn. „Das ist noch nicht alles", sagte er und presste nervös seine Lippen zusammen. „Ich ... sollte eigentlich in diesem Moment Ihrem Bruder einen Räumungsbefehl übergeben. Er und seine Familie sollen bis morgen früh ihre Hütte verlassen haben."

Evan fühlte sich jetzt beinahe gehetzt, überwältigt von der Notwendigkeit, Fitzgerald all die elenden Tatsachen so schnell wie möglich zu übermitteln. „Was Sie betrifft", fuhr er fort, „sollen Sie sofort verhaftet werden, sobald jemand Sie erblickt. Cotter hängt überall im Dorf *Steckbriefe* aus, und noch heute wird ein Haftbefehl gegen Sie ausgestellt werden, wenn er nicht schon ausgestellt worden ist. Sie *müssen* von hier verschwinden!" Er schwieg kurz und fügte dann noch nachdrücklich hinzu: „Und der Junge ... er darf es nicht wagen, nach Hause zu gehen!"

Fitzgerald trat einen Schritt zurück und maß Evan mit misstrauischen Augen. „Worauf wollen Sie hinaus, Mann? Was führen Sie eigentlich im Schilde?"

Die barsche Frage hielt Evan nur einen Moment lang auf. „Wir können es uns nicht leisten, Zeit zu verlieren, indem wir über meine Motive streiten! Um ehrlich zu sein, ich ... ich bin mir nicht einmal sicher, ob ich sie selbst verstehe. Sie müssen mir einfach vertrauen."

Fitzgerald brach in ein schneidendes, hässliches Gelächter aus. „Sie sind ein Engländer", sagte er, als ob das alles erklärte.

Evan wurde zornig. „Und ich bin auch ein *Christ*."

„Aye", sagte Fitzgerald mit schneidender Stimme, die vor Hohn triefte. „So, wie es auch Oliver Cromwell war."

Evan knirschte mit den Zähnen, um den Mann nicht anschreien zu müssen. „Ich hatte geglaubt, dass Sie vielleicht auch ein gläubiger Mensch wären."

Fitzgerald hob in gespielter Überraschung eine Augenbraue. „Ach, und Sie meinen, ein Ire könne ein Christ sein so wie Sie?", sagte er gedehnt. „Oh nein, wir sind doch nur Kuhhirten und Bogenschützen. Wussten Sie das nicht? Heiden, jeder Einzelne von uns."

Evan war überrascht über das leichte Glänzen in Fitzgeralds Augen, das seine gesamte Erscheinung zu verändern schien. Der kriegerische Stammesfürst hatte plötzlich einen Ausdruck sardonischen Witzes angenommen.

Der plötzliche Wandel des Mannes machte Evan nervös, und er schnauzte zurück: „Sie verschwenden wertvolle Zeit, Fitzgerald! Ich war der Meinung, dass Ihnen der Kavanagh-Junge etwas bedeute. Und sicherlich ist es Ihnen nicht gleichgültig, was mit

Ihnen selbst geschieht. Wollen Sie nichts tun, um Ihr Leben und das seine zu retten?“

„Sie haben meine Frage nicht beantwortet“, sagte Fitzgerald. Sein Gesichtsausdruck wurde hart, als er die Augenbrauen wieder senkte. „Warum tun Sie das? Sie *sind* doch Gilpins Mann, oder?“

Inzwischen fühlte sich Evan ausgesprochen gereizt. Seine Brust schmerzte von dem ungemütlichen, nassen Wetter, seine Nase lief, und sein Hinterteil war wund, weil er sehr viel mehr Zeit auf dem Pferd verbracht hatte, als er gewohnt war. Obendrein hatte er keine Geduld mehr mit Fitzgeralds Starrsinn. „Ich bin Roger Gilpins Sekretär!“, schnauzte er. Einen Augenblick lang schüttelte ihn ein Hustenanfall. Als er wieder sprechen konnte, fügte er hinzu: „Ich bin von dem Mann angestellt. Das bedeutet jedoch nicht unbedingt, dass ich ... mit allen seinen Methoden einverstanden bin.“

Fitzgerald sagte nichts. Er kreuzte nur seine Arme über seiner breiten Brust und musterte Evan mit einem weiteren langen, prüfenden Blick.

Evan zwang sich, nicht vor dem glühenden Blick des Mannes zurückzuschrecken, und wählte seine Worte sehr sorgfältig. „Offen gesagt, ich bin mir absolut nicht sicher, ob mein Arbeitgeber mit Cotters Verhalten einverstanden wäre. Der Mann ist ganz und gar verachtenswert! Und ich weiß, dass er, was den Jungen angeht, lügt, denn ich war an dem Tag, als er dem jungen Kavanagh eine Arbeit anbot, dabei. Es wurde kein Geld ausgetauscht – noch nicht mal ein Penny.“ Er hielt inne. „Und was das angeht, was er mit *Ihnen* vorhat ...“

Ein Glitzern war in Fitzgeralds Augen zu sehen, und Evan stockte. Der Mann war schließlich ein *Bandit.* Wer sollte dafür garantieren, dass er ihn nicht auf der Stelle erschoss, falls er das, was er hörte, nicht mochte?

„Cotter meint, Sie seien der ... ahm, ich glaube, der Name, den er gebrauchte, war ... der *Rote Wolf.* Außerdem“, fuhr Evan vorsichtig fort, „scheinen Sie ihn ... irgendwann bedroht zu haben, wenn ich ihn richtig verstanden habe. Er macht aus seinem Hass Ihnen gegenüber kein Geheimnis."

Sein eigenes Schicksal schien Fitzgerald völlig unbewegt zu lassen. „Sie sagen, Cotters Männer würden am Abend wieder im Dorf zurück sein?"

Erleichtert darüber, dass der Mann schließlich zuzuhören schien, nickte Evan eifrig. „Sie müssen sich und den Jungen außer Reichweite bringen! Gibt es einen Ort, wohin Sie gehen können?"

Fitzgerald ignorierte seine Frage und fuhr sich in einer Geste der Frustration mit der Hand über eine Seite seines Gesichts. „Sie sind sicher, dass Thomas – mein Bruder – noch bis zum Morgen Zeit hat, ehe er hinausgeworfen wird?"

Evan nickte. „Vermutlich, weil der Gerichtsvollzieher und die Schlägertypen heute Nachmittag alle Hände voll zu tun haben mit anderen Räumungen. Offen gesagt, ich glaube, dass Cotter Ihrem Bruder absichtlich eine Ankündigung zukommen lässt. Er hofft wohl, Sie aus Ihrem Versteck hervorzulocken. Er meint, Sie wohnten dort, zumindest zeitweise. Ich vermute, er erwartet, dass Sie entweder versuchen werden, die Räumung zu verhindern, oder sie zumindest zu verzögern." Er schwieg kurz und fügte dann sehr betont hinzu: „Er ist entschlossen, Sie hängen zu sehen."

„Und ich bin genauso entschlossen, das zu verhindern", sagte Fitzgerald abwesend und überflog die Umgebung mit seinem Blick. „Nun denn, es sieht so aus, als hätten wir nur noch heute Abend, um unseren Aufbruch vorzubereiten."

„Sie müssen einen sicheren Ort für sich und die anderen finden", drängte Evan. „Sie werden das ganze Dorf auseinander nehmen, um Sie zu finden."

„Meine Familie wird sehr bald in die Staaten reisen – das Schiff kann jeden Tag eintreffen. Bis dahin kenne ich einen Ort, wo wir bleiben können."

„Ich hoffe doch, dass Sie mit ihnen nach Amerika gehen werden?“

Fitzgerald zuckte mit den Schultern. „Wer weiß schon, was ich tun werde?“, sagte er mehrdeutig. „In der Zwischenzeit haben wir einen Ort, wo wir bleiben können.“ Er schwieg und durchbohrte Evan mit einem prüfenden Blick. „Und Sie werden mit uns kommen.“

Überrascht widersprach Evan eiligst. „Nun, Sie müssen verstehen, ich kann nicht ...“

„Sie werden mit uns kommen“, wiederholte Fitzgerald in einem Ton, der keinen Widerspruch zuließ. „Vielleicht werde ich Sie brauchen. Aber zunächst müssen wir Daniel John verstecken und dann Tahg und Nora aus der Hütte wegbringen. Das wird einige Arbeit machen, fürchte ich.“

„Tahg? Wer ist Tahg?“

„Daniel Johns älterer Bruder. Er ist krank. Todkrank.“ Fitzgerald warf Evan einen bitteren Blick zu. „Es geht vielen im Dorf so wie ihm – eine Nacht auf der Straße würde sie alle töten.“

Evan umklammerte die Zügel seines Pferdes fester. „Ich werde tun, was ich kann, um bei seinem Transport zu helfen.“

Fitzgerald winkte ab. „Darum geht es gar nicht. Ich könnte den Jungen mit einem Arm tragen, so zart ist er. Aber ihn in diesen kalten Regen hinauszubringen ...“ Seine Worte erstarben, ohne dass er sie beendete. Eine lange Zeit stand er schweigend da. Er zupfte gedankenverloren an den nassen Haaren in seinem Nacken und starrte in die Ferne.

„Fitzgerald?“ Evan wartete, bis sich der Ire umwandte und ihre Blicke sich trafen. „Sobald Cotter merkt, dass man ihm einen Strich durch die Rechnung gemacht hat, wird er mit Sicherheit rasen. Er wird vor nichts zurückschrecken, um den Jungen in seine Gewalt zu bekommen. Ich glaube, er ist von dem Gedanken besessen.“

„Er ist ein Teufel“, sagte Fitzgerald.

„Aber kein sehr intelligenter“, bemerkte Evan.

Fitzgerald sah ihn an und begann dann, langsam zu nicken. „Aye, er ist nicht mit besonders viel Verstand begnadet“, antwortete er trocken. „Worauf wollen Sie hinaus?“

„Dass Ihr Verstand und meiner zusammengenommen mehr als ausreichend sein sollte, um ihm einen Strich durch die Rechnung zu machen.“

Fitzgerald beobachtete ihn einen weiteren Moment. „Bis zu welchem Punkt würden Sie diese Sache durchziehen, Mann?“

„Was meinen Sie damit?“

„Ich meine, dass Sie vielleicht einigen Leuten hier das Leben retten können“, erwiderte Fitzgerald mit ernstem Blick. „Aber nur, wenn Sie bereit sind, Ihre angenehme Position bei Gilpin und vielleicht auch Ihre englische Ehre aufs Spiel zu setzen.“

Evan war sich nicht sicher, worauf der Mann hinauswollte, nickte jedoch trotzdem und wartete.

„Wir haben keine Zeit mehr zum Reden“, murmelte Fitzgerald und starrte immer noch in Evans Gesicht. „Beantworten Sie mir nur diese eine Frage. Denn wenn Sie sich erst einmal festgelegt haben, wird es kein Zurück mehr geben. Sie sagen, Sie sind ein Christ. Aber was ist Ihnen mehr wert, Evan Whittaker – Ihr Erretter oder Ihr angelsächsischer Hals?“

Einige schweigende Momente lang hatte Evan das Gefühl, sein Inneres würde nach außen gekehrt – als läge seine Seele selbst unverhüllt vor den brennenden Augen seines Inquisitors. Und im selben Moment wusste Evan auch irgendwie, dass die Antwort auf Morgan Fitzgeralds bohrende Frage für ihn selbst sogar noch wichtiger war als für den Iren.

Er schloss seine Augen und gewährte seinem Geist einen Moment der Stille, bevor er antwortete. Dann sah er Fitzgerald an, und auch sein Blick war jetzt ruhig. „Ich nehme an, dass mir mein ... *angelsächsischer Hals* genauso viel wert ist wie Ihnen Ihre sture irische Haut. Aber nicht so viel, dass ich jemals meinen Retter verraten würde." Er schluckte mühsam und fuhr dann fort: „Ich werde alles tun, was ich kann, um zu Ihrer Rettung beizutragen ... und der Rettung derer, die Ihnen lieb sind, Fitzgerald. Sie haben mein Wort darauf."

Während Evan abwartete, erschien langsam ein verwundertes Leuchten in den Gesichtszügen des großen Mannes, das sie weich und sanft machte – ein Leuchten, so schwach, dass Evan fast meinte, er bilde es sich vielleicht ein. Aber nein, die Wärme stieg in Fitzgeralds Augen, ein Leuchten, das irgendwie auf Zustimmung hinzuweisen schien. Und ohne sich auch nur einmal zu fragen, warum ihm auch nur im Geringsten an der Zustimmung dieses harschen Iren liegen sollte, bemerkte Evan, dass er in dieser Wärme badete.

„Bei allem, was heilig ist", sagte Fitzgerald leise. Sein großer Löwenkopf war zurückgeworfen und wurde vom Regen gepeitscht. „Es scheint, als habe ich einen Engländer mit einem edlen Herzen entdeckt. Wirklich, *das* ist für uns alle ein echtes Wunder."

Evan errötete. Er wusste, dass dieser große Turm von einem Mann den Hut vor ihm gezogen hatte, und er genoss es.

„Nun gut, Whittaker", sagte Fitzgerald und betrachtete Evan immer noch, als sei er ein seltenes, ausgefallenes Wesen. „Lassen Sie uns anfangen. Wir haben viel zu tun, und so, wie Sie aussehen, müssen wir es schnell tun, bevor Sie sich den Tod holen. Aber zunächst brauchen wir einen Plan, wie wir Cotters Schläger aufhalten können, bis ich ein paar von meinen Männern und ein oder zwei weitere Pferde von den Hügeln geholt habe."

„Ich bin immer noch der offizielle Bote Ihres Gutsherrn", bemerkte Evan. „Ich sollte meinen, dass ich mehr als fähig bin, mit diesen Schlägern fertig zu werden." Noch während er sprach, hoffte er, dass er zuversichtlicher klang, als er sich fühlte.

Fitzgerald erlaubte sich die Andeutung eines Lächelns. „Aye, irgendwie glaube ich, dass Sie das können."

„Aber bevor wir irgendetwas anderes tun“, sagte Evan drängend, „*müssen* wir den jungen Daniel verstecken.“

Fitzgerald nickte. „Er kann erst einmal zu Thomas gehen.“

„Gut. Aber ich fürchte, Mrs. Kavanagh muss mit *uns* kommen. Es könnte unangenehm werden, wenn Cotters Schläger auftauchen. Aber mit Ihrer Hilfe kann ich sie, glaube ich, loswerden.“

„Warten Sie einen Moment“, sagte Fitzgerald mit einem kurzen Nicken. Er wandte sich um und ging weg, wobei er einen Strom gälischer Worte ausstieß, während er sich den anderen näherte.

Nicht lange, nachdem er sie erreicht hatte, warf der Kavanagh-Junge einen ungläubigen Blick in Evans Richtung, während das Gesicht der Frau vor Schrecken weiß wurde. Nur der große, hager wirkende Mann neben ihr schien unbewegt zu bleiben, als Fitzgerald zu ihm ging, seine Schultern ergriff und zu sprechen begann. Als er die zwei Männer zusammen sah, bemerkte Evan sofort die Ähnlichkeit. Offensichtlich war dieser hagere Mann mit den traurigen Augen der Bruder, den er aus seinem Haus hatte werfen sollen. Evan wurde plötzlich übel. Erneut überkamen ihn Schuldgefühle wegen seiner jahrelangen Verbindung mit Roger Gilpin und Scham über sich selbst und sein Land.

Die Frau und der Junge starrten weiterhin erst Fitzgerald und dann ihn mit ungläubigen, erschreckten Augen an. Er bemühte sich, aufmunternd zu lächeln, aber es war ein lahmer Versuch, und sein Gesicht erstarrte schnell. Eine plötzliche Woge der Unsicherheit ergriff ihn, und er musste aufsteigende Panik niederkämpfen. Diese Leute verachteten ihn und alles, wofür er stand. In ihren Augen war er der Feind, ein Mann, den man fürchten und dem man ausweichen musste. Was war nur in ihn gefahren, dass er geglaubt hatte, er könne ihr Vertrauen gewinnen, insbesondere innerhalb so kurzer Zeit? Selbst wenn sie ihm seine *Bereitschaft,* zu helfen, glauben sollten, gab es keinen vernünftigen Grund, warum sie auch an seine *Fähigkeit,* zu helfen, glauben sollten. Und was das anging, so gab es auch keinen vernünftigen Grund, warum *er selbst* an seine Fähigkeit glauben sollte!

Dennoch, er vertraute nicht auf sich selbst, genauso wenig, wie es ein vernünftiger Grund gewesen war, der ihn bis hierher gebracht hatte. *Vertraue Gott,* hatte sein Vater gesagt. *Vertraue Gott und sei tapfer.*

* * *

Weniger als eine Stunde später saß Nora steif auf einem Stuhl in ihrer Küche und rang darum, die Tatsache akzeptieren zu können, dass sich ihr gesamtes Leben verändern würde.

Der Wirbelwind, in dem sie sich wiederfand, schien an Kraft zu gewinnen. Das, was begonnen hatte, als sie den Engländer auf dem Rückweg vom Friedhof getroffen hatten, baute sich weiter auf, bis sie meinte, sie würde vor Angst und Verwirrung verrückt werden.

Zunächst hatte Morgan Daniel John eilig mit Thomas weggeschickt und ihr nur eine hastige Erklärung gegeben, dass der Junge „aus Cotters Reichweite" gebracht werden müsse. Und er hatte die beiden daran erinnert, „nötigenfalls den Zwischenraum unter der Hütte" zu benutzen – was immer *das* bedeuten sollte.

Kaum einen Herzschlag später hatte er Nora hochgehoben und sie derb zu dem Engländer aufs Pferd gehoben. Er hatte ihnen befohlen, den hinteren Weg zu ihrer Hütte zu nehmen, der um das Dorf herum führte, und gesagt, dass er sie „in wenigen Sekunden" dort treffen werde.

Den ganzen Weg die Straße hinunter hatte der Engländer etwas gemurmelt, das wie Worte der Entschuldigung und Beruhigung klang. Aber Nora war viel zu bestürzt und verwirrt gewesen, um mehr als nur hier und da ein paar Fetzen von dem britischen Gerede zu verstehen. Das Einzige, was sie verstanden hatte, war, dass Cotter Daniel John entführen wollte, und das war genug, um sie an den Rand der Hysterie zu bringen.

Als sie schließlich die Hütte erreichten, zitterte sie so heftig, dass sie meinte, in Stücke zu springen, bevor Whittaker sie vom Pferd heben konnte. Sie kümmerte sich um Tahg, wobei sie wie immer alles Notwendige verrichtete, als wäre nichts geschehen, und sich dabei bemühte, ihre Angst hinter der Arbeit zu verbergen. Aber sie bemerkte, dass der Junge sie mit unruhigen Augen beobachtete, als ob er spürte, dass etwas nicht in Ordnung war. Als sie eine hastige, linkische Erklärung murmelte, dass Whittaker „ein Freund von Morgan" sei, starrte der Junge sie ungläubig an, machte jedoch keine Miene, zu widersprechen.

Sie beschäftigte sich die ganze Zeit mit Tahg, während Whittaker in ihrer Nähe blieb und sie durch seine seltsamen kleinen Brillengläser ansah, als fürchte er, sie könnte jeden Moment schreiend aus der Hütte rennen. Sobald Morgan ankam, zogen sich die beiden in eine Ecke der Küche zurück und hatten eine Menge zu murmeln und zu nicken. Sie ignorierten sie völlig.

Jetzt ließ Morgan Whittaker im hinteren Teil der Hütte zurück, ging durch das Zimmer, zog sich einen Stuhl heran und setzte sich ihr gegenüber hin. Nora musste sich sehr beherrschen, um ihn nicht anzuschreien.

Eine Weile sah er ihr nur prüfend in die Augen, ohne etwas zu sagen. Dann holte er tief Luft und nahm ihre Hand. Anscheinend bemerkte er nicht, dass sie sie sofort zu einer festen, unnachgiebigen Faust ballte.

„Nora, es tut mir Leid", sagte er und sah sie aufmerksam an. „Ich hätte dich nicht so herumgezerrt, wenn wir mehr Zeit gehabt hätten."

Nora erstarrte und sah ihn wütend an. „Warum hörst du auf

diesen *Engländer,* Morgan? Was macht er hier, in *meiner* Hütte, und erzählt uns, was wir zu tun haben?" Sie bemerkte, dass ihre Stimme genauso stark zitterte wie ihr Körper. „Arbeitet er nicht für den Gutsherrn selbst?"

Morgan hatte immer noch seinen Mantel an. Mit seiner freien Hand schüttelte er ihn jetzt ab und ließ ihn über die Stuhllehne fallen. „So unglaublich das auch klingen mag", sagte er, ließ die Harfe von seiner Schulter gleiten und stellte sie sorgfältig auf den Tisch, „er versucht uns zu helfen. Ja, er versucht sogar, unser Leben zu retten."

„Du bist ja verrückt!", stieß Nora hervor. Sie hörte, wie schrill ihre Stimme klang, und schmeckte die Angst, die sie so schrill machte, konnte sich jedoch nicht bremsen. „Und seit wann hörst du auf die Worte eines Engländers, Morgan Fitzgerald?"

Morgan lächelte grimmig und nickte. „Aye, es ist unglaublich, das gebe ich zu. Dennoch, ich glaube dem Mann, Nora. Er riskiert sehr viel, um uns zu helfen. Aber hör mir jetzt zu", sagte er, und sein Gesichtsausdruck wurde ernst. „Es gibt noch mehr, was du wissen solltest, viel mehr, als ich dir vorhin in der kurzen Zeit erklären konnte. Hat dir Whittaker irgendetwas von den Räumungen erzählt?", fragte er ruhig.

„Räumungen?" Sein Gesichtsausdruck war undurchdringlich, aber irgendetwas an der Art, wie er sie beobachtete, ließ Nora stocksteif sitzen, unfähig, auch nur zu atmen. „Was für Räumungen?"

Morgan holte tief Luft und legte ihre beiden Hände zwischen die seinen. „Nora", sagte er sanft, „du musst sehr stark sein. Was ich dir zu sagen habe, ist nicht einfach."

Er drückte ihre Hände und schien seine Worte mit großer Sorgfalt zu wählen. Mit leiser, ruhiger Stimme berichtete er von den Schrecken, die kommen würden – von ihrer unmittelbar bevorstehenden Heimatlosigkeit und von Dingen, die Nora nur als herannahendes Verderben sehen konnte.

Als er fertig war, begann sie, hin und her zu schaukeln und versuchte völlig geistesabwesend, das Zittern ihres Körpers abzustellen. „Gott helfe uns", flüsterte sie, und dann noch einmal: „Gott helfe uns, was sollen wir nur tun?"

„Wir werden dich und Tahg so schnell wie möglich hier herausholen", sagte Morgan finster. „Du und die Jungen werden für ein paar Stunden bei Thomas in der Hütte bleiben. Später am Abend werde ich euch an einen Ort in den Bergen bringen, wo ihr sicher sein werdet, bis das Schiff nach Amerika ankommt."

Nora spürte, wie sich ihr Gesicht vor Angst und Unglauben verzog. „Bist du *bekloppt*? Tahg kann die Hütte nicht verlassen!"

Er ergriff ihre Hände noch fester. „Er muss sie verlassen, Liebes. Es gibt keine andere Möglichkeit."

Nora wand sich und versuchte, ihre Hände freizubekommen. Aber er hielt sie fest. „Nein! Nein, du bist verrückt!", brach es aus ihr heraus. „Es würde ihn *umbringen,* wenn man ihn bei diesem Wetter hinausbringen würde, nach so langer Zeit und krank wie er ist. Das musst du doch einsehen, Morgan – Tahg würde *sterben*!"

Obwohl seine Hände sie festhielten, schaffte sie es, sich vom Stuhl hochzuziehen. Sie bemühte sich immer noch vergeblich, sich seinem Griff zu entziehen. Auch Morgan sprang auf seine Füße und ergriff sie bei den Schultern. *„Nora, hör mir zu!"*, schrie er. Seine Augen brannten Löcher in die ihren, während er sie hielt. „Es bleibt uns nichts anderes übrig! Wenn du dich widersetzt, werden sie die Hütte über euren Köpfen einreißen. Was wird *dann* aus Tahg werden? Du glaubst doch wohl nicht, dass er *das* überlebt!"

Nora hörte auf zu kämpfen. Ihr Verstand begann endlich, die schreckliche Wahrheit seiner Worte zu erkennen.

Sein Griff um ihre Schultern lockerte sich nur leicht. „Still jetzt, *ma girsha,* hör mir zu", sagte er und senkte seine Stimme zu einem tiefen, beruhigenden Tonfall. „Es gibt doch noch einen Ausweg. Aber du musst dich an das halten, was ich dir sage."

Sie schüttelte in hoffnungslosem Protest ihren Kopf. „Versuche nicht, mich zu betrügen, Morgan", sagte sie mit gebrochener Stimme. Sie versuchte nicht einmal mehr, ihre Tränen zurückzuhalten. „Du weißt genauso gut wie ich, dass uns nun nichts mehr retten kann! Wir werden auf der Straße stehen ... oh Gott, hilf uns, wie sollen wir das überleben? Was soll ich nur mit Tahg machen?"

*„Hör auf damit."* Seine Stimme knallte wie eine Peitsche, und er schüttelte sie heftig. „Du darfst dem nicht nachgeben, hörst du mich? Ich werde alles tun, was ich kann, aber du musst bei Verstand bleiben, während ich weg bin."

*„Weg?"* Die Worte trafen sie wie ein Hieb.

Er nickte und beobachtete sie genau. „Nur für kurze Zeit – eine Stunde, vielleicht auch zwei. Ich werde ein paar Männer von den Hügeln holen, mit weiteren Pferden. Sie werden uns helfen, zu fliehen."

„Aber Tahg ..."

Er ließ seine Hand an ihrer Schulter heruntergleiten, um ihre Handgelenke zu ergreifen. „Dort, wo wir hingehen, gibt es eine Hütte. Tahg wird warm und sicher liegen, bis das Schiff ankommt."

Nora starrte ihn an. „Aber was machen wir mit Cotters Leuten, während du weg bist?"

Seine Hände umfassten ihre Arme fester. „Ihr werdet sicher sein, bis ich mit den Männern zurückkomme. Whittaker wird sich darum kümmern. In der Zwischenzeit musst du für dich und die Jungen einige Sachen zusammenlegen. Packe nur, was ihr braucht – nicht mehr. Wenn ich zurückkomme, muss Tahg für die Abreise bereit sein und du auch. Schaffst du das, Nora? Whittaker wird dir helfen."

Als sie zögerte und zitterte, zog er sie an sich. Er senkte seinen

Kopf, damit sie seinem unnachgiebigen Blick begegnen musste, und hielt ihr Gesicht zwischen seinen hohlen Hände. „Es wird alles gut werden, Liebes, das verspreche ich dir. Ich werde nicht zulassen, dass dir oder deinen Söhnen ein Leid geschieht. Aber du musst auch deinen Teil tun. Und du darfst nicht deiner Angst nachgeben."

Nora schloss ihre Augen. Ihr Kopf schmerzte, und ihre Gedanken drehten sich.

„Nora? Sieh mich an."

Sie öffnete ihre Augen und hob langsam ihren Blick, um ihm in die Augen zu sehen. Er umfasste immer noch ihr Gesicht mit seinen Händen und sagte noch einmal ihren Namen. „Nora ... du hast mir einmal vertraut. Erinnerst du dich, Liebes?"

Nora konnte nicht antworten, sondern nur nicken. Die ganze Zeit ließ sie zu, dass seine Augen die ihren gefangen hielten.

„Kannst du mir nicht wieder vertrauen, *ma girsha?* Wenigstens noch einmal? Um deines Lebens willen und für das Leben deiner Söhne, Nora? Bitte?"

Sie blickte suchend in seine Augen, immer noch unfähig, ihre Augen von den seinen abzuwenden.

„So ist es gut, Mädchen", sagte er. Seine Stimme wurde zu einem rauen Flüstern, sein Blick war erfüllt von einer alten, bekannten Zärtlichkeit. „Es wird alles gut werden, du wirst sehen."

Bei der unerwarteten Berührung seiner Lippen auf ihrer Stirn atmete Nora scharf ein. Sie stand ganz still, als er ihr Gesicht hochzog, damit sie ihn ansah. „Ich werde jetzt gehen", sagte er, und seine Augen suchten ihren Blick, „und unseren englischen Helden holen. Aber zuerst musst du mir versprechen, dass du alles tust, was auch immer er von dir verlangt, solange ich weg bin."

Als sie protestieren wollte, berührte er ihre Lippen mit einem Finger. „Nora, so unbegreiflich es auch zu sein scheint – ich weiß in meinem Herzen, dass Evan Whittaker ein guter Mann ist, ein ehrbarer Mann. Und auch gewitzt, soweit ich das beurteilen kann. Im Moment müssen wir ihm einfach vertrauen."

Er hielt ihren Blick gefesselt, bis sie schließlich mit einem kurzen, unsicheren Nicken zustimmte. Dann ließ er sie, anscheinend nur zögernd, los, nahm seinen Mantel und seine Harfe auf und eilte aus dem Raum.

* * *

Wenige Augenblicke später, hinter der Hütte, beobachtete Evan, wie die kleine Stute, die Cotter ihm zum Reiten überlassen hatte, zusammensackte, als Fitzgerald sich auf ihren Rücken schwang.

„Wie lange werden Sie b-brauchen?", fragte er, überzeugt, dass die kleine Stute solch eine schwere Last nicht sehr lange würde tragen können.

„Höchstens zwei Stunden – eher nur eine", erwiderte Fitzgerald und musterte Evan mit einem abschätzenden Blick. „Es ist nicht weit, aber ich werde auf dem Weg aus der Stadt bei meinem Bruder hineinschauen. Ich will mich vergewissern, dass Daniel John sicher versteckt ist, und noch kurz mit Thomas besprechen, was zu tun ist, falls Cotters Schläger sich entscheiden, bei ihm vorbeizukommen."

Evan war sich bewusst, dass er taxiert wurde, und er fühlte sich unwohl dabei. Er spürte, dass Fitzgerald zumindest einen letzten Versuch unternahm, sich rückzuversichern, falls er nicht sogar Zweifel an seiner Vertrauenswürdigkeit hatte.

„Sie haben gesehen, wie zart sie ist?", fragte er Evan abrupt.

„Mrs. Kavanagh? Ja, ich habe es gesehen. Ich habe Ihnen bereits gesagt, dass ich ihr helfen werde, wo es nur g-geht. Das heißt, wenn sie mir erlauben w-wird, ihr zu helfen", ergänzte er.

Fitzgerald zögerte immer noch und warf einen Blick nach oben auf die regenschweren Wolken. „Wir werden Bettzeug für Tahg brauchen – mehrere Schichten, falls sie es hat. Ich werde auch versuchen, ein oder zwei Mäntel von meinen Männern zu borgen.“ Er schwieg kurz.

„Sind Sie sich absolut sicher, dass Sie Cotters Männer wegschicken können?“

Evan zog sich den Mantel über den Kopf und zappelte ungeduldig herum. Er würde eine fürchterliche Bronchitis haben, wenn all dies erst einmal vorüber wäre – wenn es *überhaupt* je enden würde. „Ja, ja, natürlich“, versicherte er Fitzgerald und ignorierte den Zweifel, der ihm unmittelbar nach seinen Worten kam. „Sie *m-müssen* jetzt wirklich gehen! Sie können es nicht wagen, sich hier erwischen zu lassen!“

„Aye, ich gehe jetzt“, antwortete der andere Mann und begann, das Pferd zu wenden.

Beide machten einen erschreckten Satz, als sie in der Ferne den Klang von Hufen hörten. Fitzgerald fuhr herum, warf zuerst einen erstaunten Blick auf die Straße und dann auf Evan. „Es ist zu früh! Warum sind sie schon wieder in der Stadt ...“

Erschreckt starrte Evan ihn an. Das Blut pochte in seinen Ohren. „Machen Sie, dass Sie *wegkommen*!“

Fitzgerald warf ihm einen letzten warnenden Blick zu, während er die Stute herumzerrte. „Wenn ihr oder ihren Söhnen irgendetwas passiert“, stieß er mit mörderischer Stimme hervor, „sind Sie jetzt schon ein toter Mann!“ Er zog scharf an den Zügeln und ritt in rasender Eile über das Feld davon. Steine und Schlamm spritzten nach allen Seiten, als er fortritt.

In diesem Augenblick wusste Evan mit absoluter Gewissheit, was er bisher nur vermutet hatte: *Fitzgerald liebte Nora Kavanagh!*

Sein Mund wurde trocken. Er presste die Knöchel einer Hand gegen seine Stirn und stöhnte laut. Fitzgerald war nicht der Mann, der leere Drohungen ausstieß. Daran hatte Evan keinen Zweifel. Und jetzt, wo er die eigentliche Motivation hinter den

Handlungen des Iren kannte, wusste er mit deprimierender Gewissheit, dass sein eigenes Leben davon abhing, dass er Nora Kavanagh und ihre Söhne retten konnte.

Der trommelnde Klang herannahender Pferde wurde jede Sekunde lauter. Evan sah noch einmal kurz dem davonreitenden Fitzgerald nach, bevor er um die Hütte herumeilte. Er schauderte, als die tiefen, matschgefüllten Furchen seine Füße nach unten zogen und seine Stiefel mit kaltem, schlammigem Wasser füllten.

Ein Schauer lief über seinen Körper, mehr aus Verzweiflung denn vor Kälte, und er ging zurück in die Hütte. Bisher hatte er noch keine Idee, was er tun sollte, um Cotters Schläger zu vertreiben.

Aber *irgendetwas* musste er tun. Es stand zu viel auf dem Spiel für ihn, als dass er versagen durfte. Es standen *Menschenleben* auf dem Spiel.

*Herr, ich weiß nicht, wo ich beginnen soll ... Bitte zeige mir den nächsten Schritt ... hilf mir, diese Leute nicht zu enttäuschen. Herr ... hilf mir, dich nicht zu enttäuschen.*

# 20. Der Wind hat aufgefrischt

*Oft lebt und stirbt der Mensch zwischen seinen beiden Unsterblichkeiten: der der Rasse und der der Seele.*
William Butler Yeats (1865 – 1939)

Die Hütte der Fitzgeralds war kalt und feucht. Es war noch eine Menge Holz von Morgans letztem Ausflug in die Berge übrig, aber Thomas hatte ihnen befohlen, kein Feuer anzuzünden. „Wir wollen nichts tun, was die Aufmerksamkeit auf uns lenkt", erklärte er. „Das Packen für die Reise wird uns warm halten. Es gibt heute Nacht noch viel zu tun."

Daniel bewunderte Thomas dafür, wie er der gegenwärtigen Krise gewachsen war. Viele von den Dorfbewohnern hielten Morgans Bruder für einen gutherzigen und ehrenwerten, aber auch langsamen und schwerfälligen Mann. Doch durch die jahrelange Freundschaft zwischen ihren beiden Familien hatte Daniel Thomas Fitzgerald als einen ruhigen, ordentlichen Menschen kennen gelernt, der unerschütterlich seinem Gott, seiner Familie und seinen Freunden diente, und zwar in genau dieser Reihenfolge.

Die zwei Brüder waren ähnlicher, als man gewöhnlich wahrnahm, insbesondere, was ihre gemeinsame Liebe zu ihrem Land betraf. Während Morgans Zuneigung mehr Irlands Kultur, seiner Geschichte und seinem stets in Frage stehenden Schicksal galt, fand Thomas seine Erfüllung darin, das Land selbst zu bearbeiten und es dazu zu bringen, den größtmöglichen Ertrag abzuwerfen. Trotz ihrer Unterschiede teilten die beiden Männer eine grundlegende Verbindung zu allem, was irisch war, und sie hatten einen gemeinsamen Drang, es zu erhalten.

Im Augenblick zeigte Thomas einen stärkeren Überlebenstrieb, als ihm die meisten Dorfbewohner zugetraut hätten. Sobald er Daniel sicher in die Hütte geschoben hatte, befahl er ihm und den Kindern einschließlich dem kleinen Tom, die Vorbereitungen für das bevorstehende „Abenteuer" zu treffen. Er feuerte absichtlich ihre Aufregung wegen der Reise nach Amerika an und teilte jedem von ihnen besondere Aufgaben zu. Gelegentlich ermutigte er sie bei ihren Anstrengungen mit Worten des Lobes. Mitten in einem Dilemma, das sehr wohl ihrer aller Untergang bedeuten konnte, brachte er es immer noch fertig, den Kindern ein Gefühl der Erwartung für das, was vor ihnen lag, zu vermitteln, und er erinnerte sie daran, dass Gott sehr stark an dieser Sache beteiligt war, wie er es an allen Dingen war.

Während die stumme Johanna und der kleine Tom ihrem Vater halfen, das Wichtigste von ihrem geringen Besitz zu packen, sammelten Daniel und Katie eilig ein paar von Catherines wenigen noch übrig gebliebenen Flaschen mit Medizin und Kräutersalben zusammen. Sie öffneten die Kiste, die Catherines Geburtshilfeinstrumente enthielt, leerten sie auf den Küchentisch aus und füllten sie stattdessen mit den kostbaren Medizinbehältern, sowie mit Essig, Seife, Nadeln und Verbänden.

Während sie arbeiteten, sprachen sie nur wenig und mit leisen, angespannten Stimmen. Die meiste Zeit sahen sie einander mit besorgten Augen an. Daniel war von Katies Aussehen sehr beunruhigt. Trotz der Lebensmittel, die Morgan hatte herbeischaffen können, verschlechterte sich ihr Zustand erschreckend schnell. Sie war erbärmlich dünn – so schmächtig, dass ihre Knochen durch die Haut hervorzutreten schienen – und bestand nur noch aus Haut und Knochen. Bei jedem Atemzug keuchte sie, als ob ihr die geringste Bewegung große Mühe bereitete.

Er gab sich äußerste Mühe, fröhlich zu sein, während sie arbeiteten, und versuchte oft, sie zu beruhigen. Aber seine eigene zunehmende Sorge um seine Familie, zusammen mit einem nagenden Schuldgefühl, machten es ihm beinahe unmöglich, sich auf seine Arbeit zu konzentrieren. Morgan hatte zwar keine Anschuldigung vorgebracht, aber Daniel wusste, dass er bei seiner unglücklichen Begegnung mit George Cotter etwas in Gang gesetzt hatte. Offenbar mussten sie alle einen hohen Preis für seine Handlungsweise zahlen – und deswegen war er tief betrübt und beschämt.

„Daniel John?“ Katies sanfte Stimme riss ihn aus seinen quälenden Gedanken, und er sah zu ihr hinüber.

„Was hast du damit gemeint, als du gesagt hast, dass Cotter deiner Mutter ihre Entscheidung abgenommen hat?“

Daniel zwang sich, heiter zu klingen, und antwortete: „Oh, einfach, dass sie sich jetzt kaum noch weigern kann, nach Amerika zu gehen, weil wir seit heute nirgendwo *sonst* hingehen können.“

Katie packte ein kleines Fläschchen mit Salbe zwischen einige Verbände. „Aber du willst eigentlich nicht gehen, oder?“, fragte sie.

Daniel zuckte mit den Schultern und vermied es, sie anzusehen. „Dies ist nicht die rechte Zeit, um darüber nachzudenken, was ich will oder nicht will“, erwiderte er. „Nach dem, was Morgan deinem Pa erzählt hat, werden wir entweder nach Amerika gehen oder auf die Landstraße!“

„Ich habe gemeint, dass *uns* das nie passieren wird“, sagte Katie mit erstickter Stimme. „Ich glaube, ich habe immer gedacht, dass Onkel Morgan irgendwie *verhindern* würde, dass uns das passiert.“

Ihre Augen wirkten riesig. Sie starrte in die Ferne und biss sich auf die Lippen. Daniel suchte nach Worten, die vielleicht ihr gequältes Aussehen entspannen würden, aber seine eigene Kehle war verräterisch angeschwollen. „Dein Onkel Morgan hat getan, was er konnte, und sogar noch mehr“, sagte er lahm. „Zumindest ist unsere Überfahrt bezahlt, und unsere Familien werden zusammen reisen.“

„Aber Onkel Morgan wird nicht mit uns reisen", sagte Katie niedergeschlagen und richtete ihren Blick langsam wieder auf Daniel. „Und niemand scheint zu verstehen, warum."

„Ich glaube nicht, dass es außer Morgan noch jemand verstehen kann", sagte Daniel. „Er ist auf eine besondere Weise an Irland gebunden – auf eine Weise, die nur er verstehen kann. Es ist beinahe so, als wäre sein Herz irgendwie ... an das Land selbst gebunden."

„Ich – ich möchte eigentlich auch nicht gehen, weißt du", sagte Katie. Sie sprach so leise, dass sie fast flüsterte, und umklammerte die Knöchel an beiden Händen. Dann fügte sie hinzu: „Ich glaube, ich habe Angst."

Der traurige Ausdruck in ihren großen grünen Augen zeigte Daniel, dass dies nicht die rechte Zeit war, um den starken Mann zu markieren. „Mensch, ich glaube, ich habe auch etwas Angst."

Er war froh, dass er ehrlich gewesen war, als er ihren kurzen, dankbaren Blick sah. „Du auch, Daniel John? Ehrlich?"

Er nickte. „Ja. Aber ich würde mich lieber in Amerika fürchten und dafür eine Hoffnung für die Zukunft haben, als dass ich hier in Killala bleibe und jeden Tag Angst haben muss, dass ich auf der Straße sterbe. Ich glaube, das wäre schwerer."

Während er sprach, berührte er abwesend die Harfe, die am Ende des Tisches lag. Beim Anblick des uralten Instrumentes, das über so viele Generationen hinweg weitergereicht worden war, fragte er sich, ob sein jugendlicher Vorfahre, Eoin Caomhanach, bei dem Gedanken, dass er sein Heim verlassen und in ein unbekanntes Land gehen musste, die gleiche unmännliche Angst empfunden hatte wie er.

Katie schien über seine Worte nachzudenken. „Es hilft mir zu wissen, dass du mit uns gehst", sagte sie mit der ihr eigenen Direktheit. „Ich bin sicher, dass ich mich nicht so sehr fürchten werde, wenn du da bist."

Daniel wünschte, er hätte auch ein wenig von ihrem Vertrauen in ihn. Er konnte sich nicht erinnern, sich jemals so sehr gefürchtet zu haben, außer vielleicht an dem Tag, als er Cotters Mülltonnen hatte plündern wollen und der Verwalter ihn dabei erwischt hatte.

„Daniel John ... warum geschieht dies alles?"

„Was meinst du damit, Katie?"

„Der Hunger. So viele Leute verhungern und sterben und verlieren ihr Heim – ich verstehe das nicht. Kümmert sich Gott denn überhaupt nicht mehr um uns?"

Daniel starrte auf die offene Kiste vor sich hinunter und trat von einem Bein aufs andere. Er hatte keine Antworten für Katie und auch keine für sich selbst.

Als er nicht antwortete, fuhr sie fort: „Ich habe einmal gehört, wie deine Mutter meiner Mama gesagt hat, sie glaube, dass Gott Irland verflucht hätte", sagte Katie todernst. „Sie sagte, der Hunger sei vielleicht seine Art, uns für unsere Sünden zu bestrafen."

Daniel sah sie an. Ihre Augen waren glasig, ihre Haut kreidebleich. Selbst jetzt, wo sie einfach dastanden und sich kaum bewegten, konnte er ihr angestrengtes Keuchen hören. Er wünschte, er könnte ihr eine fröhliche Antwort geben, aber ihm fiel keine ein. Seine Mutter sprach oft von Strafe und Sünde, und er wusste, dass sie glaubte, Irland erleide den Zorn Gottes. Er war sich absolut nicht sicher, ob er ihr zustimmen sollte – zumindest nicht völlig. Er hatte immer noch seine Probleme mit dem Gedanken, dass ein Gott, dessen Liebe stark genug war, um seinen eigenen Sohn zu schicken, damit er für verkommene Sünder starb, genauso leicht unschuldige Babys bestrafen könnte.

Manchmal schien sich selbst sein Großvater über die harten Bemerkungen seiner Mutter aufzuregen und schalt sie sogar gelegentlich für solches „Gerede vom Verderben". Sein Pa hatte am besten gewusst, wie er mit dem, was er „ihre dunklen Stimmungen" nannte, umgehen musste. Er schien immer instinktiv zu wissen, wann er necken musste, wann ihr gut zureden oder wann er sie einfach in Ruhe lassen musste, bis ihre Mutlosigkeit vorüberging.

„Glaubst du das auch, Daniel John?", fragte Katie und riss ihn aus seinen Gedanken. „Dass wir von Gott verflucht sind?"

Langsam schüttelte Daniel den Kopf. „Nein, in Wirklichkeit glaube ich das nicht", sagte er und verspürte dabei ein leichtes Schuldgefühl, als ob er irgendwie seine Mutter verriete. „Pa pflegte immer zu sagen, dass England uns verflucht hätte, nicht Gott."

„Ich habe nie gewusst, dass ein Land ein anderes verfluchen kann", sagte Katie skeptisch.

„Es ist wohl mehr, dass sie uns verurteilen, glaube ich. Indem sie dafür sorgen, dass wir auf unserem eigenen Land Sklaven bleiben und uns das Essen quasi aus dem Munde nehmen – Essen, das wir selbst angebaut haben –, verurteilen sie uns zu Armut und Hoffnungslosigkeit."

Katie schloss den Deckel der Medizinkiste und sah ihn nachdenklich an. „Du klingst genau wie Onkel Morgan."

Daniel warf ihr ein schwaches, linkisches Lächeln zu. „Nun, eigentlich sind es seine Worte, nicht meine."

„Warum hassen uns die Engländer so sehr, Daniel John?", fragte sie unvermittelt. „Sie kennen uns doch eigentlich gar nicht. Wie können sie uns so sehr hassen, wenn sie uns gar nicht *kennen*?"

Daniel schaute in die erloschene Feuerstelle. „Morgan sagt, es sei weniger Hass – eher Gleichgültigkeit."

Als er sich ihr wieder zuwandte, starrte Katie ihn bestürzt und verständnislos an.

„Es ist, als hielten sie uns nicht für – wert", versuchte er zu erklären. „Nach ihrem Verständnis sind wir nicht so sehr menschliche Wesen als vielmehr ... viehische Menschen. Tiere. Sie glauben, wir seien unzivilisierte, ungebildete Wilde, die man in ihre Schranken weisen müsse. Sie waren schon immer der Meinung, Irland gehöre ihnen, verstehst du, und nicht den Iren. Sie haben einen Teil des Landes kolonisiert, und sie meinen, es wäre ihr gutes Recht, mit ihrem eigenen Land zu tun und zu lassen, was immer sie wollen."

„Aber es ist *nicht* ihr Land, es ist unseres!"

„Aye, Katie. Aber sie betrachten die Sache aus ihrem Blickwinkel und wir aus einem anderen – und keiner von uns sieht das gesamte Bild."

„Das klingt auch wie Onkel Morgan", sagte sie gereizt und fuhr mit der Hand über den Deckel der Holzkiste.

Daniel zuckte mit den Schultern. „Was ist denn *deine* Meinung?"

Sie warf ihm einen langen brennenden Blick zu. „Ich meine, dass ich England *hasse*! Es ist ein durch und durch böses Land!"

Daniel band einen Strick um die Kiste, um sie zu sichern, und sah zu ihr hinüber. „Ich wüsste nicht, dass ein ganzes Land böse sein kann", sagte er vorsichtig. Das Letzte, was er jetzt, wo es ihr so schlecht ging, wollte, war ein Streit mit ihr. Aber offensichtlich war sie böse auf ihn.

„Nun, Menschen *können* böse sein", gab sie zurück, „und ich glaube, dass die Menschen in England wirklich sehr böse sein müssen!"

„Sicher, aber die Engländer sind nicht die Einzigen, die einen Anspruch auf Bosheit haben, Liebes."

Thomas war von der anderen Seite des Raumes gekommen, stand nun am Ende des Tisches und beobachtete die beiden. Er stützte beide Hände auf die Rückenlehne eines Stuhles und fügte ruhig hinzu: „Das Böse ist überall dort im Überfluss vorhanden, wo das alte, sündige Wesen die Herzen regiert. Und es gibt unzählige Orte in dieser Welt, wo das geschieht. Irland ist da keine Ausnahme. Ihr solltet beide inzwischen wissen, dass nur unser Herr Jesus Herzen verändern kann – was er auch tut, Katie Frances. Und zwar sogar englische Herzen."

Katie warf ihm einen skeptischen Blick zu. „Das mag ja stimmen, Pa", murmelte sie widerwillig, „aber in Irland wird es bald keine Menschen mehr geben – weder gute noch schlechte. Sie werden alle entweder tot oder nach Amerika ausgewandert sein."

Daniel fühlte, wie ihm ein Schauder die Wirbelsäule hinunterlief. Die bittere Wahrheit in ihren Worten ließ sich nicht leugnen. Er war dankbar, als Thomas den Wortwechsel beendete und sie alle rief, um sich zu einer Zeit des Gebets um den Tisch zu versammeln.

*Wenn man Thomas Fitzgerald beten hört, ist es fast so, als lausche man einem vertrauten Gespräch zwischen guten Freunden,* dachte Daniel. Thomas schien weniger *zum* Herrn zu sprechen, er sprach eher *mit* ihm. Seine Worte waren so offen und so ernst – und er schwieg so häufig –, dass Daniel oft versuchte, sich vorzustellen, was der Herr ihm wohl als Antwort sagen mochte.

Aber im Moment war es ihm beinahe unmöglich, seine Gedanken auf Thomas' Gebet zu konzentrieren. Der Tag war einfach zu viel für ihn gewesen. Er fühlte sich, als sei er mit einem plötzlichen Donnerschlag emporgehoben worden in einen Sturm, der schneller und schneller auf die völlige Zerstörung zueilte. Er war fast krank vor Angst: Angst um seine Mutter, um Tahg, um Katie und ihre Familie – und um Morgan. Es war eine ihm neue Art von Angst, eine überwältigende, ekelhafte Art des Entsetzens, die sowohl seine Seele als auch seinen Leib ergriff und sie gefangen hielt. Er hatte sich noch nie in seinem Leben so jung und so absolut hilflos gefühlt.

„... Aye, bewahre unsere Kinder, lieber Herr, dass sie noch viele Tage ihres Lebens vor sich haben, um für dich zu leben ..."

Als Thomas' ruhige Worte schließlich den Aufruhr in Daniels Gedanken durchdrangen, zwang er sich, zuzuhören, und richtete seine Aufmerksamkeit auf das schlichte, aber inbrünstige Gebet. Allmählich beruhigte sich sein Puls und sein Herzschlag normalisierte sich. Er atmete tief durch, um sich zu beruhigen, und stimmte nun leise mit Thomas bei dessen Gebet überein.

„Bewahre uns alle und bring uns sicher durch diese Nacht und die kommenden Tage, Herr. Schütze Nora und den jungen Tahg und den mutigen Engländer, der sein Leben riskiert, um uns zu helfen. Behüte Daniel und auch uns alle im Schatten deiner Liebe und bring uns sicher an das Ziel, das du uns bestimmt hast. Und wie immer bete ich auch für die Seele meines Bruders Morgan, Herr. Er hat noch nicht erkannt, dass er dich liebt oder wie sehr er dich braucht. Und doch ist er, ohne es zu wissen, wie dein berufener Prophet, der trauernde Jeremia, dessen großes Herz von seinem eigenen Land gebrochen wurde ..."

Überrascht öffnete Daniel die Augen. Der Ausdruck intensiver Fürbitte auf Thomas' gutem, schlichten Gesicht bewegte ihn und er fragte sich, ob Morgan auch nur im Entferntesten ahnte, wie sehr sein Bruder ihn liebte.

Dann dachte er an Tahg und fügte noch schnell ein Gebet für seinen *eigenen* Bruder hinzu. Er war überzeugt, dass Tahg in dieser Nacht mehr als sie alle das gnädige Eingreifen und den Schutz eines liebenden Gottes brauchte.

* * *

Die Stille in der Hütte der Kavanaghs wurde nur von dem Geräusch ängstlichen Atmens unterbrochen. Nora hatte die heranreitenden Pferde gehört und dann den gedämpften Klang von Männerstimmen. Evan konnte der Witwe nur noch eine Warnung zuflüstern, sie solle nahe bei ihrem kranken Sohn bleiben, und ihr sagen, dass es vielleicht gut wäre, wenn sie sich „über ihn neigen und ihrer mütterlichen Sorge Ausdruck verleihen" wolle, „ganz, wie sie ihr Instinkt leite".

Ihn hatte sein Instinkt bisher zu nichts geleitet, und er befand sich erschreckend nahe am Rande einer Panik. Er warf einen flüchtigen Blick hinüber zum Bett des Jungen, der nur halb bei Bewusstsein war, und traf Nora Kavanaghs Blick. Ihre mürrischen grauen Augen waren vor Furcht geweitet, und ihre Hände umklammerten das Bettzeug mit einem tödlichen Griff. Angesichts all der Schrecken, die die Frau durchgemacht hatte, wäre Evan nicht im Geringsten erstaunt gewesen, wenn sie einen hysterischen Anfall bekommen hätte.

Von Anfang an hatte Nora Kavanagh auf ihn den Eindruck einer ängstlichen, ermüdeten Frau gemacht, der das Leben einmal zu viel übel mitgespielt hatte. Schön, wie sie war – denn sie besaß eine gewinnende Schönheit, die selbst das Wüten der Hungersnot nicht völlig hatte zerstören können –, hatte sie dennoch das Aussehen eines Menschen, der total erschöpft war, ausgelaugt an Körper und Seele. Überdies strahlte sie ein Gefühl völliger Verzweiflung aus. Es erinnerte stark an ein in die Enge getriebenes Tier, dem nur noch die Wahl zwischen der Falle eines Jägers oder einer Gewehrkugel blieb.

Es war Evan nicht entgangen, dass sich ihre Augen jedes Mal, wenn sie auch nur flüchtig in seine Richtung blickte, vor Misstrauen verdunkelten. Es war nicht abzusehen, was sie vielleicht tun würde. Diese Ungewissheit, zusammen mit seiner eigenen drohenden Panik, ließ Evan zumindest einen Moment lang wünschen, dass er nie etwas von diesem elenden Dorf oder seinen Einwohnern gehört hätte.

Er sah zu dem jungen Kavanagh hinüber und schämte sich sofort für seine feige Selbstsucht. Mitleid überflutete ihn, als er die verschmierten, eingesunkenen Augen des Jungen wahrnahm, die glasig vor Fieber und trübe vor Schwäche waren. Die Haut des Jungen war blass und wirkte wie Wachs. Die einzige Ausnahme waren seine hochroten Wangen.

„Was sollen wir tun?“

Evan richtete sich bei Nora Kavanaghs leicht schriller Frage auf und holte tief Luft. „Ich werde die T-Tür öffnen“, sagte er und räusperte sich. „Bleiben Sie ... bei Ihrem Sohn und ... sagen Sie n-nichts.“ Er schwieg kurz und fügte noch hinzu: „Ich glaube, dass mir, ahm, vielleicht w-woh-ler wäre, wenn ich wüsste, dass Sie b-beten, während ich ... mit diesen Kerlen spreche."

„Mr Whittaker?"

Evan warf dem Jungen einen erstaunten Blick zu. Er hörte ihn zum ersten Mal reden, und die Stimme das Jungen war kaum mehr als ein heiseres Flüstern.

„Ich ... werde auch beten", brachte der junge Tahg mühsam hervor und befeuchtete seine ausgetrockneten Lippen. „Ich kann noch ... beten."

Evans Augen füllten sich überraschend mit Tränen und er blinzelte. Nora Kavanagh beugte sich über ihren Sohn und brachte ihre Lippen dicht an sein Ohr, um ihm ein Kosewort zuzuflüstern und sanft seine Schulter zu drücken. Als sie sich aufrichtete, hatte Evan den Eindruck, die Furcht in ihren Augen sei vielleicht etwas zurückgegangen – nur ein klein wenig. „Ja, das können wir zumindest tun, Mr Whittaker. Wir beide, Tahg und ich, werden beten."

Es überraschte und beruhigte Evan zu sehen, dass sie um ihre Fassung rang – und sie anscheinend auch wiedergewann. „D-danke, Mrs Kavanagh. Es hilft mir, das zu wissen."

In dem Moment begann jemand, heftig an die Tür zu hämmern. Evan und Nora sahen sich kurz in die Augen, bevor sie auf den Stuhl am Bett ihres Sohnes sank. Sanft zog sie die Hand des Jungen unter der Decke hervor, hielt sie fest und sagte leise: „Wir beten, Mr Whittaker ... wir beten."

Evan fühlte sich seltsam ermutigt, nickte und ging zur Tür. Dann blieb er stehen. Er drehte sich um und kontrollierte den Vorhang, um sicherzugehen, dass man die Frau und ihren Sohn von der Küche aus sehen konnte.

* * *

Nach einem kurzen Halt an der Hütte von Thomas hatte Morgan das Dorf über die Seitenstraße verlassen. Nun saß er auf seinem Pferd und sah ein letztes Mal von der Spitze des Hügels auf das Dorf hinunter.

Eine tödliche Stille bedeckte den Hang. Nur das Schnauben des Pferdes und der Regen, der von den Ästen der Bäume herabtanzte, war zu hören. Er konnte Noras Hütte noch erkennen, wenn auch die Pferde davor durch die Entfernung kaum noch wie Pferde wirkten, sondern eher wie winzige Pinselstriche auf einem Gemälde.

Aber sie waren da, das war sicher, ebenso wie die Schläger, denen sie gehörten.

Morgan bemerkte, dass er schwer atmete – nicht vor Erschöpfung, sondern von der Last seiner Angst um Nora und die anderen. Jetzt, wo er Whittaker nicht mehr vor sich hatte, fragte er sich, was in ihn gefahren war, dass er dem Mann so sehr vertraut hatte. Was hatte er da getan? Er hatte Nora und ihren kranken Sohn unter dem zweifelhaften Schutz eines schwach aussehenden Engländers zurückgelassen, den keiner von ihnen kannte! Wie hatte es der dünne Angelsachse mit den Brillengläsern nur geschafft, so schnell seine Zuversicht zu wecken und sein Vertrauen zu gewinnen? Er hatte alle, die er liebte, der Gnade dieses kleinen stotternden Briten überlassen, der keinerlei Grund hatte, sich auf irgendeine Art und Weise um sie zu kümmern, ob sie nun lebten oder starben.

Und dennoch hatte Morgan gespürt, dass Whittaker sich *in der Tat* um sie sorgte, und zwar in ganz erheblichem Maße. Er schüttelte den Kopf, als wolle er sich von den plötzlichen Zweifeln befreien, die ihn aufzuhalten drohten. Er hatte getan, was er konnte, und der Engländer war wirklich die einzige Hoffnung, die ihnen blieb.

In ihm regte sich etwas, und er erkannte es widerstrebend als Angst. Er gehörte nicht zu den Leuten, die sich schnell fürchten, denn allein seine Größe und deren Wirkung auf andere Leute hatte es ihm im Laufe der Jahre leicht gemacht, sich bis zu einem gewissen Grad für unverwundbar zu halten. Ohne sich dessen bewusst zu werden, hatte er schon vor langer Zeit Angst in die entlegene Welt der Kindheit verbannt.

Doch dies hier war anders. Sein trockener Mund und das Herzrasen, das er jetzt hatte, hatten nichts zu tun mit den panischen Ängsten kleiner Jungen oder kindlichen Alpträumen. Dies war die absolute Wirklichkeit von Angst – unmittelbare, greifbare Angst um die einzigen Menschen in seinem Leben, die ihm wirklich etwas bedeuteten, die einzigen Menschen, denen er etwas bedeutete – zumindest ein wenig. Es war eine Angst, die seiner eigenen Hilflosigkeit entsprang. Denn letzten Endes war auch er nur ein Mensch, wenn auch ein wenig größer und stärker als die meisten. Ein Mensch, der verletzlich war, mit Grenzen und Schwächen und viel zu wenig Hoffnung.

*Wie lange ist es her, dass ich das letzte Mal gebetet habe?,* fragte er sich plötzlich. *Wirklich gebetet, mit einem verzweifelten Herzen und einer sehnsuchtsvollen Seele ... und genügend Glauben, um meine Bitten himmelwärts zu senden?*

Jahre. Jahre des Wanderns und Zweifelns, Jahre der Bitterkeit, der Gottesleugnung und eines verstockten Geistes. Jahre, in denen er Gott ignoriert hatte, weil er davon überzeugt war, dass Gott sich entschieden hatte, ihn zu ignorieren.

Und doch stieg da etwas in ihm auf und kämpfte darum, eine Stimme zu erhalten, kämpfte darum, aufzuschreien, gehört zu werden, seinen Schmerz bekannt zu machen.

Er kämpfte darum, beten zu können.

Er zog so brutal an den Zügeln, dass die kleine Stute vor Schmerz schrie, sich aufbäumte und dann vorwärts schoss, als wolle sie sich von dem wilden Riesen auf ihrem Rücken befreien.

„Oh Gott!", brüllte Morgan. Sein Gesicht war vor Qual grimmig verzogen, als er wild in den peitschenden Regen hineinritt. *„Gott! Erinnerst du dich an mich ? Kennst du nach dieser ganzen Zeit und all meinen Sünden überhaupt noch meinen Namen? Existiert Morgan Fitzgerald noch für dich? Siehst du mich, siehst du meine Leute? Wir sind Irland, Gott! Erinnerst du dich an Irland? Erinnerst du dich?“*

# 21. Eine Versammlung von Helden

*Oh, ihr tapferen jungen Männer, mein Schatz,*
*mein Stolz, meine Hoffnung!*
*Ihr seid's, auf die ich meine Hoffnung gründe.*
Samuel Ferguson (1810 – 1886)

Evan wandte sich um und warf einen letzten Blick auf die Mutter und ihren Sohn, bevor er die Tür öffnete. *Es ist eine rührende Szene,* dachte er beruhigt. Die Frau lehnte sich über das Bett und umklammerte verzweifelt die Hand des Jungen, als fürchte sie, er werde ihr jeden Moment genommen werden. Der Junge war still und rührte sich nicht. Seine Augen waren geschlossen und seine Wangen hochrot.

Obwohl er wusste, dass die Augen des Jungen geschlossen waren, weil er betete, lief Evan der Schauder einer unheimlichen Vorahnung den Rücken hinunter. Die scheinbare Leblosigkeit des Jungen und die ganze Situation besaß eine solch makabere Realität, dass Evan einen dicken Knoten im Hals spürte.

Die Mutter weinte. Aus irgendeinem Grunde überraschte ihn der Anblick ihrer Tränen, wenngleich er keine Ahnung hatte, warum. Wenn je eine Frau Grund zum Weinen hatte, so war es Nora Kavanagh.

Er wandte sich zurück zur Tür und versuchte, seine Angst zu unterdrücken und ein gelassenes Gesicht zu zeigen.

*Herr, befreie mich von meiner Angst und ... befähige mich.*

Er holte sehr tief Luft, um sich zu beruhigen, zog den Riegel zurück und stieß die Tür auf. Ein bewaffneter Polizist und Cotters zwei brutale Leibwachen standen da und sahen ihn böse an.

Hinter ihnen standen weitere Männer, ein halbes Dutzend oder mehr, alle mit Brecheisen in den Händen.

Evan wurde steif, gestand ihnen jedoch nicht einmal ein Blinzeln zu, als er förmlich zum Gruß nickte: „Sie wünschen?“

Der größere von Cotters Schlägern trat näher und legte eine Hand auf den Türrahmen. „Was machen *Sie* denn hier?“ Evan schoss es durch den Kopf, was für ein ausgesprochen unangenehmer Mensch der Mann doch war. Seine Haut war von tiefen Pockennarben übersät und seine Nase saß so weit vom Zentrum entfernt, dass sie fast missgebildet erschien.

Er erwiderte den verächtlichen, abschätzenden Blick des Mannes und antwortete kühl: „Ich hoffte, Thomas Fitzgerald hier anzutreffen. Ich muss ihm einen R-Räumungsbefehl übergeben.“

„Nun, *hier* werden Sie ihn mit Sicherheit nicht finden!“, knurrte der Schläger ungehalten. „Die Hütte der Fitzgeralds ist ein Stück weiter die Straße entlang.“

„Das ... ist mir durchaus bekannt“, sagte Evan kühl. Er betete, dass sie die Abwesenheit seines Pferdes nicht bemerken würden, und fügte schnell hinzu: „Fitzgerald war nicht zu Hause. Cotter e-erwähnte, dass die Familien befreundet seien, und so dachte ich, ich würde ihn v-viel-leicht hier antreffen.“ Er warf einen bedeutungsvollen Blick auf den kranken Jungen und seine Mutter und schüttelte dann den Kopf mit einem Mitgefühl, das er nicht zu spielen brauchte. „Ich meinte, er würde ihr vielleicht mit dem J-Jungen helfen, falls Sie verstehen.“

Das grässliche Stottern war wieder außer Kontrolle geraten. Das war wahrscheinlich der Grund für die mörderischen Blicke der Verachtung, die die beiden Grobiane jetzt auf ihn richteten. Dennoch, wenn das geschmähte Gebrechen jetzt dafür sorgte, ihre Aufmerksamkeit abzulenken, konnte er es mit größerer Würde ertragen. Offensichtlich war er für diese kräftigen Barbaren nicht mehr als ein lahmer Witz, und genau das könnte sich als vorteilhaft für ihn erweisen.

„Ich frage mich", brachte er jetzt mit gespielter Sorge vor, „ob dieser Fitzgerald ... nun, er ist nicht so ein Bandit wie sein Bruder, oder?"

Die beiden Schläger sahen sich an und grinsten dann. „Oh nein", sagte der größere von ihnen, „absolut nicht. Thomas Fitzgerald ist nur ein schwerfälliger Bauer. Mehr nicht. Aber", bemerkte er mit einem höhnischen Lächeln, „Sie sollten besser nicht in der Nähe sein, wenn sein abtrünniger Bruder erscheint, Whittaker! Er würde Sie zum Abendessen verspeisen!"

Alle Männer lachten, selbst der Polizist. Es war genau so, wie Evan gedacht hatte: In ihren Augen war er ein Milchbart – ein wenig komisch, in hohem Maße verachtenswert, aber völlig ungefährlich. Umso besser. Er würde seine Rolle spielen, voll und ganz.

Evan überlegte rasch und rückte seine Brille auf der Nase gerade. „Ah, gut. Dann muss ich mir wenigstens *seinetwegen* keine Gedanken machen!", platzte er mit gespielter Erleichterung heraus. „Sehr wahrscheinlich wird er vor morgen n-nicht w-wieder im Dorf sein."

Der große Mann mit den Pockennarben im Gesicht wurde plötzlich ernst. „Was haben Sie da gesagt?", bellte er, und seine Augen wurden zu gehässigen Schlitzen. „Was wissen Sie von dem Banditen?"

„Nun, ich w-weiß *gar nichts*", sagte Evan unschuldig, „außer, was im Dorf so geredet wird. Jemand hat diesen ... M-Morgan Fitzgerald gesehen, wie er vor einer Weile aus dem Ort geritten ist." Evan senkte erneut seine Stimme zu einem Flüstern und beugte sich zu den Männern vor. „Angeblich ist er in einen Ort in der N-Nähe geritten, um Vorräte zu holen", sagte er schlau, „aber wenn er so vernarrt in die Frau ist, wie man sagt, glaube ich eher, dass er einen Arzt für ihren Sohn holen will. Der Junge liegt im Sterben, wissen Sie", sagte er, kräuselte die Lippen und schnalzte mit der Zunge. „Das ist zu schade, nicht wahr?"

„In welchen Ort? Haben sie gesagt, in welchen Ort?“

„Welchen Ort? Oh ja, ich g-glaube, es war, ahm, B-Ballina. Ja, das war's. B-Ballina.“

Die beiden Männer sahen sich erneut an. Evan winkte sie mit verschwörerischer Miene nach draußen und folgte ihnen dann. „Meinen Sie, dass der andere J-Junge auch dort ist?“, fragte er mit gedämpfter Stimme. „Der, den Sie, ahm, für Cotter holen sollen? *Hier* ist er j-jedenfalls nicht.“

Der kleinere der beiden Männer, dessen Haare die Farbe alten Rostes hatten und dessen Gesicht von einer unglaublichen Menge roter Sommersprossen übersät war, reagierte auf Evans Bemerkung. „Der jüngere Balg? Er ist also nicht hier?“

„Oh nein“, antwortet Evan mit großen Augen. „Ich habe nach ihm gefragt, da ich wusste, wie ... interessiert Cotter an ihm ist. Nein, er ist nicht hier.“

„Was hat die Frau gesagt, wo er ist?“

Evan machte eine leichte, abweisende Handbewegung. „Sie? Die Ärmste kann überhaupt nicht s-sprechen. Sie ist völlig v-vom Schmerz überwältigt. Sie müssen das verstehen, ihr Sohn liegt im Sterben.“ Um seinen Worten Nachdruck zu verleihen, sah er den Mann mit einem eisigen, tadelnden Blick an.

Der große Mann sah ihn aufmerksam an. „Sind Sie sicher, dass der Bandit nach Ballina unterwegs ist? Haben Sie das gehört?“

„Nun, natürlich kann ich nicht *sicher* sein“, sagte Evan hochnäsig. „Diese irischen Namen klingen für mich alle gleich. Aber ja, ich g-glauba, dass das der Ort war. B-Ballina.“ *Oh Herr, vergib mir ... ich weiß, das meiste davon ist nicht wahr, überhaupt nicht wahr, aber ich weiß einfach nicht, was ich sonst tun soll.*

Der Mann mit den rostfarbenen Haaren wandte sich an seinen Begleiter. „Er hat wahrscheinlich Recht, was den jüngeren Sohn angeht. Der Balg läuft Fitzgerald ständig hinterher, wenn er im Dorf ist. Wenn sie zusammen sind, können wir sie beide auf einmal erwischen. Das sollte eine gute Prämie wert sein, meinst du nicht auch?"

Der größere, gemeiner aussehende der beiden Männer schüttelte seinen Kopf. „Wir haben Anweisung, dieses Haus heute Abend zu räumen."

„Aye, aber wir haben auch Anweisung, als Erstes und Wichtigstes den Kavanagh-*Gorsoon* zu Cotter zu bringen! Du kennst ihn gut genug, um zu wissen, was ihn mehr zufrieden stellen wird: ihm den Jungen und diesen Teufel Fitzgerald zu bringen – oder eine nichtsnutzige Witwe aus ihrer Hütte zu werfen."

Evan erkannte die Chance und nutzte seinen Vorteil aus. „Oh, ich hoffe doch, Sie beabsichtigen n-nicht, die Frau *heute Abend* hinauszusetzen?" Er rückte seine Brille gerade. „Oh, das ist ganz unmöglich! Sir Roger bekäme einen Schlaganfall, wenn er erführe, dass wir eine Witwe und ihren sterbenden Sohn in die Kälte hinausgesetzt hätten. Du meine Güte, n-nein! Davon will ich nichts hören."

Der große Mann sah ihn finster an. „Sie haben uns keine Anweisungen zu geben, sondern Cotter."

Evan richtete sich auf und fixierte den Mann mit einem eisigem Blick. „V-Verzeihung, aber George Cotter ist nur ein *Angestellter* von Sir Roger Gilpin. Und ich", sagte er sehr scharf und bestimmt, „bin Sir Rogers *Assistent.* Und ich sage Ihnen, dass Sie diese Frau *nicht* heute Abend hinauswerfen werden. N-nicht, wenn Sie weiterhin auf dem Gilpin-Gut angestellt sein wollen."

Die zwei Männer warfen sich lange Blicke zu. „Ich meine, wir sollten direkt nach Ballina gehen", sagte der Mann mit den Sommersprossen. „Wir vergeuden hier unsere Zeit."

„Das sollten wir vielleicht tun", stimmte der andere zu. „Aber wenn Euer Ehren nichts dagegen einzuwenden haben, werden wir uns zunächst drinnen ein wenig umsehen." In den Augen des Mannes lag ein undurchdringliches Glitzern.

Evan konnte beinahe fühlen, wie der Schweiß darum kämpfte, auf seiner Stirn auszubrechen. War es Bosheit, die er hinter diesen kleinen grauen Augen lauern sah? Hatte er sich in seiner Hast und Nervosität irgendwie verraten?

*Bitte, Herr, hole mich schnell hier heraus ... bitte ...*

„Nun, n-natürlich", stammelte er und trat beiseite, um sie hereinzulassen. „Sie wollen sicher noch ein wenig trocken werden, bevor Sie weitergehen."

Der große Mann gab den anderen im Hof mit einer Geste zu verstehen, dass sie warten sollten, und folgte dann seiner rothaarigen Kohorte in die Hütte. Sie blieben mitten in der Küche stehen und ihre Blicke durchsuchten ihre Umgebung, bis sie die Frau und den Jungen in der Nische erblickten.

Evan warf ihr einen Blick zu, aber sie beachtete ihn nicht. Es war auch unnötig, wie er sofort erkannte. Nora Kavanagh wusste ganz offensichtlich, was sie zu tun hatte. Ihre Augen waren fest auf ihren Sohn gerichtet. Sie vergoss Ströme von Tränen und schüttelte wieder und wieder ihren Kopf in einer Geste der Verzweiflung. Nur einmal wandte sie ihren Blick von Tahg ab, um kurz die Männer anzusehen, die in ihrer Küche standen. Dann brach sie sofort in lautes Schluchzen aus, als ob der bloße Anblick einen neuen Ausbruch ihres Schmerzes ausgelöst hätte.

„Wie ich schon sagte", murmelte Evan rücksichtsvoll, „der J-Junge befindet sich in einem schrecklichen Zustand. Ich vermute, dass er noch vor Einbruch der Nacht sterben wird." Einer plötzlichen Eingebung folgend fuhr er fort: „Ich muss schon sagen, ihr Iren regt euch *wirklich* ganz schön auf bei so einer Sache, oder? Seit ich hier bin, hat sie die ganze Zeit so gejammert."

Mit deutlichem Groll warf ihm der sommersprossige Mann einen wütenden Blick zu. „Halten Sie es für unnatürlich, über einen sterbenden Jungen zu klagen? Noch dazu, wenn es Ihr eigener ist?"

Evan zeigte mit gespielter Entrüstung die Zähne. „Natürlich

n-nicht! Aber sie haben schließlich so viele. Ich vermute, ich habe nicht erwartet ... oh, Sie verstehen schon ..."

Der andere Mann verzog angeekelt die Lippen. „Aye, ich verstehe." Er wandte sich zu seinem großen, breitschultrigen Partner und bellte: „Los, komm schon. Wir gehen nach Ballina."

Der große Mann betrachtete die Mutter und ihren Sohn mit einem Blick, der Evan endlos erschien, bevor er kurz nickte. „Aye, wir gehen dann. Aber denken Sie daran", sagte er und sah Evan finster an, „wenn Thomas Fitzgerald hier auftaucht, fragen Sie ihn gründlich aus. Wenn er weiß, dass sein Bruder und der Junge irgendwo anders als in Ballina sind, schicken Sie eine Nachricht an den Gerichtsvollzieher. Wir werden ihn vorsichtshalber im Dorf lassen. Oder wäre es Ihnen lieber, wenn er hier bliebe, für den Fall, dass es Probleme mit Fitzgerald geben sollte?"

Evans Gedanken rasten. „Warum sollte es P-Probleme geben? Ich werde ihm einfach diese Papiere übergeben und gehen. Er hat bis morgen Zeit, das Haus zu verlassen. Und ich werde mit Sicherheit nicht bis morgen hier h-herumsitzen. Nein", sagte er bestimmt, „es gibt keinen Grund, warum jemand hier bleiben sollte. Wenn Fitzgerald nicht b-bald hier auftaucht, werde ich zurück zu Cotters Haus gehen, wo es warm ist."

Beide Männer warfen ihm noch einen langen Blick zu und stolzierten aus der Hütte. Evan wartete, bis die ganze gemeine Bande sicher aus dem Hof und zurück auf der Straße war, ehe er die Tür schloss und sie verriegelte. Er lehnte sich einen Moment dagegen und presste seine Augen zu.

*Vergib mir, Herr, dass ich so gelogen habe. Mir ist einfach nichts anderes eingefallen.*

Nach einer Weile öffnete er seine Augen und entdeckte, dass Nora Kavanagh immer noch weinte. Er holte tief Luft, durchquerte den Raum und stellte sich an den Vorhang vor der Nische. „Sie waren großartig, Mrs K-Kavanagh“, sagte er mit großer Aufrichtigkeit. „Sie sind eine sehr t-tapfere Frau.“

Sie blickte auf und starrte ihn an, als bemerke sie erst jetzt seine Anwesenheit. Die Tränen flossen weiter über ihre Wangen, aber sie sagte nichts.

Schließlich brach der Junge das Schweigen. „Und Sie ... sind ein sehr tapferer Mann, Mr Whittaker. Meine Mutter und ich ... wir danken Ihnen beide.“

Evan war zu verlegen, um zu antworten, und sah weg. „Nun ja“, sagte er forsch, „wenn Sie mir sagen, was ich tun soll, werde ich Ihnen beim Packen helfen, Mrs Kavanagh. Ich denke, wir sollten damit anfangen. Fitzgerald hat gesagt, er würde bald zurückkommen.“

Der traurige Blick, den sie ihm zuwarf, erweckte in Evan das Verlangen, sie zu trösten. Die arme Frau stand eindeutig kurz vor dem völligen Zusammenbruch. Aber auch diesmal nahm sie sich zusammen, zog sich aus dem Stuhl hoch und berührte die Wangen ihres Sohnes zart mit den Lippen. „Aye“, sagte sie müde und stand von ihrer Wache an der Seite des Bettes auf, „dann wollen wir es hinter uns bringen.“

Evan hatte noch nie solch nackten, unverhüllten Schmerz in den Augen eines anderen Menschen gesehen, wie er ihm jetzt begegnete, als Nora Kavanagh an ihm vorbei in die Küche ging.

* * *

Pat Gleeson war beinahe sechs Jahre lang Cotters Leibwache gewesen, lange genug, um zu wissen, dass der Verwalter gefährlich wurde, wenn jemand seine Pläne durchkreuzte. Die Erinnerung an Cotters Wutanfälle half ihm, seine Entscheidung zu treffen.

Er wandte sich an den Mann, der neben ihm auf dem Pferd

saß, und sagte geradeheraus: „Wir werden noch bei der Hütte von Fitzgerald anhalten, bevor wir nach Ballina reiten."

Sharkey, ein kleiner muskulöser Mann mit einer hässlichen Narbe, warf Gleeson einen ungeduldigen Blick zu. „Wozu? Du hast doch gehört, was der Brite gesagt hat."

Gleeson beachtete Sharkeys Verärgerung gar nicht und sagte mehr zu sich selbst als zu seinem Begleiter: „Irgendetwas an diesem stotternden kleinen Stutzer gefällt mir nicht. Er mag wohl Gilpins Mann sein, aber ich traue ihm nicht." Er wendete sein Pferd und bedeutete Sharkey mit einer heftigen Kopfbewegung, dass er dasselbe tun solle. „Wir werden einfach noch einmal kurz nachsehen", sagte er. „Ich werde keine Ruhe haben, wenn wir es nicht tun."

Sharkey sah ihn wütend an, wendete aber sein Pferd und bedeutete den Männern hinter ihm, ihnen zu folgen. „Ich wette, der hat in seinem ganzen elenden Leben noch nie jemandem getraut", flüsterte er. „Zu schade. Er kann nicht erkennen, dass nicht alle Menschen solche Betrüger sind wie er selbst." Sein finsterer Blick und auch seine Ungeduld verstärkten sich noch, als ein plötzlicher Wolkenbruch sie alle innerhalb von Sekunden durchnässte.

* * *

*„Männer, Pa!"*, rief Katie, die durch das kleine Vorderfenster sah. „Männer auf Pferden kommen!"

Thomas lud gerade eine Kiste auf seine Schultern und hatte sie schon auf halber Höhe, als Katie ihre Warnung rief. Er setzte sie auf den Boden zurück und schob sie dann eilig unter das Bett, wo schon die Kavanagh-Harfe sicher untergebracht war.

Morgan hatte befürchtet, dass Cotters Schläger kommen und die Hütte überprüfen würden. Thomas' Gedanken rasten, und er versuchte verzweifelt, sich an die genauen Anweisungen seines Bruders zu erinnern.

„Katie Frances, erinnerst du dich, was ich dir gesagt habe? Was du den Männern sagen sollst, wenn sie nach mir oder Onkel Morgan – oder Daniel John fragen?“ Ohne auf ihre Antwort zu warten, stemmte er seinen Arm gegen den kleinen Tisch aus Kiefernholz, der in der Mitte der Diele stand. „Beeil dich, Junge!“, flüsterte er Daniel heiser zu. „Wir haben keine Zeit!“

Der Junge schob den Tisch von der Plattform, auf der er stand, und Thomas löste schnell die Holzplanken, so dass sie sich in das Loch hinunterlassen konnten, das darunter verborgen war. Sobald Daniel hinuntersprang und nicht mehr zu sehen war, sah Thomas seine Tochter an, die mit großen Augen zusah, und warnte sie: „Du wirst nicht vergessen, die Bretter und den Tisch an ihren Platz zurückzuschieben, Mädchen?“

Sie schüttelte ihren Kopf, aber Thomas zögerte immer noch. Er war besorgt wegen des starren Ausdrucks von Angst auf ihrem Gesicht. „Es wird alles gut werden, *asthore.* Versuche, keine Angst zu haben – Gott ist mit uns.“

Katie nickte und biss sich auf die Unterlippe. „Ich weiß, Pa.“

Mit einem kurzen Nicken wandte sich Thomas an die anderen zwei Kinder. Mit Hilfe einer Zeichensprache, die er mit Morgans Unterstützung entwickelt hatte, erinnerte er Johanna daran, den kleinen Tom in das hintere Zimmer zu bringen und dort zu bleiben, bis die Männer gegangen waren.

Sobald die Kinder die Küche verlassen hatten, folgte er Daniel in das Loch. Als Katie den Tisch an seinen Platz zurückgeschoben hatte, umgab ihn völlige Dunkelheit. Das schwarze Loch war in Wirklichkeit ein Tunnel, der ein Stück von der Hütte wegführte. Er und Morgan hatten vor mehr als einem Jahr damit begonnen, ihn zu graben. Wenn Morgan im Dorf war, half er ihm dabei, aber Thomas hatte den größten Teil der Arbeit allein getan, er und die Mädchen. Zunächst hatte er ihn als Lagerplatz für ihre kostbaren Lebensmittelvorräte benutzt. Später, als die Lebensmittel verbraucht waren, hatte er den Tunnel weitergegraben, immer mit dem Gedanken im Hinterkopf, dass Morgan eines Tages vielleicht ein Versteck in der Nähe brauchen würde. Er hatte nie damit gerechnet, dass er selbst sich darin verstecken würde.

In der dichten, undurchdringlichen Dunkelheit konnte er den Jungen an seiner Seite nicht sehen. Aber er bemerkte dennoch, dass Daniel John zitterte. Er hob eine Hand und tastete so lange, bis er die Schulter des Jungen gefunden hatte.

„Gott helfe uns, Thomas", murmelte der Junge.

„Gott *wird* uns helfen, Daniel John", erwiderte Thomas und betete im Stillen einen Psalm der Zuflucht, während er noch seine Ermutigung aussprach.

* * *

Als Morgan die Hütte in den Bergen leer vorfand, geriet er fast in Panik. Nur die Überreste einer Mehlsuppe und Brotkrumen ließen ihn hofften, dass er die Burschen in der Nähe finden könnte.

Er war bis auf die Haut durchnässt, und das Wasser tropfte ihm von den Haaren auf die Schultern. Dennoch nahm er sich nicht die Zeit, sich zu trocknen oder aufzuwärmen. Er sammelte ein paar Decken aus dem hinteren Zimmer zusammen, stürzte durch die Tür und zog eilig die kleine Stute um die Hütte herum zu einem rohen Anbau tief im Wald hinter der Hütte.

Sobald er den Schuppen betrat, begann der riesige rote Hengst, der an der Rückseite angebunden war, aufgeregt zu schnauben. Morgan ging zu dem Pferd hinüber und beruhigte es, indem er auf Irisch zu ihm sprach. Er sattelte es eilig, warf die Decken über seinen breiten Rücken und band dann die Stute an ein Führungsseil.

„Aye, ich habe dich auch vermisst, Pilgrim“, murmelte er und machte mit der Zunge ein leises, schnalzendes Geräusch zwischen den Zähnen, das den großen Hengst sofort beruhigte. „Aber heute Abend werden wir wieder gemeinsam reiten.“

Morgan führte beide Pferde aus dem Schuppen und beruhigte Pilgrim mit einer scharfen Verwarnung, als der Hengst begann, gegen die Anwesenheit der Stute zu kämpfen. Nachdem er die Führungsleine kontrolliert hatte, schwang er sich in den Sattel. „So, und wo sind nun die anderen, Pilgrim? Wo sind sie hingegangen, he?“

Er meinte zu wissen, wo sie waren. Zwei Priester und ein Geistlicher vom Lande hatten in der Nähe von Kilcummin ein Zelt aufgebaut, wo sie denen, die auf der Straße waren, mit dem, was sie an Lebensmitteln und Kleidung sammeln konnten, halfen. Die Burschen hatten es sich zur Gewohnheit gemacht, ihnen auf jede nur mögliche Art zu helfen und ein- oder zweimal die Woche am Abend hinunterzugehen, um ihnen ein wenig von diesem oder jenem zu geben und auch um ihnen, wo nötig, mit einem starken Arm auszuhelfen.

Die verwischten Hufspuren im Schlamm zeigten, dass er richtig vermutet hatte. Zumindest waren sie in diese Richtung geritten. Er hatte damit gerechnet, die Männer in der Hütte anzutreffen, und ärgerte sich, dass er kostbare Zeit damit verbringen musste, sie aufzuspüren. Er wusste, dass sein Ärger unvernünftig war und seine Ungeduld unberechtigt, aber er war todmüde und besorgt und wurde von Minute zu Minute unruhiger.

Seine Gedanken schweiften zu denen ab, die er im Dorf zurückgelassen hatte. So sehr er es auch versuchte – er konnte sich einfach nicht vorstellen, dass der zarte, milde Whittaker Cotters Schläger einschüchtern könnte. Und noch weniger durfte er sich erlauben, die Folgen zu erwägen, falls man Daniel in Thomas’ Hütte entdecken sollte, bevor er zurück war.

Plötzlich ließ ihn der Klang von Hufschlägen und zusammenschlagenden Ästen überrascht aufsehen. Colin Ward und die anderen fünf Burschen galoppierten aus dem Wald auf ihn zu und begrüßten ihn, als sei er einen Monat lang weggewesen. Morgan keuchte tatsächlich vor Erleichterung.

Er brachte Pilgrim mit einem plötzlichen Ruck an den Zügeln zum Stehen und wartete. „Ich brauche euch alle im Dorf", stieß er hervor, als sie ihn erreichten, ohne Zeit mit einer Begrüßung zu verschwenden. „Bringt unsere Reservepferde aus den Wäldern mit und reitet, so schnell ihr könnt." Seine Augen wanderten über die sechs Männer und blieben bei dem größten von ihnen stehen. „Cassidy, du stößt in der Hütte von Nora Kavanagh zu mir – mit mindestens einem weiteren Pferd. Ihr anderen reitet zur Hütte meines Bruders – nehmt die Seitenstraße und seht zu, dass euch niemand sieht. Cassidy und ich werden euch dort treffen." Er schwieg kurz und fügte dann hinzu: „Wir werden meine Familie und die Kavanaghs heute Nacht hier heraufbringen."

*„Alle?"*, fragte Cassidy und zog seine dicken schwarzen Augenbrauen zusammen. „Auch die Kinder?"

Morgan sah ihn an. „Alle", sagte er. „Ganz besonders die Kinder."

Er sah, wie die Männer einander ansahen. So kurz wie möglich erklärte er ihnen die Situation, indem er ihnen eilig eine kurze Beschreibung der Ereignisse, die stattgefunden hatten, gab. Als er fertig war, sagte Cassidy ohne Zögern: „Wir werden sie herausholen, Morgan."

Die anderen nickten zustimmend, und Morgan atmete tief durch. „Denkt daran, wir dürfen nicht gesehen werden. Wenn wir erwischt werden, wird es für sie alle den Untergang bedeuten."

„Man wird uns nicht erwischen", verkündete Colin Ward mit harter Stimme. Morgan wusste aus Erfahrungen in der Vergangenheit, dass der junge Mann mit der schwarzen Augenklappe einen sagenhaften Mut und genügend Verstand für zwei Männer hatte. Morgan fühlte sich schon allein durch Wards beruhigende Worte unbeschwerter.

„Die anderen Pferde sind in der Nähe“, sagte Ward und wies mit dem Kopf auf die kleine Stute am Führungsseil. „Warum schicken Sie die da nicht mit uns, Sir? Sie werden mit ihr nur langsamer reiten müssen.“

Morgan band schnell die Stute los und reichte Ward das Seil. Cassidy bahnte sich einen Weg durch die anderen Reiter und lenkte sein Pferd dicht neben Morgan.

Mit einem kurzen Nicken wendete Morgan sein Pferd, und zusammen begannen er und der kräftige Cassidy, den Berg hinunter nach Killala zu reiten.

# 22. Gedämpfte Stimmen

*Wir vergeh 'n in unsrer Not, doch Gott wird unser Seufzen hören.*
Lady Wilde (1820 – 1896)

Die beiden ungehobelt aussehenden Männer platzten in die Hütte hinein, sobald Katie die Tür einen Spalt weit geöffnet hatte. Sie rissen die Tür auf und schoben Katie mit solcher Gewalt rückwärts in die Küche, dass sie aufschrie.

Der größere der zwei, dessen Haut voller Narben war und dessen Blick bösartig wirkte, starrte sie an. „Wo ist dein Pa, Mädchen?"

„Er ist im Moment nicht zu Hause, Sir", brachte Katie schließlich heraus. Sie erstickte beinahe an ihrer eigenen Stimme, und sie zitterte – nicht, weil es in der Hütte so kalt war, sondern vor Angst.

„Nun, und wo ist er dann?", schnarrte derselbe Mann.

Katie suchte nach den richtigen Worten. Sie wusste, dass ihr Verhalten und das, was sie sagte, für ihren Pa und Daniel – ja, für sie alle – schrecklich wichtig sein könnte. „Ich ... weiß nicht genau, *wo* er gerade sein könnte, Sir. Ich weiß nur, dass er zurzeit weg ist. Aber ich bin sicher, dass er nicht lange bleiben wird."

Beide Männer nagelten sie weiterhin mit ihren kalten, drohenden Blicken auf der Stelle fest, aber es war der große Mann mit den breiten Schultern und den grausamen Augen, der sie ausfragte. „Und was ist mit deinem Onkel? Morgan Fitzgerald?"

Katie schluckte hart, zwang sich jedoch, dem Blick des Mannes zu begegnen. „Mein Onkel Morgan, Sir? Ich weiß wirklich nicht, wo er ist. Er wohnt nicht bei uns, wissen Sie."

„Wir haben etwas anderes gehört", sagte der zweite Mann mit Nachdruck.

Sein Gesicht war reichlich mit Sommersprossen bestreut, und seine Mundwinkel schienen sich weit unten verhakt zu haben. Dennoch, er trat nicht ganz so barsch auf wie sein Begleiter, und so hielt Katie ihre Augen auf ihn gerichtet, als sie sprach. „Oh nein, Sir! Onkel Morgan kommt ab und an auf Besuch, das stimmt, aber er bleibt niemals länger da."

Der sommersprossige Mann fuhr mit einer Hand durch sein glattes rotes Haar. „Bist du jetzt endlich zufrieden, Gleeson? Können wir jetzt weiter?"

Der große Mann ignorierte ihn und ließ seinen Blick durch die Hütte schweifen. „Wer ist sonst noch hier bei dir, Mädchen?"

Katies Herz blieb kurz stehen und begann dann zu rasen. Sie konnte die Vorstellung von ihrem Pa und Daniel, die zusammengekauert in dem dunklen Loch unter der Hütte saßen, nicht abschütteln. „Wer *noch,* Sir?"

Seine Augen ruhten hart und ungeduldig auf ihr. „Aye", schnarrte er, *„wer noch?"*

Katie war sicher, dass beide Männer sahen, wie ihr Kinn zitterte. „Nur meine jüngere Schwester und mein kleiner Bruder, Sir. Johanna bringt den kleinen Tom zu Bett. Meine Mama ist tot, wissen Sie."

Katie stockte der Atem. Schließlich nickte der Mann kurz. „Kontrolliere das hintere Zimmer!", bellte er. Der sommersprossige Mann stieß einen heftigen Fluch aus, ging aber dennoch durch das Zimmer zur Rückseite der Hütte.

Wenige Sekunden später kam er mit dem kleinen Tom zurück, der sich fest an Johannas Hand klammerte. Johanna war kalkweiß vor Angst. Der große, kräftige Mann bombardierte Johanna mit den gleichen Fragen, die er Katie gestellt hatte, aber das Mädchen sah ihn nur mit großen ängstlichen Augen an.

„Meine Schwester kann weder hören noch sprechen, Sir", erklärte Katie schnell. „Sie kann nicht verstehen, was Sie wollen."

Er sah erst sie an, dann wieder Johanna, und wandte sich schließlich mit einem unmutigen Ausdruck an seinen Partner. „Wir gehen", sagte er kurz und wandte sich zur Tür, blieb dann aber doch stehen. „Ich hoffe, dass du uns die Wahrheit gesagt hast, Mädchen", sagte er barsch. „Es wird schlimm werden für deinen Pa und deine ganze Familie, wenn du gelogen hast."

Er beobachtete sie genau, als erwarte er halb, dass sie alles, was sie gesagt hatte, widerrufen werde. Katies Herz schlug wie wild. Sie versuchte, ihn mit einem möglichst ruhigen Blick anzusehen.

Sobald die zwei Männer aus der Tür waren, lief sie und schob den Riegel vor. Dann drehte sie sich um, sank mit dem Rücken gegen die Tür, starrte Johanna an und wartete, bis das wilde Zittern ihrer Beine sich so weit gelegt hatte, dass sie schließlich durch das Zimmer gehen und den Tisch vom Versteck schieben konnte.

* * *

Evan hätte nie geglaubt, dass er beim Anblick zweier Banditen solch gewaltige Erleichterung verspüren könnte. Als sich Fitzgerald und die große kräftige Kreatur, die Cassidy genannt wurde, behutsam durch die Hintertür der Hütte bewegten, hätte er ihnen zur Begrüßung zu Füßen fallen können.

Fitzgerald wollte natürlich zuerst Mrs Kavanagh sehen. Evan war überrascht und recht berührt von der Zartheit, die der irische Riese der zarten, bleichen Witwe entgegenbrachte. Als er Fitzgeralds höfliches Feingefühl der Frau gegenüber beobachtete, kam ihm der Gedanke, dass dieser große Gäle mit der breiten Brust in seinem Herzen, wenn nicht sogar seiner Abstammung nach, ein vollendeter Gentleman sei.

Als Fitzgerald ihn kurz, aber gründlich darüber befragte, wie er mit Cotters Schlägern umgegangen sei, sah Evan erneut ein anerkennendes Glänzen im Blick des Iren.

„Ich danke Ihnen, Evan Whittaker", sagte Fitzgerald leise über das Bett des Jungen hinweg. „Sie sind ein mutiger Mann."

Er wandte seine Aufmerksamkeit Tahg zu. „Wir werden es dir so warm und bequem machen, wie wir nur können, Junge", sagte Fitzgerald mit sanfter Stimme, nahm die schmale Hand des Jungen und beugte sich über ihn. „Es wird nicht leicht für dich sein, Tahg. Aber es muss sein."

Tahg nickte mit geschlossenen Augen. „Das ist schon in Ordnung, Morgan. Ich verstehe das. Es tut mir nur Leid, dass ich solch eine Last bin ... und alles so schwierig mache ..."

Die Mutter des Jungen versuchte einen erstickten Protest, aber es war Fitzgerald, der jede der schmalen Schultern des Jungen mit einer riesigen Hand umfasste und ihn zum Schweigen brachte. „Ich will solche Dummheiten von einem erwachsenen Mann nicht hören", sagte er mit strengem Stirnrunzeln. „Es gibt nichts, was dich zur Last machen würde. Sobald wir dich in ein paar warme Decken gewickelt haben, wirst du auf Pilgrims Rücken von hier wegreiten, und damit ist der Fall erledigt."

Evan hatte gemeint, dass Tahg Kavanagh nicht mehr in der Lage sei, noch irgendwelche Begeisterung zu zeigen, aber der Junge riss die Augen auf, und sie schienen tatsächlich zu strahlen. „Pilgrim? Ist das dein Pferd, Morgan? Ist es ein Hengst?"

„Ja, das ist es", erwiderte Morgan und richtete sich auf, „und er ist wahrscheinlich das eigensinnigste und streitsüchtigste große Vieh, das du auf irischem Boden finden kannst. Nun denn", sagte er munter, „wir sollten anfangen, dich für deine Reise vorzubereiten."

Der Junge nickte schwach. „Kommst du auch mit, Morgan?"

Fitzgerald, der Tahgs Arm vorsichtig von dem Bettzeug löste, sah ihn an. „Nun, natürlich komme ich auch. Glaubst du, ich würde dich allein auf dem alten Pilgrim reiten lassen?"

Tahg schüttelte den Kopf. „Nein ... ich meine, du gehst doch mit uns nach Amerika, oder?“

Fitzgerald hielt nur einen Moment in seinen Bewegungen inne und sein breiter Mund bemühte sich zu lächeln. „Nicht dieses Mal“, sagte er und fügte eilig hinzu: „Vielleicht später.“

Tahg versuchte, sich aufzusetzen. „Aber Morgan, du *musst* gehen! Du kannst es nicht wagen, hier in Killala zu bleiben, nachdem ...“

Fitzgerald legte einen Finger an seine eigenen Lippen. „Wir werden uns das Reden für später aufheben, Junge. Jetzt müssen wir uns beeilen. Wir haben nur wenig Zeit.“

Mit deutlichem Zögern sank der Junge auf sein Kissen zurück und schwieg, während ihn Fitzgerald und Cassidy beide einwickelten, zunächst in Morgans schweren Friesmantel, dann in mehrere Schichten Bettzeug. Die ganze Zeit verfolgte der Junge Fitzgeralds Bewegungen mit einem traurigen Gesichtsausdruck und schmerzerfüllten Augen.

Evan, der ihn beobachtete, war sich sicher, dass diesmal ein Teil des Leidens im Blick des jungen Tahg nicht nur auf physische Schmerzen zurückzuführen war.

# 23. Die Schatten kommen näher

*Durch die Wälder lasst uns streifen,*
*durch die Wildnis, öd' und kahl.*
*Fremde sind wir im Heimatland!*
*Verbannte sind wir in Irland!*
Fearflatha O'Gnive (ca. 1560) [Tr. Samuel Ferguson]

Die Straße, die von Noras Häuschen zur Hütte von Thomas am Rande des Städtchen führte, war nur kurz, aber heute schien es eine endlose, mühsame Reise zu sein. Ja, Morgan fühlte sich, als sei er stundenlang geritten.

Sein Herz war bis zum Bersten gespannt. Wie lange war es her, seit er das letzte Mal unbeschwert geatmet hatte? Jedenfalls nicht mehr, seit er Tahg auf Pilgrims Rücken gehoben hatte, das stand fest. Instinktiv verstärkte er seinen Griff um den Jungen, der sicher in mehrere Schichten Bettzeug gewickelt war. Dennoch konnte Morgan fühlen, dass der Junge zitterte, und er hörte, wie er bei jedem Schritt, den Pilgrim tat, leise stöhnte.

Der Regen hatte aufgehört. Abgesehen von einer einzelnen Wolke hier und da, die den Mond für kurze Zeit verdunkelte, begann der Nachthimmel aufzuklaren. Er sah nach vorne. Nora ritt mit Cassidy, und Whittaker war dicht hinter ihnen auf dem zusätzlichen Rotschimmel. Die Pferde nahmen den nassen steinigen Hang im langsamen Schritt. Selbst Pilgrim, normalerweise ein Wagehals, hatte seine Ungeduld gezügelt, als ob er spürte, dass sie vorsichtig sein mussten.

Morgan war ein Stück hinter den anderen zurückgeblieben, aber im schwachen Schein des Mondes konnte er sie deutlich sehen. Zu deutlich. Er war zwar um Tahgs willen erleichtert, dass der Regen aufgehört hatte, aber er hätte die Sicherheit eines wolkenverhangenen Himmels vorgezogen. Dennoch, sie würden bald gut verborgen werden von dem Nebel, der aus den Bergen herabtrieb.

Trotz der Tatsache, dass der Wind kalt war und er keinen Mantel trug, liefen Schweißperlen über seinen Hinterkopf und unter seinem Hemd den Rücken hinunter. Angst. Der Gedanke an die Feuerprobe, die vor ihnen lag, und an all das, was noch schief gehen konnte, erfüllte ihn mit Grauen. Und doch konnte er nichts anderes tun, als weiterzumachen.

Und so ritten sie in die Nacht wie Gefangene, die schon zum Galgen verurteilt waren. Ihre einzige Hoffnung, zu überleben, lag in der Hand eines Gottes, der anscheinend vergessen hatte, dass sie überhaupt existierten. Eines Gottes, der nicht da war.

Morgans Blick wanderte langsam den Hügel hinunter zu dem uralten Rundturm, dann zurück zum Nachthimmel mit seinem leicht überschatteten Mond. Er hatte sich in letzter Zeit dabei ertappt, wie er darüber nachgebrütet hatte ... über diese *Abwesenheit* Gottes. War es wirklich so? Und wenn ja, bedeutete diese Abwesenheit dann irgendwie die *Gegenwart* von etwas anderem? Etwas Bösem?

Wenn er die Geschichte ansah, so schien zu jeder Zeit eine schlimme Saat der Bosheit ihre Frucht aufgehen zu lassen, und die Verdorbenen und Wertlosen verdrängten die Gesunden und Guten. Die Zivilisation war der Kartoffelbraunfäule sehr ähnlich, dachte Morgan: So lange die Pflanzen schön blühten und gesund und stark in der Sonne wuchsen, wurden sie als selbstverständlich betrachtet und nicht wirklich wertgeschätzt. Erst nachdem die Seuche ausgebrochen war, die Blätter vernichtete und die Wurzeln ergriff und schließlich den Lebensunterhalt eines gesamten Landes vernichtete, wurde der Wert der jetzt zerstörten Ernte endlich erkannt.

Mit einem Schauder drückte Morgan Tahg fester an sich, als wolle er ihn schützen und zwingen, zu überleben. Durchzuhalten.

Wenn nur das Gute überhaupt je hoffen kann, das Böse zu verdrängen ... wenn nur das Unschuldige je hoffen kann, das Entweihte auszureißen – was für eine Hoffnung gab es dann noch für diese verwüstete Insel? Irlands beste Leute starben oder flohen ... Was würde in Irland zurückbleiben, um eines fernen Tages zu blühen?

*Oh Gott ... was würde übrig bleiben?*

* * *

Daniel spähte durch den Riss in dem papierverkleideten Fenster. Er hoffte, jeden Moment ein Anzeichen von Morgan und den anderen zu entdecken.

Der dämmerige Raum hinter ihm war überfüllt. Kisten, die mit Stricken zugebunden waren, ein großer Koffer und ein kleinerer, drei Säcke mit verschiedenen Gegenständen – alle waren sie wild durcheinander auf dem Boden aufgehäuft. Drei von Morgans Männern waren dort. Die anderen waren vor einer Weile aus der Hütte geschlüpft, um im Dorf auf Kundschaft zu gehen und nach Morgan auszuschauen, der seine Schützlinge über den Berg brachte.

„Du wirst sie nicht kommen sehen, bevor sie an der Tür sind." Katie war leise zu ihm getreten. „Sie werden auf der anderen Seite des Berges herunterkommen, nicht auf dem vorderen Weg."

Daniel nickte, schaute aber trotzdem weiter in die Dunkelheit, die vom Mondlicht schwach erhellt wurde. „Ich weiß. Ich dachte nur, sie müssten inzwischen hier sein."

Sie berührte seinen Arm. „Sie werden bald kommen, Daniel John. Onkel Morgan wird sie sicher herbringen."

Er sah sie an und schaffte es, zu lächeln.

„Aye, das wird er. Man ist bestimmt nirgends sicherer, als wenn man sich unter Onkel Morgans Schutz befindet." Er beobachtete immer noch ihr errötetes schmales Gesicht und sagte dann:

„Du warst sehr gut heute Abend, Katie, als du Cotters Männer aus der Hütte weggeschickt hast. Du warst mutig."

Sie schüttelte ihren Kopf. „Ich habe mich nicht mutig gefühlt, das kann ich dir sagen! Ich war völlig außer mir vor Angst. Ich kann es immer noch kaum glauben, dass ich nicht wie eine Heulsuse zusammengebrochen bin und alles für uns verdorben habe."

„Nun, du hast es nicht getan", sagte er. „Und außerdem, sich tapfer zu *fühlen* ist nicht dasselbe wie tapfer zu *sein,* weißt du? Was du tust, ist wichtig, und nicht, wie du dich fühlst ..."

Sie hörten beide gleichzeitig die Geräusche neben der Hütte – das leise Gemurmel von Stimmen, das Klatschen von Hufen im Matsch. Daniel sah zuerst seine Mutter, als sie um die Ecke der Hütte kam, und dann Morgan.

*„Sie sind's!",* rief er und winkte Katie, den Riegel zu öffnen.

Morgan kam zuerst herein. Er trug Tahg in seinen Armen wie ein Baby, das in seine Windeln gewickelt ist. Als Nächstes kamen Daniels Mutter und ein barsch aussehender Mann mit einem Brustkorb wie eine Tonne, gefolgt von dem Engländer.

Ohne stehen zu bleiben, neigte Morgan Daniel seinen Kopf zu und bedeutete ihm, er solle ihm folgen, während er Tahg direkt in den hinteren Teil der Hütte trug und ihn dort vorsichtig auf das Bett legte. Daniel begann, das Bettzeug, das Tahgs Gesicht umgab, zu lösen, unterbrach dann aber seine Arbeit, um seine Mutter schnell zu umarmen, und trat beiseite, um ihr Platz zu machen, als sie begann, Tahg zu bemuttern.

Als die Decken von Tahgs Gesicht fielen, musste Daniel sich beherrschen, um nicht vor Bestürzung nach Luft zu schnappen. Die Augen seines Bruders waren fest geschlossen, seine Lippen aufgesprungen und hatten eine milchige Blauschattierung, die sich von dem hellen Weiß seiner Haut abhob. Einen Moment lang blieb ihm das Herz stehen bei dem schrecklichen Gedanken, sein Bruder wäre tot.

Schließlich begann Tahg zu husten. Seine Augenlider öffneten sich zitternd und Daniel holte erleichtert Luft. Als er jedoch über das Bett zu Morgan sah, erstarb seine Erleichterung sofort. Morgans Augen waren mit einem grimmigen, wachsamen Ausdruck auf Tahg gerichtet. Als ob er Daniels Blick gespürt hatte, sah er auf. Ihre Blicke trafen sich, und in dem Moment schoss Angst in Daniel empor und er wusste, dass Morgan keine Hoffnung für Tahgs Überleben hatte.

Instinktiv trat er einen Schritt näher an seinen Bruder heran, als wolle er ihn schützen. Tahg sah auf, feuchtete seine ausgetrockneten Lippen an und unternahm einen schwachen Versuch zu lächeln.

„Danny ..."

„Aye, Tahg, ich bin hier", sagte Daniel schnell und legte eine Hand auf Tahgs dünne Schulter.

„Wir sind also reisefertig, Danny?"

„Reisefertig, Tahg?"

Sein Bruder bewegte schwach den Kopf, um zu nicken. „Aye ... sind wir reisefertig für die Reise nach Amerika?"

Daniel starrte seinen Bruder an. Seine Kehle schnürte sich noch weiter zu. „Aye, Tahg, wir sind endlich beinahe reisefertig."

Wieder nickte sein älterer Bruder. „Wir müssen ... wir müssen Morgan überreden, mit uns zu gehen, Danny ... sage ihm ... sage ihm, dass er auch mitgehen muss ..."

Daniel wusste, dass es Fieberphantasien waren. Und doch musste er über das Bett hinweg zu Morgan sehen, der seinem Blick auswich, indem er entschlossen auf Tahg starrte.

„Du darfst dich nicht ermüden, Junge", sagte Morgan. Seine Stimme klang schroff. „Wir werden schon bald in die Berge aufbrechen. Du musst deine Kraft für einen weiteren Ritt aufsparen."

Tahgs Augen verdrehten sich und schlossen sich dann, und

Daniel wusste, dass er wieder an jenen Ort abgetrieben war, an den das Fieber ihn brachte.

* * *

Zwei Meilen vor der Stadt zog Pat Gleeson so scharf an den Zügeln seines Pferdes, dass der Hengst auf die Hinterbeine ging und mit den Vorderhufen in die Luft schlug. Der Hengst schnaubte und fiel hart auf den Boden, als er wieder herunterkam. Neben ihm brachte Sharkey sein eigenes Pferd mit einem Fluch zum Stehen. „Was soll denn das nun wieder, du ..."

Gleeson drückte sein Pferd nieder, seine kräftigen Arme waren gerade nach vorn gestreckt und stützten sich auf das Pferd, und seine Hände umklammerten fest die Zügel. „Wo war das Pferd des Engländers – was meinst du wohl?"

Sharkey starrte ihn an, als habe er den Verstand verloren.

„Whittakers *Pferd!*", fragte ihn Gleeson ungeduldig. „Wo war es? Und warum war er so darauf aus, in der Hütte der Witwe zu bleiben – statt sie hinauszuwerfen, ha?"

Sein Partner verzog sein Gesicht zu einer ungläubigen Grimasse. „Woher soll ich wissen, wo das *Pferd* des Engländers ist? Was geht es mich überhaupt an? Was für eine Verrücktheit hast du nun wieder im Sinn?"

Gleeson antwortete nicht. Er dachte angestrengt nach und sah mit starren Augen und einer zunehmenden Gewissheit in die Nacht.

„Los, komm", sagte er und wendete sein Pferd. „Wir reiten zurück."

Sharkey fluchte erneut. „Was ist los mit dir, Mann? Wir wollen den Jungen und den Banditen, nicht einen schwerfälligen Bauern oder eine Witwe! Ich denke ..."

„Nun, *tu's nicht* – dir fehlt der Verstand dafür! Und jetzt *reite*! Wir müssen zurück!"

Ohne ein weiteres Wort presste Gleeson seine Schenkel in die Seiten des Hengstes und ritt in wildem Galopp davon.

Sharkey ergoss einen Strom von Schimpfnamen über ihn, als er wegritt, aber einen Moment später spornte er sein Tier an und folgte ihm.

* * *

Sie hatten den Wagen schon fast beladen und hinter eines der Pferde gespannt, als das Geräusch sich nähernder Hufschläge die Nacht zerriss. Morgan, der sich auf ein Knie niedergekauert hatte und ein Rad festzog, hob den Kopf und sprang dann auf die Füße.

O'Dwyer und Quigley waren von ihrem Spähauftrag im Dorf zurückgekehrt. Morgan wartete und wischte das Öl von seinen Händen an seine Hosen.

„Es ist also alles ruhig?", fragte er den blonden Quigley, als der Mann sein Pferd vor ihm zum Stehen brachte.

Die Worte waren kaum aus seinem Mund, als der junge Quigley herausplatzte: „Das Schiff ist da, Sir! Es segelt gerade in den Hafen!"

Einen Augenblick lang konnte Morgan ihn nur ansehen. Sein Verstand weigerte sich zu begreifen, was sie gesagt hatten.

„Es ist ein amerikanisches Passagierschiff", sprudelte O'Dwyer mit rotem Kopf und einem breiten Grinsen hervor. „Ein kleines Schiff, aber es sieht seetüchtig aus."

„Das Schiff ist da." Morgan wiederholte die Neuigkeit und ließ sie auf sich wirken. „Seid ihr sicher?"

Gerade in dem Moment trat Daniel John zu ihnen und sah mit großen Augen erst Morgan und dann die Männer auf den Pferden an. Er begann zu reden, aber Morgan erhob eine Hand und ließ ihn verstummen.

„Oh, da ist kein Irrtum möglich", versicherte ihm O'Dwyer.

„Ein grünes Seidentuch hängt vom Zwischendeck, ganz wie man uns gesagt hat! Aye, es ist unser Schiff, mit Sicherheit. Es wird nicht nötig sein, heute Abend in die Berge aufzubrechen“, fuhr der Mann fort. „Wir können unsere Leute direkt zur Pier bringen.“

Verwirrt durch diesen unerwarteten Wandel der Ereignisse bemühte sich Morgans Verstand, die Richtung zu wechseln. „Heute Nacht? Aber meinst du, sie werden sie heute Abend an Bord kommen lassen?“

O'Dwyers Grinsen wurde verschmitzt. „Sicherlich, und wenn nicht, werden wir sie davon überzeugen, dass sie es tun sollten.“

„Denke dran, wir können es uns nicht leisten, irgendein Risiko einzugehen, das nicht unbedingt notwendig ist“, warnte ihn Morgan. „Schon gar nicht mit einem kranken Jungen in unserer Obhut. Wir dürfen es nicht riskieren, dass er herumgeschoben wird oder in der Kälte liegt.“

„Das Mädchen sagte, dass der größte Teil von Cotters Schlägern nach Ballina aufgebrochen ist“, erinnerte ihn Quigley. „Bleiben also nur noch der Gerichtsvollzieher und Cotter selbst. Es ist unwahrscheinlich, dass *die* beiden uns irgendwelche Schwierigkeiten bereiten werden.“

Morgan nickte unbestimmt. Das Bild fügte sich allmählich zusammen. Er hatte sogar den Eindruck, dass ihre Chancen jetzt, wo Cotters Leibwächter und der Polizist von der Bildfläche verschwunden waren, besser standen, als sie gehofft hatten. Dennoch konnte er seine Sorgen wegen ihrer Situation nicht ganz ablegen – noch nicht. Es schien alles zu glatt zu gehen, und er hatte die Erfahrung gemacht, dass häufig Probleme in der Nähe lauerten, wenn die Dinge zu einfach schienen.

„Nun gut“, sagte er, immer noch besorgt, und ließ seine Augen über die von dichten Schatten verhüllte Umgebung wandern. „Wir werden sie sofort zum Aufbruch fertig machen. Ihr Männer müsst uns so viel Schutz geben, wie ihr könnt, vorne und hinten.“ Er schwieg einen Moment und sah Daniel John an, der dem Wortwechsel mit einer Mischung von Aufregung und Sorge in den Augen zugehört hatte.

Morgan richtete seinen Blick wieder auf O’Dwyer und Quigley und fuhr fort. „Wir dürfen uns von nichts aufhalten lassen“, sagte er ruhig. „Ganz gleich, was passiert, wir dürfen uns nicht aufhalten lassen. Wir *müssen* sie auf dieses Schiff bringen.“

„Morgan, du darfst nicht riskieren, dass man dich sieht!“, rief O’Dwyer aus. „Wenn sie dich erwischen, hängst du bei Sonnenaufgang am Galgen! Lass uns den kranken Jungen mitnehmen, und du reite weiter in die Berge!“

Morgan schüttelte nachdrücklich den Kopf und tat den Vorschlag mit einem Wink seiner Hand ab. „Erst will ich sie an Bord des Schiffes sehen.“

„Aber wenn du entdeckt wirst, Mann ...“

Wieder unterbrach er O’Dwyers Protest. „Ich muss wieder hineingehen. Bleibt hier und haltet Wache, während ich es den anderen sage.“

Daniel John, der neben ihm stand, legte eine Hand auf seinen Arm. „Morgan ...“

Morgan sah ihn an und schüttelte dann seinen Kopf. „Wir haben alles Notwendige besprochen, Junge. Komm jetzt mit mir. Deine Mutter wird deine Hilfe brauchen.“

Der Junge sah ihn noch einen Moment lang prüfend an. Denn ließ er seine Hand fallen.

Als sie zum Haus gingen, kam Thomas gerade mit einer weiteren Kiste aus der Tür. „Dies ist die letzte, außer ...“

Mitten im Satz unterbrach er sich. Seine Augen wanderten von Morgans Gesicht zu Daniel John.

„Das Schiff ist da“, sagte Morgan ohne jede Einleitung. „Es ist nicht mehr nötig, in die Berge zu gehen. Wir werden stattdessen direkt zum Hafen reiten.“

Sein Bruder starrte ihn an. Eine Mischung aus Überraschung,

Bedauern und langen Jahren unausgesprochener Gefühle hing zwischen ihnen.

„Tu das in den Wagen, Thomas", sagte Morgan leise und zeigte auf die Kiste. „Wir brechen sofort auf."

Thomas zögerte immer noch. Seine Augen streiften über Morgans Gesicht. Schließlich nickte er leicht und sprang unbeholfen mit großen Sätzen den schlammigen Pfad hinunter zu dem Wagen, der seine spärlichen Besitztümer enthielt.

Morgan sah ihm einen Moment zu und wandte sich dann an den Jungen. „Lass uns gehen und es den anderen sagen", sagte er leise. „Das Warten ist vorbei."

*Das Warten war vorbei ... und er hatte Nora immer noch nicht den Brief gegeben – Michaels Brief ...*

Jetzt würde sie zum Lesen des Briefes keine Privatsphäre mehr haben und doch, sie musste ihn lesen. Bisher wusste sie noch nicht, dass auf der anderen Seite des Ozeans Hilfe auf sie wartete.

Nun denn, es gab keine Möglichkeit mehr, auf den richtigen Moment zu warten. Er würde ihr den Brief geben müssen, bevor sie die Hütte verließen, und es ihr überlassen, ihn zu lesen, wo immer und wann immer sie konnte – wenn es sein musste, auch nachdem sie an Bord des Schiffes gegangen waren. Zumindest würde sie Irland mit der Gewissheit verlassen, dass sie nicht ohne Hilfe, ohne Sicherheit sein würde, sobald sie die Staaten erreichten.

*Michael, Michael, sie kommt. Sei für sie da. Sei gut zu ihr, alter Freund. Sei all das für sie, was ich nie hätte sein können.*

* * *

Es kam selten vor, dass Cotter um elf Uhr abends noch nüchtern war. Heute war solch eine Nacht. So groß war sein Verlangen, dass die zwei Drinks, die er im Verlauf des Abends hinuntergekippt hatte, so wenig Wirkung zeigten, als seien sie Wasser gewesen. Deshalb war Cotter, als Harry Macken, der Gerichtsvollzieher, in einem Zustand offensichtlicher Erregung an seiner Tür erschien, munter genug, um aus dem Gefasel des Mannes schlau zu werden.

„Es ist ein Schiff in der Bucht! Ich habe es selbst gesehen!", rief Macken aus und stürmte an Cotter vorbei.

„Was brüllen Sie so herum?", bellte Cotter, als er beiseite trat, um ihn hereinzulassen. Er schloß die Tür und wandte dem aufgeregten Gerichtsvollzieher sein Gesicht zu. „Und was machen Sie *hier*? Ich dachte, Sie wären bei Gleeson und Sharkey."

Macken, der ein scharf geschnittenes Gesicht besaß, zerrte seinen Hut zwischen seinen beiden Händen hin und her und sah finster drein. „Ich *bin* mit ihnen gegangen – das heißt zumindest, bis sie nach Ballina aufgebrochen sind. Sie meinten, ich sollte zurückbleiben, für den Fall, dass Fitzgerald wieder im Dorf auftauchen sollte."

„Ballina?" Cotters Kopf begann zu dröhnen. „Was meinst du damit – sie sind nach Ballina aufgebrochen? Rede vernünftig, Mann! Willst du damit sagen, dass sie den Jungen noch nicht gefunden haben?"

Macken schüttelte den Kopf. „Ihr Mr Whittaker scheint zu glauben, dass Fitzgerald und der Kavanagh-Junge auf dem Weg nach Ballina sind und dass sie frühestens morgen früh zurück sein werden."

„Fitzgerald *und* der Kavanagh-Junge?" Tief in Cotters Magen erwachte ein Feuer zum Leben und fügte noch mehr Qualen zu dem Schmerz hinzu, der bereits in seinem Kopf hämmerte. „Sie sind nach Ballina gegangen?", brachte er mühsam heraus.

„Aye, das hat der Engländer angeblich gehört. Jedenfalls haben Gleeson und Sharkey die anderen genommen und sind losgeritten. Ich war auf dem Heimweg und sah, wie das Schiff vor Anker ging. Ich hielt es für das Beste, Sie sofort davon zu unterrichten."

„Ich weiß von einem Schiff!“, bellte Cotter und beugte sich zum Gerichtsvollzieher vor. „Gilpin selbst hat einige Überfahrten bezahlt, nur um den Pöbel von seinem Land zu bekommen.“ Er schwieg kurz und rieb sich mit unsicherer Hand seine Bartstoppeln. „Nach was für einem Schiff sieht es aus?“

Macken zuckte mit den Schultern. „Es hat das Sternenbanner gehisst. Aber es ist kein sehr großes Schiff. Mittelgroß, soweit ich das im Nebel erkennen konnte.“

„Das Sternenbanner?“ Das Zittern von Cotters Hand verstärkte sich. „Ein *amerikanisches* Schiff?“

Macken nickte. „Aye, so ist es. Da bin ich mir sicher.“

Wütend stieß Cotter einen Fluch aus. Jene Überfahrten, die Gilpin bezahlt hatte, waren auf einem *britischen* Schiff gebucht worden!

Cotters Gedanken überschlugen sich. Hass brodelte in ihm auf – Hass auf den Banditen Fitzgerald und auf den weinerlichen jungen Schurken, der sich offensichtlich auf den Schutz jenes Banditen verließ.

„Du hast gesagt, der Engländer hätte euch erzählt, wo Fitzgerald und der Junge sind“, platzte er plötzlich heraus. „Wo habt ihr ihn gesehen? Wo war Whittaker?“

Macken hob fragend eine Augenbraue. „Nun, in der Hütte der Witwe. Er wartete auf Fitzgeralds Bruder.“

„Warum dort?“

Während Macken erklärte, wuchs Cotters Wut. Er starrte den Gerichtsvollzieher einen Augenblick an. Dann wandte er sich plötzlich um und ging zu dem Schrank unter der Treppe. „Warte – ich werde meinen Mantel brauchen.“

Macken starrte ihn an. „Ihren *Mantel?* Wohin wollen Sie um diese Uhrzeit noch gehen?“

„Zum Hafen natürlich!“, erwiderte Cotter scharf über seine Schulter hinweg. „Und Sie werden mitkommen!“

Sie hielten ihn eindeutig für einen Dummkopf. Fitzgerald,

Whittaker und sogar der Junge – sie alle hielten ihn für zu schwerfällig, um ihren hinterhältigen Plan zu durchschauen.

Nun, sie würden ihren Irrtum noch früh genug erkennen. Er würde ihnen zeigen, dass George Cotter nicht annähernd so dumm war, wie sie es gerne glauben würden.

* * *

Killala schlief, als das amerikanische Passagierschiff in den Hafen trieb. Hier und dort konnte man das schwache Flackern einer Kerze hinter dem Fenster einer Hütte sehen, aber der größte Teil des Dorfes war in Nebel und Dunkelheit gehüllt. Selbst das träge schmutzige Wasser der Bucht war jetzt schwarz – abgesehen vom schwachen Schimmer des Mondlichts, der vom Schiff auf dem Wasser widergespiegelt wurde.

Niemand im Dorf hätte geahnt, dass die Fluchtmöglichkeit direkt hinter den verwitterten, tristen Gebäuden nahe der Bucht lag. Niemand hätte sich träumen lassen, dass die Rettung am Ende der Landebrücke wartete. Es hätte auch kaum etwas geändert, wenn sie es gewusst hätten, denn die wenigen noch übrig gebliebenen Bewohner des Dorfes, die noch gesund genug für eine Reise waren, hätten kein Geld für eine Überfahrt nach Amerika gehabt.

Das Passagierschiff war bereits vor Anker gegangen und wiegte sich sanft auf dem Wasser. Seine Silhouette wirkte verloren im vom Nebel verhüllten Mondlicht. Wie es dort in dem verlassenen Hafen wartete und mitten in der Nacht lautlos vor sich hin schaukelte, hätte das einsame Schiff auch eines von jenen Geisterschiffen aus den alten Erzählungen sein können, die in besseren Tagen immer wieder am Kamin erzählt wurden. Vom Dunst verhüllt und von den Schatten verzerrt, war es unheimlich still. Das Einzige, was man hörte, war ein gelegentliches Knarren oder Ächzen des Rumpfes. Selbst der Ozean unter ihm schien zu flüstern, als wolle er, was auch immer über ihm warten könnte, nicht stören.

Das Schiff war klein, aber unter voller Takelage, mit drei Masten und einem anmutigen, sanft geschwungenen Bug. Stabil gebaut und mit seinem schwungvollen Aussehen war es kein gewöhnliches Schiff. Es war ein erfahrenes Frachtschiff, das ursprünglich gebaut worden war, um Baumwolle und Getreide nach Osten und Eisen und Maschinen nach Westen zu transportieren. Jetzt beförderte es Auswanderer – hauptsächlich Iren – nach New York.

Es war die *Green Flag* und nur ihre Besatzung wusste, dass sie nicht ganz das war, wofür man sie halten konnte.

# 24. Flucht voller Schrecken

*Die Letzten könnten die Ersten sein!*
*Wird der Ruhm unseres Landes*
*jemals Licht auf die Pfade werfen, die wir gingen?*
*Wer weiß? Wer weiß? Denn unsere Zukunft liegt verborgen*
*in dem großen versiegelten Buch Gottes.*
Lady Wilde (1824 – 1896)

Thomas' Heim zu verlassen war beinahe genauso schmerzvoll für Nora wie ihr eigenes Heim aufzugeben. So spartanisch und schlicht es auch war – die kleine Hütte hallte von Erinnerungen wider: dem Klang von Catherines sanftem Summen in der Küche, wenn sie zusammen gearbeitet hatten, dem Gelächter der Kinder und den Männern, die am Feuer politische Diskussionen geführt hatten, die lange Nacht, in der sie auf die Geburt des kleinen Tom gewartet hatten ...

*Gütiger Gott, wie viele Abschiede kann ein Herz überleben, bevor es für immer zerbrochen ist?*

Nora saß auf dem Bettrand neben Tahg und betrachtete die dämmrige Hütte, als wolle sie jedes Detail in ihr Gedächtnis einprägen. Sie waren bereit zum Aufbruch. Das Schiff lag in der Bucht, der größte Teil ihres Besitzes war auf den Wagen verladen, alle Kerzen gelöscht – alle außer einer. Whittaker hielt die Tür auf, um die Kinder nacheinander mit ein paar kleinen Beuteln und Kisten hinausgehen zu lassen. Gleich darauf folgte er ihnen nach draußen und ließ Nora mit Tahg und Morgan allein.

Tahg, dessen Fieberträume kamen und gingen, lag immer noch wie ein Baby in sein Bettzeug gewickelt. Nora betrachtete ihn und streichelte unter der groben Wolldecke seinen Arm. Sein

Gesicht war verhärmt und blutleer und, abgesehen von seinen fleckigen roten Wangen, weiß wie ein Leichentuch; seine Augen waren geschlossen, seine langen dunklen Wimpern fassten Lider ein, die geschwollen und blau aussahen. Seine dünne Hand umklammerte das Bettzeug, und sie löste es sanft aus seinen Fingern.

Ihr ältester Sohn war nie besonders kräftig gewesen. Selbst als kleiner Junge hatte er zart und empfindlich gewirkt und war ohne ersichtlichen Grund schnell ermüdet. Hatte er auch nur die geringste Chance, diese Nacht zu überleben ... und die Nächte, die noch kommen sollten?

*Oh, gnädiger Herr, hilf meinem Sohn. Hülle Liebe und Stärke um ihn wie diese Decken, und schütze ihn vor den Gefahren dieser Nacht ... schütze uns alle vor den Gefahren dieser Nacht ...*

„Ich werde den Jungen und seine Mutter bringen", hörte sie Morgan zu dem kräftigen Mann sagen, der gerade durch die Tür getreten war. „Gib gut auf die Kinder Acht."

Der Mann nickte und ließ die Tür einen Spalt weit offen, als er ging.

„Nora?"

Sie sah auf. Morgan stand jetzt vor ihr, eine Wolldecke nachlässig wie einen improvisierten Mantel über seine Schulter gelegt. Sein Gesicht war von Sorge und Erschöpfung gezeichnet, seine Augen blickten ernst. Er hielt etwas in der Hand – einen Umschlag.

„Ich hätte dir dies hier schon eher geben sollen", sagte er, „und ich hatte auch die Absicht, es zu tun. Aber irgendetwas kam immer dazwischen. Jetzt" – seine Stimme versagte und er sah einen Moment weg, bevor er fortfuhr – „jetzt bleibt keine Zeit mehr. Du wirst es lesen müssen, nachdem du an Bord gegangen bist."

Er wirkte verlegen, unsicher, was für Morgan ungewöhnlich war. Noras Blick wanderte zu dem Umschlag in seiner Hand.

„Dies ist für dich", sagte er leise, drückte den Umschlag in ihre Hand und schloss ihre Finger darum. „Er ist von Michael."

Nora starrte ihn an und blickte dann auf den Umschlag in ihrer Hand. „Michael?", wiederholte sie und runzelte verwirrt die Stirn, als sie ihren Namen auf der Vorderseite des Umschlags las.

Er nickte. „Aye, unser Michael. Michael Burke. Ich habe ihm von der Hungersnot geschrieben und davon, wie traurig die Dinge überall in Irland stehen."

„Aber warum schreibt er mir?" Nora starrte ihn mit offenem Mund an. „Und warum ... warum hat er ihn an dich geschickt?"

Morgan fuhr sich mit einer Hand durch die Haare und sah überall sonst hin, nur nicht zu ihr. „Ich habe auch einen Brief erhalten", sagte er und wandte sich ab, um am Fenster zu stehen. „In meinem letzten Brief an Michael habe ich ihm erzählt, dass ich versuchen würde, dich zu überreden, die Reise zusammen mit Thomas und den Kindern zu machen. Er bietet einfach nur seine Hilfe beim Eingewöhnen an, wenn ihr angekommen seid. Ich ... ich vermute, dein Brief wird nicht viel anders als meiner sein."

Als er sich umdrehte, um sie anzusehen, hatte sich sein Gesichtsausdruck erhellt. Aber es schien Nora, dass sein schmales Lächeln gezwungen war. „Es geht Michael recht gut, wirklich. Er ist in New York Polizist. Er hat Beziehungen – er wird euch allen eine große Hilfe sein."

Nora sah mit leerem Blick auf den Umschlag. „Er erinnert sich noch an uns?"

„Hast du angenommen, er hätte uns vergessen?" Morgan unterbrach sich und durchquerte den Raum. „Michael war ein guter Freund, und er ist es noch. Aber steck den Brief erst einmal weg, Nora. Wir können es nicht wagen unseren Aufbruch noch länger zu verzögern. Wenn du sicher an Bord des Schiffes bist, kannst du ..."

*„Morgan!"*

Der barsche Ruf kam von dem großen, kräftig gebauten Cassidy. Er stand mitten in der offenen Tür, sein Gesicht war gespannt und weiß. „Reiter kommen! Von Osten!"

Morgan schien zu erstarren, aber nur für kurze Zeit. Er stieß ein unterdrücktes Stöhnen aus, wirbelte herum und schwang Nora in seine Arme. „Nimm den Jungen mit!", rief er Cassidy zu und wies mit dem Kopf auf Tahg, der bewegungslos auf dem Bett lag.

Der muskulöse Cassidy hob Tahg in seine Arme und zog hastig das Bettzeug über das Gesicht des Jungen.

Als sie die Straße erreichten, saßen die anderen schon auf den Pferden und warteten. Morgan schwang Nora auf den Rücken seines eigenen Hengstes. Er sah Daniel John, der mit Whittaker auf der kleinen Stute saß.

„Holt die Kinder aus dem Wagen!", rief Morgan seinen Männern zu. „Ward – bring den kleinen Jungen her! Daniel John – runter vom Pferd! Ich will, dass du ein Pferd für dich allein hast, hier, neben mir und deiner Mutter! Eins der Mädchen kann bei Whittaker mitreiten. Schnell!" Dann drehte er sich zu Cassidy um, und gemeinsam setzten sie Tahg sicher auf das weiße Pferd des großen Mannes.

Ein jugendlich aussehender Mann mit einer Augenklappe kam herbeigerannt und ließ den kleinen Tom in Noras Arme plumpsen. Dann lief er sofort wieder davon. Selbst als sie versuchte, das wimmernde Kind zu beruhigen, zitterte Nora vor Angst. Als ob er die panische Angst seiner Reiter spürte, drohte der große Hengst zu scheuen. Er schnaubte und schlug mit seinen Vorderfüßen aus. Aber auf einen ärgerlichen Befehl Morgans hin beruhigte er sich sofort. Morgan warf fieberhaft einige von den schwereren Werkzeugen vom Wagen, während Thomas verzweifelt und mit qualerfülltem Blick zusah.

Nora bemerkte, dass sie immer noch den Brief von Michael

umklammert hielt. Mit zitternden Fingern steckte sie ihn jetzt in den Ausschnitt ihres Kleides. Sie wartete, dass Morgan wiederkam, und zitterte, als sie die gezügelte Kraft der riesigen Kreatur, auf der sie saß, spürte. Der rote Hengst hatte solch lange Beine und einen solchen Umfang, dass sie sich beinahe vorstellen konnte, sie säße auf einem der riesigen Rosse aus den uralten Erzählungen.

Als Morgan sich endlich hinter ihr in den Sattel schwang, seufzte sie vor Erleichterung tief auf. Wieder schnaubte das Pferd und schüttelte die Mähne, aber Morgan beruhigte es schnell mit einer scharfen Litanei auf Irisch und zog an den Zügeln, um es zu wenden. „Reitet, so schnell ihr könnt, und verliert nicht den Kopf", stieß er hervor und sah seinen Männern einem nach dem anderen kurz in die Augen. „Wir dürfen uns durch nichts aufhalten lassen!"

Er schwieg kurz und wendete sein Pferd noch mehr, um die Karawane, die er anführte, prüfend zu betrachten. „Ward", sagte er und wies heftig mit seinem Kopf zu dem Jugendlichen mit der Augenklappe, „du und Quigley, ihr bleibt zurück. Tut, was ihr könnt, um sie aufzuhalten. Wenn ihr könnt, hindert sie ganz daran, weiterzureiten! Wir brauchen Zeit!"

Er riß das Pferd herum, und der Hengst bäumte sich auf, als wolle er etwas von seiner überschüssigen Energie loswerden. Als er den Boden wieder berührte, scharrte er mit den Hufen und raste dann wild die Straße hinunter.

Der Wind peitschte Nora ins Gesicht und nahm ihr den Atem. Sie hatte schreckliche Angst und spürte, wie ihr Herz heftig schlug und wild im Rhythmus der donnernden Hufe unter ihr zu rasen begann. Sie zog den kleinen Tom an sich, um ihn zu beruhigen, und betete um göttlichen Schutz, während sie über die matschige, tief zerfurchte Straße flogen.

Morgans Arm umklammerte sie von hinten wie ein Schraubstock. Sie konnte sein mühsames Atmen auf ihrem Hinterkopf spüren. Allein der Gedanke, dass Morgan aus dem Konzept gebracht war, reichte schon aus, um ihre eigene Angst zur Panik zu steigern, aber sie kämpfte sie nieder. Sie durfte ihre Angst nicht auf das Kind in ihren Armen übertragen.

Es war ein Ritt, der direkt aus einem schrecklichen Traum hätte stammen können, eine Alptraum-Flucht des Schreckens durch die nebeldurchzogene Finsternis. Die trügerische Landstraße schien wie eine Schlange emporzuschnellen, als sie darüber hinwegdonnerten, während auf beiden Seiten die Bäume ihre nackten, knorrigen Äste nach ihnen ausstreckten. Der Nebel wurde dichter, als sie sich der Bucht näherten, und wickelte seine feuchten, ekelhaften Ranken um Pferd und Reiter, bis sie alle einander aus den Augen verloren hatten.

Während sie ritten, erstarrte Nora das Blut in den Adern. Sie fühlte, dass etwas Böses sie umgab. Sie stellte sich vor, wie die Arme der in Lumpen gekleideten Leichen, die den Straßenrand säumten, sich ausstreckten und in einem makaberen Versuch, sie von den Pferden zu ziehen, nach oben tasteten, um sie zu zwingen, sich der Legion der Toten am Straßenrand anzuschließen. Sie hatte den Eindruck, als hätten sich die Tore der Hölle geöffnet und spuckten ganze Horden von Dämonen in den Nebel aus, um sie zur Strecke zu bringen. Sie konnte schon beinahe den Schwefelgestank hinter sich riechen.

Die Nacht schien von den Geräuschen ihrer Verzweiflung erfüllt zu sein. Schäumende Pferde donnerten und schnaubten, und ängstliche Männer trieben sie mit der Peitsche zu noch größerer Raserei an. Nora war sicher, dass sie irgendwo hinter sich zwischen dem unterdrückten Schluchzen der Kinder Tahg stöhnen hörte.

Plötzlich schrie der kleine Tom spitz auf, und Nora erkannte, dass sie den Jungen in ihrer Angst zu fest umklammert haben musste. Schnell senkte sie ihren Kopf, um ihm ein paar tröstende Worte ins Ohr zu flüstern, und presste einen Moment ihre Augen zu.

*„Da, vor uns!"*

Bei Morgans Ruf öffnete Nora sofort ihre Augen. Direkt vor ihnen, am äußersten westlichen Ende des Hafens, lag ein Dreimaster und schaukelte sanft im Wasser der Bucht. Das Schiff war in Nebel gehüllt und seine Umrisse hoben sich von dem blassen, vom Mondlicht erhellten Nachthimmel ab, so dass das alternde Schiff wie eine unheimliche Erscheinung aussah.

Beim Anblick des Schiffes stieg eine Mischung aus Erleichterung und Beunruhigung in Nora auf. Dies war also ihr Ziel, das Ende des Weges. Es hätte genauso gut das Ende ihrer Welt kennzeichnen können. Der Boden wurde ihr unter den Füßen weggezogen. In wenigen Augenblicken würde sie in eine riesige Ungewissheit geschleudert werden, so dunkel und unergründlich wie der große Atlantik selbst.

Tränen schossen ihr aus den Augen, als sie zu Daniel John hinübersah. Mit dem Gesicht nach vorn gerichtet lehnte er sich auf seinem braun-weißen Pferd vor, seine Augen fest auf das Schiff vor ihnen geheftet.

*„Morgan! Sie kommen!"*

Es war der Jugendliche mit der Augenklappe, den sie Ward nannten. Er kam auf seinem schäumenden, wild blickenden Pferd durch ihre Reihen gedonnert.

*„Cotters Männer!* Sie kommen durch das Dorf. Sie reiten, so schnell sie können!"

* * *

Sobald sie die Landebrücke erreichten, sprang Morgan von seinem Hengst und hob Nora und den kleinen Tom eilig auf den Boden.

Sofort drehte er sich um, riss Daniel John vom Rücken der Stute und schubste ihn energisch zu Nora hinüber.

„Bleib bei deiner Mutter!", befahl er und ging zu Ward, der gerade abstieg.

Der Junge war sichtlich erschüttert. „Es waren zu viele!", rief er mit aschfahlem Gesicht aus. „Sie sind an uns vorbei! Quigley ist erschossen worden – er ist tot!" Er hielt kurz inne und wischte sich mit dem Armrücken über den Mund, während er nach Luft schnappte. „Sie sind direkt hinter uns, Morgan! Du musst weg, bevor sie dich gefangen nehmen!"

Außer Thomas und Johanna, die noch mit dem Wagen kamen, waren alle angekommen und stiegen ab. Jetzt traten sie näher, um zuzuhören.

Cassidy ergriff Morgans Arm. „Ward hat Recht! Um Himmels willen, Mann, hau ab von hier! Wir werden uns um deine Leute kümmern!" Morgan schüttelte ihn ohne eine Antwort ab und schickte dann ihn und Ward weg zu den anderen.

Einen Augenblick lang konnte Nora an nichts anderes denken als an den jungen Quigley, der um ihretwillen ermordet worden war. Ihr Blick ging abrupt zu Morgan, der gerade seine Pistole aus dem Hosenbund zog. Er stand schweigend da und wartete besorgt auf Thomas.

Erst jetzt erkannte sie das ganze Ausmaß seines Opfers für seine Familie – für sie alle. Es hätte genauso gut *Morgan* sein können, der dort hinten im Matsch lag und sein Leben um ihretwillen verwirkt hatte.

Sie zog den kleinen Tom an ihre Schulter und umklammerte Morgans Arm mit ihrer freien Hand. „Er hat Recht, Morgan! Du *musst* mit uns kommen! Das ist die einzige Möglichkeit! Du wirst mit Sicherheit hängen, wenn du bleibst!"

Er sah auf sie herunter, bedeckte kurz ihre Hand mit der seinen, und sein Blick senkte sich prüfend in ihre Augen, als wolle er ihr Herz lesen. „Glaube mir, *ma girsha,* du wirst niemals erfahren, wie sehr ich mir wünschte, mit euch kommen zu können." Er legte seine Hand an ihre Wange.

Sie standen einen Augenblick schweigend in der Dunkelheit. Müdigkeit. Solch große Müdigkeit erfüllte jene Augen, die einst gelacht und getanzt hatten, als sie ihre Liebe zu ihm widerspiegelten.

Langsam zog sich ein Nebelband zwischen sie und verdeckte kurz ihre Gesichter, bevor es über das Wasser davontrieb. Schließlich ließ Morgan – offenbar sehr ungern – seine Hand fallen. Er nahm den kleinen Tom aus ihren Armen und ging, um Thomas zu helfen, der gerade mit dem Wagen angekommen war.

Nora sah zu, wie er wegging. Sein großer, breiter Rücken war wie unter einer gewaltigen Last gebeugt. Zum ersten Mal seit langem spürte sie den Kampf in seiner Seele, die Feuer, die ihn antrieben. Eine schreckliche Traurigkeit ergriff sie, ein Ansturm von Einsamkeit, dem sie keinen Namen geben konnte.

*Gott im Himmel, ich will ihn nicht verlassen ... wie könnte ich ihn auf diese Weise allein lassen? Er wird völlig allein dastehen, ohne Thomas ... die Kinder ... Daniel John. Ohne mich ...*

Sie drängte den Gedanken aus ihrem Kopf und erinnerte sich bitter, dass Morgan weder sie noch sonst irgendjemanden brauchte. Hatte er nicht sein ganzes Leben lang versucht, das zu beweisen?

Sobald der Wagen ausgespannt war, kehrte Morgan mit Daniel John und Cassidy, der wieder Tahg in seinen starken Armen trug, zurück. Er ergriff Daniel Johns Hand und drückte sie in Noras, um sie zu vereinen. „Ihr müsst jetzt gehen! Cotters Männer werden jeden Augenblick hier sein. Sie dürfen euch nicht sehen – besonders Daniel John nicht. Thomas hat die Überfahrten“, sagte er und blickte zum Schiff. „Ihr müsst nur an Bord gehen. Cassidy wird Tahg für euch hinauftragen.“

Nora folgte seinem Blick. Ein paar verschwommene Gestalten waren auf dem unteren Deck erschienen. Sie wirkten geisterhaft in dem wirbelnden Nebel. Jetzt gingen einige den Landesteg hinunter, während andere an Deck blieben.

„Die Besatzung", sagte Morgan. „Sie werden euch an Bord helfen." Er schwieg kurz und drängte sie dann erneut: „Bitte, Nora – ihr dürft nicht länger warten!"

Ihre Blicke trafen sich und sie sahen sich ein letztes Mal an. Sein Blick war verschleiert, wie in weite Ferne gerückt. Nora hatte das Gefühl, eine große Kluft hätte sich zwischen ihnen geöffnet.

„Ich werde versuchen, an Bord zu kommen, um mich von euch zu verabschieden, bevor ihr segelt", sagte er schroff. „Falls nicht ..." Er hielt inne, sah erst sie, dann Daniel John an und zog sie unvermittelt beide in seine Arme. „Falls nicht, wisst, dass ich euch beide für immer in meinem Herzen behalten werde. Es wird keine Zeit geben, wo ihr nicht bei mir seid."

Tränen schwammen in Daniel Johns Augen, und Nora meinte, sie würde an dem Kloß, den sie vor Trauer in ihrer Kehle hatte, ersticken. Gerade als sie einen letzten Versuch machen wollte, Morgan umzustimmen, zerschlug ein angstvoller Ruf von Thomas den Augenblick.

*„Morgan! Sie sind da!"* Mit seinem Sohn in den Armen und seinen kleinen Mädchen rechts und links an seiner Seite kam Thomas auf sie zugerannt. Hinter ihm tauchte in der Ferne ein Trupp schreiender Männer auf Pferden auf.

Morgan schob Nora und Daniel John einigen seiner Männer zu und zog seine Pistole, während er herumwirbelte. „Sullivan, O'Dwyer ... bringt alle an Bord. *Sofort!*"

Cotters Männer kamen herangeritten und zügelten ihre Pferde direkt vor dem Landesteg.

*„Geht!"*, brüllte Morgan und warf einen Blick über seine Schulter, während er fieberhaft Thomas und die Kinder auf den Landesteg trieb.

Jemand schoss. Pferde scheuten, wieherten und bäumten sich

auf. Morgans Männer stürzten sich mitten unter die Auswanderer und trieben sie wie wild zum Schiff, wobei sie der Mannschaft zuriefen, sie solle helfen.

Nora griff nach Daniel Johns Hand und begann zu laufen. Sie schaute zurück, um Cassidy zu finden, und sah, dass er direkt hinter ihr war. Er hatte Tahg sicher in seine Arme geschlossen. Plötzlich stolperte Nora und verrenkte sich den Fuß. Sie schrie auf, und Daniel John fing sie bei der Taille auf und zog sie dann auf den Landungssteg.

Auf halbem Weg nach oben sah sie zurück. Das Letzte, was sie von Morgan sah, war, wie er mit großen entschiedenen Schritten auf Cotters Männer zuging, den Kopf hoch erhoben, die Pistole im Anschlag.

# 25. Mit den Gälen stehen

*Werde ich deine Blütezeit erblicken, oh mein Land?*
*Werde ich deine Blütezeit erblicken?*
*Oder wird sie die Dunkelheit einschließen, noch ehe der Glanz*
*der Sonne endlich über deiner Geschichte aufgeht?*
Fanny Parnell (1854 – 1882)

Evan war unfähig, weiterzugehen. Er wusste nicht, was er tun sollte, und schwankte am Ende der Landungsbrücke hin und her, direkt neben den Auswanderern, die hintereinander auf das Schiff eilten. Nur kurze Zeit sah er ihrem Lauf an Bord des Schiffes zu. Dann drehte er sich um und ging denselben Weg zurück, den er gerade gekommen war.

Da drei von seinen Leuten auf dem Schiff verteilt waren und Quigley tot war, blieben Fitzgerald nur der junge Mann namens Ward und Blake, ein dünner Mann mit ergrauendem Haar und stechendem Blick. Diese drei standen jetzt zusammen, dicht beim Eingang zur Landungsbrücke, und hatten ihre Gewehre auf Cotters Männer gerichtet.

Die beiden grob wirkenden Leibwachen, Gleeson und Sharkey, sowie der Polizist waren bereits abgestiegen und starrten wütend über die leichte, schlammige Bodenerhebung, die sich zwischen ihnen erhob, hinüber zu Fitzgerald und seinen Männern. Hinter ihnen wartete ein weiteres halbes Dutzend Männer, die noch auf ihren Pferden saßen und eine ungeordnete Reihe bildeten – wie eine schlecht ausgebildete Truppe, die lieber nicht angreifen würde.

Evan war unbewaffnet, aber er hatte das Bedürfnis, zumindest bei Fitzgerald zu stehen. Er ging mit vorsichtigen Bewegungen voran, bis er beinahe direkt hinter den drei Iren stand. Gerade als er angekommen war, trat Fitzgerald vor. Seine Pistole war direkt auf den Kopf des größten und barbarischsten der zwei Leibwächter gerichtet.

Seine Stimme war trügerisch sanft und hatte einen deutlich drohenden Unterton, als er sprach. „Ihr seid in der Minderheit, Pat. Du tätest gut daran, mit deinen Jungens sofort abzuhauen, solange ihr es noch könnt."

Gleeson warf einen Blick über seine Schulter auf die Reihe von Reitern hinter sich, wandte sich dann wieder an Fitzgerald und sagte sehr deutlich: „Ich denke noch nicht."

„Dann denke noch einmal", sagte Fitzgerald leise. „Einer meiner Jungen ist so viel wert wie drei oder mehr von diesen armen *goms*. Das wissen wir beide nur zu gut."

„Sei kein Narr, Fitzgerald! Ganz gleich, was für einen blöden Plan ihr ausgeheckt habt, du und dieser verräterische Engländer – jetzt ist es vorbei damit! Du und der Junge, ihr kommt mit. Also gib ihn heraus, und zwar schnell!"

Gleeson schwang sein Gewehr in alle Richtungen. Seine Augen waren so ziellos wie die eines betrunkenen Seemannes. Evan schluckte nervös und trat einen Schritt näher, dann noch einen, und schlich sich an die Seite des jungen Ward.

Fitzgerald lächelte – ein schreckliches breites Lächeln, das Evan das Blut stocken ließ. „Ach Pat, lass doch die Pistole fallen, ja? Sonst müsste ich *dich* abknallen und es meinen Männern überlassen, den Rest deiner Jungen zu erledigen, während sich der Staub von deinem Sturz noch legt. Sei jetzt ein braver Junge und leg die Pistole weg. Wir wissen beide, dass du nicht gut genug schießen kannst, um eine Scheunenwand zu treffen. Du bist fast blind, und du weißt, dass das stimmt."

Es schien Evan, dass Fitzgerald und seine Männer den anderen deutlich überlegen waren, trotz der Tatsache, dass sie in der Minderheit waren. Die Männer, die noch auf den Pferden saßen, sahen aus, als seien sie der Abschaum des Dorfes – sehr wahrscheinlich bezahlte Abrissarbeiter – und, soweit er sehen konnte, unbewaffnet. Der Polizist, ein dicklicher, anscheinend schüchterner Mensch, schwang mit einer gelähmten Hand seine Pistole, aber sollte er es tatsächlich schaffen, jemanden zu verwunden, so wäre das, da war sich Evan sicher, purer Zufall. Was Fitzgerald und seine Männer betraf, so waren sie alle bewaffnet, und Evan war sich sicher, dass sie auch echte Meister im Gebrauch ihrer Waffen waren.

Dennoch, da war etwas in den Augen der beiden, die Sharkey und Gleeson hießen, was ihm Schauer den Rücken hinunterlaufen ließ. Es war *Hass*. Jener sinnlose, verkommene Hass, der keinen anderen Grund zu haben schien, als das Objekt seiner Bosheit zu zerstören. Sie würden Fitzgerald töten, einfach, weil sie dafür bezahlt wurden, ihn umzubringen, und es war ihnen absolut gleichgültig, dass er einer ihrer Landsleute war und obendrein ein Patriot.

Ganz unerwartet unternahm der Polizist einen Versuch, seine Autorität geltend zu machen. „Jetzt pass mal auf, Fitzgerald", sagte er lahm, „du steckst so schon tief genug im Schlamassel! Du wirst steckbrieflich gesucht! Wirf deine Waffe weg und liefere den Kavanagh-Jungen aus, bevor alles noch schlimmer wird. Widerstand wird deiner Familie und dir nur noch mehr Leid bringen!"

Evan wusste sofort, dass er das nicht hätte sagen dürfen. Er hatte schon gesehen, was für einen heftigen Beschützerinstinkt Fitzgerald für seinen Bruder und seine Familie an den Tag legte und mit was für einer unabänderlichen Entschlossenheit er für die Sicherheit seiner Lieben sorgte. Als er ihn nun beobachtete, konnte Evan die Wut sehen, die hinter jedem angespannten Zug seiner mächtigen Gestalt erbebte.

Die brennenden grünen Augen schienen einen Tunnel direkt durch den schwachen Wagemut des Polizisten zu brennen. „Nun denn, wenn es bereits feststeht, dass ich hängen werde", sagte Fitzgerald mit harter Stimme, „sehe ich keinen Grund, mich weiter vorzusehen, oder? Oh, vielleicht könnten Sie nur noch ein wenig näher an Gleeson und seinen Gefährten herantreten, Wachtmeister – für den Fall, dass ich mich gleichzeitig um euch drei kümmern muss."

Der Polizist erbleichte und zögerte. Fitzgeralds tödliches Lächeln blieb unverändert, und einen Augenblick später stolperte der Polizist rückwärts, senkte sein Gewehr und ließ es schließlich zu Boden fallen. Gleich darauf warf er Gleeson und Sharkey hinter deren Rücken einen wütenden Blick zu, als sei dieses ganze Debakel ihre Schuld.

„Vielen Dank, Wachtmeister", sagte Fitzgerald mit derselben eisigen Ruhe. „Nun, Pat, wenn du und Mr Sharkey so nett wären, dasselbe zu tun, dann kämt ihr Jungens alle noch früh genug nach Hause, um euch in euren eigenen Betten richtig auszuschlafen."

Als Gleeson und Sharkey sich nicht bewegten, sondern einfach nur dastanden und ihn böse ansahen, warf er Ward einen kurzen Blick zu, der ihm mit einem leichten Nicken antwortete. Genau gleichzeitig und noch bevor irgendjemand wusste, was geschah, schossen sie den beiden Männern die Pistolen aus den Händen.

Mit mörderischen Blicken begann Gleeson, vorwärts zu stürzen, zügelte seinen Angriff jedoch, als Fitzgerald die Pistole hob und unverwandt auf den Kopf des Mannes zielte. „Ich werde dich nicht verfehlen, Pat", sagte er ruhig. „Wir wissen beide, dass ich dich nicht verfehlen werde." Er stand da und wartete, so still und unerbittlich wie ein Berg. Gleichzeitig sprang Ward über die Erhebung und sammelte die beiden Waffen ein.

Gleeson verfluchte Fitzgerald mit einem obszönen Fluch, fiel jedoch zurück. Sharkey, der neben ihm stand, hob jetzt seine Hände hoch und schüttelte den Kopf, als wolle er zeigen, dass er mit der ganzen Sache nichts mehr zu tun haben wolle.

Fitzgerald, der sie mit Adleraugen beobachtete, nickte langsam. „Aye, das ist schon besser. So, jetzt könnt ihr zurückgehen zu euren Pferden und euch nach Hause an euer Herdfeuer davonmachen. Aber vorsichtig, Jungens", warnte er, und seine Stimme wurde streng, „sehr vorsichtig."

Sekunden vergingen, in denen die beiden Männer einander mürrische Blicke zuwarfen. Die Reiter hinter ihnen saßen totenstill auf ihren Tieren, als hielten sie gemeinsam den Atem an. Schließlich begannen Gleeson und Sharkey beide, rückwärts zu gehen. Es stand ihnen ins Gesicht geschrieben, dass sie sich nur widerwillig geschlagen gaben. Dann drehten sie sich um und stolzierten zu ihren Pferden. Gleeson gab den Zügeln einen boshaften Ruck und rief den anderen zu, sie sollten ihm folgen. Dann trieb er sein Pferd heftig an und ritt wie ein Besessener davon.

Einige Momente später – obwohl es ihm wie Stunden erschien – kämpfte Evan immer noch um einen ruhigen Atem. Er schüttelte ein wenig den Kopf, um ihn klar zu bekommen, und rückte seine Brille mit dem Zeigefinger auf der Nase gerade. „Nun ja", sagte er ziemlich sinnlos, und dann noch einmal: „Nun ja, d-das war's dann wohl."

Fitzgerald drehte sich mit einem leichten verbissenen Lächeln zu ihm um. „Was in aller Welt hatten Sie denn vor, dass Sie hier geblieben sind, Mr Whittaker? Wollten Sie um mein Leben bitten, falls nötig?"

Evan verzog angeekelt seinen Mund. „Genau d-das hatte ich vor, wenn Sie es wirklich wissen wollen, obwohl m-mich der Gedanke, vor diesen ... Heiden zu kriechen, beinahe krank gemacht hat."

„Wissen Sie denn gar nicht, in welcher Klemme Sie sich befinden, Mann?", fragte Fitzgerald mit einem erstaunten Stirnrunzeln. „Inzwischen haben Sie dieselbe Dringlichkeitsstufe auf Cotters Galgen-Liste wie ich."

„Oh, natürlich, d-das weiß ich sehr wohl", erwiderte Evan. Er wusste nur allzu gut, was er sich selbst angetan hatte. Es war ihm seit jenem Moment klar, als er sich entschieden hatte, gegen Cotter vorzugehen. „Ich habe wohl gehofft, dass *sie* es noch nicht wüssten."

Müde Heiterkeit glänzte in Fitzgeralds Augen, und er legte eine Hand auf Evans Schulter und ging auf die Landungsbrücke zu. „Geh mit mir, mein Freund. Wir werden an Bord gehen, um uns gebührend zu verabschieden."

Der Mond war hinter einer Wolkenbank verborgen, und man konnte auf dem Schiff nur Schatten erkennen. Als sie die alte durchhängende Landungsbrücke hinuntergingen, war Evan sich deutlich bewusst, dass er neben Fitzgeralds aufragendem Schatten wie ein Zwerg wirkte. Aber er erkannte auch, dass ihn die eindrucksvolle Größe des Gälen nicht länger einschüchterte. Der große Ire behandelte ihn jetzt respektvoll – ja, er hatte ihn „mein Freund" genannt; und die Wärme, die hinter seinem Verhalten stand, wirkte irgendwie wie ein gewaltiger Ausgleich.

Fitzgerald blieb kurz stehen und stieß einen langen Seufzer der Erschöpfung aus. „So, und was werden Sie jetzt tun? Wieder nach England zurückgehen und einen anderen Arbeitgeber suchen? Oder werden Sie versuchen, sich wieder mit Gilpin zu versöhnen?"

Evan spürte, wie etwas Warmes in ihm emporstieg, und er wusste, noch bevor die Worte seinen Mund verließen, dass sie nicht nur seine Worte waren. „Nein, ich g-glaube wirklich nicht, dass ich wieder nach England zurückgehen soll. Zumindest jetzt noch n-nicht."

Fitzgerald sah zu ihm hinunter und hob fragend eine Augenbraue. „Und was dann?"

„Ich denke", erwiderte Evan unsicher, „ich denke, ich k-könnte eigentlich auch erst einmal hier bleiben. Vielleicht könnte ich Ihnen und Ihren Männern irgendwie behilflich sein?", schlug er hoffnungsvoll vor.

Fitzgerald warf Evan einen Blick zu, der deutlich zeigte, dass er an seinem Verstand zweifelte. „Das können Sie nicht machen, Mann! Nein, Cotter hätte noch vor morgen Abend eine Schlinge um Ihren Hals gelegt! Sie müssen verrückt sein, auch nur an so etwas zu denken! Sie sollten zusehen, dass Sie auf das Schiff kommen. Ein paar zusätzliche Überfahrten sind voll bezahlt – nehmen Sie eine davon für sich! Sie haben sie mehr als verdient!"

Evan hatte schon daran gedacht, auf das Schiff zu gehen. Er hatte etwas Geld bei sich und auch einiges gespart, und er hatte sich tatsächlich schon immer gewünscht, die Staaten zu besuchen. Aber irgendetwas in ihm widerstrebte dem Gedanken, Fitzgerald gerade jetzt zu verlassen.

*Was, Herr? Was könnte ich denn noch für den Mann tun? Er ist anscheinend wild entschlossen, bis zum Schluss hier in Irland durchzuhalten.*

„Und was ist mit *Ihnen*?", platzte er heraus und drehte sich zur Seite, um den großen Mann an seiner Seite anzusehen. „Auf Ihren Kopf ist ein P-Preis ausgesetzt, Ihre Familie und ... und Freunde ... werden weg sein – was hält *Sie* noch hier?"

Fitzgerald sah hinaus auf die Bucht und zögerte mit seiner Antwort. Als er endlich sprach, klang er unbestimmt und unendlich müde. „Einige würden sagen, dass ich verrückt bin, und ich bin mir nicht mehr sicher, ob sie nicht Recht haben." Er stand vor dem Schiff, und sein stattlicher Kopf war leicht gen Himmel gehoben, als wollte er dem Himmel jeden Augenblick zahllose unbeantwortete Fragen entgegenschleudern. Die langen Finger einer Hand spielten gedankenverloren mit dem schiefen Kragen seines improvisierten Mantels, während er die Hand an seiner anderen Seite unbewusst immer wieder rhythmisch zur Faust ballte und wieder öffnete.

Wie er ihn so betrachtete, erhaschte Evan einen flüchtigen Blick eines mittelalterlichen Stammesfürsten: vielleicht von einem ländlichen irischen Prinzen mit einer zerrissenen Wolldecke statt einer königlichen Robe und einem flüchtigen Nebelschleier als Krone. Ein Prinz, der ein sterbendes Königreich regierte und dem seine eigene sterbende Bevölkerung das Herz brach.

„Ich bin mit einer Insel verheiratet", sagte Fitzgerald und holte Evan aus seinen Gedanken zurück. Sie gingen wieder weiter. „In Freud und Leid – sie ist mein. Es liegen Veränderungen in der Luft, Dinge werden geschehen, denen ich mich verpflichtet habe, sowohl um meines Landes willen als auch aus Treue gegenüber meinen Freunden. Ich werde bleiben", sagte Fitzgerald leise, „weil ich bleiben muss. Mehr kann ich Ihnen nicht sagen."

Sie waren jetzt beinahe am Schiff. Ein rauer, feuchter Wind kam wieder auf und Evan fror, nicht nur von der Kälte der Luft, sondern auch von der fatalistischen Ausstrahlung, die von Fitzgeralds Verhalten ausging. Er roch das brackige Wasser der Bucht und spürte, wie sich die tiefe Melancholie und das Grauen dieser Nacht immer enger um sie legten und drohten, sie völlig zu verschlingen.

Vereinzelt rannten ein paar Besatzungsmitglieder auf den Decks und auf der Landungsbrücke herum. Evan sah zum Zwischendeck und konnte gerade noch genug erkennen, um Fitzgeralds Bruder und die anderen in einer Reihe stehen zu sehen, als warteten sie, dass man ihnen zeigte, wohin sie gehen sollten. Schiffslaternen warfen ihr Licht gemeinsam mit den fahlen Strahlen des Mondlichts auf das trübe Wasser der Bucht und umspülten ihn und Fitzgerald mit einem trüben, flackernden Schimmer.

Fitzgerald zeigte mit einer Hand auf seine Leute auf dem Deck und trat dann auf den breiten hölzernen Landungssteg. Spontan ergriff Evan seinen Arm und hielt ihn an. „Ich *wünschte*, ich könnte Ihnen helfen!", brachte er mühsam hervor, und er meinte es von ganzem Herzen.

Fitzgerald wandte sich um und betrachtete Evans Gesicht mit einem suchenden Blick. „Meinst du das auch so, *mo chara* ... mein Freund?“, fragte er leise. „Denn du *kannst* mir helfen.“

„Natürlich m-meine ich es so! Sie müssen mir nur sagen, wie.“

„Wenn Sie mir wirklich helfen wollen, Mann, dann gehen Sie an Bord dieses Schiffes mit meiner Familie! Es bricht mir jedes Mal das Herz, wenn ich daran denke, welche Ängste sie erleiden müssen – erleiden werden in den Tagen und Wochen, die vor ihnen liegen. Thomas und Nora – sie wissen nichts über Städte, über Fremde ... über die Welt. Sie sind voller Unschuld.“ Er schwieg kurz und fügte dann grimmig hinzu: „Und wir wissen beide, was für Dinge diese Welt den Unschuldigen antun kann, oder?“

Evan starrte den Mann an, ergriffen von der brennenden, verzweifelten Bitte in seinen Augen.

*Ist es das, Herr? Möchtest du, dass ich das tue?*

Die Antwort kam sofort, erfüllte sein Herz, erhellte seine Gedanken. „Gut denn“, sagte er leise und wandte sich ab, um das Schiff anzusehen. „Ich werde gehen.“

„Wollen Sie das wirklich tun?“ Fitzgerald presste Evans Hand mit einem bedrohlich festen Griff zusammen. „Sie werden mit ihnen gehen? Sich um sie kümmern?“

„Als wären sie m-meine eigene Familie“, erwiderte Evan sanft, und in seinem Herzen wusste er, dass sie auf eine Weise, die er nie verstehen würde, tatsächlich die Seinen geworden waren.

Fitzgerald trat an Deck und umklammerte weiterhin Evans Arm. „Sie sind ein seltener Mann, Evan Whittaker, ein wahrhaft guter und edler Mann.“ Er hielt kurz inne und nickte. „Und auch ein tapferer Mann.“

Whittaker stieß ein kurzes trockenes Lachen aus. „Ich bin alles andere als t-tapfer, Fitzgerald. Zumindest bin ich die meiste Zeit meines Lebens der M-Milchbart gewesen, für den Cotter mich hält.“ Evan seufzte tief. „Nein“, sagte er, schüttelte den

Kopf und fühlte sich unaussprechlich traurig. „Ich bin nicht t-tapfer."

„Kein Feigling würde das tun, was Sie heute Nacht getan haben, Whittaker, und ganz gewiss nicht für eine ihm völlig fremde Familie. Nur ein Mann mit einem heldenhaften Herzen."

„Sie irren, mein Freund", sagte Evan sanft. „Nur ein M-Mann mit einem *veränderten* Herzen, einem eroberten Herzen."

Fitzgerald sah ihn fragend an. „Ich glaube nicht, dass Ihr Herz je einer Veränderung bedurft hat, Evan Whittaker. Ich glaube, dass es schon immer gut und tapfer gewesen ist."

„Mein Herz ist das Herz eines *F-Feiglings!"*, stieß Evan hervor. Er machte keinen Versuch, die Verachtung, die er für sich selbst empfand, zu verbergen. „Bis zu dieser Woche ist der einzige Mut oder die einzige Kühnheit, die ich je gekannt habe, jene Kühnheit gewesen, die ich erleben konnte, indem ich Abenteuerromane gelesen habe! Nein", widersprach er, denn er wollte nicht, dass Fitzgerald ihn für irgendetwas anderes hielt, als er wirklich war, „nur das Joch Christi gibt meinem Herzen Qualität oder irgendeinen Wert."

Fitzgeralds Augen zogen sich skeptisch zusammen, und Evan beeilte sich, seine Worte zu erklären. „Christus hat uns gesagt, dass wir sein Joch auf uns nehmen, seine Last tragen und von ihm lernen sollen. Aber als ich das erste Mal diese Last annahm und ja sagte zu seinem Joch, hatte ich keine Ahnung, dass ich ja dazu gesagt hatte, die Last der ganzen Welt tragen zu helfen – eine Last, die die Leidenden der gesamten Menschheit einschließt, durch alle Zeitalter hindurch."

Er schwieg kurz, erfreut über Fitzgeralds aufmerksamen Gesichtsausdruck. Ihm wurde mehr und mehr bewusst, dass sein Herr ein liebendes Verlangen hatte, mit diesem verletzten, komplizierten Mann zu sprechen, und Evan wartete auf die Führung seines Retters.

Als sie kam, war selbst *er* überrascht. „Ich glaube, Morgan

Fitzgerald, dass Sie auf Ihre Weise versucht haben, genau das zu tun ... die Last Ihres ganzen Landes, Ihres Volkes auf sich zu nehmen und ihm zu helfen, sein Leid zu tragen. Aber indem Sie das getan haben, haben Sie es versäumt – ja, sogar abgelehnt –, die einzige K-Kraft in Anspruch zu nehmen, die Sie befähigen würde, solch einer unendlichen, unerträglichen Bürde standzuhalten."

Er hörte zu. Er merkte auf. Zumindest für diesen kurzen Moment hatte der Herr endlich Morgan Fitzgeralds Aufmerksamkeit.

Evan legte eine Hand auf den kräftigen Arm des Iren und spürte die Muskeln unter seiner Hand. „Als ich noch ein Junge war, sagte mein Vater zu mir: ‚Vertraue auf Gott und sei tapfer'. Ich habe immer geglaubt, dass ich Gott vertraute, aber ich hatte nie das Zeug dazu, tapfer zu sein." Er hielt kurz inne. „Ich glaube, jetzt verstehe ich, was er meinte. Als ich endlich Gott völlig vertraute und mich von ihm so führen ließ, wie er es wollte, kam die Tapferkeit hinterher."

Evan sah Fitzgerald aufmerksam in die Augen. „Diese zwei Dinge gehören zusammen, verstehen Sie? Als ich Gott vertraute, fand ich schließlich den Mut, seinen Willen zu tun. Und Sie, Morgan Fitzgerald." Er holte tief Luft und eilte dann zu seinem Schlusssatz. „Vielleicht werden Sie, indem Sie *mutig* sind, schließlich Ihren Weg finden, Gott zu *vertrauen.*"

Evan schwieg, erstaunt, dass er fähig war, so direkt mit diesem irischen Riesen zu sprechen. „Mein Freund, Sie sind ein sehr g-großer Mann, ein starker, mächtiger Mann. Aber selbst *Sie* sind nicht Manns genug, um das Leid einer Nation zu tragen, die Last eines ganzen Volkes auf sich zu laden, es sei denn, Sie erlauben Jesus Christus, Ihr Herz zu halten und Sie zu tragen."

Das Schweigen, das zwischen ihnen hing, war erfüllt von der Antwort auf Fitzgeralds unausgesprochene Fragen und Evans unbeantwortete Gebete. Zu Evans Erstaunen schien der andere

Mann nicht beleidigt oder entrüstet zu sein. Im Gegenteil, der große Ire sah ihn mit einem Blick an, der höchstes Interesse sowie noch etwas anderes zeigte – etwas, von dem Evan meinte, es könne Bedauern sein.

„Fitzgerald ... wenn ich mit Ihrer Familie gehe, wie Sie gesagt haben ... wenn ich das t-tue, würden Sie mir dann versprechen, etwas für *mich* zu tun?"

Die Augen des Iren zogen sich noch mehr zusammen, und Evan beeilte sich, ihn zu beruhigen. „Eigentlich ist es nicht für mich, sondern für *Sie.* Aber es wird mir einen gewissen Frieden geben, wenn Sie zustimmen."

Fitzgerald nickte widerwillig, und sein Decken-Mantel fiel ihm von den Schultern, als er seine massiven Arme vor der Brust kreuzte.

„Alles, worum ich bitte", sagte Evan leise, „ist, dass Sie sich die Zeit nehmen, über das nachzudenken, was ich gesagt habe ... über Ihr beladenes Herz und darüber, was Christus damit tun kann."

„Mein Herz gehörte ihm einmal, als ich ein Junge war", sagte Fitzgerald gepresst. „Jetzt kann er es nicht mehr gebrauchen. Es ist zu zerrissen und befleckt."

„Gott stört sich nicht an befleckten Herzen, mein Freund. Es gibt nur eine Art von Herzen, die er nicht gebrauchen kann – Herzen aus Stein, die nicht mehr trauern können." Evan schluckte sein Mitgefühl hinunter, das in ihm aufstieg, als er den Ausdruck tiefsten Schmerzes sah, der sich jetzt über das Gesicht des Iren ausbreitete. „Fitzgerald, ich weiß nicht sehr viel von Ihnen – wirklich nicht viel. Aber *so viel* weiß ich – Ihr Herz ist mit Sicherheit nicht versteinert."

Er schwieg. Er konnte sehen, wie der andere Mann kämpfte, um eine Woge von Gefühlen zu verbergen, die ihn überflutete, aber er entschied sich, fortzufahren und zu vollenden, was er begonnen hatte. „Ein Mann wie Sie, bevollmächtigt von einem

Gott wie dem unseren, wäre ein mächtiges Werkzeug der Veränderung. Für Ihr Volk, für Ihre Nation – vielleicht sogar andere Nationen. Ich glaube von ganzem Herzen, dass Gott Sie erschüttern will. Ich werde auch nicht einen Moment lang so tun, als wüsste ich, wie. Aber ich glaube, er will Ihre Aufmerksamkeit haben ... und Ihr Herz ... und das wird er auch bekommen, so oder so. Lassen Sie sich warnen, Morgan Fitzgerald, denn der Ewige, der Hirte Ihrer Seele, jagt Sie ... *und es ist unmöglich, sich vor ihm zu verbergen.*"

# 26. Ein letzter Gruß

*Oh wehe seinem Land! – Sein Stolz ist vergangen,*
*und der Geist ist gebrochen, der sich niemals gebeugt.*
*Seine Kinder müssen heimlich über die Ruinen seufzen,*
*denn Verrat ist's, es zu lieben; es zu verteidigen, ist der Tod.*
Thomas Moore (1779 – 1852)

Sobald er an Bord gegangen war, schickte Morgan seine Leute vom Schiff. „Ich will, dass ihr euch aufteilt", sagte er. „Sagt Ward und Blake, sie sollen zu Cotters Haus reiten und dort auf mich warten. Ich werde bald dort sein." Als Cassidy ihn unterbrechen wollte, winkte er ab. „Ihr wusstet, dass wir mit Cotter abrechnen würden. Aber das kommt später. Jetzt geht der Rest von euch zurück zur Straße. Haltet dort Wache, während ihr auf mich wartet. Gleeson und die anderen könnten es sich anders überlegen und zurückkommen, versteht ihr."

Die Auswanderer warteten immer noch auf dem Zwischendeck, als Morgan an Bord kam. Er fand Nora in einer dunklen Ecke hocken, über Tahg zusammengekauert, der still dort lag, wo Cassidy ihn hingelegt hatte. Die beiden kleinen Mädchen und der kleine Tom saßen rechts und links von ihr. Daniel John hockte dicht daneben. Er hatte seine Knie bis ans Kinn hochgezogen und lehnte sich gegen einen Stapel Kisten. Dort beobachtete er zwei ungehobelt aussehende Seeleute, die sich vor einem rostigen Bullauge stritten. Ein paar Meter weiter standen Thomas und Whittaker an der Reling und sahen hinunter auf den Pier.

Morgan wollte sich noch ihre Quartiere im unteren Deck ansehen, bevor er ging. Aber im Moment war es wichtiger, Nora allein zu sprechen. Als er sie betrachtete, wie sie dort im Schatten bei ihrem kranken Sohn hockte, zögerte er. Dann berührte er leicht ihre Schulter. „Nora?"

Sie sah auf, und er nahm ihre Hände und zog sie auf die Füße. „Ich möchte mit deiner Mutter sprechen", sagte er zu Daniel John. „Bleib hier bei Tahg, bis wir wiederkommen."

Er führte sie mittschiffs und suchte dort eine abgelegene Ecke. „Wir haben nur einen Augenblick", sagte er. „Ich sollte bald von Bord gehen, und ich möchte noch eure Quartiere sehen, bevor ihr absegelt."

Die Schiffslaternen gaben gerade so viel Licht, dass er ihr Gesicht sehen konnte. Ihre Augen waren riesengroß und glitzerten im Schatten, als sie zu ihm aufsah.

Morgan sah ihre Angst nur allzu deutlich. Er nahm ihre Hand, zog sie an seinen Mund und presste seine Lippen darauf. „Es wird alles gut werden, *ma girsha*", sagte er, ließ ihre Hand wieder sinken, hielt sie aber weiterhin fest. „Wirklich, das wird es. Ich weiß, dies ist schwer für dich, aber es ist *richtig* so, für euch alle. Das glaube ich von ganzem Herzen."

Nora sah hinunter auf ihre Hände, die er ergriffen hatte, und sagte mit kaum hörbarer Stimme: „Es wäre sicherlich nicht ganz so schwer, wenn du mit uns gehen würdest, Morgan."

Er zuckte zusammen. Dann ließ er ihre Hände los, hob ihr Kinn und zwang sie, seinem Blick zu begegnen. Er hätte weinen können, als er die Angst in ihren Augen sah.

„Morgan, bitte. Es ist nicht zu spät."

Sanft legte er ihr einen Finger auf die Lippen, um sie zum Schweigen zu bringen, und schüttelte traurig den Kopf. „Still, *macushla*. Wir wollen diese letzten Momente nicht miteinander streiten. Das haben wir schon viel zu oft getan."

Er hatte nicht erwartet, dass sie weinen würde. Als er sah, wie die Tränen aus ihren Augen quollen, zog er sie an sich und hielt sie fest. „Nora ... oh, Mädchen, nicht, bitte nicht. Du lässt mich schwach werden... du reißt mich in Stücke."

Es verblüffte ihn total, als sie ihre Arme um seinen Hals warf und weinte: „Morgan, komm mit uns! *Bitte* – komm mit uns!"

Mit blutendem Herzen löste er sie sanft von sich, gerade genug, um ihr Gesicht in seine Hände zu nehmen und sich ein letztes Mal in ihren Augen zu verlieren. „Ein Teil von mir *wird* mit euch gehen und wird immer bei euch sein. Oh Mädchen, ich könnte dich nie vergessen. Weißt du das immer noch nicht? Aber willst du nicht zumindest versuchen zu verstehen – um meinetwillen? Wenn du mich jemals geliebt hast, selbst wenn es nur ein kleines bisschen war, dann versuche zu verstehen, warum ich bleiben muss."

Nora weinte jetzt hemmungslos und klammerte sich an ihn. „Ich habe dich *immer* geliebt, Morgan! Immer! Selbst in der Zeit mit Owen gab es einen Teil von mir, der immer noch dir gehörte!"

Sobald sie die Worte ausgesprochen hatte, legte sie eine Faust vor ihren Mund, als wolle sie sie aufhalten, aber es war zu spät. Morgan sah ihre Bestürzung und versuchte, sie zu beruhigen, schien es aber stattdessen nur schlimmer zu machen. Jetzt schluchzte sie sogar noch mehr. „Gott, *vergib* mir. Ich hätte dir nie so etwas sagen dürfen."

Sie vernichtete ihn völlig. Mit einem leisen Stöhnen vergrub Morgan sein Gesicht in ihrem Haar und kämpfte gegen seine eigenen heißen Tränen an. „Ich bin ein großer Narr, Nora. Aber dich so zu lieben, wie du es verdienst, hätte so viel mehr gekostet, als ich geben konnte. Hätte ich dich geliebt, dann hätte ich für dich gelebt und nicht für das, wofür zu leben ich schon immer bestimmt gewesen bin. Vergib mir, Liebste", flüsterte er in die feuchte Wärme ihres Haares. „Vergib diesem Narren."

Blind durch seine eigenen unvergossenen Tränen gab er seinem Herzen nach und gab sich dem letzten noch verbliebenen Teil jener Liebe hin, die er all die Jahre von ihr hatte zurückhalten wollen. Er küsste sie und verachtete sich dabei wegen all der Freude, die er verloren hatte, all der Jahre, die er verschwendet hatte, und wusste doch gleichzeitig, dass es ihr ohne ihn besser gegangen war.

Sie erstaunte ihn, indem sie ihn zurückküsste, heftig, verzweifelt. Er spürte, wie sein Herz zerbröckelte. Es war völlig zerschmettert. Mühsam zog er seinen Mund von ihr weg und ergriff mit flehenden Augen ihre Schultern. Er wagte es nicht, sie auch nur einen Augenblick länger zu halten, oder er würde das Schiff niemals verlassen. „Wir müssen zurück", murmelte er mit Bedauern und schob sie sanft von sich weg.

Er konnte die Trostlosigkeit in ihren Augen nicht ertragen und sah einen Moment weg. „Eure Überfahrten sind bezahlt und eure Sachen sind geladen. Ihr seid also fertig." Er suchte nach etwas, um den Schmerz des Augenblicks zu lindern, und sah sie dann wieder an. „Habe ich dir gesagt, dass unser Freund Whittaker sich entschlossen hat, mit euch zu gehen?"

„Whittaker?", sagte sie und rieb sich mit beiden Händen die Augen. „Whittaker geht nach Amerika?"

Morgan zwang sich zu einem Lächeln. „Aye, das wird er. Du wirst also von seinem beachtlichen Verstand profitieren können, wann immer du es brauchst. Weißt du, er ist schon halb in dich verliebt. Wenn du also irgendetwas möchtest, nun, dann musst du ihn nur darum bitten."

Als sein Necken nicht das erhoffte Lächeln hervorbrachte, hob Morgan die Hand, um eine Haarsträhne beiseite zu schieben, die an ihrer Schläfe klebte, und beugte sich dann über sie, um sie leicht auf die Wange zu küssen. „Geh mit Gott, Nora *a gra*", sagte er und erstickte fast an den Worten. „Und wisse, dass der beste Teil meines Herzens mit dir geht."

„Rührend, Fitzgerald. Wirklich rührend. Tatsächlich wird dein Herz der einzige Teil von dir sein, der überhaupt irgendwohin geht – jetzt und für immer."

Nora schrie auf und Morgan zog sie völlig verblüfft mit sich herum, als er in Richtung der Stimme herumwirbelte. Mit einem hässlichen, rachsüchtigen Lächeln zog sich George Cotter durch die offene Tür einer nahen Luke, den Gerichtsvollzieher dicht auf seinen Fersen. Jeder von ihnen hielt eine Pistole in der Hand.

* * *

Daniel hörte, wie seine Mutter schrie, und stand hastig auf. Sein Herz klopfte wie wild, während er um die Ecke rannte.

Er sah sie sofort. Sie standen ziemlich in der Mitte des Schiffes – seine Mutter und Morgan, und sie wurden mit der Pistole bedroht. Die Bewaffneten kehrten Daniel den Rücken zu, aber er brauchte nur einen Augenblick, um Cotter und Harry Macken, den Gerichtsvollzieher, zu erkennen.

Whittaker und Thomas kamen zu ihm gelaufen, aber Daniel konnte seine Augen nicht von der Szene mittschiffs abwenden.

„Geh *zurück*, Junge!", befahl Whittaker mit rauem Flüstern. „Sie dürfen dich nicht sehen!"

Daniel starrte den Engländer ungläubig an. Sein Puls hämmerte ihm in den Ohren. „Wie sind *die* an Bord gekommen? Wo sind Morgans Männer?"

Whittaker schüttelte frustriert den Kopf. „Die Männer sind schon gegangen – ich habe gesehen, wie sie weggeritten sind." Er schwieg kurz. „Und was die beiden betrifft und wie sie an Bord gekommen sind – ich glaube, dass es für einen Gerichtsvollzieher nicht allzu schwer sein dürfte, sich Zutritt zu einem Schiff zu verschaffen, das in einem Hafen in seinem Zuständigkeitsbereich angelegt hat."

„Wir müssen etwas *tun!* Sie werden sie beide töten! *Was können wir tun?"*

Die drei sahen entsetzt zu, wie Morgan, der ihnen gegenüber stand, Daniels Mutter hinter seinen eigenen großen Körper schob und dann stehen blieb, eine Hand wie zur Warnung erhoben, die andere an seiner Hüfte, dicht bei seiner Pistole.

Thomas legte eine Hand auf Daniels Arm, um ihn zurückzuhalten. „Sie werden Nora nicht verletzen, Junge – es ist Morgan, den sie ..."

Er sprang vor Schreck auf und Daniel und Whittaker mit ihm, als Cotter seine Pistole in die Luft abfeuerte. Morgan warf seine Arme hoch, als wolle er sich ergeben.

Daniel konnte Morgans vor Wut verzerrtes Gesicht in der Dunkelheit gerade noch erkennen. Er stand breitbeinig und mit erhobenen Händen da, ihm gegenüber Cotter und Macken.

Erschreckt sah er, wie seine Mutter vortrat und sich neben Morgan stellte.

Thomas zupfte an seinem Arm und flüsterte drängend: „Komm, Junge! Geh zurück zu deinem Bruder und bleib da! Wenn sie dich sehen, wird das die Dinge nur noch schlimmer machen!"

Daniel, der Thomas' dringende Bitte nur undeutlich wahrnahm, war entschlossen, einen Weg zu finden, um Morgan und seiner Mutter zu helfen. In dem Moment kamen zwei Matrosen um die Ecke nahe der Luke, wo Cotter und der Gerichtsvollzieher standen. Daniel schöpfte Hoffnung, aber nur für einen Moment. Die Seeleute blieben sofort stehen, als Macken seine Pistole auf sie richtete und sie zur Luke wies, in der sie eilig verschwanden.

* * *

Sobald die Matrosen in der Luke verschwunden waren, verlangte Cotter erneut, sie sollten Daniel John ausliefern. Er senkte die Pistole und zielte direkt auf Morgans Herz. „Du wirst den Jungen ausliefern, Fitzgerald, oder ich werde dich töten – das heißt, nachdem ich zuerst die Mutter erschossen habe." Er sah Nora mit einem boshaften Lächeln an, und Morgan wünschte sich, er könnte ihm die Schnauze einschlagen.

*„Nein!"*, schrie Nora, klammerte sich an Morgans Arm und

sah ihn in panischer Angst an. „Morgan!" Sie brach ab und wandte sich wieder an Cotter. „Mein Sohn ist nicht hier!", schrie sie. „Er ist noch im Dorf …"

Morgan schauderte. Sie redete wirres Zeug, und er fürchtete, sie könnte etwas Törichtes unternehmen. Seine Gedanken rasten, und er ergriff ihren Arm.

„Du wirst zusehen, wie sie stirbt, Fitzgerald", knurrte Cotter. „Willst du das?"

Morgans Gedanken kochten vor Wut und Unentschlossenheit. Noch nie hatte er solchen Hass verspürt. Wenn Nora nicht gewesen wäre, hätte er es riskiert und wäre auf die beiden losgegangen, obwohl sie bewaffnet waren.

Plötzlich riß sich Nora aus seinem Griff los. *„Nein!"*, schrie sie wild und rannte auf Cotter zu. *„Du wirst meinen Sohn nicht bekommen!"*

Morgan riss vor Entsetzen den Mund auf und sein Arm schoss vor, um sie zu halten. Zu spät. Er machte einen Satz nach vorn und stürmte vorwärts. Jetzt hatte er sie, zog sie zurück und schob sie mit aller Kraft hinter seinen Rücken.

Plötzlich rollte eine Welle von Schreien auf sie zu. Sein Kopf schoss nach oben, und er sah Daniel John und Thomas, die das Deck heraufbrausten, gefolgt von Whittaker. Alle drei stürmten wild in ihre Mitte.

Cotter wirbelte herum und fuchtelte mit seiner Pistole. Thomas, der ihn sah, stieß mit seinem langen Arm Daniel John nach rechts weg gegen die Reling und aus dem Weg.

Gleichzeitig rannte Whittaker auf Macken zu. Der Gerichtsvollzieher zielte auf den Engländer, schoss und verfehlte ihn.

Morgan sah seine Chance und schob Nora gegen die Reling zu Daniel John. Er zog seine Pistole, während er noch herumwirbelte, und stürmte auf Cotter los.

Zu spät. Er sah, wie der Verwalter die Pistole hob und auf Thomas zielte.

„*Nein,* Thomas, bleib stehen!“, schrie Morgan und warf sich auf Cotter.

Cotter feuerte einmal, dann noch einmal, als Morgan ihn erreicht hatte.

* * *

Thomas war im selben Moment losgerannt, als Daniel John vorpreschte. Er war immer langsam gewesen, aber jetzt betete er um Flügel für seine Füße, während er das Deck heraufdonnerte. Er schrie wie ein Wilder in der Hoffnung, die Aufmerksamkeit der Bewaffneten von Nora und Morgan abzulenken, und verlangsamte seinen Lauf nur einmal, um Daniel John aus dem Weg zu stoßen.

Er nahm wahr, wie Morgan Nora ergriff und sie zur Seite warf, gegen die Reling. Einen Augenblick hatte Thomas das Gefühl zu fliegen, als er sich auf Cotter warf.

Dann durchbohrte ein heißer, heftiger Schmerz seine Brust und hielt ihn mitten im Flug auf. Erstaunt und traurig spürte er, wie er vom Himmel fiel.

Als er fiel, schrie er – zuerst den Namen seines Bruders, dann den seines Retters.

* * *

Wild vor Wut und Grauen sah Morgan Thomas fallen, dann Whittaker. Mit donnerndem Gebrüll riss er Cotter vom Körper seines Bruders weg und warf ihn mit einem brutalen Schlag gegen den Kopf zu Boden, schlug ein zweites Mal zu und jagte ihm schließlich eine Kugel durch die Brust. Die Pistole des Verwalters drehte sich wild auf dem Deck und fiel dann in die Bucht.

Morgan drehte sich um. Whittaker kauerte an Deck. Sein

Gesicht war schmerzverzerrt. Er umklammerte seinen linken Oberarm und Blut schoss ihm durch die Finger.

Einen flüchtigen Moment lang sah Morgan von Whittaker zu der stillen Gestalt seines Bruders, die auf dem Deck ausgestreckt lag. Blut lief aus dem klaffenden Loch in seiner Brust. Ein uraltes blutrünstiges Tier erhob sich in ihm. Seine Lungen explodierten mit einem mörderischen Schrei, und er warf sich mit der vollen Kraft seiner mächtigen Gestalt auf Harry Macken.

Der Gerichtsvollzieher wich bereits zurück, stolperte und schwenkte im Gehen seine Pistole in der Luft. Morgan überquerte die Entfernung zwischen ihnen mit zwei großen Sätzen. Er sprang, warf sich auf den Rücken des Gerichtsvollziehers und stieß Macken mit einem heftigen Schlag die Pistole aus der Hand.

Der Gerichtsvollzieher ging zu Boden, streckte alle viere von sich und plapperte wie wild. Morgan legte eine seiner riesigen Hände mitten auf seine Brust und hielt ihn damit am Boden fest, hob die Pistole, die er in der anderen Hand hielt, und richtete sie auf den Kopf des Gerichtsvollziehers.

Er starrte auf den jammernden Mann unter sich, sah, wie ihm die Spucke aus dem Mund und Tränen der Angst seine Wangen hinunterliefen. Er verfluchte ihn, warf seine eigene Waffe auf Deck und begann, mit bloßen Händen auf Macken einzuschlagen.

Es reichte ihm nicht. Er zog ihn vom Deck hoch und begann, den fast bewusstlosen Mann immer wieder auf Deck zu schlagen, stark genug, um seine Wirbelsäule zu zerschmettern.

Und die ganze Zeit tobte das Ungeheuer in ihm, trieb ihn an, peitschte ihn in den Wahnsinn.

* * *

Drei Matrosen waren nötig, um Fitzgerald von dem Gerichtsvollzieher zu trennen, gerade noch rechtzeitig, um Mackens Leben zu retten.

Evan sah krank vor Entsetzen zu, wie Fitzgerald sich zu seiner vollen Größe aufrichtete und tobte, nachdem man ihn von dem Mann, den er getötet hätte, getrennt hatte. Aber noch schlimmer war der Anblick der Zerstörung, der sich auf seinem Gesicht ausbreitete, als er seinen wilden Blick auf seinen getöteten Bruder richtete, der immer noch zu seinen Füßen ausgestreckt lag.

Evan war von der Schusswunde in seinem Oberarm geschwächt und konnte nur einen schwachen Versuch unternehmen, den trauernden Iren zu trösten, bevor er fast bewusstlos auf das Deck fiel. Nora Kavanagh und der Junge, Daniel, taten ihr Bestes, um zu Fitzgerald durchzukommen, aber es war unmöglich, ihn zu erreichen. Er schleuderte sie zur Seite und warf sich auf den Körper seines Bruders. Dann hob er den toten Mann in seine Arme und presste ihn an seine Brust. Dort blieb er stehen, schaukelte seinen getöteten Bruder, den fassunglosen Blick ins Nichts gerichtet.

Jene, die nahe bei ihm standen, konnten ein leises Murmeln hören, das von seinen Lippen fiel wie Tränen, die eine Stimme gefunden hatten.

„Warum, Thomas ... *warum? Dein* Leben war es wert, gerettet zu werden, nicht *meins* ... nicht meins ... warum hast du das getan, Bruder? Warum?"

Beinahe eine Stunde später kamen einige Mitglieder der Mannschaft mit einem Beamten und zwei Polizisten. Es brauchte jeden Mann von ihnen sowie eine Anzahl Matrosen, um den benommenen, verwirrten Fitzgerald vom Körper seines Bruders zu lösen und seine Füße in Eisen zu legen.

* * *

Als es vorbei war, lagen Thomas Fitzgerald und Cotter tot am Boden. Macken war so schwer verletzt, dass es kaum Hoffnung für ihn gab.

Die Behörden nahmen Morgan Fitzgerald sowie Ward und Blake fest, die gefangen genommen worden waren, während sie vor Cotters Haus auf ihren Anführer warteten. Die anderen drei Mitglieder von Young Ireland kamen davon.

Evan weinte mit Nora Kavanagh und dem jungen Daniel, als die Polizei Fitzgerald in Fesseln abführte. Der Ire sprach kein Wort, als er mit hängenden Schultern und gesenktem Kopf in die Nacht stolperte. Evan hatte alle Hände voll zu tun, um die verzweifelte junge Witwe und ihren Sohn daran zu hindern, vom Schiff zu rennen und ihm nachzulaufen. Schließlich konnte er sie davon abhalten, aber nur, indem er sie daran erinnerte, dass die drei verwaisten Kinder dringend ihre Hilfe brauchen würden.

Lange nach Mitternacht starb Tahg Kavanagh, bevor das Schiff die Segel nach Amerika setzte.

# Teil drei

## Lied des Abschieds

### Die Überfahrt

*Und so ist meine Zither zur Trauerklage geworden*
*und meine Flöte zur Stimme der Weinenden.*

Hiob 30,31

# 27. Erin, Abschied

*Der Barde fiel – doch die Kette des Feindes*
*konnte seine stolze Seele nicht unterwerfen.*
*Die Harfe, die er liebte, würde nie mehr spielen,*
*denn er riss ihre Saiten entzwei. Und er sprach:*
*„Keine Ketten sollen dich besudeln,*
*deine Seele voll Liebe und Tapferkeit!*
*Deine Lieder waren für die Tapferen und Freien,*
*nie sollen sie erklingen in der Sklaverei!“*
Thomas Moore (1779 – 1852)

Der Tag war gekommen und gegangen, und bald würde wieder ein neuer Tag dämmern. Sie waren jetzt vierundzwanzig Stunden von Killala entfernt. Einen vollen Tag lang getrennt von zu Hause. Auf Lebenszeit getrennt von allem, was ihnen vertraut und sicher war.

Kurz vor Tagesanbruch hatten sie Segel gesetzt und stahlen sich so leise und lautlos aus der Bucht, wie sich die Gedanken vom Rande des Wachseins in die Träume stehlen. Für Daniel John schien die *Green Flag* tatsächlich mehr Traum als Realität zu sein. Sobald er bemerkte, dass sie die Anker lichteten, hatte er das Gefühl, in einem Netz zwischen Realität und Illusion zu hängen. Er wusste, wo er war und wohin er reiste, und doch hatte er das Gefühl, als könnte er jeden Augenblick zu Hause in seinem eigenen Bett aufwachen.

Er hatte sich die größte Mühe gegeben, sich einen letzten Blick auf Mayos wilde, einsame Küste mit ihren schützenden Bergen, dem gewaltigen, schweren Himmel, dem dunklen Wasser der Bucht und dem Rundturm einzuprägen. Aber im letzten Moment hatte es solch ein Durcheinander gegeben, so viel Panik und Aufregung, dass er dem Hafen nur den Rücken zudrehen und mit den anderen zu den Unterkünften stolpern konnte.

Hinterher verspürte er eine schreckliche Angst, dass er etwas unendlich Kostbares zurückließe, etwas, das von entscheidender Bedeutung für sein ganzes Sein wäre. Es war mehr als die Angst, entwurzelt zu werden, mehr als die Trauer über all das, was er verlor. In jener schlaflosen Nacht vertieften sich die Schatten der Vorahnung, verschlangen ihn, überwältigten ihn. Er fühlte sich, als sei ihm ein Teil seines Herzens aus dem Leib gerissen und über Bord ins Meer geworfen worden.

Jetzt saß er auf dem harten Rand seiner Koje, starrte in die Dunkelheit der Quartiere im Zwischendeck und nahm die Geräusche und Gerüche des Schiffs in sich auf – sie waren alle unangenehm.

Über dem ständigen Quietschen und Stöhnen des alternden Rumpfes war wie ein monotones Summen das konstante Klagen von Passagieren zu hören, die in anderen Häfen vor Killala an Bord gegangen waren. Viel lauter war das atemlose, qualvolle Stöhnen derjenigen, die seekrank waren. Von mindestens einem halben Dutzend Kojen kam der unverkennbare Klang des Erbrechens. Ja, sogar die Wände schienen unangenehme, faulige Gerüche auszudunsten und die Luft selbst mit Verzweiflung zu sättigen.

Daniel hatte plötzlich ein flaues Gefühl im Magen, aber er beruhigte sich wieder. Er sah hinüber zu seiner Mutter, zwei Reihen weiter, aber der grobe Jutevorhang, der die Quartiere der Frauen von denen der Männer abteilte, war fast völlig zugezogen worden. Er konnte nur ein kleines Stück von ihrer Koje sehen.

Sein Blick wanderte zu Whittaker neben ihm in der Koje. Der Engländer lag bewegungslos mit geschlossenen Augen und flachem Atem. Sein Arm war vom Schiffsarzt, Dr. Leary, versorgt worden, einem großen barschen Mann, der recht freundlich zu sein schien, obgleich ihm ein scharfer Geruch von Whisky und Tabak ziemlich stark anhaftete.

Die Kojen waren unglaublich klein und überfüllt. Es waren Kiefernregale mit eisernen Bettgestellen, die an den Balken befestigt waren. Sie waren schmaler, als der Rücken eines Männermantels breit war, und doch beherbergte jede Koje mindestens vier Leute. Daniel, Whittaker und der kleine Tom hatten eine Koje zugeteilt bekommen, die schon von einem verwitweten Bauern aus Galway belegt war, während Daniels Mutter ihre Koje mit den beiden Fitzgerald-Mädchen und einer unfreundlichen jungen Frau namens Alice teilte.

Daniel umfasste seine Knie mit den Händen und starrte auf den Boden hinunter. Er fühlte sich immer noch etwas verwirrt und seltsam abgehoben von seiner jetzigen Umgebung. Wie ein Schlafwandler, der durch ein Haus geht, das mit unbekannten Bewohnern voll gestopft ist, nahm er seine Mitpassagiere zwar wahr, denn sie schränkten seine Bewegungsfreiheit ein, aber nicht so, dass er auch ihre individuellen Probleme oder ihr Leid wahrgenommen hätte.

Es hatte keinen wirklichen Abschied für sie gegeben – kein letztes Lebewohl, keinen Dudelsack, der zu ihrem Abschied spielte, keine Frauen, die ihren Abschied beklagten. Eine Tragödie war der Wind in ihrem Rücken, der Tod war ihre Abschiedsrede, Leid ihr Abschiedslied.

Selbst jetzt, wo er die Schiffsbalken stöhnen hörte, das Nebelhorn traurig blökte und die Jammerrufe der anderen Reisenden erklangen, die in den Tiefen des Zwischendecks lagen und litten, verspürte Daniel ein seltsam schmerzvolles Verlangen, sich zu verabschieden, sich von all dem zu *trennen*, was vor diesem Augenblick gewesen war. Ein unerklärliches Verlangen hatte ihn ergriffen, sich ein letztes Mal zu verabschieden: von der kleinen weiß getünchten Hütte, in der er geboren war und seine Kindheit verbracht hatte, von dem uralten Rundturm, mit dem er so viele Fragen und Träume verbunden hatte – und, natürlich, von Morgan, der das geopfert hatte, was er am meisten schätzte: seine Freiheit, um ihnen die ihre zu garantieren.

Seine Augen wanderten zum Fuß der Koje, wo er die Kavanagh-Harfe abgelegt hatte. Obwohl sein Bruder das alte Instrument selten gespielt hatte, gehörte es rechtmäßig Tahg, dem ältesten Sohn. Nun fiel es Daniel zu, die Harfe zu erhalten – sie und auch die lange Geschichte der Tradition, die mit ihr verbunden war. Er nahm an, dass der Anblick des geliebten Instrumentes ihn hätte trösten sollen, allein schon, weil es etwas Vertrautes war, das ihn mit der Vergangenheit verband. Aber im Augenblick konnte er weder in der Harfe noch in irgendetwas anderem Trost finden.

Stattdessen fragte er sich, was aus Morgans Harfe geworden war, und der Gedanke daran ließ den faustgroßen Knoten der Trauer in seinem Hals sogar noch mehr anschwellen. Morgans Harfe, seine schwere Kiste mit Aufsätzen und Gedichten, seine wenigen abgenutzten Bücher – all das hatte in den Satteltaschen auf Pilgrims Rücken gesteckt.

Ein neuer Gedanke kam ihm und ließ eine Flut von Tränen aus seinen Augen schießen: Was war wohl aus Pilgrim geworden? Niemand sonst konnte das große Tier reiten, niemand außer Morgan, der, obwohl er es beschimpfte und anbrüllte, offensichtlich sehr an dem Tier hing.

Er wusste nicht, welches Leid ihn am meisten schmerzte – der Verlust von Tahg und Thomas, die er an den Tod verloren hatte, oder der Verlust von Morgan, den er an Irland verloren hatte. Jeder dieser Schmerzen schien einen anderen Teil seines Herzens zu zerreißen.

*Gott, hilf mir ... hilf mir, meinen eigenen Schmerz zu überwinden, damit ich meiner Mutter helfen und eine Quelle der Kraft für sie sein kann – und auch für Katie und Johanna und den kleinen Tom. Gott, hilf mir, ein Mann zu sein.*

* * *

Nora hatte als kleines Mädchen Einsamkeit gekannt – die Pein der Ablehnung, die Schande, die Tochter der Dorfdirne zu sein, hungrig und zerlumpt und ungeliebt. Aber nie hatte sie die Einsamkeit, die Leere der Seele gekannt, die jetzt Besitz von ihr ergriffen hatte.

In den letzten Monaten hatte sie sich zwingen müssen, eine Woge des Leides nach der anderen durchzustehen. Sie schwankte und stolperte durch ihren eigenen Schmerz, ohne sich ihm je ganz hinzugeben. Tahgs Krankheit, die Tatsache, dass er auf sie angewiesen war, hatte ausgereicht, sie weitermachen zu lassen.

Jetzt war Tahg gegangen, und sie war plötzlich nicht nur gelähmt von der Ungeheuerlichkeit all dessen, was sie verloren hatte, sondern zum ersten Mal seit Jahren wurde sie auch nicht gebraucht. Es gab keinen liebenden Ehemann mehr, der sich auf sie verließ, kein kleines Mädchen mit großen Augen, keinen leidenden Schwiegervater, keinen bettlägerigen Sohn. Natürlich hatte sie noch Daniel John, aber er brauchte sie nicht, nicht wirklich. Er war gesund, würde bald ein erwachsener Mann sein und zeigte schon erste Bestrebungen nach Unabhängigkeit.

So viele Veränderungen, so viele Verluste. Die Familie, das Heim, selbst das Heimatland – sie waren nicht mehr da. Auch ihre Freunde – Catherine ... Thomas ... Morgan ...

*Sie wollte nicht an Morgan denken ...*

Aber sie konnte nicht verhindern, dass sie an Thomas dachte – den lieben, guten, freundlichen Thomas, der immer zuerst an seine Familie und Freunde gedacht hatte und dann erst an sich selbst, so sehr, dass er sogar sein Leben für seinen Bruder geopfert hatte. Sie hatten ihn auf See bestattet, zusammen mit Tahg, wenige Stunden, nachdem das Schiff die Bucht verlassen hatte. Schwach wie er war, hatte Whittaker es irgendwie geschafft, den Kapitän dazu zu überreden, es zu erlauben. Das ersparte ihnen allen den Schmerz, ihre Lieben in Gräbern ohne Grabstein und Inschrift zurückzulassen.

Nora war sich sicher, das dies allein schon mehr war, als man schließlich Morgan Fitzgerald zugestehen würde.

Wieder versuchte sie, den Gedanken an ihn abzuschütteln. Seltsam, wie der Klang seines Namens immer noch ihr Herz durchbohrte, selbst jetzt noch. Sollte es nicht anders sein, fragte sie sich matt, jetzt, wo sie aus seinem eigenen Mund gehört hatte, dass seine Liebe zu ihr genauso real gewesen war und sich genauso wenig hatte leugnen lassen wie ihre Liebe zu ihm? Hätte es nicht irgendwie helfen sollen, die Dinge leichter zu machen?

Nein, nein, natürlich änderte es nichts. Er war für sie verloren, so gut wie tot. Sie würden ihn hängen, so viel stand fest. Sie würden ihn in eine stickige Zelle sperren, und das allein würde ihn schon umbringen. Dann würden sie ihn hängen und ihn in eine einfache Grube im Moor werfen.

Und hatte der Mann nicht alles getan, um sich selbst an seinem eigenen Strick dorthin zu führen?

*Oh Morgan, Morgan, du Narr! War es das wirklich wert, jetzt, wo alles vorüber ist? War es den Tod deines Bruders wert, den Tod deiner Ehre ... und unserer Liebe? War es dein Leben wert, Morgan?*

Weg – alles war weg. Es war ihr Stück für Stück entrissen worden, wie alter Stoff achtlos zerrissen und weggeworfen. Daniel John war alles, was ihr noch geblieben war, und selbst für ihn konnte sie sich nicht dazu aufraffen, wieder zu empfinden, sich wieder zu kümmern.

Sie hörte, wie er an ihre Koje kam, fühlte seinen besorgten Blick auf ihrem Rücken. Aber sie lag still und hielt die Augen geschlossen, nicht bereit – und nicht fähig –, dem Schmerz zu begegnen, den sie in seinem gequälten blauen Blick mit Sicherheit sehen würde. Ihr eigener Schmerz erlaubte ihr nicht, sich seinem zu stellen, und so tat sie so, als würde sie schlafen. Sie war seine Mutter, und zweifellos brauchte er ihren Trost. Aber sie konnte ihm keinen Trost geben, nicht jetzt.

Nora spürte seine leichte, unsichere Berührung auf ihrer Schulter, aber sie bewegte sich nicht. Nach einem kurzen Moment ließ er sie los. Seine Stiefel wirbelten das Sägemehl auf dem Boden auf, als er wegging.

Sie öffnete die Augen und betrachtete die zwei schlafenden Mädchen, die ihr gegenüberlagen. Katies Gesicht war rot und erschöpft. Sie lag dicht an Johanna gekauert, deren dickes rotes Haar in wilden Strähnen über ihr Gesicht fiel. Erst jetzt wurde ihr klar, dass die Mädchen ja Waisen waren. Gott im Himmel, was würde aus ihnen und dem kleinen Tom werden? Was würde aus ihnen allen werden?

Sie sollte weinen. Wie konnte sie *nicht* weinen, wo sie doch ihren Sohn, ihre Freunde betrauerte? Wie kam es, dass sie *nichts* empfand? Ihr Herz schien dunkel zu sein, eine gefrorene Grube, ohne jedes menschliche Gefühl – sogar ohne Schmerz.

Zumindest sollte sie sich schuldig fühlen. Gott hatte seinen Segen von ihnen abgezogen. Das war klar zu sehen. Aye, er hatte alles weggenommen – seinen Segen, seinen Geist, seine Liebe – alles, außer seinem Zorn. Es war so, wie sie schon lange vermutet hatte: Er strafte sie alle für ihre Sünden. Er strafte sie, Nora.

Oh, sie hatte gesündigt, und auf solch schlimme Weise! Sie war in Sünden empfangen, in Sünde groß geworden, und dann hatte sie alles noch schlimmer gemacht, indem sie ihrem Ehemann einen Teil ihres Herzens vorenthalten und manchmal mutwillig ihren Gedanken erlaubt hatte, von jenem guten Mann zu Morgan und zu ihrer dummen, kindischen Liebe zueinander abzudriften.

Und Tahg. Vielleicht hatte Owen die ganze Zeit Recht gehabt, als er ihr vorwarf, sie zöge ihren ältesten Sohn den anderen Kindern vor. Sie hatte es nicht gesehen, aber Owen hatte es gesehen. Und Gott hatte es gesehen. Gott konnte man nicht täuschen. Er kannte ihr Herz.

Jetzt war ihr nur noch Daniel John geblieben, und doch war ihr Herz zu leer, zu tot, um ihn aufzunehmen.

Geistesabwesend legte sie ihre Hand auf ihr Herz, als wolle sie nachsehen, ob es noch schlüge. Durch ihr Kleid hindurch spürte sie den Umschlag, den Morgan ihr gegeben hatte, und war einen Augenblick lang überrascht, ihn dort zu entdecken. Sie hatte den Brief völlig vergessen.

Michaels Brief. Morgan hatte darauf bestanden, dass sie ihn so bald wie möglich las. Sie überlegte kurz und ließ dann ihre Hand fallen. Was bedeutete im Moment schon ein Brief? Gab es *überhaupt* etwas, was jetzt wichtig war?

Später. Sie würde ihn später lesen.

* * *

Evan tat sein Bestes, um den besorgten Jungen zu beruhigen, aber offensichtlich hatten seine Bemühungen wenig Erfolg. Dennoch ließ er nicht locker. „Ich bin sicher, dass es ihr bald wieder b-besser gehen wird, Junge. Aber du musst ihr Zeit lassen. Sie hat einen sch-schrecklichen Verlust erlitten, sie ist total erschöpft und immer noch b-benommen von der ganzen Sache. Es kann eine Weile dauern, bis sie wieder sie selbst ist. Du musst also Geduld mit ihr haben."

Der junge Daniel, der neben ihm in der Koje saß, warf ihm einen verdrießlichen Blick zu. „Sie meinen also, dass sie in Ordnung ist? Körperlich, meine ich? Sie glauben nicht, dass sie krank ist?"

„Krank?" Evan versuchte, seine Antwort sorgfältig zu durchdenken, aber seine Schulter brannte so dermaßen heftig, dass es ihm beinahe unmöglich war, sich auf etwas anderes als seine Schmerzen zu konzentrieren. Er begann sich zu fragen, was der verschlafene Arzt eigentlich mit ihm gemacht hatte.

Er drehte sich vom Rücken auf die rechte Seite und verzog bei dem Versuch das Gesicht. „Nein, natürlich nicht, wenn sie auch zweifellos deine ungeteilte Aufmerksamkeit brauchen wird. Deine M-Mutter schien mir ein wenig ... schwach zu sein, Junge, schon vor diesem tragischen Abend. Und die Kombination von Leid und Erschöpfung, zusammen mit ihrer schon vorher schwachen körperlichen Verfassung – nun, es war einfach z-zu viel für sie."

Evan schob sich hoch auf einen Ellenbogen und beobachtete den Jungen. „Um es ganz k-klar zu sagen, Daniel: Ich glaube, deine Mutter hat genug erlitten, um sogar einen Menschen mit ausgezeichneter Gesundheit zu zerstören. Sie war von vornherein schwach, und so ist es nur natürlich, wenn sie ... v-verzweifelt ... vielleicht manchmal sogar etwas verwirrt sein sollte."

Der Junge hatte den Kopf gesenkt und nickte niedergeschlagen. „Ich wünschte, ich wüsste, was ich für sie tun kann." Er sah auf, und Evan zuckte zusammen, als er die Enttäuschung und den Schmerz in jenen wunderbaren Augen sah. „Sie – sie scheint mich nicht in ihrer Nähe haben zu wollen, wissen Sie."

Evan sah ihn bestürzt an. „Oh n-nein, Junge, so etwas darfst du nicht denken! Deine Mutter hängt *sehr* an dir, das kann man deutlich sehen. Nein, ich glaube, sie hat sich einfach ... zurückgezogen. Nur für jetzt. Sie hat mehr als genug erlitten, was ihren Lebensgeist niederschmettern muss: Sie hat ihr Heim verloren und deinen Bruder, sie hat gesehen, wie Thomas Fitzgerald so brutal ermordet wurde ..." Evan schüttelte den Kopf, und die Worte erstarben ihm auf den Lippen.

„Und Morgan", brachte der Junge mühsam hervor. „Die Art, wie sie ihn abgeführt haben – haben Sie bemerkt, wie sehr es sie betrübt hat?"

Evan spürte, wie bei dem Gedanken an den letzten Anblick von Morgan, als er wie ein gewöhnlicher Verbrecher in eisernen

Ketten, besiegt und mit gebeugtem Rücken abgeführt worden war, in seiner eigenen Kehle ein Knoten anschwoll. „Ja, ja, ich habe es gesehen“, sagte er. Mit einem tiefen Seufzer rollte er sich auf seinen Rücken, wandte dem Jungen aber weiterhin das Gesicht zu.

„Ich habe es nie gewusst ... bis gestern Nacht“, murmelte Daniel und starrte auf den Boden, „dass Mutter sich so viel aus Morgan machte. Sie hat sich meistens so verhalten, als wäre er ihr nur lästig, wenn er uns besuchen kam. Sie schienen sich ständig zu streiten.“ Er schwieg, und Evan spürte seine Verwirrung. „Aber sie muss ihn wohl doch für einen wirklichen Freund gehalten haben. Ich dachte – ich dachte, sie würde den Verstand verlieren, als sie ihn abführten, so fertig war sie. Sie hat ihn gemocht – viel mehr, als ich wusste.“

Evan sah weg. „Ja, ja, ich bin sicher, du hast Recht“, sagte er leise. „Und Fitzgerald hat deine Mutter auch sehr gemocht.“

Er hatte sie so sehr gemocht, dass er sein Leben riskierte, ja, dass er sogar die Freiheit hergab, die er so sehr schätzte, mehr noch als sein Leben. *Gütiger Herr, habe Erbarmen mit diesem streitbaren Mann ... er mag einige Dinge getan haben, die falsch waren, Herr, aber sein Herz kämpft wirklich darum, das Richtige zu tun ... habe Erbarmen mit ihm, Herr ... habe Erbarmen mit seiner gequälten Seele ...*

Anscheinend völlig gedankenverloren legte sich Daniel hin. Bald schlossen sich seine Augen, sein Atem wurde tief und verfiel in den Rhythmus des Schlafs. Evan dagegen blieb hellwach. Der konfuse Dr. Leary hatte gemeint, er werde sich ungefähr einen Tag lang „etwas unwohl“ fühlen. Offenbar hatte der Mann Recht gehabt.

Er hoffte wirklich, dass der Arzt mit seinen wässrigen Augen nicht beispielhaft für den Rest der Schiffsbesatzung oder der Ausrüstung war. Glücklicherweise schien der Kapitän tüchtig zu sein, wenn er auch völlig kalt war. Evan fragte sich, was für ein Mensch der steife Kapitän Schell wohl war. Er war ein beunruhigender Mann, der jeder vorgefassten Vorstellung, die Evan je von kräftigen, abenteuerlustigen Kapitänen gehabt hatte, widersprach. Die Romane, die er las, beschrieben Schiffskapitäne meistens als groß und laut ... barsche, kräftige Gestalten, die ihre Befehle mit einem deutlichen irischen Akzent bellten und so gut wie nie rasiert waren.

Der rätselhafte Kapitän Schell dagegen war weder kräftig noch barsch, und sein bartloses Gesicht schien gewachst zu sein, so glatt und straff war die Haut. Doch es gab eine sehr leichte Andeutung eines Akzentes in der präzisen Sprache des Mannes – deutsch, dachte Evan, aber das verstärkte nur den allgemeinen Eindruck einer sehr guten Ausbildung und unangefochtenen Autorität. Der einzige Makel auf Schells ansonsten marmorglatter Haut war ein hässlicher roter Schmiss von einer Narbe, die sich fast über die ganze Länge der linken Gesichtshälfte zog, von der Schläfe bis zum Kieferknochen.

Die Narbe fiel sofort auf, aber doch nicht so sehr wie die seltsamen hellblauen Augen, die sich durch die runden Brillengläser bohrten. Diese Augen schienen das Objekt ihrer Aufmerksamkeit zunächst zu verhöhnen, um dann zu einem eisigen Starren zu erfrieren.

Dennoch, der Mann hatte ihn, noch bevor sie je Segel gesetzt hatten, zweimal überrascht. Das erste Mal, indem er sich unerbittlich weigerte, mit dem Lichten der Anker zu warten, als die Behörden das Schiff im Hafen festhalten wollten, und danach mit seiner Bereitschaft, ein Seebegräbnis für den Kavanagh-Jungen und Thomas Fitzgerald abzuhalten.

Mit seiner sauberen Uniform und seinem präzisen Verhalten schien der Kapitän in krassem Gegensatz zu dem Schiff zu stehen, das er befehligte. Evan hatte davon gelesen, wie sehr die amerikanischen Schiffe den britischen überlegen waren. Diese Information sowie die Tatsache, dass Fitzgerald selbst diese Überfahrten besorgt hatte, hatten ihn glauben lassen, dass die Zustände auf dem Schiff vielleicht nicht unbedingt luxuriös, aber doch zumindest sauber und komfortabel sein würden.

Die Unterkünfte auf der *Green Flag* waren weder das eine noch das andere. Hätte Fitzgerald selbst die unreife Mannschaft beobachtet – die meisten schienen noch halbe Kinder zu sein, eine Tatsache, die Evan als äußerst beunruhigend empfand – und den engen, schmutzigen Zustand des Zwischendecks gesehen, er hätte zweifellos seine Familie eiligst vom Schiff entfernt.

Vielleicht verurteilte er das Schiff ja voreilig. Er hatte wirklich noch nicht viel davon gesehen. Er hatte ja schließlich seine ganzen vierundzwanzig Stunden an Bord in dieser schrecklichen ranzigen Koje verbracht. Und die Situation sieht immer trostlos aus, wenn man flach auf dem Rücken liegt. Jedenfalls konnte er es sich nicht leisten, sich von den Umständen um ihn herum zu sehr beeindrucken zu lassen. Er seufzte. Mit dieser elenden Schusswunde im Arm würde es so schon schwer genug werden, sein Wort zu halten, das er Fitzgerald gegeben hatte: sich um seine Lieben zu kümmern. Wenn er sich auch noch über die Unterkünfte im Schiff aufregte, würde das alles nur noch schwieriger machen.

Außerdem, ganz gleich wie unattraktiv ihre Umstände an Bord der *Green Flag* waren – sie waren bestimmt bei weitem besser als die Situation, in der sich Fitzgerald jetzt befinden musste.

Die beunruhigende Vorstellung von dem großen Gälen in einer abgelegenen Gefängniszelle in Mayo reichte, um Evan aus seiner Koje zu treiben. Schwankend von dem brennenden Schmerz in seiner Schulter sank er auf unsichere Knie und begann zu beten.

* * *

Zum ersten Mal in seinem Leben war Morgan an einem Ort eingesperrt, wo er nicht den Himmel sehen konnte, wo er nicht die Tür öffnen und als freier Mann davongehen konnte. Weiß Gott, er hatte sich eine Zelle verdient – mehr als einmal, um ehrlich zu sein. Das eigentliche Wunder war, dass er erst jetzt die Folgen seines gesetzlosen und leichtsinnigen Verhaltens tragen musste.

Das Gefängnis von Castlebar war ein elendes Loch, ein dunkler, feuchter Raum, der nach Ungeziefer und ungewaschenen Leibern und jahrelangem Schimmel roch. Eine dreckige Decke, die über eine klumpige Strohmatratze geworfen worden war, diente als Bett, ein Eimer als Toilette. Es gab kein Fenster, keinen Stuhl, keinen Wasserkrug. Das einzige Geräusch war das gelegentliche Trippeln einer Ratte, die von einer Ecke zur anderen lief.

Morgan konnte nicht aufrecht stehen, und er konnte auch nicht mehr als vier lange Schritte von einer Wand zur nächsten machen. Hätte es irgendwelches Mobiliar gegeben, so wäre er darüber gestolpert, denn die Dunkelheit wurde, abgesehen von einer bleichen Kerze draußen auf dem Flur, durch nichts erhellt.

Im Augenblick saß er auf dem Rand der Matratze mit den Ellenbogen auf den Knien und dem Kopf auf die Hände gestützt. Er war weder ganz wach noch schlief er richtig. Sein schlimmer Zahn schmerzte gerade genug, um ihn nicht schlafen zu lassen. Ihm kam in den Sinn, dass eine fragwürdige Ironie darin lag, dass ein Mann von Zahnschmerzen geplagt wurde, wenn er gehängt werden sollte, und er lächelte grimmig in der Dunkelheit.

Er hörte das Klingeln von Schlüsseln und sah ohne wirkliches Interesse auf, als der Gefängniswärter die Tür öffnete und Joseph Mahon eintreten ließ.

„Ich bin gleich vor der Tür, Pater", sagte Cummins, der Gefängniswärter, und wartete, dass der Priester die Zelle betrat.

„Sie müssen nur rufen, wenn Sie mich brauchen. Passen Sie auf bei dem da – er ist groß und durch und durch bösartig."

Mahon trat ganz herein. Seine Arme waren beladen mit einigen Paketen und Morgans Harfe.

„Morgan", sagte er, nickte zum Gruß und trat an das Bett. „Wie geht es dir, Junge? Hier, ich habe dir saubere Kleidung mitgebracht. Und ein paar Sachen aus deinen Satteltaschen. Sie haben gesagt, dass du sie haben kannst."

Im Halbdunkel bemerkte Morgan, was für einen ausgezehrten Eindruck der Priester machte. Sein langes, schmales Gesicht war gezeichnet und eingefallen, sein silbriges Haar zu Spinnweben auf seinem Schädel ausgedünnt. Der Hunger verschonte niemanden, nicht einmal einen Mann Gottes.

Morgan dankte ihm für seine Sachen und legte sie ans Kopfende des Bettes.

„Na, Morgan, was sind denn das für Sachen, die du getan haben sollst? Diesmal sitzt du wirklich in der Klemme."

Morgan klopfte neben sich auf die Matratze, und der andere Mann setzte sich hin. „Aye, ich muss tatsächlich Probleme haben, wenn sie den Priester schicken", sagte er. „Wenn es so schlimm steht, habe ich wohl kaum noch genug Zeit für die Bücher, Joseph."

„Du musst mir gegenüber nicht den *gogeen* spielen, Morgan", sagte der Priester ruhig. „Dafür kennen wir beide uns schon zu lange."

Morgan sah zu Boden. Die unverhüllte Sympathie des Mannes verwirrte ihn.

„Ich kam, um zu sehen, ob du irgendetwas brauchst", sagte Mahon. „Und um dir zu sagen, dass es mir sehr Leid tut um Thomas. Dein Bruder war ein guter Mann, ein wahrhaft guter Mann."

„Was haben sie mit ihm getan? Weißt du es?", fragte Morgan und knackte mit den Knöcheln seiner Hände.

„Sie haben mir erlaubt, an Bord zu gehen und ihm die letzte Ölung zu erteilen. Er sollte dann auf See bestattet werden." Mahon schwieg kurz. „Zusammen mit dem Kavanagh-Burschen – dem jungen Tahg."

Morgan hob den Kopf, um den Priester anzusehen. „Tahg?"

Mahon nickte. „Er starb, noch bevor sie absegelten."

Morgan sah ihn einen Augenblick lang an, legte dann das Gesicht in beide Hände und grub die Finger in seinen Bart. „Oh Gott", flüsterte er. „Oh Gott, wie viele noch?"

„Du hast zumindest die Beruhigung, dass Thomas in einem Zustand der Gnade starb", sagte der Priester.

„Thomas *lebte* in einem Zustand der Gnade", stieß Morgan hervor.

„Aye, mehr als die meisten", bestätigte Mahon.

„Und sieh dir an, was es ihm genutzt hat."

„Wir leben kein gutes Leben, um einen Nutzen davon zu haben, Junge, sondern um unseren Herrn zu ehren. Dein Bruder wäre einer der Ersten gewesen, um das zu bezeugen."

Morgan sagte nichts und entzog sich unwillkürlich dem Priester, als er die Hand ausstreckte, um seinen Arm zu berühren.

„Morgan, du bist ein gequälter Mann. Lass mich dir helfen."

„*Mir helfen?*" Morgan sprang auf. „Und wie? Soll ich vor dir die Beichte ablegen? Ist es das, was du von mir willst?"

„Oh, wenn du das doch nur tätest."

„Du weißt, dass ich nie an diese Methode geglaubt habe."

„Dann beichte deinem *Retter*, Morgan. Du glaubst doch sicher noch an ihn, hoffe ich."

„Willst du damit sagen, dass ich deine Vermittlung *nicht* brauche, Joseph? Das sind seltsame Worte für einen Priester."

„Verhöhne mich nicht, Morgan. Ich kam nur, um zu helfen und dir zu sagen, was aus deinem Bruder geworden ist."

Morgan öffnete seine Fäuste und breitete seine Hände auf den Knien aus. „Aye, das weiß ich", sagte er seufzend. „Und es war sehr freundlich von dir zu kommen, Joseph. Du bist ein guter Mann. Du hast viel für meine Familie und für das Dorf getan."

„Morgan, es ist dir und meinen Leuten kein Geheimnis, dass ich selbst ab und an gewisse Lehrsätze der Kirche in Frage gestellt habe. Ich war nie jemand, der gesagt hätte, dass jedes Wort, das aus Rom an uns weitergereicht wurde, gottgegeben ist."

„Das stimmt. Ich glaube, du bist genauso ein Abtrünniger des geistlichen Standes, wie ich einer des Gesetzes bin."

In Wirklichkeit bewunderte er den schlanken alternden Priester. Der Mann hatte sich Jahr für Jahr für die Dorfbewohner verausgabt, sich selbst völlig verbraucht, nie geklagt und absolut nichts dafür erhalten, außer, dass er jetzt vom Alter gebeugt war und ab und an einen Kuss auf die Hand erhielt.

„Nun denn, lehne die Kirche ab, wenn du nicht anders kannst, aber um deiner Seele willen, Junge, lehne nicht unseren Herrn ab. Er weiß, was er vorhat, auch wenn wir es nicht verstehen können."

Morgan, der nicht bereit war, sich einer theologischen Diskussion zu unterziehen, ignorierte die Warnung des Priesters. „Hast du die anderen gesehen, als du an Bord gegangen bist, Joseph? Die Kinder von Thomas ... Nora?"

Mahon schüttelte den Kopf.

„Mach dir keine Illusionen über das, was ich getan habe, Joseph. Ich bin durchgedreht und nichts anderes. Ich hätte George Cotter umgebracht, selbst wenn er meinen Bruder nicht erschossen hätte. Sehr wahrscheinlich hätte ich ihn sogar getötet, selbst wenn er kein Gewehr gehabt hätte. Und zweifellos hätte ich den armen alten Macken auch um die Ecke gebracht, hätten sie mich nicht rechtzeitig von ihm weggezogen." Er rieb seinen Kiefer, um die Zahnschmerzen zu beruhigen, und fuhr fort: „Nein, die Wahrheit ist, dass in mir etwas losgebrochen ist und mich verändert hat, so dass ich mehr Tier als Mensch war.

Aber bitte mich nicht, Buße zu tun, weil ich den Verwalter getötet habe. Gott selbst könnte mich nicht davon überzeugen, dass George Cotter es verdiente, zu leben."

Mahon rang die Hände und studierte sein Gesicht. „Es liegt nicht bei uns, das zu entscheiden, Morgan. Wir können nicht erkennen, warum Gott einigen das Leben gibt und es anderen wegnimmt. Aber eines weiß ich: Da ist ein ganzer Brunnen des Hasses und der Bitterkeit in dir, Junge, der geleert werden muss, wenn du jemals deinen Weg zum Herrn zurückfinden willst." Er holte erschüttert Luft. „Morgan ... du weißt, dass sie dich hängen werden."

Morgan sah ihn an. „Aye, das werden sie."

Mahon schien von seiner Direktheit verwirrt. „Du darfst nicht mit all diesem Hass in deiner Seele sterben, Morgan, und mit solcher ... Gesetzlosigkeit, solcher Sünde. Bitte, lass mich wenigstens mit dir beten."

Morgan sah etwas im Gesicht des Priesters, das er in wenigen anderen gesehen hatte: ein reines, selbstloses Mitleid und Sorge um andere Menschen. Es hätte ihn bewegen sollen, aber es machte ihn tatsächlich nur traurig. „Verschwende deine Bemühungen nicht an mich, Joseph", sagte er und wandte dem anderen Mann den Rücken zu. „Es gibt zu viele andere im Dorf, die dich brauchen. Spare das, was du noch an Kraft hast, für sie auf. Ich verdiene es, gehängt zu werden, und wir beide wissen, dass es nicht verhindert werden kann."

Mahons leise Worte hinter ihm klangen unerwartet streng. „Lass den Tod deines Bruders nicht umsonst sein, Morgan! Und was noch schlimmer wäre, lass nicht den Tod deines *Retters* umsonst sein."

Morgan spürte, wie ein Muskel bei seinem rechten Auge zuckte. Als er sich umdrehte, war der Priester aufgestanden und beobachtete ihn.

„Erkläre mir, was du damit meinst, Joseph."

„Thomas hat dich bis zur Verzweiflung geliebt, Morgan“, sagte der andere Mann fest. „Er hat sich gequält wegen dir – wegen deiner Seele. Der Mann hat buchstäblich die Pforten des Himmels gestürmt, damit du in Gottes Arme zurückkehrst, immer und immer wieder, Jahr für Jahr, und niemals eingeräumt, dass seine Anstrengungen vielleicht umsonst sein könnten. Und am Ende ...“ Mahon schwieg kurz, aber sein Blick blieb die ganze Zeit fest. „Am Ende starb er, damit du leben würdest. Ich meine, dass du dem ehrenvollen Andenken von Thomas zumindest ein Gebet für dich schuldest.“

Ärgerlich über das Eindringen des Mannes in seinen Schmerz runzelte Morgan die Stirn und öffnete den Mund, um eine scharfe Antwort zu geben.

Aber der Priester beachtete ihn nicht. „Gütiger Gott, Junge, verstehst du nicht, selbst jetzt noch nicht? Der selbstlose Tod deines Bruders, das Opfer unseres Retters am Kreuz – sie waren beide für *dich*. Thomas starb, um dein Fleisch zu retten, aber unser Herr starb, um deine Seele zu retten. Morgan, Morgan“, sagte der Priester und schüttelte traurig den Kopf, „du hast ihm einst gehört. Warum hast du dich all diese Jahre von ihm abgewandt? Lass das letzte Geschenk von Thomas dein Weg zurück zum Heiland werden!“

Morgan verhärtete sich, um den Sturm von Gefühlen, die an sein Herz hämmerten, abzuwehren. Der Schmerz, der in seinem Kiefer pochte, war ihm mehr denn je bewusst. Wieder wandte er dem anderen Mann den Rücken zu. „Das steht für mich nicht zur Diskussion, Joseph“, sagte er unsicher. „Ich weiß, was du damit erreichen willst, und ich weiß, dass du es gut meinst. Aber bitte lass mich allein. Bitte.“

Einen Augenblick lang war es still in der Zelle. Dann war das scharrende Geräusch von Mahons müden Schritten auf dem Steinboden zu hören, als er kam und sich neben ihn stellte. „Dann werde ich gehen, Morgan. Aber du sollst wissen, dass ich alles mir Mögliche versuchen werde, um die Meinung einiger Leute zu ändern. Ich werde noch heute gehen und mit den Behörden sprechen."

Morgans Antwort war eine entfernte Andeutung eines verstehenden Lächelns. Schließlich drückte der Priester leicht seinen Arm, zögerte aber noch kurz, bevor er den Wärter rief.

„Ich werde kommen, wenn du mich brauchst, Morgan. Sei es Nacht oder Tag, ich werde kommen. Du musst mich nur rufen lassen."

Morgan nickte kurz und wartete, bis der Priester gegangen war. Dann durchquerte er den Raum und ließ sich auf die Matratze sinken. Er begann, sinnlos die Pakete zu befingern, die Mahon mitgebracht hatte: ein paar abgewetzte Bücher, ein Stapel Gedichte und Artikel für *The Nation*, ein sauberes Hemd und eine Hose. Zuletzt erreichte seine Hand die Harfe. Er hob sie hoch, legte sie auf seinen Schoß und saß lange so da und starrte sie an.

Schließlich verzog sich sein Gesicht vor Schmerz und Wut, und er begann, an den Saiten zu zerren. Eine nach der anderen zog er sie heraus, bis sie alle zerbrochen herumhingen.

Dann stand er auf, und mit einem gequälten Schrei, der aus seinem tiefsten Innersten emporstieg, gab er dem nutzlosen Instrument einen heftigen Stoß und warf es gegen die Steinwand der Zelle. Es fiel mit einem stimmlosen dumpfen Aufschlag zu Boden.

# 28. Veränderungen und Herausforderungen

*Oh ihr weisen Männer, erklärt mir doch dies:*
*Was ist, wenn der Traum sich erfüllt?*
*Was ist, wenn der Traum sich erfüllt? Und wenn Millionen*
*Ungeborener in dem Haus wohnen werden, das ich baute in*
*meinem Herzen ...?*
Padraic Pearse (1879 – 1916)

*New York City*

Michael Burke stand und betrachtete sein Spiegelbild im Schlafzimmerspiegel – eine Angewohnheit, die er normalerweise nicht pflegte. Aber in letzter Zeit war ihm sein Aussehen zunehmend wichtiger geworden.

Zu den seltsamsten Zeiten und an den unpassendsten Stellen ertappte er sich dabei, wie er versuchte abzuschätzen, wie sehr er sich in den letzten siebzehn Jahren wohl verändert hatte. Die Erkenntnis, dass die Sorge um sein Aussehen, die er in letzter Zeit an den Tag legte, nur von der beunruhigenden Frage herrührte, wie er nach so langer Zeit auf Nora wirken mochte, machte ihn verlegen und ließ ihn ständig mit sich selbst ungeduldig sein.

Heute Morgen war er weder zufrieden noch unzufrieden mit dem Bild, das ihn aus dem Spiegel ansah, nur besorgt. Er musste seine Runde machen, Schweine von den Straßen der Stadt verjagen und jeden Tag mindestens ein Bandenmitglied aufstöbern, und das hatte ihn gesund und schlank genug gehalten. Und es hatte mehr als nur einen Vorteil, kein Trinker zu sein:

Seine Taille war noch genauso gut proportioniert wie an dem Tag, als er aus der Bucht von Killala gesegelt war.

Ein paar Falten im Gesicht ließen sich nicht leugnen. Die meisten davon verliefen um den Mund herum, der, Eileens Meinung nach, schon immer bestenfalls nur ein wenig hart gewesen war. Na ja, zumindest sein Haar war immer noch dicht und schwarz, wenn in der letzten Zeit auch hier und da ein wenig Silber hervorzublitzen begann.

Er beugte sich ein wenig dichter zum Spiegel, um sein Gesicht genauer zu untersuchen. Nach Eileens Tod hatte er überlegt, ob er sich nicht einen Bart wachsen lassen sollte oder doch zumindest einen Schnurrbart. Jetzt entschied er, dass er besser glatt rasiert bliebe – zumindest, bis Nora eine Chance hatte, sich wieder an ihn zu gewöhnen.

*Wenn sie käme.*

Aber im Augenblick wollte er nicht darüber nachgrübeln, ob sie die Reise nach Amerika nun antreten würde oder nicht, und so begann er, sich die Haare zu kämmen. Das Zimmer, das vom Spiegel reflektiert wurde, fesselte seine Aufmerksamkeit. Es war ein kleiner Raum, zu klein und völlig trist. Eileen hatte es irgendwie geschafft, ihn mit Farbe und Frische zu füllen, aber ihr fröhlicher Einfluss war schon lange verblasst. Er hatte seit ihrem Tod nichts verändert, und doch schien der Raum überhaupt nicht mehr derselbe zu sein. Die gerüschten Vorhänge und Kissen, die sie gemacht hatte, die Tagesdecke, die sie wattiert hatte, das raue Kiefernholz, das sie treu gewachst hatte – es war alles noch dasselbe und doch völlig anders. Das eiserne Bettgestell konnte eine Politur vertragen, der Frisiertisch war zerkratzt und matt, und die Vorhänge hingen so schlaff wie der Schwanz einer Kuh an einem heißen Sommertag.

Er runzelte die Stirn über sich selbst und das Schlafzimmer im Spiegel. Es war ein verblasster, glanzloser Raum, der dringend der Hand einer Frau bedurfte.

*Und ich bin ganz genauso geworden,* dachte er. *Ein verblichener, glanzloser Mann, der dringend eine Frau braucht.*

Er trat vom Spiegel zurück und stellte sich an das Fenster. Wenn Nora käme, dann war es sehr gut möglich, dass sie jetzt schon unterwegs war. Nach dem, was der Bote gesagt hatte, der gekommen war, um seine Antwort an Morgan abzuholen, sollte das Schiff irgendwann Ende März von Killala absegeln. Wenn das so wäre, könnten sie schon Ende April oder Anfang Mai in New York ankommen. Sie würden mindestens fünf Wochen brauchen, vielleicht auch länger. Das hing davon ab, was für ein Schiff und was für Wetter sie hatten. Von einigen Paketen hieß es, sie hätten nur ganze dreißig Tage für die Überfahrt gebraucht. Seine eigene Reise hatte beinahe sechs Wochen gedauert. Aber weil er seekrank gewesen war, war sie ihm weitaus länger vorgekommen. Es war eine miserable Zeit gewesen – trotz seiner jugendlichen Begeisterung für das Abenteuer, das vor ihm lag.

Falls Nora sich nicht sehr verändert hätte, bezweifelte er, dass sie begeistert sein würde. Eher ängstlich. Vielleicht sogar ärgerlich darüber, dass sie ihr eigenes Irland verlassen musste, um in ein fremdes Land zu ziehen, aber nicht begeistert. Nora war noch nie ein großer Freund von Abenteuern oder Veränderungen gewesen, hatte immer gezögert, wenn es darum ging, sich an das Unbekannte zu wagen.

Warum war er dann so dumm, zu glauben, sie würde ihn heiraten?

Vielleicht, weil er es so wollte – auf selbstsüchtige Weise wollte, um seine Leere zu füllen, seine Einsamkeit zu lindern. Aber er *konnte* ihr und ihren Jungen schließlich helfen. Die Wohnung war vielleicht nichts Großartiges, aber sie *musste* einfach besser sein als das, was sie von Killala gewohnt war. Er kannte die Hütten im Dorf gut genug: Selbst die besten von ihnen prahlten nur mit einem Boden aus Erde, geflickten Fenstern und einem Torffeuer. Außerdem, jetzt, wo er das Versprechen einer

Beförderung hatte, würde er sich vielleicht schon bald eine bessere Wohnung in einem besseren Viertel leisten können. Nur weil er im sechsten Bezirk arbeitete, musste er ja nicht auch noch dort wohnen, nicht für immer, schon gar nicht mit einer Frau und einer Familie.

Bis zu diesem Augenblick hatte er vor sich selbst nicht zugegeben, wie sehr er sich *wünschte,* dass sie käme, wie sehr er sich darauf freute. Und es war keine Erwartung, wie er sie für *irgendeine* Frau empfunden hätte. Nein, es war *Nora,* an die er ständig denken musste, die scheue Nora aus Killala, nach der er sich sehnte.

*Oh Herr, wenn sie auf diesem Schiff ist, bring sie sicher zu mir. Es ist im besten Fall eine schreckliche Reise, und für ein scheues Mädchen wie Nora wird es eine Qual sein. Gib ihr den Mut, zu gehen, Herr, und dann gib ihr das Durchhaltevermögen, die Überfahrt zu überstehen. Ich verspreche, ich werde gut zu ihr sein ... Ich werde tun, was ich kann, damit sie froh ist, gekommen zu sein ...*

„Pa?"

Die Schlafzimmertür flog auf, als Tierney in den Raum stürmte. Michael seufzte. Der Junge schien nie normal zu gehen, immer nur zu laufen, zu springen oder zu traben; ja, manchmal schien er zu fliegen.

„Ich dachte, wir hätten uns neulich darüber unterhalten, dass man anklopft, bevor man bei einem anderen ins Zimmer stürzt", sagte Michael. Er musste sich zu einem Stirnrunzeln zwingen, denn an diesem Morgen war er zu gut gelaunt, um wirklich streng zu sein.

Sein Sohn grinste ihn an, als spüre er seine gute Laune. „Reg dich nicht auf, Pa. Sobald deine Nora da ist, verspreche ich, anzuklopfen, bevor ich ins Schlafzimmer stürze."

Jetzt runzelte Michael *wirklich* die Stirn. „Das reicht, Tierney! Sei nicht frech. Außerdem: sie ist nicht ‚meine Nora'!"

„Noch nicht", gab Tierney zurück. Er grinste immer noch und

ließ sich aufs Bett fallen. „Was meinst du – glaubst du, sie kommen?"

„Das kann man nicht so genau sagen."

„Aber du glaubst doch, dass Nora dich heiraten wird, wenn sie kommen, oder?"

Michael, dem die prüfenden Fragen des Jungen unbehaglich waren, drehte sich zum Spiegel und tat so, als richte er seinen Kragen. „Und woher, bitte schön, soll ich die Antwort auf solch eine dumme Frage wissen? Kein Mann kann sagen, was eine Frau tun wird."

„Mmm. Na, ich hoffe, sie kommen. Und ich hoffe, sie heiratet dich. Aber eigentlich bin ich mir sicher, dass sie es tun wird. Schließlich weiß sie ja schon, was für ein prima Kerl du bist."

Erfreut lächelte sich Michael im Spiegel an und drehte sich dann um. „Meinst du das wirklich so, Tierney? Du *willst*, dass sie kommen?"

„Natürlich will ich das, Pa. Das habe ich dir doch schon gesagt. Es wäre großartig! Du hättest eine Frau und ich einen Bruder. Na, vielleicht keinen Bruder", sagte er und verschränkte die Arme über seiner Brust, „aber doch zumindest einen Freund aus Irland. Ich kann es gar nicht abwarten, ihm alle möglichen Fragen zu stellen!"

„Nora hat zwei Söhne, Tierney", erinnerte Michael ihn.

„Oh, ich weiß", unterbrach ihn der Junge schnell. „Das mit dem älteren ist zu traurig. Er muss sehr krank sein."

Michael schüttelte den Kopf. „Aye, es klingt so. Aber wir können weiter für den Jungen beten, weißt du."

„Sicher, Pa. Hör zu, ich habe gute Nachrichten!" Er stand auf, und Michael sah jetzt, dass ihm vor Aufregung die Glut ins Gesicht gestiegen war. „Ich soll eine Gehaltserhöhung bekommen, ab nächster Woche. Das wird eine Hilfe sein, wenn wir eine neue Familie bekommen, nicht wahr?"

„Oh, das ist schön, Junge, das ist schön", sagte Michael und ging zur anderen Seite des Zimmers, um das Bett zu machen. „Kannst du mir hier mal helfen? Und bevor du mir mehr über die Gehaltserhöhung erzählst, möchte ich gerne wissen, warum du gestern Abend so spät nach Hause gekommen bist.“

Tierney berichtete, während er arbeitete. „Mr Walsh hielt mich auf und bat mich, ein wenig länger zu bleiben – bei der Gelegenheit habe ich von der Gehaltserhöhung erfahren.“

„Walsh selbst hat mit dir gesprochen? Ist das nicht ein bisschen ungewöhnlich?“

Tierney warf auf seiner Seite die Tagesdecke hoch und glättete dann die Kissen. Dann ging er hinüber zur Kommode, nahm die Zeitung vom Vortage auf, rollte sie zusammen und begann, mit ihr leicht auf seine Handfläche zu klopfen. „Er meinte, er sei mit meiner Arbeit zufrieden – *sehr* zufrieden, wie er sagte. Also soll ich ab nächster Woche bis elf Uhr abends am Empfang arbeiten.“

Michael richtete sich auf und runzelte die Stirn. „Das ist zu spät für dich, um noch unterwegs zu sein, Tierney. Viel zu spät. Du musst deine Hausaufgaben machen, und du brauchst auch deinen Schlaf. Außerdem, was denkt sich der Mann eigentlich dabei, einem Jungen in deinem Alter einen so verantwortungsvollen Posten zu geben?“

„Er weiß, dass ich es tun kann“, sagte Tierney. Das Blut stieg ihm in die Wangen, und er schlug etwas fester mit der Zeitung in seine Hand. „Er vertraut mir, weißt du.“

Dagegen konnte Michael nichts sagen, jedenfalls nicht mit gutem Gewissen. Tierney *war* verantwortungsbewusst, zumindest, wenn es um seine Arbeit ging.

Der Junge hatte schon immer älter gewirkt, als er wirklich war. Manchmal machte sich Michael Sorgen wegen dieser Reife, denn er wollte eine normale Kindheit für seinen Sohn. Sehr wahrscheinlich hatte Walsh dieselbe Reife gesehen, und das konnte er dem Mann kaum ankreiden. Es ging nicht an, dass der Junge glaubte, er kritisiere ihn wegen seiner Zuverlässigkeit.

„Tierney, versteh mich richtig, Junge. Ich bin froh, dass Mr Walsh so viel von dir hält, aber ...“

„Ach komm, Pa“, unterbrach ihn der Junge und warf die Zeitung zurück auf die Kommode. „Du weißt, dass ich nicht so lange lernen muss, um gute Noten zu bekommen. Und selbst wenn ich es müsste, hätte die Stelle noch einen weiteren Vorteil: Ich kann mich um den Empfang kümmern und gleichzeitig lernen. Das hat Mr Walsh gesagt. Er meinte, solange ich den Empfang nicht vernachlässige, kann ich tun, was ich möchte.“

„Tierney ...“ Michael unterbrach sich, unsicher, wie er seine Vorbehalte formulieren sollte. „Ich meine, natürlich ist es großartig, dass du dich so bewährt hast, und ich bin stolz darauf, dass man dich so schätzt. Es ist nur – ich möchte nicht, dass du einen zu engen Kontakt mit Patrick Walsh bekommst. Es wird viel über den Mann geredet, und nicht nur Gutes. Das habe ich dir schon einmal gesagt. Mir sind zu oft Zweifel über die Art seiner Geschäfte zu Ohren gekommen – Zweifel an ihrer Rechtmäßigkeit.“

Tierney sah missmutig drein. „Du hast mir auch gesagt, ich solle nie auf Klatsch hören“, stieß er hervor. „Und ich werde mir das Gerede über Mr Walsh *nicht anhören*. Das ist doch nur Neid. Er ist klug und ehrgeizig, und er behandelt seine Leute gut. Das ist mehr, als man von den meisten anderen feinen Leuten in der Stadt sagen kann.“

„Das mag ja stimmen“, gab Michael zurück, „aber du musst zugeben, dass es eine absolut Ausnahme ist, dass sich ein Ire in New York überhaupt einen Namen macht, und erst recht, wenn er es innerhalb weniger Jahre tut, wie es bei Walsh der Fall ist. Ich will ja nur sagen, dass du auf der Hut sein sollst, das ist alles.“

Tierneys flüchtiges Nicken zeigte Michael, dass er seine Warnung nicht länger behalten würde, als er brauchte, um sie zu wiederholen. „Sicher, Pa, ich werde vorsichtig sein. Ich versichere dir, du musst dir wegen Mr Walsh keine Gedanken machen. Aber rate mal, was noch: Ich habe ihm von Thomas Fitzgerald erzählt, dass er eine Stelle und eine Wohnung brauchen wird, und er sagte, wenn er auch nur irgendwelche Fähigkeiten als Gärtner hat, hätte er vielleicht eine Stelle für ihn. Der Mann, den er jetzt hat, geht nächsten Monat nach Westen. Er wird also einen Ersatz für ihn brauchen. Er hat sogar ein Häuschen für den Gärtner auf dem Gelände – er hat ein großes Anwesen auf Staten Island, weißt du. Und das ist noch nicht alles", fuhr der Junge fort, und die Worte sprudelten in einem atemlosen Strom aus seinem Mund. „Er hat mir auch gesagt, dass er, wenn ich will, manchmal am Samstag zusätzliche Aufgaben für mich hat, oben in seinem Haus. Gelegenheitsarbeiten, sagt er, aber er wird mich gut bezahlen."

Michael betrachtete seinen Sohn mit besorgten Augen. Etwas an Patrick Walshs Großzügigkeit störte ihn. Iren in New York gehörten beinahe ausnahmslos zu einer von zwei Kategorien: Entweder blieben sie arbeitslos, oder sie hatten unterbezahlte, unattraktive Arbeiten, die „ehrbare" Bürger nicht anrühren wollten. Dennoch hatte es Patrick Walsh geschafft, innerhalb weniger Jahre ein wohlhabender, erfolgreicher Geschäftsmann zu werden. Er besaß mindestens ein halbes Dutzend Pensionen in der Nähe des Hafens und in anderen Billig-Wohnvierteln sowie ein paar schönere Hotels weiter oben in den Villenvierteln. Niemand konnte sagen, wie viele Bars und Gastwirtschaften dem Mann gehörten, oder schlau daraus werden, wie er sich in das politische Establishment in Tammany Hall eingeschleust hatte. Die Tatsache, dass Walsh Reichtum, Einfluss und Ansehen zu genießen schien – alles Dinge, die für die Iren in New York ungewöhnlich waren – machte ihn in Michaels Augen sofort verdächtig.

Andererseits wollte er dem Jungen die guten Neuigkeiten nur sehr ungern verderben. „Vergiss nur nicht, was ich dir gesagt habe, Tierney – sei auf der Hut. Die Dinge – und die Menschen – sind oft anders, als sie auf den ersten Blick zu sein scheinen. Aber nun denn“, sagte er und schob seine Hände tief in die Taschen, „jetzt habe ich Neuigkeiten für *dich*. Es sieht so aus, als solle ich zum stellvertretenden Captain befördert werden.“

Tierney durchquerte mit drei großen Schritten den Raum und ergriff Michael bei den Schultern. „Aber das ist ja großartig! Weißt du, ob es schon endgültig feststeht?“

„Nun, nichts steht fest, bevor es nicht offiziell angekündigt wird, aber Captain Hart sagte, ich solle damit rechnen.“

„Und du verdienst es! Du bist einer ihrer besten Männer, und es wurde Zeit, dass sie es merken!“

Überrascht über diese seltene Bestätigung von seinem Sohn strahlte Michael ihn an. „Demnach sieht es so aus, als bekämen wir beide eine Gehaltserhöhung. Vielleicht ist das ein Zeichen vom Herrn, dass wir tatsächlich unsere Familie vergrößern werden.“

„Könnte sein, Pa, könnte sein“, sagte Tierney lässig und fiel wieder in seine übliche unverbindliche Art zurück. Er ging zum Spiegel, um sein Aussehen zu kontrollieren. „Über diese Sachen weißt du mehr als ich.“ Er ging zur Tür. „Ich muss los, oder ich komme zu spät. Gehst du jetzt auch?“

„Noch nicht, aber bald. Ich muss heute etwas früher da sein. Price und ich sollen einige Damen von einer dieser Wohltätigkeitsorganisationen am späten Vormittag durch Five Points begleiten.“

Tierney verzog das Gesicht, und Michael nickte zustimmend. Der Gedanke daran reichte, um seine gute Laune zu dämpfen. Wie jeder andere Polizist in der Truppe fürchtete er das berüchtigte Elendsviertel Five Points wie kaum etwas anderes.

„Warum in aller Welt sollte sich eine Gruppe reicher alter Damen *dorthin* wagen wollen?“

„Nun, bei einigen ist es natürlich fast ausschließlich Neugier“, antwortete Michael und folgte ihm aus dem Schlafzimmer. „Andere haben, wie ich annehme, wirklich die Absicht, zu helfen, wollen aber sehen, wo ihr Geld bleiben wird, bevor sie sich in irgendeiner Weise verpflichten.“

Tierney grunzte leise missbilligend. „Ich bezweifle, dass sie das, was sie sehen, mögen werden.“

„Ihre Absichten sind höchstwahrscheinlich ausgezeichnet“, erwiderte Michael mit einem Seufzer, ging zum Herd und setzte Wasser für den Tee auf. „Aber sie haben keine Ahnung – wirklich absolut keine Ahnung –, worauf sie sich einlassen.“

„Ich wette, sie bleiben nicht sehr lange, sobald sie den Ort aus der Nähe sehen. Ich gehe jetzt, Pa.“

Michael drehte sich um und beobachtete ihn, wie er in seine Jacke schlüpfte. „Denk dran, sei heute Abend pünktlich. Ich werde auf dem Heimweg etwas Schweinefleisch holen, und wir werden zur Abwechslung mal ein richtiges Essen machen.“

„Gut.“ Tierney war schon halb aus der Tür, als er stehen blieb und sich noch einmal umdrehte. „Sag mal, Pa, ich habe mich gefragt, ob du schon darüber nachgedacht hast, wo wir all diese Leute unterbringen werden, wenn sie hier ankommen. Es sind schließlich ziemlich viele.“

Michael sah ihn an, zuckte dann mit den Schultern und lächelte etwas lahm. „Aye, ich habe schon *sehr oft* darüber nachgedacht, aber bisher habe ich auch noch keine Lösung gefunden.“

„Oh, na, wir werden schon noch eine finden. Die Jungen können bei mir schlafen, und du und Nora, ihr werdet natürlich ein gemeinsames Zimmer haben –“ Er hielt inne und warf Michael ein verwegenes Lächeln zu. „Das heißt, sobald ihr verheiratet seid.“ Bevor Michael irgendetwas sagen konnte, fuhr er mit wahrer Unschuldsmiene fort: „Wir wollen hoffen, dass Thomas Fitzgerald und seine Familie bald eine Bleibe finden – sonst wird es hier ein wenig überfüllt sein.“

Er winkte und schoss aus der Tür. Michael starrte hinter ihm her.

* * *

Michael trug seinen Tee zum Küchentisch und sank auf einen Stuhl. Er sah sich im Zimmer um. Der Junge hatte Recht, und er hatte wegen dieser Frage schon ein oder zwei schlaflose Nächte verbracht.

Wo würde er all diese Leute unterbringen, wenn sie kämen? Besonders Thomas mit seinem kleinen Jungen und den Mädels?

Tierney schien sich darauf zu freuen, sein Zimmer mit Noras Jungen zu teilen, wenn es auch äußerst eng in dem winzigen Zimmerchen werden würde. Und Nora ...

Er bemerkte, dass er im Moment ungern über Nora nachdachte. Höchstwahrscheinlich würde sie eine ganze Weile eine Heirat nicht einmal in Betracht ziehen. Sie war immerhin erst seit wenigen Monaten verwitwet. Und selbst wenn sie sofort heiraten sollten, und sei es auch nur um des Anstands willen, durfte er sich nicht einbilden, dass sie sofort zu ehelichen Intimitäten bereit wäre. Sie kannten sich ja gar nicht mehr. Alles, was über eine Eheschließung auf dem Papier hinausging, war für eine lange, lange Zeit sehr unwahrscheinlich. Er war sich nicht ganz sicher, wie seine Gefühle in dieser Hinsicht waren, und er war auch nicht bereit, darüber nachzudenken.

In der Zwischenzeit stand er immer noch vor dem Problem, in einer Drei-Zimmer-Wohnung Platz für ganze sieben zusätzliche Bewohner zu schaffen. Die Iren in New York waren es gewohnt, auf engem Raum zusammenzuleben – oft hatte Michael sogar sechs oder sieben Familien in einem Zimmer leben sehen. Aber er hätte ihnen gerne ein bisschen mehr gegeben als nur ein Dach über dem Kopf und einen Platz zum Schlafen und Essen.

Sein Herz begann wieder zu rasen, etwas, was ihm in letzter Zeit öfter passierte. Sorgen, vermutete er. Sorgen und Nervosität und vielleicht sogar ein kleines bisschen Angst. Es sah so aus, als würden einige bedeutende Veränderungen auf ihn zukommen.

Er fuhr sich mit beiden Händen über das Gesicht, stützte sich dann mit den Ellbogen auf den Tisch und legte den Kopf auf seine gefalteten Hände.

*Das Einzige, was ich tun kann, ist, dir zu vertrauen, Herr – vertrauen und das bisschen, was ich habe, den anderen zur Verfügung stellen. Ich weiß, du wirst uns eine Lösung geben, Herr, und zwar so, wie es am besten ist. Deshalb hilf mir bitte, mit dem Sorgen aufzuhören und ein wenig mehr Vertrauen in deine Vorsorge zu zeigen.*

# 29. Ein Besuch in Five Points

*Sie werden in jenes ferne Land*
*eine Träne im Auge tragen.*
*Und einige bleiben ohne Trost –*
*ihre Tage ein endloser Seufzer.*
Ethna Carbery (1866 – 1902)

Die Damen, die sich unter dem Schutz von Michael Burke und Denny Price befanden, hatten bisher eine gute Figur gemacht. Sie hatten ihr Grauen unterdrückt und ihr Entsetzen in Schranken gehalten. Aber Michael wusste aus vergangenen Erfahrungen, dass ihre mühsam errungene Beherrschung den nächsten Halt auf ihrer Tour nicht überleben würde. Er konnte nur hoffen, dass eine von ihnen etwas Riechsalz mitgebracht hatte.

Dies war mindestens die fünfte Gruppe von Damen der besseren Gesellschaft, die er durch die Gossen und Dachkammern von Five Points begleitete. Er nahm an, ihnen war noch nie der Gedanke gekommen, dass einige von den besten Polizisten in New York vielleicht noch ein paar andere Dinge zu tun hatten, als private Führungen durch das schlimmste Elendsviertel der Stadt zu unternehmen. Offensichtlich war dieser Gedanke Chief Matsell und Major Brady ebenfalls entgangen. Ansonsten wäre dieser Unfug schon lange verhindert worden.

Das Ergebnis dieser törichten Ausflüge war immer dasselbe. Es kam nie mehr dabei heraus, als dass das Zartgefühl einiger Leute gekränkt war. Mindestens zwei würden in Ohnmacht fallen, und ein frischer Eindruck der Hoffnungslosigkeit würde die wohlmeinenden Damen davon überzeugen, dass sie wenig für die armen Schlucker, die in Five Points in der Falle saßen, tun konnten – außer natürlich, sie wären rein zufällig bereit, den Rest ihres Lebens und einen beachtlichen Brocken ihres

Reichtums zu investieren, um der ganzen Bevölkerung einen völlig neuen Lebensstil zu vermitteln. Jene, die den Bezirk am besten kannten – seine Einwohner, die Polizei und ein paar Priester – würden sofort darin übereinstimmen, dass nur ein hingebungsvolles Team von Leuten mit starkem Herzen und sogar noch stärkerem Rückgrat jemals hoffen konnte, hier auch nur die geringste Veränderung zu erreichen.

Das heutige halbe Dutzend Damen hatte bisher nur die Randbezirke des berüchtigten Elendsviertels gesehen, aber schon jetzt hatten sie anhalten müssen, um all ihren Mut zusammenzunehmen, bevor sie weitergehen konnten. Michael, der sie beobachtete, musste zugeben, dass sich diese Gruppe ein wenig von den meisten anderen unterschied – sie waren aufmerksamer, weniger leichtfertig und, wie er meinte, wirklich niedergeschlagen von dem Elend, das ihnen begegnete.

Im Augenblick standen sie um Denny Price gedrängt, der sein Bestes tat, um sie mit etwas irischem Charme und oberflächlichen Beruhigungen zu stärken. Denny war wirklich ein Charmeur. Er sah gut genug aus, dass ihm die Frauen nicht widerstehen konnten, und seine Intelligenz stand seinem Aussehen in nichts nach. Dies jedoch war eine von jenen Gelegenheiten, wo Michael den Charme seines Partner irgendwie als fadenscheinig empfand, und die lächelnden Reaktionen der Frauen waren ein wenig schrill. Five Points hatte jedes Mal eine negative Auswirkung auf seine Gemütsverfassung.

Michael lehnte sich an einen Holzzaun, und sein strenger Blick schweifte von den Frauen ab, lange genug, um die Gegend, in der so viele seiner Landsleute in ständigem Elend lebten, zu überfliegen. Obwohl der Bezirk auch von Flüchtlingen aus anderen Ländern bewohnt wurde, machten die Iren den Hauptanteil der Bewohner aus. Ja, es schien – wenn man von den Polizeitruppen einmal absah – der einzige Ort in New York zu sein, wo die Iren durchaus willkommen waren.

Die strahlende Morgensonne trug nicht dazu bei, die düstere Stimmung des Elendsviertels zu verbergen. Michael wunderte sich tatsächlich, dass die Sonne überhaupt in Five Points schien. Ihre trügerische, fröhliche Wärme konnte einen fast dazu verführen, zu glauben, dies sei einfach eine weitere Wohngegend, die ihren Anteil an guten und bösen Einwohnern hatte, die den normalen Alltagsgeschäften nachgingen.

Michael wusste es besser. Five Points war ein abscheulicher Ort, möglicherweise der Wohnort von mehr Laster und Elend als irgendein anderer Ort auf der Welt. Bestimmt mussten selbst die reinigenden, gesunden Strahlen der Sonne sterben, sobald sie die verseuchte Seele des Slums berührten.

Es war nicht immer so gewesen. Der Bezirk, der sich am Rand eines seichten, sumpfigen Teiches befand, war bis 1820 eine recht achtbare Wohngegend gewesen. Aber bei der Vorbereitung des Untergrundes war die Erde nicht ordnungsgemäß festgestampft worden, und allmählich begannen die Gebäude, in den Sumpf zu sinken. Ihre Türen rissen aus den Angeln, ihre Fassaden zerbröckelten. Die ehrbareren Familien zogen in bessere Stadtteile um, und die mittellosen Iren zogen ein. Der gesamte Bezirk war schon vor langer Zeit zu einer Brutstätte der Trunkenheit, des Verbrechens und der Verderbtheit verkommen.

Five Points hatte seinen Namen wegen der fünf Straßen erhalten, die alle in das Zentrum mündeten. Das Elendsviertel lag nur einen kurzen Fußmarsch vom Broadway entfernt, einem Zentrum von Reichtum und Eleganz, und nur ein kleines Stück weiter war das Rathaus. Michael konnte von dort, wo er stand, direkt auf den kleinen dreieckigen Platz im Zentrum sehen, wo die Straßen zusammenliefen. Es war ein parkähnlicher Platz mit dem zweifelhaften Namen „Paradiesplatz“. Dort hatten sich die Damen seiner Gruppe versammelt und warfen unsichere Blicke auf ihre Umgebung.

Es gab keinen versöhnenden Zug an Five Points, keinen einzigen. Es war ein Labyrinth aus baufälligen, verfallenen Gebäuden mit geflickten und zerbrochenen Fenstern. Das geschäftliche Leben bestand ausschließlich aus Kneipen und Bordellen. Aber davon gab es mehr als genug. Die Gegend wurde bewohnt von brutalen Männern mit tückischen Augen, elenden, niedergedrückten Frauen und schmutzigen, vernachlässigten Kindern in Lumpen, deren Mütter oft mit dem Vater zusammen betrunken waren – allerdings *gab* es natürlich in vielen Fallen keinen Vater.

Ohne ordentliche Abwasserkanäle und Müllbeseitigung waren die Straßen mit Abfall und Müll übersät. Sowohl die Straßen als auch die Gebäude stanken beständig nach tierischen und menschlichen Abfällen, Kerosinöfen und Whisky. Unterhalb der feuchten Keller und übel riechenden Dachböden verliefen Dutzende von unterirdischen Wegen, die Häuserblocks in verschiedenen Straßen miteinander verbanden. Sie waren ausgezeichnete Fluchtwege für die Gewohnheitsverbrecher, die in dem Distrikt ein und aus gingen, und der sichere Tod für jeden anderen, der dumm genug war, sie zu betreten.

Der Ort war der Schrecken der Polizeitruppen und jedes anständigen Bürgers, der wusste, dass es ihn gab. Er war das Heim von ganzen Banden bewaffneter, gewalttätiger Iren, von Dieben und Mördern, und er beherbergte Seuchen und absolute Hoffnungslosigkeit. Five Point war begraben unter Unwissenheit, Dreck, Seuchen und Armut und war so ein Sammelbecken des konzentrierten, unbegrenzten Unheils. Und im Herzen des Ganzen stand das vorherrschende Wahrzeichen von Five Points, jenes hässliche, berüchtigte Gebäude, zu dem Michael und sein Partner gerade die ahnungslosen Damen begleiten wollten.

Die alte Brauerei.

Das Gebäude der alten Coulters Brauerei, die schon vor langem in einen riesigen Wohnblock umgewandelt worden war, lauerte im Häuserblock und war auf einer Seite von der „Mörder-Allee“ eingekreist. Sie war eine wirkliche Ungeheuerlichkeit von einem Ort – senfgelb, absackend und abscheulich wie eine missgebildete Kröte. Sie hockte da, allem Anstand und aller Autorität zum Trotz, vor aller Augen – das anerkannte Hauptquartier von Korruption und Perversion.

Michael hasste schon allein den Anblick des Ortes. Jede Tour durch seine verseuchten Passagen rief bei ihm Alpträume hervor, und er wusste, dass der heutige Abend keine Ausnahme bilden würde. Ihm drehte sich der Magen um bei dem Gedanken an das, was innen auf sie wartete, aber die Damen waren nicht damit einverstanden, auf ihre Erkundung dieser verrufensten aller Höhlen der Korruption in den Slums zu verzichten.

Michael, der nur den Wunsch hatte, die Sache hinter sich zu bringen, seufzte, löste sich von seinem Zaun und ging auf Price und die Frauen zu. „Meine Damen, wenn Sie darauf bestehen“, sagte er mit einem etwas unhöflichen Ruck seines Kopfes in Richtung auf das Gebäude.

Michael ignorierte mindestens drei Paar hochgezogene Augenbrauen, ging mitten durch sie hindurch und begann, den Platz zu überqueren. Mit ihm als Führer und Price am Ende des Trupps führte er sie direkt auf die alte Brauerei zu.

* * *

*Wenn menschliches Elend und Erniedrigung gewogen werden könnten,* dachte Michael, *dann würde das Gewicht in diesen Wänden ausreichen, um die Stadt im Ozean zu versenken.* Im Verlauf der Jahre hatten etliche Journalisten und Sozialgeschichtsschreiber versucht, das nackte Grauen der Zustände in der alten Brauerei zu beschreiben. Sie hatten es alle nicht gekonnt, denn es gab tatsächlich einen Punkt, von dem an das pure Böse nicht mehr beschrieben werden konnte. Man konnte es nur – unter Gefahr für Leib und Leben – sehen und fühlen.

Solcher Art waren also die Gräueltaten, die in den dunklen gewundenen Gängen der Brauerei um sich griffen. Michael führte sie mit einer Laterne in der Hand und warnte die Damen, aufzupassen, wo sie hintraten. „Das gesamte Gebäude ist wackelig und unsicher“, warnte er und schob zwei Betrunkene aus dem Weg, die am Fußende der Treppe ausgestreckt auf dem Boden lagen.

Ein Anflug von Ärger erfasste ihn, während sie die schwankenden Treppen hinauf- und dann den Korridor entlanggingen. Es machte einen schon beinahe obszönen Eindruck auf ihn, wie diese gut gekleideten, untadelig frisierten Damen aus dem Villenviertel mit ihrer Anwesenheit in das Elend und die Hoffnungslosigkeit dieses Ortes eindrangen. Was wollten sie hier eigentlich sehen? Was genau hofften sie zu erreichen?

Die Bretter knarrten und ächzten protestierend, als sie durch den Korridor gingen. Beinahe gleichzeitig hoben die Damen ihre Röcke, damit die Säume nicht den beschmierten Boden berührten, und die ganze Zeit über warfen sie ängstliche Blicke in die Dunkelheit, die sie umgab.

Große Hügel von etwas, das wie schmutzige Lumpen aussah, lagen in Haufen an den Wänden. Aber als sie vorbeigingen, begannen die Lumpen, sich zu bewegen, und versuchten dann, aufzustehen, wobei die Mitleid erregenden Gestalten menschlicher Wesen zum Vorschein kamen, sowohl schwarzer als auch weißer. Im trüben Licht der Laterne konnte man Dutzende halb nackter Kinder sehen, die in den Schatten hockten oder spielten.

Michael war inzwischen zu wütend, um noch irgendwelche Zugeständnisse an die feine Erziehung der Damen zu machen. Er konnte einfach nicht widerstehen und zeigte auf eine ausgebesserte Stelle auf dem Boden direkt vor ihnen. „Die Stelle wurde vor einiger Zeit aufgegraben“, informierte er sie, „nachdem man bemerkt hatte, dass einige der Bretter losgesägt waren. Man fand darunter menschliche Knochen – die Überreste von zwei Körpern.“ Er trat beiseite und wartete, bis die Damen die Stelle auf Zehenspitzen umrundet hatten. Ihre Gesichter waren bleich und angespannt, als sie von der schlecht ausgebesserten Stelle wegtrippelten.

Aber als er bemerkte, dass die Geräusche, die aus einer dunklen Nische gleich zu ihrer Linken drangen, von einem Paar kamen, das sich direkt dort in der Halle vergnügte – etwas, das in dieser Grube der Sittenlosigkeit nur allzu häufig geschah –, überwand sein Anstandsgefühl denn doch seine verdrießliche Stimmung. Mit einer flinken Drehung zur Seite konnte er die Aufmerksamkeit der Gruppe auf sich ablenken, indem er die Laterne schwenkte und so tat, als sei er gestolpert, während er sie an der Nische vorbeitrieb.

In einige der Zimmer konnte man hineinsehen. Die Türen standen entweder einen Spalt offen oder waren aus den Angeln gerissen. Als sie an einer der Türen vorbeikamen, verlangsamten sie ihre Schritte und blieben bei dem Anblick von drei alten Frauen, die alle auf einem Bett aus dreckigen Lumpen in der Ecke lagen, beinahe stehen. Jede der Frauen schien schwach und ausgezehrt zu sein. Auf der anderen Seite des Raumes saßen zwei andere jüngere Frauen an einem verfallenen Tisch, der mit Whiskyflaschen und etwas, das wie die Überreste mehrerer Mahlzeiten aussah, voll stand. Unter dem Tisch spielten drei Kinder, eines davon fast noch ein Baby, mit einem Hund.

Michael war schon zu oft durch diese Gänge des Grauens gegangen, um auf die ausgestreckten Hände der Bettler zu reagieren, die nach ihnen griffen, als sie weitergingen. Die Damen machten jedoch den Fehler, so oft in ihre Handtaschen zu greifen, dass Michael sicher war, sie würden ohne einen Pfennig nach Hause gehen.

Aus jeder dunklen Ecke hörte man es weinen oder stöhnen, ob wegen Krankheit oder wegen Einsamkeit, konnte man nicht erkennen. Inzwischen waren die meisten Frauen bleich geworden und sahen ein wenig krank aus, und Michael schämte sich etwas wegen seiner anfänglichen Gereiztheit. Sie hatten sehr wahrscheinlich noch nie zuvor etwas erlebt, was der Verkommenheit von Five Points auch nur annähernd gleichkam.

Er zweifelte nicht an ihrer Aufrichtigkeit. Allein die Tatsache, dass sie sich einer Führung durch solch einen abscheulichen Ort unterzogen, zeigte, dass sie zumindest so viel Einfühlungsvermögen hatten, an andere zu denken, denen es nicht so gut ging wie ihnen. Es gab so schon zu wenig menschlichen Anstand und christliche Nächstenliebe in dieser Stadt. Er war sicherlich nicht berechtigt, die wenigen zu kritisieren, die etwas von diesen Qualitäten zeigten.

Michael trat aus dem Weg, damit die Damen um einen Betrunkenen herumgehen konnten, der mit dem Gesicht nach unten ausgestreckt im Gang lag. Als er wartete, bis die Damen vorbeigegangen waren, wurde er auf eine der Damen aufmerksam, die ein wenig hinter den anderen zurückzubleiben schien. Sie war eine schlanke, aufrechte junge Frau, und ihr kastanienbraunes Haar wurde in einem dicken Nackenknoten gehalten, der dem zierlichen Häubchen auf ihrem Kopf zu trotzen schien. Sie humpelte leicht beim Gehen, kaum wahrnehmbar, und ihr Gesicht drückte eher Mitleid als Abscheu aus. Irgendetwas direkt vor ihnen schien ihre Aufmerksamkeit erregt zu haben, und er drehte sich um, um in die Richtung zu sehen, in die ihr Blick ging.

Ihre Augen ruhten auf einem kleinen Mädchen, das direkt vor einer geschlossenen Tür kauerte. Die junge Frau blieb stehen, als sie das Kind erreichten, und trennte sich vom Rest der Gruppe, die in Begleitung von Officer Price weiterging. Michael wollte die Nachzüglerin schon drängen, weiterzugehen, als sie sich niederbeugte, um in das Gesicht des Kindes zu schauen.

Als sie sprach, war ihre Stimme tief und, wie er erwartet hatte, eindeutig vornehm. Aber es war auch eine Stimme, die von ehrlicher Wärme und Sorge bewegt war.

Die Frau hatte weiche braune Augen und ein kleines ovales Gesicht mit einem beinahe spitzen Kinn. Ihr Knochenbau war so zart, dass sie sich unter der schweren Last ihrer Haare zu beugen schien. Aber ein fester Klang in ihrer Stimme und die ausgeprägten Züge um ihren Mund straften jede Andeutung von Schwäche Lügen.

Lächelnd streckte sie dem Kind, das sie mit einer Mischung von Misstrauen und Ehrfurcht ansah, eine Hand entgegen. „Hallo“, sagte die junge Frau und zog ihre Hand zurück, als das kleine Mädchen sie nicht beachtete. „Wohnst du hier?“

Misstrauische Augen glühten in einem schmutzigen Gesicht voll blauer Flecken. Das kleine Mädchen, das vielleicht fünf Jahre alt war, trug nur einen schmutzigen Sack statt eines Kleides. Ihr Körper war mit Dreck und wunden Stellen bedeckt, und Michael war einen Moment lang wütend bei dem Gedanken an die Eltern, die zuließen, dass ein Kind in solch einem Zustand herumlief.

„Ich heiße Sara“, sagte die junge Frau mit ihrer sanften Stimme. „Willst du mir nicht deinen Namen sagen?“

Das Kind sah sie einen weiteren Augenblick aufmerksam an und flüsterte dann: „Maggie.“

„Maggie“, erwiderte die Frau. „Das ist wirklich ein *schöner* Name. Und wohnst du hier, Maggie?“

Das kleine Mädchen nickte und starrte die Frau an, die ihr gegenüber hockte. Das Misstrauen in ihren Augen war einem erstaunten Blick gewichen, und sie nuckelte am Daumen ihrer schmutzigen Hand.

Zu Michaels Überraschung ließ sich die junge Frau vor dem Kind auf die Knie fallen. Es schien ihr nichts auszumachen, dass ihr hübsches Wollkostüm sofort von dem Dreck, der den Boden bedeckte, ruiniert wurde. „Hast du noch Schwestern oder Brüder, Maggie?", fragte sie und berührte das Kind leicht an der Stirn.

Das kleine Mädchen sprang zurück, als sei es nicht gewohnt, berührt zu werden – zumindest nicht auf solch sanfte Weise. Die junge Frau ließ sofort ihre Hand fallen.

„Brüder", antwortete das Kind schließlich, wieder mit gedämpfter Stimme. „Ich habe zwei Brüder."

Michael erkannte den starken Akzent als südirisch, sehr wahrscheinlich aus der Grafschaft Kerry. Er betrachtete das Mädchen eingehender und kam zu dem Schluss, dass es ein hübsches kleines Ding wäre, wenn das kleine angespannte Gesichtchen gewaschen und ihre verhedderten, langen schwarzen Locken gekämmt wären.

„Hast du keine Angst hier draußen im Dunkeln, Maggie?", fragte die Frau. „Solltest du nicht zu deiner Mutter hineingehen?"

Das Kind zog die Schultern hoch. „Ah-ha", murmelte sie und schüttelte den Kopf. „Nicht erlaubt."

Die junge Frau – Sara – sah einen Augenblick verwirrt aus. „Du darfst nicht in eure Wohnung hinein, Maggie? Warum?"

„Mama hat Besuch."

„Ich verstehe. Nun, könntest du dich nicht auch mit dem Besuch unterhalten?"

Das Kind schüttelte wieder den Kopf. „Nicht erlaubt. Mr Tully mag nicht."

Saras Augen wurden schmal. „Mr Tully? Ist das der Besuch deiner Mutter?"

Das kleine Mädchen starrte sie an, als habe sie nicht verstanden.

„Besucht Mr Tully nur deine Mutter?", fragte Sara knapp.

Als das Kind steif mit dem Kopf nickte, erwartete Michael, dass die vornehme junge Frau entweder erbleichen oder rot werden würde. Sie tat keins von beidem. Sie blieb, wo sie war, auf den Knien, und streckte eine Hand nach dem wilden schwarzen Haar aus, das über das Gesicht des Mädchens fiel, und schob es aus ihren Schläfen. „Nun, Maggie, ich sehe, dass du ein sehr braves Mädchen bist, denn du gehorchst deiner Mutter. Ich frage mich, ob sie dir erlauben würde, ein Bonbon zu essen?"

Das Gesicht des Kindes hellte sich auf, obwohl ihre Augen noch unsicher funkelten. „Ein Bonbon?"

„Ein Pfefferminzbonbon", sagte Sara und kramte in ihrer Rocktasche. „Magst du eins?"

Die Augen des kleinen Mädchens wanderten vom Gesicht der jungen Frau zu dem Bonbon, das sie ihr entgegenhielt. Schließlich nickte sie und streckte ihre schmutzige Hand aus. Sara lächelte und drückte das Bonbon in die ausgestreckte Hand. Dann stand sie auf.

„Ich muss jetzt gehen, Maggie", sagte sie, „aber wenn du erlaubst, würde ich gerne bald wiederkommen und dich besuchen."

Das Kind stopfte das Pfefferminzbonbon in den Mund wie ein gieriger kleiner Vogel und sah dann auf. „Wirst du dann mehr Süßigkeiten mitbringen?"

„Das werde ich gewiss tun. Jetzt musst du genau hier bleiben, Maggie, dicht bei deiner eigenen Tür, bis deine Mutter ... mit ihrem Besuch fertig ist. Es wäre keine gute Idee, wenn du im Gebäude herumwandern würdest. Wirst du das tun, Maggie?"

Das kleine Mädchen nickte abgelenkt. Seine Aufmerksamkeit wurde ganz und gar von dem Pfefferminzbonbon in Anspruch genommen. Michael ging weiter, um die junge Frau den Gang hinunter zu begleiten.

„Ich nehme an, es gibt Hunderte von Mädchen wie sie, die an diesem schrecklichen Ort gefangen sind", sagte die Frau nach einer Weile.

„Aye, und sie ist in einem besseren Zustand als die meisten", sagte Michael kühl. „Schauen Sie, Mrs –"

„*Miss*, Sergeant Burke. Miss Sara Farmington."

„Ja, gut, Miss Farmington", sagte Michael mit einem harten Ton in der Stimme, „aber eine Dame würde es nicht wagen, Five Points ohne eine Polizeieskorte zu betreten. Und ich bitte um Verzeihung, aber die kleinen ... Vergnügungsreisen in den Bezirk kosten uns sehr viel mehr Zeit, als wir eigentlich übrig haben für solche ..."

„Dummheiten?", beendete sie seinen Satz, blieb dann stehen und drehte sich zur Seite, um ihn anzusehen.

Michael war etwas überrascht über ihren direkten musternden Blick. Hinter diesem sanften, bescheidenen Blick entdeckte er einen beeindruckenden, gepanzerten Willen. Und er stellte überrascht fest, dass Miss Sara Farmington ihn ein wenig an Nora erinnerte – zumindest an Nora, wie er sie in Erinnerung hatte.

„Wissen Sie, Sergeant Burke", sagte sie nachdenklich, „Sie haben absolut Recht. Ich glaube, keine von uns hat die Probleme bedacht, die wir verursachen, indem wir Sie von Ihrem Dienst abhalten."

Ihr besorgtes Stirnrunzeln ließ keinen Zweifel an ihrer Aufrichtigkeit, und Michael war plötzlich verlegen. Sie schien immerhin eine wirkliche Dame zu sein. Er hatte sie nicht beleidigen wollen. „Ich wollte Sie nicht verletzen, Miss Far –"

„Oh, das haben Sie auch nicht getan", versicherte sie ihm eilig. „Ganz und gar nicht. Sie haben wirklich völlig Recht. Wir haben einfach nicht nachgedacht. Das Verbrechen breitet sich in unserer Stadt aus, und hier sind wir und erwarten, dass die Polizei Leibwächter spielt, damit wir auf Erkundung gehen können. Es ist fast unverzeihlich. Und absolut unnötig."

„Nun ja, aber Sie können unmöglich allein an diesen schrecklichen Ort kommen, Miss Farmington. Sie sehen ja selbst, dass dies hier kein Ort für eine Frau ist, und schon gar nicht für eine Frau ohne Begleitung."

„Oh, darüber brauchen Sie sich keine Sorgen zu machen!“, sagte sie lachend. „Keine von uns ist mutig genug, um *allein* hierher zu kommen! Aber in Zukunft werden wir uns die Hilfe einiger Herren aus der Gemeinde sichern. Sie sollten durchaus in der Lage sein, uns eine Begleitung zu stellen.“

„Miss Farmington, selbst die *Polizei* fürchtet sich, hierher zu kommen. Und wir kommen *niemals* unbewaffnet.“ Michael war entsetzt bei dem Gedanken, dass einige Diakone in Seidenwesten versuchen würden, für die Sicherheit dieser großartigen jungen Frau und ihrer Freundinnen zu sorgen. „Wenn Sie unbedingt kommen *müssen*, dann sollte das nur mit einer Polizeieskorte geschehen. Aber ich frage mich wirklich – warum wollen Sie *überhaupt* so unbedingt hierher kommen?“

Sein Unbehagen schien sie zu amüsieren. Ihre Augen glitzerten belustigt. Aber während er sie ansah, änderte sich ihr Gesichtsausdruck abrupt. „Sergeant Burke, wir wollen diesen Leuten helfen – und wir glauben, dass wir es können. Ich weiß, das klingt für Sie, der Sie unter wahrhaft beklagenswerten Umständen arbeiten müssen, wahrscheinlich nach weiblichem Idealismus und mehr nicht. Aber wir sind der Meinung, dass wir mit genügend Planung und finanziellem Rückhalt in Five Points wirklich etwas verändern können. Wir sind bereit, mehrere Jahre einzuplanen, falls nötig, und eine beträchtliche Summe Geldes auszugeben, um dies hier in einen anständigen Ort zu verwandeln.“

Michael schüttelte den Kopf. „Davon hat man schon früher geredet, Miss Farmington, sehr oft sogar, und zwar ohne jedes Ergebnis. Sie haben die armen Teufel selbst gesehen – ihr Elend. Was in aller Welt könnten Sie denn hoffen zu erreichen, so dass sich ihre Lage wirklich verändern würde?“

Sie straffte ihre Schultern und sah ihm direkt in die Augen. „Was wir tun werden, Sergeant Burke? Wir werden beten – und handeln.“

Michael starrte sie an. „Verzeihung, was meinten Sie?"

Sie lächelte. „Das ist die schriftgemäße Vorgehensweise für Gottes Volk, wenn sie sich darauf vorbereiten, eine heidnische Nation einzunehmen. Lesen Sie Ihre Bibel, Officer Burke – oh, Verzeihung, Ihr Glaube ermutigt Sie nicht gerade, das zu tun, oder?"

Michael konnte sich ein leichtes Lächeln über ihr errötendes Gesicht nicht verkneifen. „Nun, um die Wahrheit zu sagen, Miss Farmington, ich bin eine von jenen seltenen Kreaturen, ein irischer Protestant, der tatsächlich lesen kann – und der es auch *tut,* ganz besonders die Bibel. Und ich darf Sie darauf hinweisen, dass auch einige meiner katholischen Freunde lesen können. Und es auch tun."

Eine Augenbraue hob sich herausfordernd. „Aber nicht die Bibel."

Er zuckte mit den Schultern. „Einige ja, einige nein. Aber das geht mich eigentlich nichts an." Er sah sie an, um sie daran zu erinnern, dass es auch sie nichts anging.

„Ihr Tadel wurde registriert, Sergeant", gab sie mit einer Trockenheit zurück, die ihn in ein breites Grinsen ausbrechen ließ.

Sie legten den Rest des Weges schweigend zurück. Michael passte sein Tempo ihrem leichten Humpeln an. Als sie den Treppenabsatz nach unten erreichten, warteten die anderen bereits und wollten ihre Tour fortsetzen, so dass Michael keine Gelegenheit mehr hatte, sich bei der jungen Frau für seine Unhöflichkeit zu entschuldigen.

Am frühen Nachmittag beendeten sie ihren Rundgang und führten die Damen aus Five Points heraus zu ihren Kutschen, die schon warteten. Michael bog auf den Broadway ein und nahm einen tiefen, reinigenden Zug frischer Luft, den ersten, seit er an jenem Morgen die Slums betreten hatte.

Er verspürte leichte Enttäuschung darüber, dass er sich nicht noch mehr mit der mutigen Sara Farmington hatte unterhalten können. Aber genauso schnell schämte er sich beinahe. Wie konnte er die Gesellschaft einer anderen Frau suchen, wo er sich doch erst vor kurzem verpflichtet hatte, Nora zu heiraten? Doch dann rechtfertigte er die Anziehungskraft, die Sara Farmington auf ihn ausübte, sofort damit, dass sie ihn vage an Nora erinnerte und dass das sein Interesse überhaupt erst erregt hatte.

Den Rest des Weges zurück zum Polizeipräsidium verbrachte er damit, Gott zu danken, dass Morgan zum richtigen Zeitpunkt geschrieben hatte, um ihn um Hilfe für seine und Noras Familie zu bitten. Wenn sie die Überfahrt hätten machen müssen, ohne dass sie jemand auf dieser Seite erwartete, hätten sie sehr gut in Five Points enden können, zusammen mit all den anderen hoffnungslosen Opfern.

Durch Morgans Eingreifen würde Nora und ihrer Familie diese ganz besondere Hölle erspart bleiben. Bei diesem Gedanken – und dem Gedanken, dass er in nur wenigen Wochen vielleicht wieder verheiratet wäre – beschleunigte Michael seinen Schritt und hob sein Gesicht der Sonne entgegen. Dann drehte er seinen Schlagstock ein wenig herum und setzte seinen Weg den Broadway hinauf mit dem schwungvollen, zielgerichteten Schritt eines Mannes fort, dessen Leben einen neuen Sinn und eine neue Herausforderung erhalten hatte.

# 30. Noras Wandel

*Ich weiß, wohin ich gehe, und ich weiß, wer mit mir geht.*
*Ich weiß auch, wen ich liebe, doch wen ich heirate, weiß nur der liebe Gott.*

Alte irische Ballade

*Die Green Flag*

Sie waren schon drei ganze Tage auf See, als Nora endlich Michaels Brief las.

Am ersten Tag der Reise war sie zu fertig, zu verwirrt gewesen, um zu denken, geschweige denn zu lesen. Am zweiten Tag war sie an einer seltsamen Krankheit erkrankt. Sie war nicht direkt seekrank – zumindest nicht so wie die anderen Passagiere in ihrer Nähe. Sie musste nicht denselben peinlichen Brechreiz über sich ergehen lassen, und sie hatte sich nicht einmal übergeben. Dennoch war sie so krank, dass sie nichts tun konnte, außer schwach in ihrer Koje zu liegen und auf die Leisten der schimmeligen Decke zu starren, während die Galle aus ihrem Magen aufstieg und sich wieder setzte und ihren Mund mit einer bitteren, widerlichen Säure füllte.

Heute hatte sich ihr Magen beruhigt, aber sie fühlte sich immer noch leblos und entkräftet und lag in derselben gefühllosen Benommenheit da. Sie nahm ihre Umgebung nur sehr undeutlich wahr: Ihre Kojennachbarin, die junge Frau, die sie am ersten Tag auf See so böse angesehen hatte, lag jetzt flach auf dem Rücken, jammerte und weinte verzweifelt zwischen Würgeanfällen. Katie Frances lag zu einem engen Ball zusammengerollt am Fußende der Koje und keuchte bei jedem Atemzug, während die stumme Johanna fast genauso benommen aussah, wie Nora sich fühlte.

Überall um sie herum erschollen die verschiedenen Geräusche des Leidens. Diejenigen, die die Kraft hatten zu schreien, erfüllten die Luft mit einem gemischten Chor von Gebeten und Flüchen, Bitten um Gnade und Schreien der Qual. Babys schrien, erwachsene Männer tobten und Frauen klagten.

Daniel John war im Laufe des Tages oft gekommen und hatte sie überreden wollen, etwas zu essen oder Wasser zu trinken. Wenn sie sich weigerte, war er weggegangen, kam aber später wieder – sie nahm an, hauptsächlich, um sich zu vergewissern, dass sie noch lebte. Evan Whittaker war ein- oder zweimal vorbeigekommen. Er war immer nur kurz geblieben, um zu fragen, ob er irgendetwas für sie tun könne, und dann zu seiner Koje zurückgeschlurft, wenn sie ihm leise versichert hatte, sie brauche nichts.

Am Abend des dritten Tages hatte sie immer noch nicht den geringsten Versuch unternommen, sich weiter von der Koje zu entfernen als bis zur Toilette. Sie hatte weder gebadet noch ihre Haare gekämmt oder gegessen. Etwas in ihr nörgelte, sie hätte kein Recht, so weiterzumachen, und dass es gedankenlos und selbstsüchtig sei, ihre eigene Familie und die verwaisten Fitzgerald-Kinder so zu ignorieren. Aber eine andere Stimme sagte matt, dass jetzt sowie alles egal sei.

Ein schrecklicher, übler Geruch umgab sie, und sie zog sich mühsam in der Koje hoch und sah sich um. Sie fuhr sich schnell mit der Hand an den Kopf, als er sich zu drehen begann. Sie wusste, dass sie so geschwächt war, dass sie kurz vorm Zusammenbrechen war, und so holte sie zwei- oder dreimal tief Luft und wartete, bis die Gefahr einer Ohnmacht vorüber war.

Endlich war sie fähig, sich das letzte Stück hochzuziehen. Mühsam zog sie die Beine über die Seite der Koje. Dann sah sie sich in ihrer Umgebung um. Sie war entsetzt über das, was sie sah und roch.

Alice, ihre Kojennachbarin, und die beiden kleinen Mädchen am Fußende der Koje schliefen. Alle drei lagen sie in ihrem eigenen Erbrochenen. Nora drehte es den Magen um, und sie kämpfte gegen die Übelkeit an. Sie legte eine Hand auf ihr klebriges, sprödes Haar. Sie verzog das Gesicht, als sie den Dreck und das Öl sah, das ihre Handfläche verschmiert hatte.

Ihre Kehle war wund und schmerzhaft ausgetrocknet. Sie fühlte sich zerzaust und verwirrt – und sie war verärgert über sich selbst und über die ekelhaften Zustände um sie herum. Instinktiv versuchte sie, das Oberteil ihres Kleides glattzustreichen. Ihre Hand stockte, als sie den Umschlag dicht an ihrem Herzen fühlte.

Sie holte Michaels Brief aus ihrem Kleid heraus, sah sich um und zögerte. Sie nahm an, sie könnte vielleicht versuchen, ihre Koje zu reinigen, aber sic war sich absolut nicht sicher, ob ihre Kraft reichen würde. Außerdem hatte sie es schon lange genug vor sich hergeschoben, den Brief zu lesen. Die Koje konnte warten.

Ihr Kopf dröhnte – es war ein dumpfer, bohrender Schmerz – und ihre Hände zitterten, als sie den Umschlag öffnete, den Brief herauszog und zu lesen begann.

„Liebe Nora Ellen ... Ich hoffe, du kannst dich noch an deinen alten Freund erinnern, der immer noch mit viel Zuneigung an dich denkt ..."

* * *

Evan Whittaker hatte fast den ganzen Abend vor sich hingebrütet. Er wusste, was er Nora Kavanagh sagen wollte, und hatte darüber, soweit es sein benommener Zustand zuließ, gebetet. Aber bisher hatte er noch nicht den Mut aufgebracht, ihr seinen Vorschlag vorzutragen.

Es war durchaus möglich, dass sie ihn falsch verstünde und beleidigt oder sogar ärgerlich wäre. Sein Ziel – sein *einziges* Ziel – war es, zu helfen, soweit er konnte. Er konnte seine wachsende Bewunderung und irgendwie beunruhigende Sorge um die trauernde junge Witwe nicht leugnen. Sie war *wirklich* wunderschön – selbst in ihrer Schwäche und ihrem Unglück war sie wie eine seltene, zarte Wildblume, einmalig und zerbrechlich und unerreichbar.

Es war klar, dass sie nicht allein sein sollte. Sie brauchte jemanden, der sich um sie kümmerte. Er hatte Morgan Fitzgerald versprochen, sich um sie und die anderen zu kümmern, als wären sie die Seinen. Und dies Versprechen würde er, so gut er konnte, erfüllen. Zugegeben, es würde keine Opfer für ihn bedeuten, sich um Nora Kavanagh zu kümmern. Sie gehörte zu jenen Frauen, die irgendwie die männlichen Beschützerinstinkte in einem weckte. Sie war auf eine einzigartige Weise wirklich wunderbar.

Evan hatte in seinen sechsunddreißig Lebensjahren noch nie eine Frau geliebt, nie eine Romanze gehabt. Er war immer zu schüchtern gewesen, um eine Beziehung zu beginnen – und zu festgefahren in seinen Gewohnheiten, um in dem unwahrscheinlichen Fall, dass eine Frau *ihm* gegenüber die Initiative ergreifen sollte, zu reagieren – und hatte sich damit abgefunden, allein zu leben. Und es war eigentlich kein schlechtes Leben: Er hatte seine Arbeit, seine Kirche, seine Bücher. Er kam klar. Aber jetzt, wo er ein neues Leben in einem neuen Land beginnen würde, meinte er, es sei vielleicht vernünftig, darüber nachzudenken, ob er nicht auch in anderen Bereichen einen Neuanfang machen sollte. Und überhaupt, wo stand denn geschrieben, dass er bis an sein Lebensende ein Junggeselle bleiben müsste?

Plötzlich bemerkte er, in welche Richtung seine Gedanken gegangen waren, und presste entsetzt eine Hand vor den Mund. Es stand vielleicht nirgends *geschrieben*, aber er war immer davon ausgegangen, dass es so sei, und jetzt war sicher nicht der richtige Zeitpunkt, seinen Familienstand zu ändern. Was er vor allem tun musste, war, jede Anstrengung zu unternehmen, um sein Versprechen Fitzgerald gegenüber zu erfüllen. Er würde sein Bestes tun, um sich um Nora Kavanagh zu kümmern, ihr die Reise zu erleichtern und mit den Kindern zu helfen. Darüber hinaus noch etwas anderes zu erwarten, war absurd.

Dennoch, wenn sie lernen würde, sich auf ihn zu verlassen, ihm zu vertrauen ... wer weiß, was werden würde? Vielleicht später?

* * *

Nora saß immer noch auf dem Rand der Koje, die Füße fest auf den Boden gestellt. Verblüfft und wie erstarrt vor Überraschung über das, was sie gerade gelesen hatte, starrte sie ins Dunkel.

Ihr Verstand konnte es nicht fassen. Zusätzlich zu allem anderen war dies hier einfach zu viel. Ein Heiratsantrag von einem Mann, den sie seit mehr als siebzehn Jahren nicht mehr gesehen hatte? Wie anders sollte sie reagieren als mit Bestürzung und Bitterkeit – einer Bitterkeit, die nicht gegen Michael Burke gerichtet war, sondern gegen Morgan Fitzgerald.

*Morgan.* Sie hatte sofort gesehen, dass seine schlaue, verschwörerische Hand im Spiele war. Es war nur allzu klar, was er getan hatte. Hatte er nicht, kurz bevor sie die Hütte von Thomas verlassen hatten, zugegeben, dass auch er einen Brief von Michael erhalten hatte? Er hatte den Unschuldigen gespielt, der vollendete Schurke, und ihr so wenig wie möglich gesagt, wo er doch die ganze Zeit genau wusste, worauf er hinauswollte. Offensichtlich hatte er es in seiner besitzergreifenden, arroganten Art übernommen, zu versuchen, ihr Leben für sie zu ordnen. Warum sollte er so etwas tun? Er hatte doch sicher sehen müssen, dass es sie demütigen würde.

Wut und Schmerz brachten Nora an den Rand des Zusammenbruchs. Sie schlang ihre Arme um den Brustkorb, als wolle sie sich selbst zusammenhalten. Sie schluckte ihre unterdrückten Tränen der Wut und der Demütigung hinunter und atmete tief und schaudernd ein, um ihr Zittern unter Kontrolle zu bringen.

Sie hatte geglaubt, dass er sie wirklich mochte. Zum Schluss hatte sie sich seinem Gefühlsausbruch hingegeben, hatte sich daran geklammert. War es denn dann alles eine Lüge gewesen, nur ein weiterer Versuch, die arme kleine Nora zu beruhigen, zu verhindern, dass sie völlig die Fassung verlor und dadurch alles erschwerte?

*Nein.* Nein, das glaubte sie nicht. Das *konnte* sie nicht glauben. Seine Augen hatten sein Herz gezeigt. Seine wahren Gefühle waren endlich offenbar geworden. Was sie in seinen Augen gesehen hatte, war echt gewesen, zumindest in jenem Augenblick.

Es war klar, was ihn dazu getrieben hatte, so etwas Idiotisches zu tun. Er hatte, wie immer, einfach geglaubt, sie sei zu schwach, zu hilflos, um allein klarzukommen. Der Mann hatte schon immer geglaubt, sie brauchte einen Aufpasser. Seit ihrer Kindheit hatte er sie wie ein kleines, zerbrechliches Wesen behandelt, das verhätschelt und beschützt werden musste.

Einen Moment lang – aber auch wirklich nur einen Moment lang – kam ihr der Gedanke in den Sinn, dass er auf Grund seiner tiefen Gefühle der Fürsorge gehandelt hatte und einfach versucht hatte, ihre Sicherheit und ihr Wohlergehen sicherzustellen, und dass er nicht beabsichtigt hatte, so ungeschickt zu sein. Aber genauso schnell kam eine neue Woge der Scham über die Situation, in die er sie gebracht hatte, und es war *egal,* was für Motive er dabei gehabt haben mochte.

Gütiger Gott, was hatte er Michael erzählt? Dass sie im Elend lebten, verhungerten, dringend Hilfe brauchten?

*Nun, es war ja auch so ...*

Sie presste die Augen zu, um die schmerzliche Wahrheit auszusperren, und zwang sich, nicht zu weinen. Sie *hasste* es, von anderen abhängig zu sein, hatte schon immer die Schande, die damit verbunden war, verachtet und war doch seit ihrer Kindheit gezwungen gewesen, viel zu viel davon in ihrem Leben zu ertragen.

Nora öffnete ihre Augen. War sie im Unrecht? Was, wenn Michael alles, was er sagte, meinte? Wenn sein Sohn wirklich dringend eine Mutter brauchte, wenn er selbst tatsächlich einen Partner brauchte, um sein Leben mit ihm zu teilen? Was, wenn er *wirklich* mit Zuneigung an sie dachte und sie wirklich zur Frau haben wollte?

*Sei kein Narr!*, argumentierten Noras Gedanken. *Das Ganze trägt Morgans Handschrift! Warum sollte ein anständiger Mann, der seine Sinne beisammen hat, einer verbrauchten Frau, die er seit Jahren nicht gesehen und von der er nichts gehört hatte, die Ehe anbieten?*

Außerdem, was auch immer dahinter steckte – glaubten sie denn wirklich, sie würde einwilligen, einen Mann zu heiraten, den sie nicht mehr kannte, einen Mann, den sie nicht liebte? Sie hatte Michael einmal zurückgewiesen. Hatten er und Morgan das vergessen? Wenn sie ihn damals nicht genug geliebt hatte, um ihn zu heiraten, als sie einander nahe standen und sich gut kannten, was um Himmels willen brachte sie zu der Annahme, sie würde ihn *jetzt* heiraten, wo sie einander fremd geworden waren?

Sie setzte sich ein wenig gerader hin und versuchte, das Hämmern in ihrem Hinterkopf zu ignorieren. Sie blickte hinunter auf die Seiten des Briefes, die auf ihrer Seite der Koje verstreut lagen, und ergriff sie dann mit einer einzigen ärgerlichen Handbewegung, um sie in Stücke zu reißen.

Überrascht sprang Nora auf, als Evan Whittaker aus dem

Dunkel trat. Sie umklammerte immer noch mit einer Hand den Brief und nickte ihm zu.

„Ich hoffe, ich habe Sie nicht erschreckt, Mrs Kavanagh“, sagte er unsicher und blieb ein paar Schritte von der Koje entfernt stehen. „Es ist ... schön zu sehen, dass Sie sich schon aufgesetzt haben. Ich hoffe, Sie fühlen sich b-besser?“

„Aye, ein bisschen, vielen Dank. Aber wie geht es *Ihnen*, Mr Whittaker? Bereitet Ihnen Ihr Arm große Schmerzen?“

„Ein wenig. Aber nichts, w-was sich nicht aushalten ließe.“ Mit seinem gesunden Arm schob Whittaker einen kleinen Schemel dichter an die Koje. „Darf ich?“, fragte er und wartete auf ihr zustimmendes Nicken, bevor er sich setzte.

Der Engländer sah entsetzlich aus: Bleich, krank und mehr als nur ein wenig unsicher auf den Beinen. Der Schmerz hatte seine glatte Stirn gezeichnet und tiefe Furchen auf beiden Seiten des Mundes gegraben, was sein einst jungenhaftes Gesicht um Jahre älter wirken ließ.

„Störe ich Sie?“, fragte er unvermittelt und erhob sich halb von seinem Schemel, als er den Brief in ihrer Hand erblickte.

„Nein – nein, nicht im Geringsten“, versicherte sie ihm.

„Nun, ja ...“ Er entspannte sich nur ein wenig. Dann räusperte er sich und beugte sich vor. „Ich, ahm, habe mich gefragt, ob wir uns ... unterhalten können? Es gibt da etwas ... worüber ich gerne, ahm, mit Ihnen s-sprechen würde. Das heißt, w-wenn es Ihnen nichts ausmacht.“

Nora schüttelte den Kopf. Sie spürte, dass sich der Mann schwer tat. Offenbar rang er um Worte, um etwas zu sagen – was auch immer das war. „Sie stören mich wirklich nicht, Mr Whittaker.“

„Ja, nun ... wissen Sie, w-wenn man bedenkt, dass Sie eine Menge durchgemacht haben ... Sie hatten schließlich eine schlimme Zeit ... und mir scheint, dass es für eine Frau ziemlich beängstigend sein muss, den Ozean mehr oder weniger allein zu überqueren. Oh, Sie haben natürlich Ihren Sohn. Ich habe nicht die Absicht, Daniel herabzusetzen. Er ist so ein guter Junge, so besonnen und reif für sein Alter. Dennoch, es muss äußerst schwierig sein ..."

Er hielt inne und erstarrte bestürzt. „Oh weh, ich drücke mich schlecht aus ... Ich wusste, es würde so kommen ..."

Nora hatte keine Ahnung, wie sie ihm helfen konnte, und versuchte ein schwaches Lächeln.

Whittaker erhob sich plötzlich und griff nach einem Balken in seiner Nähe, um sich abzustützen. „Ich würde Ihnen gerne", sagte er, und seine Stimme gewann ein wenig an Kraft, „meinen Sch-Schutz anbieten, Mrs K-Kavanagh. Für die Dauer unserer Reise ... und danach so lange, wie Sie wünschen."

Noras Mundwinkel gingen nach unten. Sie starrte den Mann an. „Entschuldigen Sie bitte, was haben Sie gesagt?"

„Bitte halten Sie mich nicht für anmaßend, Mrs K-Kavanagh", platzte er heraus. „Ich möchte nicht, dass Sie meinen ..."

Whittaker hielt inne und schluckte schwer. Selbst in dem trüben Licht der Laterne konnte Nora sehen, dass er errötete und zwischen einander widersprechenden Gefühlen der Sympathie und des Ärgers hin und her gerissen wurde. Sogar in den Augen eines so sanftmütigen Mannes, wie er es war, wirkte sie hilflos und schwach und brauchte dringend einen Aufpasser!

Als er so dastand und nicht allzu sicher auf seinen Füßen wirkte, ballte er immer wieder seine Hände zur Faust und öffnete sie wieder. „Ich wollte nur sagen, Mrs K-Kavanagh, dass es mir ein Vergnügen wäre, für die Dauer der Fahrt ... und so lange wie es nötig ist, nachdem wir New York erreicht haben ... Ihr ... ahm ... Beschützer zu sein. Danach ... nun, ahm, würde ich mich sehr geehrt fühlen, wenn Sie mich zumindest als ... als einen Freund betrachten würden."

Der arme Mann sah aus, als würde er gleich in Ohnmacht fallen. Nora befand sich in Verlegenheit. Halb befürchtete sie, dass er jeden Moment umfallen würde, halb war sie ärgerlich, dass sie ein weiterer Mann für hilflos hielt. Sie zwang sich, ihrer Stimme einen ruhigen Klang zu geben. „Ich – ich weiß wirklich nicht, was ich darauf sagen soll, Mr Whittaker. Ich bin Ihnen natürlich sehr dankbar ... aber Sie haben bereits so viel für mich und meine Familie getan ..."

„Oh, bitte", unterbrach Whittaker sie, zog ein Taschentuch aus seiner Westentasche und wischte sich mit zitternder Hand über die Augenbrauen, „das ist n-nicht der Rede wert! Wirklich nicht. Ich wollte Ihnen nur m-mitteilen, dass ... dass ich Sie sehr achte und dass mir Ihr Wohlergehen sehr am Herzen liegt. Und natürlich auch das Ihres Sohnes", fügte er schnell hinzu. „D-Daniel und ich, wir haben uns recht gut kennen gelernt, und er ist ein g-großartiger Junge. Wirklich großartig ..."

Seine Worte verhallten unbeendet. Nora spürte, wie grundlos Ärger in ihr aufstieg. Sie war absolut ungerecht. Dieser gute, schüchterne Mann machte sich freiwillig für sie das Leben sauer. Er versprach einer im Grunde genommen wildfremden Frau, die im Moment wohl kaum besser aussah als ein wirrer Drachen, seinen Schutz. Und ganz offensichtlich war allein der Versuch, sich verständlich zu machen, eine Qual für ihn; er schien ein sehr schüchterner Mensch zu sein.

In Wirklichkeit *mochte* sie Evan Whittaker und verdankte ihm viel. Sie zweifelte nicht daran, dass er nur die besten Absichten hatte. Aber auch er hatte etwas in ihr gesehen, einen Makel in ihrem Charakter, der sie als ungenügend kennzeichnete. Gütiger Gott, was gab es nur in ihrem Verhalten, das sie in den Augen dieser Männer einfältig und unfähig erscheinen ließ?

Sie setzte sich ein wenig aufrechter hin und musste nach der schlaffen Matratze tasten, als eine neue Welle des Schwindels sie ergriff. Whittaker sah sie schwanken und legte eine Hand auf ihre Schulter. „Ich habe Sie aufgeregt! Es tut mir Leid ..."

„Nein, nein, das ist nicht der Grund!", widersprach Nora und zwang sich, ohne Hilfe aufrecht zu sitzen. „Ich bin immer noch ... ein wenig schwach. Das ist alles. Nein, ich bin – meine Güte, Mr Whittaker, Sie haben mich ganz und gar nicht aufgeregt. Ich bin einfach nur überwältigt – von Ihrer Freundlichkeit."

Er beugte sich leicht vor, um ihr ins Gesicht zu sehen. „Bitte, Mrs Kavanagh, Sie müssen nicht mehr sagen. Sie sind wirklich recht schwach, und ich hatte nicht die Absicht, Ihnen noch z– zusätzliche Aufregung zu verursachen. Ich – d-denken Sie einfach nur daran, dass ich es für ein Vorrecht halten werde, alles in meiner Macht Stehende zu t-tun, um Ihnen diese Reise zu erleichtern. Nun denn", sagte er etwas fester, „ich werde Sie jetzt verlassen, damit Sie sich ausruhen können."

Er wandte sich zum Gehen und blieb dann stehen. „Sie sagen mir Bescheid, wenn ich irgendetwas für Sie t-tun kann?"

Nora nickte und brachte ein weiteres schwaches Lächeln zustande. „Natürlich. Und – ich danke Ihnen, Mr Whittaker."

Immer noch etwas benommen beobachtete sie, wie er zu den Unterkünften der Männer stolperte. Sie wusste wirklich nicht, was sie von dem Mann halten sollte.

Im Augenblick war sie sich nicht sicher, ob ihr das etwas ausmachte. Sie hatte die Nase voll, gründlich voll davon, dass sie den Männern, mit denen sie in Kontakt kam, als unfähig erschien. Von nun an würde sie alles tun, was nötig war, um auch nur eine Andeutung von Schwäche oder irgendein Zeichen von Abhängigkeit zu verbergen. Schließlich war sie eine erwachsene Frau mit einem Sohn und drei Waisenkindern, die sonst niemanden auf der Welt hatten.

Bewusst und mit einem neuen Gefühl der Entschlossenheit nahm sie die Seiten von Michael Burkes Brief und zerriss sie, eine nach der anderen. Als sie zusah, wie die Fetzen zu Boden flatterten, wurde sie für einen Moment von Panik ergriffen.

Vielleicht hätte sie zumindest seine Anschrift ...

Sie schüttelte die Gedanken ab und schloss ihre Augen. *Lieber*

*Herr, ich habe es wirklich satt, eine schwache, anschmiegsame Frau zu sein. Ich bitte dich jetzt, alles zu tun, was nötig ist, um mich stark zu machen ... stark in deiner Kraft, stark genug, Herr, so dass andere es nicht mehr für so nötig halten, sich um mich zu kümmern, ja, stark genug, dass ich zur Abwechslung einmal anfangen kann, mich um andere zu kümmern. Oh, ich habe Angst, Herr. Natürlich, und du weißt, dass ich entsetzliche Angst vor dem habe, was vor uns allen liegt. Aber könnten in Zukunft meine Ängste nicht unser Geheimnis sein, lieber Gott, dein und mein Geheimnis?*

Nora öffnete ihre Augen, und zum ersten Mal in ihrem Leben streckte sie ihre Hände nach oben gen Himmel. Sie schrie mit einem rauen, verzweifelten Flüstern auf und bat: *„Gott, verändere mich! Oh mein Herr – verändere mich!"*

# 31. Der schlimmste aller Schrecken

*Das fürchterliche Gespenst kam herbei.*
*Wer weiß, welche Schrecken sein rasender Gang brachte,*
*als es die Totenglocke erschallen ließ?*
Unbekannter Autor (1858)

Sie waren beinahe eine Woche auf See, als Evans Zustand sich verschlechterte. Sein Fieber stieg und seine Wunde begann zu eitern und brannte, als hielte jemand ein glühendes Brandmal an seine Haut. Dennoch gab es andere, denen es schlechter ging, und es war ihr Zustand, nicht der seine, der ihn spät am Abend zum Quartier des Chirurgen stolpern ließ.

Er fand Dr. Leary mit glasigen Augen in seiner Koje ausgestreckt. Er sah aus, als würde er gleich ohnmächtig werden.

„Entschuldigen Sie", sagte Evan steif, ohne zu meinen, was er sagte. „Ich weiß, es ist spät. Aber Sie werden d-dringend im Zwischendeck gebraucht. Wir haben Leute dort unten, die sich in größter Not befinden."

Der Arzt räkelte sich in der Koje und schielte Evan aus Augen an, die nicht mehr ganz scharf sahen.

Dr. Learys Unterkunft war eng und stank nach Whisky und Schimmel. Evan bekam einen Schwächeanfall. Sein Kopf dröhnte, die Wunde brannte, und er tastete nach der Tür, um nicht umzufallen.

„Dort unten stimmt irgendetwas n-nicht", sagte er mit schwerer Stimme. „Keine Seekrankheit. V-viel schlimmer. Bitte – Sie *müssen* kommen! Die Leute sterben!"

Der Chirurg war seit dem Tag, als sie Segel gesetzt hatten, nicht mehr im Zwischendeck erschienen, und Evan musste sich sehr beherrschen, um den betrunkenen Mann nicht anzuschreien, dass er seine Arbeit tun solle.

„Die Iren sterben doch immer", murmelte Leary betrunken. „Warum sollte ich derjenige sein, der ihr Schicksal umkehrt?"

Schreckliche Wut stieg in Evan auf, als er dastand und das verlebte Wrack von einem Mann auf der anderen Seite des Raumes betrachtete. War das alles, was sie an Hilfe erwarten konnten? Dieser betrunkene Versager, der kaum sprechen konnte? Gott helfe ihnen allen, sie *würden* umkommen!

„Sie sind selber Ire, Mann!"

Der Chirurg grunzte. „Erinnern Sie mich nicht daran."

„Dr. Leary", setzte Evan erneut an, obwohl ihm die Worte am Gaumen festzukleben schienen, „wir haben zwei L-Leichen im Zwischendeck, und so wie es heute Abend aussieht, werden wir noch vor Sonnenaufgang v-viele weitere Leichen haben. Wenn Sie nicht m-mitkommen, und zwar jetzt, verspreche ich Ihnen, dass ich mit einigen der größten und kräftigsten Männer an Bord zurückkommen und Sie *hinunterschleppen* werde! Gütiger Himmel, Sie sind *Arzt!*"

Leary stierte Evan eine weitere volle Minute lang an. Schließlich hievte er sich aus der Koje. Er schwankte heftig, als er stand, und griff nach der Kante des Schreibtisches, um seinen Fall aufzuhalten. Nach einigen weiteren Augenblicken zog er mühsam seinen Rücken vom Schreibtisch weg und fiel auf Evan zu. „Dann lass uns gehen."

Evan unterdrückte seinen Ekel und legte eine Hand auf den Arm des Mannes, um ihn zu stützen, aber der Chirurg schüttelte ihn mit einem protestierenden Grunzen ab.

„Kommen Sie, Engländer, zeigen Sie mir Ihre Leichen. Und regen Sie sich nicht so darüber auf." Er blieb kurz stehen, um Evan mit dem Finger vor seinem Gesicht herumzufuchteln. „Sie werden noch viele davon sehen, bevor diese Überfahrt beendet ist."

Der Chirurg lachte. Er torkelte durch die offene Tür. „Das ist die Wahrheit, wissen Sie. Es wird auf dieser Überfahrt noch viele Leichen für den gierigen alten Atlantik geben. Er wird sich nehmen, wen er will – das tut er immer!“

Der Arzt sah über seine Schulter zurück und blinzelte Evan mit einem eigenartigen Grinsen von einem Lächeln zu. „Und wer weiß, ob sie nicht alle besser dran wären am Busen der See als da, wo sie hingehen?“

* * *

Weniger als eine Stunde später stand Leary mit bleichem Gesicht und plötzlich stocknüchtern dem Kapitän in seinem Quartier gegenüber.

„Ich sage Ihnen, es ist das *Schwarze Fieber!*“, platzte der Chirurg heraus. Er musste seinen Kopf wegen der niedrigen Decke aus rohen Balken einziehen. Er war ein großer Mann und fühlte sich in Schells Kabine noch beengter als in seiner eigenen, obgleich der Raum des Kapitäns viel geräumiger war. Schells spartanische Unterkunft war auf seltsame Weise einschüchternd, wie ein fremdes Labor. Steril, kalt und nur für den Dienstgebrauch bestimmt.

„Typhus?“ Schell saß ganz ruhig da, seine glatten Hände auf dem Tisch gefaltet. Wie immer war der Tisch nicht überfüllt, sondern bis auf das Logbuch des Schiffes und den Sextanten leer.

„Nennen Sie es, wie Sie wollen“, zischte Leary. „Es ist der sichere Untergang! An Bord eines Schiffes ist das eine Katastrophe, das wissen Sie genau!“

Kühle blaue Augen nagelten den Arzt wie ein Insekt auf der Nadel fest. Selbst in dem trüben Licht der Laterne konnte man sehen, wie die rote Narbe in Schells Gesicht vor Wut glühte. „Wie viele?“

„Tote, meinen Sie? Bisher zwei. Aber mindestens ein halbes Dutzend sind erkrankt. Ich kann mich um sie kümmern, bevor es vorbei ist mit ihnen – aber ich muss *Ihnen* ja nicht erzählen, was das bedeutet, oder? Sie haben das doch alles schon mal gesehen."

Der schmale Mund des Kapitäns verzog sich nur ein wenig, gerade genug, um einen leichten Bruch in der marmornen Maske seines Gesichts zu verursachen. „Sagen Sie es niemandem außer dem Bootsmann und dem ersten Maat Clewes. Sie werden das Zwischendeck unter Deck einsperren."

*„Alle zusammen?"*

Schell hob die Augen, um Leary mit kühler, übertriebener Geduld zu betrachten. „Natürlich *alle zusammen*", sagte er und hob immer noch nicht seine Stimme. „Es wäre doch wohl kaum sinnvoll, nur einige von ihnen zu isolieren, oder?"

„Sie werden keine Chance haben, nicht die geringste Chance, wenn sie da drinnen wie die Ratten in der Tonne eingesperrt sind!"

Schell schwieg und war wachsam. Leary konnte das leichte Atmen des Mannes hören und sah, wie die kalten Augen des Mannes eisig wurden. Aber der Whisky hatte immer noch gerade so viel Wirkung, dass sein normales Gespür, das ihn zur Vorsicht gemahnt hätte, getrübt war. „Man sollte meinen, Sie hätten ein Interesse daran, den größten Teil Ihrer Ladung lebend abzuliefern, Kapitän, um sich Ihre Gebühr zu verdienen."

„*Unsere* Ladung", sagte Schell sanft, und sein Akzent wurde ein wenig stärker, „ist schon bezahlt, die Gebühr wurde eingesammelt – von *Ihren* Landsleuten. Alles, was wir noch zu tun haben, ist, sie in New York an Land zu bringen. Was danach geschieht, ist ausschließlich Sache der ... wie nennen Sie sie doch gleich? Der *Schlepper*."

Leary starrte den Mann, der ihm gegenübersaß, an. Schell war ein gefühlloses, kaltblütiges Ungeheuer. Der Mann hatte keine Seele. Wirklich, keine Seele.

„Schicken Sie Clewes und den Bootsmann zu mir", sagte der

Kapitän und wandte ihm den Rücken zu. „Und bleiben Sie nüchtern."

Leary starrte Schells Hinterkopf an und überlegte, ob sein Skalpell diesen Schädel aus Granit durchdringen könnte. Schließlich drehte er sich um und stürzte aus dem Zimmer – in wildem Lauf zu seiner Flasche.

* * *

*Fiabhras dubh …*

Das Schwarze Fieber. Typhus. Der schreckliche Fluch begann sich innerhalb weniger Stunden im Zwischendeck zu verbreiten. Er sprang von Koje zu Koje und erfüllte die Herzen all derer, die hörten, wie er geflüstert oder geraunt wurde, mit nacktem Entsetzen.

Keine Krankheit wurde mehr gefürchtet, keine war erschreckender als die sich hinziehenden qualvollen Schrecken des Typhus. Dies war kein rascher, gnädiger Tod, sondern Tage des Leidens und der langsamen Zerstörung, eine langwierige Qual, die jede andere bekannte Form menschlichen Leidens übertraf. Allein schon den Namen laut auszusprechen war, als ließe man die volle Wut der Hölle los.

Das Schwarze Fieber an Bord eines Schiffes bedeutete unvermeidbar eine Seuche und unvorstellbares Leiden. An diesem Abend, an Bord der *Green Flag*, bedeutete es überwältigendes Leid.

* * *

Im Gefängnis von Castlebar dachte Morgan Fitzgerald an Nora, die sich mit Daniel John an ihrer Seite an Bord des Schiffes nach Amerika befand. Er dachte an sein wunderbares Pferd, Pilgrim, und fragte sich, was aus ihm geworden war. Er dachte sogar an

Whittaker, den Engländer. Dann – obwohl er versuchte, dem Thema auszuweichen – wandten sich seine Gedanken seinem nahen Tod zu.

Es hatte keine Verhandlung gegeben – und er hatte es auch nicht anders erwartet. Er wusste nur zu gut, was geschehen würde. Sehr bald würde eines Nachts seine Zelle geöffnet werden. Männer mit Kapuzen über dem Gesicht würden ihn hinausführen und auf ein Pferd setzen. Er würde aus der Stadt gebracht werden, zu einer einsamen Baumgruppe – geeignet, um jemanden zu hängen – und das war's dann, wie man so sagt. Sein Ende.

Das war zuvor geschehen, und es würde immer wieder geschehen, und diesmal würde man es mit *ihm* machen. Er hoffte nicht auf eine Überraschung oder ein Wunder in letzter Minute. Er bezweifelte, dass Gott geneigt war, für einen Banditen ein Wunder zu tun. Und das war er ja schließlich – ein Bandit.

In den Augen der Behörden war er ein Bandit der übelsten Sorte – ein irischer Rebell, der zufällig eine überaus gute Schulbildung hatte und der einen recht guten Aufsatz schreiben konnte, der gälisches Blut aufrühren und nationalistische Leidenschaft anheizen könnte. Er hatte geraubt und geplündert, er hatte die Obrigkeit beleidigt und deren Vorgesetzte in Verlegenheit gebracht. Und all das hätte er selbstverständlich überleben können, wenn er ungebildet wäre – ungebildet und ohne jedes politische Interesse.

Oh, er war ein toter Mann, so viel war klar.

Joseph Mahon hatte gesagt, er solle für seine Seele beten, und Morgan wusste, dass der Priester Recht hatte. Das Problem war nur – er wusste nicht, wie. Wo sollte er anfangen? Was sollte er sagen? Er war zu weit gegangen. Im Verlauf der Jahre waren die Flecken der Sünde zusammengelaufen und hatten sich schließlich ins Meer der Vergangenheit ergossen, aus dem er auch nicht mehr die geringste Hoffnung auf eine Zukunft schöpfen konnte.

Außerdem sollte nur ein reuiger Sünder für seine eigene Seele beten, einer, dem seine Sünde Leid tat und der wünschte, es gäbe sie nicht mehr. Morgan nahm an, dass ihm alles, was er im Laufe seines Lebens an Unrecht getan hatte, Leid tat, und dass ihm alles, was seinen Mitmenschen Leid oder Schaden verursacht hatte, sogar *sehr* Leid tat. Aber in Wahrheit war der größte Kummer seiner Seele selbstbezogen: Er trauerte um den Verlust seiner Lieben, und ihn schmerzte die Verwüstung seines Landes.

Hätte er gewusst, wie er Reue in sich hätte erzeugen können, er hätte es getan. Aber in seinem Geist war eine schreckliche Leere, die unerreichbar zu sein schien. Und so wartete er, seltsam ruhig, in dem Bewusstsein, dass er hängen würde. Abgesehen davon, dass er gern gewusst hätte, wann es geschehen würde, war er bei dem Gedanken nicht so niedergedrückt, wie er es wahrscheinlich hätte sein sollen.

* * *

Der Priester Joseph Mahon hatte das Gefühl, von einer großen Woge der Niederlage hinuntergezogen zu werden, als er sich darauf vorbereitete, für den Hals – und die Seele – von Morgan Fitzgerald zu beten.

Der Mensch Joseph Mahon verspürte Verzweiflung und Wut, als er in seinem Zimmer hinter der Kapelle neben dem Bett kniete und daran dachte, was für einen Tod der wilde junge Dichter erleiden würde.

Joseph hatte Männer hängen sehen, hatte seinen eigenen Hals gerieben, wenn die Schlinge den Knochen zerbrach, hatte den Todeskampf der letzten Augenblicke gesehen. Er konnte den Gedanken nicht ertragen, dass Morgan Fitzgerald ein solches Ende nehmen sollte. Der Mann war ein Bandit, ein Abtrünniger, ein Schurke. Aber oh, was könnte Gott mit solch einem Mann, solch einem tapferen Herzen und mächtigen Geist tun!

Doch nur ein Narr würde Fitzgeralds Tod nicht vorhersehen. Es würde keine Verhandlung geben. Das wurde überall im Dorf und in der Grafschaft gemunkelt, und Joseph war nicht im Geringsten überrascht gewesen, als er es hörte.

Er hatte versucht, die wilde Hast zum Galgen aufzuhalten, hatte Tage damit zugebracht, an die Tür jedes Richters in der Gegend zu klopfen, der vielleicht geholfen hätte, dem Strick des Henkers Einhalt zu gebieten. Aber überall, wohin er kam, hörte er denselben Klang: die Totenglocken für Morgan Fitzgerald.

Und doch wusste er, dass es irgendwie aufgehalten werden musste. Der Mann, der im Gefängnis von Castlebar wartete – auf den Tod wartete –, musste verschont werden, vor dem Strick gerettet werden, und zwar um jeden Preis. Das Land brauchte den Mann dringend, und es würde ihn in der Zukunft sogar noch dringender brauchen.

Der Priester hatte nur noch eine Hoffnung – eine einzige –, um Morgan vor dem Galgen zu retten. Aidan Fitzgerald, Morgans Vater, hatte ihm in seiner letzten Beichte diese Hoffnung gegeben, bevor ihn der Alkohol umbrachte.

Aber wie sollte er diese Hoffnung bergen, wie konnte er sie für Morgan einsetzen, ohne gegen das Beichtgeheimnis zu verstoßen und gegen Aidans Willen für seinen Sohn zu verstoßen?

*Wie, Herr?*

Es gab einen Mann. Einen Mann in Dublin, der das Schicksal wenden könnte. Wenn er wollte.

Joseph betete. Er betete um Erleuchtung, um ein Wort der Weisheit, um eine mächtige Tat Gottes, die das Leben eines Mannes – und auch seine Seele – retten würde.

# 32. Geheimnisse an Bord der *Green Flag*

*Im Stich gelassen, preisgegeben*
*an die Sorge und das Leid.*
*Wird die See je Hoffnung wecken –*
*Befreiung von Hoffnungslosigkeit?*
(Unbekannter Autor – 19. Jahrhundert)

Daniel und seine Mutter kämpften sich die Leiter hoch zur Luke. Sie umklammerten mit wilder Entschlossenheit die splitternden Sprossen. Hinter ihnen schnappten Hände und versuchten, sich hinaufzuschieben und sich von dem Gestank der Krankheit und des Todes zu befreien, der jetzt das Zwischendeck erfüllte.

Beim ersten Klang der Morgenglocke, gleich nach Tagesanbruch, versuchte jeder im Zwischendeck, der gesund und kräftig war, an die Leiter zu kommen. Wenn man das Vordeck als Erster erreichte, war das zwar keine Garantie dafür, dass man bald einen Platz am Ofen bekam. Dieser Segen war denen vorbehalten, die noch etwas hatten, um mit dem Koch zu handeln, wie zum Beispiel Bestechungsgeld oder die Schmeicheleien eines hübschen Mädchens. Trotzdem gab es jeden Morgen ein wildes Gedränge, um die Kombüse zu erreichen, den offenen Herd, der den Passagieren vom Zwischendeck als Küchenherd diente.

An diesem Morgen war das Gedränge unter der Luke sogar noch schlimmer als sonst. Alle wollten fieberhaft dem Elend ihrer Quartiere entkommen – nicht so sehr, um einen Vorteil in der Kombüse zu erreichen, sondern um dem ganz normalen Grauen, mit zwei toten Leibern eingesperrt zu sein, zu entkommen.

Zwei waren spät in der Nacht gestorben: eine alte Großmutter und ein kleines Mädchen. Kurz darauf begannen wilde Gerüchte auf dem gesamten Deck zu kursieren. Man sprach sogar vom Schwarzen Fieber, obgleich bisher niemand bereit zu sein schien, es fest zu behaupten.

Man hatte die Opfer nach einer flüchtigen Untersuchung durch den Chirurgen in ihren Kojen sterben lassen. Dr. Leary hatte es äußerst eilig gehabt, wieder zu gehen, und die Fragen und Bitten der verängstigten Passagiere, die versuchten, sich um ihn zu drängen, nicht beachtet.

*Wenn schon der Chirurg selbst sich in solch einer Aufregung befindet,* dachte Daniel bitter, *ist es dann ein Wunder, wenn die Passagiere unbedingt fliehen wollen?*

Trotz der Dunstglocke des Todes und der unheilvollen Gerüchte war sein eigenes Herz an diesem Morgen leichter als in den ganzen letzten Tagen. Zum ersten Mal, seit sie an Bord der *Green Flag* gegangen waren, schien seine Mutter wieder sie selbst zu sein. Oh, ihre Traurigkeit war immer noch schmerzlich sichtbar, aber zumindest hatte sie zwei Tage hintereinander ihre Mahlzeiten gegessen.

Heute war sie noch vor der Morgenglocke zu ihm gekommen, kurz nachdem er aufgewacht war. Er hatte sofort gesehen, dass sie ihr Haar gekämmt und ihr Gesicht gewaschen hatte.

Sie hatte ihn angelächelt und ihm einen der zwei Kochtöpfe gereicht, die sie trug. „Du brauchst heute ein warmes Frühstück, Daniel John“, sagte sie, fast genauso, wie sie es gesagt hätte, wenn sie noch zu Hause gewesen wären. „Es ist wichtig, dass wir essen und kräftig werden, damit wir das Fieber abwehren können.“

„Du glaubst also, dass es das ist – das Schwarze Fieber?“

Sie hatte ihre Augen abgewandt und genickt und dann mit gezwungener Stimme geantwortet: „Ich habe es früher gesehen, vor einigen Jahren im Dorf. Nach dem, was sie über die Leiber sagen, habe ich keinen Zweifel, dass es Typhus ist.“

Statt Angst zu zeigen, wie Daniel erwartet hätte, wirkte sie erstaunlich ruhig und sachlich.

Jetzt, wo sie sich an der Leiter festhielten und darauf warteten, dass die Luke geöffnet wurde, schien sie immer noch energisch und beherrscht zu sein. Sie sah über ihre Schulter zurück und sagte: „Wir werden Katie und Johanna das Frühstück mitbringen. Sie kümmern sich um den kleinen Tom, damit ich auf Deck gehen kann. Und wir werden auch genug für Mr Whittaker kochen. Allerdings zweifle ich, dass er etwas essen wird, wenn er so krank ist, wie du sagst."

Dem Engländer war es während der Nacht immer schlechter gegangen. Sein Gesicht war hochrot und seine Augen eingefallen vom Fieber, und er hatte sich im Schlaf wie ein Wahnsinniger verhalten. „Ich werde ihn mir ansehen, sobald wir zurückkommen", fuhr seine Mutter fort. „Oh, und Daniel John, ich werde die Kiste mit den Medikamenten brauchen. Katie fiebert auch leicht."

„Sie ist unter meiner Koje", sagte Daniel John, und seine gute Laune sank bei ihrer Bemerkung über Katie. Beunruhigt erinnerte er sich daran, wie blass seine Freundin am Vortag gewesen war und wie lustlos und schwach sie jedes Mal zu sein schien, wenn sie zusammen waren. „Mutter, du glaubst doch nicht, dass Katie ..."

Er brach ab, als sich die Luke plötzlich öffnete und einen dünnen Lichtschleier der Morgendämmerung hereinließ. Der dickbäuchige mürrische Mann aus einer Nachbarkoje stieß Daniel in den Rücken, und Daniel trat instinktiv mit einem Bein um sich, um nicht von der Leiter gestoßen zu werden.

Nur fünf oder sechs Leute waren vor ihm und seiner Mutter, so dass er mühelos den Matrosen hören konnte, der nun in der Luke stand und mit harten schwarzen Augen auf sie hinunterstarrte. „Geht alle zurück zu euren Quartieren! Niemand darf heute auf Deck! Solange der Kapitän nichts anderes sagt, seid ihr bis auf weiteres unter Quarantäne!"

„*Quarantäne? Weshalb?*“ Ein rothaariger Mann ganz oben auf der Leiter feuerte diese Frage ab.

„Zwei von euch sind am Schwarzen Fieber gestorben, deshalb!“, gab der Matrose zurück und zog verächtlich die Mundwinkel hoch.

„Wer hat Anweisung gegeben, dass wir unter Quarantäne stehen?“, rief ein anderer Mann, der auf halber Höhe auf der Leiter stand.

„Der Arzt! Und jetzt geht alle wieder nach unten!“

„Aber wie lange werdet ihr uns hier unten festhalten?“, schrie ein Mann am oberen Ende.

„Darüber wurde nichts gesagt.“ Der Matrose begann, die Luke zu schließen, hielt dann aber inne, als eine dünne Frau mit grauem Gesicht, die fast ganz unten auf der Leiter stand, schrie: „Ihr könnt uns nicht einfach hier unten einschließen, in diesem – Loch! Wir können uns kein Essen kochen! Wir können nicht einmal zur Toilette!“

Ihre Wut fing Feuer und verursachte eine Serie von wütenden Protesten. Die Leute begannen, sich auf der Leiter weiter nach oben zu kämpfen, auf die Luke zu. Diejenigen, die noch auf dem Boden waren, begannen, sich zu bewegen, bis schon bald ein Schwarm von Händen nach der Leiter griff und drohte, jeden herunterzuwerfen, der sich darauf befand.

„Ihr bleibt unter Deck, bis man euch etwas anderes sagt!“, rief der Matrose und schüttelte durch die Lukenöffnung mit der Faust nach ihnen. „Jetzt steigt runter in euer Loch, wo ihr hingehört!“

Mit zwei kräftigen Händen gab er dem Mann oben auf der Leiter einen derben Schubs, stark genug, um ihn rückwärts taumeln zu lassen. Der Mann schrie, während er schwankte, und fiel dann hilflos von der Leiter, wodurch die Frau und das kleine Mädchen hinter ihm ihre Balance verloren. Die Leiter selbst knarrte und wackelte.

Daniel fasste seine Mutter mit einer Hand um die Taille und

stützte sie beide mit der anderen am Schiffskörper ab, während ihre Kochtöpfe auf den Boden klapperten. Der kräftige Mann hinter ihm stieß einen Fluch aus. Daniel warf ihm über die Schulter einen Blick zu und schrie: „Steig *runter!* Steig von der Leiter runter!"

Der Mann verfluchte ihn wieder, drehte sich aber um und schrie den Menschen hinter ihm dieselbe Warnung zu. Schließlich ließen sie sich einer nach dem anderen auf den Boden herab. Einen Augenblick später folgten Daniel und seine Mutter.

Während einige gingen und denen halfen, die gefallen waren, drängten sich andere am Fuße der Leiter, murmelten und sahen sich voll Furcht und Wut um.

Ein älterer Mann mit einer Adlernase und einem Spazierstock schrie zu dem Matrosen hinauf, der immer noch in der Luke stand und mit finsterem Gesicht auf sie hinuntersah. „Gott bewahre, Mann, Sie müssen uns zumindest helfen, die Leichen hier herauszubekommen! Wir können hier unten keine toten Leiber herumliegen lassen!"

Der Matrose sah ihn böse an, fluchte und schloss dann die Tür mit einem lauten Knall.

Innerhalb von Sekunden schwoll das ärgerliche Gemurmel der Menschenmenge zu wütenden Drohungen und Schmähungen an. Daniel konnte die Angst, die in der Luft lag, geradezu riechen. Fragen flogen zwischen den Kojen hin und her und trafen auf ängstliche Prophezeiungen und besorgte Ausrufe. Bald erscholl ein allgemeines Klagen. Frauen weinten, Kinder quengelten, und die Männer standen für sich und fluchten und tobten.

Plötzlich erscholl ein hoher Schreckensschrei quer durch den Raum: *„Fiabhras dubh! Fiabhras dubh!* Es ist das Schwarze Fieber!"

Vorsichtig, um sich nicht den Kopf an der niedrigen Decke –

die eigentlich die Unterseite des Hauptdecks war – zu stoßen, streckte sich Daniel und reckte seinen Hals, um zu sehen, woher der Schrei kam. Am anderen Ende der Männerquartiere beugte sich ein blonder Junge, der so alt aussah wie Daniel, über eine der niedrigeren Kojen. Seine Augen waren vor Furcht geweitet. *„Ihre Gesichter! Oh Gott, erbarme dich, ihre Gesichter – sie sind fast schwarz!“*

Daniel machte einen Satz nach vorn, aber seine Mutter packte seinen Arm und hielt ihn zurück. *„Nein!* Bleib weg davon!“

Er erstarrte und sah sie an.

„Lasst nur die, die das Fieber schon hatten und überlebt haben, in die Nähe der Leichen gehen“, sagte sie und umklammerte seinen Arm. „Es ist für sie nicht so gefährlich. Wir anderen müssen tun, was wir können, damit es sich nicht so schnell ausbreitet!“ Ihr Blick bohrte sich in seine Augen. „Es sind zu viele Menschen von uns abhängig. Wir dürfen das Fieber nicht bekommen, Daniel John. Wir müssen gesund bleiben!“

Daniels Blick wanderte von seiner Mutter zu der Koje auf der anderen Seite des Raumes. Einige Männer hatten sich bei dem erschreckten Jungen versammelt und starrten jetzt auf die Bewohner der Koje. „Aber was können wir tun? Es ist doch fast unmöglich, sich *nicht* anzustecken, eingesperrt in diesem ... *Verlies!“*

Er schwieg, bestürzt darüber, wie schnell er seiner Angst nachgegeben hatte. Selbst in seinen eigenen Ohren klang er wie ein überängstliches Kind.

„Wir werden tun, was wir tun müssen“, sagte seine Mutter. Ihre Stimme war unerwartet sanft. Sie umklammerte immer noch seinen Arm und fügte hinzu: „Und du kannst sicher sein, dass es viel zu tun geben wird. Aber zunächst müssen wir uns um Mr Whittaker kümmern. Jetzt beeile dich und hole mir die Medizinkiste.“

Daniel sah sie an. Diese neue beunruhigende Stärke verwirrte ihn beinahe genauso sehr wie das Chaos, das sie umgab.

„Daniel John, *bitte*. Ich habe auch Angst. Aber wir müssen tun, was wir können, solange wir noch stark sind.“

Er sah den Blick in ihren Augen. Es war eine dringende Bitte an ihn, ein Mann zu sein, zumindest für diesen Moment.

Die panische Angst, die in seiner Kehle aufstieg, drohte ihn zur Heulsuse zu degradieren. Aber er holte tief Luft, nickte und folgte ihr dann den Gang hinunter.

* * *

Evan versuchte angestrengt, das Gesicht klar zu erkennen, das sich zu ihm niederbeugte. Die Koje, die stinkende Laterne, die von der Decke hing, ja sogar das Gesicht der Frau schwankte betrunken vor ihm hin und her.

Jetzt sah er in zwei gleiche Gesichter, zwei Nora Kavanaghs. Er sah, wie er sich in beiden Augenpaaren spiegelte. Die Augen blickten besorgt ... oder war es Angst, die ihn ansah?

Er versuchte zu sprechen, aber jemand hatte seinen Mund zugenäht. Ein Gewicht lag auf seiner Zunge, eine glühende Kohle ...

Anstatt zu reden versuchte er, seine Hand zu heben und irgendein Zeichen zu geben. Aber sein Arm war an der Koje festgebunden worden. Der Schmerz hielt ihn fest. Seine andere Hand war frei, aber steif und taub, leblos.

Er versuchte, sich aufzusetzen, aber Hände hielten ihn unten, drückten ihn in die Koje.

„Es ist alles gut, Mr Whittaker. Wir werden uns um Sie kümmern. Entspannen Sie sich. Ruhen Sie sich einfach aus und entspannen Sie sich ... es ist alles in Ordnung.“ Die beiden Gesichter sprachen, als wären sie eins, und lächelten freundlich.

Heiß ... ihm war so heiß ... und ein Heer von Messern stach und schnitt in seine Schulter.

Die beiden Nora Kavanaghs sagten etwas. Ihre Stimmen hallten wieder, trieben davon ... Der junge Daniel schwebte näher, runzelte die Stirn. Seine Augen brannten und erhitzten Evans Haut noch mehr. Warum sah der Junge so erschrocken aus?

Wieder versuchte er zu sprechen. Aber es kam nichts. Gedemütigt liefen ihm die Tränen die Wangen hinunter ... heiße Tränen ... kochend heiß, wie seine Haut und der Schmerz in seiner Schulter.

*„Bitte wehren Sie sich nicht, Mr Whittaker. Wir werden uns um Sie kümmern ... versuchen Sie, sich auszuruhen.“* Die Stimme des Jungen klang dünn, weit weg, verblasste ...

Etwas Kühles berührte seine Stirn ... es tat so gut. Er durfte nicht weinen ... was würde sie denken? Er wollte nicht, dass sie ihn für schwach hielt. Er sollte sich doch um *sie* kümmern ...

# 33. Wo ist Gott?

*Fürchte die See nicht,*
*selbst wenn es stürmt.*
*Jesus ist bei dir,*
*er geht neben dir.*
Joseph Sheridan LeFanu (1814 – 1873)

Daniel richtete sich auf. Sein Blick wanderte von Evan Whittaker, der sich in seiner Koje wand und offensichtlich Qualen litt, zu seiner Mutter. Ihre Augen zeigten, dass sie außer sich war, und in dem schwankenden Licht der Laterne, die über ihnen hing, war ihr Gesicht bleich vor Schreck.

Mit zitternden Händen teilte sie behutsam den zerrissenen Ärmel vom Hemd des Engländers, um seine verbundene Schulter zu untersuchen. Der üble Geruch, der von den blutgetränkten Verbänden ausging, zwang Daniel, sich kurz abzuwenden, aber seine Mutter beugte sich weiter über Whittaker und schüttelte besorgt ihren Kopf, während sie sich, so gut sie konnte, um ihn kümmerte.

„Daniel John, wir *brauchen* den Arzt, und zwar bald!", flüsterte sie rau. „Ich bin mir sicher, dass seine Wunde entzündet ist. Sein Zustand hat sich sehr verschlechtert!"

„Ich habe es *versucht*, Mutter!" Er und Hugh MacCabe, der Bauer in der Nachbarkoje, hatten an dem Tag drei vergebliche Versuche unternommen, einen Matrosen auf sich aufmerksam zu machen, indem sie gegen die verschlossene Tür der Luke gehämmert hatten. „Sie haben uns nicht geantwortet!"

Seine Mutter blickte zur Leiter, die nun schon zwei Tage lang nicht benutzt worden war, außer wenn jemand aus schierer Verzweiflung hinaufstieg, um gegen die Tür zu hämmern, damit jemand öffnete. Sie waren *wirklich* verzweifelt. Einige standen kurz vor einer Hysterie. Sie hätten genauso gut im Gefängnis sein können, so hoffnungslos schien ihre Not zu sein.

Der Gestank im Zwischendeck, der vorher schon unerträglich war, war jetzt gar nicht mehr auszuhalten. Das bloße Atmen war zu einer weiteren Form des Leidens geworden. Unter den meisten Kojen lauerten nasse, schmutzige Lumpen, vergammelte Essensreste, ja sogar Kot. Ohne Belüftung erfüllten die überwältigenden Gerüche von verbrauchter Luft, menschlichem Abfall und stinkendem Schmutz den ganzen Frachtraum mit einem Gestank, der entsetzlich genug war, um einen Matrosen zu fällen – falls er es auf sich genommen hätte, sich in diese Grube des Grauens hinunterzuwagen.

Abgeschnitten von den Latrinen und ohne eine Möglichkeit, frische Luft oder warmes Essen zu erhalten, waren die Passagiere verloren. Sie wurden zu Dutzenden krank – an Seekrankheit, Durchfall und Fieber. Es waren drei neue Krankheitsfälle aufgetreten, bei denen Verdacht auf das Schwarze Fieber bestand. Und schon jetzt lag eine weitere Leiche im Männerbereich. Es war ein alter Mann, der die ganze Nacht geschrien hatte, bevor er gestorben war.

Nichts in Daniels schlimmsten Alpträumen hätte ihn auf das Grauen in dieser Hölle vorbereiten können, in der sie jetzt gefangen waren. Er hatte das Gefühl, in einem dunklen Abgrund zu leben, als habe die See die *Green Flag* verschlungen und trüge sie nun auf einem schrecklichen Kurs in den Untergang hinein.

Dunkelheit umgab sie, ein Leichentuch des Bösen zog sie hinein, tiefer und tiefer, Tag für Tag. In der letzten Nacht hatte er beim Einschlafen die Schreie der Leidenden und Sterbenden gehört. Sein letzter Gedanke war ein stummer Schrei seiner Seele gewesen: *Wo ist Gott inmitten all dieses Wahnsinns, dieses Elends? Wenn das Böse mit solcher Macht gegenwärtig ist ... wo ist dann Gott?*

Und beinahe gleichzeitig ergriff ein weiterer Gedanke Besitz von seinem Denken, um ihn zu quälen: *Wie konnte uns Morgan das nur antun?*

Hatte er sich nicht die Mühe gemacht, sich das Schiff und die Mannschaft anzusehen? Daniel konnte sich nicht vorstellen, dass er sie an Bord gebracht hätte, wenn er auch nur den leisesten Verdacht bezüglich des Schiffs gehabt hätte. Doch wie war es möglich, dass er *nichts* gemerkt hatte? Er hatte doch schließlich die Vorbereitungen getroffen.

Aber was machte das jetzt schon aus? Sie konnten nicht zurück. Es gab kein Entkommen.

Und keinen Morgan, um ihre Klagen auszuräumen. Es war jetzt *seine* Aufgabe, zu tun, was er konnte, um seine Mutter und die Kinder zu schützen.

Und Evan Whittaker zu helfen.

Daniel sah auf den Engländer hinunter. Er war durch das Fieber völlig durchgeschwitzt und außer sich vor Schmerzen. Sein einst adrettes weißes Hemd war zerrissen und blutbefleckt, sein schmales Gesicht verschmiert. Daniel bemerkte plötzlich, dass Whittaker ohne die seltsamen kleinen Brillengläser, die er immer trug, erstaunlich jung und verletzlich aussah. Bisher hatte er Whittaker nie für jung gehalten, und schon gar nicht für ein verletzliches menschliches Wesen, wie er selbst es war.

Eine frische Woge von Gefühlen durchströmte ihn, als er aufs Neue erkannte, was er diesem Mann verdankte. Er hatte sich für ihre Nöte engagiert und lag jetzt leidend in ihrer Mitte – alles, weil er versucht hatte, ihnen zu helfen.

*Größere Liebe hat niemand als die, dass er sein Leben hingibt für seine Freunde ...*

*Aber wir waren nicht seine Freunde,* dachte Daniel, und er spürte einen Kloß in seinem Hals. *Wir waren völlig Fremde, sogar Feinde, als Evan Whittaker für uns alle sein Leben riskiert hat. Wir haben ihm nichts bedeutet, nichts außer unbekannten Namen und fremden Gesichtern.*

Tief in seinem Geist begann sich etwas zu regen. Eine sanfte Wärme begann, langsam aus den tiefsten Tiefen seines Wesens aufzusteigen.

Und plötzlich kannte Daniel die Antwort auf seine Frage. Er wusste, wo Gott war.

Er war hier, in den Wirren ihres Elends. Inmitten ihres Leides. In der aufopfernden Liebe des schmerzgepeinigten Evan Whittaker. In diesem demütigen Herzen, aus dem die Liebe Christi so reichlich geflossen war. Gott war *hier*.

Immer noch stärker und strahlender als das Böse, das überall um sie herum lauerte, *war Gott hier …*

„Daniel John?"

Er blinzelte, als er die Stimme seiner Mutter hörte, und sah von ihr zu Whittaker hinüber.

„Du musst es noch einmal versuchen. Vielleicht kommt diesmal jemand."

„Ja, in Ordnung. Ich gehe sofort, Mutter. Ich werde gehen und an die Lukentür hämmern, bis *irgendjemand* kommt. Ich werde sie *zwingen*, zu öffnen, oder ich werde sie wahnsinnig machen mit meinem Hämmern!"

Nora sah ihren Sohn fragend an. Dann nickte sie und wandte sich zurück zu Whittaker. Sie saß bei dem Mann, der sich im Delirium befand, und sang leise wie eine Mutter für ihr Kind, das zur Ruhe kommen soll, und tupfte weiter mit sanften Bewegungen sein rotes Gesicht ab. „Aye, versuch es noch einmal, Daniel John. Mr Whittaker kann nicht länger so liegen bleiben. Wir müssen sofort Hilfe für ihn bekommen!"

Daniel hastete die Leiter hinauf. Er beachtete die Splitter nicht, die sich in seine Hände bohrten. Als er oben angekommen war, hämmerte er, so stark er konnte, gegen die Tür. Als seine Anstrengungen mit Stille beantwortet wurden, kletterte er nach unten zurück und nahm sich einen eisernen Topf, der in einer Ecke zwischen dem Müll lag.

Als er diesmal oben ankam, begann er, den Topf gegen die Tür zu schmettern, wieder und wieder. Während er auf das verrottende Holz eintrommelte, schrie er wie ein Wilder. *„Wir haben eine Leiche hier drinnen! Öffnet die Luke und helft uns, sie hinauszubringen!“*

Schließlich flog die Tür auf und der Matrose, der dafür zuständig war, ihnen ihre tägliche Wasserration herunterzureichen, erschien in der Öffnung. Sein Gesicht war wutverzerrt, als er Daniel anstarrte. „Hör mit diesem Lärm auf, du kleines irisches Balg!“

Daniel bäumte sich auf. Er warf den Kochtopf zu Boden und quetschte seinen linken Arm und sein linkes Bein an der kräftigen Gestalt des Matrosen vorbei durch die Öffnung. Dann ergriff er die Umrandung der Luke, schaffte es, sich an dem Matrosen vorbeizuschieben, stieß ihn zur Seite und begann, das Deck hinunterzurennen.

Er hatte keine Ahnung, in welche Richtung er laufen musste oder wo er Dr. Leary finden könnte, aber er lief wie ein Pfeil, der sein Ziel sucht, nach achtern zum Heck.

* * *

Es war keine Überraschung für William Leary, dass Abidas Schell ein Herz aus Stein hatte. Er kannte den Mann schon zu lange, um noch etwas anderes zu glauben. Und bisher hatte diese Reise seinen Eindruck nur bestätigt.

Im Moment stand Schell steif und gerade auf dem Achterdeck, völlig gleichgültig gegenüber den Protesten, die Leary für die armen Teufel im Zwischendeck vorbrachte.

Leary war zur Abwechslung einmal nüchtern, ein Zustand, in dem sein Zorn sehr viel schneller aufflammte, als wenn der Whisky ihn betäubte. Schells überhebliche Kühle hatte den Zorn des Chirurgen bereits entzündet, und mit jeder weiteren Minute, die verstrich, loderten die Zornesflammen höher.

Zu allem Überfluss war Leary wegen des aufkommenden Sturmes gereizt wie ein verwundetes Stinktier. Die Atlantikbrisen waren bereits zu starken Winden geworden. Das straff gespannte Tauwerk summte und klagte, während die Wellen das Schiffsheck hoben und die Gischt über das Deck spritzte.

Leary wischte sich den salzigen Schaum aus dem Gesicht und fuhr mit der Hand über seine Nackenmuskeln, die angespannt waren vor Nervosität. Der Gedanke an einen Sturm auf See versetzte ihn jedes Mal in Angst, aber einen Sturm durchzustehen mit einem Waghals wie Schell am Ruder ließ ihm das Blut in den Adern erstarren.

Der Kapitän traf mit verbissenem Gesichtsausdruck Vorbereitungen für den herannahenden Sturm und nutzte die Arbeiten als Vorwand, um Learys Anwesenheit zu ignorieren. Aber der Arzt ließ sich nicht täuschen. Dieser Mann war durchaus in der Lage, eine ganze Serie abgehackter, präziser Befehle zu brüllen und gleichzeitig ein halbes Dutzend anderer Unterhaltungen zu verfolgen.

Schell hatte einfach kein Mitleid für die armen Kerle dort unten. Sie interessierten ihn nicht.

Leary wünschte sich fast, er sei genauso herzlos.

Der Kapitän beobachtete die Mannschaft, die fieberhaft arbeitete, um einige der Segel, die sonst ständig aufgezogen waren, einzuholen und die Marssegel doppelt zu reffen, und Leary verspürte plötzlich einen heftigen Hass, als er den Gesichtsausdruck des Kapitäns betrachtete.

Er wusste, dass Schell nur ungern Segel einholte. Der Mann führte jeden nur möglichen Quadratmeter Segel, den er noch zu setzen wagte, und ließ das Schiff am Rande seiner Kapazität segeln. Die wenigen Matrosen, die fundierte Kenntnisse hatten – und es *waren* wenige – murrten ab und zu nervös, sie würden irgendwann alle für die Verantwortungslosigkeit ihre Kapitäns zahlen müssen. Einer oder zwei hatten es sogar gewagt, Schells

Anweisungen in Frage zu stellen. Aber er hatte befohlen, sie bis zur Bewusstlosigkeit auszupeitschen, und das hatte jedem Zweifel an seinem Urteilsvermögen ein Ende gesetzt.

Leary unternahm einen weiteren Versuch, Schells Aufmerksamkeit zu erlangen. Er stellte sich jetzt direkt vor den Mann. „Dann lassen Sie sie wenigstens abwechselnd nach oben kommen, gerade lange genug, um ein wenig frische Luft zu schnappen", sagte er. „Immer nur ein paar gleichzeitig können keinen Schaden anrichten, und je gesünder wir sie erhalten können, umso besser für uns alle."

„Das gesamte Zwischendeck steht unter Quarantäne, und das wird so bleiben, bis ich sicher bin, dass es keinen weiteren Ausbruch von Typhus geben wird." Schell antwortete zerstreut, sein Blick war nach oben gerichtet, wo ein leichtfüßiger Jüngling auf einen alles überragenden Mast kletterte.

Endlich senkte er den Blick und sah Leary an. „Da Sie der Chirurg sind, nehme ich doch an, dass Ihnen das Wohl des gesamten Schiffes am Herzen liegt und nicht nur das von ein paar armen Iren im Zwischendeck."

*„Ein paar?"* Leary warf Schell einen ungläubigen Blick zu. „Es sind mehr als zweihundert dort unten!"

Der Kapitän zuckte mit den Schultern.

„Und was ist mit diesen armen chinesischen Mädchen, die Sie in die Kabinen mit dem Opium eingesperrt haben? Gütiger Himmel, sie sind noch Kinder! Nur Kinder! Gibt es denn *nichts* auf der Welt, was Ihnen genauso viel bedeutet wie Gold?"

Er schwieg. Es machte ihn wütend, dass der andere nicht reagierte. „Nun, dann beantworten Sie mir doch diese Frage, Mann: Was passiert, wenn Sie Ihre unglücklichen Iren und Ihre kleinen Kinder-Huren tot abliefern und nicht lebendig? Was wird dann aus Ihrem *Geschäft*, he?"

Schells eisiger blauer Blick blieb völlig unverändert, aber die Drohung, die in seiner Stimme lag, war nicht zu überhören.

„Ich meine, dass unser Arrangement Ihren Segen hatte, *Doktor.* Schließlich waren Sie es, der die Verhandlungen führte."

Leary schluckte. „Sie haben mir keine Wahl gelassen, das wissen Sie ganz genau", murmelte er und zwang sich, nicht vor Schells eisigem, verachtendem Blick zurückzuschrecken.

*„Doktor! Dr. Leary – bitte, Sir, Sie müssen kommen!"*

Leary wirbelte herum, und Schell blinzelte vor Überraschung, als ein wild dreinblickender Junge auf sie zugerannt kam.

Es war der junge Bursche, der mit dem verwundeten Engländer zusammen reiste. Er schnappte nach Luft und sah schwach, vielleicht sogar krank aus.

„Was machst du hier?" Schells Stimme knallte wie ein Gewehrschuss. „Wie bist du auf Deck gekommen?"

Keuchend sah der Junge von Leary zum Kapitän. „Bitte, Sir, es tut mir Leid, aber wir brauchen dringend den Arzt! Mein Freund, Mr Whittaker, wird vielleicht sterben!"

Schell starrte den Jungen an, als ob er ein Wurm wäre. „Denker, hierher!", rief er einem Matrosen zu, der in der Nähe war. „Steck diesen Bettler runter ins Zwischendeck, wo er hingehört."

„Nein! Ich gehe nur, wenn der Chirurg mitkommt!"

Schell stand einen Moment regungslos da. Dann, ohne jede Vorwarnung, schoss seine Hand vor, und er schlug den Jungen auf die Wange, stark genug, um ihn zum Taumeln zu bringen.

Instinktiv hob Leary die Hand, nicht nur, um den Jungen zu stützen, sondern auch, um den wütenden Kapitän abzuwehren. Aber Schell hatte seine Hand schon sinken lassen und wieder seine unerschütterliche Maske aufgesetzt.

Der Matrose, den er gerufen hatte, trat jetzt hinter den Jungen und zerrte ihm beide Arme auf den Rücken. Der Junge kämpfte und schrie auf. Seine Augen funkelten vor Wut, als er Schell breitbeinig gegenüberstand.

„Unsere Überfahrten sind bezahlt“, sagte er, und seine Stimme zitterte vor Ärger. „Wir haben Anspruch auf einen Arzt, und das ist alles, was ich will!“

„Du hast einen Anspruch darauf, an der Webeleine aufgehängt zu werden“, erwiderte Schell und wies auf die geteerten Taue, die als Leitern benutzt wurden, „wenn du auch nur noch einmal den Mund aufmachst. Du hast dir ohnehin schon eine Nacht im Ruderhaus verdient.“

„Nun hören Sie aber auf!“, platzte Leary los. „Ich wollte heute Abend sowieso hinuntergehen, um sie alle zu untersuchen. Ich werde jetzt mit ihm gehen, anstatt noch zu warten.“

Einen Augenblick dachte er, Schell würde es ihm verbieten und bei seiner Absicht bleiben, den Jungen einzusperren. In einem seiner Augenwinkel spannte sich ein Muskel, und die hässliche Narbe schien zu lodern und zu pulsieren. Aber schließlich nickte er dem Matrosen zu und sagte: „Lass ihn gehen. Es gibt Wichtigeres zu tun, als sich um einen irischen Betteljungen zu kümmern.“

„Komm, du kleiner Dummkopf!“, fuhr Leary ihn an, der sich schon ärgerte, dass er dazwischengetreten war. Seine impulsive Verteidigung des Jungen würde keinem von ihnen gut tun.

Er nahm den Jungen beim Arm und zog ihn halb hinter sich her über das Deck, wobei er ununterbrochen brummte. „Ich wüsste doch zu gerne, warum du dich dermaßen um einen stinkenden Engländer sorgst. Was bedeutet er dir denn schon? Er ist es mit Sicherheit nicht wert, dass du dir den Zorn eines Mannes wie Schell zuziehst, das kann ich dir sagen.“

„Mr. Whittaker hat uns das Leben gerettet!“ Der Junge versuchte, sich aus Learys Griff zu befreien, indem er sich drehte und wand. „Wir sind es ihm schuldig, dasselbe für ihn zu tun.“

Leary sah ihn an. „Du solltest dem Kapitän ab jetzt am besten aus dem Weg gehen, wenn du nicht am Ende einer Peitsche landen willst. Es ist ihm egal, wie jung oder alt du bist.“

„Er hat kein Recht, einen Passagier auszupeitschen! So viel weiß sogar ich!"

*„Du weißt überhaupt nichts!"*, schrie Leary, packte ihn erneut am Arm und zwang ihn, stehen zu bleiben. *„Nichts!* Schell ist das Gesetz auf diesem Schiff, und du bist in seinen Augen nicht mehr als Fliegendreck. Wenn dir deine Haut lieb ist, bleib ihm aus den Augen!"

Der Junge war einen Moment lang still. Leary fühlte sich unter dem Blick seiner durchdringenden blauen Augen zunehmend unwohl.

„Was für ein Schiff *ist* dies eigentlich?", fragte er leise. „Jedenfalls ist es nicht so, wie uns gesagt wurde. So viel steht fest."

Leary geriet in Wut und verstärkte seinen Griff um den Arm des Jungen. „Ich weiß nicht, was man dir gesagt hat, Junge, aber du solltest besser auf das hören, was *ich* dir jetzt sage. Du tust weder dir selbst noch deiner Familie einen Gefallen, wenn du Probleme machst. Bleib ruhig und geh ihm aus dem Weg, wenn du Amerika sehen willst."

Leary betrachtete den Jungen einen weiteren Augenblick. Dann lockerte er leicht seinen Griff, hielt ihn aber vorsorglich weiterhin fest.

„Na gut, komm jetzt", befahl er, schon etwas besänftigt, als er wieder begann, den Jungen neben sich herzuziehen. „Wenn du willst, dass ich mir deinen Engländer ansehe, mach mir keine Probleme mehr. Und wenn dein Hirn auch nur so groß ist wie eine Erbse, dann zeig dich nicht wieder außerhalb des Zwischendecks, bevor man es dir gesagt hat. Dies Schiff ist ein gefährlicher Ort für aufdringliche Kinder."

Der Blick des Jungen durchbohrte Learys Gewissen. Einen Moment lang hatte er das Gefühl, seine innere Verteidigung würde Schicht für Schicht abgetragen und seine Seele bloßgelegt. Etwas in diesen Augen strafte das jugendliche Aussehen des

Jungen Lügen. In diesem Blick lagen eine Reife und eine Weisheit, die weit über das wirkliche Alter des Jungen hinausgingen.

Leary fröstelte bei dem Gedanken, dass er als das erkannt worden sein könnte, was er in Wirklichkeit war. Er gab dem Arm des Jungen einen gemeinen Ruck und beschleunigte seinen Schritt noch mehr.

* * *

Nora presste ihre gefalteten Hände gegen ihre Lippen. Ihr Blick wanderte hin und her zwischen dem finster blickenden Arzt und dem halb bewusstlosen Evan Whittaker.

Der Engländer kämpfte in seinem Fieberwahn so wild gegen den Chirurgen an, dass Daniel helfen musste, ihn unten zu halten.

„Bitte, können Sie ihm nicht etwas gegen die Schmerzen geben, Herr Doktor?“, äußerte Nora vorsichtig und unsicher. Sie war etwas eingeschüchtert von der groben Unduldsamkeit des Arztes.

Er richtete sich auf, ohne sie zu beachten. Seine Schultern blieben leicht gebeugt, damit sein Kopf nicht die Decke berührte. Einen Augenblick starrte er weiterhin auf Whittakers Schulter. Sein faltiges Gesicht war zu einer starren, ärgerlichen Grimasse verzogen.

„Wir werden keine andere Wahl haben, als ihm den Arm abzunehmen.“

Die Worte kamen derart ärgerlich heraus, dass es klang, als gäbe er Whittaker die Schuld daran, dass seine Schulter nicht verheilt war.

Der Raum schwankte. Nora starrte erst den Chirurgen an, dann Whittaker. „*Nein ... oh, nein!* Bitte – es muss doch einen anderen Weg geben ... eine Medizin ...“

„*Ich habe gesagt, dass ich amputieren muss!*“, fuhr der Chirurg sie an. Er sah immer noch niemanden außer Whittaker an. „Entweder der Arm oder sein Leben."

„Aber er ist nicht einmal genügend bei Bewusstsein, um zu sagen, was er davon hält ..."

Der Arzt wandte sich um und sah sie an. „Er hat gar keine *andere* Wahl, Frau, wenn er leben will!"

*Lieber Herr, all das geschieht mit ihm nur wegen uns! Es ist so ungerecht; er hat unser Leben gerettet, und nun ... dies hier?*

„Wenn Sie ... wenn Sie amputieren, wird er dann überleben?" Daniel Johns Stimme klangt dünn und zittrig. Nora sah, wie sich in den Augen ihres Sohnes die Bestürzung widerspiegelte, die sie in ihrem Herzen empfand.

Die Unterlippe des Arztes verzog sich noch weiter nach unten. „Das kann ich nicht versprechen. Vielleicht überlebt er, wenn ich den Arm abnehme. Aber er wird mit Sicherheit sterben, wenn ich es *nicht* tue!"

*Ist ihm das gleichgültig? Whittaker mag für ihn ein Fremder sein, aber schließlich ist er Arzt.*

Nora trat dichter an Whittaker heran und sah auf ihn hinunter. Sein Gesicht war verschmutzt und schweißüberströmt, und der Schmerz hatte tiefe Furchen gegraben.

Sie fühlte sich krank. Krank und traurig. Und schuldig.

*Er hat es für uns getan. All das passiert ihm um unsertwillen.*

„Ich muss gehen und meine Instrumente holen", sagte Dr. Leary. „Wir sollten besser sofort beginnen. Es geht ihm sehr schlecht."

„Aber sehen Sie zu, dass das *alles* ist, was Sie holen. Sie werden nüchtern sein, wenn Sie ihn operieren."

Bei Daniels scharfen Worten schoss Noras Kopf hoch. Der Chirurg fuhr herum, um ihn anzusehen. Seine Augen blitzten.

„Ich habe gesehen, in welchem Zustand Sie waren, als Sie seine Wunde behandelt haben." Die Stimme des Jungen war so hart wie die eines Mannes. „Sie waren *betrunken!* Es würde mich nicht überraschen, wenn es Ihre Schuld ist, dass sich die Wunde entzündet hat."

„Also, das ist doch ..."

„Sie wissen, dass ich Recht habe!", wiedersprach ihm Daniel und trat von Whittakers Koje vor, um ihn anzusehen. „Alles, was ich verlange, ist Ihr Wort, dass Sie nüchtern zurückkommen werden. Er ist uns sehr wichtig."

„Er ist Engländer", höhnte der Arzt.

„Er ist unser *Freund*", gab der Junge zurück. „Er hat uns das Leben gerettet. Und jetzt werden Sie das seine retten."

Nora sah voll Erstaunen, wie der wütende Blick des Arztes allmählich erschlaffte und dann völlig verschwand.

Seine Schultern sackten nach unten, sein Gesichtsausdruck wurde ruhig, und dann nickte er kurz. „Kümmern Sie sich um ihn, bis ich wiederkomme", murmelte er barsch. „Ich werde nicht lange wegbleiben."

Sobald der Arzt fortgegangen war, ließ Nora die Tränen, die sie zurückgehalten hatte, fließen. Daniel John trat zu ihr und zog sie sanft in seine Arme.

Sie konnte fühlen, dass ihr Sohn zitterte, als sie an seiner Schulter weinte, aber seine Arme waren stark und seine Stimme klang immer noch fest. „Auf diese Weise hat er wenigstens eine Chance, zu überleben, Mutter. Das ist das Wichtigste – dass er überlebt."

Und während sie seine Schulter mit ihren Tränen begoss, hoffte Nora inständig, dass Evan Whittaker dasselbe denken würde, wenn er wieder aufwachte.

# 34. Die Totenklage kommt auf den Flügeln des Windes

*Ich höre Stimmen die ganze Nacht,*
*heiser und wie im Sturm.*
*Sie rufen, rufen meinen Namen*
*mit dem Wind.*
James Clarence Mangan (1803 – 1849)

Morgan Fitzgerald stand mitten in seiner Zelle und wunderte sich, warum es heute so ungewöhnlich ruhig im Gefängnis war.

Er hatte nun schon über eine Stunde keinen kräftigen Fluch von Cummins, dem Wärter, gehört, kein Klagen von den Gefangenen, kein Kettenrasseln oder Türenschlagen.

Und es war genauso dunkel, wie es ruhig war. Selbst die Kerze, die gewöhnlich den Gang erhellte, schien vergessen worden zu sein.

Draußen heulte traurig der Wind, und Morgan fröstelte. Ein Hauch des Todes flüsterte leise hinter seinem Rücken – er wusste nicht, ob es das Klagen des Windes war oder die Kälte der Zelle.

Er dachte an die Feldflasche, die er einst mit sich getragen hatte. Es war nicht das erste Mal, dass er an sie dachte, seit er eingesperrt war. Er hatte vor vielen Jahren, als er noch ein junger Mann war, das Trinken aufgegeben, als er erkannte, dass er demselben Schicksal entgegenging wie sein Vater. Aber an diesem Abend wäre er einem Schluck oder auch zweien nicht abgeneigt gewesen.

Er lächelte grimmig in der Dunkelheit. Hätte er damals gewusst, dass er die Wahl hatte, entweder mit einem Strick um den Hals oder mit einem Glas in der Hand zu sterben, hätte er die Feldflasche vielleicht nicht so schnell zerschmettert.

Er langweilte sich entsetzlich. Die Kerze, die er durch ständiges Quälen von Cummins hatte erbetteln können, war gestern Abend heruntergebrannt, und so konnte er weder lesen noch schreiben. Das allein wäre schon schlimm genug gewesen, aber dank dem schlauen Priester Joseph Mahon war es noch ärgerlicher, als es ohnehin gewesen wäre.

Der Mann hatte ein abgenutztes Exemplar der Bibel zu seinen Sachen gesteckt. Auf dem Einband war eine Notiz angebracht.

Nun kannte ihn Joseph gut genug, um zu wissen, dass er einer guten Geschichte nicht widerstehen konnte. Seine vage Mitteilung hatte den Zweck gehabt, Morgans Neugier zu erregen, und das hatte sie auch getan.

*Morgan,* lautete die Notiz, *es gibt da eine Geschichte in dem Buch über einen dummen Kerl, der meinte, er könne Gott entkommen, indem er in die entgegengesetzte Richtung lief. Ich könnte mir vorstellen, dass er dir ziemlich ähnlich ist, und dachte, du würdest vielleicht gerne selbst sehen, wie weit unser Herr geht, um unsere Aufmerksamkeit zu bekommen und unsere Richtung zu ändern. Übrigens, er hieß Jona, falls du es nachlesen möchtest …*

Natürlich kannte Morgan die Geschichte von Jona. Aber teilweise, um Joseph zu beruhigen, und teilweise aus bloßem Interesse hatte er sie noch einmal gelesen.

Und noch einmal.

Und selbst jetzt hätte er sie gerne ein weiteres Mal gelesen – ausführlich. Irgendetwas an Jona und diesem großen Fisch fesselte auf seltsame Weise Morgans Aufmerksamkeit.

Manchmal, wie zum Beispiel jetzt, kam es ihm sogar in den Sinn, dass diese Zelle gewisse Ähnlichkeit mit dem Bauch eines Fisches hatte – so kalt und nass und dunkel, wie sie war.

Jedenfalls wünschte er sich dringend, dass Cummins sein Abendessen brächte, damit er ihn wegen einer weiteren Kerze quälen könnte.

In der Zwischenzeit fragte er sich, wo sich diese reizbare Ratte, die der Gefährte seiner Nächte geworden war, versteckte.

Morgan hatte sie *Oliver* genannt, natürlich in Erinnerung an Cromwell. Und war das Verhalten dieses schwerfälligen Nagetiers nicht genauso vorhersehbar, wie es von dem alten Oliver berichtet wurde?

Jeden Abend, gleich nachdem Cummins Morgans Teller in der Zelle abgestellt hatte, schlüpfte die Ratte aus ihrem Loch und versuchte tatsächlich, schneller bei seinem Abendessen zu sein als er.

An den ersten zwei oder drei Tagen hatte Morgan der Kreatur das ganze widerliche Essen überlassen, denn er hatte es nicht hinunterwürgen können. Aber auf diese Weise wäre er irgendwann zu schwach gewesen, um an seiner eigenen Hinrichtung teilzunehmen, und so entschloss er sich, dem gierigen Oliver Manieren beizubringen, indem er ihn warten ließ, bis er bei den letzten Bissen angelangt war. Erst dann stellte er den Teller auf den Boden.

Entweder hatte die Ratte keinen Appetit mehr auf seine erbärmlichen Reste, oder die Mehlsuppe hatte sie umgebracht. Morgan hatte die Mehlsuppe in Verdacht.

Seit dem Nachmittag bereitete ihm der verfluchte Zahn wieder Probleme. Morgan wünschte sich, er hätte den Nerv, ihn herauszureißen, aber das Ding war ein Teil seiner selbst, und im Moment wollte er sich nicht einmal von einem verfaulenden Zahn trennen. Wenn er auch sonst zu nichts nütze war, so erinnerte ihn der Schmerz doch wenigstens daran, dass er noch lebte.

Er hörte das Klimpern von Schlüsseln und drehte sich um. Die Tür öffnete sich, und im flackernden Licht der Kerze, die Cummins, der Wärter, in der Hand hielt, konnte Morgan ihn sowie Joseph Mahon, den Priester, in der Tür stehen sehen.

In dem schwachen, unruhigen Licht nahmen die Gesichter

der Männer eine unheimliche Blässe an, die ihnen ein beinahe gespenstisches Aussehen verlieh. Das Gesicht des Gefängniswärters mit seinen dicken Kinnbacken hatte einen wütenden, unerbittlichen Ausdruck, während der Priester Morgan mit einem seltsamen, nachdenklichen Blick betrachtete.

Morgan begegnete seinem Blick, indem er ihn fragend ansah. Dann wandte er sich zu Cummins.

Seine Schultern strafften sich instinktiv, während er spürte, wie der kalte Finger des nahenden Endes langsam seinen Rücken hinunterlief.

* * *

Es schien jetzt nicht mehr darum zu gehen, ob Whittaker die Amputation seines Armes überleben würde, sondern darum, ob er noch lange genug lebte, so dass man die Amputation durchführen konnte.

Daniel bewachte den Engländer mit sorgenvollem Blick. Sein eigenes Gesicht war rot aus Angst vor dem, was geschehen würde. Seit mehr als einer Stunde hatte Whittaker nicht mehr gesprochen, sondern nur noch gestöhnt und etwas völlig Unzusammenhängendes von sich gegeben.

Daniel war sehr erleichtert, als der Arzt nach kurzer Zeit zurückkam, nüchtern. Er hatte einige Unheil verkündende medizinische Instrumente mitgebracht, bei deren Anblick sich Daniels Mutter rasch abwandte.

Whittaker lag auf einem rohen Holztisch in der Kabine im Zwischendeck. Der Chirurg hatte eine Schürze umgebunden und sich die Hände in einer Schüssel mit heißem Wasser gewaschen, das er oben noch rasch erhitzt hatte, bevor er zurückkehrte. Er kam gerade vom Händewaschen, schnauzte einige neugierige Zuschauer an und scheuchte sie mit einer Serie von Flüchen und Drohungen in ihre eigenen Quartiere zurück.

Jetzt betrachtete er Whittaker. Nach einer Weile blickte er auf und sah zuerst Daniel und dann seine Mutter an.

„Einer von euch wird bleiben und mir helfen müssen", sagte er kurz.

Daniels Herz hämmerte wild gegen seine Rippen. Er sah das aschfahle Gesicht seiner Mutter, schluckte und sagte: „Ich werde bleiben."

Die Erleichterung, die augenblicklich in den Augen seiner Mutter aufstieg, entging ihm nicht. Aber sie presste ihre Lippen zusammen und schüttelte den Kopf. „Nein, Daniel John, ich werde bleiben. Du ..."

„Mutter", unterbrach er sie, „ich will einmal ein Chirurg werden, kannst du dich erinnern? Dies ist etwas, was ich eines Tages selbst werde tun müssen. Ich werde bei Whittaker bleiben."

Sie sahen sich kurz in die Augen. Dann nickte sie leicht und zog sich zurück an einen Platz in der Nähe der Außenwand des Schiffes.

„Wenn er aufzuwachen beginnt, gib ihm hiervon so viele Tropfen, wie er hinunterbekommt."

Dr. Learys raue Stimme zog Daniels Aufmerksamkeit zurück zum Tisch und zu Whittaker. Er nahm die kleine Flasche, die der Chirurg ihm reichte, und fragte: „Was ist das?"

„Laudanum. Opium. Es wird den Schmerz etwas lindern."

„Etwas? Haben Sie nichts Stärkeres?"

Der Chirurg sah von seinen Instrumenten, die er auf einem Tablett neben dem Tisch zurechtlegte, auf. „Selbst wenn ich es hätte, würde ich nicht wagen, es ihm in dem Zustand, in dem er sich befindet, zu geben. Sein Herz kämpft um jeden einzelnen Schlag. Schmerz hat noch nie jemanden umgebracht", endete er barsch. „Aber zu viel Opiat hat schon mehr als einen das Leben gekostet."

Daniel schluckte seine wachsende Panik hinunter. „Ich würde gerne beten, wenn Sie nichts dagegen haben."

Der Chirurg nickte. „Wie du möchtest."

„Ich ... ich wäre ruhiger, wenn Sie auch beten würden."

„Ich bin kein Mensch, der betet", erwiderte der Arzt und drehte sich weg.

„Was für ein Mensch sind Sie denn dann, Doktor?"

Daniels ruhige Frage schien den Chirurg zu verwirren. Er tat so, als suche er etwas in seinem Arztkoffer, um die Antwort hinauszuzögern. „Ein Mensch, der viel zu viel gesehen hat, um noch an einen Gott zu glauben, der Gebete erhört", murmelte er schließlich und wandte sich wieder Whittaker zu.

Daniel sah den gebeugten wettergegerbten Arzt prüfend an. Etwas an diesem Mann strafte die Bärbeißigkeit, die er anscheinend unbedingt an den Tag legen wollte, Lügen, und er fragte sich, ob das harte Äußere des Arztes wirklich so undurchdringlich war, wie er zuerst geglaubt hatte.

Daniel zögerte einen weiteren Augenblick. Dann neigte er den Kopf und schloss seine Augen. Mit leiser, nicht ganz fester Stimme betete er für die Geschicklichkeit von Dr. Leary, für den Erfolg der Operation und darum, dass Engel Wache halten und dem nichts ahnenden Evan Whittaker beistehen sollten.

*„Und ich bete, Herr, dass er uns für das Unglück, das wir über ihn gebracht haben, vergeben wird, wenn er aufwacht."*

Daniel öffnete die Augen und blinzelte, als er das Messer sah, das der Chirurg jetzt in der Hand hielt.

„Komm herüber auf diese Seite", befahl der Arzt. „Hast du dir die Hände gewaschen, wie ich gesagt habe?"

Daniel nickte und ging hinüber auf die andere Seite des Tisches, wo der Arzt seine Instrumente ausgebreitet hatte.

Er versuchte zu schlucken, bemerkte jedoch, dass sein Hals zugeschwollen war.

„Dies ist die Säge. Ich werde sie brauchen, wenn ich mit dem Messer fertig bin", sagte der Chirurg und zeigte auf die einzelnen Instrumente, während er ihre Namen herunterspulte.

„Diese andere hier ist die Hey's-Säge“, fuhr er fort. „Und hier Seide zum Nähen. Nun denn, bleib dicht bei mir und reiche mir die Instrumente an, wenn ich es sage.“ Er sah Daniel an. „Bist du in Ordnung, Junge?“

Daniel feuchtete seine Lippen an und nickte.

Der Chirurg betrachtete ihn aufmerksam. „Dir darf nicht schlecht werden, während ich operiere, hörst du? Bist du sicher, dass du das hier machen willst?“

Daniel zwang sich, von den Instrumenten wegzusehen, blickte den Arzt an und nickte steif.

Der Arzt beugte sich über Whittaker und begann mit der Arbeit. „So, du willst also selbst ein Chirurg werden, ja?“

„Aye“, erwiderte Daniel mit unsicherer Stimme. Seine Augen weiteten sich, als der Arzt die Überreste von Whittakers zerrissenem Hemd abriss und dann mit einem Eimer kalten Wassers das Blut aus der Wunde spülte.

„Dieser Abend könnte deine Meinung ändern.“

Daniels Blick wanderte zu dem Messer in der Hand des Chirurgen und folgte der Bewegung der Klinge, die sich auf Whittakers Oberarm zubewegte.

Der Raum schwankte. Der Tisch schaukelte hin und her.

Daniel geriet in Panik. Er war sich sicher, dass ihm übel werden würde – oder, was noch schlimmer wäre, dass er in Ohnmacht fallen würde.

Dann sah er, wie das Messer in der Luft stehen blieb und der Chirurg den Kopf hob. Er runzelte die Stirn und fluchte. „Es ist der Sturm“, knurrte er und hielt das Skalpell in der Schwebe, bis das Schaukeln ausklang. „Dieses Schiff ist verdammt, mit Sicherheit! Ich habe es Schell gesagt. Ich habe ihm gesagt, er würde dafür zahlen ...“

Daniel konnte sich keinen Reim auf das wilde Gemurmel des Mannes machen. Aber er wusste nur zu gut, wie wichtig es war, dass die Hand, die das Messer führte, ruhig war.

Er knirschte mit den Zähnen, umschlang seinen eigenen Körper mit beiden Armen und hielt den Atem an, als der Chirurg zu schneiden begann.

Whittakers Augen waren noch geschlossen, aber er schrie – es war ein schrecklicher, durchdringender Schrei.

Daniel legte seine Arme noch fester um sich herum, und auch er schrie. Es war ein unhörbarer, erstickter Schrei, der die Wände seines Herzens zerriss und seinen Brustkorb anschwellen ließ, bis er meinte, er würde platzen.

Er nahm nur schwach den barschen Befehl des Arztes wahr. „Die *Säge,* Junge! *Gib mir die Säge!*"

Whittaker schrie noch einmal, als die Säge auf den Knochen traf. Dann fiel sein Kopf zur Seite, als ob er tot wäre.

Das Schiff schaukelte, quietschte und ächzte. Es schwankte wie ein betrunkener Wal. Der Tisch tanzte auf dem Boden.

Der Chirurg hielt inne, wartete. Dann wandte er sich wieder seiner Aufgabe zu. Sein Gesicht war rot und nass vor Schweiß. Seine Augen bohrten sich zusammen mit der Säge durch den Knochen.

Das Schiff schlingerte, und Daniel wurde nach vorn geschleudert. Er streckte die Hand aus, um sich festzuhalten und für sich und den Tisch einen Halt zu finden.

Sein Magen zog sich zusammen von den Bewegungen des Schiffes, vom Anblick der blutdurchtränkten Schürze des Chirurgen und beim Klang der Säge, die Whittakers Arm durchtrennte.

*Oh lieber Herr, mir ist schlecht ... so schlecht ... ich darf mich nicht übergeben ... ich darf nicht ohnmächtig werden ...*

Seewasser strömte durch die Lüftungsschlitze über ihnen und spritzte auf den Tisch, Whittaker, den Chirurgen.

Passagiere schrien. Gebete und Flüche stiegen auf, kämpften darum, das Quietschen und Krachen der Schiffsbalken und den Aufprall der Wellen zu übertönen.

Der Wind selbst schien vor Schmerz zu schreien, als der Chirurg endlich Whittakers Arm von seinem Leib abtrennte.

Daniel presste seine Augen zu, um Evan Whittakers Unglück nicht zu sehen, und hielt sich mit beiden Händen die Ohren zu, um nicht den höllischen Klang der Marter zu hören, der den ganzen Schiffsrumpf zu erschüttern schien.

* * *

Das wahnsinnige Gesicht einer Frau ließ sich an Bord der *Green Flag* vom Sturm treiben.

Sie war in ein Gewand aus sehr feiner Gaze gehüllt, ihr Haar wehte im Wind, und ihre verzerrten Gesichtszüge waren gerade nach vorn gerichtet. Ein Arm war erhoben, die Hand zu einer Faust geballt. Die Faust umklammerte ein Stück grüner Seide, das wild im Wind flatterte.

Der Obermast der *Green Flag* schien mit wilden Augen den hektischen Bewegungen der Mannschaft zu folgen, während sie gegen die Wellen ankämpften, die, vom Wind getrieben, über das Deck spülten.

Die Gewalt der Wellen riss einigen Matrosen die Füße weg, schleuderte sie vorwärts, schwemmte einige das ganze Deck hinunter. Balken krachten, Holzklötze fielen, Rundhölzer brachen ab und fielen in einem Gewirr von Tauen nach unten.

Die Frau sprang weiter über die Wogen, vorwärts, in die heulende Nacht hinein. Mit der Fahne in ihrer erhobenen Hand wies sie den Weg und trotzte dem Sturm, ohne ihre Geschwindigkeit zu verringern.

Eingeschlossen von der Schwärze der See und der Nacht schien die Frau vor einer anderen Art von Dunkelheit zu fliehen.

# 35. Die Gefangenen werden freigelassen

*Und so liegen wir in den rostenden Eisenketten des Lebens,*
*erniedrigt und allein.*
*Und einige Männer fluchen, und einige Männer weinen,*
*und einige Männer klagen nicht.*
*Aber Gottes ewige Gesetze sind freundlich*
*und zerbrechen das steinerne Herz.*

Oscar Wilde (1854 – 1900)

Cummins und der Priester brauchten mächtig lange, um endlich zum Thema zu kommen und ihm zu sagen, dass er hängen würde.

Nachdem sie fünfzehn Minuten oder mehr nur über Belanglosigkeiten geredet hatten, hatte Morgan genug. Sie könnten ruhig zur Sache kommen. Schließlich wussten sie alle drei genau, warum sie gekommen waren.

Joseph Mahon hoffte offenbar immer noch, dass er ihm die Beichte abnehmen könnte, und Cummins wünschte sich zweifellos, dass er derjenige wäre, der ihn zum Galgen brachte.

Joseph hatte sich schon zweimal hingesetzt, war dann jedoch wieder aufgestanden und ging in der Zelle auf und ab, als ob er derjenige wäre, der eingesperrt war. Morgan hielt es für ein wenig seltsam, dass ein Priester wie Mahon, der inzwischen, was das Anhören der letzten Beichte von Verurteilten anging, ein alter Hase sein musste, solche Probleme damit haben sollte, einen weiteren Sünder anzuhören.

Auch Cummins schien in einer seltsamen Stimmung zu sein. Morgan hätte Schadenfreude auf seinem Gesicht erwartet. Stattdessen machte der Mann ein dermaßen saures Gesicht, dass er einen Eimer frische Milch hätte gerinnen lassen können.

„Na, Joseph, wo hast du dich die letzten Tage versteckt? Du warst doch hoffentlich nicht krank?"

Noch während Morgan sprach, fiel ihm auf, dass der Priester tatsächlich krank aussah und so mager war, dass man ihn hätte umpusten können. Joseph Mahon rieb sich auf für seine Gemeinde. Morgan hätte wetten können, dass er selbst und die Ratte Oliver besser gegessen hatten als der Priester.

Mahon unterbrach seine Wanderung durch die Zelle und blieb mitten in der Zelle direkt vor Morgan stehen. In seiner rechten Hand hielt er einen Umschlag und ein Schriftstück, das zusammengerollt war – die richterliche Anweisung, ihn zu hängen, wie Morgan annahm. Die Hand, die das Schriftstück hielt, zitterte so heftig, dass Morgan instinktiv seine Hand ausstrecken und Mahons Hand stützen wollte.

Stattdessen warf er dem Priester ein grimmiges Lächeln zu und hoffte, ihm die Sache damit leichter zu machen. Er stand breitbeinig da, die Hände auf die Hüften gestützt, und betrachtete Mahon mit reuigem Gesichtsausdruck.

„Ist schon gut, Joseph. Haben wir nicht beide gewusst, dass es so kommen würde, und zwar schon bald?"

Der Priester betrachtete Morgan eine – wie es ihm schien – lange Zeit und sah nur einmal weg, um einen kurzen Blick auf Cummins zu werfen.

„Morgan", sagte Joseph Mahon schließlich, und seine zitternde Hand umfasste die Schriftstücke noch fester, „es ist nicht so, wie du meinst."

Morgan runzelte die Stirn und wartete.

„Morgan", sagte Joseph Mahon erneut, erhob die Hand mit dem Schriftstück und hielt es hoch wie einen Wegweiser, „du bist begnadigt worden. Allerdings ist die Begnadigung *an eine Auflage* gebunden. Aber du bist gerettet, Morgan. Du bist vor dem Galgen gerettet."

Morgan starrte ihn an. Er ließ seine Hände von den Hüften

fallen, sah sich um. Der Raum schien zu schwanken. Selbst die Decke neigte sich ein wenig, und der Boden, auf dem er stand, hob sich, als wolle er ihn zurückwerfen.

„Was sagst du da, Joseph?", würgte er mühsam hervor.

Der Priester streckte eine Hand aus und legte sie auf Morgans Arm. „Es ist wahr, Junge. Du wirst nicht hängen."

Mit klopfendem Herzen sah Morgan zu Cummins hinüber. Der Gefängniswärter saß vornübergebeugt wie ein nasser Sack auf der durchhängenden Matratze. Er hatte den finsteren, ärgerlichen Gesichtsausdruck eines Mannes, dem man den Boden unter den Füßen weggezogen hatte.

„Eine Begnadigung, wirklich?", plapperte Morgan ihm nach und wandte sich wieder an Joseph Mahon.

„Aye, Junge", sagte der Priester und fügte rasch hinzu: „Eine Begnadigung mit einer *Bedingung.*"

„Ich kann es nicht glauben", sagte Morgan und sagte dann leise noch einmal: „Ich kann es nicht glauben. Wie kann das sein, Joseph?"

„Es ist wahr, Morgan", versicherte ihm der Priester. „Du bist gerettet. Durch Gottes Gnade wirst du leben."

Einen entsetzlichen Augenblick lang fürchtete Morgan, er würde sich selbst erniedrigen und in Tränen fassungsloser Erleichterung ausbrechen. Als er sich wieder erholte, sah er auf die Schriftstücke in Josephs Hand.

„Ist das ..."

Der Priester nickte. „Dies ist deine Begnadigung, Morgan. Und ein Brief."

„Ein Brief? Ein Brief von wem?"

Morgan streckte seine Hand nach den Schriftstücken aus, aber Mahon hob die Hand, um ihn zurückzuhalten. „Warte, Junge. Setz dich erst einmal hin, denn wir müssen uns unterhalten."

Morgan schaffte es, ungelenk zu nicken. „Wie, Joseph? Wie konnte so etwas geschehen?"

Der Priester warf ihm einen langen Blick zu, nahm dann seinen Arm und wies ihn zum Bett. Cummins sprang sofort auf seine Füße und stellte sich auf die gegenüberliegende Seite der Zelle, so, als ob Morgans Nähe ihn beschmutzen könne.

„Es kam", sagte der Priester und wartete, bis Morgan sich gesetzt hatte, „durch deinen Großvater."

* * *

Während Morgan ihn mit brennenden Augen anstarrte und versuchte, das Brummen in seinem Kopf loszuwerden, wandte sich Joseph Mahon an Cummins. „Ich werde jetzt allein mit ihm reden."

Der verdrießliche Zug um den Mund des Wärters vertiefte sich noch mehr. „Ich muss erst sehen, dass die Begnadigung übergeben wird und die Bedingungen akzeptiert worden sind, bevor der Gefangene freigelassen wird", sagte er und kreuzte die Arme über seiner Brust.

Mahons Augen zogen sich zusammen. „Die Begnadigung wird *übergeben* werden, und *ich* werde dir sagen, wann der Gefangene freigelassen werden kann! Willst du deinen eigenen Priester beleidigen, indem du sein Ehrenwort anzweifelst, Francis Cummins?"

Der Gefängniswärter knurrte, drehte sich jedoch schließlich um und verschwand durch die Tür.

Der Priester setzte sich neben Morgan. „Ich weiß, dass du überrascht bist, Morgan. Ich werde es dir, so gut ich kann, erklären."

Jetzt zitterte Morgans eigene Hand, als er sich eine Seite seines Bartes rieb.

„Überrascht?", wiederholte Morgan völlig verständnislos. „Oh, ich bin nicht *überrascht*, Joseph. Ich bin sprachlos!"

Joseph vermied Morgans Blick und starrte auf den Boden.

Morgan bemerkte, dass die Hände des Priesters immer noch zitterten. *Schwäche*, erkannte er. *Es ist also nicht die Angst vor dem nahen Verhängnis, sondern Krankheit und Erschöpfung, die ihn so zittern lassen.*

„Vieles von dem, was du wahrscheinlich wissen willst, Morgan, steht in diesem Brief", sagte Mahon und reichte Morgan sowohl den Umschlag als auch das gerollte Blatt Papier, ohne ihn dabei anzusehen. „Einiges kann ich dir nicht sagen, ohne das Beichtgeheimnis der letzten Beichte deines Vaters zu verletzen."

Morgan sah auf die Schriftstücke in Mahons Hand hinunter und nahm sie dann. „Meines Vaters ..." Morgan hielt inne und versuchte, die Worte des Priesters zu verstehen. „Wovon redest du da, Joseph? Was soll das mit meinem Vater – und einem Großvater? Ich habe keinen Großvater, zumindest keinen, den ich je gekannt hätte."

Er schwieg, und Joseph Mahon wandte sich um, sah ihm in die Augen und nickte. „Aye, Junge, das weiß ich. Du hast geglaubt, abgesehen von deinem Vater und Thomas hättest du keine richtige Familie."

„Das ist richtig. Aber wie kommt es, dass *du* das weißt?"

„Ich bin gerade aus Dublin zurückgekehrt, Morgan. Deshalb bin ich einige Tage nicht ins Gefängnis gekommen."

„Dublin? Was ist in Dublin?"

„Dein Großvater. Der Vater deiner Mutter."

„Meiner – Joseph, was soll das alles?" Morgan legte seine Hand schwer auf Josephs Arm. Aber sobald er die dünnen, zerbrechlichen Knochen des Priesters unter dem Ärmel seines Talars spürte, milderte er seinen Griff.

Mahon sah zur Seite. „Hast du eigentlich noch irgendeine Erinnerung an deine Mutter, Morgan?"

„Nein. Ich habe sie nie gekannt."

Mahon sah immer noch auf den Boden und fragte leise: „Wusstest du, dass sie halb englischer Abstammung war?"

„Aye, das wusste ich nur allzu gut“, murmelte Morgan.

Der Priester wandte sich ihm zu, um ihn anzusehen. Seine Augen waren vor Erstaunen geweitet. „Also hat dir Aidan – von deiner Mutter erzählt?“

Morgan schüttelte den Kopf. „Thomas. Thomas hat es mir gesagt. Unser Pa hat es ihm eines Nacht verraten, als er betrunken war“, sagte er knapp. Er erinnerte sich, wie angewidert sein junges Herz bei dem Gedanken gewesen war, dass britisches Blut durch seine Adern floss.

„Wie viel wusste Thomas?“

„Wie viel?“ Morgan sah ihn an und zuckte mit den Schultern. „Das war schon beinahe alles. Unsere Mutter war die Tochter eines englischen Politikers und einer Frau aus Dublin, die aus der Kirche austrat, um ihn zu heiraten.“

„Das war alles ? Hast du dich nie gefragt, was aus deiner Mutter geworden ist?“

„Sie starb“, sagte Morgan leise und mied den prüfenden Blick des Priesters, „als ich noch ein Baby war. Ich habe sie niemals gekannt. Sie starb, und aus Schmerz über ihren Tod ging unser Vater auf die Wanderschaft. Er hat ihren Tod nie verwunden, weißt du. Ihr Tod hat auch ihn umgebracht.“

„Es war schwer für euch Jungen, dich und Thomas“, sagte Joseph leise, als ob er sich erinnere. „Aidan war ein ... ein schwieriger Mann. Ein gebrochener Mann. Ihr werdet euch gefragt haben, wer eure Mutter war und wie sie gewesen ist.“

„Aye, das haben wir“, gab Morgan zu. „Pa sprach nicht von ihr. Er erzählte uns nichts von ihrem gemeinsamen Leben, und so habe ich mir in meiner Vorstellung selbst ein Bild von ihr gemacht, als ich noch klein war. Das Bild wurde so real für mich, dass sie beinahe zu leben schien, zumindest nachts, in meinen Träumen. Selbst jetzt“, sagte er mit einem leisen Lächeln, „kann ich das Gesicht sehen, das ich ihr gab. Es war ein schönes Gesicht ...“ Er bemerkte den sentimentalen Klang in seiner Stimme, brach ab und stand auf. „Na ja, welcher Junge möchte keine schöne Mutter haben? Joseph, ich frage dich noch einmal: Woher weißt du diese Dinge, und worauf willst du hinaus?"

„Aidan sagte euch beiden, dir und Thomas, dass auch die Angehörigen eurer Mutter gestorben seien, oder?"

Morgan nickte. „Ja, das tat er."

Der Priester seufzte. Seine Augen wanderten durch die dunkle kahle Zelle. „Ich nehme an, er hielt es für das Beste. Er meinte wohl, es sei sicherer für euch Jungen." Einen Moment lang bedachte er Morgan mit einem nachdenklichen Blick. „Aber es war eine Lüge. Euer Großvater lebt noch, Morgan. Und ihm verdankst du deine Freiheit."

Einen flüchtigen Augenblick lang konnte Joseph sehen, wie verletzlich Morgan war, und es durchbohrte ihm das Herz.

Er kannte diesen großen, kräftigen jungen Mann, seit er ein Junge war – lange genug, um zu wissen, dass er nicht der gefühllose Bandit war, für den man ihn hielt. Der Morgan Fitzgerald, den Joseph kannte, mochte sehr wohl die Grimmigkeit eines Löwen und die Gerissenheit des Wolfes besitzen, nach dem man ihn benannt hatte. Aber er war auch ein Mann mit einem unendlich sanften Herzen, das seine Stärke Lügen strafte, einem Herzen, das leicht zu verletzen und in hohem Maße fähig war, tiefes, intensives Leid zu empfinden.

Joseph erinnerte sich, was für ein Junge Morgan gewesen war, mit seinen wilden kupferroten Locken und seinen viel zu langen Beinen und seiner Angewohnheit, im Religionsunterricht ständig Fragen durch die Klasse zu schleudern, die man nicht beantworten konnte. Er war brillant und unabhängig, und selbst damals war er schon ein Rebell gewesen, ein Rebell mit einem starken Wissensdurst und einer heftigen Abneigung gegen bequeme Antworten. Der Junge hatte Joseph oft an ein junges Tier erinnert, das sich an die am schwersten zu fangende Beute anschlich, die die Menschen kannten – die Wahrheit.

„Setz dich, Morgan", sagte er. „Setz dich hier neben mich."

Morgan tat, was er gesagt hatte, aber der Blick, den er Joseph zuwarf, war reserviert und nicht allzu freundlich.

„Der Brief, den du da hast, ist von deinem Großvater mütterlicherseits. Er hat dir geschrieben und dir die Bedingungen deiner Begnadigung erklärt, die er für dich erreicht hat. Ich werde dir das Wenige, das ich dir sagen kann, ohne das Beichtgeheimnis zu verletzen, mitteilen, aber den Rest musst du selbst lesen, in dem Brief."

Morgan betrachtete kurz den Umschlag in seiner Hand. „Woher wusstest du, wo du ihn finden würdest?"

„Oh, es war kein Problem, ihn zu *finden*", sagte Joseph. „Er ist ein sehr bekannter, mächtiger Mann – ein Mitglied des Adels. Er saß jahrelang im Parlament, besitzt weitläufige Ländereien, sowohl in England als auch in Irland, und hat großen Einfluss. Nein, es war absolut nicht schwer, ihn zu finden", wiederholte er. „Er ist jetzt natürlich ein alter Mann und hat sich auf Grund seines Alters und seines schlechten Gesundheitszustandes zur Ruhe gesetzt. Aber dein Freund, Smith O'Brien, half mir, eine Audienz bei ihm zu bekommen. Er kannte einen Mann, der einen anderen Mann kannte, und ehe ich mich versah, befand ich mich in der Bibliothek deines Großvaters."

Joseph beugte sich zu Morgan vor. „Und *was* für eine Bibliothek es ist, Morgan! Du würdest dich bei ihrem Anblick hinlegen und vor Begeisterung sterben, und ich übertreibe nicht!"

„Joseph, es interessiert mich nicht, was mein – dieser Mann für eine Bibliothek hat! Sag mir nur, was ich deiner Meinung nach wissen muss, und fertig. Wenn es stimmt, dass ich von hier freigelassen werden soll, dann je eher, umso besser für mich!"

Joseph nickte. Er glaubte, Morgans Verwirrung zu verstehen. Es musste schwer sein, jahrelang ohne irgendwelche Familienangehörigen zu leben und dann eines Tages zu erfahren, dass man einen Großvater hatte, der ein völlig fremder Mann war – ein englischer Fremder. Es musste wirklich schwer sein.

„Die Familie deines Vaters war eine sehr alte gälische Familie – von ältester irischer Abstammung. Sie waren nicht reich, aber sie waren gebildete Leute. Die meisten von ihnen waren Lehrer und Priester. Aidan erhielt unter großen finanziellen Opfern eine Ausbildung – zunächst in Frankreich und später in Dublin. Für seine Familie bedeutete Wissen alles. Es war beinahe so wichtig wie das Leben selbst."

„Aye, der alte Mann schwafelte oft von der Heiligkeit der Bildung, wenn er betrunken war", bemerkte Morgan schroff.

Joseph nickte und fuhr fort. „Die Familie deiner Mutter war – zumindest väterlicherseits – englisch, nur eine oder zwei Stufen entfernt vom Adel. Wohlhabend, einflussreich ..."

„... und durch und durch protestantisch", beendete Morgan trocken.

„Das stimmt. Deine Großmutter verließ die Kirche in großer Eile, um ihren englischen Liebsten zu heiraten, und es wurde sofort vertuscht, dass ihre makellose angelsächsische Abstammungslinie ein wenig befleckt worden war durch eine römisch-katholische, irische Verbindung.

Dein Vater war ein armer Student, als er deine Mutter traf und sich in sie verliebte. Zu dem Zeitpunkt war ihre Familie so sehr in ihrem wohlhabenden englischen Protestantismus verwurzelt, dass sie über die Nachricht, dass ihre einzige Tochter einen verhungernden Katholiken liebte, genauso entsetzt waren, als habe sie sich verabschiedet, um einen Aussätzigen zu heiraten.

Die Familie deines Vaters reagierte auch nicht begeisterter. Sie hegte ihr Irisch-Sein und ihren Katholizismus ganz genauso sehr wie die Familie des Mädchens ihre anglikanische Art. Beide Familien drohten den jungen Liebenden, sie auszustoßen, falls sie sich nicht trennten.

Nun, um es kurz zu machen“, fuhr Joseph fort – und er verspürte eine erneute Woge der Trauer wegen dieses jungen Paares, das nichts weiter wollte, als mit seiner Liebe füreinander in Ruhe gelassen zu werden – „deine Mutter und dein Vater heirateten *trotzdem* und widersetzten sich damit ihren Familien – und ihren Religionen – und liefen weg in ein gottverlassenes Dorf in der Grafschaft Kerry, um sich von einem Beamten trauen zu lassen.

Im Laufe der Jahre waren sie durch ihre Armut gezwungen, von Ort zu Ort zu ziehen. Aidan unterrichtete, wo immer er gebraucht wurde, oder nahm Gelegenheitsarbeiten an, um sie zu ernähren.

Als Thomas geboren wurde, gab Aidans Vater nach – Aidans Mutter war inzwischen gestorben – und bat die beiden, mit ihrem Baby heimzukommen. Eine Zeit lang ging es ihnen besser, aber als der alte Mann starb, blieb ihnen nichts als ein Haus, für das sie die Miete nicht aufbringen konnten.

Deine Mutter war damals mit dir schwanger, und nachdem du geboren warst, war deine Mutter einige Wochen lang krank. Dann starb sie. Aidan versuchte, euch Jungen bei sich zu behalten, aber er hatte kein Geld und trank die ganze Zeit über sehr viel. Deshalb ging er zur Familie deiner Mutter und bot ihnen euch beide – dich und Thomas – an.“

Joseph sah, wie Morgans Gesicht einen schmerzerfüllten Ausdruck annahm. „Er gab uns *weg?* Ist das wahr?“

„So darfst du das nicht sehen! Er war verrückt vor Schmerz und wollte dich und deinen Bruder unbedingt vor dem Verhungern retten. Die Familie stimmte zu, euch beide zu nehmen und Aidan etwas Geld zu geben, damit er wegginge. Er musste Papiere unterzeichnen, in denen er jeden Anspruch auf euch aufgab, und er musste versprechen, dass er niemals versuchen würde, euch wiederzusehen. Im letzten Augenblick konnte er es nicht über sich bringen. Die Papiere waren unterschrieben, das Geld in seiner Tasche, aber er brach die Vereinbarung und floh mit euch beiden, dir und Thomas.

Offenbar versuchten sie monatelang, euch drei zu finden – sie boten sogar eine Belohnung. Aber Aidan ging wie ein gewöhnlicher Geächteter auf die Straße. Er verbarg sich in den Wäldern und machte nur in entlegenen Dörfern Halt, bis die Familie seine Spur verloren hatten. Danach ... nun, wie du weißt, tat er sein Bestes. Aber inzwischen war er ein gebrochener Mann.

Der Rest der Geschichte ... ist nicht weiter interessant. Es gibt private, persönliche Dinge, die ein Vater seine Söhne nicht wissen lassen würde – nur seinen Priester."

Morgan war lange still. Er saß vornübergebeugt auf dem Bett. Seine breiten Schultern hingen herunter, sein zerfurchtes Gesicht war nachdenklich. Joseph streckte einmal die Hand aus, um ihn zu berühren, überlegte es sich aber anders und ließ seine Hand fallen.

„Daher kam also das Geld für meine Ausbildung", sagte Morgan leise. „Er hatte es von *ihnen* gestohlen." Er schwieg einen Augenblick und dachte nach. „Wie hat mein Großvater meine Begnadigung erreichen können? Und *warum?*" Er drehte sich um, um Joseph anzusehen. „Und diese *Bedingungen*, die du erwähnt hast – wie lauten sie?"

„Dein Großvater hat die Macht, fast alles zu erreichen, was er will", erwiderte Joseph. „Was das *Warum* betrifft, du bist von seinem Geblüt – sein einziger Enkel, Morgan – und es tut ihm Leid, was er deinen Eltern angetan hat. Wirklich Leid."

„Oh, natürlich tut es ihm Leid", höhnte Morgan. „Du hast mir immer noch nicht gesagt, wie die Bedingungen lauten."

„Morgan, er ist ein alter kranker Mann. Wahrscheinlich bleibt ihm auf dieser Erde nur noch wenig Zeit. Es ist sehr wahrscheinlich, dass seine Reue echt ist. Ich glaube, dass sie es ist", sagte Joseph bestimmt. „Was die Bedingungen betrifft, so sind sie mehr als fair. Er will nur, dass du weitere ‚ungesetzliche Aktivitäten' unterlässt. Und er möchte dich sehen. Er möchte, dass du nach Dublin kommst, wenn du freigelassen worden bist."

„Er will mich *sehen?*" Morgan stieß ein kurzes, hässliches Lachen aus. „*Am Sankt Nimmerleinstag!*"

Wieder streckte Joseph die Hand aus, um Fitzgeralds Schulter zu ergreifen. „Morgan ..."

Morgan schüttelte ihn heftig ab. Er sprang auf die Füße und stellte sich mitten in die dunkle Zelle. „Wenn es Teil meiner Begnadigung ist, ihn zu sehen, dann sag ihm, dass ich pfeifen werde, während sie mich hängen!"

Er warf den Umschlag und die Begnadigung auf den Boden.

„Sei kein *Narr!*" Joseph beachtete den Schmerz in seinem Rücken nicht, stand auf und eilte, um die Unterlagen zu retten.

Er stellte sich vor Morgan und drückte ihm den Brief und die Begnadigung in die Hand. „Ich verstehe deine Bitterkeit, Junge, und ich verurteile dich nicht. Aber es bringt dir nichts, weiterhin dein Gift zu pflegen. Das Papier ist deine Freiheit! Lass nicht zu, dass deine Wut deinen gesunden Menschenverstand ausschaltet!"

Morgan wedelte mit wütendem Gesicht die Papiere in der Luft herum. „Warum nach all diesen Jahren, Joseph? Antworte mir! Warum sollte ich vor einem Mann kriechen, der quasi meine Eltern umgebracht hat? Seine eigene *Tochter*, um Himmels willen! Warum sollte ich für solch einen Mann irgendetwas tun?"

Joseph sah ihn an und wählte seine Worte sehr sorgfältig. „Weil er bald sterben wird und seinen einzigen Enkel sehen möchte, solange er noch kann."

Als Morgan missmutig grunzte, schüttelte Joseph den Kopf und hob die Hand, um ihn zum Schweigen zu bringen. „Und weil du sterben wirst, wenn du nicht gehst, wenn du ihm nicht erlaubst, dir zu helfen. Du solltest dies aus Mitleid für ihn tun, und vor allem, um dein eigenes Leben zu retten. Ich kann mir nicht vorstellen, dass du noch mehr Gründe brauchst."

Der junge Mann wurde steif. Er richtete seine Schultern auf

und hob das Kinn. Als er so dastand, aufrecht und überragend, sah er wirklich wie einer der alten Kriegsherren aus.

*Oh Gott, erweiche seinen Stolz,* betete der Priester still. *Dämpfe seinen Ärger! Lass nicht zu, dass er so dumm ist, die Freiheit, die er bereits in den Händen hält, wegzuwerfen ...*

Als Morgan sich wieder umwandte, bemerkte Joseph erstaunt, dass in seinen Augen unvergossene Tränen schimmerten. Es gab also *doch* einen Kampf in seinem Inneren.

Ja, Joseph fragte sich, ob es jemals eine Zeit gegeben hatte, wo es in diesem suchenden, gequälten Geist keinen Kampf gegeben hatte.

*Heiland ... liebevoller Hirte unserer Seelen, strecke deine Hand nach deinem verlorenen Sohn aus und ziehe ihn zurück in deine liebenden Arme. Gib ihm endlich den Frieden, den er sein ganzes Leben nicht gefunden hat ...*

Einige Augenblicke verstrichen, und das Schweigen hing schwer und unheilschwanger im Raum.

Schließlich drehte sich Morgan um. Sein Gesicht war eine undurchdringliche Maske. „Ich nehme an“, sagte er mit erstickter Stimme, „dass ich wohl doch nicht hängen möchte. Ich werde die Begnadigung annehmen. Ich werde nach Dublin gehen.“

Ihre Blicke trafen sich, und sie sahen einander an. „Gott sei gepriesen“, murmelte Joseph. „Gott sei gepriesen.“

* * *

Eine Stunde später trat Morgan durch die Hintertür des Gefängnisses von Castlebar in eine klare Nacht voller Sterne.

Sobald er durch die Tür getreten war, blieb er stehen. Dort, nur wenige Schritte entfernt, an einen Zaunpfahl gebunden, stand Pilgrim.

Sobald das Pferd Morgan erblickte, geriet es völlig aus dem Häuschen, scharrte mit den Hufen und wieherte vor Aufregung.

Morgan rannte verblüfft zu ihm hin. Er sprach in einem leisen Singsang mit dem Pferd, streichelte seine Flanken und klopfte auf seinen edlen Kopf.

Endlich drehte er sich zu Joseph um, der gerade aus der Tür kam. „Wie hast du das geschafft?", fragte er, und ein Lächeln ging über sein Gesicht. „Wo war er?"

Der Priester hielt einen Arm auf dem Rücken, während er zu ihm hinüberging. „Cassidy hat ihn in den Wäldern versteckt und sich um ihn gekümmert. Ich habe erst gestern Abend herausgefunden, wo er war."

Dann sah er Morgan mit einem strengen Stirnrunzeln an und zog hervor, was er hinter seinem Rücken gehalten hatte.

Morgans Harfe. Seine *zerbrochene* Harfe.

„Was soll denn das hier bedeuten?" Die Stimme des Priesters klang scharf.

Morgan zuckte mit den Schultern.

„Kann man sie reparieren?", fragte Joseph und reichte sie Morgan.

Morgan zögerte. Er sah auf die Saiten, die lose von dem zerbrochenen Weidenholz herunterhingen. Schließlich streckte er die Hand aus und nickte. „Aye, man muss sie nur leimen und neue Saiten aufziehen."

Der Priester betrachtete ihn eine Zeit lang nachdenklich. „Ich glaube, dasselbe trifft für dich zu."

Morgan sah ihn an.

„Gott ruft dich zu sich zurück, Morgan Fitzgerald", sagte Joseph mit sanfter Stimme. „Wie lange willst du die Ohren vor seiner Stimme verschließen?"

Morgan sah den kleinen zerbrechlichen Priester mit echter Zuneigung an. „Ich habe dir viel zu verdanken, Joseph Mahon. Meine Freiheit, mein Leben – anscheinend sogar mein Pferd. Wie soll ich dir sagen, was ich empfinde?"

„Du musst *Gott* danken", erwiderte der Priester. „Ich war nur seine Hände und Füße. Ihm solltest du sagen, was du empfindest."

Morgan neigte sein Haupt und lächelte den Priester reuevoll an. „Das mag sein, Joseph. Dennoch, ich verdanke dir viel."

„Dann mach es wieder gut, indem du über deine Sünden trauerst und zu deinem Heiland zurückkehrst. Ich könnte mir keine größere Belohnung erhoffen."

Morgan betrachtete ihn eingehend und fragte sich, was für eine großartige Seele man wohl haben musste, um solch ein Mann zu werden. „Du meinst das wirklich."

„Natürlich *meine* ich es! Ich habe um deinetwillen die Pforten des Himmels bestürmt, Morgan Fitzgerald! Kannst du nicht wenigstens hingehen und für dich selbst anklopfen?"

Morgan brachte ein schwaches Lächeln zustande. „Ich vermute, ich kann es versuchen, Joseph. Aber sei nicht überrascht, wenn mir die Türen für immer verschlossen bleiben."

„Selbst wenn sie es wären, Junge, so hättest du doch den einen Schlüssel, der sie dir öffnen wird."

„Den Schlüssel, Joseph? Was für ein Schlüssel sollte das sein?"

„Christus in deinem Herzen, Morgan."

„Oh, ich bezweifle, dass er in einem Herzen, wie ich es habe, wohnen würde, Joseph. Nicht jetzt, nicht nach all dem, was ich getan habe."

Von weit her, als schwebte sie herab von den uralten Bergen Mayos, kam die Erinnerung an die Stimme von Evan Whittaker, dem Engländer: *„... er will Ihre Aufmerksamkeit haben ... und Ihr Herz ... und das wird er auch bekommen, so oder so. Lassen Sie sich warnen, Morgan Fitzgerald, denn der Ewige, der Hirte Ihrer Seele, jagt Sie ... und es ist unmöglich, sich vor ihm zu verbergen."*

Morgan dachte plötzlich an Jona ... den kalten, dunklen Bauch des Fisches ... seine Gefängniszelle. War das Gefängnis von Castlebar sein Fisch gewesen?

Gott, was war bloß los? Er heulte, heulte wie ein kleiner Junge ...

„Wollen wir zusammen beten, Morgan?"

*„Jetzt,* Joseph?"

*„Jetzt,* Morgan."

Und so knieten sie sich hin, auf die kalte, nasse Erde hinter dem Gefängnis von Castlebar.

Mit dem müden Priester an seiner Seite und dem warmen, vertrauten Atem seines Pferdes im Rücken betete der verlorene Sohn. Und er hörte.

Über ihm am Sternenhimmel blinzelten die Sterne des Himmels vor Erstaunen.

„Glaubst du immer noch an den Mann namens *Jesus*, Morgan ... den Mann, der auf Golgatha an ein Kreuz genagelt wurde?"

„Ja, das tue ich", sagte Morgan leise und sprach zum ersten Mal seit einer Zeit, die ihm wie eine Ewigkeit vorkam, lautlos in seinem Herzen den kostbaren Namen aus.

*Jesus ...*

„Und glaubst du immer noch", fuhr der Priester fort, „dass es der Sohn Gottes selbst war, dessen Hände und Füße an jenes Holz genagelt wurden, Morgan?"

„Aye, das tue ich." Seine Stimme wurde noch leiser, erstickt von einer Woche lang unterdrückten Tränen.

„Und weißt du, dass er für dich starb ... ja, dass er selbst dann an jenem Kreuz gestorben wäre, wenn es an jenem Tage *außer* dir auf der ganzen Welt keinen anderen Sünder gegeben hätte?"

*Gott, oh Gott, das ist wahr, oder? Du starbst für mich, wärest für mich allein gestorben ...*

Morgan Fitzgerald weinte. Sein Herz brach.

„Herr, oh Herr, vergib diesem Sünder ..."

*Morgan, mein Sohn, ich liebe dich. Du bist mein.*

„Selbst jetzt noch, Herr? Selbst jetzt noch?"

*Ich habe dich immer geliebt, Morgan. Selbst jetzt ... jetzt und auf ewig.*

Der Priester und der verlorene Sohn weinten, und der Himmel sang.

# 36. Das Flüstern der Dunkelheit

*Sei meine Weisheit, mein wahrhaftiges Wort. Ich will immer mit dir geh'n und du mit mir, Herr.*
*Sei du mein Schlachtschild, mein Schwert für den Kampf, sei meine Ehre, und sei du mein Glück. Du Ruheplatz meiner Seele, du mein hoher Turm, hebe mich himmelwärts, du Kraft meiner Kraft.*

Unbekannt (18. Jahrhundert)

Drei Tage lang schwebte Evan Whittaker zwischen Leben und Tod. Er war bewusstlos, schien außer seinem Schmerz nichts wahrzunehmen und bewegte sich selten, außer, wenn er sich vor Qual hin und her warf. Und abgesehen von seinem periodischen Stöhnen und den Schreien, mit denen er in die Kakophonie der Verzweiflung einstimmte, die Tag und Nacht in den Quartieren im Zwischendeck erscholl, gab er keinen Laut von sich.

Die ganze Zeit über hatte Nora das Gefühl, dass Whittaker der *Green Flag* irgendwie entflohen war, dass er es geschafft hatte, an einen geheimen Ort zu entschlüpfen, wo er nun die Entscheidung des Herrn über sein weiteres Schicksal abwartete.

Als er am Abend des dritten Tages aufzuwachen begann, geriet sie beinahe in Panik.

Seit der Stunde seiner Operation hatte sie für seine Genesung gebetet, und doch fürchtete sie sich vor dem Moment, wo er aufwachte. Was sollte sie ihm sagen, wenn und falls er zu sich käme und bemerken würde, dass ein Arm fehlte?

Selbst als seine Augenlider flatterten und er die Augen öffnete, um einen glasigen, verständnislosen Blick auf sie zu richten, sah sich Nora hektisch im Männerquartier nach Daniel John um. Sie konnte ihn nirgends entdecken. Er war vor wenigen

Augenblicken mit dem kleinen Tom zur Rückseite der Abteilung gegangen, um sich zu erleichtern, und sie waren noch nicht wieder zurückgekommen. MacCabe, der Farmer aus Galway, der die Koje mit Whittaker teilte, war auch weggegangen.

Auf ein unverständliches Wort von Whittaker hin drehte sich Nora wieder zu ihm um.

*„Schmerzen ..."*

Nora beugte sich über ihn und führte ein Tuch an seine Stirn. „Pst, ganz ruhig, Mr Whittaker. Ich weiß, es muss furchtbar schmerzen, aber es wird wieder gut werden, wirklich. Sie werden wieder ganz gesund werden."

Seine Augen schlossen sich einen Augenblick. Dann öffneten sie sich wieder. Nora meinte, einen Schimmer des Erkennens zu sehen.

*„Mrs ... Kavanagh ..."*

Er wurde *tatsächlich* wach. Er würde den Arzt brauchen ... irgendjemanden.

„Daniel John! Oh, Gott sei Dank!"

Erleichterung überflutete Nora, als sie ihren Sohn mit dem kleinen Tom an der Hand den Gang hinunterkommen sah.

„Bring den kleinen Tom zu den Mädchen und komm sofort wieder zurück. *Beeil dich!*"

Daniel blickte überrascht von ihr zu Whittaker. Noch bevor sie ausgeredet hatte, hatte er sich schon umgedreht. Er zog den kleinen Jungen in seine Arme hinauf und brachte ihn eilig zu Katie und Johanna.

Nach wenigen Augenblicken war er wieder zurück und blickte seine Mutter besorgt an, als er sich neben sie stellte.

Als habe er die Bewegung gespürt, flatterten Whittakers Augen auf. Seine Lippen waren aufgesprungen und bluteten, auf seinem Gesicht waren immer noch die Blutergüsse und Schrammen von dem Sturz, nachdem man ihn angeschossen hatte.

„Was ... ist passiert?", brachte er schließlich mühsam hervor.

Noras Kehle schmerzte vor Verzweiflung, als sie die Hand ausstreckte, um eine Strähne blonden Haares sanft aus seiner Stirn zu streichen, so, wie sie ein krankes Kind berührt hätte.

*Gütiger Gott, was sage ich ihm? Es gibt keine Worte, die diese Sache leichter für ihn machen könnten.*

„Sie ... Sie sind operiert worden, Mr Whittaker", sagte sie mühsam. „Es ist inzwischen drei Tage her."

„Operiert?" Sein Kopf rollte zur Seite, und seine Augen schlossen sich wieder, aber nur kurz. „Was für eine ... Operation?" Als er wieder die Augen öffnete, war sein Blick schon zielgerichteter.

*Oh Gott, wie sage ich ihm die schreckliche Wahrheit? Ich möchte ihn trösten, aber bei so etwas gibt es keinen Trost.*

„Ihr Arm, Mr Whittaker ... die Wunde war stark entzündet, verstehen Sie. Der Chirurg ... Dr. Leary ... er ..." Sie sah Daniel John Hilfe suchend an, aber die Aufmerksamkeit des Jungen war auf Whittaker konzentriert. Seine Augen schimmerten voll Schmerz und Mitgefühl.

Noras Mund wurde trocken, und sie wandte sich wieder an Whittaker. „Der Arzt sagte, dass es ... keine andere Möglichkeit gäbe, wenn Sie überleben wollten. Er sagte ... dass es die einzige Möglichkeit wäre." Die Worte blieben ihr in der Kehle stecken.

Whittakers Blick traf den ihren, und Nora spürte plötzlich, wie der Mann ihre panische Angst erfasste. Er sah ihr in die Augen und langsam streckte er seine rechte Hand über seinen Brustkorb, um den leeren Platz an seiner Seite zu berühren.

Nora konnte seinen Schock spüren – die schreckliche, plötzliche Leere –, als beträfe es sie selbst. Sie schluckte, hielt den Atem an, nickte auf die qualvolle Frage in seinen Augen.

„Er *musste* es tun, Mr Whittaker", sagte sie und erstickte an ihren eigenen Worten. „Sie wären gestorben, wenn er nicht ... operiert hätte."

Whittakers Hand bewegte sich weiter, tastete, fuhr über die Decke, einmal, noch einmal. Und die ganze Zeit starrte er Nora an, als erwarte er, dass sie ihm jeden Moment sagte, dass er träume, dass sein Arm da war, so, wie er es immer gewesen war.

„Es tut mir so Leid, Mr Whittaker", presste Nora hervor. „Es war die einzige Möglichkeit."

Seine Augen erstarrten auf ihrem Gesicht, trostlos und stumm. Nora schluckte den Knoten der Verzweiflung in ihrer Kehle hinunter. Sie konnte nicht sprechen. Schließlich presste Whittaker seine Augen zu und drehte seinen Kopf zur Seite.

Nora warf Daniel John einen flehenden Blick zu, und er legte einen Arm um ihre Taille, um sie zu stützen. „Wir werden uns um Sie kümmern, Mr Whittaker", sagte er, und seine Stimme zitterte, als er seine Zusicherung wiederholte. „Wir werden uns um Sie kümmern. Sie werden sehr bald wieder ganz in Ordnung sein."

Nora wusste nicht genau, welche Reaktion sie von dem Engländer erwartet hatte. Es hätte sie nicht überrascht, wenn er geschrien oder in einem hysterischen Anfall um sich geschlagen hätte.

Was sie nicht erwartet hatte, war die Ruhe dieses Mannes, die Abwesenheit selbst des kleinsten Anzeichens von Entsetzen oder Wut oder Empörung. Er lag mit geschlossenen Augen in seiner Koje, still wie ein Schatten. Einmal öffnete er seinen Mund, und sie hörte einen leisen, schluchzenden Ton. Aber ansonsten war das einzige Anzeichen seines Schmerzes eine stumme Träne, die sich aus seinem Augenwinkel schlich und dann langsam über den leichten Bart seine zerschrammte Wange hinunterlief.

Instinktiv streckte Nora die Hand aus, um sie sanft mit ihrem Finger abzutupfen.

Ihre Feuchtigkeit vermischte sich mit ihren eigenen Tränen, als sie die Hand hob, um sie wegzuwischen.

* * *

Zu Daniels Überraschung kam Dr. Leary an jenem Abend noch einmal, um Whittaker zu untersuchen.

Seit der Operation war er jeden Tag kurz gekommen. Es hatte so ausgesehen, als habe er wirkliches Interesse an seinem Patienten. Und Daniel hatte ihn bei jedem Besuch für ziemlich nüchtern gehalten.

Bis zum heutigen Abend. So wie beim ersten Mal, als er sich um Whittakers Wunde gekümmert hatte, stank der Chirurg nach Whisky, als er kam, und war deutlich unsicher auf den Beinen.

Daniel war ärgerlich, und er war froh, dass seine Mutter sich schon hingelegt hatte. Er wollte nicht, dass sie der schlechten Laune des betrunkenen Chirurgen – oder seinen unflätigen Reden – ausgesetzt war.

Er starrte Leary an und beobachtete ihn genau, als er Whittakers Verbände mit ungeschickten Händen kontrollierte. Einmal keuchte Whittaker vor Schmerz, weil der Chirurg ihn ungeschickt angefasst hatte, und Daniel sprang vor und legte eine Hand auf Learys Arm, um ihn zurückzuhalten.

Der Chirurg warf ihm einen glasigen Blick zu und sah dann ärgerlich auf die Hand hinunter, die seinen Arm umklammerte.

Daniel bewegte sich nicht. „Warum sind Sie in diesem Zustand gekommen?“, forderte er ihn heraus.

„In welchem *Zustand?“*, knurrte der Chirurg. „Behalte deine Hände bei dir!“

*„Sie sind betrunken!“*

*„Du bist unverschämt!“*, gab Leary zurück und schüttelte ihn ab.

„Was ist mit Ihnen los?“, drängte Daniel mit leiser Stimme. „Sie scheinen ein *guter* Chirurg zu sein, wenn Sie nüchtern genug sind, um zu wissen, was Sie tun. Warum tun Sie sich das an? Sich und denen, die auf Sie angewiesen sind?“

Der Chirurg richtete sich auf und wischte sich mit dem Handrücken über die Augenbraue. Er sah Daniel mürrisch an. Im schwankenden Schein der Laterne, die über ihnen hing, bemerkte Daniel eine leise Veränderung in Learys Gesichtsausdruck. Der Ärger verschwand, und stattdessen erschien ein Ausdruck von Müdigkeit. Die Gesichtszüge des Arztes, ja, seine ganze Gestalt schienen entmutigt zusammenzusacken.

„Das ist wahr“, murmelte er und wandte den Blick ab. „Ich *war* einmal ein guter Arzt. Mehr als nur gut, wie einige meinten.“

„Das sind Sie noch“, gab Daniel betreten zurück. „Oder vielmehr, Sie *könnten* es sein, wenn Sie nur den Whisky lassen würden.“

Der Arzt legte eine Rolle Verbandsmaterial in seinen Koffer zurück und warf Daniel einen schrägen, verächtlichen Blick zu. „Du hast ja keine Ahnung, Junge. Absolut keine Ahnung. Lassen wir das Thema.“

„Ich weiß, dass Ihre Hände an jenem Abend, als Sie Mr Whittakers Operation durchführten, geschickt und sicher waren. Allein vom Zusehen ... bekam ich den Wunsch, als Arzt so gut wie nur irgend möglich zu werden.“

Das stimmte, wie Daniel jetzt erkannte. Trotz der Qual, zusehen zu müssen, wie Whittaker seinen Arm verlor, trotz dem Grauen der ganzen Prozedur war er fasziniert, ja inspiriert gewesen von der offensichtlichen Geschicklichkeit des Chirurgen. Er konnte nicht verstehen, wie es möglich war, dass ein Mann mit Learys Fähigkeiten auf solch ein entsetzliches Niveau absank.

Daniel sah ihn einen Moment lang an. Dann, als er spürte, wie sinnlos es war, mit dem Mann vernünftig zu reden, wenn er betrunken war, fragte er: „Haben Sie mehr Laudanum mitgebracht, wie Sie versprochen haben? Er hat die meiste Zeit schlimme Schmerzen.“

Der Chirurg sah ihn mit leerem Blick an.

„Sie haben es vergessen!“, klagte Daniel ihn an. „Er *braucht* etwas gegen den Schmerz!“

Leary nickte abgelenkt und winkte ab. „Ich werde es später bringen. Später am Abend."

„Nein, das werden Sie nicht", sagte Daniel scharf. Er wusste nur zu gut, dass der Chirurg innerhalb einer Stunde in seiner Koje vor Trunkenheit besinnungslos umfallen würde. „Ich werde mitkommen und es selbst holen. Er braucht es *jetzt.*"

Der Doktor verzog seinen Mund zu einem widerspenstigen Schmollen. „Du darfst nicht auf Deck. Du stehst unter Quarantäne."

„Sie sind der Chirurg!", forderte ihn Daniel heraus. „Sie haben doch sicherlich die Vollmacht, eine Ausnahme zu genehmigen. Außerdem wird es Ihnen einen Weg ersparen", fügte er gehässig hinzu. „Sie haben sicherlich wichtigere Dinge zu tun."

Leary warf Daniel einen Blick zu, der deutlich sagte, dass ihn der Junge zur Verzweiflung brachte. „Na gut, meinetwegen!", sagte er und schloss seinen Arztkoffer. „Komm mit!"

Daniel nahm sich noch die Zeit, Hugh MacCabe zu bitten, gut auf Whittaker aufzupassen, bis er wieder zurückkehrte. Dann beugte er sich über Whittaker, um ihn zu beruhigen. „Ich gehe mit dem Chirurgen, um etwas gegen Ihre Schmerzen zu holen. Werden Sie klarkommen, bis ich zurück bin?"

Whittakers Versuch, zu lächeln, ging daneben, aber er schaffte es, Daniels Hand leicht zu drücken, um zu zeigen, dass er verstanden hatte.

Als Daniel ihn ansah, ging eine Woge der Zuneigung durch ihn. Wer hätte gedacht, dass dieser ruhige, scheue Mann solch ein unendlich heldenhaftes Herz besaß und solch einen tapferen, standhaften Geist?

In Daniel erwachte eine neue Entschlossenheit, seinem englischen Freund zu helfen. Ja, dank Evan Whittaker war sein Glaube daran, dass der Geist Gottes in den Menschen wirkte, wiederhergestellt worden.

Trotz solcher Leute wie Dr. Leary.

* * *

Eine heftige Woge des Heimwehs überfiel Daniel, sobald er hinaus auf das offene Deck gekrabbelt war. Er stand still, atmete den Geruch der salzigen See und ließ sich von der kalten, klaren Luft umfluten, als sei sie ein Geschenk.

Ohne dass er es wollte, musste er an zu Hause denken, an die dunklen Wasser der Bucht, die durchhängende Landebrücke, die Hütte mit ihren Flecken von der Seeluft, Killala ...

*Zu Hause!* Die Erinnerungen waren so stark und seine Sehnsucht so groß, dass er beinahe auf die Knie ging. Er schüttelte die sehnsüchtigen Gedanken ab und reichte dem Chirurgen eine Hand, um ihm herauszuhelfen. Leary schwankte ein wenig und griff nach der Reling, um sich abzustützen.

Daniel versuchte, seine traurige Stimmung abzuwerfen, indem er eine – größtenteils einseitige – Unterhaltung mit dem Arzt aufrechterhielt, während sie nach hinten gingen.

„Wie lange sind Sie schon Schiffsarzt?", fragte er und hob das Gesicht, um die Gischt vom Wasser aufzufangen.

„Jahre", war die einzige Antwort des Arztes.

„Warum haben Sie es getan?"

Der Chirurg warf ihm einen erstaunten Blick zu, und Daniel wunderte sich über die Sprunghaftigkeit des Mannes.

„Warum habe ich *was* getan?"

„Eine Schiffsarztpraxis zu übernehmen statt einer Praxis in der Stadt? Lieben Sie die See so sehr?"

Ein undefinierbarer Ausdruck ging über das Gesicht des Arztes. „Nein", stieß er hervor. „Ich liebe die See nicht!"

„Warum dann?"

„Warum bist *du* so verdammt neugierig?", grummelte Leary und zeigte damit sehr deutlich, dass er keine weiteren Fragen dulden würde.

Daniel zuckte die Schultern und wandte seine Aufmerksamkeit dem Nachthimmel und dem dunklen, weiten Atlantik zu, der sie umgab. Ein Schwindel erregendes Gefühl von Weite und Freiheit … *kostbarer Freiheit* … wirbelte um ihn herum, während sie gingen. Fast konnte er darüber hinwegsehen, dass seine Beine steif waren von der Untätigkeit und sein Körper schwach von mangelhafter Ernährung.

Jetzt war nur noch wichtig, dass er draußen im Freien war, dass der Gestank des Sterbens und des Elends zumindest für eine Weile ersetzt wurde durch den reinen, scharfen Duft von salziger Luft, wettergegerbtem Segeltuch und von der See gealtertem Holz. Sein Herz schwoll, als er statt des Requiems der Hoffnungslosigkeit, das aus dem Zwischendeck erscholl, den Refrain stürmischer Atlantikwinde und flatternder Segel hörte.

Sein vorübergehendes Gefühl des Wohlbefindens war so stark, dass er die Ungeduld des Chirurgen vergaß und eine weitere Frage auf ihn abschoss, eine, die schon beinahe seit der Zeit, wo sie an Bord gekommen waren, an ihm nagte. „Warum sehe ich nie einen der Passagiere aus den Kabinen?“

Der schlurfende Schritt des Doktors stockte einen Moment. „Wie willst du denn irgendetwas sehen, wenn du in der Hundehütte eingesperrt bist?“

Daniel beachtete die Stichelei des Mannes nicht und versuchte es von einer anderen Seite. „Haben sie Angst, herauszukommen, wegen des Typhus?“

„Du brauchst dich nicht um die Kabinen zu kümmern! Wir transportieren einige wenige Passagiere, die zufällig mitwollen. Dies ist kein normales Passagierschiff, zumindest nicht auf dieser Fahrt.“

„Das ist nur allzu wahr“, sagte Daniel leise. „Ich habe bereits bemerkt, dass dies kein normales Schiff ist.“

Der Chirurg war nicht so betrunken, dass er die spitze Bemerkung nicht mitbekommen hätte. „Was soll das denn nun wieder bedeuten?“

Daniel zuckte mit den Schultern und antwortete absichtlich nicht.

Ohne Vorwarnung ergriff der Doktor seinen Arm und blieb mit Daniel stehen. Drei Matrosen, die in der Nähe standen und eine Angel auswarfen, sahen ohne großes Interesse zu Daniel und dem Chirurgen hinüber.

„Junge, du bist absolut zu frech! Du tätest gut daran, zu vergessen, was du vielleicht zu wissen *meinst,* und dich auf deine eigenen Angelegenheiten zu konzentrieren – die nicht das Geringste mit diesem Schiff zu tun haben!"

Als Entgegnung auf den Ausbruch des Doktors sah Daniel ihn prüfend an, und sein Gefühl, dass der Mann eine ganze Horde von bösen Geheimnissen hegte – Geheimnisse, die irgendwie jeden einzelnen Passagier an Bord betrafen – nahm zu.

Fast von Anfang an hatte ihm etwas in seinen Gedanken keine Ruhe gelassen. Irgendetwas war mit der *Green Flag* nicht in Ordnung, und er war davon überzeugt, dass Dr. Leary damit zu tun hatte.

* * *

Auf dem Rückweg vom Quartier des Chirurgen gab Daniel, das Laudanum in der Hand, seiner Neugierde nach. Er wollte sich den Kabinenbereich näher ansehen.

Die Erwähnung der Passagiere aus den Kabinen hatte den heimlichtuerischen Chirurgen alarmiert. Was für Geheimnisse die *Green Flag* auch immer verbergen mochte, er war sicher, dass sie im Kabinenbereich gefunden werden könnten.

Sollte man ihn entdecken, könnte er wahrheitsgemäß sagen, dass ihm der Chirurg erlaubt hatte, sich außerhalb des Zwischendecks aufzuhalten. Falls es darauf ankäme, könnte er behaupten, er habe sich auf dem Rückweg zu seinen Quartieren verirrt.

Er begann, das Deck hinaufzugehen, und sah sich alle paar Schritte nervös um. Er hielt sich mehr zur Mitte des Schiffs.

Sobald er ein Mitglied der Mannschaft entdeckte, blieb er stehen und versteckte sich im Dunkeln.

Er war nur wenige Schritte von den Kabinen entfernt, als er ärgerliche Stimmen hörte und stehen blieb. Er duckte sich hinter einen Stapel Holzkisten, lugte um die Ecke und beobachtete, was geschah.

Er sah die große Gestalt eines Matrosen, der in der Tür einer der Kabinen stand. Er schien seine Kleidung zu ordnen. Fast Nase an Nase mit ihm stand Kapitän Schell!

Sie hatten wegen irgendetwas einen schrecklichen Streit. Einige Schritte entfernt stand ein anderer Matrose und sah zu.

Daniel zitterte in der feuchten, dunklen Ecke und kauerte sich noch ein wenig mehr zusammen. Er konnte immer noch sehen, was geschah, und jedes Wort ihres ärgerlichen Wortwechsels verstehen.

*„Ich habe dich gewarnt!“*

Die stahlharte Stimme des Kapitäns knirschte vor Wut. Er hielt eine Laterne hoch und trieb den Matrosen mit ihrem Licht in die Enge. „Ich habe dir gesagt, dass du nicht in die Nähe der Kabinen kommen sollst! Was hast du eigentlich da gewollt?“

Der Matrose versuchte es mit einem breiten Lächeln. „Ich dachte, ich hätte etwas gehört. Das war alles, Kapitän! Ich dachte, ich sollte besser mal nachsehen. Die Tür war offen.“

Schell nagelte den Mann mit einem drohenden Blick auf der Stelle fest. „Du dachtest, du solltest einmal nachsehen, ah so!“ Die Stimme des Kapitäns knallte wie ein Pistolenschuss. „Du dachtest, es wäre nett, sich ein wenig zu amüsieren, du brünstiges Schwein, und nichts anderes!“

„Ach Kapitän, was ist daran so schlimm? Ich habe nur eine von ihnen eingeritten. Was macht das schon? Dafür sind sie doch schließlich da.“

Schells Gesicht wurde wütend und schwoll an vor Zorn. „Ja, dafür sind sie da! Aber nicht für so was wie *dich!*“ Er brach ab und verpasste dem Matrosen mit dem Handrücken eine Ohrfeige mitten ins Gesicht.

Der Mann taumelte zurück. Daniel hielt den Atem an und legte eine Hand auf seine Wange. Er erinnerte sich an seine eigene Begegnung mit dem boshaften Temperament des Kapitäns.

„Dreckskerl!", schrie Schell den Matrosen an. *„Du bist der letzte Mist!* Das da drinnen ist *Ladung!* Und du hast nichts mit der *Ladung* zu schaffen, außer dass du sie verlädtst und löschst!"

Das Blut hämmerte in Daniels Kopf und ließ seine Ohren dröhnen. Sein Magen verknotete sich noch mehr, während er weiter beobachtete.

Der Kapitän langte hinter den Mann und zog die Kabinentür zu. Dann drehte er sich um und bellte einen Befehl über die Schulter.

Der Matrose hinter ihm trat heran. „Ich will wissen, wer die Tür nicht wieder verschlossen hat!", knirschte Schell und wies auf die Kabine. „Und sage den anderen: Wenn ich höre, dass sich noch jemand an der Ladung dieses Schiffes zu schaffen macht, werde ich ihn auspeitschen lassen, bis das Deck vor Blut rot ist!"

Er wandte sich wieder an den Matrosen und hielt die Laterne noch dichter an sein Gesicht. „Nun gut, du Dummkopf. Lass uns hoffen, dass sie ein Kielholen wert war." Seine Stimme war leise, aber sie strotzte von Bosheit. Ein kurzes Lächeln erschien auf seinem Gesicht und verschwand sofort wieder, während er zusah, wie die Matrosen den protestierenden Seemann das Deck hinunterzerrten.

Daniel hielt den Atem an. Er beobachtete, wie Schell den Griff der Kabinentür bewegte und die Tür aufstieß. Er stand direkt in der Tür und hob die Laterne, um das, was darinnen war, zu inspizieren.

*Irgendjemand in der Kabine weinte!*

Daniel atmete zitternd ein und biss sich so stark auf die Unterlippe, dass sie blutete.

Nach einer Weile drehte sich der Kapitän um und schloss die Tür. Diesmal verschloss er sie mit einem Schlüssel, bevor er wegging.

Nachdem Schell verschwunden war, blieb Daniel noch eine ganze Weile da, wo er war. Sein Herz hämmerte wild gegen seine Rippen, während er im Dunkeln kauerte und versuchte zu verstehen, was er gerade beobachtet hatte.

Schließlich nahm er all seinen Mut zusammen, kroch hinüber zur Kabinentür und legte sein Ohr dagegen. Als er nichts hörte, hob er die Hand und berührte die Tür, zögerte einen Augenblick und klopfte dann leicht an. Als er keine Antwort erhielt, klopfte er noch einmal sanft an.

Nach einer langen Zeit der Stille sah er sich unsicher um. Ohne die Laterne war die Dunkelheit auf Deck dicht und unerbittlich. Aber es war nicht das Dunkel der Nacht, das Daniel ergriff und ihn in einer anschwellenden Woge der Panik gefangen hielt. Es war eine andere Art von Dunkelheit, eine, die so kalt war und so sehr nach Korruption stank, dass er sie beinahe berühren konnte.

Es war die Dunkelheit, die gemeinsam mit der *Green Flag* über die Wellen glitt, eine Gegenwart, die das ganze Schiff erfüllte. Er konnte ihr Flüstern hören: in den gequälten Schreien im Zwischendeck, im Brüllen der Wellen, die über das Deck brandeten, in den geheimen Schatten der Passagierkabinen, sogar in dem Wind, der die Segel aufblähte.

Er hatte die Dunkelheit schon früher gespürt, hatte ihr Flüstern gehört, ihre Berührung gespürt, ihre Verderbtheit gerochen. Heute Abend, so meinte er, verstand er endlich, was es war.

Die Dunkelheit war zu einer eigenständigen Seele geworden – der Seele der *Green Flag*.

* * *

Als er wieder im Zwischendeck war, gab Daniel Whittaker eine Portion von dem Laudanum, legte sich in die Koje dicht neben den Engländer, stützte die Ellenbogen auf und beobachtete Whittaker.

Was würde er darum geben, Whittaker von dieser Nacht erzählen zu können: was er gesehen und gehört hatte, was er vermutete. Aber Whittaker hatte die meiste Zeit Schmerzen, und wenn das nicht der Fall war, schlief er. Es wäre nicht gut, ihn mit irgendetwas zu belasten, was ihn vielleicht aufregen könnte.

Er würde warten müssen, bis der Engländer kräftiger war und sich zumindest auf dem Wege der Besserung befand. Dann würde er es ihm erzählen. Vielleicht würde Whittaker es verstehen und wissen, was zu tun sei.

Mit einem Anflug von Grauen spürte Daniel die Gegenwart eines Feindes an Bord des Schiffes. Unsichtbar, unerkannt ... aber real. Furchtbar real.

Plötzlich hatte er Angst, mehr als je zuvor in seinem Leben. Wie sollte er auch nur hoffen, sich und seine Lieben gegen etwas zu verteidigen, was er nicht sehen konnte?

*Denn unser Kampf ist nicht gegen Fleisch und Blut, sondern gegen die Geister der Bosheit in der Himmelswelt.*

Wie kämpfte man gegen ein Flüstern, eine flüchtige Gegenwart, einen Schatten des Bösen?

*Deshalb ergreift die ganze Waffenrüstung Gottes ... eure Lenden umgürtet mit Wahrheit, angetan mit dem Brustpanzer der Gerechtigkeit und an den Füßen mit der Bereitschaft zur Verkündigung des Evangeliums des Friedens. Bei alledem ergreift den Schild des Glaubens, den Helm des Heils und das Schwert des Geistes, das ist Gottes Wort.*

*Betet ... fleht ... wacht.*

Daniel schlüpfte aus der Koje nach unten, fiel auf seine Knie und begann zu beten.

# 37. Begegnungen am Nachmittag

*Ein wenig Liebe, ein wenig Vertrauen,*
*eine sanfte Regung, ein überraschender Traum,*
*und das Leben, erst trocken wie Wüstensand,*
*ist frischer als ein Gebirgsbach.*
*So einfach ist das menschliche Herz,*
*so bereit zu neuer Hoffnung und Freude;*
*zehntausend Jahre ist es nun alt,*
*und doch ist es jünger als ein Knabe.*
Stopford A. Brooke (1822 – 1916)

*New York City*
*Ende April*

Es war ein beinahe frühlingshafter Nachmittag in New York. Die Luft war mild, der Himmel klar und auf diesem Stück der Straße vor den „Tombs" (übersetzt: Das Grabgewölbe) – dem Stadtgefängnis – gab es keinen deftigen Geruch von Pferdeäpfeln oder aufgehäuftem Abfall.

Die Eingangstür war geöffnet worden, und Michael Burke war hinaus ins Freie gegangen und lehnte sich an eine der riesigen griechischen Säulen, die die Vorderseite des Gebäudes bewachten. Zu seinen Füßen lag ein Baby, ein kleiner Junge, in einem Korb und schlief.

Michael hatte den Säugling, nur in dünne Lumpen gehüllt, in der dunklen Eingangshalle eines Mietshauses in der Mulberry Street gefunden. Er war ausgesetzt worden und in demselben Korb versteckt gewesen, in dem er jetzt schlief. Als eine gründliche Befragung der Bewohner des Hauses und der umliegenden Nachbarschaft keinerlei Hinweis darauf erbrachte, wer die Eltern des Säuglings seien, hatte Michael ihn auf das Polizeirevier zurückgebracht und einen Bericht geschrieben. Jetzt wartete er auf den ehrenamtlichen Mitarbeiter einer Agentur, der das Findelkind abholen und zu einem der zuständigen Krankenhäuser oder Fürsorgeheime bringen sollte.

Während er wartete, las er in *The New York Packet* die Mitteilungen über ankommende Schiffe. In diesen Tagen las er sehr sorgfältig jede Ausgabe des *Packet*. Wenn das Schiff Killala etwa Ende März verlassen hatte, dann war es jetzt schon beinahe vier Wochen auf See. In dem Fall würde es sehr bald, vielleicht schon nächste Woche, eintreffen.

Es gab natürlich keine Möglichkeit festzustellen, wann genau es Segel gesetzt hatte. Und er hatte auch keine Gewissheit darüber, ob Nora und ihre Familie überhaupt an Bord waren.

Die letzten paar Wochen des Wartens und Zweifelns, Hoffens und – gelegentlich auch – des Fürchtens waren nicht leicht gewesen. Michael konnte sich an kein Erlebnis erinnern, das ihn mehr zur Verzweiflung gebracht und seine Nerven mehr ruiniert hatte als diese Zeit. Würde Nora kommen oder nicht? Und falls ja – wie würde sie nach so langer Zeit auf ihn reagieren? Wäre sie bereit, ihn zu heiraten? Wie würden ihre Jungen und Tierney miteinander auskommen, falls sie heiraten würden? Wo würde er so viele Menschen unterbringen ...

Er konnte sich nicht erinnern, jemals so durcheinander gewesen zu sein, so bedrückt, so zerrissen.

Dazu kam noch seine Sorge darüber, dass Tierney zunehmend mehr für Patrick Walsh arbeitete.

Der Junge arbeitete beinahe jeden Samstag, vom Sonnenaufgang bis zur Dämmerung, draußen in Walshs piekfeinem Palast auf Staten Island – und zwar zusätzlich zu der normalen Arbeit nach der Schule im Hotel.

In letzter Zeit hatte Michael gespürt, wie eine Kluft zwischen ihm und seinem Sohn entstand. Und er musste zugeben – auch wenn ihm das nicht behagte – dass er in einem gewissem Maß eifersüchtig war, weil Tierney seinen Arbeitgeber so verherrlichte. Für einen irischen Einwanderer hatte Walsh eine beeindruckende Reihe von Erfolgen erzielt. Aber Michael wünschte sich, dass Tierney einige andere Dinge höher schätzte als Geld und Einfluss und Erfolg – Dinge wie zum Beispiel Ehrlichkeit und christliche Grundsätze.

Aber jedes Mal, wenn er dem Jungen gegenüber dieses Thema aufbrachte, gab Tierney zurück, dass er derjenige sei, der ihn ständig dazu ermutige, sich „beruflich zu verbessern". Und weil Michael nicht leugnen konnte, dass dieser Einwand der Wahrheit entsprach, endeten ihre Debatten jedes Mal an einem toten Punkt.

Es war kein Wunder, dass er schlecht schlief – wenn er überhaupt schlief –, und es war noch weniger erstaunlich, dass er sich anscheinend auf nichts konzentrieren konnte, was komplizierter war als die Mitteilungen über eintreffende Schiffe.

Seine Aufmerksamkeit wurde plötzlich von einer Mietkutsche abgelenkt, die vor dem Gebäude die Geschwindigkeit drosselte. Sobald die beiden grauen Pferde zum Stehen gekommen waren, sprang der Fahrer vom Kutschbock, um seinem Fahrgast zu helfen.

Michael beobachtete überrascht, wie Sara Farmington aus dem Wagen trat, dem Fahrer einige Anweisungen gab und dann auf die Eingangsstufen zuging.

Er bemerkte erneut ein leichtes Humpeln in ihrem Schritt, obwohl ihre Haltung aufrecht und zuversichtlich war. Sie trug ein hübsches Frühjahrskostüm in zartem Blau mit weißer Paspelierung und einen kleinen Hut, der etwas vernünftiger war als jene, die er an den meisten Frauen sah.

Sie lächelte, sobald sie ihn sah. Michael richtete sich auf und verließ die Säule, um sie zu begrüßen.

„Miss Farmington? Nun sagen Sie nicht, Sie wären gekommen, weil Sie schon so bald eine weitere kleine Spritztour nach Five Points unternehmen wollen."

Sie lächelte immer noch und sah von ihm weg hinunter zu dem schlafenden Säugling in dem Korb hinter ihm. „Nicht heute, Sergeant Burke. Aber ich wollte in der Tat um eine Begleitung für nächste Woche bitten. Heute Nachmittag bin ich hier, um Sie von Ihrer kleinen Last dort zu befreien."

Sie ging zu dem Findelkind, bückte sich und hob es vorsichtig aus dem Korb. Das Baby schlief weiter, während sie es sanft an ihre Schulter drückte.

„Dann sind Sie wegen des Kindes gekommen?"

„Richtig", sagte sie zerstreut und betrachtete das Gesicht des schlafenden Säuglings. „Ich helfe mittwochs und donnerstags freiwillig in der Kinderklinik."

„Sie sind eine sehr beschäftigte junge Frau, Miss Farmington", sagte Michael und betrachtete sie interessiert.

Sie zuckte mit den Schultern. „Man braucht in New York nicht müßig zu bleiben. Schon gar nicht jetzt, wo die Einwohnerzahl dermaßen explodiert."

Ihr Blick wanderte zu der *The New York Packet*, die Michael in der Hand hielt. „Erwarten Sie in der nächsten Zeit die Ankunft von Verwandten, Sergeant Burke?", fragte sie und streichelte den Rücken des Babys, als sie ihren Kopf der Zeitung zuneigte.

Michael sah auf die *Packet* in seiner Hand. „Nein. Das heißt, nicht Verwandte, sondern Freunde."

„Ich verstehe. Wann erwarten Sie sie?"

„Möglicherweise schon nächste Woche. Aber ich weiß nicht einmal genau, ob sie auch kommen", fügte er hinzu. „Ich habe nur vorsichtshalber die Ankündigungen verfolgt."

Das Baby bewegte sich ein wenig und gurrte, und Sara Farmington sah lächelnd zu ihm hinunter. „Nun, ich hoffe, dass sie sicher ankommen. Auf welchem Schiff haben sie gebucht?"

„Auf der *Green Flag*. Es ist, glaube ich, ein kleines Schiff."

„Der Name ist mir nicht bekannt. Ich werde meinen Vater fragen müssen. Vielleicht hat er mehr Informationen für Sie."

„Ihr Vater?“

„Ja. Er weiß sehr gut über die Schiffe Bescheid, die den New Yorker Hafen anlaufen“, erwiderte sie und legte den Säugling an ihre andere Schulter. „Ich werde ihn fragen, ob er etwas über das Schiff Ihrer Freunde weiß.“

„Arbeitet Ihr Vater im Hafen?“

Sie sah ihn an und in ihren Augen lag ein leichtes Glänzen, das wie Vergnügen wirkte. „Nun, eigentlich“, sagte sie, „hat Vater mit dem Bau von Schiffen zu tun. Aber trotzdem besucht er häufig den Hafen, so dass er vielleicht ein paar Informationen für Sie hat.“

In Michaels Gedanken ertönte plötzlich eine Alarmglocke.

Sara *Farmington.*

*Lewis* Farmington, der Schiffsbauer und Millionär! Farmington war ein Altersgenosse und enger Freund von John Jacob Astor. Astor, der selbst ein Einwanderer aus Deutschland war, hatte sein Vermögen verdient, indem er die Gewinne aus seinem Pelzhandel in Ackerland auf Manhattan Island investiert hatte. Farmington hatte, wie McKay aus Boston auch, ein beachtliches Vermögen zusammengetragen, indem er einige der besten – und schnellsten – Segelschiffe der Welt baute.

*„Sie sind doch nicht die Tochter von Lewis Farmington?“,* platzte Michael heraus und bereute sofort seinen Mangel an Takt.

Es sprach sehr für Sara, dass sie ihn einfach angrinste. Ihre Reaktion war wirklich natürlich. „Ich fürchte, ja.“

„Oh, ich bitte um Verzeihung!“, stammelte Michael und fühlte sich plötzlich verlegen und ungehobelt und – sehr irisch. „Ich wollte nicht unhöflich sein. Ich habe einfach die Namen nicht miteinander in Verbindung gebracht.“

„Ist schon in Ordnung“, versicherte sie ihm schnell. „Sie waren absolut nicht unhöflich.“

Michael fühlte sich immer noch wie ein Narr, aber hatte sie nicht großartig reagiert?

Sara Farmington wechselte mühelos das Thema. „Ich würde gerne ein wenig mit dem Baby spazieren gehen, bevor ich es zurück in die Klinik bringe – es ist so ein wunderschöner Tag. Würden Sie mir Gesellschaft leisten, Sergeant Burke? Haben Sie Zeit?"

„Ja, natürlich", sagte Michael, erfreut darüber, dass sie fragte. „Aber lassen Sie mich den kleinen Kerl tragen. Er ist zwar unterernährt, aber immer noch ein ganz schöner Brocken."

„Warum, meinen Sie, wurde er ausgesetzt?"

Michael runzelte die Stirn und nahm das Baby. „Wir finden jeden Monat Dutzende wie ihn, viele von ihnen bereits tot. Ich nehme an, dass in vielen Fällen die Mutter ledig ist oder nicht für das Kind sorgen kann. Jedenfalls werden es immer mehr, je größer die Stadt wird."

„Es ist für mich schwer zu verstehen, wie eine Mutter tatsächlich ihr eigenes Baby aussetzen kann", sagte sie leise. Ihr Blick verweilte auf dem Gesicht des blonden Säuglings.

„Ich möchte Sie nicht beleidigen, Miss Farmington", sagte Michael ernst, „aber wenn Sie niemals hungrig und verängstigt – vielleicht sogar verzweifelt – gewesen sind, können Sie das nicht verstehen."

Seine Bemerkung ließ sie innehalten, und er war ärgerlich über seine eigene Bärbeißigkeit. Aber schließlich war es die Wahrheit. Wie konnten die, die niemals Mangel kennen gelernt hatten, auch nur hoffen, jene zu verstehen, die niemals etwas anderes gekannt hatten?

Miss Farmington schien eine prächtige Frau zu sein – und mit Sicherheit eine, die Mitgefühl hatte –, aber seiner Meinung nach könnte sie den Rest ihres Lebens damit zubringen, ihren Teil an der Arbeit in den Slums zu tun, und trotzdem niemals die Hoffnungslosigkeit dieser armen Teufel ermessen, denen sie mit aller Gewalt helfen wollte.

*Schließlich ließ sich nichts an der Tatsache ändern, dass sie eine Farmington war, und nicht eine Flanagan.*

Seine offene Aussage brachte Sara dazu, stehen zu bleiben und nachzudenken.

„Ja", sagte sie leise, „ich bin sicher, dass Sie Recht haben." Sie betrachtete den kräftigen Sergeant, der den Säugling mit einer großen Hand gegen seine Brust hochhob, und sie fragte sich, ob der Mann aus Erfahrung sprach. War er je hungrig oder verzweifelt gewesen? Er war ein irischer Einwanderer, und so war es mehr als nur wahrscheinlich, dass er wusste, wovon er sprach.

Sie gingen die Treppe hinunter, und der Sergeant, der das Baby mit einer Hand hielt, bot Sara seinen Arm, bis sie unten angekommen waren. Sie betrachtete ihn, während er dem Kutscher sagte, dass er warten solle, und bemerkte, wie winzig klein das Baby in seinen Armen aussah.

Er schien ein vielseitiger Mann zu sein, dieser Sergeant Burke. Man hätte ihn für einen harten Mann halten können, wären da nicht seine Augen. Sein gut aussehendes Gesicht – und es war wirklich gut aussehend – schien auf den ersten Blick etwas streng zu sein, vielleicht wegen der tiefen Furchen, die von seinen Augen ausgingen und seinen Mund einfassten.

Aber die Augen sprachen eine andere Sprache. Sie spiegelten die verschiedenen Eigenschaften des Mannes wider. Es waren verwundete Augen. Sara spürte, dass der kräftige Ire tiefen persönlichen Schmerz erlitten hatte. Ganz zu schweigen davon, dass er täglich Dingen begegnete, die kein anständiger Mann jemals zu vergessen hoffen konnte. Aber es waren auch Augen, die das Leben liebten, freundliche Augen, die mit Humor und Toleranz und großer Freundlichkeit in die Welt hinaussahen, als ob sie das meiste von dem, was sie sahen, mochten.

Ja, er war von einem vergangenen Schmerz gezeichnet, aber die Narben schienen zu verblassen. Wenn Sara sich nicht sehr irrte, war Sergeant Burke ein starker, entschlossener Mann. Ein Überlebender.

*Und sehr wahrscheinlich verheiratet.*

Der ungebetene Gedanke ließ Sara blinzeln.

Nun, und was wäre, wenn er verheiratet wäre? Das war mit Sicherheit nichts, was sie anging, ermahnte sie sich selbst, während sie weitergingen. „Wie lange sind Sie schon in New York, Sergeant?“, fragte sie, um ihre eigene Anspannung zu mildern.

„Schon beinahe siebzehn Jahre.“

Sara hätte auf einen kürzeren Zeitraum getippt. Der irische Tonfall in seiner Sprache war immer noch deutlich zu hören.

„Ah ja. Und haben Sie eine ... Familie?“, fragte sie, während sie begannen, die Franklin Street hinaufzugehen.

Er nickte und sah mit einem leichten Lächeln zu ihr hinüber. „Einen Sohn. Tierney. Er wird bald fünfzehn werden, aber es fällt mir schwer, das zu glauben.“

„Tierney? Das wird ein irischer Name sein, oder?“

„Aye, meine Frau hat ihn ausgesucht.“

*Es gab also eine Frau.* „Ich verstehe. Demnach ist Ihre Frau auch aus Irland?“

„Das war sie, ja.“ Er zögerte einen Augenblick und fuhr dann von sich aus fort: „Meine Frau starb, als der Junge noch klein war.“

„Oh, das tut mir Leid“, sagte Sara leise. *Eine alte Verletzung ...*

„Vielleicht werde ich bald wieder heiraten“, sagte er plötzlich und warf ihr einen Blick zu, bei dem Sara sich fragte, ob er sich dabei nichts gedacht hatte. „Das heißt, wenn meine Freunde herüberkommen“, fügte er rasch hinzu. „Und wenn mein Antrag angenommen worden ist.“

„Das ist ... wunderbar für Sie“, sagte Sara wenig überzeugend. Sie war beunruhigt und ein wenig verwirrt wegen der leichten Enttäuschung, die sie bei seiner unverblümten Ankündigung empfand.

„Es ist allerdings noch nichts Endgültiges“, fügte er hinzu. „Ich habe geschrieben und um ihre Hand gebeten. Das ist alles. Es könnte sein, dass Nora völlig anderer Meinung ist.“

„*Nora*", wiederholte Sara sanft. „Welch ein wunderschöner Name."

„Wir haben die Kindheit zusammen verbracht", fuhr er auf seine schroffe Art fort. „Sind im selben Dorf aufgewachsen. Ihr Mann und ihr kleines Mädchen starben letztes Jahr. Es war eine schwere Zeit für sie, mit der Hungersnot und allem ..." Seine Worte wurden leiser und blieben unbeendet.

„Ich verstehe", sagte Sara betreten. „Nun, ich hoffe, dass Ihre Pläne gelingen werden."

Er nickte leicht, sagte jedoch nichts weiter. Sie gingen eine Weile schweigend weiter, bis Sara stehen blieb. „Ich sollte besser umkehren mit dem Baby."

„Aye, es scheint aufzuwachen", sagte der Sergeant und sah auf das sich windende Baby an seiner Brust hinunter.

Einen Augenblick blieb er stehen und sah Sara fragend an. Ein Lächeln flackerte in seinen Augen und erreichte dann seinen Mund. „Ich bin neugierig, Miss Farmington", sagte er. „Warum tun Sie das, was Sie tun?"

Sie runzelte die Stirn. „Was meinen Sie, bitte?"

Er betrachtete sie weiterhin. Bei jedem anderen Mann hätte dieser intensive Blick aufdringlich gewirkt, aber Sara fühlte sich nicht im Geringsten gekränkt.

„Sie sind die Tochter eines sehr einflussreichen Mannes. Warum verbringen Sie da den größten Teil Ihrer Zeit in den Slums?"

Die Frage war nichts Neues für Sara. Als sie jünger und sich noch nicht ganz sicher war, was genau von einer Farmington erwartet wurde, war Sara gelegentlich sehr boshaft gewesen. Sie hatte das leichtfertige, irgendwie trottelige Verhalten, das die Leute von den untätigen Reichen zu erwarten schienen, vorgetäuscht. Aber sobald sie erkannte, dass ihre vorgetäuschte Torheit genau das war, was sie guthießen, hatte sie damit aufgehört.

Jetzt spielte sie solche Spielchen nicht mehr. Sie war nicht im Geringsten von den Verhältnissen, in denen sie lebte, beeindruckt. Aber sie hielt sie auch nicht für selbstverständlich. Die meiste Zeit über war sie froh, die Tochter des wohlhabenden, einflussreichen Lewis Farmington zu sein. Dadurch war sie in der Lage, viele der Dinge zu tun, von denen sie glaubte, dass sie getan werden mussten.

Außerdem mochte sie ihre Familie. Vater war ein wunderbarer Mann, wenn auch ein wenig exzentrisch – vorausgesetzt, man legte den Maßstab der feinen Gesellschaft an. Er liebte es, mit seinen Händen zu arbeiten, und er machte sich nicht annähernd so viel aus dem Geld, das er verdiente, wie aus den großartigen Schiffen, die dieses Geld einbrachten. Er war immer großzügig, wenn es darum ging, mitzuhelfen, Saras „Projekte" zu finanzieren, und er war sich nicht zu gut, seine Freunde und Partner zu drängen, dasselbe zu tun.

Ihr Bruder Gordie war auch ein feiner Kerl. Allerdings war seine Frau Doris eine schreckliche Langweilerin. Doris *war* beeindruckt von ihren äußeren Verhältnissen, und sie wollte unbedingt, dass es auch jeder andere war. Der arme Gordie musste *seine* Beiträge zu Saras „Projekten" an den habgierigen Augen seiner Frau vorbeischmuggeln.

„Miss Farmington? Es tut mir Leid. Ich hatte kein Recht, Ihnen solch eine Frage zu stellen."

Offensichtlich hatte sie so lange geschwiegen, dass er befürchtete, er könnte sie gekränkt haben. Sara schüttelte ihren Kopf und lächelte, um ihn zu beruhigen. „Das ist eine absolut natürliche Frage, Sergeant", sagte sie aufrichtig. Sie drehten jetzt um und gingen zurück zur Kutsche. „Es ist nur einfach so, dass ich keine wirklich gute Antwort darauf habe. Ich vermute, ich tue das, was ich tue, weil ich glaube, dass es das ist, was Jesus getan hätte, wenn *er* als Reicher und nicht als Armer geboren worden wäre."

Sergeant Burke verlangsamte seinen Schritt und warf ihr einen überraschten Blick zu.

„Als ich noch ein kleines Mädchen war, habe ich ihm versprochen, dass ich ihm so ähnlich wie möglich werden würde“, versuchte Sara zu erklären. „Erst als ich älter wurde, erkannte ich, wie schwierig es werden würde, dieses Versprechen zu halten, und zwar hauptsächlich wegen Vaters Geld.“

Sie waren inzwischen bei der Kutsche angekommen und der Fahrer betrachtete sie neugierig. Der Sergeant, der immer noch das Baby hielt, betrachtete Sara weiterhin mit einem halben Lächeln. Sie fühlte sich verlegen unter seinem prüfenden Blick, aber die offensichtliche Zustimmung, die in seinem Blick lag, gab ihr irgendwie ein ... gutes Gefühl.

„Wenn ich meine Meinung dazu äußern darf, Miss Farmington“, sagte er schließlich, „so meine ich, dass Sie Ihr Versprechen auf großartige Weise gehalten haben.“ Er schwieg einen Moment lang. Als er dieses Mal lächelte, war es ein breites, freundliches Lächeln. „Nun denn, haben Sie nicht von einer Eskorte gesprochen, die Sie nächste Woche für einen weiteren Ausflug nach Five Points benötigen?“

Sara sah ihn an und lächelte dann. „Das habe ich in der Tat, Sergeant.“

Er half ihr in den Wagen, bevor er ihr das Baby reichte, das jetzt hellwach war und begann, beharrlichere Drohungen von sich zu geben. „Würde Ihnen denn der kommende Dienstag passen, Miss Farmington?“, fragte der Sergeant und lehnte sich dicht zu ihr herüber, als er das Baby an ihrer Schulter in die richtige Position brachte. „Sagen wir, etwa gegen zwei Uhr?“

Sara wiegte den Säugling sanft an ihrer Schulter auf und ab, um ihn zu beruhigen, und erwiderte Michaels Lächeln. „Das würde mir sehr gut passen, Sergeant Burke.“

Als die Kutsche davonfuhr, sah Sara auf das Baby in ihren Armen herab und seufzte tief. Sie war beinahe sechsundzwanzig Jahre alt und hatte sich bereits damit abgefunden, dass sie wahrscheinlich eine alte Jungfer bleiben würde. Sie hätte keinem einzigen der in Frage kommenden Freier aus ihrer eigenen Clique getraut. Erstens waren sie alle schreckliche Langweiler, die sich über nichts anderes unterhalten konnten als darüber, wie man mehr Geld verdiente und es wieder verspielte. Und zweitens war sie sich ziemlich sicher, dass sie mehr vom Reichtum ihres Vaters als von ihr selbst angezogen wurden.

Außerdem war da noch die Tatsache, dass sie hinkte. *Ihr* machte es nicht so viel aus, wenn man von den Zeiten absah, wo sie der Schmerz in ihrem Bein fast die ganze Nacht wachhielt, aber sie nahm an, dass viele Männer sich daran störten.

Es schien, als ob die wenigen interessanten Männer, die sie traf – und es *waren* wenige – bereits verheiratet waren oder zumindest im Begriff standen, es zu tun.

*Wie Sergeant Burke.*

Sie seufzte erneut. Aber einen Moment später zuckte ihr Mund. Sie legte eine Hand auf ihre Lippen, um das Kichern zu unterdrücken, das in ihrer Kehle aufstieg. Wie würde wohl die Creme der New Yorker Gesellschaft auf den Gedanken reagieren, dass Lewis Farmingtons einzige Tochter in einen irischen „Bullen" vernarrt war?

Sara sah auf das Baby hinunter. Es hatte aufgehört, sich zu beschweren, lag jetzt still da und sah sie mit einem winzigen Stirnrunzeln und großen Augen an.

Impulsiv zog Sara es so dicht an sich, wie sie nur wagte – vorsichtig, um es nicht zu sehr zu drücken. Während der restlichen Fahrt zum Hospital drückte sie das warme kleine Bündel an ihr Herz und tat so, als wäre es ihr eigenes.

* * *

Eine halbe Stunde später ging Michael auf der Elm Street nach Süden. Seine Schritte waren jetzt ein wenig leichter, als sie es zuvor an jenem Tag gewesen waren. Miss Sara

Farmington schien wirklich einen aufheiternden Einfluss auf andere zu haben.

Er hatte heute erneut bemerkt, dass ihn etwas an der jungen Frau an Nora erinnerte. Natürlich war das der Grund, warum sein Herz immer etwas schneller schlug, wenn sie in der Nähe war.

Dennoch, sie war wirklich außergewöhnlich. Und sie räumte mit der Vorstellung auf, dass reiche junge Frauen geistlos und dumm wären. Sie stand an Scharfsinn keinem Mann etwas nach und schien sehr genau zu wissen, was sie mit ihrem Leben anfangen wollte.

Michael sah sich in seiner Umgebung um und legte ärgerlich und missbilligend die Stirn in Falten. Knöcheltiefer Matsch und Abfall bedeckten die Straße, und bei den warmen Temperaturen konnte einem von dem Gestank übel werden. Der Geruch von verrottendem Abfall, das Geschrei von Kindern, die auf der Straße spielten, und die bellenden Hunde, die wild zwischen den Abfallhaufen hin und her schossen, drängten sich in Michaels Gedanken an Sara Farmington. Es schien falsch, ja respektlos, inmitten dieser Umgebung an sie zu denken. Vielleicht war er ja ein Narr, aber er legte die Gedanken an sie bewusst beiseite.

Er hatte die Ecke Elm Street/Duane Street erreicht, als er erst das Gebell einer Rotte wilder Hunde hörte und dann Schüsse.

Sein Magen verkrampfte sich. Er rannte um die Ecke in die Duane Street und entdeckte einen Schwarzen mittleren Alters, der eine Pistole in der Hand hielt und wahllos mitten in die Hundemeute schoss.

Einer nach dem anderen fielen die Hunde als blutige Haufen in den Schmutz, während die, die noch lebten, hin und her rannten und kläfften und bellten, als wären sie in einem Netz gefangen. Andere, die verwundet, aber noch nicht tot waren, lagen wimmernd und hilflos in ihren Schmerzen.

Blitzartig erkannte Michael, dass dies offenbar einer jener

Schwarzen war, denen die Stadt zwei Dollar pro Tag zahlte, damit sie die Straßen von den wilden Hunden befreiten. Er erstarrte, und seine Hand legte sich auf die Pistole, noch während er die grässliche Szene erfasste.

Auf der anderen Straßenseite entdeckte er drei kleine Jungen, der Kleinste von ihnen war kaum den Windeln entwachsen, die sich eng aneinander drängten und mit großen Augen zusahen, wie der Schwarze auf einen schmutzigen, schwarz-weißen jungen Hund zielte. Der kleine Köter raste im Kreis herum, als sei er von all der Aufregung übergeschnappt.

Ein Schrei stieg von den verängstigten kleinen Jungen auf der anderen Straßenseite auf, als sie erkannten, was der Schwarze vorhatte.

Was Michael sah, war die Möglichkeit, dass eine Kugel eines der Kinder treffen könnte.

Mit einem Schrei preschte er vor, hob seine Pistole und zielte auf den Schwarzen. *„Lass die Pistole fallen! Wirf sie hin!"*

Er verlangsamte seinen Schritt, als er sich dem Mann näherte und warnte ihn erneut, die Hunde in Ruhe zu lassen. „Ich sagte, wirf die Pistole weg!"

Der Mann war entweder taub oder ein Idiot. Er wedelte mit der Pistole hinter dem jungen Hund her und ignorierte Michael völlig.

Im gleichen Moment fletschte ein großer, gefährlich aussehender schwarzer Hund seine Zähne, stemmte seine Füße in den Schlamm und forderte den Schwarzen offen heraus.

Mit klopfendem Herzen brüllte Michael noch einmal. Diesmal drehte sich der Mann samt seiner angelegten Pistole herum.

Michaels Augen überflogen die Szene. Er sah den schwarzen Hund, die Pistole des Jägers, die jetzt auf *ihn* gerichtet war, und die kleinen Jungen, die panische Angst hatten. Er richtete seine eigene Waffe auf den schwarzen Hund.

Plötzlich sprang der Hund hoch und prallte mit voller Wucht auf den Schwarzen.

Der Mann schrie auf, als der Hund mit wütendem Knurren zubiss. Der Blick des Schwarzen war fassungslos und voll panischer Angst. Sein Arm kam hoch und die Pistole ging los.

Michaels Brustkorb explodierte wie ein Feuerball, und die Nachmittagssonne fiel auf die Erde herab.

# 38. Die Schwerter kreuzen sich

*In jener gespenstischsten Stunde, in jenem Tal des Grauens*
*drang eine Stimme an mein Ohr wie eine Klage am Grab ...*
*Denn hier wurden die Bande meines Schlafes plötzlich gebrochen,*
*die Glocke schlug drei.*
*Doch es schien meinen Ohren, als ich erwacht war und aufstand,*
*als sei's ein Klang wie lauter Jubel,*
*vermischt mit dem Klingen von*
*Schwertern und dem Brüllen der See!*
James Clarence Mangan (1803 – 1849)

Im Zwischendeck ging das Gerücht um, sie würden in wenigen Tagen Amerika sehen, vielleicht sogar schon nächste Woche. Jedes Mal, wenn sie hörte, wie die Nachricht in den Gängen weitergegeben wurde, ergriff Nora eine neue Welle der Angst.

Sie faltete gerade die Decken aus den Kojen der Mädchen zusammen und stand jetzt da, mit den Decken in ihren Armen, und starrte quer durch den Raum zu den Kindern hinüber. Abgesehen von Katie, die zu schwach und ausgelaugt war, um verdrießlich zu sein, waren sie gelangweilt und wurden immer unruhiger in ihrer Gefangenschaft. Sie hatten alle an Gewicht verloren und sahen krank aus. Die spärlichen Überreste ihrer wenigen Vorräte, die sie mit an Bord gebracht hatten, waren jetzt völlig verdorben. Sie ernährten sich von der Schiffsversorgung, die gerade eben ausreichte, um sie vor dem Verhungern zu bewahren.

Sie waren alle schwach, Nora eingeschlossen, und alle bis zu einem gewissen Grade krank. Selbst diejenigen, die es bisher geschafft hatten, dem Typhus zu entfliehen, litten unter den Auswirkungen von verbrauchter Luft und zu wenig Nahrung und Wasser, ganz zu schweigen von den tödlichen Dünsten der Krankheit, die sie Tag und Nacht ertragen mussten.

Dennoch gab es seltene Momente der Freude für die Kinder, und Daniel John war eine der Ursachen dafür. Heute hatten er und ein älterer Mann eine Gruppe von zwölf oder mehr Kindern in der Ecke versammelt und unterhielten sie mit seiner Harfe und dem Akkordeon des Mannes.

Nora versuchte, nicht an den dreckigen Boden zu denken, auf den sich die Kinder hatten plumpsen lassen, um zuzuhören. Katie, der kleine Tom und mindestens ein Dutzend andere bildeten einen Kreis um die Musiker und saßen da. Im Rhythmus der Musik nickten sie mit den Köpfen und klatschten sich auf die Knie. Selbst die taube Johanna, die ihren Einsatz von den anderen absah, schaukelte in ihrer stillen Welt zu einem Rhythmus, den nur sie hören konnte, vor und zurück.

*Preist Gott für die Kinder,* dachte Nora und beobachtete sie. *Manchmal schafften sie es beinahe, die Verrücktheit und die Probleme des Lebens erträglich zu machen.*

Aber was würde aus den Kindern werden, wenn sie Amerika erreichten?

Bange Vorahnungen legten sich wie ein Seil um ihr Herz. Es wäre schon beängstigend genug, allein in einem fremden Land ganz von vorne anzufangen. Aber mit einem Sohn und drei kleinen Kindern im Schlepptau einen Neuanfang zu machen war genug, um sie vor Furcht erbeben zu lassen. Es gab absolut niemanden, auf den sie sich verlassen konnte, nur sich selbst – und die Kinder hatten außer *ihr* niemanden, auf den sie vertrauen konnten.

Warum ... oh, warum nur hatte sie Michaels Brief weggeworfen? Er war ihre einzige Verbindung zu diesem neuen Land. Er hätte ihnen geholfen – ja, er hätte ihnen helfen wollen!

Es war dumm gewesen, entsetzlich dumm! In ihrem gedankenlosen Stolz hatte sie ihre größte Hoffnung weggeworfen.

Warum hatte sie nicht an die Kleinen gedacht anstatt an sich selbst? Jetzt würden sie völlig allein sein, ohne irgendjemanden, dem es etwas bedeutete – der auch nur wusste, dass sie angekommen waren! In ihrer selbstsüchtigen Missachtung der Folgen hatte sie die Adresse der einzigen Person, die alles für sie hätte verändern können, weggeworfen!

Was, um Himmels willen, sollte sie mit diesen Kindern anfangen? Sie konnte sie nicht verlassen. Sie durfte es nicht. Sie und Catherine hatten einander vor Jahren versprochen, dass sie sich um die Kinder der anderen kümmern würden, sollte das jemals nötig werden.

Außerdem musste sie noch an Evan Whittaker denken. Es war klar, dass sie ihn nicht allein lassen konnten, nicht nach all dem, was er für sie getan hatte.

Was sie am meisten beunruhigte, war die Frage, wo sie wohnen würden, wenn sie New York erreichten. Das Geld von Morgan würde nicht lange reichen, nicht bei so vielen, die eine Wohnung und Essen brauchten. Sie würden sich um eine preiswerte Unterkunft bemühen müssen, bis sie eine Arbeit finden könnte.

Eine Arbeit. *Gott, erbarme dich.* Was für eine Arbeit konnte eine Witwe mit einem Haus voller Kinder schon zu finden hoffen?

Sie war ärgerlich über sich selbst, wandte sich um und begann, die Koje herzurichten. Sie *durfte* das nicht tun, sie *durfte* ihren alten Ängsten nicht nachgeben! Die Sorge wegen der Schrecken des lauernden Unbekannten würde sie besiegen, bevor sie überhaupt das Schiff verlassen hätte. Sie musste die Dinge durchdenken, ruhig bleiben, versuchen, einen Plan zu machen.

Es half, daran zu denken, dass sie einen Sohn hatte, der kein Kind mehr war. Daniel John war klug und stark und immer bereit zu tun, worum man ihn bat, und sogar noch mehr. Natürlich musste er zur Schule gehen, aber deshalb konnte er doch trotzdem Teilzeit arbeiten.

Sie würden es schaffen. Sie *mussten* es schaffen.

Aber kaum hatte sie diesen Entschluss gefasst, wurde sie erneut von Bedauern ergriffen, dass sie Michaels Brief in gedankenloser Eile zerstört hatte. Wenn Morgan wüsste, was sie getan hatte, wäre er wütend auf sie!

Andererseits, wenn Morgan wüsste, was er *ihnen* angetan hatte, wäre er am Boden zerstört.

Morgan. Sie durfte nicht an Morgan denken. Es machte die Dinge nur noch schwerer, als sie so schon waren.

* * *

Evan versuchte, aufzuwachen. Er meinte, Musik zu hören ... eine Harfe ... die hellen Stimmen von Kindern. Er wollte zuhören, aber die Töne schwollen an und erstarben dann. Es war still.

Er kämpfte darum, die Augen aufzubekommen, aber sie waren zu schwer und er war zu schwach. Aber es machte sowieso nichts. Ob er nun wach war oder schlief – die Tage und Nächte blieben sich gleich.

Er verbrachte seine Zeit in einer Welt der Dämmerung, die durch das Opium erzeugt wurde, und trieb durch die langsam dahinrollenden Stunden in einem Nebel von Schmerz und Träumen. Wenn er schlief, war es kein richtiger Schlaf, sondern er hing in einem von der Droge erzeugten Netz in der Luft, in der die einzige Realität seine Alpträume waren.

Heute Abend war es nicht anders. Er war wach und doch nicht wach, nahm Dinge wahr, aber ohne irgendetwas wirklich zu empfinden – abgesehen von dem Schmerz. Und selbst der war jetzt leichter, beinahe erträglich. Er war auf dem Wege der Besserung, das stand fest. Selbst der griesgrämige Dr. Leary hatte bei der letzten Untersuchung widerwillig eine Anerkennung gegrunzt, als er seinen ...

*Stumpf. Sprich es aus. Sag es!*

Er versuchte, das Wort über seine bleiernen Lippen zu bringen, aber es blieb nur ein verhasster Gedanke.

*Du hast keinen Arm mehr. Du hast einen Stumpf …*

Mehrere Tage lang hatte er nun schon versucht, sich den Tatsachen seiner Situation zu stellen. Zwischen dem Auf und Ab seiner Benommenheit vom Opium versuchte er es mit einer Reihe von Worten und Beschreibungen. Er suchte nach einer, die nicht ganz so grausig klang.

Er war ein Mann mit einem Arm. Ein einarmiger Mann. Ihm wurde ein Arm operativ entfernt. Amputiert.

*Er war ein Krüppel … er hatte einen Stumpf. Er würde nie wieder ganz heil werden …*

Da. Das war weiter, als er bisher gegangen war. Und weiter würde er nie gehen müssen. Mehr war dazu nicht zu sagen.

*Herr … oh Herr, warum hast du zugelassen, dass mir das passiert? Habe ich nicht getan, was du wolltest? Bin ich nicht dorthin gegangen, wohin du mich geschickt hast? Ich war gehorsam, ich habe es sogar geschafft, meine Feigheit abzulegen, deiner Führung zu vertrauen, deiner Kraft … Warum, Herr?*

Der Schmerz, der ihn nun ergriff, war weitaus schlimmer als all die körperliche Pein, die er bisher ertragen hatte – ein Schmerz, der über das physische Leiden hinausging. Ja, der Schmerz seines Leibes war nichts, verglichen mit den Qualen seiner Seele, die jetzt über ihm zusammenschlugen und ihn wie ein Grabtuch aus Erde niederdrückten.

Von irgendwo her … von einem dunklen, schattenhaften Platz, von dessen Existenz in seinem Inneren er bisher nichts gewusst hatte … kam ein Flüstern, ein hässliches, anklagendes Zischen:

*Gott hat dich verraten, nicht wahr? Er hat dich völlig im Stich gelassen, nach all dem, was du durchgemacht hast, um ihm zu gehorchen! Er hat dich im Stich gelassen … Er hat dich verraten … hat dich verraten …*

Evan erschauderte und wurde ganz steif, als er entsetzt widersprach. Wieder klaffte die dunkle Grube in seinem Geist auf, und das Flüstern wurde aufdringlicher:

*Du hast ihm vertraut … du hast ihm immer vertraut. Nun sieh, wie er dein Vertrauen belohnt hat. Schau dich doch an … sieh doch, wie hässlich du bist …*

Seine Bibel … wo hatte er seine Bibel hingelegt? Verzweifelt stützte er sich auf seinen rechten Arm und sah sich um, aber alles war unscharf. Wo war seine Brille ? Sein Herz raste von der Anstrengung. Er klopfte mit der Hand in der Koje um sich herum, streckte sich, um auf den Boden zu sehen. Aber kein Anzeichen von seiner Brille oder der Bibel.

Er versuchte, sich bis zum Rand der Koje zu winden, um darunter zu tasten, aber er wurde von einem Schwindel erregenden Anfall von Übelkeit überwältigt.

Er sank zurück in die Koje, legte sich einen Arm über die Augen und wartete, dass der Schwindel aufhörte.

*Warum hat Gott das zugelassen? Du hast nur getan, was von dir erwartet wurde, so, wie du es immer getan hast. Du hast immer dein Bestes getan, du bist ein guter Mann gewesen, ein anständiger Mann, hast ein ehrbares Leben gelebt. Aber weiß Gott das überhaupt zu schätzen? Berührt es ihn, was du jetzt durchmachst, in diesem Augenblick … weiß er es überhaupt?*

Evan spürte den Atem von etwas Kaltem und Verderbtem auf seiner Seele, das darum rang, seinen Glauben zu ersticken.

„Jesus … Erlöser … Jesus …"

Immer und immer wieder murmelte er den Namen seines Hirten und klammerte sich daran wie an einen Schild.

Schließlich stiegen aus seiner Erinnerung die Worte empor, wie Licht, das in der Finsternis explodiert:

„Der Herr hat gegeben, und der Herr hat genommen, der Name des Herrn sei gepriesen!"

*Er hat dich im Stich gelassen …*

„Das Gute nehmen wir von Gott an, da sollten wir das Böse nicht auch annehmen?“

*Er hat es zugelassen …*

„… er bereitet Schmerz und verbindet, er zerschlägt, und seine Hände heilen.“

*Wenn er wirklich so wundervoll ist, wie du anscheinend glaubst, warum hat er dich dann nicht vor dieser schrecklichen Sache bewahrt? Warum hat er deinen Arm nicht gerettet? Wo war seine Kraft, als du sie gebraucht hast? Wo war er da?*

„In seiner Hand ist die Seele alles Lebendigen und der Lebensatem alles menschlichen Fleisches.“

*Er hat dir deinen Arm genommen … Er hat dich hässlich und abstoßend gemacht … Er hat dich zu einem Gegenstand des Gelächters gemacht, zur Karikatur eines Mannes …*

„Denn der Herr sieht nicht auf das, worauf der Mensch sieht … aber der Herr sieht auf das Herz.“

*Er hat dich verlassen, du Narr! Solltest du ihn nicht besser verlassen und neu anfangen?*

„Doch ich weiß: Mein Erlöser lebt. – Siehe, er wird mich töten, ich will dennoch auf ihn warten …“

* * *

„Mr Whittaker? Mr *Whittaker!* Ist alles in Ordnung? Brauchen Sie irgendetwas?“

Evan öffnete seine Augen. Es war der Junge, Daniel, der mit besorgten Augen auf ihn hinuntersah. „Was brauchen Sie, Mr Whittaker? Kann ich Ihnen irgendetwas bringen?“

„Oh … nein … es … es ist alles in Ordnung.“ So, als wenn sich ein Nebel lichtete, wurden Evans Gedanken langsam klarer.

„Brauchen Sie das Opium, Mr Whittaker?“

„*Nein!* Nein“, sagte er noch einmal, diesmal leiser. „Kein Opium mehr. Ich ... ich g-glaube, ich fühle mich etwas besser ... Ich will kein Opium mehr. Aber vielleicht ... eine Sache ...“

„Aye, Sir, was ist es?“

„Meine B-Bibel ... meinst du, du könntest sie für mich finden? Ich, ahm, ich hätte sie g-gerne in der Nähe. Und meine Brille ... Ich kann anscheinend keines von beiden finden ...“

„Sie sind hier unten.“ Der Junge langte in eine kleine Schachtel am Fuß der Koje und reichte Evan seine Brille und dann seine Bibel. „Ich habe sie beiseite gelegt, bis Sie wieder in der Lage wären zu lesen.“

Evan tastete herum, als er seine Brille aufsetzte, und bemerkte verbissen, dass für einen Mann mit nur einem Arm selbst solch eine leichte Aufgabe schwierig war. Dann drückte er die Bibel einen Moment lang gegen seine Brust.

Daniel sah ihn besorgt an und beugte sich über ihn. „Sind Sie sicher, dass Sie sich besser fühlen, Mr Whittaker?“

Evan nickte und legte die Bibel neben sich. „Ja, es geht mir jetzt bes-ser“, sagte er und brachte ein schwaches Lächeln zustande. „Aber es gibt tatsächlich noch etwas anderes, was du für m-mich tun könntest, Daniel – wenn es dir n-nichts ausmacht.“

„Natürlich. Was auch immer Sie wollen, Sir.“

„Ich möchte das Opium loswerden. Sofort. Alles.“

Der Blick des Jungen war skeptisch. *„Alles,* Mr Whittaker? Sind Sie sicher?“

Evan streckte die Hand aus und ergriff den Unterarm des Jungen. „Ja, ich bin mir *sehr* sicher! Ich ... ich g-glaube nicht, dass ich es noch länger brauche, und es ... es macht mich zu schläfrig.“ Er hielt inne und fuhr dann fort: „Morgen, wenn mein Kopf ein b-bisschen klarer ist, könntest du mir vielleicht helfen, aufzustehen und ein wenig herumzugehen. Ich muss anfangen, meine Muskeln zu trainieren, damit ich wieder kräftiger werde.“

Daniel nickte, aber seine Augen blickten immer noch skeptisch. „Das werde ich gerne tun. Wenn Sie sicher sind, dass Sie sich stark genug dafür fühlen."

Evan legte eine Hand an seine Wange und verzog das Gesicht, als er einen Vollbart unter seinen Fingerspitzen spürte. „Oh weh. Meinst du, du könntest mir auch helfen, das hier l-loszuwerden? Ich muss furchtbar aussehen."

Der Junge betrachtete ihn nüchtern. „Ich werde Ihnen selbstverständlich beim Rasieren helfen, wenn Sie das möchten, Mr Whittaker. Aber ich glaube, Mutter hat Recht – Sie sehen recht flott aus mit dem Bart."

Evan blinzelte. „Flott? Das hat deine Mutter gesagt?"

Daniel nickte und lächelte. „Wir wollten versuchen, Sie zu überreden, dass Sie ihn dranlassen, sobald es Ihnen wieder besser ginge."

„Oh." Evan blinzelte wieder. „Nun, ich – *flott* hast du gesagt? Vielleicht warte ich noch ein wenig ... nur eine Weile, bevor ich m-mich entscheide."

„Ich freue mich wirklich, dass Sie sich besser fühlen", sagte Daniel leise. „Ich habe unsere Unterhaltungen vermisst."

Evan betrachtete das schmale, stark ausgeprägte Gesicht des Jungen, den vornehmen, edlen Kopf, die von Herzen kommende Güte in den tiefen blauen Augen. „Ich auch, Daniel. Ich mache dir einen Vorschlag", sagte er lebhaft und klopfte auf die andere Seite der Koje. „Warum setzt du dich nicht einfach n-neben mich und l-leistest mir Gesellschaft?"

Der Junge sah ihn an und ließ sich dann neben ihn auf die Koje sinken. Nach ein oder zwei Sekunden feuchtete er seine Lippen an und sagte zögernd: „Mr Whittaker, fühlen Sie sich jetzt wirklich kräftiger? Kräftig genug, dass ich Ihnen etwas anvertrauen könnte – etwas, das mir große Sorgen gemacht hat? Es war niemand sonst da, dem ich es hätte erzählen können, und ich muss wissen, was Sie darüber denken."

„Oh, natürlich, Daniel." Evan, der sofort neugierig und

besorgt war, drehte sich ein wenig, um sich aufstützen zu können. Schließlich wartete er und ließ zu, dass Daniel ihm half, indem er einen Mantel wie ein Kissen unter seinen Kopf legte.

„So ist es gut", sagte er und fühlte sich so gut wie noch nie seit der Operation. „Was ist es, dass dich so zu beunruhigen scheint? Erzähl mir alles."

* * *

Während Daniel erzählte, spürte er, wie sich ein wundervolles Gefühl der Erleichterung in ihm ausbreitete. Er hatte nicht gewusst, wie sehr er sich inzwischen auf Whittakers präzise, sachliche Art, die Dinge zu beurteilen, verließ. Dass er jetzt seinen Verdacht und seine Befürchtungen wegen Kapitän Schell und dem Schiff jemandem anvertrauen konnte, half ihm ein gutes Stück weiter, die Ängste, die er seit Tagen mit sich herumtrug, zu verringern.

Aber seine Erleichterung war nur von kurzer Dauer. Als er am Ende seiner Geschichte angekommen war, holte er tief Luft und wartete. Als Whittaker stillblieb, konnte Daniel es nicht länger aushalten. „Nun, Mr Whittaker, was können wir tun? Wie können wir herausfinden, was da vor sich geht?"

Whittaker betrachtete ihn mit einem ernsten, besorgten Blick und antwortete immer noch nicht. Nach einer langen Zeit des Schweigens holte er tief Luft und begann, sich die rechte Schläfe zu reiben, als ob er Kopfschmerzen habe. „Nun ... ich g-glaube nicht, dass wir irgendetwas tun können, Daniel, zumindest so lange nicht, wie wir noch auf dem Schiff sind."

„Aber wir *müssen!* Wenn wir warten, bis wir das Schiff verlassen, ist es vielleicht zu spät für ... für sie, wer auch immer in den Kabinen sein mag! Außerdem, was wird das ändern, wenn wir das Schiff verlassen? Wir werden in New York völlig fremd sein

– wir werden nicht einmal wissen, wie wir uns selbst helfen können, ganz zu schweigen von irgendjemand anderem!“

Whittaker, der immer noch seinen Kopf massierte, schloss die Augen. Erst als Daniel sah, wie müde und bleich er aussah, begriff er, dass er schon viel zu lange erzählt hatte.

„Es tut mir Leid, dass ich Sie ermüdet habe“, murmelte er und glitt von der Koje herunter. „Ich werde gehen, damit Sie sich ausruhen können.“

„Warte.“ Whittaker öffnete seine Augen und legte die Hand auf Daniels Arm. „Bevor du gehst, sollten wir, glaube ich, für etwas beten. Hier“, sagte er und bedeutete Daniel, dass er neben seiner Koje knien sollte. „Ich möchte beten, dass Gott in der Stadt einige L-Leute für uns vorbereiten wird.“

Daniel sah ihn an. „Wie meinen Sie das?“

Whittaker schob sich ein wenig höher und erklärte: „Als der Apostel Paulus in Korinth war, erschien ihm der Herr eines Nachts in einer Vision und sagte ihm, er solle einfach mit dem w-weitermachen, wozu er ihn gesandt habe – um das Evangelium zu verkündigen – und sich nicht fürchten, denn Gott habe viele Menschen in der Stadt.“

Whittaker schwieg kurz und sank in die Koje zurück. „Ich glaube, dass Gott das für uns tun wird. Wenn wir uns in seinem Willen befinden und vor dem Unbekannten stehen, wird er einige von seinen Leuten in ‚unsere Stadt‘ stellen. Mit anderen Worten: Er schickt seine eigenen Leute, damit sie helfen, seine Leute zu beschützen. Lass uns beten, dass er einige von seinen Leuten in New York für uns bereitstellen wird, Daniel.“

Daniel sank auf seine Knie. Whittaker betete für sie beide, aber als er fertig war, fügte Daniel seine eigene stumme Bitte hinzu: *Herr, wir sind viele. Wenn du also viele Leute erübrigen könntest, würdest du dann bitte eine große Zahl von Leuten in der Stadt für uns bereitstellen, genug, damit jeder einen hat?*

* * *

Evan hatte bereits den Gedanken gehabt, dass vielleicht nicht nur die geheimnisvollen Bewohner der Kabinen in Gefahr waren. Je mehr er sich die Dinge durch den Kopf gehen ließ – Schells brutaler Wutausbruch in jener Nacht, als Daniel nach oben gegangen war, um den Arzt zu suchen, die Vermutung des Jungen, dass Leary etwas verbarg, entweder über den Kapitän oder das Schiff selbst, und der kürzliche Zusammenstoß zwischen Schell und dem Matrosen – umso mehr Sorgen machte er sich wegen des Charakters des Kapitäns. Wer weiß, in was für eine Gemeinheit der Mann verwickelt sein mochte, ja, in was er vielleicht das ganze Schiff verwickelt hatte?

Und was die Passagiere in den Kabinen betraf, die bisher niemand gesehen hatte – er hatte in den letzten Jahren genug über weiße Sklaverei gelesen, um zu vermuten, dass die *Green Flag* an etwas Derartigem beteiligt sein könnte – vielleicht sogar noch an anderer illegaler Ladung. Wo die Prostitution blühte, konnte man häufig auch Opium finden. Die Droge wurde in der Tat in amerikanischen und europäischen Städten genauso eine Plage, wie sie es jahrhundertelang im Orient gewesen war. Dank der schnell segelnden Postschiffe und der rasch anwachsenden Bevölkerung in Städten wie New York und London war es ein höchst profitables Geschäft geworden, Opium und ausländische Prostituierte von einem Land ins nächste zu schmuggeln.

Mit geschlossenen Augen und einer Hand an seinem Kopf sorgte sich Evan darüber, dass Daniel von ihm enttäuscht war. Der Junge hatte offensichtlich gehofft, dass er eine Art Plan haben würde, wie sie denen, die in den Passagierkabinen versteckt waren – wer auch immer das sein mochte –, helfen könnten.

Aber soweit Evan das überblicken konnte, war im Augenblick der beste Plan – der sicherste Plan –, so zu tun, als wüssten sie nichts und hätten absolut nichts Außergewöhnliches bemerkt, zumindest so lange nicht, bis er versuchen könnte, mehr über den finsteren Kapitän Schell und seinen betrunkenen Chirurgen herauszufinden.

* * *

Als der Chirurg später am Abend kam, um ihn und andere im Zwischendeck zu untersuchen, war Evan auf ihn vorbereitet.

Er war irgendwie erleichtert, als er sah, dass der Mann, wie gewöhnlich, betrunken war. Eine betrunkene Zunge redete viel freier als eine nüchterne.

Leary tat die letzten Handgriffe an einem frischen Verband. „Sie sehen lebendiger aus, als ich Sie die ganze letzte Zeit gesehen habe", sagte er schwerfällig. „Sie müssen sich schon besser fühlen."

„Ja, ich g-glaube, es geht mir besser. Ich gewöhne mich sogar allmählich an den Gedanken, nur ... einen Arm zu haben."

„Das sollten Sie auch", sagte der Chirurg undeutlich. „Sie werden nichts daran ändern können."

*Welch mitleidiger Mensch ...*

„Das ist wahr", stimmte Evan mit zusammengebissenen Zähnen zu.

„Es gibt künstliche Glieder, wissen Sie", sagte Leary und richtete sich auf. „Vielleicht sollten Sie sich eins besorgen, später, wenn Sie völlig geheilt sind."

Evan schluckte und dachte an all die Piraten in seinen Abenteuerromanen, die einen Haken statt einer Hand hatten. „Vielleicht", brachte er mühsam hervor. „Ich habe die Leute reden hören, dass wir bald New York sehen werden. Was meinen Sie, wie lange es noch dauern wird?"

Leary kratzte seine ergraute Schläfe. Offensichtlich suchte er in den Schleiern in seinem Gehirn nach einem lichten Gedanken.

„Eine Woche bis zehn Tage, sagt der Kapitän. Wenn das Wetter so bleibt."

„So bald?" Eine Mischung aus Erleichterung und Sorge erfüllte Evan.

Leary versuchte ungeschickt, eine Rolle Verbandsmaterial wieder aufzuwickeln. Ohne aufzusehen, murmelte er nur eine neutrale Erwiderung.

„Sagen Sie", wagte Evan sich vor und beobachtete den Mann sehr genau, „was für Ladung führt dieses Schiff eigentlich mit sich? Ich kann mich nicht erinnern, je etwas von Ladung gehört zu haben."

Der Arzt unterbrach sein Gewickele, um ihn anzusehen. „Ich bin der Chirurg und kein Matrose. Ich bin über die Ladung nicht informiert."

„Ich verstehe." *Was war der Grund für das schlechte Gewissen, das dem Mann ins Gesicht geschrieben stand?*

Evan versuchte es von einer anderen Seite. „Nun, würden Sie mir vielleicht etwas über das Verfahren sagen, das uns erwartet, wenn wir in New York ankommen?", fuhr er fort. „Was erwartet uns, wenn wir so weit sind, dass wir das Schiff verlassen können?"

Die Augen des Chirurgen schienen an der Verbandsrolle zu kleben. „Es werden Leute da sein, um Ihnen zu helfen. Ich bin sicher, dass der Kapitän alle nötigen Vorbereitungen getroffen hat."

Evan spürte, dass der Mann ihm auswich. „Ja. Nun, ahm ... was f-für ... Vorbereitungen sind das?"

Der Chirurg schien jede Silbe zu bereuen, die er von sich gab. „Sie werden durch die Quarantäne müssen und sich von einem Arzt untersuchen lassen müssen." Er schwieg kurz und lachte dann hässlich. „Aber die Untersuchung wird alles andere als gründlich sein. Sie müssen sich keine Sorgen machen."

„Meine ... Operation? Das wird m-mich doch nicht daran

hindern, das Schiff zu verlassen, oder?“, fragte Evan mit aufrichtiger Sorge.

Der Arzt lachte erneut. „Es wird Sie kaum etwas daran hindern, durch die Quarantäne zu kommen, wenn Sie nicht gerade schwarz vor Typhus oder schon tot sind.“

Evan starrte den Mann an. „Ja, und ... wohin werden wir dann eigentlich g-gehen, wenn man uns erlaubt, den Hafen zu verlassen?“

Der Chirurg wich seinem Blick aus und schloss seinen Arztkoffer. „Ich habe Ihnen doch schon gesagt“, murmelte er halb vor sich hin, „dass der Kapitän dafür gesorgt hat, dass dort Leute auf Sie warten werden. Sie brauchen sich nicht zu sorgen.“

Etwas an dem heimlichtuerischen Benehmen des Mannes, das er trotz seiner betrunkenen Geistesabwesenheit noch an den Tag legte, schickte eine Warnung direkt in Evans Hirn.

Er wusste plötzlich, dass es da etwas gab, weswegen sie sich Sorgen machen mussten, vielleicht sogar noch mehr, als er zunächst befürchtet hatte.

# 39. Eine Geschichte der Täuschung

*Und das Leben ging weiter, zwischen Vernunft und Torheit mal mit Freude, mal mit Trauer, jedes zu seiner Zeit.*
John de Jean Frazer (1809 – 1852)

Spät am folgenden Dienstagnachmittag saß Sara Farmington im Bellevue-Krankenhaus am Bett des schlafenden Sergeant Burke und dachte darüber nach, wie anders der Tag doch hatte werden sollen.

Statt mit dem irischen Polizisten als Begleiter eine Tour nach Five Points zu unternehmen, war sie in diesem farblosen Krankenzimmer gelandet und fühlte sich beunruhigt und irgendwie unbehaglich.

Der Vorhang um die Kabine war zugezogen, um einen privaten Bereich zu schaffen. Seit ihrer Ankunft hatte der Sergeant geschlafen – das war nun schon fast zwei Stunden her, wie sie erstaunt bemerkte. Es war ein seltsam verwirrendes Gefühl, einen so großen, dynamischen Mann verwundbar und still in einem Krankenhausbett liegen zu sehen. Er hatte kein Hemd an, und sein gesamter Brustkorb war in dicke Verbände eingewickelt, die an zwei oder drei Stellen mit getrocknetem Blut befleckt waren.

In Saras Augen sah er grau und abgespannt und krank aus. Während sie ihn betrachtete, bewegte er sich leicht und murmelte etwas im Schlaf, das Sara nicht verstehen konnte. Sofort war sie angespannt und setzte sich auf ihrem Stuhl vor. Aber nach einer weiteren Sekunde oder auch zweien stöhnte er, warf eine Hand über seine Augen und wurde wieder still.

Sie seufzte und lehnte sich zurück. In Gedanken durchlebte sie erneut die letzten paar Stunden, die sie ins Bellevue geführt hatten. Sie war früh im Stadtgefängnis angekommen und hatte erwartet, ihn dort anzutreffen. Aber stattdessen sagte ihr der Polizist im Empfang, dass der Sergeant erst letzte Woche angeschossen worden sei – an genau dem Tag, an dem sie das letzte Mal zusammen gewesen waren! – und dass er sich jetzt im Krankenhaus von einer ernsten Brustverletzung erholte.

Gott sei Dank hatte sie heute Uriah gebeten, ihren Wagen zu fahren und sich nicht auf eine Mietkutsche verlassen! Der schon etwas ältere Afrikaner hatte ein halbes Dutzend anderer Gespanne von der Straße verscheucht, als er ihrem Befehl folgte, sie sofort zum Bellevue zu bringen.

Sie legte einen Moment lang ihr Gesicht in ihre Hände und vermied es bewusst, an die Schwäche zu denken, die sie ergriffen hatte, als sie erfuhr, dass Sergeant Burke angeschossen worden war. Und sie konzentrierte sich auch nicht auf die überwältigende Woge der Erleichterung, die sie überflutet hatte, als sie erfuhr, dass er wieder gesund werden würde. Im Augenblick war es genug, hier neben ihm zu sitzen und so zu tun, als würde er sich freuen, sie zu sehen, wenn er aufwachen würde.

Sofort kam ihr ein anderer beunruhigender Gedanke in den Sinn, der ihre Gefühle der Erleichterung vertrieb. Konnte sie es wagen, ihm von der Reaktion ihres Vaters zu berichten, als sie ihn nach der *Green Flag* gefragt hatte?

Sie blickte zu ihm hinüber und fragte sich, wie viel ihm diese ... Nora wirklich bedeutete.

*Hör auf damit, du Dussel!*, ermahnte sie sich in Gedanken. *Der Mann ist so gut wie verlobt, und seine Liebste segelt über den Atlantik, um zu ihm zu kommen. Alles, was du dir erhoffen kannst, ist, ihm eine Freundin zu sein und ihm zu helfen, wenn sich eine Möglichkeit dazu bietet. Nun hör um Himmels willen auf, dich wie ein unbesonnenes Schulmädchen zu benehmen!*

„Sie haben mir nicht gesagt, dass ich sterben würde, diese schändlichen Chirurgen. Aber wie sonst könnte man erklären, dass ich einen Engel an meiner Seite vorfinde?“

Sara schoss auf ihrem Stuhl kerzengerade in die Höhe, und ihre Augen flogen auf. „Sergeant Burke! Oh – ich muss eingenickt sein ..."

Er lag in seinem Bett, hatte ihr den Kopf zugewandt und betrachtete sie mit einem verschmitzten, wenn auch schwachen Grinsen.

Errötend stammelte Sara eine Entschuldigung und fühlte sich äußerst töricht bei dem Gedanken, dass er dort gelegen und sie angesehen hatte, während sie dasaß und an *ihn* dachte! „Du meine Güte, hier warte ich auf *Sie*, dass Sie aufwachen, und dabei bin *ich* diejenige, die einschläft!"

„Nun, ich muss sagen, Miss Farmington, es ist großartig, aufzuwachen und statt dieser muffeligen alten Campbell Sie zu erblicken."

„Campbell?"

„Ich habe sie liebevoll ‚Sergeant Campbell' genannt", erklärte er ingrimmig. „Sie bildet sich ein, sie sei eine Krankenschwester, aber unter uns gesagt: Ich bin davon überzeugt, dass sie in Wirklichkeit ein britischer Spion ist, der in den Staaten losgelassen wurde, um all die irischen Bullen zu erledigen."

„Ich bin sehr erleichtert zu sehen, dass es Ihnen schon wieder besser geht", bemerkte Sara trocken. „Ich habe gehört, dass Sie beinahe gestorben wären, aber Sie scheinen sich bemerkenswert schnell zu erholen." Das war natürlich eine Übertreibung, aber das vergnügte Glitzern in seinen Augen war wirklich beruhigend.

Sein Lächeln wurde zu einem Stirnrunzeln. „Nein, ich wäre nicht beinahe gestorben!", schimpfte er und wedelte verzweifelt mit einer Hand. „Ich hätte dieses Horrorkabinett schon längst verlassen können, wenn ich nur jemanden finden würde, der mir meine Hosen gibt!"

Augenblicklich errötete er. „Es tut mir Leid, Miss Farmington. Ich habe mich nur sehr selten in Gesellschaft richtiger junger

Damen befunden. Ich fürchte, ich neige dazu, meine guten Manieren zu vergessen.“ Er blickte an sich hinunter und zupfte an der Decke, um seinen Körper zu bedecken.

Sara unterdrückte ein Lächeln und sah auf den Boden hinunter, bemerkte jedoch noch, dass seine Hände leicht auf dem Bettzeug zitterten. Offenbar war er schwächer, als er irgendjemandem zeigen wollte.

„Ich bin sehr froh, Sergeant Burke, dass es Ihnen so gut geht. Ihr Chirurg und die Schwestern scheinen über Ihre Fortschritte sehr erfreut zu sein.“

„Das ist doch nur, weil sie es gar nicht erwarten können, mich loszuwerden“, murrte er. „Die Campbell behauptet, ich sei der provozierendste Patient, dem sie je begegnet sei.“

„Irgendwie fällt es mir leicht, ihr zu glauben“, sagte Sara. „Ich kann mir nicht vorstellen, wie das passieren konnte, und ich habe nichts davon gehört. Es stand mit Sicherheit nicht in den Zeitungen.“

Eine seiner dunklen Augenbrauen hob sich zynisch. „Sie würden kaum die Tatsache publik machen, dass ein Polizist von einem anderen Angestellten der Stadt angeschossen wurde.“

„Ein Angestellter der Stadt? Aber ich meine, der Polizist im Empfang hätte gesagt, es sei ein Schwarzer gewesen, der in den Straßen die Hunde erschoss!“

„Ja, das stimmt. Diese Jungen werden von der Stadt genau dafür bezahlt – dass sie die Straßen von den wilden Hunden befreien. Aber dieser Bursche hat sich mit ein wenig Whisky gestärkt, bevor er seinen Dienst begann. Seine Treffsicherheit und wohl auch sein Hirn werden ein wenig wackelig gewesen sein“, schloss er mit einem grimmigen Lächeln.

Sara schauderte. „Das ist schrecklich.“

„Dass ich angeschossen wurde oder das mit den Hunden?“

Ihr Mund zuckte. „Beides.“

Sein Ausdruck wurde jetzt nüchtern. „Nun, es ist vorbei, und ich lebe, wofür ich dankbar bin. Aber bis Ende der Woche möchte von hier weg sein. Ich *muss* gehen – das Schiff könnte bis dann im Hafen sein, und ich will da sein, wenn es anlegt."

Sara runzelte die Stirn, als sie ihn ansah. „Das kann nicht Ihr Ernst sein, Sergeant! Ihr Zustand wird es keinesfalls erlauben, dass Sie das Krankenhaus schon so bald verlassen. Außerdem", fügte sie hinzu, „kennen Sie doch gar nicht das genaue Ankunftsdatum des Schiffes, oder?"

Er schüttelte den Kopf. „Noch nicht", gab er zu. „Sie haben wahrscheinlich nicht daran gedacht, Ihren Vater zu fragen, ob er irgendetwas über die *Green Flag* weiß?"

Sara schluckte und wünschte sich, sie könne die Antwort auf seine Frage umgehen. „Doch, ich habe ihn tatsächlich gefragt."

Die Augen des Sergeants weiteten sich vor Interesse. „Das haben Sie? *Und?*"

Sara holte tief Luft und drehte sich auf dem Stuhl, um ihn besser zu sehen. „Nun, zunächst konnte er mir nicht allzu viel sagen. Der Name des Schiffes war ihm nicht bekannt."

Enttäuschung verdüsterte sein Gesicht, und Sara fügte eilig hinzu: „Aber er fand den Namen des Kapitäns heraus."

„Des Kapitäns?"

„Ja. Vater ließ einen der Männer auf den Docks nachsehen, was für Schiffe in der kommenden Woche eintreffen sollten. Offenbar ist die *Green Flag* nicht aufgeführt, aber sie wird von Kapitän *Schell* befehligt. *Abidas Schell.*"

„Seltsamer Name", bemerkte er. Als Sara nichts weiter sagte, rieb er mit einer Hand an einer Seite seines Gesichts herunter, runzelte die Stirn und fuhr dann fort: „Wird es möglich sein, herauszufinden, wann das Schiff eintreffen wird, wenn man den Namen des Kapitäns kennt?"

„Nun ... möglicherweise", erwiderte Sara und rang ihre Hände in ihrem Schoß. „Sergeant Burke, zufällig ist dieser Kapitän Schell ... ein Mann, dessen Name meinem Vater bekannt ist."

Sie zögerte und holte tief Luft, bevor sie fortfuhr. „Offensichtlich ist er kein ... kein Mann von gutem Ruf."

Die Augen des Sergeants verdüsterten sich. „Was genau heißt das? Was bringt den Kapitän eines Schiffes in Verruf?"

Sie seufzte. „Ich nehme an, ich kann Ihnen genauso gut auch ganz genau berichten, was Vater mir erzählt hat", sagte sie zögernd. „Es sieht so aus, als ob dieser ... Abidas Schell ... nichts weiter als ein gewöhnlicher Krimineller ist. Sehr wahrscheinlich hat er es nur dadurch geschafft, dem Gefängnis zu entgehen, indem er nie lange genug in einem Hafen geblieben ist, um erwischt zu werden. Er ist ein wohl bekannter Schmuggler – Opium, Munition, und andere ... andere illegale Fracht. Vater sagt, dass er in Sklaverei verwickelt sei und auch in fast jede andere kriminelle Handlung, die im Seerecht erwähnt wird."

Michael stützte sich auf einen Arm und richtete sich auf. Er starrte sie an. Sara schreckte zurück, als sie den scharfen Schmerz sah, der ihm bei diesem Versuch über das Gesicht zuckte.

„Das ist noch nicht ... ganz alles", sagte sie heiser.

Seine Augen wurden schmal.

„Wie es aussieht, hat Schell auch mehrmals seine gesamte Passagierliste vom Zwischendeck an einige der größeren, raffiniertesten Schlepperbanden verkauft."

Sara zuckte unter dem drohenden Aussehen, das sein Gesicht jetzt annahm, zusammen. Natürlich, als Sergeant der Polizei musste er nur allzu gut wissen, was das bedeutete.

Bis vor kurzem war es für eine bestimmte verabscheuungswürdige Art von Dieben üblich, an Bord eines Schiffes zu gehen, sobald es im Hafen erschien. Sie hatten nur ein Ziel: die verwirrten, geängstigten Einwanderer um ihr Geld und ihre Habe zu betrügen. Den Gewinn davon hatten die Arbeitgeber der Schlepper, die für gewöhnlich Kneipenbesitzer oder Firmen waren.

Sie nutzten die Angst und Verwirrung der Einwanderer aus

und schmeichelten sich im Handumdrehen in ihr Vertrauen, denn sie waren Landsleute – Iren plünderten die Iren aus, Italiener die Italiener und so weiter. Die armen Fremden hatten keine Ahnung von diesen Praktiken. Innerhalb von Augenblicken befand sich dann der skrupellose Parasit auf dem Weg aus dem Hafen – mit einer gesamten Familie oder mehreren Familien im Schlepptau, die er zu einer „anständigen Pension" brachte, „die sie sich leisten könnten und in der sie die Gesellschaft anderer Menschen aus dem guten alten Land genießen und gemeinsam ihre Zukunft planen könnten".

Der Betrüger brachte dann die nichts ahnende Familie zur Pension seines Arbeitgebers – sehr oft eine schmutzige Taverne oder ein Mietshaus. Dort wurde ihnen dann dafür, dass sie mit mehreren anderen Familien in demselben dreckigen, oft unmöblierten Raum zusammengepfercht wurden, eine unglaublich hohe Miete abgenommen. Während ihres Aufenthaltes dort wurden ihnen innerhalb kurzer Zeit ihre finanziellen Mittel abgenommen, ebenso wie der größte Teil ihrer Habe.

In letzter Zeit war laut Lewis Farmington eine neue, noch hinterhältigere Methode aufgekommen. Jetzt verkauften skrupellose Kapitäne ihre gesamte Passagierliste vom Zwischendeck an die Schlepper von gut organisierten Agenten. Bei diesem im Voraus bezahlten Arrangement wurden alle Einwanderer vom Zwischendeck einem einzigen Schlepper übergeben, der bei Ankunft des Schiffes an Bord kam und dann mit minimalem Aufwand einen riesigen Gewinn machte.

Anscheinend war der Kapitän der *Green Flag* einer der Erfinder dieser gnadenlosen Art des Diebstahls.

*„Ich muss raus hier!"* Der Sergeant schob sich so hoch, wie er konnte, wurde dann bleich vor Anstrengung und fiel auf sein Kissen zurück.

Sara sprang mit einem Schrei von ihrem Stuhl auf. „Machen Sie keine Dummheiten! Sie sehen doch, wie schwach Sie noch sind – Sie würden doch zusammenbrechen, bevor Sie auch nur durch die Tür wären! Der Chirurg hat gesagt, dass Sie noch mindestens eine Woche lang hier bleiben müssen, vielleicht sogar länger."

„Das werde ich *nicht!*", stieß er hervor. Seine Stimme zitterte vor Wut und Schwäche. „Ich kann nicht! Ich kann nicht einfach hier liegen, wenn ich weiß, dass Nora und die anderen der Gnade dieses – *Piraten* ausgeliefert sind!" Noch während er sprach, ballte er eine große Hand zur Faust und knirschte bei einer offensichtlichen Schmerzattacke mit den Zähnen.

„Sergeant, Sie können absolut gar nichts tun, bis das Schiff tatsächlich eintrifft!"

„Aber es gibt keine Möglichkeit, herauszufinden, wann das sein wird!" Sein Gesicht wirkte erschöpft, seine Augen brannten vor Enttäuschung über seine eigene Hilflosigkeit.

„Ich werde es herausfinden", versicherte Sara ihm. „Ich verspreche Ihnen, dass ich es herausfinden werde."

„Wie?"

„Mein Vater wird einen Weg finden, da bin ich mir sicher. Ich werde mit ihm sprechen, sobald ich heimkomme. Aber *Sie* müssen *mir* versprechen, dass Sie in der Zwischenzeit nicht versuchen werden, irgendetwas Dummes zu unternehmen! Sie sind noch nicht annähernd kräftig genug, um aufzustehen, und Sie werden Ihrer – Ihrer Freundin Nora kaum eine Hilfe sein können, wenn Sie sich selbst schaden und dann *wochenlang* im Bett liegen müssen!"

Er war wütend. Wütend und verletzt. Sara erkannte instinktiv, dass dieser Mann noch niemals in seinem Leben auf jemand anders als sich selbst angewiesen gewesen war. Und nun lag er hier flach auf dem Rücken, beinahe vollkommen abhängig von einer schlecht gelaunten Schwester und einer lahmen alten Jungfer aus der besseren Gesellschaft.

Sara beobachtete ihn und hauchte ein Gebet, dass Gott sie

befähigen möge, Sergeant Burke zu helfen. Andernfalls – und daran hatte sie keinen Zweifel – würde er notfalls sogar sein Leben riskieren, um die Frau zu retten, bei der Sara alle ihre Kraft zusammennehmen musste, um sie nicht zu beneiden.

„Ich verstehe nicht, wie Morgan so etwas tun konnte", murmelte er und starrte mit harten Augen an die Decke.

Sara bemühte sich, ihn zu verstehen. „Morgan?"

„Mein bester Freund in Irland", sagte er. „Er hat die Überfahrten für Nora und die anderen besorgt, oder zumindest *ließ* er sie besorgen." Er schüttelte ungläubig den Kopf und sagte: „Er kann es nicht gewusst haben. Er hätte Nora niemals an Bord gebracht, wenn er auch nur das Geringste von Schells schlechtem Ruf gewusst hätte. Er wurde getäuscht, er *muss* getäuscht worden sein!" Er brach ab und sah Sara wieder an. „Gott helfe dem Mann, der ihn getäuscht hat. Er wird den Tag bereuen, das steht fest!"

Sara trat dichter an das Bett. „Sergeant, ich muss gehen, aber ich muss Sie bitten, mir zu versprechen, dass Sie die Anweisungen Ihres Chirurgen und der Schwestern genau befolgen werden."

Als er dickköpfig schwieg, drängte sie: *„Sergeant?"*

Er starrte sie wütend an. Seine breite Oberlippe war heruntergezogen, und er machte ein finsteres Gesicht.

Sara richtete sich zu ihrer vollen Größe auf. „Sergeant Burke, ich werde mich nur dann verpflichten, Ihre Informationen für Sie zu besorgen, wenn Sie sich verpflichten, sich zu schonen und gut auf sich aufzupassen! Es hängt ganz von Ihnen ab."

Sein Blick begann zu kochen und Sara erinnerte sich an Gerüchte, die sie über irische Wutanfälle gehört hatte. Dennoch hielt sie seinem Blick stand und sah ihn ihrerseits mit frostigen Augen an.

*„Schon gut, ist ja schon gut!"*, schnarrte er und versuchte erneut, sich auf einen Arm hochzustemmen. Diesmal gelang es

ihm. „Aber Sie werden mich sofort informieren, wenn Sie erfahren haben, wann sie eintreffen! Ich will da sein, wenn das Schiff in den Hafen einläuft, und weder Sie noch irgendjemand sonst wird mich daran hindern!"

Sara rollte mit den Augen. Sein Toben ließ sie völlig unbeeindruckt.

Plötzlich kam ihr ein Gedanke, und sie hatte den Eindruck, dass sie ihn fragen sollte: „Ihr Sohn – gibt es irgendetwas, was ich für ihn tun soll – *Tierney*, meine ich – während Sie im Krankenhaus sind?"

Ein Ausdruck der Überraschung lief über sein Gesicht. „Das ist freundlich von Ihnen", sagte er etwas widerwillig, „aber ich bin sicher, dass er gut zurechtkommt. Er kommt jeden Tag, wenn er kann, und er scheint recht gut klarzukommen. Tierney ist fast ein Mann – er schafft das schon."

„Ja, natürlich", sagte Sara trocken. „Männer kommen immer ... zurecht."

Sie drehte sich um und tat ihr Bestes, aus dem Zimmer zu stolzieren. Es war natürlich schwierig zu stolzieren, wenn man lahm war, aber Sara meinte, sie schaffe es unter den gegebenen Umständen recht gut – bis sie seine tiefe, belustigte Stimme hinter ihrem Rücken hörte.

„Wussten Sie, dass Sie eigentlich recht hübsch sind, wenn Sie sich ärgern, Miss Farmington?"

Sara schaffte es, nicht zu stolpern, als sie durch die Tür stolzierte.

# 40. So weit noch bis zum Ufer

*Mit den Füßen am Rande des reißenden Stroms*
*und dem Blick auf ferne Wolken*
*fürchten wir die Dinge, die wir denken,*
*statt der Dinge, die sind.*
William B. McBurney (1855 – 1892)

Es dauerte drei Tage, ehe Lewis Farmington die Information aufspürte, um die Sara ihn bezüglich der Ankunft der *Green Flag* gebeten hatte. Während der ganzen Zeit redete ihm Sara regelmäßig gut zu und plagte ihn, alles in seiner Macht Stehende zu tun, um Sergeant Burke zu helfen.

Am Freitag aßen sie allein zu Abend, nur sie beide, in dem langen, schmalen Esszimmer ihres Hauses in der Fifth Avenue. Lewis Farmington trug – wie er es immer zu tun pflegte, ganz gleich, ob er Gäste bewirtete oder einfach nur die Gesellschaft seiner Tochter genoss – seinen schwarzen Frack und sein seidenes Halstuch.

Sara bückte sich, um ihn auf den Kopf zu küssen, bevor sie sich setzte. Sie betrachtete ihn mit Wohlgefallen. „Du siehst heute Abend sehr elegant aus, Vater."

Sie schmeichelte ihm nicht. Ihrer Meinung nach *war* Lewis Farmington ein gut aussehender Mann. Sein Haar war silbern geworden, hatte sich aber nur sehr wenig gelichtet. Seine beinahe schwarzen Augen tanzten für gewöhnlich vor Vergnügen; seine Figur war schlank, und seine Haut sah gesund aus von all den Stunden, die er draußen auf den Werften zubrachte statt in seinem Büro.

Er sah von seiner Zeitung auf und betrachtete Sara eingehend, als sie sich setzte und nach Ginger läutete, damit sie mit dem Servieren begann.

„Und du siehst aus, als ob dir etwas mächtig zusetzt", sagte er und betrachtete sie mit grübelndem Blick. „Und das nun schon die ganze Woche lang."

Sara lächelte ihn freundlich an. „Würdest du bitte beten, Vater?"

Nachdem er gebetet hatte, richtete ihr Vater sein kritisches Auge auf Ginger, die eine silberne Suppenterrine vor ihn hinstellte.

„Wie viele Jahre wird es noch dauern", sagte er mit bewusstem Nachdruck, „bis du nicht mehr versuchst, mir dieses gewürzte Abwaschwasser anzudrehen, Frau? Muss ich es dir noch einmal sagen? *Nimm die Suppe weg! Ich mag keine Suppe.*"

Die eindrucksvolle schwarze Frau mittleren Alters warf ihm einen gleichgültigen Blick zu. „Suppe ist ein Teil Ihrer Mahlzeit", erwiderte sie und machte keine Anstalten, die Terrine wegzunehmen. „Höfliche Gentlemen essen ihre Suppe."

„Höfliche Gentlemen haben auch höfliche Haushälterinnen."

Ginger lächelte, und ihre perlweißen Zähne und blitzenden dunklen Augen strahlten unter ihrem weißen Turban.

Sara grinste auf ihre Suppe hinunter, als sie den Löffel hob. Ihr Vater und Ginger pflegten schon so lange, wie sie denken konnte, einen Streit miteinander. Wenn es nicht um Suppe ging, war es etwas anderes. Sie liebten es, sich zu streiten, und beide waren äußerst kreativ in ihren Bemühungen. Wie oft hatte sie sich schon über die verblüfften Reaktionen von Gästen amüsiert, die zufällig Zeugen solch eines internen Geplänkels zwischen Lewis Farmington und seiner Haushälterin von den britischen Westindischen Inseln wurden! Enge Freunde der Familie wussten natürlich, dass Ginger für Lewis Farmington oder irgendein anderes Mitglied seiner Familie ihr Leben lassen würde, und sie wussten auch, dass Lewis *sie* sehr achtete, ja, beinahe brüderliche Zuneigung für sie empfand.

Sara wartete, bis Ginger ihrem Vater seine Portion vom Braten gebracht und sie mit einem deutlichen Knall vor ihm hingestellt hatte – neben die Suppenterrine –, bevor sie ihm ihre tägliche Frage stellte.

„*Und,* Vater?"

Er schob sich einen großzügigen Bissen Fleisch in den Mund. „Und was?", sagte er schließlich.

„Vater ..."

„Ich möchte, dass du *mir* eine Frage beantwortest, mein Liebes. Ich würde gerne wissen", sagte er ernst und nahm einen Schluck Wasser, „welcher Art genau dein Interesse an diesem ... irischen Polizisten ist."

„Sergeant Burke."

„Was?"

„Er ist ein Sergeant, und sein Name ist Burke", sagte Sara sachlich.

„Ja. Nun, ist dieser ... *Sergeant Burke* einfach nur ein weiteres von deinen Projekten, oder ist mehr an der Sache, als du mir sagst?"

„Nein, Sergeant Burke ist *nicht* ein weiteres Projekt, und nein, es ist nicht mehr an der Sache, als ich dir gesagt habe", sagte Sara geduldig. „Und was die Art meines Interesses betrifft, so habe ich dir das schon einmal erklärt: Der Mann wurde in Erfüllung seiner Pflicht angeschossen und ist zurzeit behindert. Ich versuche, ihm einen einfachen Gefallen zu erweisen. Das ist alles."

„Warum?"

Sara sah ihn verständnislos an. „Warum?"

Er schluckte einen Bissen Kartoffel und sah zu ihr hinüber. „Warum willst du einem Mann, den du kaum kennst, einen Gefallen tun?"

„Weil er Hilfe braucht", sagte Sara unbekümmert und sah ihm in die Augen. „Und weil ich ihn mag."

Er sah sie einen weiteren Augenblick lang prüfend an und aß

dann weiter. „Sehr seltsames Benehmen, ein Mädchen mit deiner Herkunft freundet sich mit einem irischen Bullen an."

„Mein Verhalten war für ein Mädchen mit meiner Herkunft schon immer seltsam, so wie man auch dein Verhalten für einen Mann in deiner Position oft für seltsam hält. In der Tat, wir sind wahrscheinlich die einzigen zwei Menschen in unserem Bekanntenkreis, die nicht von unserem seltsamen Benehmen schockiert sind. Das macht mir nicht das Geringste aus. Macht es dir etwas aus, Vater?"

„Absolut nicht!", sagte er lächelnd und hob die Gabel auf unmanierliche Weise. „Im Gegenteil, es macht mir Spaß, und dir doch auch, oder?" Ohne auf eine Antwort zu warten, fuhr er fröhlich fort: „Nun gut, da du mir versicherst, dass an diesem, ahm, Interesse für den Sergeant nichts Ungebührliches ist, werde ich dir erzählen, was ich in Erfahrung gebracht habe."

Sara legte ihren Löffel hin und strahlte ihn aufgeregt an. „Dann *hast* du also Neuigkeiten! Erzähle!"

„Wohlgemerkt, es ist nichts Sicheres", warnte er sie, während er fortfuhr, sein Mahl zu verschlingen, „aber ich halte es für ziemlich zuverlässig. Poston von den Werften hat für mich Nachforschungen angestellt, und dabei hat er mit dem Kapitän der *Yorkshire* gesprochen, einem der Black-Ball-Postschiffe. Die *Yorkshire* ist heute eingetroffen, und der Kapitän meint, er habe eventuell diese *Green Flag* vor zwei Tagen überholt. Die *Yorkshire* wird für das schnellste Schiff gehalten, das je gebaut wurde, weißt du", erklärte er ziemlich verdrießlich. „Aber ich glaube, dass wir eines fast für den Stapellauf fertig haben, das ihr bei weitem überlegen ist. Jedenfalls, wenn es stimmt – wenn es *wirklich* die *Green Flag* war, die sie überholt haben –, dann würde ich sagen, dass sie wahrscheinlich schon morgen oder Sonntag in den Hafen einlaufen wird."

*Morgen oder Sonntag!* Saras Gedanken rasten. Es gab so viel zu tun, und sie hatten kaum Zeit, um es zu erledigen! Wenn dieser fürchterliche Kapitän Schell solch ein Schurke war, wie sein Ruf sagte, dann könnten sich die Leute auf dem Schiff möglicherweise in schrecklicher Gefahr befinden.

Natürlich, erinnerte sie sich selbst, wusste Sergeant Burke noch nicht einmal sicher, ob sich seine Freunde überhaupt an Bord der *Green Flag* befanden. War es nicht pure Dummheit von ihr, einem Schiff voller Einwanderer zu Hilfe eilen zu wollen, die vielleicht für sie und Sergeant Burke völlig fremde Leute waren?

Aber sie waren Menschen, ob sie oder Sergeant Burke sie nun kannten oder nicht! Das allein war Grund genug, um zu versuchen, ihnen zu helfen.

Sie wandte sich ihrem Vater zu und betrachtete ihn eine Weile.

Als er fragend eine Augenbraue hob, fuhr Sara nachdenklich mit einem Finger um den Rand ihrer Teetasse aus Porzellan.

„Vater, könnte ich dich vielleicht um deine Hilfe bitten?"

Er kräuselte die Lippen. „Ich nehme an, du sprichst von dieser Sache mit dem Schiff?"

Sara nickte. „Bei allem, was wir wissen, meine ich, dass wir wenigstens versuchen sollten, diesen Leuten zu helfen."

„Würde es irgendetwas nützen, dich daran zu erinnern, dass wir nicht einmal sicher wissen, ob diese Leute unsere Hilfe überhaupt *brauchen?*"

„Ich fürchte nicht."

Lewis Farmington seufzte und schob seinen Teller zur Seite. „Das habe ich mir gedacht", sagte er milde. „Also gut. In was genau wirst du mich *dieses Mal* hineinziehen?"

* * *

Am Freitagabend erhielten die Passagiere im Zwischendeck extra Wasserrationen. Nora benutzte ihre Ration, um für sie alle, Whittaker eingeschlossen, Wäsche zu waschen, damit sie ihre Kleidung wechseln konnten.

Sie benutzte eines ihrer kostbaren letzten Seifenstückchen und schrubbte so viele Kleidungsstücke, wie sie konnte, bis das Wasser nicht mehr sauber genug war, um irgendetwas zu reinigen. Mit Katies und Johannas Hilfe zog Daniel John eine Leine von der Eisenplatte der Schiffswand, wo seine Koje befestigt war, bis zur nächsten Koje auf der anderen Seite des Ganges. Natürlich würde nichts richtig trocken werden. Das Zwischendeck war zu feucht und sehr kalt, und außerdem lief durch den Schaden, den der Sturm angerichtet hatte, ständig Seewasser hinein. Aber Nora fühlte sich besser – weniger wie ein illegaler Passagier –, einfach, weil sie den Versuch gemacht hatte.

Während die Kinder die Wäsche aufhängten, strich sie Salbe auf die Stellen auf den Knien des kleinen Tom, die vom Spielen auf dem rauen Boden des Decks wund gescheuert waren. Sie war so vorsichtig, wie sie es mit dem kleinen Lausbub nur sein konnte, aber er wimmerte und versuchte, ihre Hand wegzustoßen. „Tut weh!", jammerte er anklagend.

Armer kleiner Kerl. Erst an diesem Morgen hatte er wieder nach seiner Mama gefragt. Die meiste Zeit über schien er Catherines Tod akzeptiert zu haben, aber gelegentlich, wenn er müde oder quengelig war, rief er noch nach ihr. Es brach Nora beinahe das Herz.

„Sie stehen den F-Fitzgerald-Kindern sehr nahe, nicht wahr?" Evan Whittaker schaukelte mit einem Stück Seil hin und her, um den kleinen Jungen abzulenken, damit Nora sich um ihn kümmern konnte.

„Aye, das stimmt. Wir waren mehr wie eine Familie, nicht wie Freunde, und haben ständig mal eben beim anderen hereingeschaut und so." Erinnerungen erfüllten ihre Gedanken, so dass sie nicht weitermachen konnte.

„Haben Sie schon darüber nachgedacht, was Sie tun werden, wenn w-wir Amerika erreichen? Ich meine, mit den Kindern?"

Nora schloss einen Moment lang fest die Augen. Als sie sie

wieder öffnete, setzte sie den kleinen Tom auf den Boden, und er rannte zu seinen Schwestern und Daniel John.

„Ich denke die ganze Zeit darüber nach“, sagte sie wahrheitsgemäß. „Aber ich habe nur Fragen und niemals Antworten.“

„Mrs K-Kavanagh, ich werde Ihnen helfen – und den Kindern –, so gut ich kann.“

Nora wandte sich um und hob ihr Gesicht, um den Engländer anzusehen. Er war jeden Tag etwas länger aufgewesen und auf dem Deck herumgegangen. Aber ein einziger Blick genügte, um die Anfälligkeit und Schwäche des Mannes zu offenbaren. Er hatte noch einen langen Weg vor sich, bevor er wieder in der Lage sein würde, sich selbst zu helfen, ganz zu schweigen von irgendjemand anderem.

„Sie sind sehr freundlich, Mr Whittaker. Ich weiß nicht, wie ich Ihnen jemals Ihre Freundlichkeit uns gegenüber vergelten soll.“

Er zog sich einen Schemel heran und stützte sich am Rand der Koje ab, bevor er es schaffte, sich hinzusetzen. Nora streckte instinktiv eine Hand aus, um ihm zu helfen, zog sie dann aber wieder zurück, weil sie spürte, dass er ihre Geste nicht willkommen heißen würde.

„Freunde sind nicht an einer R-Rückerstattung interessiert, Mrs Kavanagh“, sagte Whittaker. Sein Gesicht wurde schon von der kleinsten Anstrengung blass. „Und ich würde *gerne* annehmen, dass wir nach allem, was wir inzwischen gemeinsam d-durchgemacht haben, Freunde sind.“

Nora betrachtete ihn mit aufrichtiger Zuneigung. „Mr Whittaker, niemand hatte je einen besseren Freund, als Sie es sind.“

Er errötete ein wenig, wirkte jedoch äußerst erfreut. „Wenn das so ist – k-könnten Sie sich vorstellen, mich nicht mehr ‚Mr Whittaker‘ z-zu nennen? Einfach ‚Whittaker‘ oder ‚Evan‘ sollte unter Freunden reichen, meinen Sie nicht auch?“

„Ja, das meine ich.“ Sie schwieg kurz und sagte dann: „Und ich meine, Sie sollten mich ‚Nora‘ nennen, wenn es Ihnen angenehm ist.“

„Vielen Dank ... *Nora.*“

Nora mochte die Art, wie er ihren Namen sagte, so sanft und vorsichtig, dass er wie Musik klang.

„Sind Sie aufgeregt, jetzt, wo wir uns New York nähern?“, fragte Whittaker.

Nora drehte sich um und legte die Tube mit der Salbe wieder in die Kiste neben sich. „Aufgeregt?“ Sie schüttelte ihren Kopf. „Nein, ich habe Angst.“

„Ja. Ich muss zugeben, dass ich Ihre Angst t-teile. Aber ich glaube trotzdem, dass der Herr unsere Angst versteht und unsere Sorge beachtet. Ich t-tue mein Bestes, um ihm in dieser Sache zu vertrauen.“

Sie sah ihn an. Natürlich hatte er Angst. Was sollte auch aus ihm – einem kranken einarmigen Mann – in einem fremden Land werden?

*Was sollte aus ihnen allen werden?*

Sie wünschte, sie könnte auch glauben, dass Gott ihre Situation kannte und sich um sie kümmerte. Aber diese vergangenen Wochen der Hölle an Bord der *Green Flag* hatten sie von etwas überzeugt, was sie in Killala nur vermutet hatte: Gott hatte ihnen allen seinen Segen entzogen. Offensichtlich hatte er sie gerichtet und für schuldig befunden und teilte nun seine Strafe für ein rebellisches Volk aus, sie eingeschlossen. Kein Einziger auf diesem üblen Schiff hatte es geschafft, seinem Zorn zu entkommen.

Nach einer längeren Zeit der Stille räusperte sich Evan und sah von ihr weg. „Vermissen Sie Ihren Sohn ... Tahg ... immer noch sehr, Nora? Ich weiß, es m-muss all dies noch schwerer für Sie gemacht haben ... dass Sie ihn verloren haben ... zusätzlich zu all Ihren anderen Verlusten.“

Sie sah Whittaker an, sah sein sanftes, besorgtes Stirnrunzeln, als er die Frage stellte.

„Aye, ich werde ihn immer vermissen“, antwortete sie leise. Das Bild von Tahgs bleichem Gesicht und seinen schmerzerfüllten Augen erschien vor ihren inneren Augen. Instinktiv legte sie eine Hand an ihre Kehle und berührte das hölzerne Kreuz, das auf ihrer Haut lag, das Kreuz, das Owen geschnitzt hatte und das Tahg bis zu seinem Tod getragen hatte.

„Ich werde wahrscheinlich niemals aufhören, ihn zu vermissen“, sagte sie leise. „Tahg und die anderen. So viele sind gegangen, so viele verloren ...“

Ihre Stimme brach, und sie schwieg einen Moment, bis sie ihre Selbstbeherrschung wiedererlangte. „Aber ich wünsche sie nicht zurück. Nicht jetzt, wo ich weiß, welche Qualen sie erlitten hätten, wenn sie am Leben gewesen wären. Ich werde weiter um sie alle trauern, aber ich bin dankbar, dass ihnen all dies ... erspart geblieben ist.“

Sie sahen sich in die Augen, und Whittaker nickte langsam und verstehend.

* * *

Spät in jener Nacht saß Abidas Schell an seinem Schreibtisch und schrieb in sein Logbuch. Es würde eine der letzten Eintragungen auf dieser Fahrt sein:

*Leichte Winde, Nordostost. Angenehmes Wetter, aber etwas Nebel. Habe zwei Landvögel gesehen und viel Gras. Sollte morgen ein Lotsenboot sichten.*

*Sollten spät morgen Abend oder Sonntag früh in die Meerenge einlaufen ...*

* * *

William Leary, der Schiffschirurg, saß vornübergebeugt an seinem Schreibtisch. Er war angetrunken, aber noch nüchtern genug, um eine Feder zu führen.

Er glättete das Papier mit zitternder Hand und hielt die Feder in der Luft, während seine Gedanken wanderten.

Er würde den Brief jetzt schreiben, nicht später. Später würde er zu betrunken sein, und morgen würde er zu viel mit den Vorbereitungen für die Ankunft zu tun haben. Und übermorgen ...

Er wollte nicht weiter als bis morgen denken.

Mit etwas Glück würde er heute Nacht schlafen, wenn er erst einmal den Brief beendet hatte. Morgen Abend sollten sie schon New York sehen. Und dieser jüngste Alptraum würde schließlich ein Ende finden.

Für ihn würden die Alpträume ganz und gar aufhören. Er würde nicht mehr mit Abidas Schell reisen.

Die Pistole lag sicher in seinem Arztkoffer, unter dem Verbandsmaterial versteckt. Er hatte sich noch nicht entschieden, ob er sie für sie beide verwenden würde oder nur für sich selbst. Aber wie auch immer, er würde in jedem Fall frei sein von diesem Dämon.

Zumindest in diesem Leben.

Er schüttelte jeden Gedanken an die Zukunft ab und begann zu schreiben. Er schrieb die einzige Anschrift nieder, die ihm einfiel:

*Das New Yorker Polizeipräsidium ...*

* * *

„Wir werden gleich morgen früh zu Sergeant Burke gehen müssen", sagte Sara zu ihrem Vater, „und uns zumindest eine Beschreibung von seiner ... Zukünftigen geben lassen. Ich glaube nicht, dass er uns sonst noch helfen kann, außer wenn er zufällig genau weiß, wie viele noch mit ihr reisen."

„Wie lange ist es her, dass er die Frau zum letzten Mal gesehen hat?", fragte ihr Vater und aß den Rest seines Vanillepuddings.

„Beinahe siebzehn Jahre oder so, glaube ich. Wir wollen hoffen, dass sie noch halbwegs so aussieht, wie er sie in Erinnerung hat. Wir brauchen zumindest eine Person, die wir ziemlich schnell identifizieren können."

Lewis Farmington blickte seine Tochter über die Teetasse hinweg an. „Er will eine Frau heiraten, die er seit siebzehn Jahren nicht mehr gesehen hat?"

Sara zuckte mit den Schultern und stocherte in ihrem Vanillepudding herum. „Er ist ein sehr ungewöhnlicher Mann, Vater."

„Mmm. Entweder das, oder er ist ein absoluter Narr."

„Er ist kein Narr", sagte Sara leise, aber mit deutlichem Nachdruck.

Er warf ihr einen scharfen Blick zu. „Sara, bist du ganz sicher, dass du nicht selbst in diesen Mann verliebt bist?"

Sara stach mit ihrem Löffel in den Pudding und antwortete unverblümt: „Ich könnte es mir sehr gut vorstellen, wenn er nicht schon einer anderen verpflichtet wäre." Sie sah zu ihm auf, sah die Mischung aus Zweifel und Sorge in seinen Augen und fügte hinzu: „Aber ich bin auch kein Narr, Vater. Du brauchst dich nicht zu sorgen."

Sie blickte auf und sah, dass er immer noch ihr Gesicht studierte. „Nun gut", sagte er und tupfte seine Lippen mit der Serviette ab. „Wir werden Uriah sagen, dass er uns am Morgen zum Bellevue fahren soll."

# 41. Ein Treffen in Dublin

*Und süß ist's, wenn unser Leben zur Neige geht, denn ein nahes*
*Gutes verließ uns, um ein altes Übel zu heilen:*
*Und süß sind alle Dinge, wenn wir lernen, sie zu schätzen,*
*nicht um ihrer selbst willen, sondern wegen dem,*
*der sie gewährt oder versagt.*
Aubrey de Vere (1814 – 1902)

Nelson Hall war ein großes, weitläufiges Gebäude, eine Anhäufung von georgianischen Ehrwürdigkeiten, wild wuchernden Palisaden und endlosen Seitenflügeln, die nach Belieben entstanden zu sein schienen, ohne dass eine Struktur oder ein Ziel dahinter gestanden hätten.

Es war kein richtiges Schloss, sondern eher ein Herrenhaus, und es thronte nördlich von Dublin, nahe der Küste und beinahe direkt unter Drogheda. Seine eintönige graue Landschaft wurde in der Ferne von tiefgrünen Hügeln, hoch fliegenden Möwen und perlweißen Wolken, die von der Küste her ins Land wirbelten, aufgelockert.

Morgan hielt es für die schlimmste Beleidigung der Architektur, die er je gesehen hatte.

Natürlich hatte er es schon zuvor bemerkt, als er durchs Land wanderte. Ja, er war sogar häufig stehen geblieben, um es aus der Ferne zu betrachten.

Aber bis zu diesem Tag hatte er es niemals als das luxuriöse Heim seines eigenen Großvaters betrachtet.

Richard Avery Nelson. Parlamentsmitglied im Ruhestand, Menschenfreund, Kunstsammler, Nachkomme von einem Speichellecker Cromwells, dessen Belohnung dieses Tal mit seinem fruchtbaren Land und den sanften Hängen war.

Früh am Samstagmorgen band Morgan Pilgrim an einen

Zaunpfahl und schlenderte dann zu dem riesigen Eingangstor hinauf. Er hatte sich bewusst mit seinem abgerissenen Decken-Mantel, schmutzigen Stiefeln und abgetragenen Frieshosen herausgeputzt.

Ein aristokratisch aussehender Lakai, der, abgesehen von seinem frostigen Leinenhemd, vollkommen in Schwarz gekleidet war, erschien in der Tür, bevor Morgan auch nur die Hand heben konnte, um den bronzenen Türklopfer zu betätigen. Der Mann sah ihn von Kopf bis Fuß mit einem scharfen Blick an. Aber es sprach für ihn, dass er beim Anblick dieses Pöbels, der die Kühnheit besaß, am Vordereingang zu erscheinen, nicht einmal blinzelte.

Während der ältere Diener es vorzog, nicht mit dem schäbigen Besucher zu sprechen, ja, ihn nicht einmal mit einem wahrnehmenden Blick zu ehren, gab Morgan freimütig sein Anliegen bekannt.

„Ich bin hier, um Richard Nelson zu treffen."

Das Gesicht des Mannes war steinern, als sich ihre Blicke trafen. „Zu welchem Zweck?"

„Ahm, ich fürchte, das ist persönlich."

Der Lakai hob seine Augen eine Spur. Es war seine Art, die Unverschämtheit dieses Lumpensammlers zu verurteilen. „Sir Richard empfängt niemanden. Er ist unpässlich."

Morgan betrachtete ihn mit großem Vergnügen. „Die Sache ist nur, ich bin eingeladen, wissen Sie."

„Eingeladen?" Die Augen blinzelten, die Brauen hoben sich, ein Räuspern war zu hören. „Von wem?"

„Von ihm selbst."

Schweigen. Endlich: „Und Sie sind ...?"

„Sein Enkel", sagte Morgan mit einem gemeinen Grinsen. „Würden Sie mich jetzt melden?"

* * *

Nelsons Bibliothek war wirklich genau so, wie Mahon gesagt hatte. Tausende von Büchern, Hunderte von ihnen selten und sorgfältig erhalten, füllten einen großen Raum, der nach altem Leder, teurem Holz und vielen Jahren der Pflege mit Zitronenöl roch.

Morgans erste Überraschung kam, als der Mann hinter dem Schreibtisch zum ersten Mal aufstand. Dies war also die Ursache seiner ungraziösen Größe und seiner breiten Schultern. Seltsam, er hatte immer angenommen, dass er und Thomas die langen Beine von der Fitzgerald-Linie geerbt hatten.

Richard Avery Nelson sah so aus, als sei er gute achtzig Jahre alt. Sein Haar war weiß, sein Gesicht von den Jahren gezeichnet. Aber sein Rücken war immer noch gerade, seine Schultern breit und seine Augen klar und kritisch.

Er stützte sich mit beiden Händen auf den Schreibtisch und nahm seinen Enkel mit einem scharfen, kritischen Blick in Augenschein. In seinen besten Jahren, dachte Morgan, musste der Mann, der ihm jetzt gegenüberstand, eine eindrucksvolle Erscheinung gewesen sein.

Nelson stand da, als erwarte er, dass Morgan mit ausgestreckter Hand auf ihn zukäme.

Morgan blieb einige Schritte vom Schreibtisch entfernt stehen und begegnete dem forschenden Blick des alten Mannes mit einem prüfenden Blick seinerseits.

„Du bist Morgan Fitzgerald."

„Ja, das bin ich."

„Mein Enkel."

„Das sagen Sie." Morgans Blick wanderte zu den Händen des alten Mannes, die breit ausgestreckt auf dem Tisch lagen. Sie zitterten.

„Die Tatsache, dass du ein freier Mann bist, bestätigt es."

Morgan stand breitbeinig da, die Hände auf den Rücken gelegt. Wenn er jetzt davon anfangen würde, dass er ihm gegenüber verpflichtet sei, würde er nicht lange bleiben.

Der alte Mann winkte ihn zu einem bequem aussehenden Ledersessel dicht bei dem Schreibtisch. „Bitte setz dich."

„Ich glaube, ich bleibe lieber stehen, danke."

„Wie du willst." Nelson sank mit steifen Bewegungen auf seinen eigenen Stuhl. „Ich nehme an, du hast inzwischen meinen Brief gelesen."

Morgan nickte. „Er war sehr informativ." Zögernd fügte er hinzu: „Ich nehme an, ich sollte Ihnen jetzt für meine Begnadigung danken. Allerdings frage ich mich, warum Sie sich die Mühe gemacht haben."

„Du bist von meinem Fleisch und Blut."

„Eine Tatsache, die ich zweifellos genauso sehr bedauere wie Sie."

Der alte Mann nickte, als habe er so etwas erwartet. „Du bist sehr bitter. Ich kann mir gut vorstellen, dass du es bist."

Morgan stieß ein kurzes Lachen aus. „Aber warum sollte ich denn bitter sein? Sie haben – du hast meine Mutter verstoßen, meinen Vater ruiniert und es vorgezogen, all das Leid, das du verursacht hast, zu ignorieren, bis du gehört hast, dass ich demnächst einen Strick tragen würde. Natürlich gibt es absolut nichts daran, was einen Mann bitter machen könnte."

Trotz seiner Schmährede begann Morgan, sich unter der ruhigen, beinahe traurigen Musterung des alten Herrn ein wenig unwohl zu fühlen. Er war sich nicht sicher, was er hier erwartet hatte – vielleicht Selbstgerechtigkeit, ganz bestimmt Arroganz und Herablassung – aber nicht die Ruhe und Gelassenheit, die von diesem sanftmütigen alten Patriarchen ausging.

„Du magst mir sagen, was auch immer du willst, junger Mann. Ich verdiene wahrscheinlich das Schlimmste davon. Aber wir können viel Zeit sparen, wenn du mir zunächst einmal zuhörst, und wenn du mit offenem Herzen zuhörst."

Morgan sah ihn schweigend an.

„Ich wollte dich sehen", sagte Nelson und übersah Morgans

Unfreundlichkeit, „um dir zu sagen, dass es mir Leid tut, was für Kummer ich deinem Vater und auch dir und deinem Bruder bereitet habe."

Morgan fragte sich, ob der alte Mann bald sterben würde und dies seine Vorstellung von einem Geständnis auf dem Totenbett sei. Aber er sah nicht so aus, als stürbe er bald, und er machte nicht den Eindruck, als gehöre er zu jenen Menschen, die oberflächliche Bekenntnisse ablegen, selbst wenn sie stürben. Morgan schwieg weiter und wartete ab.

„Wie ich schon in meinem Brief erklärt habe, war ich als junger Mann ein anmaßender Narr, aber um fair zu sein, muss man bedenken, dass ich ein Opfer meiner eigenen Erziehung und Umgebung war. Ich hielt die Liebe meiner Tochter zu deinem Vater für verantwortungslos und dumm. Ich handhabte die Sache auf unfähige Weise und war danach zu stolz, um deswegen etwas zu unternehmen. Eines musst du mir glauben", sagte er und sah von seinen Händen auf. „Deine Großmutter und ich, wir wären gut zu dir und deinem Bruder gewesen, wenn Aidan nicht mit euch davongelaufen wäre. Unsere Bereitschaft, euch beide zu erziehen, kam von Herzen."

Morgan sprach zum ersten Mal, seit der alte Mann begonnen hatte. „Sicherlich eine großmütige Geste. Du hofftest, uns vor unserem Irisch-Sein zu retten, vor Rom – und gleichzeitig vor dem Teufel", stieß er bitter hervor. „Und all das, indem du uns von unserem Vater trenntest."

Zu seiner Überraschung widersprach der alte Mann nicht. „Ich nehme an, das gehörte mit dazu. Und natürlich verlor ich einfach völlig den Kopf, als Aidan mit euch beiden und dem Geld, das wir ihm gegeben hatten, davonrannte ..."

„Aye", unterbrach ihn Morgan grob, „dank dir waren wir alle auf der Straße, wie die Tiere."

„Ja. Und das war schändlich." Nelson hielt inne und sah einen Moment zur Seite, bevor er Morgan wieder sein Gesicht zuwandte. „Ich möchte dir noch einmal sagen, was ich dir schon in dem Brief sagte, dass es mir sehr Leid tut. Ich war ein Narr, und ich sehe, dass ich für dich, für euch alle, großes Leid verursacht habe. Ich werde bis zu meinem Tode bedauern, was auch immer ich dir und deinem Bruder an Schmerzen verursacht habe."

„Mein Bruder ist tot", sagte Morgan platt. „Und mein Vater auch."

Der Gesichtsausdruck des alten Mannes wurde sogar noch schmerzerfüllter. „Ich weiß."

„Du hast all dies schon in deinem Brief geschrieben", sagte Morgan ungeduldig. „Warum hast du denn verlangt, dass ich hierher komme?"

Nelson faltete seine Hände. Seine Augen wanderten über Morgans Gesicht, als wolle er abschätzen, was er dort sah. „Ich weiß schon jetzt, dass du mir nicht glauben wirst. Aber ich schwöre dir, dass ich dir die Wahrheit sagen werde und dass ich jedes meiner Worte von ganzem Herzen meine. Versprich mir, dass du zuhören und nichts sagen wirst, bis ich fertig bin."

Morgan trat von einem Fuß auf den anderen und nickte widerwillig seine Zustimmung.

Einen Moment lang nahmen die Augen des alten Mannes einen entfernten, gequälten Ausdruck an, als würden seine Gedanken vorübergehend diesen Raum verlassen und an einen weit entfernten Ort wandern. „Ich habe den größten Teil meines Lebens in diesem Land verbracht. Ja, es ist auf eine Weise, die ich nicht erklären kann, *mein* Land geworden. Es bedeutet mir weit mehr, als mir England je bedeutet hat. Ich habe begonnen, dieses Land zu lieben und – ob du es nun glaubst oder nicht – auch seine Menschen."

Er beugte sich vor und betrachtete Morgan mit offener Direktheit. „Gleichzeitig", fuhr er fort, „habe ich begonnen, großes Leid über das zu tragen, was das Land meiner Geburt –

England – diesem Lande antat. Auf Grund von alten Vorurteilen und Unwissenheit und Gleichgültigkeit hat England diese kleine alte Insel rücksichtslos behandelt und eine ganze edle Rasse in den Staub getreten."

Der alte Herr hatte jetzt Morgans ungeteilte Aufmerksamkeit, wenn nicht sogar sein Vertrauen.

„Ich nähere mich dem Ende meiner Jahre, und während der letzten sechs Jahre habe ich den Gott, dem ich einst nur mit den Lippen diente, sehr viel besser kennen gelernt. Zu meiner großen Überraschung entdeckte ich, dass große Freude darin lag, sein Freund zu werden und zu versuchen, ein gehorsamer Sohn zu sein. Vielleicht hat er sich deswegen entschieden, mir in den letzten sechs Monaten allmählich mehr und mehr von seiner Sorge und Liebe zu dieser Insel zu zeigen."

Morgan ballte seine Hände an seiner Seite zu Fäusten, so dass die Knöchel weiß wurden.

Nelson nickte, als spüre er den Zynismus des Jüngeren. „Ich weiß", sagte er und lächelte traurig. „Es ist schwer für dich zu glauben, dass Gott einem Engländer seine Liebe zu Irland offenbaren würde. Aber es ist dennoch wahr. In den Zeiten, in denen ich mit ihm allein war, hat er mir gezeigt, dass die Tragödie Irlands sein Herz traurig macht. Ich sehne mich danach, alles zu tun, was ich kann, um auf dieser Insel etwas zu ändern. Aber ich fürchte, dass ich angesichts meiner nachlassenden Gesundheit nur sehr wenig tun *kann*. Deshalb muss ich nach einem anderen Ausschau halten, jemandem mit der Jugend und der Energie, um das zu vollbringen, was ich nicht kann."

Er hielt inne und sagte dann mit einer weiten Handbewegung: „Morgan, bitte, willst du dich nicht wenigstens setzen? Ich werde dich nicht viel länger aufhalten, wenn du gehen möchtest."

Morgan zögerte, ließ sich dann aber doch auf den Sessel fallen, auf den der alte Mann gewiesen hatte.

„Du sollst wissen, dass ich dich zu meinem Erben gemacht habe. Meinem einzigen Erben."

Morgan griff mit beiden Händen nach den Armlehnen des Sessels und erhob sich halb. „Du – *nein!* Ich will keinen Pfennig von dir haben!"

Wieder kam ein leichtes Lächeln. „Das verstehe ich. Aber es ist nicht ganz für dich allein. Deshalb habe ich dich gebeten zu kommen, damit ich es dir erklären kann."

Morgan runzelte skeptisch die Stirn, entspannte sich jedoch und setzte sich wieder.

„Ich habe deine Schriften gelesen", sagte der alte Mann mit einem Blick, der ehrliche Bewunderung und Interesse zeigte. „Nachdem ich erfuhr, wer du warst, habe ich es mir sogar zur Aufgabe gemacht, alles zu lesen, was du geschrieben hast – deine Gedichte, deine Aufsätze, deine Lieder – alles, was ich in die Hand bekommen konnte. Und eigentlich ist das der Grund für meine Forderung, dass du von deinen ... gesetzlosen Aktivitäten Abstand nehmen solltest. Ich konnte den Gedanken nicht ertragen, dass ein solch tapferes Herz und eine so mächtige Feder vom Galgen zum Schweigen gebracht werden sollte."

Morgan wartete immer noch und versuchte, sich gegen die Macht der Worte des alten Mannes zu wappnen.

„Morgan, wir wissen beide, dass ein Aufruhr geplant wird, ein Aufruhr, den viele deiner Freunde dem Volk unterzuschieben versuchen. Und wir wissen beide genauso sicher, dass er, wenn er kommt, niedergeschlagen werden wird – und sehr wahrscheinlich jede Zukunft, die Irland als freies Land haben könnte, zerstören wird."

Morgan war inzwischen schon so weit besänftigt, dass er zustimmend nickte.

Ermutigt fuhr der alte Mann fort. „Ich mache dich zu meinem Erben, weil ich von ganzem Herzen glaube, dass du die Weisheit, die Fähigkeit – und die *Liebe* für diese leidende Insel besitzt, um eine Änderung herbeizuführen. Männer wie du können etwas zu dem Hass sagen, der seit Jahrhunderten die Ursache für Irlands Kämpfe ist."

Als Morgan ihn unterbrechen wollte, hob Nelson die Hand, um ihn zurückzuhalten. „Man hat ihm viele Namen gegeben, viele Masken, aber im Zentrum all der Konflikte und Qualen ist *Hass*. Und es ist schon *immer* Hass gewesen!" Der alte Mann beugte sich vor, und seine Augen brannten. „Hass zwischen den Engländern und den Iren. Zwischen Protestanten und Katholiken. Zwischen Pächtern und Gutsbesitzern. Hass, der sich ständig wiederholt und von einer Generation zur nächsten fortpflanzt."

Morgan presste die Hände zusammen und beugte einen Moment lang den Kopf zu ihnen hinunter, so, als sei er tief betrübt. Er konnte die Aufrichtigkeit des Mannes nicht länger leugnen. Nelsons Liebe und Trauer über dieses Land sprach aus jedem seiner Worte.

„Diesem alten schönen Land ist großes Leid zugefügt worden", fuhr der alte Mann fort. „Und großes Übel wurde *von* diesem Land verübt. Aber ganz gleich, für wie gerecht und richtig jede Seite ihre Sache hält – am Ende ist es immer noch Hass, der die Mauer ist, die Mauer, die jede Hoffnung auf einen Kompromiss, jede Chance einer Lösung unerreichbar werden lässt."

Er schien plötzlich zu ermüden, und Morgan verspürte zu seiner Überraschung Sorge um den alten Mann, der mit müder, leicht zitternder Stimme weitersprach.

„Ich glaube zufällig, dass Männer wie du, Morgan – Männer, die die Gabe haben, Gottes Wahrheit zu suchen und zu finden und sie dann mit Nachdruck und Energie weiterzugeben – vielleicht die einzige Hoffnung sind, um Irland vor der völligen Vernichtung zu retten. Alles, was ich tun kann, ist, dir die Sicherheit und die Mittel zu geben, die du brauchst, um dich ganz dem Schreiben für dein Land hinzugeben. Wenn diese dummen Vorurteile und dieser ungöttliche Hass nicht schließlich zerstört werden können, sehe ich einen Tag kommen, wo diese Insel rot sein wird vom Blut eines Bruders, der gegen den anderen aufsteht, eines Vaters gegen seinen Sohn, ja sogar einer Mutter gegen ihre Tochter."

Plötzlich lehnte er sich in seinem Stuhl zurück. Seine Schultern sanken herab, als habe er sich überanstrengt. „Ich bitte dich, eine Zeit lang bei mir zu bleiben, Morgan, um mich kennen zu lernen – und mir zu erlauben, dass ich dich kennen lerne. Ich sehne mich danach, dein Herz kennen zu lernen, dein ganzes Herz, und dir das meine zu zeigen."

Er richtete sich leicht in seinem Stuhl auf und warf Morgan einen bittenden Blick zu. „Du bist mein *Enkel!* Mein Blut läuft durch deine Adern! Ich bitte dich nur um ein paar Tage, wenn du willst, auch ein paar Wochen. Aber ob du nun zustimmst oder ablehnst – du sollst wissen, dass ich die Papiere bereits unterzeichnet und mein Testament geändert habe. Mein Besitz wird es dir ermöglichen, den Rest deines Lebens der Rettung des Landes zu widmen, das du so sehr liebst – wenn du willst. Morgan ... Morgan", sagte er leise mit flehenden Augen, „deine Worte rühren das Herz eines Mannes auf, wie es kein Trommelschlag je vermag. Sie durchbohren das menschliche Herz, wie es kein Schwert je könnte! Du sprichst mit der Stimme Irlands, der Stimme der Wahrheit und der Hoffnung und der Verheißung der Freiheit. Morgan ... Sohn meiner Tochter ... bitte, vergib diesem alten Narren! Erlaube mir wenigstens, wenn nicht deine Familie, so doch dein Freund zu sein."

Morgans Hände umklammerten die Armlehne noch fester. Sein Blick traf den des alten Mannes, und was er da erblickte, erschütterte sein Innerstes.

Er hätte genauso gut in sein eigenes Gesicht sehen können: fünfzig Jahre später, mit all dem Leid und den zerbrochenen Träumen eines Mannes, der niemals die bleibende Liebe einer

Familie erfahren hatte. In Richard Nelsons schmerzerfüllten Augen erblickte er sein eigenes einsames Herz.

Ein anderer Gedanke, der nicht ohne Ironie war, folgte dieser Offenbarung auf den Fersen: Sein Hals war nun schon zweimal gerettet worden – und beide Male von einem Engländer!

Und als Letztes folgte die Erinnerung, dass ihm selbst vergeben worden war und dass seine Übertretungen Gott ohne Zweifel mehr betrübt hatten, als die des alten Mannes, der ihm gegenübersaß.

*Wer war er denn, dass er Richard Nelson die Vergebung vorenthalten könnte?*

„Viele in der Bewegung zählen auf mich, dass ich für den Aufruhr spreche“, sagte er zögernd.

Der alte Mann nickte. „Unter anderem Smith O'Brien.“

„Er ist ein guter Freund von mir. Ich respektiere ihn.“

„Aber er ist in etwas hineingezogen worden, worüber er keine Kontrolle mehr hat.“

Als Morgan stillblieb, drängte Nelson: „Streitest du das ab?“

Zögernd schüttelte Morgan den Kopf. „Aber das ändert nichts daran, dass er auf meine Hilfe zählt.“

Der alte Mann betrachtete ihn eine lange Zeit. „Glaubst du an diesen Aufstand? Glaubst du, dass er das Beste für die Leute ist?“

Morgan sah ihm in die Augen. „Nein“, sagte er und schüttelte wieder den Kopf. „Ich glaube, dass es sie völlig kaputtmachen könnte.“

„Warum tust du dann nicht, was du kannst, für *ganz* Irland, anstatt für nur einige wenige? Das ist die Möglichkeit, die ich dir zu geben versuche, Sohn.“

Morgan sah auf seine Hände hinunter und dann in das Gesicht des alten Mannes. Und er wusste, was er zu tun hatte ... was Gott von ihm haben wollte.

„Aye ... Großvater“, sagte er leise und prüfte, wie sich das

Wort auf seinen Lippen anfühlte. Es war leichter auszusprechen, als er erwartet hatte. „Aye, ich werde eine Zeit lang bei dir bleiben, und wir werden über Irland reden.“

# 42. Überlebende in einem fremden Land

*Klage nicht länger, du Einsame, Mutter aller Vertriebenen,*
*klage nicht länger, Banshee der Welt! – nicht länger!*
*Deine Leiden sind die der Welt, du bist nicht mehr allein;*
*dein Unrecht ist das der Welt.*

John Todhunter (1839 – 1916)

Hunderte von Einwandererschiffen legten jedes Jahr im New Yorker Hafen an, manchmal waren es bis zu dreißig oder vierzig an einem Tag. Sie brachten Hunderte von Zwischendeckpassagieren aus den verschiedensten Ländern – die meisten kamen aus Irland und Deutschland. Tausende starben, bevor sie New York erreichten, aber jeden Tag wurden an Bord der Schiffe neue Babys geboren.

Einige Schiffe brachten Opium und auch Whisky und Prostituierte in die Stadt. Andere beförderten Typhus, Pocken und Cholera. Hunderte von Krankheitsfällen schafften es, durch die oberflächlichen Quarantäne-Untersuchungen zu schlüpfen, und entkamen in die Stadt, wo sie ganze Nachbarschaften verseuchten.

New York war ein Zuhause der Heimatlosen, der Armen und der Leidenden geworden. Und als Belohnung für seine offenen Türen erhielt es Krankheit, Arbeitsprobleme und einige der schlimmsten Elendsviertel der ganzen Welt. In der Stadt, zwischen ihren Wohnhäusern und erneuerten Sandsteingebäuden, in den Villen an der Fifth Avenue und den Hütten am Vinegar Hill, begannen sich Verbitterung und Empörung einzunisten.

Aber für die Einwanderer, die auf der Suche nach Hoffnung und einem neuen Leben waren, war die Stadt, die sich allmählich am Horizont abzeichnete, immer noch das gelobte Land, das goldene Ufer, der amerikanische Traum.

An Bord der *Green Flag* wurden an diesem Samstagmorgen die Herzen langsam erregter, und die Hoffnungen begannen zu steigen.

Bald würden sie in New York sein.

* * *

Vom Maat auf dem Vorderdeck kam die Anweisung, mit dem letzten Großputz zu beginnen. Und mit dieser Anweisung kam die schockierende Anordnung, dass alle Matratzen, Kissen und Bettdecken zusammen mit dem Abfall und dem restlichen Essen über Bord geworfen werden sollten.

Schließlich wurde ihnen noch die ermutigende Mitteilung gemacht, ihr Kapitän habe dafür gesorgt, dass sie von achtbaren Führern angeholt würden, die sie zu sauberen, anständigen und preiswerten Unterkünften bringen würden. Sie wurden ernstlich gewarnt, anderen Personen, die vielleicht versuchen würden, sie vom Schiff wegzulocken, keine Beachtung zu schenken, denn diese gemeinen Menschen fielen über hilflose Fremde her, raubten ihnen ihre Wertsachen und missbrauchten ihre Frauen.

Diese Informationen führten zu Ausrufen wie „Preis sei Gott!" und erschrecktem Geflüster, was ohne die weise Voraussicht des Kapitäns möglicherweise aus ihnen geworden wäre. Die Reise war ein schreckliches Erlebnis gewesen, aber vielleicht hatten sie Kapitän Schell ein wenig zu hart beurteilt. Er hatte sich ja schließlich um ihr Wohlergehen gekümmert.

Allerdings löste die Anweisung, die Matratzen und Bettdecken über Bord zu werden, einen allgemeinen Aufschrei aus. Für viele der Notleidenden im Zwischendeck stellte ihr Bettzeug ihre gesamte Habe dar. Es war buchstäblich alles, was sie in die neue Welt mitbringen konnten, abgesehen von den Lumpen, die sie auf dem Leibe trugen. Aber als der Maat sie warnte, dass sie möglicherweise wochenlang in Quarantäne bleiben müssten, falls sie sich widersetzten, beeilten sie sich, zu tun, wie ihnen befohlen war.

Schon bald war die See um sie herum mit Matratzen, Decken und Körben mit verdorbenen Lebensmitteln verdreckt. Als Letztes wurden – trotz der herzerweichenden Bitten ihrer Lieben – die Körper von drei kürzlichen Typhusopfern zusammen mit den anderen Abfällen gefühllos in die See geworfen.

* * *

Nora und die Kinder arbeiteten in heller Aufregung zusammen mit den anderen. Sie schrubbten die Wände, spritzten sie dann ab und trockneten sie sogar mit glühenden Kohlen, die die Mannschaft aus der Schiffsküche holte. Innerhalb weniger Stunden hatte das bisher grässliche Loch ein sauberes, beinahe gemütliches Aussehen angenommen. Jetzt würde ein Kontrolleur, der das Zwischendeck der *Green Flag* inspizierte, sicherlich nur anerkennende Bemerkungen für das haben, was er dort sah.

Als sie mit der Säuberungsaktion fertig waren, musterte Nora zunächst die Kinder und dann sich selbst mit einem unterdrückten Ausruf der Verzweiflung. Sie sahen wie dreckige illegale Siedler aus!

Sie war entsetzt über ihren eigenen Zustand – ihr Kleid hing in Fetzen, ihre Hände waren dreckig und sie roch nach Seewasser und Schweiß.

„Wir können nicht wie Zigeuner aussehen, wenn wir an Land gehen!“, erklärte sie. „Wir werden ein bisschen von dem Wasser nehmen, um uns selbst zu waschen, bevor wir frische Kleider anziehen.“

„Beruhige dich, Mutter“, sagte Daniel John zu ihr. Er zog dem kleinen Tom bereits sein zerlumptes Hemd aus. „Dein Freund, Sergeant Burke, wird das verstehen. Vergiss nicht, er hat die Reise ja selbst gemacht.“

Bei seinen Worten durchfuhr Nora ein beinahe physischer Schmerz, dem sofort eine noch stärkere Woge der Schuld folgte. Sie hatte von Anfang an niemandem, nicht einmal ihrem Sohn, etwas von Michael Burkes fragwürdigem Heiratsantrag erzählt. Die anderen wussten nur, dass er einfach ein alter Freund war, der in New York bereitstand, um ihnen beim Einleben zu helfen.

Sie wussten auch nicht, dass sie den Brief selbstsüchtig zerrissen hatte. Sie alle – Daniel John, die Kinder, selbst Whittaker – hofften, dass da zumindest ein freundliches Gesicht sein würde, das in dieser Stadt voller Fremder auf sie wartete. Ja, erst einen Tag zuvor hatte Daniel John ihr von einer Unterhaltung berichtet, die er mit Whittaker über genau diese Sache geführt hatte. Er hatte ihr erzählt, wie sie gebetet hatten, dass Gott für sie „einige Menschen in der Stadt vorbereiten" solle!

Was, wenn Michael Burkes Antrag Gottes Art gewesen wäre, um genau das zu tun – und sie hatte es einfach für sie alle ruiniert?

Jetzt waren sie völlig auf sich selbst gestellt. Beschämt und entsetzt erkannte sie, dass sie ihnen die Wahrheit sagen musste, und zwar bald.

* * *

Die letzte Ansage des Maats vom Vorderdeck ließ die Passagiere unten Freudenschreie ausstoßen und vor Erleichterung weinen.

„Die Passagiere vom Zwischendeck dürfen jetzt auf Deck kommen!", verkündete er durch ein Megaphon. „Der Kapitän hofft, dass Sie Ihren ersten Blick auf Amerika genießen! Sie sollten Staten Island in etwa einer Stunde oder eher sehen können."

Die Leiter brach unter dem anrollenden Gewicht tastender Hände und schiebender Leiber beinahe zusammen, als diejenigen, die den Alptraum des Zwischendecks überlebt hatten, zur Luke hinauf in die Freiheit kletterten.

* * *

William Leary hatte den Brief in der Tasche seines Hemdes mit sich herumgetragen, seit er ihn geschrieben hatte. Zusammen mit dem Brief trug er den Schlüssel zu den Kabinen. Er wartete auf den richtigen Zeitpunkt und einen vertrauenswürdigen Boten. In der Tasche seiner Matrosenjacke betastete er die Pistole.

Als er sah, wie der Kavanagh-Junge dem Engländer durch die Luke half, passte er sie ab und zog sie beide an die Seite.

Der Junge, der fieberhaft die Reling erreichen wollte, warf Leary einen ungeduldigen Blick zu.

„Jetzt hört mir mal zu!“, murmelte der Chirurg und blickte sich verstohlen um, um sicherzugehen, dass sie niemand in ihrer Nähe beachtete. „Ich habe nur einen Augenblick Zeit, und es gibt etwas, worum ich euch bitten muss!“

Er tat so, als untersuche er die Operationswunde des Engländers flüchtig, und sprach in einem rauen, aufgeregten Flüsterton. „Geben Sie diesen Brief einem Polizisten, sobald Sie das Schiff verlassen haben!“, drängte er. „Es ist äußerst wichtig! Versprechen Sie mir, dass Sie ihn keinem anderen geben – nur einem Polizisten!“

Der Engländer und der Junge sahen einander an. Sie waren offensichtlich verblüfft.

„Versprechen Sie es mir!“

„Ja ... ist gut!“, stimmte der Engländer zu und betrachtete Leary mit einem abschätzenden Blick, als ihm der Chirurg den Brief in die Hand drückte. „A-Aber was ...“

„Wir haben keine Zeit für Fragen! Passen Sie einfach auf den Brief auf!“ Leary schwieg kurz und fuhr dann fort: „Sie müssen nur wissen, dass er helfen wird, Abidas Schell dahin zu bringen, wo er hingehört. Und vielleicht wird er gleichzeitig ein paar zukünftige Opfer retten!“

Er wandte sich unvermittelt an den Jungen und schnauzte ihn an: „Bist du ein Junge, dem man vertrauen kann?"

Der Junge warf ihm einen empörten Blick zu und nickte dann widerwillig.

„Dann nimm diese Schlüssel", sagte Leary zu ihm und drückte sie in die Hand des Jungen. „Sie öffnen die ersten beiden Kabinen. Ein Lotse wird an Bord kommen, um das Schiff in die südliche Straße zu lotsen und es festzumachen. Du musst die Türen aufschließen und die Kinder, die in den Kabinen sind, zu dem Lotsen bringen. Nur zu dem Lotsen, verstehst du – nicht zu dem Beamten von der Gesundheitsbehörde! Verstehst du mich, Junge?"

Der Junge starrte auf die Schlüssel in seiner Hand, als würden sie seine Handflächen in Brand setzen. „Kinder? Was für Kinder?"

„Kleine Mädchen!" Die Worte kamen aus Learys Mund wie eine Klage im Wind. „Kleine Mädchen, die für schlimmen Missbrauch verkauft wurden! Du musst sie aus den Kabinen holen, solange der Lotse noch an Bord ist! Kannst du das tun, Junge?"

Der Kopf des Jungen hob sich langsam, und Leary sah, wie sich Verstehen in seinen Augen ausbreitete. „Aye", sagte er mit harter Stimme. „Das werde ich tun. Sie können sich darauf verlassen."

„Noch etwas", sagte Leary, und die Worte quollen wie ein abgehackter Strom aus seinem Mund. „Was auch immer ihr tut, geht auf keinen Fall mit den Beauftragten des Kapitäns mit! Sagt, ihr seid krank ..." Er wandte seinen Blick zu dem Engländer zurück. „Sagt, dass ihr glaubt, ihr hättet Typhus, sagt, was auch immer euch einfällt. Aber lasst euch auf keinen Fall mitnehmen!"

Er beugte sich zu ihnen vor und sprach eilig weiter. „Selbst die Quarantäne ist besser als der Ort, wo sie euch hinbringen würden. Ihr meint, ihr hättet die Hölle an Bord dieses Schiffes kennen gelernt, aber ihr habt keine Ahnung, was die Hölle ist, bis ihr Five Points gesehen habt!"

Einige Mannschaftsmitglieder begannen jetzt, sie einzukreisen und die Einwanderer, die schon auf Deck waren, aus dem Weg zu treiben, um Platz für andere zu schaffen, die sich aus der Luke auf das Deck ergossen.

Leary hämmerte das Blut wild in den Ohren. Er sah dem Engländer in die Augen. „Wenn Sie erst einmal von diesem Schiff frei sind, berichten Sie anderen die Wahrheit über das, was Sie durchgemacht haben. Es passiert auch auf anderen Schiffen, und es werden immer mehr. Die Leute sollten davon wissen."

Als er die Hand des Mannes auf seinem Arm spürte, sah Leary zu Boden.

„Wie konnte das geschehen?", schnarrte Whittaker. „Morgan Fitzgerald hätte niemals auf einem Todesschiff wie diesem Überfahrten für seine Familie gebucht, hätte er die Zustände an Bord gekannt!"

„Ich kenne keinen Fitzgerald!", sagte Leary. Seine Augen überflogen die Menschenmenge, die auf sie eindrängte. „Es wird alles durch Agenten gemacht. Manchmal, wenn die Agenten Überfahrten für irische Aussiedler buchen, bin ich Schells Vermittler."

Die Verachtung, die aus den Augen des Engländers loderte, versengte Learys Haut. „Mit anderen Worten, Sie verkaufen Ihre eigenen Landsleute an den Teufel! Warum? Was in aller Welt könnte es Ihrer Mühe wert machen, Ihre eigenen Leute zu verraten – und das, wo die meisten von ihnen obendrein schon halb tot sind?"

Leary wandte seinen Blick von dem Ekel, der Whittakers Gesicht erfüllte, ab. „Wir haben keine Zeit mehr", sagte er barsch. „Passt nur auf den Brief und die Schlüssel auf, wenn ihr euer Leben retten wollt."

Bevor der Engländer weitere Fragen auf ihn abfeuern konnte,

wandte sich der Chirurg ab und begann, sich einen Weg durch die Menge der verwirrten Einwanderer zu bahnen, die jetzt das Hauptdeck bevölkerten. Erfüllt von seinem Verlangen nach der Flasche und seinem Entschluss, diese seine letzte Reise an Bord der *Green Flag* zu beenden, schob er einige verwirrte Passagiere zur Seite und stolperte beinahe blind zu seiner Kabine.

* * *

An jenem Samstagmorgen lag Michael Burke in seinem Krankenhausbett und sprach etwas bedrückt mit seinem Sohn Tierney, als Sara Farmington und ihr Vater ins Zimmer traten.

Verblüfft, aber auch erfreut stellte er stotternd Tierney vor, der seinen Stuhl sofort Miss Farmington überließ. Michael fehlten die Worte, und so konnte er seine unerwarteten Besucher nur erstaunt ansehen, besonders, als sie den Grund für ihren Besuch erklärten und sagten, was sie anschließend vorhatten.

„Wenn es die *Green Flag* war, die die *Yorkshire* vor zwei Tagen überholt hat, Sergeant Burke“, sagte Sara Farmington, „dann sollte das Schiff jetzt jeden Augenblick in den Hafen einlaufen. Es wäre eine große Hilfe, wenn wir wenigstens wüssten, wie Ihre Freundin Nora aussieht. Sie müssen sie uns beschreiben, so gut Sie das nach all den Jahren noch können.“

Michael war erstaunt, wie lebendig seine Erinnerungen geblieben waren. Es fiel ihm überhaupt nicht schwer, den Farmingtons eine Beschreibung Noras zu geben – er sah sie in Gedanken beinahe genauso deutlich vor sich wie an jenem Tag, als er sie zum Abschied geküsst hatte und nach Amerika gesegelt war.

„Sie ist ein zartes Persönchen, ein zierliches Mädchen“, sagte er ihnen. „Damals waren ihre Haare so schwarz wie die Flügel der Raben, und sie hatte die wundervollsten grauen Augen – riesige Augen, wie die eines kleinen Mädchens –, aber traurig.

Nora hatte immer solch traurige Augen ..." Er sprach leise, und seine Worte verhallten, als er seinen Erinnerungen nachhing.

* * *

Sara, die mit ihren eigenen sorgenvollen Gedanken beschäftigt war, sprach nur wenig mit ihrem Vater, als sie von dem Krankenhaus wegfuhren.

Sergeant Burke war ihr an diesem Morgen so schwach vorgekommen. Beinahe schien er an Boden zu verlieren, statt dass es ihm besser ging. Auf dem Weg aus seinem Zimmer war sie im Gang stehen geblieben und hatte der Krankenschwester – Campbell – gegenüber ihre Besorgnis geäußert. Aber die einzige Antwort, die sie erhielt, war ein ungeduldiges Gemurmel, dass eine „durchlöcherte Lunge Zeit brauche, um zu heilen".

Sara war sich nicht so sicher, dass der Zustand des Sergeants nur auf seine Verletzung zurückzuführen war. Sie meinte, einen ungewöhnlichen Missmut an dem Polizisten gespürt zu haben, eine Schwerfälligkeit seines Geistes, die so gar nicht seiner Art entsprach.

*Dussel! Hör dir doch nur mal zu. Du bildest dir ein, den Mann gut zu kennen! Dabei ist er kaum mehr als ein Fremder für dich!*

Dennoch, seine Frustration darüber, dass er körperlich behindert war, verlangsamte vielleicht seine Genesung. Der Sergeant war es sehr wahrscheinlich gewohnt, alles im Griff zu haben, und es fiel ihm schwer, mit seiner gegenwärtigen Hilflosigkeit fertig zu werden.

Sie konnte den Blick, der sich auf sein Gesicht gelegt hatte, als er Nora beschrieb, nicht mehr vergessen.

Wie sehnte sie sich nach dem Tag, wenn ein Mann auf dieselbe liebevolle Weise von ihr sprechen würde! Und mit solch einem Blick in den Augen!

Sie seufzte tief. Dieser Mann würde nicht Sergeant Burke sein.

Er war immer noch in seine Nora verliebt, gleichgültig, wie viele Jahre inzwischen vergangen waren.

Sie wandte sich unvermittelt um und sah ihren Vater an. Er betrachtete sie mit besorgtem Blick. „Hast du sein Gesicht gesehen, als er von ihr sprach, Vater? Wir müssen ihm helfen! Wir müssen Sergeant Burke helfen, seine Nora mit den rabenschwarzen Haaren und den traurigen Augen zu finden."

Ihr Vater nahm ihre Hand und drückte sie sanft. „Und das werden wir auch, Liebes", sagte er und betrachtete immer noch ihr Gesicht. „Das werden wir. Wir werden unterwegs beim Stadtgefängnis anhalten und uns die Hilfe einiger seiner Mitoffiziere bei der Polizei sichern." Er schwieg kurz. „Sara – geht es dir gut, mein Liebes?"

Sara sah ihn mit ruhigem Blick in die Augen. „Ja, Vater, es geht mir gut. Ich bin nur in Sorge wegen eines Freundes. Das verstehst du doch, Vater, oder?"

Ihr Vater legte seinen Arm um ihre Schultern. „Ja, mein Liebes. Das verstehe ich sehr gut. Und ich bin unheimlich stolz auf dich."

* * *

Michael wurde die ganze Zeit von einem Gedanken geplagt, der sich nicht abschütteln ließ und der ihm Sorgen bereitete.

„Tierney?" Er drehte den Kopf, um seinen Sohn anzusehen, der wieder auf dem Stuhl an seinem Bett saß.

„Aye, Pa?" Der Junge beugte sich vor.

Michael betrachtete Tierneys schlankes forschendes Gesicht und zweifelte im Stillen an seiner Einschätzung der Lage, spürte jedoch gleichzeitig, wie die Dringlichkeit in ihm zunahm. „Du treibst dich doch regelmäßig auf den Docks herum. Du kennst sie gut, nicht wahr?"

Tierney runzelte die Stirn und nickte. „Sicherlich kenne ich sie."

Jetzt stand Michaels Entschluss fest, und er schob sich ein wenig hoch. „Ich möchte, dass du den Farmingtons hinterherläufst. Fahr mit ihnen zum Hafen. Ich weiß nicht genau, warum, aber ich würde mich besser fühlen, wenn du mitgingest."

Sein Sohn sah ihn einen Moment lang an. Dann sprang er vom Stuhl auf und schoss durch die Tür.

Lange nachdem Tierney gegangen war, lag Michael noch da und starrte die trostlose Decke der Station an. Er hätte zum Hafen gehen sollen, nicht sein Sohn. Es schien, als kümmerten sich in letzter Zeit alle anderen um seine Angelegenheiten – nur nicht er selbst.

So sehr ihn der Gedanke auch wurmte, und so sehr er sich auch um Nora und die anderen sorgte – der Gedanke, dass Tierney ihn im Hafen vertrat, gab Michael eine gewisse Sicherheit.

Er hatte jedoch keine Ahnung, warum das so war.

# 43. Menschen in der Stadt

*Den Träumen, die ich hatte,*
*wandte ich den Rücken zu.*
*Auf die Straße, die vor mir lag,*
*richtete ich den Blick …*

Padraic Pearse (1879 – 1916)

Der uniformierte Offizier, der die Aufgabe hatte, die *Green Flag* in den Hafen zu lotsen, stand vor den Einwanderern, die ihn mit weit aufgerissenen Augen ansahen und einen ersten Blick auf einen echten Amerikaner erhaschten.

Er wirkte flott und drahtig in seiner weißen Uniform und dem spitzen Hut auf dem Kopf und blendete sie mit seinem Lächeln und seinem gebieterischen Auftreten. Dann machte er sich daran, mit Hilfe der Mannschaft und Kapitän Schells dunkler ständiger Gegenwart das Schiff meisterhaft durch die Meerenge, den Kanal zwischen Staten Island und Brooklyn, zu lotsen.

Dies war der Teil seiner Arbeit, den er am meisten liebte.

* * *

Daniel versuchte, alles gleichzeitig zu sehen. Er verdrehte seinen Hals, um die ruhige Bucht, die grünen Hügel und die schönen Häuser in der Entfernung in sich aufzunehmen. Das Wasser um sie herum war voll von anderen Booten und Schiffen: Sanitätsboote, die von einem Schiff zum nächsten schossen, große Beiboote, Schnellsegler, die vor Anker lagen. Hunderte von Menschen drängten sich auf den Docks. Einige von ihnen trugen seltsame, fremdländisch aussehende Kleidung, andere hatten sich mit schönen Gewändern herausgeputzt.

Es verschlug ihm beinahe den Atem! Er war wild entschlossen, sich unbedingt jede dieser herrlichen Einzelheiten zu merken, denn er wollte sich noch als alter Mann an diesen Tag erinnern!

Er wandte sich an seine Mutter, die den kleinen Tom auf den Armen trug. Tränen liefen ihr die Wangen hinunter. „Es wird alles gut werden, Mutter", sagte er und hob die Stimme, um sich bei all dem Lärm an Deck verständlich zu machen. „Gott wird einige Leute in der Stadt nur für uns bereitstellen, so, wie Mr Whittaker und ich gebetet haben. Du wirst sehen."

Seine Mutter wandte mühsam den Blick von der Szene im Hafen ab, um sein Gesicht zu betrachten. „Glaubst du das wirklich, Daniel John?", fragte sie mit erstickter Stimme. „Dass endlich alles wieder gut werden wird?"

„Aye, das glaube ich, Mutter." Noch während er die Worte sprach, erkannte Daniel, dass er es tatsächlich glaubte. Er hatte keine Ahnung, was ihnen die Zukunft bringen würde. Aber während der letzten Stunden hatte irgendwie eine unerschütterliche Überzeugung von seinem Herzen Besitz ergriffen, eine Gewissheit, dass die Kavanaghs und die Fitzgeralds – ja, und auch Evan Whittaker – hier in New York City eine Zukunft hatten.

„Eine Zukunft und eine Hoffnung", sagte er bestimmt zu seiner Mutter. „Das ist es, was Gott uns gibt. Das glaube ich von ganzem Herzen, Mutter, und du musst es auch glauben."

Sie weinte immer noch, und Daniel schwor sich selbst in diesem Augenblick, dass er tun würde, was immer in seiner Macht stand, um in den kommenden Tagen und Wochen ihre Tränen abzuwischen und sie wieder zum Lächeln zu bringen.

„Hab keine Angst, Mutter."

Sie schüttelte den Kopf. „Es ist keine Angst. Ich habe an Tahg gedacht. Und an Thomas. Ich habe mir gewünscht, dass sie noch so lange gelebt hätten, dass sie das hätten sehen können ..." Ihre

Stimme brach, und sie unternahm keinen Versuch, ihre Gedanken zu Ende zu führen.

Daniel nickte, um ihr zu zeigen, dass er verstand. Aber darüber hinaus hatte er keine Möglichkeit, sie zu trösten. Ihr Verlust war auch der seine, und er teilte ihren Schmerz. Was konnte man auch dazu sagen? Worte könnten nichts mehr ändern. Die Tatsache, dass Tahg von ihnen gegangen war – und auch Thomas –, ließ sich nicht ändern. Sie würden sie beide schmerzlich vermissen.

Aber die, die übrig geblieben waren, mussten irgendwie weitermachen, und sie mussten dabei mehr tun als einfach nur zu überleben. Sie mussten leben.

Über den Kopf seiner Mutter hinweg sah er Evan Whittaker an, und ihre Blicke trafen sich. Der Engländer, der zwischen Katie und Johanna stand, sah zart und schwach aus, und sein Gesichtsausdruck war eine Mischung von Hoffnung und Trauer.

„Nun denn, Mr Whittaker – wir haben es geschafft. Wir sind lange genug am Leben geblieben, um Amerika zu sehen!"

Whittaker brachte ein Lächeln zustande. „Ja, das sind wir in der Tat, Daniel. Wir haben überlebt."

„Dem Herrn sei Dank ..."

Überrascht erkannte Daniel, dass die leisen Worte des Dankens von seiner Mutter gekommen waren.

Wieder tauschte er einen Blick mit Whittaker aus, und der Engländer nickte leicht und lächelte immer noch, als er sich Daniels Mutter zuwandte und ihre Worte wiederholte.

„Ja, dem Herrn sei Dank."

* * *

Der Hafen hallte wider von den Geräuschen und Stimmen der Schiffe – es waren vertraute Geräusche, die man hier jeden Tag hörte, und doch waren sie bei jedem Schiff anders. Dutzende von Einwanderer fielen auf Deck auf die Knie und beteten. Andere weinten um das Land und die Lieben, die sie zurückgelassen hatten. Kinder schrien und lachten voller Aufregung.

Sie waren am Leben geblieben. Endlich waren sie hier, in Amerika. Es war Zeit, die Vergangenheit mit all ihren Leiden und Schmerzen und zerbrochenen Träumen zurückzulassen. Es war Zeit, sich auf die Suche nach neuen Träumen zu machen, neuen Hoffnungen, neuen Anfängen. Zeit, nach vorn zu sehen, noch einmal ganz von vorn anzufangen.

In all dem Wirrwarr und Lärm, der über das Deck fegte, hörte niemand den Pistolenschuss, der aus der Kabine des Chirurgen kam.

* * *

Daniel, der von Aufregung und seinen eigenen aufgewühlten Gefühlen überwältigt war, hätte beinahe die Schlüssel vergessen, die er in seine Jackentasche gesteckt hatte. Er drehte sich um und warf Evan Whittaker einen bedeutungsvollen Blick zu, versicherte dann seiner Mutter und den Fitzgerald-Mädchen, dass er sofort wiederkommen würde, und schlüpfte eilig in die Menschenmenge zurück.

Das Deck war ein einziges Chaos und von Geschrei erfüllt, als er in der Masse der Einwanderer, die das Deck füllten, untertauchte. Er hatte feuchte Hände und sein Herz klopfte, aber niemand schien ihn zu bemerken.

Er hatte halb damit gerechnet, dass eine Kinderschar an Deck strömen würde, sobald er den Schlüssel im ersten Schloss umgedreht hatte. Aber als auch nach einer Weile niemand erschien, steckte er vorsichtig seinen Kopf durch die Tür. Verblüfft und erschüttert sah er ein halbes Dutzend junger chinesischer Mädchen, die sich in der Ecke zusammendrängten und ihn mit erschreckten Augen ansahen.

Daniel machte ihnen Zeichen, dass sie ihm folgen sollten, aber sie rührten sich nicht. Er runzelte die Stirn, versuchte, so nachdrücklich wie möglich zu klingen, und machte ihnen erneut wilde Zeichen, dass sie die Kabine verlassen sollten. Schließlich stand eines der größeren Mädchen auf und machte vorsichtig einen Schritt vorwärts.

Daniel lächelte sie an und nickte ermutigend.

Sofort stand sie stocksteif da. Ihre dunklen Mandelaugen maßen ihn mit Furcht und Misstrauen. Daniel rührte sich nicht und gab kein weiteres Zeichen. Schließlich begann das Mädchen erneut, langsam auf ihn zuzugehen, und ließ dabei sein Gesicht nicht aus den Augen. Schließlich standen auch die anderen auf und folgten ihr.

Daniel unterdrückte einen heftigen, erleichterten Seufzer und wartete, bis sie an ihm vorbei waren. Dann ging er und schloss die andere Kabine auf. Wieder machte er dieselben Gesten und Bewegungen wie zuvor, bis eine weitere Gruppe verängstigter junger Mädchen schweigend an ihm vorbei durch die Tür geschlüpft war.

Nach einer Reihe ungelenker Versuche, ihnen zu versichern, dass er ihnen nur helfen wolle, begann er, mit zwölf Mädchen im Schlepptau das Deck hinunterzugehen, um den Lotsen zu suchen.

Als er ins Blickfeld des Amerikaners in der weißen Uniform kam, war es für den völlig überraschten Kapitän Schell an seiner Seite zu spät, um noch irgendetwas zu unternehmen. Er konnte Daniel nur noch mit mörderischem Blick anstarren.

* * *

Tierney hatte die Farmingtons, kurz nachdem sie das Krankenhaus verlassen hatten, eingeholt. Er fuhr nur bis zum Stadtgefängnis in ihrer eleganten Kutsche mit. Von dort setzte er seine Fahrt zum Hafen in einer „Black Maria", einem der schwarzen Gefangenen-Transportwagen, fort. Fünf Polizisten, die Lewis Farmington zur Verstärkung geholt hatte, begleiteten sie.

Ein Schwarm von stutzerhaft herausgeputzten Schleppern in der Nähe des Piers rannte eilig auseinander und verteilte sich in alle Richtungen, als die „Black Maria" mitten in die Gruppe hineinfuhr. Tierney und die fünf Polizisten sprangen von dem Gefangenen-Transportwagen, noch bevor er zum Stehen gekommen war, und formierten sich hinter Mr Farmington und seiner Tochter, während sie auf den Landungssteg zueilten.

Es gab in New York City vermutlich nur etwa sechs Männer, die genug Macht ausübten, um gegen den Einspruch von zwei Beamten der Gesundheitsbehörde und einer gesamten Mannschaft von Matrosen an Bord eines Einwandererschiffes zu gehen. Lewis Farmington war einer von ihnen.

Nun, er ging an Bord! Und obwohl er versuchte, Sara davon abzubringen, war sie an seiner Seite. Hinter ihnen folgte Tierney Burke mit einem Gefolge von New Yorks besten Polizisten.

Die Männer eilten direkt auf das Achterdeck zu. Sara blieb zurück und begann sofort, in der Menge nach einer kleinen Frau mit schwarzem Haar und riesigen grauen Augen zu suchen.

* * *

Während sie auf den Lotsen zustrebten, ging Lewis Farmingtons Blick zu einem unerbittlich aussehenden Mann mit einem Narbengesicht, der steif neben dem weiß uniformierten Navigationsoffizier stand. In den Augen des Mannes brannte eine Wut, die schon an Wahnsinn grenzte. Das und seine Mütze identifizierten ihn als den verkommenen Kapitän der *Green Flag*, Abidas Schell.

Während die Polizisten wie eine Woge über den Kapitän hereinbrachen, blieben Lewis Farmington und der Burke-Junge direkt im Kreis der neugierigen Zuschauer stehen. Dicht bei dem amerikanischen Lotsen stand ein Einwandererjunge wie ein Wächter vor einer Gruppe erschreckter asiatischer Mädchen. Der Junge schrie schon fast, als er versuchte, mit seiner Stimme den Lärm zu übertönen.

Zwei der Polizisten gingen, um sich um die verängstigten Mädchen zu kümmern, und befahlen dem Einwandererjungen, seinen Namen zu nennen.

Lewis Farmington und der Burke-Junge stutzten, als der Junge seinen Namen nannte.

Sergeant Burkes Sohn zögerte nur einen Augenblick. Dann schoss er vorwärts, stürzte sich in das Handgemenge und rief den Namen des Jungen.

*„Daniel! Daniel Kavanagh!“*

Der lange irische Junge mit dem Lockenkopf wirbelte herum. Seine Augen durchsuchte das Meer von Gesichtern und ruhten schon bald auf Tierney Burke, der nur wenige Schritte entfernt stehen geblieben war.

Die beiden Jungen starrten einander einen Augenblick lang an. Dann ging Tierney auf Daniel zu. Das Grinsen, das er dem Kavanagh-Jungen zuwarf, und erst recht die Worte, mit denen er ihn begrüßte, ließ auch Lewis Farmington lächeln.

„Es freut mich, dich kennen zu lernen, Daniel Kavanagh! Ich bin dein neuer Kojennachbar, Tierney Burke! Willkommen in Amerika!“

Er schwieg einen Augenblick und legte dann seinen Kopf auf dic Scitc: „Ich muss schon sagen, ich bin froh, dass all die Mädchen nicht deine Schwestern sind!“

Lewis Farmington wünschte, er hätte den verblüfften Blick

des Erstaunens und die Erleichterung, die anschließend über Daniel Kavanaghs Gesicht ging, festhalten können. „Du bist ... Michael Burkes Sohn? Du bist gekommen, um ... uns *abzuholen?*"

Tierney Burke nickte, und der Kavanagh-Junge sah wirklich so aus, als hätte man ihm gerade einen neuen Bruder als Geschenk präsentiert!

* * *

Sara geriet langsam in Panik. Ihr lahmes Bein behinderte sie dabei, in der Menge der drängenden Leiber vorwärtszukommen, und erst jetzt wurde ihr allmählich klar, wie sinnlos der Versuch war, unter Hunderten von Gesichtern ein Gesicht zu finden, dass sie noch nicht einmal genau kannte.

Sie entschied, dass es am besten sei, sich aus der Menge herauszuschlängeln und ihren Vater zu suchen. Sie war wirklich ziemlich böse auf ihn und den Burke-Jungen – es wäre nett gewesen, wenn wenigstens einer von ihnen bei *ihr* geblieben wäre!

Sie schlängelte sich seitwärts durch die Menge ins Innere des Schiffes. Ihre Augen überflogen flüchtig einen Mann mit einem grobem Unterkiefer und einer zerknautschten Mütze, der wütend einen ganzen Schwarm verwirrt dreinblickender Einwanderer anschrie. Ganz vorne in der Gruppe stand eine Frau, die einen kleinen Jungen in den Armen hielt, und direkt hinter ihr waren zwei kleine Mädchen, die offenbar verängstigt waren. An ihrer Seite stand ein schlanker, etwas krank wirkender Mann mit einer Brille, einem Bart ... und einem leeren Ärmel.

Die Frau schien sich heftig mit dem gemein aussehenden Mann zu streiten, und der einarmige Bursche an ihrer Seite mischte kräftig mit. Sara blickte einen Moment lang weg und sah aufmerksam in die Einwanderermassen, die sich über das Deck schoben.

Plötzlich teilte ein Mann, dessen Abzeichen ihn als einen Beamten der Gesundheitsbehörde auswies, die Menge. Er hatte einen ärgerlichen, autoritären Gesichtsausdruck, und Sara begann, sich vorwärts zu drängen, um zu hören, was er sagte. Als sie sah, dass einer der städtischen Polizisten jetzt direkt auf den Beamten zuging, blickte Sara zu der Frau mit dem Kind in den Armen zurück.

Ihr blieb das Herz stehen, überschlug sich dann und begann zu rasen.

*Ein zierliches Mädchen ... ihre Haare so schwarz wie die Flügel der Raben ... und riesige traurige Augen ...* Diese Frau sah müde und verbraucht aus, ganz und gar nicht wie das Mädchen, das Michael Burke beschrieben hatte. Ihr dunkles Haar, das an den Schläfen grau wurde, war nach hinten gekämmt, und ihre Wangenknochen stachen aus dem verhärmten, eingefallenen Gesicht hervor. Aber sie *hatte* die richtige Größe, und ihre Augen ...

„*Nora!* Nora Kavanagh?"

Der Kopf der Frau fuhr herum, und riesige graue Augen durchsuchten besorgt die Menge. Der einarmige Mann an ihrer Seite wies auf Sara.

Sara rief erneut ihren Namen und schob Fremde beiseite, während sie ging. Sie ignorierte den Schmerz in ihrem Bein, als sie sich vorwärts schob und versuchte, die Distanz zwischen ihnen zu verringern.

Schließlich kam sie bei der dunkelhaarigen Frau an, die sie mit einem völlig verblüfften Gesichtsausdruck anstarrte.

„Sie *sind* doch Nora Kavanagh, oder?", fragte Sara atemlos. Die riesigen Augen betrachteten Sara.

„Aye ... aye, ich bin Nora Kavanagh", sagte sie mit sanfter, erstaunter Stimme. „Aber woher wissen Sie ..."

Sara zögerte nur kurz. Dann legte sie eine Hand auf den Arm der Frau. Als sie die zerbrechlichen Knochen unter ihren Fingern spürte, zuckte sie zusammen. Sie hatte keine Ahnung, wer der hagere Mann mit dem leeren Ärmel sein konnte, aber offensichtlich gehörte er zu Nora Kavanagh. Sara nickte ihm kurz zu und wandte sich dann an die Frau.

„Sergeant Burke hat mir eine wunderbare Beschreibung von Ihnen gegeben! Ich heiße Sara Farmington, und ich bin ... eine Freundin des Sergeants. Ich bin gekommen, um Sie zu ihm zu bringen."

* * *

Beinahe eine Stunde später standen die Farmingtons mit der gesamten Kavanagh-Familie und den Fitzgerald-Kindern sowie dem erschöpft wirkenden Engländer namens Whittaker endlich zusammen auf dem Pier und sahen zu, wie eine bizarre Prozession den Landungssteg hinunterkam.

Drei grimmig dreinblickende Polizisten führten Abidas Schell und den Beamten der Gesundheitsbehörde auf die Pier, während sich zwei andere um die kleinen chinesischen Mädchen kümmerten.

Zum Schluss kamen zwei Mitglieder der Mannschaft mit einer Bahre. Sie trugen den Leichnam des Chirurgen, den man in seiner Kabine gefunden hatte. Er hatte sich selbst getötet.

Niemand sprach ein Wort, bis der ganze Zug in der Menge auf dem Pier verschwunden war.

Schließlich brach der Engländer das Schweigen. „Miss Farmington?"

Als Sara sich ihm zuwandte, war sie überrascht über die Freundlichkeit und Wärme, die ihr in den Augen des Mannes begegnete. Sie fragte sich, was die Geschichte dieses Evan Whittaker sein mochte. Nora hatte ihn ihr mit den merkwürdigen Worten vorgestellt, dass er „ein guter Freund" sei, „dem sie ihr Leben verdankten".

Als er sprach, wühlte er in seiner Tasche und zog etwas heraus. „Ich habe diesen Brief bereits einem der Polizisten gezeigt, der mit Ihnen kam. Er sagte, Sergeant Burke würde ihn sicherlich auch lesen wollen. Wenn Sie und Nora vielleicht dafür sorgen würden, dass er ihn erhält ..."

Sara streckte die Hand nach dem Brief aus, hielt dann jedoch inne. „Nehmen Sie ihn, Nora."

Nora sah sie an, zögerte, nahm dann aber den Brief von Evan Whittaker, der sich abwandte und begann, sich mit dem Jungen – Daniel – und Tierney Burke zu unterhalten.

Als Sara Noras Hand auf ihrem Arm spürte, drehte sie sich um und lächelte sie an.

„Sie *haben* doch gesagt, dass Michael wieder gesund werden wird, nicht wahr?", fragte Nora leise, und ihre Augen blickten immer noch besorgt und ängstlich. „Sind Sie sich sicher?"

„Er wird wieder ganz gesund werden!", versicherte ihr Sara. Impulsiv ergriff sie die schlanke Hand der Frau und drückte sie sanft. „Ganz besonders jetzt, wo er jemanden hat, der sich um ihn kümmert. Er ist ein dickköpfiger Mann, Ihr Sergeant Burke!"

Nora betrachtete sie mit einem fragenden Blick. „Ja", sagte sie unsicher. „Ja, Michael war immer ... dickköpfig." Sie zögerte und sagte dann: „Sie – Sie sind demnach eine gute Freundin von Michael?"

Sie sahen sich in die Augen. „Ja, das bin ich", sagte Sara leise. „Und ich wäre auch sehr gerne Ihre Freundin, Nora."

# 44. Ein Wiedersehen

*Aber ein Mensch liebte deine umherschweifende Seele, und einer liebte die Schmerzen deines sich wandelnden Angesichts.*
William B. Yeats (1865 – 1939)

Tierney Burke wollte unbedingt vor den anderen im Krankenhaus ankommen.

Die Reisenden waren unterwegs zum Herrensitz der Farmingtons, um sich „frisch zu machen“, bevor sie zum Bellevue gingen. Aber Tierney hatte die Einladung, sie zu begleiten, abgelehnt. Stattdessen begann er einen wilden Lauf vom Hafen zum Krankenhaus. Er sprang über Zäune, ignorierte den Schlamm und wurde erst langsamer, als er das Hospitalgelände erreicht hatte.

Nora war hübsch! Sie war es wirklich! Er konnte es gar nicht erwarten, das Gesicht seines Vaters zu sehen, wenn er sie zum ersten Mal erblickte. Natürlich, sie sah wirklich etwas älter aus, als er sich vorgestellt hatte – aber das war ja kein Wunder bei der Hungersnot und der langen Reise, die sie hinter sich hatte.

Und natürlich trauerte sie wohl auch noch um ihren ältesten Sohn, der gestorben war, bevor sie überhaupt in See stachen. Anscheinend war Daniel das einzige von Noras Kindern, das übrig geblieben war.

Wenigstens *ihm* schien es gut zu gehen. Und er war absolut auf Draht, das stand fest! Sie würden prima miteinander auskommen! Daniel Kavanagh musste Dutzende von Geschichten von Irland und ihrer Reise über den Atlantik zu erzählen haben – und Tierney wollte sie alle hören!

Er näherte sich jetzt dem Eingang des Krankenhauses und verlangsamte seine Schritte zu einem Trab. Aber sobald er durch die Tür war, rannte er den Gang hinunter und beachtete das

Geschrei einer ärgerlichen Krankenschwester, die aus dem Weg springen musste, gar nicht.

Noch bevor er ganz im Zimmer war, fing er an zu erzählen.

* * *

Nora sah an dem sauberen karierten Baumwollkleid hinunter, das Sara Farmington eilig an die schlanke Gestalt des Neuankömmlings anpasste.

Sie war immer noch benommen von der unglaublichen Freundlichkeit der Farmingtons. Nachdem sie Nora und die anderen am Pier gerettet hatten, hatten beide, Mr. Farmington und seine hübsche Tochter, darauf bestanden, dass zuerst einmal alle kurz mit zu ihnen in ihr Heim kämen, bevor sie zum Krankenhaus gingen.

*Heim?* Das Haus war ein *Palast!* Nora hatte niemals in ihrem Leben solch ein Haus auch nur *von außen* gesehen und hätte sich unmöglich den Luxus vorstellen können, den sie in seinem Inneren erblickte. Und nun stand sie mitten in diesem luxuriösen Schlafzimmer und betrachtete sich selbst in einem bodenlangen Spiegel, während Sara Farmington an ihrem eigenen Baumwollkleid heftete und steckte, um es passend für Nora zu machen. Sie hatte Nora sogar geholfen, ihr Haar im Nacken zu einem eleganten Zopf zu stecken.

Während Nora auf ihre Begegnung mit Michael vorbereitet wurde, erhielten die Kinder unten in der Küche etwas zu essen.

„Sie können hier bleiben, wenn Sie ins Hospital gehen“, sagte Sara. Sie stand dicht neben Nora und betrachtete sie kritisch im Spiegel. „Vater meint, Ihr britischer Freund, Mr Whittaker, müsse sofort ärztlich versorgt werden. Er hat unseren Hausarzt rufen lassen.“

Nora wandte sich um und betrachtete die junge Frau an ihrer Seite. „Wie sollen wir Ihnen jemals danken für ...“

„Gar nicht", unterbrach sie Sara entschieden, nahm Nora beim Arm und führte sie aus dem Schlafzimmer. „Kommen Sie jetzt mit. Sie sehen wunderbar aus. Wir sollten Sergeant Burke nicht länger warten lassen."

Sara brachte sie hinunter in die Bücherei, wo sie eine neue Überraschung vorfanden. Saras Vater hatte Whittaker eine Stelle angeboten!

Lewis Farmington stand vor dem elegant gemeißelten Kaminsims. Seine Hände steckten in seinen Westentaschen. „Du kannst es dir nicht vorstellen, Sara!", verkündete er frohgemut, sobald die beiden eintraten. „Es sieht so aus, als hätte ich endlich einen Privatsekretär gefunden! Mr Whittaker hier hat jahrelange Erfahrung in genau dieser Position. Und zwar bei keinem Geringeren als einem englischen Lord!"

„Oh, das ist ja wunderbar, Vater. Aber weiß Mr Whittaker, wie fürchterlich unorganisiert du bist?"

Farmington strahlte. „Er sagt, er mag eine Herausforderung."

Nora sah Evan Whittaker an, dessen blasses Gesicht mit offensichtlichem Vergnügen errötete. Er begegnete ihrem Blick mit einem Kopfnicken und einem Lächeln, und Nora konnte seine Gedanken fast lesen: Gott hatte in der Tat einige Leute in dieser Stadt für sie vorbereitet.

Lewis Farmington war noch nicht ganz damit fertig, die Dinge in die Hand zu nehmen. „Und was Sie betrifft, Mrs Kavanagh ..."

„Nora – bitte nennen Sie mich Nora."

„Nora", fuhr er fort, „Sara und ich würden uns sehr freuen, wenn Sie und die Kinder bereit wären, zunächst einmal bei uns zu wohnen. Wir haben mehr als genügend Platz, und unsere Haushälterin braucht dringend jemanden, dem sie einen Teil der Verantwortung für die Führung dieses Haushalts übergeben kann." Er schwieg kurz und lächelte seine Tochter an, die immer noch Noras Arm hielt. „Sie müssen wissen, dass Sara viel zu beschäftigt ist mit ihren Projekten, um Ginger in irgendeiner Weise eine Hilfe zu sein. Wir brauchen eine zuverlässige, fähige Frau wie Sie hier im Haus."

Nora hatte es die Sprache verschlagen, und sie konnte den Mann nur mit offenem Mund anstarren, als er fortfuhr: „Ginger – das ist unsere Haushälterin – wird ihre Pflichten natürlich weiterhin erfüllen. Was wir uns von Ihnen wünschen, Nora, ist, dass Sie einige von den Dingen überwachen, für die sie keine Zeit hat. Vielleicht haben Sie sogar Lust, Sara bei einigen von ihren Projekten zu helfen, falls Sie Lust haben, Ihre Nase in anderer Leute Angelegenheiten zu stecken."

Noras Augen füllten sich überraschend mit Tränen. „Sie sind so freundlich ... ich ... ich weiß nicht, was ich sagen soll ..."

„Nun, Sie können natürlich ja sagen!", dröhnte Mr Farmington.

„Vater", sagte Sara und wandte sich an Nora, „das ist eine wunderbare Idee ..."

„Das habe ich auch gedacht ..."

„... aber Nora und Sergeant Burke ... nun, ich glaube, dass er hofft ..."

Nora starrte die junge Frau an ihrer Seite an. Michael hatte ihr also anvertraut, dass er ihr ... einen Heiratsantrag gemacht hatte?

Erneut nahm Lewis Farmington die Situation in die Hand. „Wenn Nora sich später entscheidet, andere Pläne zu machen, werden wir das natürlich verstehen. Aber das wird Zeit brauchen. In der Zwischenzeit können Sie und die Kinder doch bei uns zu Besuch sein. Was halten Sie davon, Nora?"

Die dunklen Augen des Mannes blickten sie warm und mit einer Art von ... Wissen an, als verstünde er Noras Verwirrung und innere Konflikte. Plötzlich erkannte Nora, dass Lewis Farmington ihr eben einen Zufluchtsort anbot – einen sicheren Ort ... einen Ruheort ... bis sie mit ihrem Leben wieder zurechtkam.

Nora beachtete die Tränen, die jetzt aus ihren Augen schossen nicht. Sie feuchtete ihre Lippen an und sagte: „Ich ... bin Ihnen sehr dankbar, Mr Farmington. Die Kinder und ich würden sehr gern hier bleiben. Und ich bin sicher, dass ich sehr gern für Sie arbeiten werde."

„Nora?"

Saras sanfte Stimme half Nora, ihre Tränen unter Kontrolle zu bringen.

„Ich werde Sie jetzt zu Sergeant Burke bringen. Ich bin sicher, dass er inzwischen sehr unruhig geworden ist."

Nora nickte und schluckte hart, um eine neue Woge der Angst zu unterdrücken.

Der Herr war gut zu ihnen gewesen ... so gut. Er hatte an diesem Tag seine Liebe auf unermessliche Weise bestätigt und war jeder ihrer Fragen, jeder ihrer Befürchtungen, jedem ihrer Bedürfnisse mit unendlicher Fürsorge begegnet. In der Tat, er hatte sie doch nicht verlassen, wie Nora befürchtet hatte. Heute hatte er ihr die Realität seiner Gegenwart auf eine Weise bewiesen, die sie sich niemals hätte erträumen können.

Aber jetzt ... jetzt wartete Michael. Und Nora hatte plötzlich wieder Angst.

* * *

Noras Beine zitterten, als sie sich Michaels Krankenzimmer näherten. Sie war sicher, sie würde umkippen, noch bevor sie durch die Tür gegangen war.

Sie sah an dem Kleid herunter, das Sara ihr geborgt hatte, und war einen Moment lang bestürzt. Sie war ja nur noch Haut und Knochen! Er würde sie hässlich finden ...

„Sie sehen *wunderschön* aus, Nora."

Sie sah Sara, die sie beinahe aufrechthalten musste, mit wilden Augen an.

„Es wird alles gut gehen“, sagte Sara leise und lächelte. „Sie werden schon sehen. Gehen Sie jetzt hinein. Er wartet.“

Vor der Zimmertür zögerte sie wieder, schluckte ihre Angst hinunter und bemühte sich, tief durchzuatmen. Ihr Magen war verkrampft, ihr Herz schlug wie wild. Einen Moment lang glaubte sie, sie müsse sich gleich übergeben!

Gott sei Dank, dass die anderen nicht mit ihnen gegangen waren. Falls sie sich blamieren sollte, würde es zumindest niemand sonst sehen.

Niemand außer Sara Farmington. Und Michael.

Nora hatte sich noch nie so dumm, so ... verwundbar gefühlt wie in diesem Augenblick. Sie hatte den Hunger und diesen Alptraum von einer Seereise überlebt, aber sie war sich plötzlich sehr sicher, dass sie diese Begegnung nicht überleben würde.

Sara Farmington schob sie durch die Tür und verschwand.

* * *

Michael saß auf dem Bettrand und stützte sich mit seinen Händen auf. Er schien in eine ernsthafte Diskussion mit seinem Sohn verwickelt zu sein, der ihm gegenüber auf dem Stuhl saß.

Der Junge sprang auf die Füße, als er Nora erblickte.

Sie stand wartend an der Tür und sah die beiden mit ängstlichen Augen an.

In seiner amerikanischen Kleidung – einem blauen Wollhemd und dunkelbraunen Hosen – schien dieser Mann ein Fremder zu sein.

Dann sah er auf, und Noras Herz schlug bis in den Hals hinauf.

Er war älter, aber immer noch Michael. Seine dunklen Augen hatten vielleicht ein wenig von ihrer Verschmitztheit verloren, aber sie waren noch genauso freundlich. Sein dichtes Haar war immer noch kastanienbraun, mit feinen silbernen Fäden hier und da. Das Kinn wirkte immer noch arrogant, als wolle er gegen die ganze Welt antreten. Und gewinnen.

Er stützte sich auf den Arm seines Sohnes und stand auf. Die breiten Schultern waren gebeugt, als er dastand und sie betrachtete, und einen Moment lang verzog sich sein Gesicht vor Schmerz.

Der Junge blieb nur noch so lange im Raum, wie er brauchte, um von einem zum anderen zu schauen. Dann sah er ein zweites Mal von einem zum anderen, warf Nora ein ermutigendes Lächeln zu und schlüpfte an ihr vorbei zur Tür hinaus.

Nora richtete ihren Blick wieder auf Michael. Siebzehn Jahre hingen zwischen ihnen in der Luft. Sie erschienen ihr wie ein ganzes Leben.

Schließlich streckte Michael eine Hand nach ihr aus. „So, Nora Ellen“, sagte er mit erstickter Stimme, „jetzt bist du also endlich hier.“

Nora biss sich auf die Lippen und sah ihm suchend in die Augen.

Dieser Mann war kein Fremder ...

„Aye, Michael“, sagte sie und trat einen Schritt auf ihn zu, „endlich bin ich hier.“

* * *

Später saßen sie auf dem Rand seines Bettes – er konnte noch nicht einmal eine kurze Zeit lang stehen – und unterhielten sich.

Sie berichtete ihm von Tahg und der kleinen Ellie und Owen, und dann von Thomas Fitzgerald und Morgan.

Er erzählte ihr von seiner Frau und Tierney und seiner Arbeit.

Sie sprach von Evan Whittaker, wie er sie alle gerettet und sich so treu um sie gekümmert hatte. Sie erzählte von der Reise, dem üblen Kapitän, den armen kleinen chinesischen Mädchen und dem tragischen Ende des Chirurgen, der sich erschossen hatte.

Sie gab ihm den Brief des Chirurgen, und er las ihn laut vor und machte an den Stellen, wo Nora einen erstickten Entsetzensschrei ausstieß, kurze Pausen.

„Er hat seine eigene *Frau* umgebracht?“, rief sie aus, nachdem Michael zu Ende gelesen hatte.

Er nickte. Learys Frau lag im Sterben und litt große Qualen. Er konnte es nicht ertragen, sie leiden zu sehen, und so betrank er sich und gab ihr eine Spritze, um die Schmerzen zu beenden – um ihr Leben zu beenden. Er wusste nicht, dass ihr Bruder die ganze Sache beobachtet hatte.

„Und der Kapitän ... Schell. Er war ihr Bruder?“

Wieder nickte Michael, faltete den Brief zusammen und legte ihn auf den Tisch am Bett. „Schell war bereits in den Sklavenhandel mit Weißen und in Opiumschmuggel verwickelt. Er begann, den Arzt ab und an zu erpressen, und das hörte niemals auf! Er drohte, es der Gesundheitsbehörde zu melden, es dem Sohn des Chirurgen zu erzählen ...“

„Und nach all jenen Jahren starb auch der Sohn!“, rief Nora. „Oh, der arme, unglückliche Mann!“

„Du solltest kein Mitleid mit ihm haben“, sagte Michael grimmig. „Er war derjenige, der als Mittelsmann für Schell und einige Agenten fungierte und ganze Zwischendecks-Passagierlisten verkauft hat. Das ist offenbar auch geschehen, als Morgans Männer eure Überfahrt arrangiert haben. Sie meinten, sie würden mit einem vertrauenswürdigen irischen Chirurgen verhandeln!“

Sie schwiegen beide eine lange Zeit. Endlich räusperte sich Michael und nahm ihre Hand.

Nora sah zu Boden. Dann sah sie sein Gesicht an.

„Können wir jetzt über einen erfreulicheren Brief sprechen?“, fragte er mit einem kaum wahrnehmbaren Lächeln.

„Michael – du brauchst nichts weiter zu sagen“, warf Nora rasch ein. „Ich weiß, dass das Morgans Idee war und dass er alles mit dir abgesprochen hat ...“

Er runzelte die Stirn und hob die Hand, um sie zum Schweigen zu bringen. „Ich weiß nicht, was du zu wissen *meinst*, Nora Ellen, aber ich kann dir sagen, dass ich in meinem Brief nur die Wahrheit geschrieben habe. Ich möchte dich heiraten, Mädchen. Ich möchte es von ganzem Herzen."

Nora wandte ihren Blick von ihm ab und schüttelte den Kopf. „Michael, du willst mich nicht heiraten! Wir haben uns in all diesen Jahren nicht gesehen, warum – du kannst unmöglich solch eine Verantwortung übernehmen!"

Er starrte sie eine Weile an. Dann nahm er auch ihre zweite Hand und hielt sie beide fest in seinen Händen. „Hör mir mal zu, Nora! Hör dir die Wahrheit an. Ich will dich wirklich heiraten! Ich habe jetzt seit Wochen an nichts anderes mehr gedacht!"

Er schwieg einen Augenblick und hielt immer noch ihre Hände. „Nora, ich bin ein einsamer Mann. Ich möchte dich in meinem Leben haben. Ich möchte mit dir eine Familie gründen. Ich weiß, dass wir einander neu kennen lernen müssen und dass das Zeit brauchen wird. Wenn du nicht bereit bist, im ... intimen ... Sinne meine Frau zu sein, werde ich warten. Selbst wenn du niemals mehr als Freundschaft und Kameradschaft in unserer Ehe haben willst, werde ich das akzeptieren. Aber du musst die Wahrheit kennen, Mädchen, und die Wahrheit ist, dass ich deine Gegenwart in meinem Leben haben möchte. Wir waren einmal gute Freunde – und ich hoffe, dass wir das immer noch sind." Er schwieg kurz. „Kannst du dir eine bessere Grundlage für eine gute Ehe vorstellen?"

„Michael ..."

„Sag ja, Nora. Das ist das Beste für uns beide und für unsere Kinder."

„Wie kannst du dir da so sicher sein, Michael? Nach all diesen Jahren ..."

„Nora", unterbrach er sie, „als du noch ein kleines mageres Ding warst, hast du mir einmal gesagt, ich hätte eine Fähigkeit, die Dinge zu einem guten Ende zu bringen. Kannst du dich noch erinnern?"

Sie konnte.

„Nora ... verstehst du denn nicht? Einige Dinge ändern sich einfach nicht."

Sie sah ihn an und beobachtete, wie sich das alte zuversichtliche Grinsen über sein freundliches Gesicht ausbreitete.

„Und bevor du jetzt irgendetwas sagst, Nora, möchte ich dich um einen Gefallen bitten", sagte er immer noch lächelnd.

„Was für ein Gefallen könnte das sein, Michael?"

„Vor siebzehn Jahren bat ich dich, mich zu heiraten und mit mir nach Amerika zu gehen. Du hast damals abgelehnt, und ich habe dir voller Trauer einen Abschiedskuss gegeben."

Sie nickte und ließ die Erinnerung zu.

Seine Augen wurden sanft, als er sie in seine Arme zog. „Jetzt, siebzehn Jahre später, bist du in Amerika, und ich bitte dich erneut, mich zu heiraten. Und ich würde dir gerne auch einen Kuss zur Begrüßung geben."

* * *

Nora protestierte nicht, als er sich zu ihr hinüberbeugte. Seine Lippen berührte die ihren, sanft ... so sanft. Eine kurze, beunruhigende Erinnerung durchzuckte Noras Gedanken – eine Erinnerung an Morgan Fitzgerald, seine wilde Umarmung, seinen letzten stürmischen Kuss, seine Augen, die mit Liebe erfüllt waren ...

„Nora?" Michaels Stimme rief sie zurück in die Gegenwart, und sie schauderte.

Er sah ihr prüfend in die Augen, fragend. „Ist irgendetwas nicht in Ordnung?"

„Nein – nein, Michael, natürlich nicht", stotterte sie. Und dann stieg noch eine andere Erinnerung in ihr auf: Evan

Whittaker, wie er sich mitten in seinen eigenen schrecklichen Schmerzen über sie beugte und ihr anbot, während der schrecklichen Reise nach Amerika ihr Beschützer zu sein.

Und plötzlich begann im tiefsten Inneren von Noras Seele ein Licht zu dämmern. Hatte sie nicht, während sie noch an Bord der *Green Flag* waren, gebetet, dass Gott ihr die Kraft geben möge, sich nur auf ihn zu verlassen? Hatte sie ihn nicht angefleht, sie zu verändern, sie fähig zu machen für das, was vor ihr lag, was auch immer es sein mochte?

Sie richtete ihren Blick auf Michaels Gesicht. Es lag ein Adel darin, eine Güte und Charakterstärke. Dieser Mann würde niemals seine Versprechen brechen. Er würde sie niemals verlassen, wie Morgan es getan hatte. Dieser Mann würde sein Wort halten. Sie konnte ihm vertrauen, und er wartete auf ihre Antwort.

*Aber da war noch ein anderer, der immer sein Wort halten würde. Auch er würde sie niemals verlassen. Sie konnte ihm vertrauen. Und er wartete auf ihre Antwort ...*

In dem Moment stieg eine seltsame, unbekannte Wärme in Nora auf, und sie spürte die Gegenwart des Herrn, wie sie sie nie zuvor gespürt hatte. Er wartete ... wartete darauf, ihr Gebet zu erhören ... wartete aber auch, dass sie einen Schritt des Glaubens tat, bevor er antwortete ...

Und plötzlich wusste Nora, was dieser Schritt war. Bevor sie je einem anderen Mann vertrauen oder ihm ihr Herz geben konnte, musste sie zunächst lernen, ihrem Heiland zu vertrauen ... sie musste lernen, seiner Liebe zu vertrauen, seinem Willen für ihr Leben.

Vielleicht *würde* sie Michael ja heiraten ... eines Tages. Aber nicht jetzt, nicht so bald ... noch nicht.

„Michael“, sagte sie leise, und ihre Augen glänzten von nicht vergossenen Tränen, „ich kann dich nicht heiraten.“

„Hör mal, Nora ...“

Sie legte einen Finger auf seine Lippen, um seinen Protest zum Schweigen zu bringen. „Hör du mir zu, Michael“, drängte sie. „Ich möchte, dass du mich verstehst. Es ist wichtig für mich, dass du verstehst.“

Und so hörte er zu, während Nora ihr Herz offenbarte. Sie bekannte ihre Scham und ihre Angst, ihren Zweifel und ihre Verzweiflung. Sie bekannte, dass sie Heilung brauchte, erklärte, dass sie es lernen musste, zu vertrauen, und dass sie diese neue Stärke, von der sie glaubte, dass der Herr sie ihr geben wollte, erproben musste.

Während sie sprach, veränderte sich nach und nach Michaels Gesichtsausdruck. Verwirrung machte dem Verstehen Platz, Enttäuschung wurde durch Zustimmung ersetzt. Seine Freundschaft vertiefte sich, und es kam Respekt hinzu.

„Michael“, sagte sie schließlich, „ich liebe dich *wirklich*. Ich habe dich immer geliebt ... auf eine sehr spezielle Art ... und ich habe keinen Zweifel, dass ich dich immer lieben werde. Aber bevor ich dich – oder irgendeinen anderen Mann – lieben kann, mit der ganzen Liebe, zu der das Herz einer Frau fähig ist, muss ich noch eine andere Reise unternehmen.“

Er runzelte die Stirn, und sie beeilte sich, ihn zu beruhigen. „Oh, diese ist eine andere Art von Reise, Michael! Es ist eine Reise ... des Glaubens. Und heute ... in diesem Augenblick ... mache ich den ersten Schritt auf dieser Reise.“

* * *

Bevor Nora das Krankenhaus verließ, bat Michael sie um einen weiteren Gefallen ... und um ein Versprechen.

„Wenn er bereit dazu ist ... dann lass doch deinen Sohn kommen und eine Weile bei Tierney und mir wohnen“, bat er sie eindringlich. „Nur eine Zeit lang. Bis ihr euch eingelebt habt. Ich würde mich freuen, wenn die Jungen Freunde würden, und

Tierney hat sich so darauf gefreut, einen anderen Jungen im Haus zu haben. Ich werde dafür sorgen, dass er eine gute Ausbildung erhält ... und du wirst ihn oft sehen, wann immer du willst. Würdest du wenigstens darüber nachdenken, Nora? Um meinetwillen und um meines Sohnes willen?"

Das Versprechen war eher ein Rätsel, und doch war Nora geneigt, es zu geben. „Ich möchte dein Wort", sagte Michael, ergriff ihre beiden Hände und sah ihr suchend in die Augen, „dass du deinem Herzen gehorchen wirst. Wenn die Zeit kommen wird, dass dein Herz ein Lied der Liebe für einen Mann singen wird, Nora, versprich mir, dass du dieses Lied nicht mit Unsicherheit oder dummem Stolz zum Schweigen bringen wirst. Versprich mir, Mädchen, dass du diesem Lied der Liebe eine Stimme geben wirst, sei es für mich ... oder für einen anderen."

Nach einer langen Zeit des Schweigens beugte sich Nora vor, um ihn sanft auf die Wange zu küssen. „Aye, Michael ... lieber Freund ... ich verspreche es."

# Epilog

*Dublin*
*Ende Juni*

Morgan hatte diesen hervorragenden Laden im ersten Monat seines Besuchs auf dem Besitz seines Großvaters entdeckt. Der blinde Ladeninhaber war ein angesehener Meister im Reparieren zerbrochener Instrumente, besonders, wenn es sich um Geigen und Harfen handelte.

Während er auf Mr Higgins, den Ladeninhaber, wartete, der nach hinten gegangen war, damit seine Frau die Rechnung aufstellte, zog Morgan einen der Briefe, die er jetzt seit über einer Woche in seiner Hemdtasche mit sich herumtrug, heraus.

Während er ihn auseinander faltete, bemerkte er, dass er inzwischen sogar lächeln konnte, wenn er die Worte las. Es lag immer noch ein gewisser Schmerz in diesem Lächeln, aber er war nicht mehr annähernd so stark, wie er zuerst gewesen war.

Daniel John hatte einen eigenen Brief geschrieben und ihn zu Michaels ausführlicherem Brief in den Umschlag gesteckt. Sie hatten die Briefe an Joseph Mahon adressiert und gehofft, der Priester würde dafür sorgen, dass sie Morgan erreichten, falls er tatsächlich noch lebte.

Er las sie beide regelmäßig, aber den Brief des Jungen nahm er öfter heraus. Morgan lehnte sich an eine breite Vitrine mit Doppeltüren, und seine Augen flogen erneut über die letzte Seite, die hauptsächlich von Whittaker handelte.

Der unternehmungslustige Engländer schien sich eine Anstellung bei Lewis Farmington, dem wohlhabenden Schiffsbauer, ergattert zu haben, der nicht nur geholfen hatte, sie alle zu retten, sondern Nora und die Kinder vorerst sogar in sein Heim aufgenommen hatte.

*... Whittaker sagt, seine neue Stellung sei im Vergleich zur alten eine große Verbesserung, denn Mr Farmington sei solch ein feiner Mann. Er sagt auch, er sei dankbar, dass er seine rechte Hand behalten habe.*

*Ich mag Tierney sehr gerne. Und obwohl ich Mutter und die Fitzgeralds jeden Tag vermisse, muss ich doch zugeben, dass es eine bessere Idee war, dass vorerst nur ich bei Onkel Michael und Tierney bleibe. Der Platz würde für uns alle nicht ausreichen, und die Fitzgerald-Kinder brauchen Mutter.*

*Johanna klebt wie ein Schatten an Tierney, wenn wir alle zusammen sind. Kannst du dir das vorstellen? Es ist seltsam, aber er scheint ganz genau zu verstehen, was sie meint, obwohl sie kein Wort sprechen kann. Er ist sehr freundlich zu ihr und sehr geduldig.*

*Und du hattest völlig Recht mit dem, was du von Onkel Michael gesagt hast – er ist ein großartiger Kerl! Er ist sehr freundlich zu uns allen und behandelt Mutter mit großer Fürsorge und Rücksicht ...*

Morgan sah auf und rieb sich mit der Hand über die Augen. Wie lange würde es noch dauern, bis ihn der Gedanke an Nora nicht mehr bekümmerte?

„Nun denn, Sir, hier ist Ihr Instrument."

Die Stimme des Ladeninhabers brachte Morgan wieder in die Realität zurück.

„Ich hoffe, Sie werden zufrieden sein."

Morgan steckte den Brief zurück in die Tasche seines Hemdes, drehte sich um und lächelte den Mann an, erinnerte sich dann aber, dass Higgins blind war. „Das werde ich zweifellos sein."

„Es ist eine schöne Harfe, Sir", sagte der Ladeninhaber, „wirklich eine sehr schöne Harfe. Es hat mir Freude bereitet, ein so altes Instrument zu reparieren. Sie spielen sie oft, nicht wahr?"

Morgan legte die geforderte Summe und ein zusätzliches Zwanzigschillingstück auf den Ladentisch. „Aye, sie ist mir ein sehr guter Freund gewesen“, erwiderte er und untersuchte die Harfe, bevor er sie unter seinen Arm steckte.

Mit einem Dankeswort an den Ladeninhaber wandte er sich um und wollte gehen.

„Sie sind demnach ein fahrender Sänger, Sir, nicht wahr?“

Morgan blieb stehen und sah über die Schulter zurück, während er über die Frage nachdachte.

Schließlich nickte er und lächelte. „Aye, Mr. Higgins. Genau das bin ich. Ein fahrender Sänger.“

Er streichelte die Harfe mit einer beruhigenden Berührung, stieß die Tür auf und ging hinaus.

Es war ein schöner Nachmittag in Dublin, und die irische Sonne ließ das rötliche Haar des großen Mannes glänzen, als er seine Harfe über den Rücken hängte und auf die Straße trat.

*Der Sänger ist in den Krieg gezogen,*
*in den Reihen des Todes findest du ihn.*
*Er hat seines Vaters Schwert um die Hüfte geschlungen,*
*und seine wilde Harfe auf den Rücken gehängt.*
*„Land des Liedes!“, sagte der kriegerische Barde,*
*„wenn dich auch alle Welt verrät,*
*soll doch wenigstens ein Schwert deine Rechte schützen,*
*eine treue Harfe dich preisen!“*